Cambridge Criticism
China and the World

剑桥批评

中国与世界

曹莉 主编

清华大学出版社
北京

版权所有，侵权必究。举报：010-62782989，beiqinquan@tup.tsinghua.edu.cn。

图书在版编目（CIP）数据

剑桥批评：中国与世界 / 曹莉主编. —北京：清华大学出版社，2022.7
ISBN 978-7-302-58899-3

Ⅰ. ①剑… Ⅱ. ①曹… Ⅲ. ①中国文学－文学评论－文集②世界文学－文学评论－文集　Ⅳ. ① I206-53 ② I106-53

中国版本图书馆 CIP 数据核字 (2021) 第 159022 号

责任编辑：纪海虹
封面设计：傅瑞学
责任校对：宋玉莲
责任印制：杨　艳

出版发行：清华大学出版社
　　　　网　　址：http://www.tup.com.cn，http://www.wqbook.com
　　　　地　　址：北京清华大学学研大厦 A 座　　　邮　　编：100084
　　　　社 总 机：010-83470000　　　　　　　　　邮　　购：010-62786544
　　　　投稿与读者服务：010-62776969，c-service@tup.tsinghua.edu.cn
　　　　质 量 反 馈：010-62772015，zhiliang@tup.tsinghua.edu.cn
印 装 者：三河市东方印刷有限公司
经　　销：全国新华书店
开　　本：170mm×240mm　　　印　张：32.25　　　字　数：571 千字
版　　次：2022 年 9 月第 1 版　　　印　次：2022 年 9 月第 1 次印刷
定　　价：198.00 元

产品编号：083333-01

本文集获清华大学外文系学术出版基金资助

序言
Preface

作为思想和文化桥梁的"剑桥批评"
"Cambridge Criticism" as a Bridge of Thought and Culture

　　文学凭借意识和记忆保持并承载着一个民族的文化传统和情感结构；大学作为文化传承的重镇和殿堂，担负着传播价值、再造文明的文化使命——这是经由瑞恰慈开创、燕卜荪发展、利维斯改造、威廉斯超越的剑桥英文（Cambridge English），以及与其同步发展的剑桥批评（Cambridge Criticism）的起点和目标。在20世纪上半叶的几十年时间里，剑桥批评家们凭借坚定的文学信念和思想洞见，通过大量的教育教学和批评实践，将文学及其批评推至广阔的文化思想领域，以巨大的勇气和毅力创造性地把"剑桥英文"建设成一个思想的学科，一个培养心智、传承文化、甄别价值、审视文明的学科。他们通过毕生的努力，以各自的方式，从不同的角度雄辩地证明："文学是一个关于思想的学科"，"文学是关于生活的批评"。而来自"剑桥批评"内部的张力和矛盾，几位代表人物在思想信念和目标方法上的接近与相左，在文化立场和情感认同方面的一致和背离，则从另一个侧面鲜活地说明文学是思想的疆场，批评是希望的源泉。

与"剑桥英文"共时发展的"剑桥批评"始于剑桥,但并不止于剑桥。1917 年"剑桥英文"独立建制以来,就以强大的文化影响力渗透到英国和其他英联邦国家的中学和大学,直到远在东方的中国、日本、印度和马来西亚。如伊格尔顿所言,"在本世纪头几十年,英文研究在面对世界性的现代主义的挑战时,以昔日帝国的国际主义作为回应,以全球为驰骋的疆域,以本土为安全的中心。英文文牍在(爱尔兰的)克雷到(马来西亚的)吉隆坡之间的广大地域畅行无阻"①。对中国而言,在 1929 年至 1952 年长达 20 余年的岁月里,"剑桥批评"的前两位代表人物瑞恰慈和燕卜荪先后几次远涉重洋来华授课讲学,特别是 20 世纪 30 年代,他们在清华大学、燕京大学和西南联大的传道授业直接影响了远居东方的一批中国学者对西方文学和批评的认知与实践。无论是批评理论、阅读方法,还是批评实践、新诗创作,瑞恰慈和燕卜荪在中国的言传身教直接启发和激励了后来成为新中国英语文学和比较文学学科的奠基者王佐良、李赋宁、周珏良、杨周翰、袁可嘉、穆旦、郑敏等当时一批年富力强的中国学者对现代文学批评和诗歌创作的集体想象。如果说瑞恰慈等人的科学理论和方法曾在三四十年代被急于救亡图存而拥抱科学民主的中国学者"不加阻挡"地接受,那么,经过几十年中国式现代化历程考验与洗礼的新一代中国知识分子,在最近二三十年中从本土立场和国际视野出发对其文学批评、文化理论和教育理念的辨析及研究则有望化为融中西古今于一体的文化自觉和学术理想。

　　与瑞恰慈和燕卜荪不同,"剑桥批评"的后来者利维斯和威廉斯从未到访过中国,中国学界与他们的接触是通过当代学者的译介和研究来进行的。二者作为 20 世纪开文学批评和文化研究时代新风的先驱人物,先后于 20 世纪 30 年代和 80 年代中后期被引介到国内,引起学界的关注和兴趣,一批改革开放之后负笈剑桥的中国学人先后发挥了应有的引导和推动作用。利维斯和威廉斯由于其思想体系与当下中国的思想文化现实有较大相关性,很快成为中国从事文学批评特别是文化研究的一批学者研究学习和参考借鉴的对象。利维斯倡导的"有机社会观"和"以文学为中心"的大学教育理念、威廉斯提出的"情感结构""共同文化""关键词"研究等文化批评和文化研究的思想与方法被中国学者反思性、创造性地运用于中国当下的文化批评和教育实践当中,并取得了显著的研究成果和实践成果。

　　我对"剑桥批评"的研究是从剑桥回国之后。在剑桥读书期间,时任清华中

---

① [美]特里·伊格尔顿:《历史中的政治、哲学、爱欲》,马海良译,第 186 页,北京:中国社会科学出版社,1999。

文系系主任的徐葆耕老师托我查找瑞恰慈在中国讲学期间的书信和文稿,这是我首次接触瑞恰慈。彼时,我正忙于博士论文关于文学再现和历史书写的既定选题,对瑞恰慈等剑桥批评家以及他们与中国、与清华的那段传奇因缘虽然感到好奇和兴奋,却无暇顾及。

时光飞逝,转眼到了 2004 年夏天,由田祥斌、聂珍钊等几位剑桥学人筹划召集,在三峡大学召开了首次"剑桥学术传统与批评方法"学术研讨会。会上聂珍钊和陆建德两位资深学者分别就利维斯的"道德批评"和瑞恰慈的"实用批评"做了大会发言,我也印象式地介绍了剑桥英文专业的学科布局和课程设置。这次会议本来是针对国内学界普遍风行的为理论而理论、轻视文学文本研究的现象而对症设计的,却成为国内语言文学界开始系统关注剑桥批评和利维斯等批评家的一个新开端。此前的相关研究主要散见于陆建德为利维斯的《伟大的传统》中译本写的序言、夏志清《中国现代小说史》前言、赵毅衡的《新批评——一种独特的形式主义文论》、徐葆耕主编的《瑞恰慈:科学与诗》以及王佐良、赵瑞蕻、李赋宁等人关于燕卜荪的学术随笔和回忆文章。而将"剑桥批评"及其与中国的联系作为一个整体加以对比和考察是在三峡会议之后。

在三峡会议,特别是在清华和剑桥的学习与工作经历的启发和激励下,我先后申请主持了由国家社科基金和清华文科专项基金分别资助的《剑桥批评传统及其在中国的影响和意义》《清华人文传统与现代学术气象——以 20 世纪上半叶外国语言文学学科为例》的专题研究,以期从思想史、学术史、学科发展史和中西文化交流史等几个方面来探寻和阐明剑桥批评传统的来龙去脉与内部张力以及在中国的接受和传播,从而揭示剑桥批评的思想文化内涵以及对当下中国学科建设、学术发展和大学人文教育的参考价值和现实意义。

国内剑桥批评研究的升温无疑与几位先行者的带动和 21 世纪中国学术的空前繁荣密切相关,但另一个重要的原因是中国学者从瑞恰慈、燕卜荪、利维斯和威廉斯人的文学批评、文化批评和大学教育理念中看到了与当代中国文化和大学教育相关的现实问题。无论是"大众的文明与少数人的文化",还是"两种文化之争",无论是文学批评回归文本,还是"反理论"的价值判断,无论是从狭隘的专业教育走向专通结合的跨学科博雅教育,还是反思大众传媒对"公共空间"的霸权控制以及社会大众的媒体素养,抑或是新时代人文交流的新丝绸之路,瑞恰慈、利维斯等人的一系列远见卓识和文化主张对于当下中国的价值与意义不言自明。无论是实用批评还是价值批评,无论是回归传统还是直面当下,无论是文化批评还是文明细察，无论是专业教育还是通识教育，都可以在剑桥批评的历史脉络中找到样本和范例。20世纪蔚然成风的文化批评和文化研究也是先从以"细察"为旨归的文学批评出发，经由威廉斯、霍加特和霍尔等人的推广，成为一门融文学、文化、政治和社会于一炉的跨学科、反体制的显学，并经历了世界的旅行。

20世纪80年代中国改革开放之后，西方现代性观念以审美和艺术独立性的形式重新登陆中国学界。启蒙主义、人道主义、审美主义等一系列西方价值观念重新受到人们的青睐，瑞恰慈、利维斯等人的文化批判和文学教育理念以及他们对现代文明、技术功利主义的高度警惕和批判性反思开始走进中国学者的视野。90年代以后，随着资本全球化和市场经济的突飞猛进，人文价值、文化品位、教育质量成为学界和全社会关注的问题。近几年，中国一跃成为世界第二大经济体，文化消费主义、经济实用主义、技术功利主义、大众拜金主义乘机而入，社会道德有机体面临新的考验。经济的快速增长和大众文化的空前扩张，使具有舶来特征的文化市场化、文化去魅化（disenchantment）、教育大众化、教育产业化成为中国社会的本土化现实。在中国这一古老文明与现代性交相辉映的土地上，文化与文明、富强与文雅、物质与精神、进步与退步等过去曾经困扰、今天依然困扰西方发达国家的各种现代性冲突和矛盾如今也成为我们所要面临的"中国问题"。

目前，中国是英语国家之外，研究剑桥批评最具声势的国家，这从近年来硕博研究生学位论文选题中可见一斑。中国学者对剑桥批评的系统性研究，引起了海外同行和剑桥大学的关注。2008年5月，在我的导师Mary Jacobus的推动下，剑桥大学人文社科研究中心（CRASSH）和清华大学人文社会科学学院联合举办了"Translations and Transformations: China, Modernity and Cultural Transmission"的国际研讨会，我在会上宣读了"Translating Literature: The Cambridge Critics and TheirSignificance in China"的论文，引起了国外同行和《剑桥季刊》（The Cambridge Quarterly）的关注。2009年，恰逢剑桥大学诞生800周年，《三联生活周刊》的编辑对我进行了采访，采访内容与其他几位剑桥学者的访谈录一起刊发于当年的封面文章《剑桥：一个完美的读书地方》。2010年春，我收到了《剑桥季刊》（Cambridge Quarterly）主编RichardGooder先生热情洋溢的来信，他希望能在剑桥举办关于"剑桥批评与中国"的研讨会。于是，经过近一年的准备，2011年7月，《剑桥季刊》联合剑桥大学英文系在剑桥大学克莱尔学院举办了"Cambridge English and China: A Conversation"国际学术研讨会。此次会议的论文于2012年3月由《剑桥季刊》以特刊形式出版，其中8篇由中国大陆和台湾学者撰写，内容涵盖剑桥批评家的思想体系研究、与中国的渊源和联系、在中国的接受和意义等，引起国内外学界的进一步关注和兴趣。2012年9月27至28日"利维斯学会"与"英国维特根斯坦学会"联合举办了"第四届利维斯国际学术研讨会"，我和张瑞卿教授应利维斯学会创会会长克里斯·乔伊斯（Chris Joyce）的邀请赴剑桥参会，我们分别以"The Relevance of Leavis to China at the Present Time"和"Leavis and Contemporary Cultural Studies"为题做了大会发言。与会的国际学者对中国的利维斯研究表现出由衷的兴奋和浓厚的兴趣，他们尤其关心利维斯的著作和思想与当下中国的联系，认为中国学者对利维斯的认同和关注是中国历代文人所遵循的"文以载道"、"诗可以怨"的儒家传统在当代中国的延续。2013年10月，我应邀参加在英国约克大学举办的"Leavis at York 2013"国际学术研讨会并作了"Why Does Leavis Matterto Us Today?"的大会发言，引起与会者的共鸣，会议期间商定在中国举办下一届剑桥批评国际会议。

2017年6月29至30日，剑桥批评国际研讨会以"'Cambridge Criticism' beyond Cambridge: F. R. Leavis and Others"为题在清华大学如期举行。中外学者围绕"剑桥批评与中国"、"剑桥批评与世界"、"剑桥人文传统与文学批评"、"瑞恰慈：实用批评、清华大学、燕京大学"、"燕卜荪：语义批评、现代诗歌、西南联大"、"利维斯：人文情怀和批评原则"、"威廉斯：文学、文化与社会"、"剑桥批评传统的当下意义"等议题进行了深入交流和讨论。剑桥大学利维斯学会创会会长克里斯·乔伊斯、现任会长比德·夏罗克（Peter Sharrock）发来了书面发言和贺辞，国际同行对中国学者在中英学术交流和利维斯研究方面发挥的推动作用与突出贡献表示赞赏，对中国学者取得的相关研究成果表示祝贺，希望通过更多的交流和出版，使此项研究更上一层楼。

这部《剑桥批评：中国与世界》文集正是在上述背景下编辑而成，它起源于但并不局限于2017年的清华会议。从2004年三峡会议开始，相同主题的会议先后于2008年5月、2010年7月和2017年6月分别在剑桥和清华举行，在此过程中，一批中外学者包括年轻的研究生们，出于对剑桥批评所蕴含的文化底蕴、批评学养、教育理念和社会关切的认同和对话兴趣，从四面八方走到一起，成为学术和思想的同道。心仪文学，潜心学术，奉献教育，服务社会，中外学人在不同的国度，从不同的文化角度和学术背景将剑桥批评和自己的学术生涯联系在一起。无论是瑞恰慈的实用批评还是燕卜荪的语义批评（歧义批评）抑或是利维斯的价值批评（道德批评）、威廉斯的文化政治批评，都源于批评家们对英国乃至人类文化与社会的深刻理解，源于他们将文学看作是一种对生活的批评而介入公共生活的毕生追求。这份追求除其自身的学术价值外，自有一种特殊的精神感召力。"东海西海，心理攸同；南学北学，道术未裂"。文学作为思想的学科，批评作为价值的判断，经由中外学人的共同努力，业已成为中外学人的共同追求。

"剑桥批评"作为一种历史过程和学术现象，经历了兴衰曲折、传承裂变的发展历程，它在中国和世界的接受与影响说明，剑桥文学研究和批评方法的兴起不仅仅是一种本土经验和学术关切，不同的文化使命和理想愿景决定了"剑桥批评"及其研究在各个历史时期的价值内涵和发展轨迹，其在20世纪及其当下的回声和影响值得探究，而对话中国、沟通世界正是当年瑞恰慈和燕卜荪不远万里来到中国的追求和梦想。

为了较完整地展现中外学者的研究成果，方便学术交流，本文集收录了中英两种文字的论文，分为中文卷和英文卷，每篇论文附有中英文摘要。若能从学术一隅助力中国学术走向世界，增进国际学界对当代中国学术和人文学科的了解，那将是本文集编者和全体作者的荣幸。特此致谢所有作者以及熊净雅、姜慧玲、熊文苑、毛琬鑫对部分中英文摘要的翻译和整理；衷心感谢责任编辑纪海虹女士的美意和辛劳。

谨以此序致敬亲爱的妈妈高明女士。

曹　莉

2020年3月20日于荷清苑

目录
TABLE OF CONTENTS

序言 Preface

作为思想和文化桥梁的"剑桥批评" .... 曹莉 / I

中文卷 Papers in Chinese

"英国文学"在剑桥大学的兴起 .... 曹莉 / 2

重审与辩证
——瑞恰慈文艺理论在现代中国的译介与反应 .... 陈越 / 16

"实用批评"的兴起：1930年代北平的学院文学批评
——以叶公超、瑞恰慈为中心 .... 季剑青 / 33

瑞恰慈创立语义批评的学术史考察 .... 刘佳慧 / 45

瑞恰慈的社会文化批评 .... 杨风岸 / 58

瑞恰慈与孟子
——《孟子论心》是怎样写成的及历史意义 .... 容新芳 / 72

瑞恰慈的跨文化异位认同研究 .... 陶家俊 / 85

意义的意义之意义
——奥格登与瑞恰慈对符号学创立的贡献 .... 赵毅衡 / 100

含混是一种悖论
  ——燕卜荪对文论的贡献   殷企平 / 113

燕卜荪与剑桥语义批评共同体   秦丹 / 127

中英文化的碰撞与协商
  ——解读威廉·燕卜荪的中国经历   张剑 / 138

南岳秋风佳胜处
  ——寻觅剑桥诗人燕卜荪   葛桂录 / 148

弗·雷·利维斯与《伟大的传统》   陆建德 / 161

从"少数人"到"心智成熟的民众"
  ——利维斯的文化批评与"共同体"形塑   欧荣 / 179

从"两种文化"到"文理渗透"
  ——兼论 C. P. 斯诺和 F. R. 利维斯的文化观   姜慧玲 / 193

利维斯在当下中国
  ——悖论、契合与契机   熊净雅 / 209

雷蒙·威廉斯：文化唯物主义   王逢振 / 219

《乡村与城市》
  ——文学表征与威廉斯的"对位阅读"   何卫华 / 235

经典的回声
  ——再论"文化与社会"的传统   赵国新 / 248

"新左派"文论一瞥
  ——威廉斯的贡献   张平功 / 260

批评的变轨
  ——从阿诺德到剑桥批评   黄卓越 / 270

英文卷 Papers in English

"Crisis in English Studies": Cambridge English and Its Renewal
　　　　　　　　　　　　　　　　　　TONG Qingsheng / 296

William Empson's Polyhedric Sense and Restrained Emotion
　　　　　　　　　　　　　　　　　　CHEN Jun / 316

Empson the Space Man: Literary Modernism Makes the Scalar Turn
　　　　　　　　　　　　　　　　　　Stuart Christie / 325

William Empson's Imaginative Engagement with China
　　　　　　　　　　　　　　　　　　Jason Harding / 344

William Empson's Journey to Mount Nanyue and His Poem "Autumn on Nan-Yueh" 　　　　JIANG Hongxin / 361

Leavis, the Body and the First World War　　Neil Roberts / 375

"The Essential Cambridge in Spite of Cambridge": F. R. Leavis in the Antipodes　　　　　　　William Christie / 391

Why Leavis is a Greater Critic than Richards or Empson
　　　　　　　　　　　　　　　　　　Chris Joyce / 405

Poetry, History and Myth: the Case of F. R. Leavis　Michael Bell / 415

Language, Poetry, Existence: Leavis and Heidegger
　　　　　　　　　　　　　　　　　　XIONG Wenyuan / 427

F. R. Leavis and Cultural Studies: from Leavis to Hoggart, and to Williams　　　　　　　　　ZHANG Ruiqing / 451

The Individual and the Society: Raymond Williams versus Karl Marx
　　　　　　　　　　　　　　　　　　ZHOU Mingying / 470

作者简介 Contributors

中 文 卷

Papers in Chinese

"英国文学"在剑桥大学的兴起①

曹 莉

内容摘要:"英国文学"从隶属于中世纪古典学和现代语言到 1917 年成为剑桥大学独立的学科专业考试科目,走过了从"戴着镣铐的缪斯"到"脱去镣铐的缪斯"的风雨历程,以英国文学教学和批评为中心的"剑桥英文"(Cambridge English)和与之同步发展的"剑桥批评"(Cambridge Criticism)大致经历了瑞恰慈的实用批评、燕卜荪的语义批评、利维斯的价值批评和威廉斯的文化批评四个主要阶段,经由上述四位代表人物的不断实验和革新,终于成为一个在 20 世纪上半叶批评的时代发挥引领作用的"思想的学科"(discipline of thought)。

关键词:剑桥英文;剑桥批评;思想的学科

The Rise of "English" at Cambridge

CAO Li

Abstract: By way of a historical review of the rise of "Cambridge English" as evidenced in the shift from "the muse in chains" to "the muse unchained", this introduction examines the formation and transformation of Cambridge Criticism by the work of I. A. Richards, William Empson, F. R. Leavis and Raymond Williams, who, in their respectively unique ways, jointly made "Cambridge English" a discipline of thought and culture that played a leading part in the Age of Criticism in the 20th century.

Keywords: Cambridge English; Cambridge Criticism; discipline of thought

---

① 本文首次发表于《外国文学研究》2014 年第 6 期,此次略有修订和补充。

得益于剑河的灵气和英格兰悠久绚烂的人文光芒和科学锐气，剑桥大学以它无与伦比的古典地位和现代影响，成为当之无愧的世界名校，剑桥英文（Cambridge English）也以其特殊的内涵和外延及其国际影响成为大学人文教育和文学批评史上具有划时代意义的里程碑。自1917年英国文学进入以三脚凳考试（Tripos）为标志的大学学位课程体系以来，[①] 剑桥英文以及与其同步发展的剑桥批评大体经历了瑞恰慈（I. A. Richards，1893—1979）的实用批评、燕卜荪（William Empson，1906—1984）的语义批评、利维斯（F. R. Leavis，1895—1978）的价值批评和雷蒙·威廉斯（Raymond Williams，1921—1988）的文化批评等四个主要阶段，在英国文学批评史上留下了不可磨灭的印迹。如果英国现代文学研究经历了语文—历史—传记研究（philological, historical and biographical）、批评—分析研究（analytical-critical）、理论—文化研究（theoretical and cultural）等三个主要阶段，那么第二个阶段，即批评阶段（Age of Criticism）是在剑桥发生并由剑桥走向世界的。

反观剑桥批评传统与英国文学学科的发展历程及其相互关系，可以看出，上述四位批评家在此过程中既有各自作出的交叉传承又有突破创新的杰出贡献。通过他们的努力，英国文学成为"最高文明化的追求"（Eagleton，1983：31）。他们所创造和践行的"实用批评"和"细察原则"，他们所描述和定义的文学与文化、文化与社会的广阔联系和相互影响成为推动英国乃至英国之外的英国文学教学和文化研究的源泉和借鉴。直至今天，剑桥大学英文系仍然以开设旨在文本细读的"实用批评"而闻名英文学界。与此同时，由利维斯起步、威廉斯扬弃和推动的文化研究早已成为"应用人文学科"的一门显学，经历了世界性的旅行（陶东风，2001：5）。

然而，在"英国文学"（English）成为剑桥大学的独立学科和本科专业之前，英国文学从1883年起仅以选修课的身份进入本科教学，且从属于中古和现代语言系，教学深受日耳曼语言历史研究方法的影响，文学的教学与研究大多从语言学、语文学的角度考察英语语言的演变和发展。与中国文学在中国大学不言自明的显赫地位相比，英国文学作为大不列颠联合王国的国语，在大学学科体系中的合法立足并非一帆风顺，理所应当，而是经历了一段不长不短、不大不小的磨难。从1883年从属于"中世纪和现代语言"到1917年成为独立的三脚凳考试科目，"剑桥英文"

---

① "三脚凳考试"意指剑桥大学英文学科学士学位考试。据传，该考试设立之初要求学生端坐在三脚凳上回答考官的问题，故而得名。今天的Tripos有两层含义：一是专业课程设置，一般分为Part I 和Part II 两部分，分三年修完；二是考试制度，修完每一部分课程后须参加课程考试，每门课的考试或是三小时的闭卷考试，或提交一定篇数和篇幅的论文。

历经了30余年从"戴着镣铐的缪斯"到"脱去镣铐的缪斯"的风雨历程。

所谓"戴着镣铐的缪斯"是指一百多年前,"剑桥英文"是中世纪语言和现代语言的侍女或伴娘,因缺少独立身份和学术地位,英国文学很长时间不能和古典语言、道德科学(moral science,后来归入"哲学")、神学等古典人文学科平起平坐。不仅如此,英国文学受制于以语文学和历史研究为中心的日耳曼教学和研究模式,与今天几乎天经地义的以文学研究和批评为核心的英文学科差之千里,英国文学因而被戏称为"戴着镣铐的缪斯"。①

所谓"脱去镣铐的缪斯",是指第一次世界大战前后,随着英国国内民族主义、爱国主义情绪的高涨,英国文学作为传播和弘扬英国文化的载体和媒介被历史性地推到了大学教育的前台,并最终取代了古典学在课程设置中的中心位置。1910年,《每日邮报》(*Daily Mail*)的创办人,报界大亨哈罗德·汉姆滋华斯·巴特(Harold Harmsworth Bart)写信给剑桥大学校长,愿意出资两万英镑,以爱德华七世的名义设立英国文学讲席教授,由国王亲自任命。该教席明文规定:

> 爱德华七世英国文学讲席教授的责任是讲授从乔叟时代以降的英国文学,并行使教授的权力推动英国文学成为大学的专业学位课程;该教授必须用文学的、批评的方法,而不是语文或语言学的方法对待文学这门学科。(Tillyard,1958:38)

然而,报界大亨捐款设立英文讲席教授在以古典和实证著称的剑桥大学并未得到一呼百应的响应。据剑桥大学古典学家卢卡斯(F. L. Lucas)考证,当时大学董事会成员马约博士曾不无揶揄地挖苦道:"该席位只是一个英国小说的教授席位,难免轻松和喜剧的色彩,因此,该席位对这所大学来说,一文不值。"哲学家麦塔

---

① "戴着镣铐的缪斯"始由 Stephen Potter 提出,参见 Stephen Potter. *Muse in Chains*.London: Jonathan Cape, 1937. 另参考 F. L. Lucas. "English Literature," in *University Studies Cambridge 1933*, ed. Harold Wright. Cambridge: Ivor Nicholson & Watson, 1933; Basil Willey. *Cambridge and Other Memories 1920-53*. London: Chatto & Windus, 1968; Stephen Potter. *Muse in Chains*. London: Jonathan Cape, 1937; E. M. W. Tillyard. *The Muse Unchained: An Intimate Account of the Revolution in English Studies at Cambridge*. London: Bowes and Bowes, 1958; T. E. B. Howarth. *Cambridge Between Two Wars*. London: Collins, 1978, Stephen Heath. "I. A. Richards, F. R. Leavis and Cambridge English," *Cambridge Minds*, ed., Richard Mason. Cambridge: Cambridge University Press, 1994. 20-33; Stephan Collini. "Cambridge and the Study of English," *Cambridge Contributions*, ed., Sarah Ormrod. Cambridge: Cambridge University Press, 1998. 42-64, Graham Chainey, *A Literary History of Cambridge*. Cambridge: Cambridge University Press, 1995; Martin Garrett. *Cambridge: a Cultural and Literary History*. Interlink Books, 2004.

格特也认为，"这个席位不仅没用，而且有害"（Lucas，1963：259）。可见当时以实证科学和欧洲古典学为主导的剑桥大学对英国本土语言文学抱有相当的偏见和轻视。然而，历史毕竟走到了20世纪，时代的要求与现实的召唤赋予英国文学以全新的使命和内涵。而正是这个全新的使命和内涵承载了"文化记忆、历史书写、民族叙事、价值塑造"的多重含义，并迅速成为剑桥英文得以大踏步前进的动力和契机。

1912年，当年反对增列文学批评和文学原理考试的盎格鲁－撒克逊语言首席教授斯科特去世，其教授之席由切德维克继任。切德维克是古典学家，虽以语文学起家，但他认为关于古英语中元音的变化、方言的形式等语言和语文知识在任何一本教科书里都可以找到，因此对本科生灌输大量的语文学历史知识意义不大，一来枯燥乏味，二来如果没有其他语言特别是梵文、拉丁文和希腊文做支持和参照，如此这般学习英语语文不免装模作样，名不副实。他的这一实事求是的开明态度对1917年英国文学独立考试大纲的诞生具有决定性意义，切德维克也因此成为英文三脚凳考试得以确定的主要功臣。作为一位古典学家，他和一批具有远见卓识的人文学者一样认为英国文学迟早会在人文教育中取代古典学的主导地位。他主动提出将古英语并入古日耳曼语的系统学习中，另一方面将现代英语（modern English）上升为大学人文教育的一个主要组成部分。而想要让现代英语语言文学成为一个受欢迎的学科，就必须摆脱语文学的桎梏，着重文学文本自身的学习和分析。①

1916年复活节学期（Easter Term），第一次世界大战欧洲前线硝烟弥漫，位于剑桥哥拉斯汉姆路上（Gresham Road）的切德维克家的花园里多了一份战时后方特有的宁静，中世纪和现代语言专门委员会主席斯图亚特、盎格鲁-撒克逊语首席教授切德维克和爱德华七世英文讲席教授奎拉库奇正在这里举行三人会议，讨论中世纪和现代语言三脚凳考试的改革方案。方案初步拟订后，斯图亚特将其拿到牛津大学征求该校英文讲席教授拉雷（Walter Raleigh）的意见。拉雷了解切德维克的想法，建议无论如何都要将英文考试单列。至此，英文三脚凳考试独立门户已成定局。1917年2月22日英文独立考试大纲诞生（参见附录：《剑桥大学1917年英文三脚凳考试大纲》）。切德维克很清楚，战后一切恢复正常后，大批学生将会专修现代英文，结合选修古典学、法律、历史或一门当代语言。如他所料，现代英文很快发展成大学教育的普通学科，而不列颠语和古条顿语言与文化则成为少数学有专攻学生的自选专业。

---

① 2003年第10期的《读书》杂志以《寻求为生活的文学》为题组织讨论中国语文教学中存在的类似问题，参见南帆、王晓明等：《寻求为生活的文学》，载《读书》，2003年第10期，27~36页。

《脱去镣铐的缪斯》的作者蒂利亚德曾援引 1644 年弥尔顿的《论教育》(*Of Education: To Master Samuel Hartlib*) 中的一段话来强调文学和历史在语言学习中的重要性：

> 即使语言学家应该以掌握了巴比塔下世界上所有的语言为荣，但是如果他除了字词之外没有学习这些语言的实质性的东西，他就和任何一个只通晓其母语的农民和商人一样，不是一个受人尊敬的学者。（Tillyard, 1958: 58-59）

弥尔顿所谓"实质性的东西"就是指语言所承载的文学、历史和文化。早在文艺复兴时期，脍炙人口、雅俗共赏的莎士比亚戏剧和钦定版圣经（King James Bible）就成为家喻户晓、口口相传的文学和宗教经典，二者为现代英语的形成和发展作出了重大贡献。现代英语作为白话文得以推广，是一个民族身份重塑的标志；现代英语成为中学和大学的必修科目，并与拉丁文和希腊文一样占据同等重要的地位是历史和社会发展的必然结局。一如中国"五四"新文化时期所倡导的白话文运动，将文字奉还给人民，开启了文和言相统一和文化启蒙的伟大的新时代（刘再复，2010：8）。英国本土文学进入大学体制无疑是振兴民族文学、弘扬本土文化的一个壮举。曾担任过伊丽莎白女王和爱德华六世家庭教师的阿斯卡姆（Roger Ascham）是剑桥大学圣约翰学院著名的希腊语专家和教育家，16 世纪中叶他因在《弓箭术》(*Toxophilus*) 这本皇家教科书里写下"英文对母语是英语的英国人来说很重要"（English matters in the English tongue for Englishmen）（1815：50）这句名言而深得人心。一个民族的文化遗产是需要用这个民族的语言和白话来激活和传播的。但丁之所以被恩格斯称为中世纪最后一位诗人和新时代的最初一位诗人，在于他用本民族语言意大利语为他心目中的人民书写了不朽诗篇《神曲》。

随着拉丁语、古希腊语和古英语等古典语言在现代社会生活中实用性的明显减弱，英国文学作为精神价值和文化理想的教育资源迅速取代古典主义在大学的主导地位，为人们以科学的方法探索文学的基本层面，如道德、语义和情感层面提供了新鲜的养分和素材。而从更大的方面讲，英国文学学科的建立是"一战"期间文化和社会危机的产物，是对现代文明的反思与批判。文学所具有的世俗人文主义特征使它足以成为战后宗教的替代品，成为重建信仰、道德和继续传播启蒙主义价值观的工具。随着战后民族主义、爱国主义情绪的增长，英国文学不但成为振兴英国性（Englishness）的旗帜，同时还是日薄西山的大英帝国维持其帝国主义文化霸权的工具。[①] 随着古典学在大学人文教育的中心位置逐渐被英国文学所取代，英国文学不仅有利于增强民族自豪感，形成和巩固欧洲视野和表征中"他者"的"野蛮"和"土著"形象，而且促使西方人文主义的价值观念（如文明教化、人道主义等）进一步民族化和普世化。正如比尔·阿什克罗夫特等人在《帝国反述：后殖民文学的理论与实践》（*The Empire Writes Back*）中所指出的那样："文学对于帝国的文化产业就好比郡主立宪制对于英国的政体一样，据有中心地位。"（Ashcroft, 2002：3）事实证明，"剑桥英文"诞生之后就以强大的社会影响力渗透到英国和其他英联邦国家的中学和大学，直到远在东方的中国、日本和马来西亚。如伊格尔顿所言："在本世纪头几十年，英文研究在面对世界性的现代主义的挑战时，以昔日帝国的国际主义作为回应，以全球为驰骋的疆域，以本土为安全的中心。英文文牍在（爱尔兰的）克雷到（马来西亚的）吉隆坡之间的广大地域畅行无阻。"（伊格尔顿，1999：186）另一方面，英国文学所体现的审美趣味和人文主义价值从它诞生之日起，就包含了摆脱皇权统治、批判资本主义的对抗因子，脱胎于资本主义现代性的文学在其不断发展壮大的过程中不可避免地走向了它的反面，在道德理想和精神价值方面与资本主义的发展逻辑背道而驰，看看莎士比亚、弥尔顿、布莱克、华兹华斯、雪莱、艾略特、狄更斯等作家笔下所描写和抒发的人间万象和社会关切，就不难理解英国文学所具有的双重特性。[②]

如果将"剑桥英文"及其批评传统还原到其产生和发展的历史语境和过程语境中予以细察，就不难发现"剑桥英文"在学科建设、文化批评和文化研究等方面的价值与意义先后与瑞恰慈、燕卜荪、利维斯和威廉斯等四位批评家的名字紧密地联系在一起，是他们的教学理念和批评实践不断定义、更新和超越了"剑桥英文"。无论是瑞恰慈的实用批评、燕卜荪的语义批评、利维斯的价值（判断）批评还是威

---

① 英国文学作为帝国文化的一部分，为赢得政治认同和文化认同发挥了不可替代的作用。在英国殖民主义传播"文明"的使命中，英国文学与其他教育形式一样成为"殖民话语的组织结构"（Peter Hulme. *Colonial Encounters: Europe and the Native Caribbean, 1492-1797*. London: Routledge, 1992. 46）。莎士比亚的戏剧、华兹华斯的湖畔派浪漫主义诗歌，特别是那首《水仙花》（*I wandered lonely as a cloud* 又名 *Daffodils*）等英国文学经典，随着殖民主义文化政策在殖民地的全面推进，与英式足球（soccer）和板球（cricket）一样，在殖民地家喻户晓，深入人心，而莎士比亚《暴风雨》中的普鲁斯珀罗大公与野人卡里班的关系也成为殖民者和被殖民者彼此遭遇的隐喻。正如斯皮瓦克所说："曾被视为英国社会使命的帝国主义是向英国人再现英国文化的一个重要组成部分，忘记这一点就无法阅读 19 世纪英国文学。"参见 Gayatri C. Spivak, "Three Women's Texts and a Critique of Imperialism," *Critical Inquiry* 12 .1（1985）243。

② 参见周小仪：《从形式回到历史——20 世纪西方文论与学科体制探讨》，北京：北京大学出版社，2010。

廉斯的文化批评，都在相当程度上具有工具理性和价值理性的双重取向。这个现象告诉我们：工具理性走到极端肯定是狭隘的、偏颇的，但工具理性在事物和历史发展的某一个特定过程中具有积极意义和存在合理性，而富于人文理想和社会关怀的人们，将会不断以价值理性的思想光芒照亮和驱散工具理性残存的晦暗，让人类的理性和创造力在不断的思想交流和意识更新中焕发新的激情与诗意。

1921年，著名的纽波特报告《英国的英文教学》（*The Teaching of English in England*）问世，与新成立的英文系遥相呼应。① 该报告明确规定了英国文学在弘扬民族精神和民族文化中的历史地位和重要作用，提出在世俗社会里，英国文学所能提供的精神价值足以取代宗教的主导地位，从而将文学与当代人的道德修养和日常生活联系在一起。

《报告》宣称："文化将不同的阶级团结起来"，"（英国文学）是我们民族的文化与我们本土生活经验的结晶"，"英文不仅是我们思想的媒介，而且是思想的内容和过程"。（Board of Education，1921：16-17）

瑞恰慈作为剑桥英文学科的奠基者之一，不仅参与了《纽波特报告》的起草，还亲力亲为，率先开设了旨在探索诗歌和批评价值的"实用批评"课程。他将有关诗歌写作的时代和作者的信息隐去，将没有标题和作者署名的诗歌发给学生，要求学生在没有任何先为主的成见的约束和影响下寻找和清理个人对作品的原汁原味的、直接的感受和评判。② 这种鼓励个人自主的文学阅读方法具有鲜明的民主特征和革新意义，随着瑞恰慈从剑桥到北平的旅行，引起中西一代人的普遍兴趣。他将心理学、语义学等现代科学引入文学阅读和文学批评，试图在将文本阐释精确化和科学化的基础上，建立一套"表达准确的批评理论"（Russo，1989：89）。瑞恰慈对文本自足性的强调及其所倡导的细读原则，他从心理学和语义学出发，对阅读和写作的心理体验、经验组织、冲动平衡的大胆论述，以及他的关于语境产生意义的理论，使他的实用批评方法和由此形成的一整套文学批评原理被看作是"新批评"的源头与发端。

瑞恰慈所创造和推行的"实用批评"具有鲜明的现实关怀和实用价值。作为英国"文化与社会"批评传统奠基人马修·阿诺德在20世纪的主要传人，瑞恰慈相信"诗歌是克服一切混乱的手段"，培养阅读甄别和判断能力因此成为"实用批评"的目标。作为一种阅读策略，"实用批评"使得洞察语言细微表达的能力和

---

① 该研究报告由亨利·纽波特爵士主持，因而称为《纽波特报告》（*Newbolt Report*）。
② "实用批评"（Practical Criticism）迄今仍是剑桥大学英国文学本科学位必修课中的保留课程。

心智感悟力得到有效的训练。通过训练判断能力和理解能力，达到改造个人进而改造整个社会的目的是"实用批评"背后的根本动机。

作为一名登山爱好者，瑞恰慈的一生都在不断攀登人生新的高峰，"实用批评"风生水起之时，他却厌烦了剑桥的保守和沉闷，携妻来到刚刚受到新文化运动洗礼的中国，在清华大学、燕京大学教授英国文学和批评理论，同时继续研究语言的多义和转换问题，他的中国同事和学生当中有吴宓、叶公超、朱自清、钱锺书、曹葆华、李安宅等，在李安宅等人的帮助下，瑞恰慈写成了《孟子论心》，用中国经典文本阐述语义和语境的多元和复义关系。后又转而从事基本英语（BASIC）和通识教育的推广，为实现世界和平的人文理想，寻求跨语际、跨文明交流的有效途径在中国、美国、英国四处奔走，直到生命的最后一息。如果将瑞恰慈所留下的"实用批评""科学与诗""通识教育""基本语"等文学批评、文化批判、社会改造和人文教育理想置于他曾经工作和生活过的英国、中国和美国的当下语境中予以重新审视，依然不乏其思想光芒和现实相关性。

同被公认为英美新批评创始者的威廉·燕卜荪是瑞恰慈在剑桥大学玛德琳学院的学生，他24岁的时候在一篇课程作业的基础上写出了洋洋洒洒250多页的《含混七型》，成为第一个将瑞恰慈的意义理论和细读原则付诸实践的批评家。在《含混七型》和后来在中国北京重写和完成的《复杂词的结构》中[①]，燕卜荪自觉而系统地发扬并超越了瑞恰慈的语义分析方法、语境理论和细读法则，他运用大量的文学文本实例，通过分析比较语言和文本的多义本质和复义形态，演示了一整套文学的内在批评模式；他对歧义和朦胧的关注，丰富了人们的阅读角度和文本内涵，为20世纪前半叶席卷文学批评和大学课堂的美国新批评提供了理论源泉和实践范例。他的学术贡献还远远不止这些，实际上，当美国新批评发展到极致时，燕卜荪并不赞成新批评割断作品与作者及其社会语境的关系，对所谓的"意图谬见"和"感受谬见"持否定态度。在后来出版的《复杂词的结构》《田园诗的几种变体》《弥尔顿的上帝》《论文学与文化》《论文艺复兴文学》等论著中，燕卜荪一方面继续关注文本；另一方面注意挖掘文本的社会文化内涵及其文本与特定语境之间的互动和联系，开拓了文学的文化批评新领域，在一定程度上对后来的新历史主义文学批评、后结构主义和原型批评产生了影响，成为20世纪英国文学批评从文本批评走向文

---

① 《复杂词的结构》初写于西南联大时期，但在1939年"二战"期间从美国返回英国的途中丢失。1950年，在一位身处云南的缅甸朋友 Myat Yun 的帮助下，此书稿与《兽中之王》的手稿一起失而复得，燕卜荪对旧稿进行了修改，并于1951年成书出版。

化批评的一个中间环节。他所提出的"双重情节"和"复杂词"分析方法一定程度上启发了威廉斯对于"感觉结构"和"关键词"的挖掘和研究。燕卜荪的数学头脑、语言天赋和批评锐气使他成为一位独树一帜的批评家。

和他的导师瑞恰慈一样,燕卜荪也是一个世界主义者。当初剑桥莫德林学院因在其寓所里搜出避孕套而将其开除出校,这反而成就了他的"中国梦"。从 1930 年代到 1950 年代,他先后两次赴中国教授英国文学和现代诗歌,前后长达 7 年之久(1937—1939 年、1947—1952 年)。在西南联大,他一边教书,一边写作,在中国的讲学经历给了他写作"中国之书"《复杂词的结构》的灵感和实际案例。他的学生许国璋、王佐良、周珏良、杨周翰、李赋宁、查良铮等日后成为新中国外国语言文学学界的领头人和奠基者。中国经验为他提供了更宽阔的国际视角和批评坐标。

继瑞恰慈和燕卜荪之后,剑桥并没有形成一成不变的"新批评"流派,倒是在大洋彼岸的美国,经由兰色姆(John Crowe Ransom)、泰特(Allen Tate)、布鲁克斯(Cleanth Brooks)和后来加入的韦勒克(Rene Wellek)、沃伦(Austin Warren)、维姆塞特(William K. Wimsatt)等人的推动和实践,从 20 世纪 30 年代起直到 50 年代末,新批评在美国蔚然成风。瑞恰慈和燕卜荪所创立和推行的文本细读和语义分析方法成为西方文学批评发展史上的重要文化遗产,不仅对盛极一时的新批评产生了重要影响,而且对剑桥批评的"伟大的传统"起到承前启后的作用。

剑桥批评的另一个里程碑式的人物当数 F. R. 利维斯。早期的利维斯对瑞恰慈文本细读和实用批评理论非常着迷。但是,在剑桥自由人文主义环境中成长起来的利维斯,和他的前人、同辈一样决不跟在任何"权威"和"革新派"后面亦步亦趋。他仰慕瑞恰慈、燕卜荪的开创精神和天赋才华,但他不赞成他们过于科学化、程式化的审美倾向和批评模式。他吸收了瑞恰慈关于文本细读的观念,但拒绝将"实用批评"当作唯一有效的批评手段。他强调语言的鲜活性、学科的思想性,特别是文学批评所特有的价值判断和道德责任。他所创立的《细察》(Scrutiny)期刊为此提供了一个广阔的实践平台。该刊从 1932 年创刊到 1953 年停刊,利维斯及其追随者们将它办成了一个集文学、艺术、教育和社会批评为一体并彼此呼应的 "一场道德与文化改革运动的核心"(Eagleton,1983:42),它"以惊人的胆识重新绘制了英国文学认知图",并通过它和唐宁学院的英国文学教学实践向全世界宣告"文学与其说是一门学术型专业,不如说是一种与文学本身休戚相关的精神探索"(41)。《细察》以字里行间力透出来的艺术直觉、思想穿透力和价值评判的锐气骄傲地宣称"我们才是剑桥,是那个根本意义上的剑桥"(Leavis,1963:4)。

无论是英国文学教学还是英国文学研究,批评对于利维斯价值塑造和道德判断,都是心性和心智的培养,是对文化传统的守成和对机械文明的反抗。利维斯1960年代与斯诺之间的"两种文化之争",进一步廓清和阐明了他终身所笃信的文学批评及教育所能给予人们的心智启发和鲜活原则——人文和科学共同构成一个民族赖以生存和发展的文化传统的整体价值,而其中最细微、最脆弱的部分以及美好生活秩序的标准要仰仗一批受过良好教育的文化精英来守望和维持。与瑞恰慈和燕卜荪不同,利维斯一生坚守剑桥,通过近半个世纪教育和批评的艰苦实践,将文学推至广阔的社会文化和教育领域,构建和诠释了文学是关于生活的批评,是一个关乎社会、文化和教育的"鲜活的源泉",他以巨大的勇气和毅力创造性地把英国文学及其批评建设成一个思想的学科,一个培养心智、传承文化、甄别价值、审视文明的学科。批评对于他,是对文学、对生活的甄别和判断,也是对现代文明和当代社会的批判和细察。

在英国文学学科得以创建和发展的过程中,由瑞恰慈开创的实用批评,经由利维斯的变革和实践,迅速走向价值批评和文化批评,从20世纪20年代起一直到70年代,利维斯虽然从来没有执掌过剑桥英文系,却凭借他坚定不移的文学信念和批评洞见,以剑桥唐宁学院和《细察》为根据地倾力打造和推行一整套文学教育的方法和批评原则,因而在结构主义后学兴起之前,在英语世界产生广泛影响,他关于文化的论述和主张使他成为继马修·阿诺德之后英国文化主义(文化研究)的先声,深刻而曲折地启发、训练和影响了威廉斯等一批年轻的左翼学者。

威廉斯以文学批评和研究为出发点的文化唯物主义批评理论的创新建立和广泛实践,是从瑞恰慈、燕卜荪以文本和读者为中心的实用批评,利维斯以文学为中心、以道德判断为准绳的价值批评出发起航的。自20世纪30年代开始一直到80年代的近半个世纪中,威廉斯一方面从不断发展和成熟的剑桥批评传统中汲取养分;一方面努力摆脱和超越利维斯主义和"剑桥英文"这方"窄地"(tight place)(Higgins,1999:5)。无论是《现代悲剧》,还是《英国小说:从狄更斯到劳伦斯》《乡村与城市》,都是他与"剑桥英文"进行对抗性对话的产物,而《文化与社会》《漫长的革命》《马克思主义与文学》则是他从文学批评走向文化研究,再由文化研究回归文学批评并推及社会批评的结晶。如他自己所说,在"剑桥英文"三分之二的发展时间里,他一直努力寻找并建构属于他自己的文学批评和文化研究的理论体系(Higgins,1999:143)。20世纪30年代在英国剑桥兴起的马克思主义文化分析方法和他在剑桥所接受的文学教育共同成为他建构文化唯物主义批评理论的思想资源和方法论指导。两者之间的矛盾和张力使他终身都在以一种开放、批判和兼容并蓄的态度在利维斯主义和左翼政治的协商和博弈之间不断开拓文学批评和文化研究的新领域，并终身朝着文化的"希望的资源"奋力前行。

英国是一个精英主义传统比较深厚的老牌资本主义国家，精英文化与大众文化之间界限分明，威廉斯、霍加特等人的文化研究同时吸取了文化保守主义者和社会主义空想家批判资本主义工业文明的遗产，企图在文化传统和工人阶级、高雅文化和教育功能之间架设桥梁。威廉斯所提出的"文化是日常的"命题和他所倡导的"共同文化"建设目标，从另一个角度体现了剑桥批评的现实品格和价值关怀，反映了剑桥批评一路走来的曲而充盈的航线。

历史地看待"剑桥英文"的诞生和发展过程，我们就会发现，任何新事物的形成虽然有一定的偶然性，但终究还是受到历史发展必然性的驱动和制约的。在此过程中，总是有一些先知先觉者能够把握住事物的本质和社会发展的潮流，对历史作出负责任的清理和反思，对当下和未来作出富有远见的预言和判断。这些先知先觉者们将其超乎寻常的洞见与才华不失时机地汇入人类思想文化发展的浩瀚长河。由于他们的存在，后来者才有可能对人类思想和文化的沉淀进行批判性的反思、扬弃和创新，他们也因此将永远为人们所铭记。而20世纪三四十年代瑞恰慈和燕卜荪在清华大学、北京大学、燕京大学和西南联大的讲学以及改革开放以来利维斯和威廉斯学说在中国的接受和传播，又使得"剑桥英文"将其文学与批评、文化与社会、教育与大学交相呼应的历史性触角伸向当代中国并产生了跨越国界的影响与回声。

参 考 文 献

刘再复：《中国贵族精神的命运》，载王鲁湘主编：《从富强到文雅》，南京，江苏文艺出版社，2010。

陶东风：《破镜与碎影》，昆明，云南人民出版社，2001。

[英]伊格尔顿：《历史中的政治、哲学、爱欲》，马海良译，北京，中国社会科学出版社，1999。

周小仪：《从形式回到历史——20世纪西方文论与学科体制探讨》，北京，北京大学出版社，2010。

Ascham, Roger. *The English Works of Roger Ascham: Preceptor to Queen Elizabeth*. London: White, Cochrane, 1815.

Ashcroft，Bill，et al. *The Empire Writes Back: Theory，and Practice in Post-colonial Literatures*，*2nd ed.* London: Routledge，2002.

Board of Education. *The Teaching of English in England.* London: HMSO, 1921.
Calinescu, Matei. *Five Faces of Modernity: Modernism, Avant-Garde, Decadence, Kitsch, Postmodernism.* Durham, N.C.: Duke University Press, 1987.
Chainey, Graham. *A Literary History of Cambridge.* Cambridge: Cambridge University Press, 1995.
Collini, Stephan. "Cambridge and the Study of Englis". *Cambridge Contributions.* Ed. Sarah Ormrod. Cambridge: Cambridge University Press, 1998. 42-64.
Bell, Daniel. *The Cultural Contradictions of Capitalism.* New York: Basic Books, 1976.
Eagleton, Terry. *Literary Theory: An Introduction.* Minneapolis: University of Minnesota Press, 1983.
Garrett, Martin. *Cambridge: a Cultural and Literary History.* Northampton: Interlink Books, 2004.
Heath, Stephen. "I. A. Richards, F. R. Leavis and Cambridge English." *Cambridge Minds.* Ed. Richard Mason. Cambridge: Cambridge University Press, 1994. 20-33.
Higgins, John. *Raymond Williams: Literature, Marxism and Cultural Materialism.* London and New York: Routledge, 1999.
Howarth, T. E. B. *Cambridge Between Two Wars.* London: Collins, 1978.
Hulme, Peter. *Colonial Encounters: Europe and the Native Caribbean, 1492-1797.* London: Routledge, 1992.
Leavis, F.R. "Scrutiny: A Retrospect." *Scrutiny* XX. Cambridge: Cambridge University Press, 1963.
Lucas, F. L. "English Literature." *University Studies Cambridge.* Ed. Harold. Wright. Cambridge: Ivor Nicholson & Watson, 1933. 259-294. Potter, Stephen. *Muse in Chains.* London: Jonathan Cape, 1937.
Quiller-Couch, Arthur. Preface to *On the Art of Reading, Lectures Delivered in the University of Cambridge, 1916-1917,* Cambridge, 1920.
Richards, I. A. *Selected Letters of I. A. Richards.* Ed. John Constable. Oxford: Clarenton Press, 1990.
Russo, John Paul. *I. A. Richards: His Life and Work.* Baltimore: The Johns Hopkins University Press, 1989.
Spivak, Gayatri C. "Three Women's Texts and a Critique of Imperialism." *Critical Inquiry* 12 .1 (1985): 243-261.
Tillyard, E. M. W. *The Muse Unchained: An Intimate Account of the Revolution in English Studies at Cambridge.* London: Bowes and Bowes, 1958.
Ward, A.C. *Twentieth Century English Literature.* London: The English Language Book Society, 1965.
Willey, Basil. *Cambridge and Other Memories 1920-53.* London: Chatto & Windus, 1968.

附录

《剑桥大学1917年英文三脚凳考试大纲》[①]

Section A（英国文学：现代和中世纪），6门考试：每门3个小时。

1. Questions and Essays on the general history of English Literature since 1603.

2. Passages from specified and unspecified works of Shakespeare for explanation and discussion; with questions on language, metre, literary history, and literary criticism.

3a. Questions on a prescribed period of English Literature.

Or

3b. The history of the English Language.

4. Questions on English literature, life and thought from 1350 to 1603.

5a. Questions on a special subject in the general history of literature, ancient and modern, in connexion and comparison with English Literature.

Or

5b. Passages from specified Anglo-Saxon and early Norse works (the latter being optional) for translation and explanation; with questions on literary history and subject matter.

6a. Questions on the Life, literature, and thought of England from 1066 to 1350; with passages from specified English and French works for translation and explanation.

Or

6b. Questions on the general history of literary criticism with special reference to English Literature.

Section B（早期文学和历史），从下列7门中选择5门：每门3个小时。

1. Anglo-Saxon and early Norse=paper 5b in Section A.

2. English history, life, and literature before 1066.

3. Specified subjects in early Norse literature, thought, life and history.

4. The early history, life and literature of the Teutonic peoples.

---

① 参见 Tillyard. *The Muse Unchained*. 56-57.

5. The early history and antiquities of Britain.

6. The early history, life and literature of the Celtic peoples.

7. The Teutonic Languages, with special reference to Gothic, Anglo-Saxon, early Norse and Old High German.

8. The Celtic Languages, with special reference to early Welsh and early Irish.

重审与辩证

——瑞恰慈文艺理论在现代中国的译介与反应[①]

陈 越

内容摘要：本文根据新发现的材料，重新审查了20世纪三四十年代中国学界译介瑞恰慈的史实，对伊人、曹葆华、涂序瑄、施宏告翻译瑞恰慈的《科学与诗》《文学批评原理》《实用批评》等作品的背景、经过、反响等情况有所辨正，继而对叶公超、温源宁、李安宅、水天同、吴世昌等诸多中国学者理解、接受、传播以及运用瑞恰慈的文艺思想的情况进行梳理和分析。

关键词：瑞恰慈；科学与诗；文学批评；现代文学

Reexamination and Discrimination: Translation and Response of the Literary Theory of I. A. Richards in Modern China

CHEN Yue

Abstract: Based on the newly discovered materials, this paper re-examines the historical facts of the translation of such poetic works of I. A. Richards as *Science and Poetry*, *Principle of Literary Criticism* and *Practical Criticism* by Chinese scholars in the 1930s and 1940s among which are Yi Ren（pseudonym）, Cao Baohua, Tu Xuxuan and Shi Honggao. Some misunderstandings about the background, the process and the reaction of the translation of these works are discriminated and corrected. Then the whole situation about understanding, accepting, propagating and application of the poetics of I. A. Richards by the Chinese scholars such as Ye Gongchao, Wen Yuanning, Li Anzhai, Shui Tiantong, Wu Shichang, etc. is sorted out and analyzed.

Keywords: I. A. Richards; science and poetry; literary criticism; modern literature

---

[①] 本文首次发表于《中国现代文学研究丛刊》2009年第2期，95~107页，此次略有修订和补充。

瑞恰慈（Ivor Armstrong Richards）是英国著名的文艺理论家，教育家，剑桥现代英语文学课程的开创者之一，"实用批评"（Practical Criticism）的代表人物之一，①也是"新批评"学派的主要理论先驱，对20世纪英语世界的文学批评和文学教育有着重要影响。同时，他也是中英文化交流史上的一个重要人物，他曾多次来到中国讲学和推广基本英语（Basic English），②其中以第二次即1929—1930年在清华、北大、燕京等校讲学这次停留的时间最长，③其间瑞恰慈在清华大学讲授"第一年英文""西洋小说""文学批评""现代西洋文学（一）诗，（二）戏剧，（三）小说"等课程（齐家莹，2003），同时也在北京大学讲授"小说及文学批评"等课程，④又于1930年秋季任燕京大学客座教授，主讲"意义的逻辑"与"文艺批评"（李安宅，1934：4）。任教期间，瑞恰慈与吴宓、王文显、叶公超、李安宅、黄子通、温源宁等诸多中国学人时相过从，并多有交流与合作。瑞恰慈的作品如《文学批评原理》（*The Principles of Literary Criticism*）、《实用批评》（*Practical Criticism*）等在中国的翻印本曾风行一时，《科学与诗》更是有多个中文译本，他的文学批评的思想对20世纪20至40年代的中国文学批评界有着不容忽视的影响，众多学者都自称读过他的作品，也有不少学者著专文讨论他的作品，更有学者受其启发，运用他的文学思想来研究中国文学。对"瑞恰慈与中国现代文学批评"，近些年研究渐多，但大多集中在理论的发挥上，而疏于对史实的梳理和考察。有鉴于此，本文着重对瑞恰慈文艺思想在现代中国传播的历史线索进行了再梳理，⑤并对一些含糊不清的

---

① 瑞恰慈（Ivor Armstrong Richards，1893—1979）的中文译名有瑞恰慈，瑞恰次，瑞洽慈，瑞查兹，吕恰慈，吕嘉慈，吕嘉兹，雷嘉茨，雷嘉慈，李却茨，李恰次，李却慈，理查斯，日恰兹，力查兹，栗洽慈，芮卡慈等多种，为论述方便，除引文外，本文一律写为瑞恰慈。
② 有关瑞恰慈来华任教及推广"基本英语"的经历，Rodney Koeneke 在梳理档案日记等历史文献的基础上有翔实的论述，详见其所著 *Empires of the Mind: I. A. Richards and Basic English in China,1929-1979*. California: Stanford University Press, 2004。
③ 曹万生的《现代派诗学与中西诗学》（人民出版社，2003年12月），李媛的《知性理论与三十年代新诗艺术方向的转变》（《中国现代文学研究丛刊》2002年第3期）都对瑞恰慈及其理论有所提及，但前者称瑞恰慈来华讲学是"20世纪30年代初期"，后者称"瑞恰慈于1930年秋以客座教授身份到北平讲学，历时一年"，实误。
④ 北京大学《北大二十年级同学录》（1931年出版）中有英文系的介绍有如下内容："十八年秋，复校成功。温（源宁）先生连任主任，遂为本系设阅览室，悉心规划，广置书籍，于兹二载，颇可观；本级沾丐其利者实多。先一年，剑桥大学芮卡慈先生，将有东亚之行，本系拟加聘请，因经费沾绌，议遂中止，芮先生亦不果来。是年，芮先生始应聘来华，授本级小说及文学批评"。另1930年6月1日出版的《北大学生》创刊号中所列的委员会顾问名单中就有瑞恰慈，他的名字一直到1931年3月1日第四期中才消失。
⑤ 有关瑞恰慈的批评理论在现代中国的译介和接受的情况，吴虹飞较早在《瑞恰慈与中国20世纪三四十年代的文学批评》（见徐葆耕编：《瑞恰慈：科学与诗》，清华大学出版社，2003年3月）一文中做了简略的梳理。

情况略作辨正，以期为进一步的理论研究提供一个比较完整和可靠的文献学基础。

一、瑞恰慈论著在院校的流传与译介

瑞恰慈的批评论著原是为了满足英国大学文学教学之需而写的"实用批评"，20世纪三四十年代的中国高等院校文学教学也面临着同样的问题，加上瑞恰慈来华任教，因此他的"科学的"而且便于实际操作的批评论著也就特别引起了中国学院师生的关注。据笔者所见，1929年北京大学"图书馆新到西文书"中即有瑞恰慈的 Principles of Literary Criticism。① 同年7月20日出版的《华严》杂志第7期上就刊登了伊人所译《科学与诗》的广告，其中特别提到《科学与诗》是"英国剑桥大学教授雷嘉茨 I. A. Richards 之名著。雷氏尚著有批评原理及 Practical Criticism 等书，为英国当代之大批评家。现雷氏已应北京大学清华大学之聘，来华讲学，我们对于雷氏之思想更不能不有相当之了解。此著为雷氏讲诗与科学之专著，当此'科学的文艺'高唱入云之际，我们对于其关系，应有更清楚的认识"，从这些不无宣传意味的用语中可以略窥当时中国学院师生对于瑞恰慈的热情期待。1928年进入燕京大学英文系的吴世昌在写于1935年的文章中曾提到瑞恰慈的名字在北京曾盛传过一时，在市场上可以买到其《实用批评》的廉价翻版书。② 直到抗战爆发前，水天同（他曾经师从瑞恰慈）还说："瑞恰慈教授（Professor I. A. Richards）的《实用批评》（Practical Criticism）一书，中国的翻印本充斥市场已数年矣，但是书中的道理似乎并未经人注意。"（《新中华》1937，5（7））

也就在这一时期，瑞恰慈的论著得到了集中的译介。单是《科学与诗》就先后出现了两个完整的中文译本：③ 伊人的译本（北平：华严书店，1929年6月初版，印数1500本），标明"I. A. Richards 著，伊人译"；曹葆华的译本（曹葆华，1937），标明"瑞恰慈著 曹葆华译"，列为"文学研究会丛书"。后来缪灵珠（朗山）又有一个译本，收入《缪灵珠美学译文集》（第四卷）（章安祺，1991）。瑞恰慈

---

① 《北大图书部月刊》，1929，1（1）。所列新到西文书目中还包括 Winchester. *Some Principles of Literary Criticism*。
② 见吴世昌：《瑞恰慈的批评学说述评》，刊载于《中山文化教育馆季刊》1936年夏季号。
③ 据笔名为"闲"的著者称"此书（指《科学与诗》——引者注）中文译本已有两种：其一为傅东华君所译，容俟另评。其二为伊人所译，1929年6月出版，北平华严书店发行"（解志熙、王文金，2004：652~653《评伊人译〈科学与诗〉》，《大公报·文学副刊》，1930，113），另外，《文学评论》第1卷第2期（1934年10月）所刊"文学评论社"广告中，有董秋芳译的《科学与诗》，笔者查询有关图书馆目录，均未显示该译本，可能最终没有出版，详情还待考。

的 Science and Poetry 的初版是 1926 年，1935 年出版了修订本，1970 年出版新版，名为"Poetries and Sciences: A Reissue of Science and Poetry"，实为一个评注本。伊人和曹葆华的两个译本都是译自 1926 年的这个版本。按照伊人译《科学与诗》版权页的信息，该书是 1929 年 6 月初版，书上只标注了瑞恰慈的英文名，没有使用中文译名。伊人的译文在由华严书店正式出版之前曾在《河北民国日报副刊》第 114 期至第 120 期（1929 年 5 月 10 日，12—17 日，19 日）连载过。

这里有一个小问题：最初翻译《科学与诗》的"伊人"究竟是谁？"伊人"无疑是个笔名，因为有一部《沫若文选》（该书封面上题有"现代中国文学创作家"，下署"上海文艺书店出版"，扉页署"清秘馆主选 沫若文选，文艺书店版""一九三一年六月一日出版"）曾经收入了伊人的《科学与诗》的中译本，由此导致伊人即为郭沫若的误解，从 20 世纪 30 年代一直延续到当下。① 其实，细看《沫若文选》会发现不少疑点：第一，该书收录了已经确定是郁达夫所写的《给一位文学青年的公开状》，同时收入的另一篇《文艺观念十家言》，据解志熙考证，应是于赓虞的文章（解志熙、王文金，2004：652-653）。第二，该部《沫若文选》序言与光华书局 1929 年出版的《文艺论集》（版权页注明：一九二九年五月订正，一九二九年七月四版）的序言基本雷同，前者不过是将后者中"偏偏我的朋友沈松泉君苦心孤虑地替我拢了来"改为"偏偏我的朋友清秘馆主苦心孤虑地替我拢了来"，所署时间和地点从后者的"民国十四年十一月廿九日，上海"改为"民国廿年六月一日，东京"，而且，该书的篇目与《文艺论集》也大部分相同。第三，在《沫若自选集》（自选集丛书，上海乐华图书公司印，1934 年）的序中郭沫若交代应乐华书局的要求，提交了一个生活和创作年表，其中 1929 年译有《石炭王》与《屠场》《美术考古学上的发现之一个世纪》，丝毫没有关于《科学与诗》的只言片语。由此我们可以基本断定，该书是不法书商胡乱编选的盗版书籍。然则"伊人"究竟是哪位作家的笔名，因为文献不足，目前还难以确考。不过，从伊人的译本由于赓虞主持的书店出版并在于赓虞主编的《鸮》刊载过，似乎可以推断，伊人和当时集结于赓虞周围的文学小团体有较为密切的联系，甚至不排除伊人就是于赓虞本人的可能。顺便说一句，伊人的《科学与诗》译本出版不久，就有署名"闲"的作者在 1930 年 3

---

① 高庆赐 1932 年的毕业论文《吕嘉慈底文学批评》的序言和参考文献里都提到"吕嘉慈的《科学与诗》（英文名为 Science and Poetry，于 1926 年由英国伦敦 Kegan Paul 出版）有郭沫若翻译本，见《沫若文选》"。当今的研究者葛桂录可能看过高庆赐的这本论文，他在《I. A. 瑞恰慈与中西文化交流》（见葛桂录：《跨文化语境中的中外文学关系研究》，上海三联书店，2008）一文中沿袭了高庆赐论文中的说法，对后者所提到的参考文献也照单全收，而未作进一步核实与考辨。

月10日、24日的《大公报·文学副刊》（第113、115期）上发表文章《评伊人译科学与诗》，批评伊人译本"甚惜其不能明白晓畅，而错误所在皆是"，行文间语气颇为严厉。其实"闲"对伊人的批评也不无可商之处，但笔者还未见到伊人的反批评文章。

也有人以为"伊人"就是曹葆华，这其实是想当然的推断。曹葆华1931年毕业于清华大学外文系，旋入清华大学研究院，1935年毕业。照理他应该是听过瑞恰慈在清华的讲座，他的《科学与诗》译本由叶公超作序，后者对曹葆华的工作给予很大肯定，还希望他"能继续翻译瑞恰慈的著作"（《科学与诗》序言）。曹葆华的翻译得到了叶公超的引导和鼓励，除了《科学与诗》外，他还翻译了瑞恰慈的 Practical Criticism 的序言"实用批评"和其中一章"诗中的四种意义"，这些译文后来收入《现代诗论》（上海：商务印书馆，1937）。从曹葆华《现代诗论》的序言可知，他是将瑞恰慈的作品当作代表当代诗论最高成就的作品之一来介绍的，他认为瑞恰慈"是被称为'科学的批评家'的"，"现在一般都承认他是一个能影响将来——或者说，最近的将来——的批评家。因为他并不是一般人所想象的趋附时尚的作家，实际上他的企图是在批评史上划一个时代——在他以前的批评恐怕只能算一个时期"。

成都文艺月刊社出版的《文艺》刊发过两篇瑞恰慈的译文，均与当时任教于四川大学的涂序瑄有关。该刊3卷3期9月号（1935年11月1日出版）发表了谭仲超所译的《托尔斯泰的感染说》，正文署"Richards 著 谭仲超译"，译者在后记中交代"本文译自1934年所出第五版的 Richards 底 Principles of Literary Criticism 之第二十三章。Richards 系英国现代文艺批评界的心理学派骁将，与 Eliot, Read 等齐名，此篇移译，并非表示归附某某，纯系公平介绍，以应参考"，并提及"本文译竣，承涂序瑄先生详为校阅"。该刊4卷2期2月号（1936年2月8日出版）刊载了《论诗的经验》（注明"日恰兹博士著，涂序瑄教授译"），这是《科学与诗》第二章的第三个译本，其时涂序瑄正任教于四川大学。之前涂序瑄曾任教于北京大学外国文学系，教授四年级学生的选修课"勃朗宁（研究）""罗瑟谛（研究）"等，[①]1930年瑞恰慈任北大英文系教授的时候，徐志摩为同系教授，涂序瑄为英文系讲师，王文显、吴宓、陈逵等兼职教师亦为英文系讲师，[②]由此可以推测，涂序瑄有可能和瑞恰慈认识，至于他翻译《论诗的经验》的背景则还待考证。

---

① 参见《北京大学日刊》1931年9月14日。
② 参见北京大学：《北大二十年级同学录》，1931。

1935年9月16日出版的《文学季刊》"论著栏"刊载了《批评理论的分歧》（注明"英·瑞恰慈 施宏告译"），施宏告是清华大学1934级毕业生，他在文末译者附记中说："这是 I. A. Richards: Principles of（Literary）Criticism 第一章底译文。① 全篇是对于过去的批评理论底一个观察，同时也就是提出他自己底批评理论底一个先声。因为他在这本书中所要建立的，主要是他认为批评上基本的'价值'问题。还有一个更在先的，初步问题，就是'经验何以比较'的问题。在论及这一点时，本文底后半把近代实验美学可资我们借镜到什么程度，明确地划定了。他的论断是很精确的，对于学者并且总是很有用的指示。"施宏告对瑞恰慈在该文中的主要问题进行综述并做了肯定性评价之后，接着又引用李维斯的话来评价瑞恰慈的学术地位，"Richards 底理论，以剑桥为中心，十年来已经扩展到全英美了。英国的一个批评家 F.R.Leavis 在为一本论文选集 Determinations（1931）所写的序言中讲到对 Richards 感到兴味的人时，加上一句说：'在今日有谁对于文学有兴味而对于 Richards 不感到兴味呢？'此亦是足觇作者底地位和英美现今批评界底风气是如何了。"从施宏告的译者附记我们可以看到他对瑞恰慈理论的把握还是比较准确的，所持基本态度也是比较肯定的，其中他还提到李维斯对于瑞恰慈的评论，这也见出他的阅读范围之所及。另外，施宏告还翻译过瑞恰慈的《哀略特底诗》，连载于1934年7月2日、12日的《北平晨报》副刊《诗与批评》第28、29期上。

二、燕京学子们对瑞恰慈诗学的理解和应用

诗人于赓虞可能是最早对瑞恰慈的《科学与诗》作出反应的人。他在《鸮》（1929年2月27日，第十二期）的编者附语中写道"开首，我先招认，我是喜爱诗的人。而诗与科学就不同道，这意思在 Brown 的《诗之园地》，M.Arnold 的文章里，I. A. Richards 的《诗与科学》中都曾表示过，虽然 Macaulay 有着'科学的进展，诗将颓败'的雄语"。从这些文字我们可以看出，于赓虞对于瑞恰慈其人其作是有所了解的，上文也提到过，他与伊人及其《科学与诗》的译本可能也有一定的关系。于赓虞自己的诗学也对瑞恰慈有所呼应。1932年于赓虞在其《诗论序》中就说，"至于应用科学来研究诗人，早如应用弗罗以德（Freud）的精神分析的嘉本特（Carpenter），就研究了雪莱的生活及其诗的关系，近如雷嘉兹（I. A. Richards）就是行为派心理

---

① 该书现有杨自伍的译本，百花洲文艺出版社，1997年12月，列入"20世纪欧美文论丛书"。

学的文学批评家,这当然也不成为问题"①。

紧随于赓虞之后作出热烈响应的是李安宅和吴世昌。

瑞恰慈在 1932 年出版的《孟子论心》(*Mencius on the Mind: Experiments in Multiple Definition*)中列为合作者(collaborators)而加以致谢的学者有黄子通(L. T. Hwang)、博晨光(Lucius Porter)、李安宅(A. C. Li),均系他在燕京大学任教时的同事。1931 年 9 月 25 日的《大公报》"现代思潮"第 4 期堪称瑞恰慈研究专刊,其上发表了黄子通所著《吕嘉慈 I. A. Richards 教授的哲学》和李安宅所著《语言与思想》,文前有"编者小引",称"英国剑桥大学吕嘉慈教授专研究'意义底逻辑'(logic of meaning),去年在燕京大学任讲座时,常同黄子通,博晨光及李安宅诸教授一起讨论他的学说。并供给吕教授以极多中国文字上的佐证。本次周刊得黄,李两先生介绍他的学说,很称得起是一种缴幸的机遇"。黄子通此文提及瑞恰慈的文学批评的创见根基于署名欧格顿(C. K. Ogden)但"其中大部分是吕先生做的"的 meaning of psychology,并提及其目的"专为介绍吕嘉慈所讲心理学,因此,可以使读者明白他的文学批评的根据",经过简要介绍与分析后,得出的结论是"吕嘉慈的主张也可算是'谐和说'Harmony,不过他用心的心理学来讲,可以分析,可以有实证,对于文学的批评不至于含糊不着边际。吕氏的贡献就在这一点"。黄子通对瑞恰慈文学理论的基础的认识与分析,以及对其贡献所做的评价,与叶公超极为相似,后者在为曹葆华所译《科学与诗》所写序言中,郑重提道,"我相信国内现在最缺乏的,不是浪漫主义,不是写实主义,不是象征主义,而是这种分析文学作品的理论"。由此也可以见出黄子通对于瑞恰慈文学理论认识的程度。

李安宅对瑞恰慈的理论也有较深的研究,并以此为基础多有阐发,所著《语言的魔力》《意义学》《美学》这几本著作特别是后两本都深受瑞恰慈理论的影响。但被学界长期忽视了的,是李安宅 1931 年在《北晨评论》上先后发表了两篇同名的文章《论艺术批评》,他在前一篇的文末自称文章多处取材于瑞恰慈与奥格登、伍德等人合著的《美学基础》与瑞恰慈的《文学批评原理》,而从两篇文章的基本内容看,确实如此。在这些文章中,李安宅特别注重瑞恰慈的诗学的应用。值得一提的是,李安宅在 1931 年 12 月 19 日、26 日的《大公报·现代思潮》上分两期发表了《我们对于语言底用途所应有的认识》,该版的编者加了一个编者按,称"英国剑桥大学的吕嘉慈教授的意义学是一种很新的东西。他在清理思想和文艺批评上

---

① 原载于《河南民国日报副刊·平沙》第 20 期,1932 年 12 月 9 日出版,收入解志熙、王文金编校:《于赓虞诗文辑存》(下),开封:河南大学出版社,2004。

都有很大的贡献。李先生将吕氏学说'消化'一番，又在中国文字上找出许多佐证。注意吕氏理论的人，不可不细读本文"。此外，李安宅还在《益世报》上发表过《介绍几本美学书》，向国内读者介绍瑞恰慈的美学著作。抗战爆发以后，李安宅将精力转入社会学和人类学的研究中去了。

吴世昌对瑞恰慈的理论下过不小的功夫，这点可以从他撰写的多篇论文看出，可以说他是当时中国学者中对瑞恰慈的理论认识最为深入的人之一。1932年他在燕京大学的毕业论文就是《瑞恰慈的文学批评理论》（*Richards' Theory of Literary Criticism*），这篇论文分为六章，分别是批评中的谬误之澄清（The Clearance of Fallacy in Criticism），艺术价值论（On Value of Art），心理学的梗概（A Psychological Sketch），瑞恰慈理论在文学批评中之运用（The Application of Richards' Theory to Literary Criticism），艺术的传达（Of the Communication of Art），真理、信仰和诗歌（Truth，Belief and Poetry）。吴世昌在1935年发表的《吕嘉慈的批评学说述评》（《中山文化教育馆季刊》1936年6月号），即是他的毕业论文的精华部分。该文从价值论、文学批评的心理学基础、读诗的心理分析、艺术的传达等几个方面对瑞恰慈的理论进行了述评，其中他引用了中国的文学作品作例证来进行说明，也可视为瑞恰慈理论的一种实际应用。在文末的附记中，吴世昌明确指出了瑞恰慈理论的特点和缺点，"按实说，他的理论很严格地限于心理学的基础，也许可以说对于心理学的贡献比文学更大……艺术的价值，据吕恰慈说，是要看它所满足的冲动是否重要而定，但这'重要'须用什么标准来估计，他却没有说。因此这问题似乎仍未解决。并且他的批评理论，只就读者方面说，对文学作品应当如何欣赏、了解、接收、传达等；至于诗人如何组织他的冲动，也未详细论到"，还继而指出"我们还须记得他是一个英国人，以及英国哲学的特点——功利主义，冷静而健康的功利主义。他先让你服一碗清凉剂，清一清你脑筋中一套传统的发热的理论，然后提出几个心理学上的问题来，叫你不得不承认。他的工作只在开始，没有完成。（我这样看，也许他不）他的问题只是提出，不曾解决。"吴世昌认为瑞恰慈只是提出问题，不曾解决问题，其工作只是开始而没有完成的。这个看法与叶公超在《科学与诗·序》中的看法不谋而合。在《诗与语音》中①，吴世昌则直接利用瑞恰慈有关"经验的传达"、读者读诗时的"心理历程"（Mental Process）等有关论述，以中国诗为例，来说明诗的声音和读者读后所受感动的关系。

---

① 原载于1934年1月1日《文学季刊》创刊号，收入吴世昌著、吴令华编：《文史杂谈》，北京，北京出版社，2000。

在写于1947年8月27日的《论存储反应》中①，吴世昌借用瑞恰慈的存储反应（Stock Response，又译陈套反应）这个术语来讨论中国的教育和思想问题，可谓对瑞恰慈理论的进一步生发。

此外，在1932年，燕京大学国文学系高庆赐的毕业论文《吕嘉慈底文学批评》追溯了瑞恰慈文学批评的心理学来源和逻辑根据，重点分析了瑞恰慈文学批评思想中的价值和传达这两个中心问题。1935年，萧乾毕业于燕京大学，其毕业论文《书评研究》（1935年11月商务印书馆初版）也明显受到了瑞恰慈理论的影响，该论文的第三章"阅读的艺术"更是直接借用了瑞恰慈的意义学的理论。萧乾在1995年接受外国学者采访时，还说起他听过瑞恰慈的讲座，并明确表示"对我来说他（瑞恰慈）不啻是个圣人……是他使我成为一个批评家"（卡劳伦斯，2008：334）。

于赓虞、李安宅、吴世昌、高庆赐、萧乾都毕业于燕京大学。他们的论著反映了瑞恰慈在燕京大学的地位和影响，他的文艺思想通过他的亲自授课以及李安宅等人的推介而得以传播，进而促成了学生对于他的重要著作的阅读，并在毕业论文等有关论述中加以引用和运用。

三、其他院校和校外学者对瑞恰慈论著的热情反应

另一较早对瑞恰慈的文学理论作出反应的人是著名批评家、武汉大学教授陈西滢，1930年他在《国立武汉大学文哲季刊》（第1卷第1号）上发表了书评《文学批评的一个新基础》（署名"滢"），对瑞恰慈的《文学批评原理》（*Principles of Literary Criticism*，1928年3版）进行了分析和评论，他高度评价了瑞恰慈以心理学来为批评建立新基础的创举，认为"虽然根据新的心理学去研究文学批评的不是没有人，完全以心理学作根据来建筑文学批评原理，而且能自圆其说的，却以瑞恰慈先生为第一人"。他认为"价值是批评的中心问题"，将瑞恰慈的心理的价值论简要概括为"要是冲动的数量愈多，性质愈复杂，而结果得到的不是混乱而是均平及调和，价值也就愈大"，同时也敏锐地指出"瑞恰慈先生似乎只是把边沁的'功利主义'的学说应用到文艺批评里面去"。瑞恰慈与边沁的功利主义确有很深的关系，中国学者中看到这层关系的，还有以专门论文来讨论瑞恰慈之理论的吴世昌。1931年，关心文学批评和诗学问题的傅东华发表了《现代西洋文艺批评的趋势》（《国

---

① 原收入《中国文化与现代化问题》上海观察社，1948。后收入吴世昌著、吴令华编：《文史杂谈》，北京：北京出版社，2000。

立暨南大学文学院集刊》第一集，1931），将现代批评分为"科学的批评"和"主观的批评"两派，以此作为分析和概括各种文学上的派别和主义的标准，在文章的结尾，他指出"科学对于文艺批评的贡献实在不可限量。弗洛伊特（Freud）之将精神分析学应用于文艺批评，虽还没有圆满的成绩，却总算在这个方向有了显著的进步。他如英国的力查兹（I. A. Richards）之根据现代心理学以建设新美学和实用的批评，正是我们所最欢迎的趋势"。由此我们不难看出傅东华对于科学的文艺批评以及作为其具体体现的瑞恰慈理论的高度期许。

1933年，温源宁为当年4月出版的《标准》（The Criterion）杂志写了一篇评论文章，发表在7月6日出版的《中国评论周报》（The China Critic）上。艾略特时为《标准》的编辑，温源宁在书评中对该杂志和艾略特本人的思想以及两者之间的关系都做了介绍和说明，并特别提到了瑞恰慈在该期《标准》杂志上发表的文章，他指出瑞恰慈的这篇文章实际上反映了他在《意义的意义》《文学批评原理》《实用批评》到最近的《孟子论心》等著作中一直在思考的问题："试图发现能够正确阐释我们阅读聆听到的内容的技巧，或者说，训练我们以使我们无论是在说话还是写作中表达自我时能够更为精确地使用词语。"他认同瑞恰慈有关同一词语对于不同的人来说意义完全不同的观点，并认为当今世界范围内的混乱和无序状况的一个极大的原因就是我们在使用词语时的不严密，他指出瑞恰慈的批评著作和艾略特的诗歌及散文以各自的方式在朝着纠正这种状况的方向努力。温源宁曾被有的学者视为介绍艾略特到中国第一人，而他对于瑞恰慈的了解也非泛泛，其学识从这篇文章中无疑可以略见一斑，他准确看出了瑞恰慈念兹在兹的核心问题，并能从时代背景下来看待艾略特和瑞恰慈的共同之处。1934年，温源宁在评论利维斯编辑的《朝向批评标准》（Towards Standards of Criticism）和G.W.Stonier所著Gog Magog的文章中，批评利维斯所编的书中实际看不到所宣称的批评标准，他将瑞恰慈和艾略特、墨雷（Middleton Murry）并列为当时英国在世的批评家中其批评理论够得上批评之名的人，他认为瑞恰慈虽然不是一个从事实用批评的人（practicing critic），但却是一个极为重要的批评理论家（critical theorist of the first magnitude），而且是当今唯一一个具有完整系统的批评理论的人。

1935年，洪深写了《几种"逃避现实"的写剧方法》，对麻醉观众逃避现实的几种戏剧观念及其表现提出了批评，结尾时他强调了在紧张的时局下，现实主义是编剧的唯一方法，只有这样戏剧才能是有益于世道人心的。他指出："一出戏剧对于观众所发生的影响，是甚为实在与远到的。正像 I. A. Richards 在他的

Principle of Literary Criticism 里主张，一部作品，多少地会影响了读者或观众们的对于世事的观看和感觉的 Mode：即是改变了他们的反应刺激与应付环境的方式，而不知不觉中指导了他们的行动。一出戏剧，如果不能领着观众们向好的对的是的一面走，必然是领着他们向不好的不正当的不长进的路上去"（洪深，2005）。洪深在这谈的正是瑞恰慈理论的核心问题，即经验的价值问题，上文施宏告在《批评理论的分歧》的译者后记中也谈到瑞恰慈的《文学批评原理》主旨是"批评上基本的'价值'问题"以及"一个更在先的，初步问题，就是'经验何以比较'的问题"，也同样是从这种"功利主义"的角度来理解瑞恰慈的，这在中国学者那里似乎具有某种普遍性和代表性。

1936年，邢光祖为《光华附中半月刊·新诗专号》（第4卷第4、5期）作了一个长序，文中高度评价了瑞恰慈的理论对于诗歌批评的意义，"批评家要在迷离复杂的诗歌中，凭了公平而又严正的态度，去采摘园中的美果，同时还要芟锄园中的芜草。在现在情形中最困难的一点，是怎样来估定新诗的价值，衡量新诗的绳尺又在哪儿？还好，我们有 I. A. Richards 等作我们的向导，在综错的道上还不至于迷路，就藉了这点子小小的亮光，会启示我们将来的光明。"邢光祖曾任教于光华大学，他是中国最早研究和翻译艾略特的学者之一，他对瑞恰慈的思想也有较为深入的理解和认识，他认为"李恰慈之批评，完全以心理学作根据，立论亦有条不紊，实近代批评家中鲜见者"。[①] 由此可以看到，邢光祖推崇瑞恰慈的理论，关键在于后者的心理学的文学价值论提供了评判新诗价值的标准与尺度。

曾经受教于瑞恰慈的水天同除协助瑞恰慈推广基本英语外，对瑞恰慈的文学理论也多有阐发。[②] 1936年他在评论《英诗入门》的书评文章中指出，当今人文学科的学者苦于没有可用于分析和鉴赏的工具，甚至连避免误解的工具都缺乏，因而瑞恰慈在意义学和基本英语等方面的研究就显得尤为重要。行文之中可见他对瑞恰慈理论熟悉和认可的程度。[③] 1937年，水天同又发表了《文艺批评》（《新中华》第5卷第7期），开篇即指出"文艺界自有批评以来所聚讼纷纭的问题，都可以归入两个大问题之下：一是传达的问题（Problem of Communication）；二是价值的

---

① 《诗的功用及批评的功用》译注，《光华附中半月刊》，第5卷第3、4期。
② 水天同在晚年的一篇回忆文章中称："从1933年到1939年，我也曾跟着瑞恰慈博士学了点语义学和文艺批评，写了些零碎文章，发表在柳无忌、罗念生等合编的《人生与文学》杂志上。"见水天同：《自述》，刊载于《中国当代社会科学家》（第六辑），书目文献出版社，1984。
③ 参见《人生与文学》第2卷第2期。

问题（Problem of Value）"，行文中又多处引述瑞恰慈的"意义学"以及《实用批评》中有关批评十难等论述，对中国现代文学批评的问题进行了颇为深入的剖析。其实，水天同 1935 年发表的《文章的需要与需要的文章》虽未直接提到或引用瑞恰慈的理论，但文中所谈意义，经验，传达等内容，就已经不难看出瑞恰慈理论的影子了。

1941 年，费鉴照发表了多篇有关瑞恰慈的文章，当时他是武汉大学外文系的教授，对英国文学素有研究。他所写的《怎样训练欣赏文学作品——一个实用文学批评方法》虽然没有提到瑞恰慈，但他分析阻碍了解与欣赏文学的原因时所用的理论以及提出的实用方法都很明显是来自瑞恰慈的《文学批评原理》。① 《栗洽慈心理的文学价值论》则以瑞恰慈的《文学批评原理》为讨论对象，重点分析了瑞恰慈在该书中所体现的心理学的文学价值论的基本内容和运用方法。② 费鉴照从历史的视野来评价瑞恰慈理论的创新之处，"历来批评家的价值论大约不是从哲理中寻求出来，便是从'普通知识'中获得，到近代，因为科学研究的范围扩大，学者根据一种新发展的科学，产生一种新的文学理论。这便是开创文学批评史上新纪元的'新剑桥学派'。大约二十多年前剑桥大学莫特利安学院研究员栗洽慈博士利用现代心理学的知识，创立一个心理学的文学价值论"。在《现代英国文学批评的动向》中，③ 费鉴照根据批评家的意见来分门别类，他分析了瑞恰慈、利维斯、艾略特等人的理论主张，首先讨论的就是"栗洽慈博士根据人类神经系工作的情状，创立一个心理的文学价值论"，"他分析一个作者创作时候，神经系怎样工作，和一个读者读那个作品的时候，怎样反应。这种理论根于近代心理学的收获，要懂得它须得先有心理学的基本智识"，"栗洽慈博士的理论虽然一般人不易了解，若干学者不赞成，但是，它发生很大影响，它的影响在实用文学批评方面特别显著"。他认为"现代英国文学批评应用心理学的收获，解释许多创作的现象和读者对于一篇作品反映的经验，它对于文学批评的贡献不小，现在心理学还没有充分发达，等它充分发达以后，它对于文学批评一定有更大的帮助。栗洽慈与李特利用心理学已有很大的成就了"。费鉴照在文章结尾得出的结论是，"今代的文学趋向于开发人的下意识部分，今后的文学批评我敢说仍旧会沿着心理学一条途径走去，它在这条路上，它的前途是未可限量的。古典的与浪漫的文学批评理论还会存在还会吸引一部分人去相

---

① 载于《当代评论》第 1 卷第 7 期。
② 载于《当代评论》第 1 卷第 11 期。
③ 载于《当代评论》第 1 卷第 19 期。

信它们，但是它们的时代似乎已经是过去了"。从这些文章中我们可以看到费鉴照对瑞恰慈的理论比较熟悉，对于后者的理论所持的乐观态度和高度评价则与傅东华相近。

常风1929年考入清华大学外文系，其时瑞恰慈正在清华任教，在校期间，即在叶公超的鼓励和指导下写出了《利威斯的三本书》，他在20世纪三四十年代撰写了大量的书评文章，成为京派的后起之秀，瑞恰慈的文艺思想即是其文艺批评实践的重要理论来源之一。常风在1941年写成的《关于评价》中运用瑞恰慈的理论分析了文学批评中评价问题的重要性及其与传达和欣赏的关系，在两年后为该文所写的附记中更是明确表示"读过瑞恰慈氏（I. A. Richards）的人，当然可以看出瑞氏的意见在这里的影子与瑞氏的启示"（常风，1998）。在评萧乾著《书评研究》的文章中，他则明确指出瑞恰慈对于现代批评的开创之功在于"他能比其他的学者追踪一个比较根本的问题，不让他的心灵尽在那神秘玄虚空洞的条规中游荡"（常风，1995）。

萧望卿1945年在《国文月刊》发表了《陶渊明德四言诗论——〈陶渊明〉的第二章》，文中他引用了瑞恰慈在《科学与诗》中的一些观点如对韵律的看法等，来分析陶渊明四言诗的特点，应该算是较早将瑞恰慈的理论运用在古典文学研究中的人之一。萧望卿是朱自清的学生，他的《陶渊明批评》（开明书店1947年）可能通过朱自清间接受到过瑞恰慈及其学生燕卜荪理论的影响。[①]

1946年，杨振声在《诗与近代生活》一文中提到"近代的英国诗人及批评家M.Arnold与现代心理学派批评家L. A. Richards（注：应为I. A. Richards，原文排印错误）似乎相信在科学发展、人类失去旧日信仰的苦恼中，诗更有其伟大的前途，它将日甚一日地为人类情感所寄托。这是一种危险的预言，如一切预言一样。但在现代生活的日进艰苦中，现代人因失去旧日的平衡而感觉苦闷，游移与颓唐，其情感之纠纷错杂而需要宣慰及调理，在历史上任何时代没有甚于今日的。新诗能否担负起这种重大的责任，其价值将全由此而定"。[②]杨振声1928年至1930年任教于清华大学中文系并任系主任等职，很可能与瑞恰慈本人有过接触，从上面所引文字

[①] 有关朱自清受瑞恰慈及燕卜荪理论影响的情况，已有孙玉石的《朱自清现代解诗学思想的理论资源——四谈重建中国现代解诗学思想》（《中国现代文学研究丛刊》，2005（2））；李先国的《化俗从雅文学观的建立：朱自清与西方文艺思想关系研究》第四章"借鉴之三：朱自清与瑞恰慈和燕卜荪的语义分析学说（1928—1948）"（中国社会科学出版社，2007年10月）等文对其进行了梳理和分析。

[②] 刊载于10月6日的《经世日报·文艺副刊》第八期，此文后来又收入《现代文录》（1946）。

来看，他应该是读过瑞恰慈的《科学与诗》一书，或者说是对其有所了解。虽然他认为瑞恰慈对于诗之未来所持的乐观主义是一种危险的预言，但他自己对于现代新诗交融情、知以深切作用于人心的价值寄予了高度的厚望，这点与瑞恰慈其实是高度一致的，"诗人若转向往昔，或逃遁现实，将依附于过去之光荣，而失其现代的价值。反之，他若能吸取近代科学之果对于宇宙与人生进入更深一层之底里而探察其幽微。由智慧与深情培植出来的诗葩，以此调融及领导现代人的情感生活，新诗对于现代人的价值必一如古诗对于古人的价值"。

另外，像邵洵美在《一个人的谈话》中提到瑞恰慈的"意义学"，李长之在《现代美国的文艺批评》中谈到瑞恰慈的"路线也依然是导源于渥兹渥斯，与考列律治两人"，而钱学熙在《T.S. 艾略特批评思想体系的研讨》中也旁及了瑞恰慈批评体系的基础是信仰与诗的关系。钱书在《美的生理学》《论不隔》《论俗气》、*Tragedy in old Chinese Drama* 等文中对瑞恰慈的观点也都有所论述，同样，朱光潜对瑞恰慈的了解也非泛泛，他曾明确自称受过瑞恰慈的影响，袁可嘉更是吸收和借鉴瑞恰慈的文艺思想构建了自己的诗歌批评理论体系。[①] 限于篇幅，对这几位作者与瑞恰慈文艺思想的关系问题暂且从略，将留待专文讨论。

除了上述中国学者以外，在中国介绍和运用瑞恰慈理论的还有当时在华任教的几个外籍教师，如清华大学的翟孟生（R. D. Jameson）和武汉大学的朱利安·贝尔（Julian Bell）都与瑞恰慈有私人交往，都在课堂上或著述中介绍过瑞恰慈的理论，翟孟生在《诗歌与直义》（*Poetry and plain sense*）中对瑞恰慈的理论多有援引并对瑞恰慈再三致意。朱利安·贝尔也是出身于剑桥大学，他对瑞恰慈既有认同也有批判，1935—1937 年在武汉大学任教期间，他主讲"（英国）近代文学及其背景"等课程（《国立武汉大学一览》，25 页），"让他的学生们阅读 I. A. 瑞恰慈的《文学批评原理》中的文章（朱利安致埃迪·普雷菲尔，1936 年 5 月 16 日），试图以此来训练学生的文学鉴赏力并提高他们所欠缺的理论能力"（帕特丽·卡劳伦斯，2008：82）。这些外籍教师在介绍西方文学以及文艺理论等方面，确实发挥过一定的作用，瑞恰慈只是其中的一个例子而已，我们今天在追溯中国现代文艺思潮以及中外文学关系之历史的时候，对此理应给予更多的关注。

---

① 蓝棣之在《九叶派诗歌批评理论探源》中对此有较为细致的分析，见蓝棣之：《现代诗歌理论：渊源与走势》，北京：清华大学出版社，2002。

四、批评的批评：对瑞恰慈文学理论的不同意见

在中国的学院内外，也有人对瑞恰慈的文学理论持保留或批评态度的意见。比如，1931 年武汉大学外语系教授张沅长就在《国立武汉大学文哲季刊》（二卷一期）上对瑞恰慈及其 *Practical Criticism* 发表了批评意见。他首先就指认瑞恰慈为"研究主观文学评论（Subjective Criticism）的重要人物"，他认为瑞恰慈的偏颇之处在于"研究读诗的人心理上对于诗的反应，这样一来文艺评论便变成心理学的附属品了"，而瑞恰慈这本书"从文学批评到心理学，再从心理学到教育"，其中"最精彩的一部分就讨论各种意义的分析同误解的原因"。文末他对瑞恰慈运用心理学来从事文学批评的方法进行了评判，他承认"在文学批评中引用心理学，比起以前的文艺评论，当然是一种进步"，瑞恰慈在意义及解释两方面确有贡献，其关于读诗、评诗的文字也是经验之谈，并不可笑。但他对瑞恰慈在文学批评中引入心理学的做法不以为然，因为在他看来，"除了主观的心理分析以外，心理学对于自己许多难题没有办法，那里会有多少力量来帮文学批评的忙"，瑞恰慈的做法实在是勉为其难。稍后，1933 年 6 月 17 日的天津《益世报·文学周刊》刊载了梁实秋《〈英文文艺批评书目举要〉之商榷》，① 本文全为针对郁达夫之前发表在《青年界》（1933 年第三卷第四号）《英文文艺批评书目举要》一文，后者文中举出了瑞恰慈的 *Principles of Literary Criticism* 作为"适用于大学做课本者"，而梁实秋认为不妥，因为该书"是以心理学的立场来从事批评的，与美国之 Max Eastman 为同派之作品。心理学派的批评颇新颖，但是否可靠，尚有问题。即使能成为一种学派，亦万不适宜于'大学做课本'。"在《科学与文学》中梁实秋对"瑞查兹、伊斯特曼以及心理分析学派""宣称治文学亦须用心理学的方法"表示了不以为然的态度，② 在《科学时代中之文学心理》这篇评论麦克斯·伊斯特曼（Max Eastman）所著《文学心理在科学时代的地位》(*The Literary Mind: Its Place in an Age of Science*)（1931 年初版）的长篇书评中，③ 梁实秋首先就提到伊斯特曼"他所最引为同调的当代批评家是最近在北平清华大学教书的瑞查兹教授（I. A. Richards），因为瑞查兹的文

---

① 原载 1933 年 6 月 17 日天津《益世报·文学周刊》第 29 期，现收入《梁实秋文集》第 7 卷，2002。
② 见伊林等著：《科学与文学》，原载于梁实秋的《偏见集》，正中书局 1934 年版；现收入《梁实秋文集》第 1 卷，2002。
③ 见梁实秋：《科学时代中之文学心理》，原载于梁实秋的《偏见集》，收入《梁实秋文集》第 1 卷，2002。

学批评原理也是从心理学和生理学的观点出发的"，并指出"科学时代中之文学心理便是伊斯特曼的文学思想之详尽的说明"，在文章中他详细论述了对于文学与科学之关系这个重要问题的看法，认为"文学是不应该且是不必须拒绝科学的侵入"，"科学不能取文学的地位而代之"，"如其科学侵入文学，其惟一适当的用武之地，即在于说明文学心理罢了"，"文学与科学是无所谓领域的冲突，因为是不在一个层境上。文学与科学之分工是方法上观点上的分工，不是领域的分工"。在文章的结尾，梁实秋指出伊斯特曼这种心理学的文学批评方法的可取之处在于有力挑战了时下文学批评家及文学教授们奉行的那种旧式批评家的"思想之含糊笼统"，认为文学批评"应效法科学力求严密，批评家所常说的'崇高''美''灵魂'，往往是莫名其妙的玄谈"。他还特别提到"凡是推重理性的人无不赞成文学尽其'传达'的任务"。从注重"传达"这点来看，梁实秋与瑞恰慈又是具有共识的。在梁实秋看来，瑞恰慈所属的心理学的文学批评派如果说有可取之处，那么就在于能够以科学方法力求文学批评的准确，这种观点在中国学界中极具代表性，叶公超、陈西滢及其学生辈的钱钟书、常风等人都是如此。关于叶公超、朱自清、钱钟书等人对瑞恰慈理论的反应，学界已有不少论述，此处不再赘述。

参考文献

北京图书馆《文献》丛刊编辑部、吉林省图书馆学会会刊编辑部编：《中国当代社会科学家》（第六辑），北京，书目文献出版社，1984。
曹葆华辑译：《现代诗论》，北京，商务印书馆，1937。
曹万生：《现代派诗学与中西诗学》，北京，人民出版社，2003。
常风：《彷徨中的冷静》（袁庆丰、阎佩荣选编），天津，天津人民出版社，1998。
常风：《逝水集》，沈阳，辽宁教育出版社，1995。
葛桂录：《跨文化语境中的中外文学关系研究》，上海，上海三联书店，2008。
洪深：《洪深文抄》（洪钤编），北京，人民文学出版社，2005。
蓝棣之：《现代诗歌理论：渊源与走势》，北京，清华大学出版社，2002。
李安宅：《意义学》，北京，商务印书馆，1934。
李先国：《化俗从雅文学观的建立：朱自清与西方文艺思想关系研究》，北京，中国社会科学出版社，2007。
李媛：《知性理论与三十年代新诗艺术方向的转变》，载《中国现代文学研究丛刊》，2002（3）。
梁实秋：《梁实秋文集》，厦门，鹭江出版社，2002。
[美]帕特丽·卡劳伦斯：《丽莉·布瑞斯珂的中国眼睛》，万江波、韦晓保、陈荣枝译，上海，上海书店出版社，2008。
[英]瑞恰慈：《科学与诗》，伊人译，北平：华严书店，1929。
[英]瑞恰慈：《科学与诗》，曹葆华译，上海，商务印书馆，1937。
[英]瑞恰慈：《文学批评原理》，杨自伍译，南昌，百花洲文艺出版社，1997。

孙玉石：《朱自清现代解诗学思想的理论资源——四谈重建中国现代解诗学思想》，载《中国现代文学研究丛刊》，2005（2）。
吴世昌：《文史杂谈》，北京，北京出版社，2000。
解志熙、王文金编校：《于赓虞诗文辑存》，郑州，河南大学出版社，2004。
徐葆耕编：《瑞恰慈：科学与诗》，北京，清华大学出版社，2003。
Koeneke, Rodney. *Emprires of the Mind: I. A. Richards and Basic English in China, 1929-1979*. California: Stanford University Press, 2004.

"实用批评"的兴起：1930年代北平的学院文学批评
——以叶公超、瑞恰慈为中心①

季剑青

内容摘要： 1920年代，新文学早期的文学批评主要注重于观念的表达和体系的建立。文学批评的过于观念化，引起了不少人的反思。到了1930年代，特别是北平的批评界，发出了把批评重心放到作品上的呼声，转而试图建立起以作品为批评对象的"实用批评"。反思文学批评的过于观念化，注重以作品为对象的具体的批评实践，这样的批评立场背后其实有很强的学院背景。本文试图以叶公超、瑞恰慈为中心，将大学中的文学教育和文学批评课程，带入到对当时文学批评的考察中去，在勾勒出文学批评转向的历史脉络的同时，揭示出学院在这一转向过程中所扮演的重要角色。

关键词： 实用批评；叶公超；瑞恰慈；学院文学批评

The Rise of "Practical Criticism": Academic Criticism in 1930s' Peking with Focus on Ye Gongchao and I. A. Richards

JI Jianqing

Abstract: During the second decade of the twentieth-century, criticism in early New Literature movement put primary emphasis on expressions of abstract ideas and establishment of ideological systems. The over-idealization of literary criticism sparked many controversies and reflections. By 1930s, critics—particularly those in Beijing—appealed to making criticism gravitate towards literary works and committed to establishing "Practical Criticism" (*shiyong piping*) with literary works as the objects

---

① 本文首次发表于《中国现代文学研究丛刊》2008年第1期，此次略有修订。

of criticism. Behind the stance of reflecting on the over-idealization of criticism and emphasizing the practical criticism of concrete works was a strong academic background. Focusing on Ye Gongchao and I. A. Richards, this article tries to bring the literary education and criticism curriculum in universities into the examination of literary criticism of 1930s' Beijing, outline the historical vein of the transformation of literary criticism, and reveal the important role the academies played in this process of transformation.

Keywords: Practical Criticism; Ye Gongchao; I. A. Richards; academic criticism

一、观念化的文学批评

1920—1930年代，大学外文系多开设有"文学批评"课程，以北大、清华为例，1929年起，北大英文系正式设立"文学批评"课程（李良佑等，1988：268~270），此后一直作为三四年级的必修课，清华外文系则自1926年建系之始就设有"文学批评"课程（齐家莹，1999：50-51），也是三四年级的必修课。但从知识形态上来看，当时的"文学批评"课程主要侧重于抽象的理论原则的传授。清华外文系对"文学批评"课程的说明是"讲授文学批评之原理及其发达之历史。自上古希腊亚里士多德以至现今，凡文学批评之重要之典籍，均使学生诵读，而于教室中讨论之"（《国立清华大学一览》，1932：50），基本上偏重"原理"的讲授，所以叶公超注意到大学"文学批评"课程选用的课本"多半是理论的选集，只知道理论，而不研究各个理论所根据的作品与时代"（叶公超，1998：20-21），其结果是产生于具体语境和实践中的批评理论，被抽象和普遍化，为某种类似教条的原则。

叶公超对大学"文学批评"课程偏重理论的不满，其实包含着对文学批评自身发展趋势的反应。1920年代，新文学家对于西方文学批评的引入（刘进才，2002（3）：69-73），基本上还是停留在观念的层面，而较少运用于实际的批评实践。1922年，茅盾就提出："我们现在讲文学批评，无非是把西洋的学说搬过来，向民众宣传。但是专一从理论方面宣传文学批评论，尚嫌蹈空，常识不备的中国群众，未必要听；还得从实际方面下手，多取近代作品来批评"（茅盾，1989：254）。直到1935年，这样的情形还依然存在，萧乾就注意到，当时"杂志的首端'论文'栏"，

"介绍着晚近东西洋的文艺观念和方法,但很少人肯将那些精确的方法应用到本国流行文艺的品评上"(萧乾,1935(142))。固然,观念的消化本身需要一个过程,不过,1920年代的批评家,却多是运用外来的批评理论来构建自身的体系,而体系的建立旨在确立一种立场,从而能够在文学场域中获得自己的位置。因而在他们那里,"文学批评"和"文学理论"两种知识体系往往是融合在一起的,难以截然区分开来。高利克在《中国现代文学批评发生史1917—1930》中指出,1920年代的中国文学批评,是与"文学理论和文学思想关系更密切",而对"具体作品的研究"并不重视,至少缺少这方面的自觉(高利克,1997:4-5)。"二十年代的中国文学批评的各派代表都著书立说,俨然自成一统"(高利克,1997:306),批评家正是在其体系与其他体系的关系中,确立了自己的位置。

具体而言,一个有说服力的现象就是当时对所谓"印象批评"的普遍的贬低。除了周作人曾经自觉地引入法朗士的印象批评从事某些批评实践之外,如成仿吾、郭沫若、梁实秋等人都对印象批评表示不满,这几乎成为"中国批评界大多数人的观点"。他们均致力于寻求文学批评普遍的原理和标准(高利克,1997:18-19,28-35,60-86,281-285)。对于构建体系化的批评理论来说,"标准""原理"乃是不可缺少的。而不久左翼理论的兴起,几乎将所有的体系化的批评理论都裹挟到论战之中,梁实秋和鲁迅有关"人性"的论战即是一个突出的例子。

文学批评的过于观念化,也引起了不少的反思。杨振声在1933年表示:"主张的不同那是党争,不是文艺。题目不对胃,那是嗜好,也不是文艺。唯有技术不同,则在文艺上可有讨论,因讨论而不免批评,因批评而促成文艺的自觉"(杨振声,2016:245)。所谓"党争",明显是针对左翼方面的文学论战而言,将"批评"限制在技术的讨论上面,实际上是要把批评的重心放在具体作品而非观念之上。有读者认为杨振声"把文艺批评的范围,只局限于'技术的讨论'一种",不免狭隘,因为"伟大的文艺……总尽着指导社会的前进未来的真理的任务",思想方面也很重要,对此,杨振声进一步明确说:"所谓文艺批评,限于技术的讨论,一是为了现代的批评,多是讨论什么主义,反倒把文艺本身忘记了",可以看作是对"五四"以来文学批评趋向的一个反思(茂青,1934)。有鉴于这样的教训,1930年代不少人——特别是生活在北平的作家学者——都发出把批评重心放到作品上的呼声。事实上,反思文学批评的过于观念化,注重以作品为对象的具体的批评实践,这样的批评立场背后,有着很强的学院背景,因而必须重新回到大学课堂中,来探讨其发生的机制。

二、学院背景下的"实用批评"

1920年代以来,特别是左翼文学思潮兴起之后,以观念和理论的方式来讨论文学问题蔚然成风,学院内的文学教育也不能不受其浸染。夏丏尊注意到,当时"中等学校以上的文科科目中,都有'文学概论''文学史'等类的科目,而却不闻有直接研读文艺作品的时间与科目"(夏丏尊,1928:46)。流风所及,大学中的外国文学课程也"每每趋重抽象式的传授,忽略了具体的深切的指导",空谈主义,而忽视作品,任教于中央大学的范存忠对此颇为不满,强调"我们应当注重的是了解文学作品本身,不是空谈关于文学的东西"。"外国文学系的毕业生须得知道亚利斯多德,鲍埃洛,蒲泊,约翰生,华兹华斯,柯尔立基,歌德,斯太埃尔夫人等等,却不必管那'浪漫的与古典的'——其实,既然谈了这些作家,对于'浪漫的与古典的',至少也就有了三五分真切的了解了。"(范存忠,1932,1(1):65-69)这里明显讽刺的是梁实秋的文学批评著作《浪漫的与古典的》。

叶公超对此则更为敏感,1920年代末到1930年代,他常年在暨南大学、清华大学、北京大学等校教书,对大学外文系的教学风气知之甚深。事实上,相比国文系而言,当时大学外文系多能秉持文学本位的立场,注重对作品的研读;尽管如此,叶公超还是会时常提醒,要极力避免过于观念化的文学教育。1931年,他给清华外文系教授翟孟生的《欧洲文学小史》作序,感觉其中有关作品内容的讨论不够,就特地向翟孟生指出清华外文系学生有"好谈运动、主义与时代的趋势,而不去细读原著"的毛病(叶公超,1931)。因为《欧洲文学小史》是翟孟生在清华外文系讲授西洋文学概要的讲义,所以这里谈的其实是文学教育的问题。他自己讲授现代诗歌,也是如此,在介绍他在北大、清华讲现代诗的教材《现代英美代表诗人选》时,就表彰原来的选者"并不想借此表现什么新理论,新主义,或是什么运动;不过是选出几位现代英美诗人来做一种单独的研究而已"。[①] 由此亦可见他讲课的态度。实际上,他写下的具体批评文字,亦是遵循同样的思路,强调从作品本身入手,比如《写实小说的命运》一篇,开宗明义,即表示"我也不去谈什么浪漫主义,

---

[①] 见叶公超:《〈美国诗抄〉〈现代英美代表诗人选〉》,原书名为 Chief Modern Poets of England and America,选编者为 Sanders & J. H. Nelson。叶公超1932年在北大外文系开设三四年级选修课"近代诗",教材为 Sanders and Nelson's Chief Modern Poets,即此书,见《国立北京大学外国语文学系英文组课程指导书》,北京大学档案,案卷号BD1932012;又据季羡林1932年9月21日日记:"买了一本 Chief Modern Poets,老叶的课本"(季羡林,26),可见叶公超在清华也是用它来作课本的。

自然主义，还有什么叫作新浪漫主义，印象的自然主义及其他种种人造的主义"，而是"先把现代写实小说的几个最显要的特点提出来讨论一下，看看它们各自的表现在什么地方，它们所取用于生活的是哪类的资料，然后再从集中代表作品里去推算它们的作家对于生活是抱着哪种的态度与观念"（叶公超，1998：3-4）。

叶公超本人常年在清华大学讲授"文学批评"课程，非常叫座，深受好评，① 而他对于"文学批评"这门课也颇用心力。如前所述，他看到"文学批评"课程选用的课本"多半是理论的选集"，这些理论本来是历史上各时期具体批评实践的总结，但是一旦被抽离开原先的历史语境，就容易被抽象化为"永久使用的法则"，而被视为批评唯一的"标准"和"原理"，必然会带来各种纷乱和流弊。所以读文学批评史，正确的方法是通过这些理论来了解当时的作品，将理论原则和具体的批评实践结合起来。叶公超把批评文字分为"理论的"和"实际的"两种，前者包括从亚里士多德、贺拉士一直到"普列哈的《艺术论》""托洛斯基的《文学与革命》"等左翼理论，而叶公超的兴趣实际上是在以作品为对象的"实用批评"方面（叶公超，1998：15-16）。

在1920年代，这种以作品为对象的"实用批评"，由于缺乏足够的自觉，往往流于泛泛的印象批评，文体模糊散漫，多属近于"读后感"一类的文字，当时批评家对于印象批评的贬低，确实也与印象批评自身的不成熟有关。到了1930年代，当人们开始反思文学批评过于观念化的流弊，而日益重视对作品自身的批评的时候，印象批评给人的"印象"也有所改观。如朱光潜就表示："印象派的批评可以说就是'欣赏的批评'。就我个人说，我是倾向这一派的"（朱光潜，1987：41），同时也指出了它的缺点，主要是在作品的评价方面，不能说出作品之所以好坏的道理，这方面还需要借助于美学。但不管如何，印象批评关注于作品本身，为扭转文学批评过于观念化的倾向提供了契机，"所谓印象的批评是被我们认为漫无评价标准的，而且不讲评价的，但是却是这派的理论与实践，才让我们去注意观察一件作品所引起我们的反应及给予我们的效果"（常风，1998：49-50）。常风后来的这句话可为注脚。叶公超显然也意识到了这个问题，他充分肯定印象批评的价值，认为"批评是读者自己印象的分析，自己印象的组合"，接下来又引用德·辜尔蒙（Remy de Gourmont）的那句名言："把个人的印象构成法则，这是一个真诚的人的最伟大的成绩。"这句话在当时的引用率很高，最为人熟知的就是李健吾的例子，从而

---

① 闻家驷在《怀念公超先生》中云："公超先生在清华执教，以讲授《西方文学理论》和《英美当代诗人》名重一时。"

充分说明当时对印象批评的价值及其限度有普遍的认识。在叶公超看来，批评需要从个人对作品的印象入手，但却不能沉湎于这种个人的印象中去，批评家的"目的是要往作品里去讨经验，并不是要埋没在他个人经验的感伤中"，因为最终批评家还是要达成评价和分析的目的，"它的重要功用还是能领我们走到评价的道上去，使我们对于作品能达到一个价格的结论"（叶公超，1998：18-19），而这是单纯的印象批评所无法胜任的。

那么如何为以作品为对象的"实用批评"找到合适的分析和评价的工具呢？朱光潜引入的美学是一个路径，不过他本人的兴趣主要还是在美学的理论方面，而不是具体的实践中的应用。对于叶公超来说，他最感兴趣的是以瑞恰慈为代表的英美近代批评。1934年，他为曹葆华翻译的瑞恰慈著作《科学与诗》作序，认为"国内现在最缺乏的，不是浪漫主义，不是写实主义，不是象征主义，而是这种分析文学作品的理论"（曹葆华，1937：148）。即重要的不是观念化的文学理论，而是分析具体作品（"实用批评"）的工具理论，毫无疑问，瑞恰慈的批评理论就属于这一类。事实上，在讲授"文学批评"课程之外，自1932年主编《新月》第四卷起，叶公超就有意识地从西方引入这一类的"分析文学作品的理论"，并发动学生参与这样的工作。如让常风为李维斯的《英诗新动向》写书评（常风，1995：54），嘱咐卞之琳为《学文》创刊号翻译艾略特的《传统与个人的才能》（卞之琳，2002：188）等。在《学文》第1卷第3期"编辑后记"中，叶公超表示要"将最近欧美文艺批评的理论，择其比较重要的，翻译出来，按期披载"，除《传统与个人才能》外，如Edmund Wilson的《诗的法典》，A. E. Housman《诗的名与质》等大体都属此类（叶公超，1934，1（3）：121）。1933—1936年曹葆华主编的《北平晨报·学园》附刊《诗与批评》，① 曾翻译包括瑞恰慈著作在内的大量欧美文论，很有可能也是出于叶公超的鼓励，因叶公超在《科学与诗》的序言中就"希望曹先生能继续翻译瑞恰慈的著作"（曹葆华，1937：148）。后来这些译文结集为《现代诗论》，1937年由商务印书馆出版，曹葆华在序言中曾解释者集中作者为何以英美人居多："英国人比较上最不善于谈理论，可是，译者认为最难能可贵的是'经验'之谈，特别

---

① 关于《北平晨报·学园》附刊《诗与批评》，参见孙玉石：《〈北平晨报·学园〉附刊〈诗与批评〉读札》（148~154页，188~195页）。实际上，在《诗与批评》发刊前，曹葆华就在《北平晨报·学园》上译载了一系列欧美现代文论，如瓦雷里的《诗》（1933年2月10、14、16日第456、457、458期）、艾略特的《传统形态与个人才能》（1933年5月26、29日第511、512期）、Herbert Read的《心理分析与文学批评》（1933年8月3、4、7日第549、550、551期）等。

是在诗论中"（曹葆华，1937：3-4）。所谓"'经验'之谈"，正是与观念化的"理论"相对立的"分析文学作品的理论"，与叶公超的思路如出一辙。

在叶公超、曹葆华等引入的英美近代批评中，影响最大的毫无疑问是瑞恰慈的批评理论。特别是1929—1930年间瑞恰慈本人在清华、北大和燕大的讲学，使其批评理论在北平的几所大学间风靡一时。从某种意义上说，叶公超等人对于英美近代批评的兴趣，很可能也是这种风气熏染的结果。瑞恰慈批评理论的被接受，有其具体的语境，在某种程度上，它恰恰满足了1930年代学院对于文学批评的期待与要求。

三、瑞恰慈批评理论的引进与接受

1929年9月，瑞恰慈应清华大学校长罗家伦之邀到清华大学外文系任教，同时在北大英文系兼课，主要讲授"文学批评"等课程，为期一年。与此同时，瑞恰慈的著作及其译本也开始在北平的学院内广泛流传，一时间影响颇为深远。①

为了具体阐明瑞恰慈批评理论在学院中的接受情况，有必要对其作一个大概的介绍。② 大体来说，瑞恰慈的批评理论以心理学为基础，关注作品传达的经验及其价值问题，瑞恰慈从心理学意义上来理解"经验"，作品传达的经验对读者构成"刺激"，激起读者的反应，调动起读者自身的经验，最终达到一种谐和的状态，作品便实现了自身的价值。对人生"经验"和心理状态及其价值的重视，表明瑞恰慈在相当大程度上接受了柯勒瑞治、阿诺德以来的"人生批评"的传统，通过文学批评来表达更大范围内的文化和社会关切，力图借助文学（诗歌）的力量，在日益嘈杂的现代社会中为心灵寻找安顿之地。只是瑞恰慈试图为这一关切寻找更为坚实的科学基础，于是便从心理学中寻找依据。

那么，作为读者，如何去接受作品传达的经验并对其作出反应呢？这就需要对经验的载体——语言——有非常精确的把握和理解，对语言产生意义的各种条件作具体的分析，使语言完全成为一种透明的工具，如此才可以顺利抵达经验。为此

---

① 瑞恰慈在清华大学的一般情形，可参见齐家莹《瑞恰慈在清华》，122~125页。关于中国批评界对瑞恰慈理论的介绍与引进，可参见吴虹飞：《瑞恰慈与中国20世纪三四十年代的文学批评》，126~133页；刘涛：《瑞恰慈与中国现代诗歌理论批评》，97~99页。不过这两篇文章在提供一些具体史实之外，并未揭示出瑞恰慈理论引进与接受的具体语境。

② 这里的介绍主要参考了 [美] 雷纳·韦勒克：《近代文学批评史（第五卷）》2005，368~394页。

瑞恰慈发展出一套语义学（瑞恰慈意义学 semasiology 一词现在通译为语义学）的方法，来澄清原本可能含混不清的语言，目的却是为了让作品更好地传达经验给读者。事实上，瑞恰慈的第一部著作是有关语言和传达问题的著作，即出版于1923年的《意义的意义》（*The Meaning of Meaning*）。不过，在瑞恰慈那里，语义学只是一种方法和工具，并不具有独立的价值，但是却成为后来新批评的基石，而他批评中的心理学目标则被抛弃了。①

就瑞恰慈本人来说，他在中国的经历，事实上让他更加专注于语言的问题。②1928年《实用批评》的出版，标志着瑞恰慈已将开始更多地从语言和传达方面来构建其批评理论，这本书实际上是瑞恰慈执教剑桥时期搜集的学生课堂报告，其中记述了学生对于指定作品的各种反应，里面充满了大量的误读，在瑞恰慈看来，这充分证明了语言和传达问题的重要。而这种误读在一个异文化的环境中表现得更为明显，瑞恰慈在清华一年的教学经验，让他加强了"对语言作为变革之工具的能力的信心"，瑞恰慈评价他的中国学生，不是将种种误读"归结为智力或种族上的特征，而是归结为语言"（Koeneke，2004：54，67）。实际上他走得更远，他已开始考虑建立一种能够准确明晰传达人类共同经验的共同语，这种共同语可以克服各民族文化之间的障碍，帮助中国人和西方人的互相交流。这就是以850个左右的英语单词为语汇的"基本英语"（basic English），瑞恰慈1930年代的主要事业便是努力在中国的教育系统中推行基本英语。

撇开基本英语不谈，瑞恰慈的批评理论，在北平的学院中，被接受的也主要是其语义学（意义学）的部分，而非心理学的部分，尽管就瑞恰慈批评理论自身来说，后者无疑具有更根本的地位。1930年，瑞恰慈在动身赴美之前的几个月里，曾与燕京大学哲学系的黄子通、博晨光（Lucius Porter）及社会学系的李安宅等人合作逐字逐句地翻译《孟子》中的一些段落，以试验"在两种不同的思想传统间进行翻译的可能性"，后来结集出版为《孟子论心》（*Mencius on the Mind*）（Koeneke，2004：9）。同时瑞恰慈还在燕大任客座教授，"主讲'意义底逻辑'与'文艺批评'"（李安宅，1931（114））。李安宅本人亦曾大力译介瑞恰慈的"意义学"，除著有《意义学》（1933年由商务印书馆出版，瑞恰慈为其专门写了序言）一书外，

---

① 正如韦勒克所分析的："尽管运用了描述冲动、态度、欲念的心理学词汇，瑞恰慈还是促进了着眼于文字相互作用和意象功能的诗歌本文分析。由此也产生了他对新批评的巨大影响，虽然新批评往往照搬他的心理学词汇，对于他的心理学思辨却没有流露出多少兴趣"（韦勒克363）。
② 有关瑞恰慈1930年代在中国的情况，参见 Koeneke，53~130。

还在报刊上写了不少相关的文章。① 凡此种种,都促进了瑞恰慈的语义学理论在燕大的传播,受其影响,当时的燕大学生吴世昌、萧乾均曾评述过瑞恰慈的学说。②

当时被译介过来的瑞恰慈著作,影响最大的是他的《科学与诗》和《实用批评》,而非其成名作《文学批评原理》。前两者主要是从语言和传达的角度进行具体的批评实践(主要是对诗歌),后者则更多地包含了作为其批评理论基础的心理学内容。《科学与诗》是 20 世纪 30 年代唯一的一部完整译出的瑞恰慈的著作,当时至少可能有四个译本;③《实用批评》没有完整地被翻译过来,只有曹葆华译出其中的引论和一章(《实用批评》《诗中的四种意义》),后收入《现代诗论》一书中。但瑞恰慈在清华、北大讲授"文学批评",实以此书为基本教材,据吴世昌的记述,瑞恰慈"自己在平讲学的时候,只向北平学生介绍他的《实验批评学》(原名为 Practical Criticism,应译为"实用批评学",但有谁翻过他的内容,便知应译为"实验"。)因此这书在市场可以买到廉价的翻版书"。吴世昌也是有鉴于"他的批评学说还没有好好地介绍过来,尤其是关于批评原理的一部分",所以才根据《文学批评原理》,作《吕恰慈的批评学说》一文,以为系统的介绍,其中有一大半是讲有关心理学的内容(吴世昌,1936,3(2):713-725)。1934 年 8 月,翟孟生给在美国的瑞恰慈写信,颇为欢欣鼓舞地说:"中国比任何其他国家都更加完全地瑞恰慈化(Richardsised)了",其中清华在鼓吹剑桥学派的语义学著作方面走在前列,而"《实用批评》在全北京和其他几个国立大学中风行"(Koeneke,2004:115)。由此可见《实用批评》及其代表的语义学方法在北平学界的巨大影响。

瑞恰慈批评理论中语义学方法的被接受,固然与瑞恰慈本人当时的理论兴趣

---

① 如《我们对于语言底用途所应有的认识》(《大公报·现代思潮》第 15 期,1931 年 12 月 26 日)、《什么是意义》(同上第 18 期,1932 年 1 月 23 日)、《甚么是"意义学"》(即《意义学》一书的自序,刊载于《燕大月刊》第 10 卷第 1 期,1933 年 12 月)等。《国立清华大学一览(民国廿一年十二月)》,清华大学,1932。

② 吴世昌在燕大英文系的本科毕业论文即为《吕恰慈的文艺批评学说》(见吴世昌:《"一二·九"运动的前奏》,360~361 页,北京出版社,2000),后来整理成《吕恰慈的批评学说》一文,刊载于 1936 年 4 月《中山文化教育馆季刊》第 3 卷第 2 期。萧乾在 1920 年代即结识了李安宅,其毕业论文《书评研究》中"'认识:四种意义'那一节,即出自吕嘉兹《意义之意义》一书",见萧乾:《我与书评》,武汉,湖北人民出版社,2005,480 页。

③ 一为伊人译,华严书店 1929 年版;一为曹葆华译,商务印书馆 1937 年版。又据《大公报·文学副刊》第 113 期(1930 年 3 月 10 日)刊载于《评伊人译科学与诗》,其中提及傅东华译本。又《文学评论》第 1 卷第 2 期(1934 年 10 月)所刊"文学评论社"广告中,有董秋芳译《科学与诗》,不知其最后是否出版。不过由此亦可见此书在当时的巨大影响。瑞恰慈批评方法的接受,见孙玉石:《朱自清现代解诗学思想的理论资源》2005 年第 2 期,1~36。

有直接的关系，但同时也是一种主动选择的结果。语义学方法本身作为一种"分析文学作品的理论"，契合了批评界从注重观念到注重作品的转向。更重要的是，瑞恰慈的语义学方法，本身即构成了对1920年代流行的种种观念化的批评术语进行分析和解构的工具。其实，瑞恰慈本人就对西方批评史上各种空洞的理论术语深恶痛绝，在他看来，"一切伟大的标语"都是"含糊不清的指路标"。批评史不过是"无谓"的"独断和辩论底历史"，而批评的唯一目标是"企求传达之改良"，"求得更精细，更确切，更敏锐的传达之一种工具"，因此就需要"考察意见的技术"，对这些名词术语进行辨析和澄清（瑞恰慈，2003：57-60）。李安宅依据瑞恰慈著作编译的《意义学》一书，就附有瑞恰慈对"意义""美""信仰"三个词进行辨析的例案（李安宅，1933，10（1）：61-65）。这样一种方法无疑给了叶公超很大的启示，因为中国的批评界自1920年代以来也正充斥着同样含糊空洞的理论术语，并且极大地影响了青年人的反应能力，"青年人遇见雅俗这样'腐化'的字，多半已没有反应的能力了，这当然不怪他们，因为他们的教育里只有'死文学''活文学''浪漫''古典''写实''象征'这套名词"（叶公超，1998：23）。叶公超试图运用瑞恰慈的方法，来澄清诸如"雅""俗""无病呻吟"这一类空洞字眼，他的《文学的雅俗观》《"无病呻吟"解》等文即是这类尝试的产物，他把自己动机说得很清楚，就是"因为常感觉批评里的浮词滥调太过于跋扈了，尤其是在一般摇旗呐喊者手笔下"，这明显针对的是左翼思潮。维持语言的准确性对于批评来说是相当必要的，"不然我们就只有主义与标语而没有批评了"，他又列出诸如"大众化""趣味""幽默"等类似的观念化的名词，认为"都是值得我们严格讨论的。惟有从这里入手我们才可以遇着批评的几种根本问题"（叶公超，1998：30）。

  叶公超之外，从后来人的眼光来看，瑞恰慈的语义学方法，主要是被运用于中国古典文学作品的分析中，特别是集中在诗歌语词的多义问题上，如吴世昌、朱自清、钱钟书等人的论著。[①] 在对同时代作品的具体批评中，瑞恰慈的方法并不容易直接找到用武之地。然而无论如何，对瑞恰慈的批评理论的接受，至少在1930年代北平以学院为中心的批评界，有力地廓清了此前文学批评过于观念化的氛围，如常风所说："批评在现代已不是玩弄条文规则的把戏，它是最根本的一种努力。

[①] 参见吴虹飞：《瑞恰慈与中国20世纪三四十年代的文学批评》，北京，清华大学出版社，2003，126~133页。关于朱自清对瑞恰慈批评方法的接受，见孙玉石：《朱自清现代解诗学思想的理论资源——四谈重建中国现代解诗学思想》，载《中国现代文学研究丛刊》，2005（2）：1~36。

瑞恰慈教授的批评学说能以在今日占一优越的地位，他之所以成为著名的批评学者完全是因为他能比其他的学者追踪一个比较根本的问题，不让他的心灵尽在那神秘玄虚空同的条规中游荡"（常风，1995：132）。涤荡了"玄虚空同的条规"，批评家便可以把目光更集中地转移到作品上来了。

参考文献

卞之琳：《赤子心与自我戏剧化：追念叶公超》，载卞之琳：《卞之琳文集（中卷）》，合肥，安徽教育出版社，2002。
曹葆华：《〈现代诗论〉序》，载曹葆华：《现代诗论》，上海，商务印书馆，1937。
常风：《关于评价》，载常风等：《彷徨中的冷静》，天津，天津人民出版社，1998。
常风：《回忆叶公超先生》，载常风：《逝水集》，沈阳，辽宁教育出版社，1995。
常风：《萧乾：〈书评研究〉》，载常风：《逝水集》，沈阳，辽宁教育出版社，1995。
范存忠：《谈谈我国大学里的外国文学课程》，载《国风半月刊》，1932，1（1）。
高利克：《中国现代文学批评发生史，1917—1930》，陈圣生等译，北京，社会科学文献出版社，1997。
《国立清华大学一览（民国廿一年十二月）》，清华大学，1932。
季羡林：《清华园日记》，沈阳，辽宁美术出版社，2002。
[美]雷纳·韦勒克：《近代文学批评史（第五卷）》，杨自伍译，上海，上海译文出版社，2002。
李安宅：《吕嘉兹〈〈意义底意义〉底意义〉译者按语》，载《北平晨报·学园》，1931（114）。
李安宅：《甚么是"意义学"》，载《燕大月刊》，1933，10（1）。
李良佑、张日升、刘犁：《中国英语教学史》，上海，上海外语教育出版社，1988。
刘进才：《1917—1927中国现代文学批评理论资源的引进》，载《中州学刊》，2002（3）。
刘涛：《瑞恰慈与中国现代诗歌理论批评》，载《河南教育学院学报（哲学社会科学版）》，2006（3）。
茅盾：《"文学批评"管见一》，载茅盾：《茅盾全集》，第18卷，北京，人民文学出版社，1989。
茂青：《〈关于创作与批评〉及杨振声按语》，载《大公报·文艺》，1934（30）。
齐家莹：《清华人文学科年谱》，北京，清华大学出版社，1999。
齐家莹：《瑞恰慈在清华》，载徐葆耕编：《瑞恰慈：科学与诗》，北京，清华大学出版社，2003。
闻家驷：《怀念公超先生》，载叶崇德主编：《回忆叶公超》，上海，学林出版社，1993。
瑞恰慈：《实用批评》，载徐葆耕编：《瑞恰慈：科学与诗》，北京，清华大学出版社，2003。
孙玉石：《〈北平晨报·学园〉附刊〈诗与批评〉读札》（上、下），载《新文学史料》，1997（3）、1997（4）。
孙玉石：《朱自清现代解诗学思想的理论资源》，载《中国现代文学研究丛刊》，2005（2）。
吴虹飞：《瑞恰慈与中国20世纪三四十年代的文学批评》，载徐葆耕编：《瑞恰慈：科学与诗》，曹葆华译，北京，清华大学出版社，2003。
吴世昌：《吕恰慈的批评学说》，载《中山文化教育馆季刊》，1936，3（2）。
吴世昌：《"一二·九"运动的前奏》，载吴令华编：《文史杂谈》，北京，北京出版社，2000。

夏丏尊：《文艺论 ABC》，上海，世界书局，1928。
萧乾：《书评与批评》，载《大公报·文艺》，1935（142）。
萧乾：《我与书评》，载《萧乾全集》第 5 卷，武汉，湖北人民出版社，2005。
杨振声：《了解与同情之于文艺》，载李宗刚、谢慧聪辑校：《杨振声文献史料汇编》，济南，山东人民出版社，2016。
叶公超：《编辑后记》，载《学文》，1934，1（3）。
叶公超：《曹葆华译〈科学与诗〉序》，载《叶公超批评文集》，珠海，珠海出版社，1998。
叶公超：《从印象到评价》，载《叶公超批评文集》，珠海，珠海出版社，1998。
叶公超：《〈美国诗抄〉、〈现代英美代表诗人选〉》，载《新月》，1929，2（2）。
叶公超：《欧洲文学小史》，载《大公报·文学副刊》，1931（166）。
叶公超：《文学的雅俗观》，载《叶公超批评文集》，珠海，珠海出版社，1998。
叶公超：《"无病呻吟"解》，载《叶公超批评文集》，珠海，珠海出版社，1998。
叶公超：《写实小说的命运》，载《叶公超批评文集》，珠海，珠海出版社，1998。
朱光潜：《谈美·六"灵魂在杰作中的冒险"——考证、批评与欣赏》，载《朱光潜全集》，合肥，安徽教育出版社，1987。
Koeneke, Rodney. *Empires of the Mind: I. A. Richards and Basic English in China, 1929-1979*, California: Stanford University Press, 2004。

瑞恰慈创立语义批评的学术史考察

刘佳慧

内容摘要：瑞恰慈创立的语义批评作为一种重要的文学研究方法，其理论旨趣聚焦于文学作品的语言意义问题。本文回顾了瑞恰慈对语义批评所做的理论奠基工作，并通过梳理西方文学批评史的演进脉络，考察语义批评创生时的外部思想气候，试图潜入语义批评得以创生和兴起的历史语境，以期更为全面地评价语义批评的学术价值。

关键词：瑞恰慈；语义批评；创生语境；学术史

A Study of the Academic History of I. A. Richards' Establishment of Semantic Criticism

LIU Jiahui

Absrtact: As an important literary research method，semantic criticism established by I. A. Richards focuses on the meaning of literary language. This paper reviews I. A. Richards' theoretical foundations for semantic criticism. By sorting out the evolution of the history of western literary criticism and investigating the external ideological climate in which semantic criticism was created，this paper tries to penetrate into the historical context in order to evaluate the academic value of semantic criticism more comprehensively.

Keywords: I. A. Richards; semantic criticism; historical context; academic history

韦勒克在《20世纪文学批评的主潮》一文中指出，英美批评家中有一派对"语言"怀有浓厚的兴趣，这种兴趣主要是"语义学"（semantics）的，它的开创者就是英国文艺理论家瑞恰慈（Wellek, 351）。不少文论史家将瑞恰慈纳入"新批评"（New Criticism）的阵营中加以探讨（Fry, 72），但也有部分学者把瑞恰慈开创的理论流派称为"语义批评"（semantic criticism）。① 考虑到"语义批评"与"新批评"并不能简单等同，而且"语义批评"之名能够更好地体现"语义学"的理论关切，以及这一派批评家对文学作品的语言意义的高度重视，本文将采用"语义批评"这个名称，并以瑞恰慈的理论学说作为语义批评的重要基点。

一、瑞恰慈：语义批评的奠基人

瑞恰慈（I. A. Richards）是语义批评的奠基人，他在1924年出版的《文学批评原理》（*Principle of Literary Criticism*）中，首次将语义学的研究思路引入文学批评的领域，并在20世纪二三十年代相继出版的《实用批评》（*Practical Criticism*）、《修辞哲学》（*The Philosophy of Rhetoric*）等著作中，进一步深化和推进了文学语义问题的探讨和理论建构，从而为语义批评的理论方法奠定了基础。

瑞恰慈是一个善于借鉴学界的既有成果，并通过独出机杼的思想整合来实现推陈出新的理论家。正如他在《文学批评原理》的序言中所说：

> 这本书好比一架织布机，希望把文化中那些纠缠不清的章节重新编织一番。……全书大部分的内容都不是原创的，就像玩纸牌这样传统的游戏，人们大可不必发明一套新的牌，关键在于如何出手。（Richards, 1928: 3）

瑞恰慈在《文学批评原理》中提出了著名的"传达说"（Theory of Communication），而语义学正是通过"传达说"的理论探讨被引入文学批评的领域。瑞恰慈首先对批评界关于传达的流行见解进行了反思。流行的观点认为，传达可以像运输货物那样进行，好比把一枚硬币从一个口袋转移到另一个口袋。瑞恰慈吸收

---

① 曹莉将瑞恰慈和燕卜荪的批评理论称为语义批评。参见曹莉：《剑桥批评传统的形成和衍变》，刊载于《外国文学》2006年第3期；赵毅衡在对新批评进行综述时，引用了W. L. Guerin等人编写的1962年版的《批评方法手册》（*A Handbook of Critical Approaches*），此书用的是"semantic criticism of poetry"，不但出现了语义批评（semantic criticism）的名称，而且说明语义批评主要运用于诗歌领域，参见赵毅衡：《重返新批评》，"初版引言"，成都，四川文艺出版社，2013，2页。

了20世纪初期的心理学和认知科学方面的成果,他意识到人类的大脑活动极其复杂,而批评界把人类大脑的运作情况想得太简单了,作者的经验和思想不可能完美无缺地传送到读者的大脑之中。实际的情况是,作者头脑中的一部分经验,通过传达的媒介,将会在读者那里唤起类似的经验。对于传达效果的好坏,瑞恰慈采用了心理学的标准,即读者被激发的感觉经验与作者经验的相似度越高,则传达得越充分,传达的效果越好。

可见,传达包括两个重要部分,一个是经验,一个是传达的媒介。瑞恰慈认为,艺术品保留了一些最精微、最细致的经验,普通人是无法描述的,我们通过这些艺术家记录的经验,可以判断哪些经验更有价值,从而提升我们自己的鉴别力。在文学作品中,这些经验是通过语言媒介得以传达的,因此我们需要对文学语言的特性进行深入的发掘,考察语言是如何传达意义的,以便更充分、更完整地把握作者意欲传达的经验和判断——这正是语义批评的重要使命。

早在1923年,瑞恰慈就与奥格登(C. K. Ogden)合著了《意义的意义》(*The Meaning of Meaning*)一书,从理论层面探讨了语言的功能和传达意义的机制,并对"美""意义"等众说纷纭的概念进行了系统的清理,这为瑞恰慈进一步思考文学语言传达意义的问题奠定了先行的理论储备。因此,在《文学批评原理》中,瑞恰慈把语义学的研究旨趣引入文学批评的领域,提出了语言的两种用法,一种是科学的,一种是情感的。科学语言用来指称外部事物和世界,它有真伪的区别,如果指称中存在错误,就导致了语言使用的失败。情感语言则不需要理会指称的东西是否真实存在,它的目的在于表达和激发人们的情感,这才是它真正致力达到的效果。科学语言需要指称正确,逻辑合理,这都是为了符合外部世界的客观事实和规律本身。而情感自有其关联组合的方式,就像千奇百怪的梦境不同于外部世界那样,因此表达情感的语言也有不同于客观逻辑的运作规律,它们被广泛用于诗歌之中,无法做到科学语言那样明晰了然,却为含混等复杂的语义效果打开了大门。

如果说《文学批评原理》是一部纯理论的著作,而且涉猎了艺术领域的诸多论题,那么瑞恰慈于1929年出版的《实用批评》则聚焦于英美诗歌的解读实践,并发展出了语义批评的文本细读法——"实用批评"(practical criticism)。

瑞恰慈的"实用批评"有着非常鲜明的实践指向,这与他在20世纪20年代在剑桥大学开设的文学批评课程密切相关。瑞恰慈把隐去作者和背景信息的诗歌发放给学生,再收回他们的匿名评论加以研究和课堂点评。这门课在当时有着非常大的影响力,艾略特(T. S. Eloit)、利维斯(F. R. Leavis)、燕卜荪(William

Empson)等人都曾去听过课（哈芬登，2016：205-208）。通过分析学生们反馈的匿名评论，瑞恰慈发现他们往往由于没有领会诗歌的意思，以及各种各样对文本内容的误读，导致了评论的失败。瑞恰慈指出，要克服这些批评上的难题，我们需要找到一个真正的起点：

> 所有阅读的初始困难，即弄清楚它究竟说了什么，这是我们明显的探究起点。什么是意义？我们究竟是如何理解的？我们理解的是什么？这些看似简单的问题的答案，恰恰是能够解开一切批评难题的极为关键的钥匙。如果我们对它们进行充分的思考，那些被层层封锁的诗学理论的密室和走廊就会向我们敞开大门，我们将会拨云见日般地发现全新的秩序和图景。（Richards，1929：183-184）

瑞恰慈认为诗歌批评的首要前提是对诗歌意义的理解，然后才能进一步对作品加以鉴赏和评价。基于这种理解是欣赏之前提的立场，瑞恰慈提出了"实用批评"的方法，主张对具体的诗歌文本进行精细的研读，充分发掘作品的丰富含义。这不但需要对语言的多义性获得深入的认识，而且需要充分把握诗歌传达意义的独特方式。

首先，针对语言多义性的问题，瑞恰慈在"实用批评"中落实为对四种意义的区分，分别是意思（sense）、情感（feeling）、语气（tone）和用意（intention）。就诗歌而言，意思是指作者说了什么具体内容，情感是指作者对所谈论的人或事有什么样的心理状态和情感反应，语气是作者对读者的口吻和态度，用意是他写这首诗的真实意图，以及他期望达成的目标。在语言的实际运作中，这几种意义可能会同时发生作用，不过它们在不同的语境中各有主次，某种意义可能会占据首要地位，塑造其他几个层次的意义，或对它们形成一定的压力和影响。因此面对具体的诗歌作品时，首先不要急于发表评论，而是应该细致辨析诗歌语言中包含的多重含义，知道它们各自意味着什么，分清它们的主次关系，明白它们如何配合起来，共同构筑起诗歌的丰富内容和意蕴。

其次，瑞恰慈认为"实用批评"要充分重视诗歌语言的组织和修辞，注意诗歌传达意义的独特方式。瑞恰慈对组织和修辞的强调，与20世纪20年代英美文坛流行的现代诗密切相关。与崇尚明晰流畅的诗风不同，现代诗相较而言比较晦涩难懂，行文不那么顺畅连贯，具有很强的跳跃性，诗人运用的隐喻和象征等手法也不好理解，导致很多读者根本无法明白这首诗究竟说了什么，更谈不上对它的欣赏了。

瑞恰慈站在支持现代诗的立场，认为读者应该充分尊重诗人表达的自由，以及他们在艺术技法上的创新和突破。对于诗歌的语言组织来说，现代派的诗人可以按照自己的意愿和情感的发展，进行更自由的表达，更灵活的跳跃和意象的转换，而不一定要保持语句的连贯和顺畅。读者需要做的是通过语言组织的精细分析，追踪其中的情感线索，体会诗人从中流露的心理状态。对于诗歌中频繁出现的隐喻、夸张等语言手法，这些在西方属于修辞学的研究领域，不过瑞恰慈认为传统的修辞学仅仅将其视为润饰文字的技巧，而他希望从意义传达的角度，为修辞研究赋予新的生机。在瑞恰慈看来，隐喻、夸张、拟人等语言手法的运用，往往渗透了作者独特的情感和用意，体现了诗人敏锐的感受力，以及在表情达意方面极为丰富的想象力，因此读者需要结合这些修辞手法自身的特点，以及它们呈现出来的鲜明形象，更好地把握其中蕴含的情感和用意。

瑞恰慈倡导的文本细读法在剑桥批评和美国新批评的脉络中得到了广泛的运用，不过他对语义批评的探索并没有止步于"实用批评"。在1936年出版的《修辞哲学》中，他为语义批评划定了基本的研究任务和理论版图：

> 对于语词是如何工作的，我们需要对它展开持续不懈、系统详尽的探索，以此取代那门信誉扫地的修辞学。这种探讨必须是"哲学式"的（如果你对这个说法犹豫不决，其实我也一样），它不仅需要对此前的理论预设进行批评和扬弃，而且不能指望其他的学科来攻克这项难题。我们既不能从常识中获得词语如何传达意义的答案，也无法从诸如心理学那里寻求确凿无疑的解释，因为其他学科同样需要使用语言，所以它们在回答这个问题时，必将存在严重的偏差。因此，一门加以改进的修辞学，或者说一门着眼于语义理解的学问，必须亲自承担起探索语义模式的任务。它不仅要像传统的修辞学那样，在一个宏观尺度上，探究整体或局部语篇的各类效果，而且也在微观的尺度上，讨论语义的基本单位和结构，以及这些语义和关系得以发生的条件。(Richards, 2001：15)

瑞恰慈兼顾宏观和微观的尺度，为语义批评提出了三个层面的研究目标：首先是语义的基本单位，比如一个词语、一个语句、一个可以分离出来加以研究的语段，它们作为本文的砖石，自身可能具有什么样的语义特征和性质。其次是语义之间的结构和关系，比如文本中的一个词语与另一个词语，一句话与整个文本之间，将会存在什么样的关系，当多项关系组合起来形成更大、更复杂、甚至统摄整个语篇的结构时，又会呈现出什么样的特征。第三是语篇所产生的语义效果，这种效果的产生与语义的传达机制是密不可分的，就像一枚硬币的两面，或者如同瑞恰慈更形象的说法——"拍手时我们会感到手掌痛"，是一种同时发生的事件和状态（Richards，1974：22）。而且瑞恰慈在提出探究语义效果的同时，也多次呼吁要弄清楚语词是如何表达意义、如何工作的。这意味着当我们弄清楚意义如何通过某种语言模式传达出来时，也往往会对相应的语义效果获得深入的认识，因此对语义的传达机制及其效果展开精细的探析，是语义批评不可或缺的研究任务。

瑞恰慈不但在《修辞哲学》中提出了语义批评的研究目标，而且他也对其中的重要问题进行了富有启发性的探索。瑞恰慈提出了著名的"语境原则"，对整体和局部的语义关系进行了探讨，认为整体的语境会对局部的语义单位产生影响，赋予它不同于字面义的"言外之意"，从而产生了多义的效果（瑞恰慈，1936：23-27）。瑞恰慈还在《修辞哲学》中深化了对隐喻的表意机制的研究。在20世纪30年代，批评界还没有合适的术语来清晰地探讨隐喻的结构和意义机制，瑞恰慈开创性地引入"喻依"（Vehicle）和"喻体"（Tenor）这对术语来分析隐喻，其中，喻依是用作比喻的材料，喻体是实指的对象，两者的共同作用构成了隐喻的丰富意义（67）。兰色姆指出《修辞哲学》中的隐喻研究得到了批评界的积极响应，短短几年之内，喻依和喻体已经成为文学批评中的"常用术语"（Ransom，1979：67）。

30年代中后期，瑞恰慈逐渐从文学批评领域转向了大众教育和基本英语的推广工作。不过，从20世纪二三十年代以来，他的理论著作已经在英美学界产生了广泛的影响力，他为语义批评设定的理论版图和研究任务，也得到了剑桥批评和美国新批评的进一步探索。可以说，瑞恰慈为语义批评做好了理论奠基的工作。

二、学术重心的转向

瑞恰慈对于语义批评的创立可谓功莫大焉，但是如果我们需要更为深入地把握语义批评创生的历史语境，则还应结合文论史的演进脉络加以全面的透视。

考察西方文学批评的学术脉络，艾布拉姆斯（M. H. Abrams）的《镜与灯》（*The Mirror and the Lamp: Romantic Theory and the Critical Tradition*）给我们描绘了一幅枝叶清晰的景象。他在书的开篇提出了对文学的总体看法，认为文学批评的主流动向经历了几次转变。从古希腊柏拉图开始，是模仿论占据主导地位，关注的核心问题是文本和世界之间的关系。柏拉图在《理想国》中提出艺术是对现实世界的模仿，而现实又是对理念世界的模仿，艺术与完美的理念之间隔了几层，因此是等而下之的劣质品。亚里士多德大致继承了模仿论的思路，不过在《诗学》中修正了柏拉图的偏见，提高了诗歌的地位，认为诗歌描绘"可能发生的事"，而历史只是记录"实际发生的事"，所以诗歌更具哲学意味（Aristotle，1961：68）。第二条线索是从古罗马的修辞术以降，一种立足于说服和感染听众的实用论开始浮出水面，它注重的是文本与读者之间的关系，落实到当时具体的历史场景中，则是演说词与听众之间的关系，以及寓教于乐的思想。从18世纪后期到19世纪中叶，是浪漫主义的鼎盛时期，第三条线索随之成为主流，即关心文本与作家之间的关系。这时候文学创作崇尚表现论，热衷于讨论诗人的灵感、内心的丰富情感和广阔的精神世界。20世纪早期开始，以前一直较少为人注意的文本中心论步入主流殿堂，即文本环绕着它外部的世界、读者和作者旋转了一大圈之后，终于转向了"对自身的关注和考察"，进而重视和发掘文学这种语言艺术的独特性，语义批评就在这样的大转向中找到了自己的用武之地（Abrams，1958：28）。

需要补充说明的是，这种转向并非一种单线式的简单取代，并不意味着每次转向之后，此前的研究方向就偃旗息鼓或停滞不前了。相反，这几条文学批评的路径都在时空中继续延伸着，比如对文本和读者关系的考察，绝没有止步于用雄辩和演讲感染听众的成果上，它还在20世纪生长出读者反应理论（接受美学）这棵根深叶茂、生机勃勃的大树。因此，艾布拉姆斯为我们勾勒的转向脉络，更像一个多声部的合唱，只是几个声部顺次加入的时间点和契机不同而已，但是它们还会在各自的声部上演奏出波澜起伏的旋律，让总体的合唱更为恢宏辽阔。

当这种文本中心论在20世纪前期成为理论界的"风暴之眼"，以此展开的研究也就席卷了文学的各大领地。比如结构主义叙事学专注于整理叙事的基本要素和结构规律，叙事学家普洛普通过系统分析俄罗斯童话，提炼出31种基本功能和7种角色，它们构成了一个丰富的原型库，史诗、神话、传奇、喜剧等故事虽然包含大量的细节和各异的人物，但都可以简化为一个由若干功能组合而成的序列，并搭配上相应的角色类型。韦勒克和沃伦区分了文学的内部研究和外部研究，如果说外部研究涉及作家传记、社会历史等层面，那么内部研究则专注于节奏韵律、文体特征、意象隐喻、叙事手法等因素，而且内部研究所考察的文本诸要素，多与文学语言密切相关。

文学作为艺术的一个门类，它与同属于艺术家族的绘画、音乐、雕塑、电影等自然有共通的地方,比如它们在呈现世界人生、传达情感体验、寄寓思想意蕴等方面存在一定的交集,但是文学的独特之处,很大程度上取决于文学对语言的精湛运用。其他艺术门类以音符、色彩、线条等作为媒介,文学则是用语言来构筑意义的大厦。语义批评关注的正是用语言来构筑文本意义的过程、机制和效果。瑞恰慈为此项任务提出了明确的定位:"对于语词是如何工作的,我们需要对它展开持续不懈、系统详尽的探索,以此取代那门信誉扫地的修辞学……一门加以改进的修辞学,或者说一门着眼于语义理解的学问,必须亲自承担起探索语义模式的任务"(Rhetoric 15)。瑞恰慈并没有建立一套体系严密的理论,但是指出了语义批评的大方向,号召要创立一门关于意义的学问,重振文学研究的路径。这一主张直接得到燕卜荪、兰色姆、布鲁克斯等英美学者的响应、追随和深入拓展,让语义批评的理论版图逐步拓展完善,并在英美诗歌批评领域取得了重要的成果。

三、时代风潮的影响

语义批评的创立与兴起,还与20世纪前期社会文化领域的动向有着密切的联系,而这些重要的外部力量,往往被一些更早发端的历史趋势所贯穿。

首先,现代学科建制推动了文学研究的专业化进程,并促成了语义批评的理论自觉。自17世纪启蒙运动以来,包括经济学在内的一批现代学科从包罗万象的传统学术体系中逐渐独立出来,其中的标志性事件,就是亚当·斯密于1776年出版了《国富论》,成为西方经济学的奠基之作。这一知识分工和学术专业化的历程一直持续推进,并开始震动更加古老的人文学科。1919年,马克斯·韦伯在慕尼黑大学发表《以学术为业》的演讲时,对此表露无遗:

> 学术已达到了空前专业化的阶段,而且这种局面会一直继续下去。无论就表面还是本质而言,个人只有通过最彻底的专业化,才有可能具备信心在知识领域取得一些真正完美的成就。……只有严格的专业化能使学者在某一时刻,大概也是他一生中唯一的时刻,相信自己取得了一项真正能够传之久远的成就。今天,任何真正明确而有价值的成就,肯定也是一项专业成就。(韦伯,2005:23)

这种专业化的趋势在20世纪早期愈演愈烈,也促使文学批评通过调整自身完成现代学术的转型,它试图从以前边界不清的状态中找到学术体系上的定位,确立自己的研究方法和研究对象,并对以前的研究状况进行反思。正是怀着这样一种学科自觉和专业化的愿景,瑞恰慈将语义学引入文学批评的领域,主张理解作品是文学批评的首要前提,致力于对文学语言传达意义的特点和机制展开系统深入的探索,并积极推动了语义批评在英美学界的理论发展和批评实践活动。

其次,科学的分析方法为语义批评提供了精细的研究手段。近代以来,自然科学取得了举世瞩目的发展成就,至20世纪前期,科学及其分析方法已经在学术界形成了深远的影响力,并渗透到相对传统的人文学科中。

科学精神虽然包罗众多,但是它的一大核心特点在于,确立清晰的研究范围,对其内部要素、结构关系和运作规律展开深入分析,倚重于归纳、演绎等思维方法,以及实证性的检验。这一研究思路与文学研究的一个重要结合点就是语义批评。语义批评聚焦于探究文学语言是如何传达意义的,系统考察文学语言的意义单位和特征,它们在文学作品中的结构关系,以及传达意义的机制和效果。这种细密的理性分析方法自然会遭到部分学者的抵制,他们认为文学是神秘的、不可分析的,只能通过我们的直觉去领会灌注在文本间的氛围,只能通过印象式的感悟去抵达那种妙不可言的境界。燕卜荪对此提出了直白的辩护:"对文学中那些神秘而重要的问题做一些解释说明,总不至于需要赔礼道歉"(Empson,1956:7)。这种对分析的坚定信念,在极具科学精神的罗素那里得到了更为清晰的表达。罗素作为分析哲学的积极推动者,认为世界是可以分析的,分析能够为我们认识整体提供更丰富的信息,不仅不会曲解我们对整体的理解,而且能够清除粗枝大叶导致的理解错误,揭示被遮蔽或隐藏的"真实意义"(徐友渔,1997:172-173)。

当然,将科学和文学联系起来进行思考,语义批评一方面会借鉴和参考科学研究的方法和思路,为我所用;另一方面也会加深对文学独特性的认识,辨明文学和科学之间的分野。这也促使瑞恰慈在《文学批评原理》中反思文学语言和科学语言的差别,提出了语言的两种用法:

> 在语言的科学用法中,所指称的对象应当真实无误,对象之间的联系也要符合逻辑。它们必须各安其位,井井有条地加以组织……但是对语言的情感用法,逻辑安排是没有必要的,它通常是一个障碍。真正重要的是指称对象在我们心中唤起的情感态度,它们被组织起来,具有内部的结构和形态,而这一切并不取决于指称对象之间的逻辑关系。(瑞恰慈,1997:236)

瑞恰慈的这种区分可能略显粗疏,但是如果我们将他与同时代的罗素进行对比,更能看出科学与人文研究发生交汇之时,语义批评所秉持的可贵立场。罗素认为相比科学语言,日常语言是充满歧义的、不精确的,因此应该模仿科学语言,用精确的指称和逻辑来改造日常语言,从而形成一门"理想语言"(徐友渔,1997:172-173)。不同于罗素,瑞恰慈并没有把科学语言奉为唯一的标准和典范,他在吸收科学的方法和研究成果(比如瑞恰慈对巴普洛夫的实验心理学和条件反射定律多有借鉴,并称赞其科学可靠)的同时,也确立了诗歌语言的独特价值,强调其对情感的效应而不是对真实世界的如实描述。如果说罗素用科学语言来否定日常语言,把歧义丛生和语义模糊视为不可容忍的缺陷,那么瑞恰慈和燕卜荪等人反而进一步发掘文学中广泛存在的多义现象和含混的独特价值。这种一方面对科学方法加以适当借鉴;另一方面也确立自身价值的立场,促进了语义批评的持续发展。

第三,语义批评作为新批评的核心方法,随着新批评的兴起得以繁荣壮大,这与20世纪前半期英语文学教学的外部环境有密切联系。一方面是世界大战的结束,大学需要安置和教育许多从战场归来的年轻人;另一方面大学本身也处于一个持续扩招的阶段,并在20世纪加速发展,这都需要有一种新的教学形式,应对更大规模而且文学知识储备参差不齐的学生群体。

新批评打造了一套操作性极强的文学教学法,基于文本细读的语义批评即为其核心构成,它通过对难度和复杂度进行调整,能够适用于从中学到高等学府的不同层次。老师们只需教给学生一套文本细读的基本方法,以及反讽、隐喻、复义等思想工具,就能够让学生们老老实实地坐在课堂,每个人平等地面对同一份文本材料,进行分析理解并有所收获。这套极其成功的教学法,通过广泛实践和运用,进一步打磨了语义批评的理论工具,但是这种标准化的推广,在一定程度上也会让其走向僵化和教条,从而慢慢丧失理论的活力。虽然20世纪西方文论界风起云涌,你方唱罢我又登场,但是语义批评连同新批评创立的整套教学法,已经沉淀到了英美大学的文学教育之中,成为其稳定的基础构成。

四、语义批评的价值

瑞恰慈的学说以及语义批评的理论方法,在很多文论史论著中,都往往纳入新批评的脉络中加以探讨。那么我们为什么要重新追溯瑞恰慈创立语义批评的原生语境,将语义批评与新批评加以必要的区分,而不是沿袭文论史中的常见论述?正如韦勒克所言,语义批评体现了一种对文学作品的语言意义的研究旨趣。这种具有普遍性的问题意识，经瑞恰慈加以提炼并进行开拓性的理论建构之后，又在瑞恰慈、燕卜荪、利维斯等人构成的剑桥批评的传统中，以及由兰色姆、布鲁克斯、维姆萨特等人构成的美国新批评的学术流派中，得到了进一步的探索和发展。因此语义批评并不能与新批评简单等同，语义批评自有其独立的理论价值和旨趣。

那么，语义批评究竟有何价值呢？语义批评作为一种方法论，有自己核心的问题意识、研究思路和理论预设。它聚焦于文学作品的传达媒介层面，着眼于考察文学语言是如何传达出丰富的意义的。因为不论是寥寥数语却余味绵长的诗歌，还是洋洋百万言的鸿篇巨制的小说，都是通过语言的砖石构筑起自己的"希腊小庙"或"大千世界"。与音乐依凭于声音、绘画依赖于色彩和线条不同，文学是借助语言来传达意义的。韦勒克（Rene Wellek）和奥斯汀·沃伦（Austin Warren）在《文学理论》（*Theory of Literature*）中将文学作品视为一个多层次的体系，包括"声音的层次""意义单元的组合层次"和"它所表现的事物"这三个层次（韦勒克，沃伦，2010：161-162）。如果说声音的层次涉及节奏、韵律等音响效果，那么意义单元的组合则属于语义层面，它是文学作品中至关重要的"基础设施"，就像横贯国境而四通八达的桥梁、公路和运河一样，为文本灌注了丰富的内容，为它所表现的事物、理念和世界奠定了坚实的基础。语义批评注重通过文本细读来分析文学语言如何传达出精妙丰富的意蕴，这是它的基本旨趣，若再配合独出心裁的思想格局、切合语境的理论视野，或延展于社会历史的广阔思考，往往能够带来令人耳目一新的创见。

语义批评能够在文学语言中敏锐地识别意义的耐人寻味之处，以此作为研究的切入点，它就像一颗投入文本之湖的石子，由此激荡而起的思考就像层层涟漪推展延伸开去，甚至传递到文学研究的领地之外，并为这种进一步的解读提供扎根于文本的证据。比如弥尔顿（John Milton）的英雄史诗《失乐园》（*Paradise Lost*）在行将结尾的时候，大天使米迦勒在送别亚当离开伊甸园、前往茫茫尘世之时，先领他来到纵览时间的山顶上，给他讲述人类未来的命运，为他测绘出无常的世界。最后大天使留给亚当这样的告诫：

> 只要
> 加上实践，配合你的知识，加上
> 信仰、德行、忍耐、节制，
> 此外还加上爱，就是后来叫作

"仁爱"的，是其他一切的灵魂。
这样，你就不会不高兴离开
这个乐园，而在你的内心
另有一个远为快乐的乐园。（弥尔顿，2013：447）

在这段话中，最抓住人心的莫过于这样的矛盾意蕴：失去了一个乐园（永恒的伊甸园），却得到了另一个更加快乐的乐园（要用智慧、美德和汗水去开拓的人间世界）。通过对《失乐园》中相关词句的语义分析，比如亚当的感悟"我将从此出发，饱求知识，满载而归"，夏娃所吐露的衷肠"虽然一切都应我而失去，但照圣约所定，我的种子会全部得以恢复"，以及最后离开伊甸园时，"他们滴下自然的眼泪，但很快就拭掉了；世界整个放在他们面前"等内容的互相印证，我们可以感受到失去伊甸园与获得人间世界这两个意义维度之间的巨大张力，并从中领悟到人性的坚毅刚卓，以及开创新世界的担当精神（弥尔顿，2013：446、448、450）。正是针对这种巨大的语义张力之中凸显的人类智识与超迈气魄，马克斯·韦伯敏锐地识别出这些诗句所散发的独特魅力——它与但丁所描述的那个"在天堂里伫立无言，顺服地沉思着上帝的奥秘"的形象截然不同，闪耀着一种不同于中世纪的全新的精神光芒（马克斯·韦伯，2005：39）。韦伯把这种精神气质称为"新教伦理"，并在《新教伦理与资本主义精神》（*The Protestant Ethic and the Spirit of Capitalism*）中详细探讨这种精神气质的本质特征及其与特定时段的社会经济发展之间的内在关联，这就通过对语义的细密分析导向了更广阔的宗教社会研究。

由此可见，语义批评不是一种排他性的方法论，恰恰相反，它能够作为文本研究的基石存在，并具有较强的兼容性。这意味着对它的运用并不会取消来自社会的、历史的、经济的等研究维度，它能够与其他的理论视角叠合并行，与其他层面的考察互相配合，让我们通过对文本意义的精细研读和深入发掘，进入包括文学在内的人文社会研究的广阔天地。

参考文献

[美] 勒内·韦勒克、[美] 奥斯汀·沃伦：《文学理论》，刘象愚等译，北京，文化艺术出版社，2010。

[德] 马克斯·韦伯：《新教伦理与资本主义精神》，于晓、陈维纲等译，西安，陕西师范大学出版社，2006。

[德] 马克斯·韦伯：《学术与政治》，冯克利译，北京，生活·读书·新知三联书店，2005。

徐友渔：《罗素》，北京，开明出版社，香港，中华书局（香港）有限公司，1997。

[英] 约翰·弥尔顿：《失乐园》，朱维之译，南京，译林出版社，2013。

[英] 约翰·哈芬登：《威廉·燕卜荪传：在名流中间》（第一卷），张剑、王伟滨译，北京，外语教学与研究出版社，2016。

Abrams，M. I. *The Mirror and the Lamp: Romantic Theory and the Critical Tradition*. New York: W. W. Norton，1958.

Aristotle. *Aristotle's Poetics*. Trans. by S. H. Butcher. New York: Hill and Wang，1961.

Empson，William. *Seven Types of Ambiguity*. London: Chatto and Windus，1956.

Fry，Paul. *Theory of Literature*. New Haven and London: Yale University Press，2012.

Ransom，John Crowe. *The New Criticism*. Westport: Greenwood Press，1979.

Richards，I. A. *Principles of Literary Criticism*. Ed. John Constable，London and New York: Routledge，2001.

Richards，I. A. *The Philosophy of Rhetoric*. Ed. John Constable. London and New York: Routledge，2001.

Richards，I. A. *Practical Criticism*. Ed. John Constable. London and New York: Routledge，2001.

Wellek，Rene. *Concepts of Criticism*. New Haven and London: Yale University Press，1963.

瑞恰慈的社会文化批评

杨风岸

内容摘要:瑞恰慈不惟是一位卓越的文学批评家,贯穿于其批评和教学实践中的社会文化批评维度同样值得关注。本文旨在考察瑞恰慈文化批评诞生的历史语境,阐述其文化危机观念的核心内容,并剖析瑞恰慈社会文化诊断的特征所在及深远影响。

关键词:瑞恰慈;文化批评;文学批评;教育实践

I. A. Richards' Socio-Cultural Criticism

YANG Feng'an

Abstract: I. A. Richards is very famous for his literary criticism, but the dimension of cultural criticism throughout his criticism and teaching practice is also worthy of attention. The purpose of this paper is to examine the historical context of the birth of Richards' cultural criticism, to explain the core content of its cultural crisis concept, and to analyze the characteristics and far-reaching influence of Richards' socio-cultural diagnosis.

Keywords: I. A. Richards; cultural criticism; literary criticism; teaching practice

瑞恰慈（I. A. Richards）文学批评理论中的技术性内容经由"新批评"的揄扬而家喻户晓，而贯穿在他绝大部分批评论著之中的文化维度则相对少为人知。诚然，瑞恰慈的文化批评大多是广义上的，亦即主要以文学批评作为呈现形式而向社会文化领域发散的批评，直接针对社会文化问题的狭义文化批评相对较少；不过，无论是在广义还是狭义的文化批评之中，瑞恰慈都贯彻了和阿诺德一脉相承的文化观念，对当时的社会文化问题进行深入的观察和诊断，得出总结性和批判性的结论，为介入社会文化的建构打下坚实的基础。

一、历史语境与发展历程

在《如何阅读一页书》（*How to Read a page*）的前言之中，瑞恰慈讲述了这样一则逸事：在圣唐纳德山（Mount Sir Donald）脚下的篝火之旁，他坐着的一根横木突然滑落（slip），这使他笔尖一抖，将"read"的"d"写成了"p"，草稿的题目因此变成了《如何收割（reap）一页书》，反而引他陷入了深思。今天看来，这段故事恰似瑞恰慈所擅长分析的一个精炼的隐喻（metaphor）：瑞恰慈毕生的思索和书写，以及书写过程中所发生的变革和转向，从文化批评的视角来看，都与他自身所居的整个社会文化的某种滑落或曰失衡（slip）息息相关。

进入 20 世纪，英国的工业革命已发展到前所未有的程度，并在整个英国社会的精神生活中引发了深远的动荡。一方面，工业革命带来了日常生活状态的显著变化，科学技术的发展悄然改变着人们的思想和交流方式，功利主义的思想比以往任何时候都更为盛行；另一方面，工业革命更深刻的影响还在于生产方式的革新对生产关系和社会结构的变革。E. P. 汤普森在其名著《英国工人阶级的形成》之中曾经详尽地梳理过英国的工人阶级发展和壮大的整个过程，半个多世纪过去之后，新兴的工人阶级已逐渐成为社会的中坚力量，在日趋普及的大众教育的助推之下，他们的文化趣味和心智诉求对整个社会的文化形态和走势都深有影响。

社会文化形态改变的首要标志，便是通俗文化的兴盛和流行。利维斯夫人的《小说与阅读大众》客观反映了不同层次的文学评论期刊在 20 世纪 30 年代初的印行状况：针对知识分子的高眉（highbrow）刊物读者寥寥，而面向大众，以文学闲话（literary gossip）和浅易读物介绍为主要内容的低眉（lowbrow）刊物则最受欢迎，发行量甚至可高达前者的 10~20 倍（Leavis，1932：20-25）。通俗刊物的工业化批量生产和倾销，鼓励了作家、策划者和出版者的商业化倾向，也令畅销作品顺应市场需求而变得越发浅显易读（陆建德，2002：27）。此外，技术传媒手段自身的发展也使新兴的通俗文化变得无孔不入，电影、广播和商业广告等同样构成了大众文化文本的重要门类，浅显化和普及化的趋势与通俗文学读物如出一辙。

　　英国社会物质上的工业化和精神上的通俗化，在知识分子当中引发了广泛的关注。从19世纪开始，批评家和文学家们便已针对英国的社会状况进行了种种反思。罗斯金（John Ruskin）对工业社会黑暗意象的描摹、狄更斯对工业时代冷酷伦理的再现，都表达了对工业革命及其物质性和精神性后果的批判性思考。其中，瑞恰慈所属的"文化批评"谱系尤其注重对精神层面的批判，无论是早期以"有机"想象观念对抗机械僵化的工业社会思维模式的柯勒律治，提出"工业主义"（Industrialism）概念并呼唤"文人英雄"的卡莱尔，还是明确地以"甜美与光明"对抗工业社会边沁主义思潮的阿诺德，都对工业革命造成的消极精神状态报以悲观审视并且大加挞伐。所有这些知识分子前辈的言论形成了强而有力的批判传统，潜在地塑造着瑞恰慈、利维斯等后来之人的基本社会文化观念。而且，相似的思潮也在20世纪的欧洲大陆风起云涌，法兰克福学派对工业文化产品的系统批判和海德格尔对人类生存之本真状态的追问，都意味着与"文化批评"不乏殊途同归之处的社会文化观念，这些思想也都为英国的新一代知识分子们提供了有力的支持。

　　知识界的社会文化反思，在战争的催化下，通过教育的革新而落到了实处。第一次世界大战之后，英国经济萧条，整个社会精神更陷入空前的凋敝，机械化、碎片化和平庸化的心灵状态笼罩了全社会的各个阶层，现代主义文学经典如艾略特的《荒原》和詹姆斯·乔伊斯的《尤利西斯》，都以精妙的艺术手法展示了彼时灰暗的社会心理和堕落的社会风气。这种精神困境促进了政府对教育制度的重视和改革，承认并提升了英国文学在大学学科中的地位，也为瑞恰慈这一代的人文学科工作者带来新的机遇和挑战：他们迫切需要树立全新的评判法则，去捍卫这一新兴学科的地位和荣誉，同时，他们也秉持文化先锋的勇毅和锐气，去重新审视、批判和展望整个社会的文化状况。

　　这一切社会历史性因素之间微妙的互动，都交织在瑞恰慈毕生的思考、论述和实践之中。社会工业化的深入、大众通俗文化的盛行和知识界对此的传统共识带给瑞恰慈的是整体上的文化悲观主义情绪，而英文教育的全新前景又足以给予他在废墟上重建未来的崇高文化使命感。这二者共同构成了瑞恰慈观察社会文化现象之时的情感基础，在瑞恰慈从少年到晚年都坚持不懈的批判性社会审视中，它们又渐渐被赋予了更为复杂的色彩与内涵，在他漫长的学术生涯之内一再发出悠远的回声。①

二、人口论与文化危机审视

不同于阿诺德、利维斯和艾略特，瑞恰慈较少细致地描摹文化现象本身，他的社会文化诊断通常以简短论述的形式零散地穿插在语言研究、文学批评或者教育设想的著作当中，旨在证明这些具体的疗救方案的合理性和紧迫性。这些"社会病历卡"一般的断片在瑞恰慈长近半个世纪的学术生涯之中时隐时现，整体而言以20年代至30年代初和40年代后半期至50年代最为密集，并始终体现出近似的危机意识和批判态度。② 另外，虽然同样秉持人文主义的评判立场，瑞恰慈对现代世界状况的观察却通常带有冷峻而理性的科学实证色彩，且较少循序渐进的论证，多下斩钉截铁的断语。他最具个性的社会环境诊断之一，正如威廉斯所观察到的，就是颇具实证意味的"人口众多"（威廉斯，1991：315）。瑞恰慈早在20年代便已经指出：

> 人口在增长，绝大多数人偏好的作品与被最有水平的见解视为上乘的作品之间存在鸿沟，由此产生的问题已经严重到无以复加的程度，而且看来可能在不远的未来发展到不可收拾的地步。（瑞恰慈，1992：30）

这并不是一个偶然现象，因为瑞恰慈在50年代之后的著作当中也一再严肃地提及人口状况，言说更为深入，甚至动用了具体的统计资料：

---

① 瑞恰慈本人对社会文化的批判性反思是自觉而早熟的。他自幼耽读文学经典，熟稔18、19世纪英国作家和批评家们的代表作品，在少年时便对雪莱的浪漫主义社会理想神往不已。1911年进入剑桥大学之际，年轻的瑞恰慈已有明确的社会批判意识，他曾在当时给母亲的家书中说，自己不认为"异常复杂、极为强悍、庞大和宽广"的现代社会是"唯一可能的或者最好的社会"，并浪漫地憧憬自食其力的隐修生活，希望通过宗教团体般朴素自由的生活方式（而不是宗教教义内容）来改善现代人的精神状态。这颇含乌托邦色彩的想象，印证了他对当时社会的悲观印象、对未来世界的革新愿望和对精神性因素的格外重视，也预示了他对这些问题的恒久关注。参见 John Constable ed. *Selected Letters of I. A. Richards*（Oxford: Clarendon Press, 1990），3-4。
② 瑞恰慈学术生涯中后期的"文化病历"更为复杂，一方面重复早年的若干宏观性、基础性文化诊断并予以强化；另一方面也对实践性领域的话题进行了更为微观和具体的诊查，例如，大众教育（Mass Education）、全球交流（World Communication）、媒体（Media）甚至"现代学术"（Modern Scholarship）。为保证论述清晰和连贯，本文只结合早期论断重点考察第一方面的内容，关于一些具体实践性问题中所穿插的微观性论断，将另辟专文论述。

在过去的一百年中人口翻了三番。1840年，我们有大约7亿人；现在已经有22亿还多了。在接下来的50年中，应该还有更甚于此，也更可非议的增长——除非最坏的事情同时发生。这一事实尚未引起足够多的注意和思考。它和我们的时代问题之间的关系，比想象的更为密切——尤其是人文学科的未来。（Richards，1955：58）

我的另一个普遍性的评语是，此时此刻，在这个星球上，我们当中的三分之二都是文盲。这一刻有22亿人正在呼吸，其中有大约15亿完全不能阅读，或者只能阅读某些非字母（non-alphabetic）的文字……（93）

人口迅速膨胀的庞大数量令瑞恰慈异常震惊和担忧，但他在意的显然并非物质层面上的后果，如资源的匮乏。瑞恰慈对人口问题的每一次评述，都会飞快地转向精神层面上的某种危机，或者是欣赏品位的日趋分化，或者是人文学科的江河日下，或者是文盲群体（不能阅读西文的人群）的规模惊人。在瑞恰慈眼中，人口绝不仅仅是一个生物学或者统计学意义上的概念，而是构成"我们的共同体（communities）"的原子集合，它的数量增长会令共同体"日益扩大"，[①] 这种失控扩张的必然结果，便是阿诺德意义上的"优秀的自我"，利维斯所言及的"文化的少数人"或艾略特所界定的"精英"比例锐减，"文盲"或受教育程度低下的人群越发庞大，人文学科教育面临的任务更加艰巨，其后果便是整个社会的欣赏品位出现"鸿沟"，且"少数人"趣味的影响力正日趋微弱，"文化"的失序和心智能力的下降随之毕现。因此，人口的增长和"绝大多数人"心智能力的退化是成正比的，也是导致这种退化的原因之一。

"绝大多数人"心智退化的更深层次的原因，来自纯粹物质性的"人口"之外的一种同时作用于精神和物质层面的因素，那就是科学的急剧发展。在1926年出版的《科学与诗》当中，瑞恰慈就初步提出了这样的论断：

这主要而最有力的变化，可以称为"自然之中和"（Neutralization of Nature），即是从玄秘的世界观转而为科学的世界观……不久以前，人们突然得到了大量真纯的知识。这种进程逐渐加快，宛如天降雪弹一样……科学只

[①] 此处"共同体"（community）一词似可看作"社会（society）"的同义语，威廉斯的《关键词》曾对该词的社会关系意味和复杂内涵有明确界说。参见 Raymond Williams, *Keyword: A Vocabulary of Culture and Society*, First edition 1976, Revised edition（New York: Oxford University Press, 1985）75-76。

是我们有系统地指明事物之最严密的方法，所以它不告诉并且不能告诉我们事物之根本的性质究竟如何……科学能告诉我们人类在宇宙中的地位与其各种机会……但是它不能说明，我们是什么？这个世界是什么？这并不是因为这些问题是不能解决的，乃是因为它们根本就不是问题。并且，既然科学不能解答这些"假问题"，哲学与宗教也不能解答它们。因此，许多时代以来认为是智慧之锁钥的各种不同的解答现在便完全消灭了。这种结果乃是生物学上的危机（biological crisis）……这种危机一日不解决，个人和社会都感觉着一种紧张的状态。（瑞恰慈，1937：30）

联系下文瑞恰慈对诗歌积极心智作用的推重来看，"我们是什么"与"事物之根本的性质"这些"不是问题"的问题，实际上却是人们精神支柱的根本，它们俨然呼应着阿诺德在界定"文化"时所言说的"认识最关切于我们的所有事务"，以及利维斯在同样情况下所提及的"对人类境况和生命本质（nature of life）的领悟"。这些问题其实都是在要求一种高级的、诗性的心智能力、一种人文主义的自我意识与认知法则，也就是阿诺德意义上的"文化"的标准；它们的答案就存在于"少数人""新鲜与自由的思想之流"当中，这些"少数人"正随着人口的膨胀而日益凋零，他们所留下的空白却无法为科学思想自身的发展所填补。科学的"自然之中和"恰好意味着它的无动于衷，它可以解释物质宇宙世界中的一切，却不可能为人们提供支撑心智的精神法则，相反却否定了带有前科学时代蒙昧痕迹的宗教和哲学等等"智慧之锁钥"。在瑞恰慈看来，这种"文化"标准的缺位和心智力量的丧失甚至会形成"生物学上的危机"，令个人和社会都处于不健康的精神状态，亦即无所适从的"紧张"惶惑之中。

在 20 世纪 50 年代的论述中，瑞恰慈更加疾言厉色地强调了这一精神危机的严重性，并将矛头更深入地指向了科学思想在社会物质层面上的呈现方式，那就是"工业文明"，以及具体的"工业技术革命"，它们对现代人的心智都有更为严重的消极作用，瑞恰慈将其发展成了一个关乎内心世界的隐喻：

艾略特先生深谙"工业文明的效力剥夺了大多数人与生俱来的文化"这种"老生常谈"（commonplaces of observation），他并不是一个嗜好抑郁的人，这些问题对他和任何人而言都同样令人沮丧。大量的干扰（disturbance）和必需的变革（needed change）步调一致，这把我们带入了一种严重的情况当中——受害者们不再知道麻烦来自哪里。另一方面，更加粗暴也更加广泛的工业技术革命正发生在我们身上，在我们的道路上进行更危险的局部加速，给我们的平衡（balance）带来更惨重的巨大损失。我们甚至正在忘记自己是什么。（Richards，1955：68-69）

瑞恰慈重现了"我们是什么"这个问题的失落，并且将"工业文明"和"文化"之间"老生常谈"的对立关系视为一种僭越与被僭越的关系。他指出，"工业和技术革命"最令人恐惧和难以抗拒之处，是它会"发生在我们身上"，这隐喻了工业文明的技术化思维可以潜移默化地渗透人们的心灵，"剥夺"和顶替人文主义的诗性感知（也就是"与生俱来的文化"）本应占据的位置，从而改写人们思考和感受世界的方式。这样一来，工业文明在物质性、功利性层面的"局部加速"就会更容易"干扰"人们心智的"平衡"，加剧整个社会的精神惶惑和混乱，最终的结果则是将人们彻底变成卡莱尔和阿诺德意义上的，惶惶然附庸于工业社会而无力进行反思的"群氓"。瑞恰慈并不像利维斯那样，将以"机器的使用"为标志的"工业化"完全视为灾难的渊薮，他认为工业化也会带来"必需的变革"，只不过"干扰"与之相伴相生，如影随形，令人们"不再知道麻烦来自哪里"，而失去了辨别和提防的能力。由此可见，到了50年代，瑞恰慈开始认识到科学进入社会实践层面之后所形成的"工业文明"会直接对人们的心灵施加妨害，其消极作用远甚于只是无所作为的"自然之中和"亦即科学思想本身；这表明他在不断的实践活动中，对现实中工业化的精神弊端产生了渐进性的理解。

那么，彼时社会中为人口膨胀所连累、为科学思想所架空，或为工业文明所异化的现代心智，又将呈现出一种怎样的具体状态？作为一个充满理性实证精神的学者，瑞恰慈并未像艾略特那样运用文学作品来刻画：

自得的意气罩着这种下层人，好像丝绒帽戴在勃莱弗暴发户的头上。（艾略特，1985：233-234行）

而是采取了更为抽象而直接的方式来说明：

要说的是，机械发明连同它们的社会作用，以及难以消化的观念的过于突然的扩散，都在世界各地干扰着人类精神的整个秩序。我们的心智（mind）正在变为一种菲薄（thin）、脆弱（brittle）而不均（patchy）的低劣形态，而不是连贯又可控的了。对如今要承担它们的，尚处于成长中（growing）的心智所拥有的自然力量（natural strength）而言，信息与见解的负担也许过于沉重；

如果它还不是太沉重，不久以后也会变得如此，因为整个情形在好转之前还可能变得更糟。（Richarde，1929：320）

"菲薄、脆弱而不均"简练而悲观地勾勒出"世界各地"现代心智的基本轮廓。在瑞恰慈眼中，"多数人"的心智"尚处于成长中"，其"自然力量"软弱不堪，根本无力承担与"消化"现代工业社会密集的物质攻势与观念侵袭，它们只会完全被动地向着"低劣形态"沉沦，而失去自身的秩序性。随着科学思想和工业社会的日益深入发展，它们面临的压力只会越发沉重。在此，瑞恰慈仿佛暗示了某种外在于"自然力量"的强大法则的缺失，它能够为社会大众的心智提供辨别和防御的内在能力，而这种法则正是"少数人"的优秀心智，亦即"文化"的崇高标准。

瑞恰慈对现代心智被动地位的悲观态度，还有对"文化"标准沦落的惋惜慨叹，都在后期的作品论及大众媒介之时达到了一个新的高度。和利维斯一样，瑞恰慈注意到了社会心智的糟糕状况会通过某种中介而表征出来：

> 看起来似乎每个地方的全部文化都被人工制品取代了：广告、通俗读物、滑稽剧、肥皂剧和影视娱乐节目。全新的闲暇时光面临似曾相识的威胁……（Richards，1955：69）

这仿佛正是利维斯的口吻。有所不同的是，利维斯夫妇在20世纪二三十年代重点观察的是社会大众所阅读的报纸杂志和通俗文学作品，而瑞恰慈则更多地透过这些纸页和图像来关注作为一种交流媒介的语言本身，并将之与"心智"和"文化"的状态都密切地联系起来：

> 简而言之，当人们生活在很小的共同体中的时候，整体而言，他的谈话和阅读只涉及他自己文化中的那些东西，也只对付他那群人所熟识的思想和感情，仅仅通过和同伴交流，他对自己语言的熟悉程度就足以让他将这门语言用得很好了（无论是听还是说），比今天的任何人都要好，除了少数可能自吹自擂的乐天人士之外。（语言的）衰落在几乎每一种文学门类中都能见到，从史诗直到短命的杂志。这种衰落最可能的原因，一方面是我们的"共同体（communities）"（如果它们在只保留了如此少的共同点的情况下，还能叫作共同体的话）的日益扩大，另一方面则是由印刷文字造成的文化杂糅（the mixtures of culture）。（Richards，1929：339）

这一节在《实用批评》中题为"语言的衰落（The Decency of Speech）"，其"最可能的原因"同样要从人口和科学技术两方面说起：其一，人口膨胀带来的"共同体"的扩张和内部分化，使得语言的生成环境（知识的和心理的）变得更加复杂而难以控制；其二，随着科学的发展和工业化的推进，出版业的商业化促使"印刷文字"更多地去迁就在普及教育中粗识文字的社会大众，将庞大复杂的"共同体"中各种各样的语境都等量齐观，从而形成了"文化（这里显然是微观的，而非阿诺德式的用法）杂糅"的态势。然而，这种杂糅并不意味着优质文化的有机重组和再度优化，而是恰好相反：

> 我们现在的日常阅读和讲话都在处理来自多种不同文化的废料。我并不是指文字的派生和衍变（它们总是混杂的），而是指流行（fashion），在流行之中，我们被迫从莎士比亚时代、约翰逊博士时代的思想和感情模式穿越到爱迪生或者弗洛伊德时代的思想和感情，然后再折回去。更大的问题是我们对这些材料的掌握从报纸的这一栏到那一栏都参差不齐，从学者的水平直降到厨房女佣的程度。（340）

现实中的"文化杂糅"以一种不加选择且毫无秩序的方式进行，其背后则是"文化"标准的失语和社会心智的失控。在浮躁的"流行"驱使之下，经典的、人文的（如莎士比亚、约翰逊博士的）和新生的、科学的（如爱迪生、弗洛伊德的）思想与情感全都众声喧哗地拥挤在视野之中，使失去了一定之规的大众心智疲于奔命而无所适从；推动了这种"流行"的公共媒体（如报纸）对它们的阐释更是五花八门，且包含了朝向"厨房女佣的程度"的沦落趋势，从而加剧了心智层面的"混乱"甚至堕落。"语言的衰落"实质上正是这种"混乱"的表征：

> 这种参差不齐的后果是，我们无论听还是说（或者说，无论读还是写）都逊于几代之前的那些人，他们只拥有自然而简朴的才能、娱乐和思考……面对日益威胁着我们的混乱（chaos），我们自卫的方式是将话语和理解变得僵化刻板且千篇一律。必须坚持的是：随着世界上无线电通讯交流的发展，这种威胁只会越来越强大。（Richards，1929：339-340）

社会心智的"混乱"在从理解到表述的各个层面都产生消极的干扰，人们失去了引导和约束他们的"文化"准绳，唯一的抵抗之道是将语言本身和思想情感同样"变得僵化刻板且千篇一律"，使得语言失去了本身所携带的精神的力量，而这正是"语言的衰落"的题中之意。这种现象在工业社会只会愈演愈烈,"无线电通讯交流"技术的兴起就在无形中进一步扩大了人们的"共同体"语境,进而加重了"混乱"的程度。也就是说,"语言的衰落"实质上缘于现时代社会心智的混乱失序,从精神实体层面的呈现来说,也是"文化"标准沦丧的问题。

在后来的著作中,瑞恰慈将更多的注意力投向了作为一种社会文化表征的语言本身,尤为关注"语言的衰落"在具体语言应用中的体现。他曾举一则广告为例,展示了商业时代语言形式的贫乏和无稽:

> 然而,现在为了卖掉东西是如何运用"星辰与天使的力量"(柯勒律治的诗句——译注)的?出了什么问题?在一张既有星辰又有天使的纸上,抬头是这样的标题:"天使带来……"我们要看看他们带来什么,继续往下读,"天国礼物般的罩衫和内衣,沿着月光下的小径,通往我们布满星辰的圣诞展销……幸运之星就在左上方……穿着讲究,倚靠在无瑕的人造丝织物之中……星座在天使的手臂上闪耀,天籁般梦幻的人造丝礼服……搭配合体的衬裙,来自天国般的盛装……"更不用提……最后,没法再丢脸的是"月光圣母礼服"!认真琢磨这种东西哪怕一秒钟,都会让人怀疑自己是否已经失去了幽默感。但是,只要这种现象还在施加影响于将遗产运送给我们的语言,那么,从不考虑它们的层出不穷会对我们造成什么后果,就是更加不明智的。(Richards,1955:65)

生搬硬套宗教意象,毫无美感和韵致的广告语词,在经典诗歌的映照下仿佛现代主义文学中常见的荒谬"戏仿",令瑞恰慈痛心疾首。在他看来,这种庸俗贫瘠、矫揉造作的语言形式无非是商业社会的傀儡,它们对"(文化)遗产"的指涉是如此肤浅而扭曲,原本只值得以"幽默感"来对待,然而,它们的"层出不穷"却可能起到劣币驱逐良币的效果,真正能"将遗产运送给我们"的语言形式或因此而湮没无闻,这一事实却让人笑不出来。由此可见,瑞恰慈念兹在兹的语言问题的本质,除了其本身生命活力与交流功能的衰退问题之外;另一方面也是利维斯所担忧的"遗产"是否会因语言失去了"生动的精妙(living subtlety)"(Leavis,1943:168)而死去的问题,是依托于语言,并能够为现代心灵提供滋养的那些"世上曾有过的最好的想法和言论"、那些令"个人才能"臣服的"传统"以及那些"最精微、最脆弱"之物的传承及发展等性命攸关的问题(黄卓越,2009:105)。由是而观,语言的衰落不仅表征着"文化"本身在工业时代的规矩尽失,还标志着"文化"历时性传承脉络中的深刻裂痕。

需要特别指出的是,瑞恰慈在批判语言衰落现象的失望情绪之中,也隐含了他对语言之社会功能的期许。在他心目中,和现实状况恰好相反,语言不应只是被动地表征时代心智的症候,成为"文化"标准沦陷的替罪羊;理想的语言应该和健全的心智紧密结合,能够以其出色的形式和内容来匡正人心(而非千篇一律),更应该承担起运输"遗产"的任务,来帮助现时代的人们重建"文化"的标准和心智的秩序(而非安于肤浅)。因此,使他焦虑的不仅是语言衰落背后的心智或曰"文化"危机,还有语言自身面对这种"衰落"时的无所作为。瑞恰慈指出,当代的语言使用者对此难辞其咎,语言作为"目前我们所支配的记号系统",其"令人迷惑不解的复杂程度"固然加大了人们运用它对抗"文化"问题的难度,但是人们的不求甚解,也令他殊为不满:

> 记者和有学问的人拥有大量的半专业技术词汇(却很少有机会或者不愿意探讨这些词汇的适当用法)……人们普遍掌握更为粗糙的记号常规(读、写、算基本三会),但公众与时代的科学思想的距离却在加大;最后是出于政治和商业目的利用报纸反复散布陈词滥调。(瑞恰慈,2000:26)

这和阿诺德、艾略特和利维斯眼中"有教养的公众"的消失异曲同工。语言成为毫无生命力和创造力的"记号常规",甚至连这种工具层面上的"适当用法"都无法被广泛而准确地掌握。瑞恰慈的文化悲观主义,至此也似乎达到了高峰。

不过,瑞恰慈从来不是一个单纯的悲观主义者。他虽然对现代大众的心灵力量充满了不信任感,认为他们必须在"少数人"的带领下才能找到方向,但他坚信人类心灵本质上的可塑性和能动性,因此,一旦将问题的关键指向"人"的改变,他就对未来充满了信心。面对"文化"的重重危机,他毫无畏惧地反问:

> 人类认知和应用的能力注定永远都不足以更好地传达"关于什么有价值,什么是成功,我们要成为什么类型的人的正确概念",这个问题难道是无涉理性,且无以解决的吗?(瑞恰慈,1992:48)

这是阿诺德式的价值观念——文化的核心是价值观,是人之所以为人的塑造目标和方式。这个问题的答案当然是否定的。尤其值得注意的是否定它的方式:

> 人类自身是改变着的,他的环境也是如此。真的,他在过去已曾改变,

但也许从未有如现在这样的迅速。他的环境从未听说以前改变得这样剧烈或这样突然，联带着心理的，以及经济的，社会的，和政治的危机。这种改变的突然恫吓了我们。人类的本性有一些部分比其他部分更拒绝改变。假若我们的习俗有一些改变了，而其他应当随之改变的却仍如往常一样停留着，那么我们会面临许多的危难。（瑞恰慈，1937：9）

近百年来人类的状况和发展前景的改变超过了前此的上千年，再隔50年可能就使我们不堪承受，除非我们能够推出更加适应环境的道德规范。下述看法可以理解，不过是错误的：处于这个暴风骤雨般的变化动乱之中，我们需要的是可以栖息于其下或者抱住不放的万古盘石，而非乘风翱翔的高效率的飞机。（瑞恰慈，1992：48）

瑞恰慈并不缅怀"过去的好时光"，当他谈到语言的凋敝现状，并与以往的状况对比之时，他在意的因由只是"共同体"规模的改变，而并无多少今昔之感。瑞恰慈甚至连利维斯那样的借古讽今也无意援用，在他看来，"万古盘石"般的种种规范和那些古旧的"智慧之锁钥"一样，已经流水落花春去也，人们所能做的只是跟上这个"暴风骤雨般的变化动乱"的时代，用锐意的革新来扭转乾坤，挽狂澜于既倒，甚至起到"好风凭借力"而"乘风翱翔"的效果。他认为，人们必须振作起来，坚定地将自己连同自己的时代都带入更好的局面；他相信文化力量的重要性，更相信要着眼于未来。在《文学批评原理》当中，瑞恰慈更加铿锵有力地表达了他的决心和信心：

我们应该铭记在心的是，到了公元3000年，只要一切发展顺利，人们掌握的知识可能使我们的全部美学、全部心理学、全部现代价值理论显得相形见绌。假如情况不是如此，那么前景就可悲了。"我们将如何处置手中突飞猛进的力量？如果我们不能及时学会驾驭他们，将会面临什么境地？"这种想法对于许多人来说已标志着生存的主要利害关系。以往大家熟悉的各种争论和今后的争论相比之下是不值一谈的，我倒是希望本书被视为决定未来的争论议题的一个贡献。（瑞恰慈，1992：3）

瑞恰慈着意于思维范式的革新需求，对问题范式变革的敏感程度也高于利维斯等人。他对问题的解决不但有当下的信心，更有树立典范途径和模式，为万世开太平的壮志。为了这一目的，连看似与人文主义思想针锋相对的思想资源也都是可以兼收并蓄的。瑞恰慈和利维斯等人的一个关键性区别，在于他并不从根本上反对科学技术的发展，而是提倡善用这些技术。如何去做，如何具体地"决定未来的争论议题"而让今天的困难相形见绌，在他看来才是最重要的；由此而观，他在文学批评和教育活动中毕生追求实践范式的树立和推广，也就不足为奇了。

三、文化诊断的特征与后续行动

联系其前后著作和实践来看，瑞恰慈的社会文化诊断有如下特征：第一，朝向心智主义的内向性。瑞恰慈对现实社会的观察颇为全面和广泛，涉及人口问题、科学技术及工业社会、语言问题等，但它们都有共同的旨归。瑞恰慈的社会文化批评向来缺乏历史实证性，通常将文化现象的实在背景加以淡化，突出精神层面上的心智性因素；他的社会诊断其实是对社会心智问题的集中批评，并且形成了环环相扣的逻辑序列。其中，人口问题和科学技术与工业社会的问题都涉及心智问题，进而涉及"文化"标准的衰落现状，而语言问题则是文化标准失落和社会心智混乱的表征，也严重地影响了文化遗产的传承。由此可见，瑞恰慈对社会状况的诊断在很大程度上集中于社会心智问题，同时也是为"文化"标准的缺失所敲响的警钟。

第二，批评与教育实践性。瑞恰慈早年和学术生涯中后期对相同社会问题的关注呈现为单向度的"钟摆"式运动，既前有伏笔，后有呼应，形成某种结构上的"对称性"，又表现出一定的承继性和渐进性，导致关注的重点经常发生微妙的转移。总体而言，他后期的社会现象评述较诸早年而言更为深入、犀利和急迫，也更加接近社会现实实践层面的内容。纵观瑞恰慈的年谱便不难发现，他在20年代主要专注于学理内部，着眼于具有范式开拓意义的语言本质论证和文学批评探索，而40年代之后则转而关注更具现实社会实践性的一系列教育任务。也就是说，他密集进行社会文化批评的两个阶段，适逢他如火如荼进行文学批评研究（以及文学批评的课堂教学）和转向更为广泛的社会教育活动的两个关键时期，而这些社会文化批评的内容都可以看成他开展实际工作的基础。可以说，他不同阶段的工作重点都围绕他当时对社会问题的体认而展开，它们也共同体现了瑞恰慈思想中一以贯之的实践性品格。

第三，悲观和乐观主义的统一。瑞恰慈在整体上对社会状况持文化悲观主义态度，但不同于艾略特和利维斯，他可能是三人中怀旧情绪最为淡漠的一位。瑞恰慈几乎不热衷于缅怀过去，他并不像艾略特那样将社会改良的希望寄托于"前科学时代"的基督教精神，也未怀缅利维斯的旧日"有机共同体"。[①]他虽然考虑到了"传统"或曰过往的积极意义，却没有兴趣寻找当下社会的"历史性"替代物。在他看来，革故鼎新是时代的题中应有之义，时间之维永远是向前延展的。过去的好时光诚然已经荡然无存，然而这并不构成人们沉浸于怀旧情绪的理由；结合当代的需求来复兴传统的精华所在，才是现时代所迫切需要完成的任务。因此，瑞恰慈在文学批评和教育实践方面作出的所有努力，也都持续不断地一再回到他对社会疗救方案的规划和展望之中。

参 考 文 献

黄卓越：《定义"文化"：前英国文化研究时期的表述》，载《文化与诗学》，北京，北京大学出版社，2009。

陆建德：《弗·雷·利维斯和〈伟大的传统〉》，载[英]F. R. 利维斯：《伟大的传统》，袁伟译，北京，生活·读书·新知三联书店，2002。

[英]瑞恰慈：《意义之意义》，白人立译，北京，北京师范大学出版社，2000。

[英]瑞恰慈：《文学批评原理》，杨自伍译，南昌，百花洲文艺出版社，1992。

[英]瑞恰慈：《科学与诗》，曹葆华译，上海，商务印书馆，1937。

[英]托马斯·艾略特：《荒原》，载《英国现代诗选》，查良铮译，长沙，湖南人民出版社，1985。

[英]威廉斯：《文化与社会》，吴松江、张文定译，北京，北京大学出版社，1991。

Constable, John. ed. *Selected Letters of I. A. Richards*, Oxford: Clarendon Press, 1990.

Leavis, Q.D. *Fiction and the Reading Public*, London: Chatto & Windus, 1932.

Leavis, F.R. *Education and the University: A Sketch for an "English School"*, London: Chatto & Windus, 1943.

Richards, I. A. *How to Read a Page*, New York: W. W. Norton & Company, Inc., 1942.

——. *Practical Criticism: A Study of Literary Judgment*, New York: Harcourt, Brace and Company, 1929.

——. *Principles of Literary Criticism*, London: Kegan Paul, Trench, Trubner, 1924.

——. *Science and Poetry*, London: Kegan Paul, Trench, Trubner, 1926.

——. *Speculative Instruments*, London: Routledge & Kegan Paul, 1955.

Williams, Raymond. *Keyword: A Vocabulary of Culture and Society*, First edition 1976, Revised edition, New York: Oxford University Press, 1985.

[①] F.R. Leavis. "Mass Civilization and Minority Culture", *Education and the University*（London: Chatto & Windus, 1943）168.

瑞恰慈与孟子

——《孟子论心》是怎样写成的及历史意义

容新芳

内容摘要：世界著名文艺批评理论家瑞恰慈从 1927 到 1979 年 6 次来华，共在华度过了近 5 年的时光。他对中国的研究、访问和工作，以及他在清华大学和北京大学的教学实践加深了他对华夏文化的了解，并从中汲取了大量中国文化的营养。除英国文化以外，中国文化是他思想的最大源头，其中孟子思想对他的影响尤为深刻。本文主要讨论了孟子对他的影响，分析孟子与瑞恰慈的相似性，论述他在北京大学写《孟子论心》的过程以及《孟子论心》的历史意义。

关键词：I. A. 瑞恰慈；孟子；《孟子论心》；影响

Richards and Mencius: How *Mencius on the Mind was Completed in Beijing and its Historical Significance*

RONG Xinfang

Abstract: The world famous literary critic I. A. Richards, came to China six times from 1927-1979 overlapping more than half of an century, amounting to almost five years in total. His research about China, his visits to China and his teaching in Tsinghai University and Peking University increased his understanding and interest in Chinese culture. Besides English culture, Chinese culture is another sources of his thought, especially the thought of Mencius influenced him greatly. Therefore this paper mainly discusses the influence of Mencius on him, the similarities between Richards and Mencius, and the process of Richards' writing of *Mencius on the Mind* in Peking University.

Keywords: I. A. Richards; Mencius; *Mencius on the Mind*; influence

自 20 世纪 80 年代以来，论及中国与西方文艺理论的相互关系，内容大多是西方文艺理论对中国的影响。其结果是中国的文艺理论对西方文艺理论依凭太过，明显透露出以西方为价值中心的倾向性。事实上西方的一些著名学者也曾受到中国文化的影响，比如世界著名文艺批评理论家，作为当代西方文艺理论源头的新批评奠基人 I. A. 瑞恰慈就受到了中国文化，特别是孟子的影响。由此可见，中国文化对当代西方文艺理论的影响是从源头开始的和隐性的。

一、瑞恰慈与孟子

瑞恰慈在横跨半个多世纪的与中国文化接触过程中深受中国文化的影响，其中对他影响最深的则是孟子。他自己在日记中承认："我的确从像孟子这样的圣人那里得到过两次精神震颤的经历"（瑞恰慈夫妇，1930）。[①] 中国圣人甚多，可他独崇孟子。可能是出于对孟子的敬重，他甚至一直把孟子的画像珍藏在自己 1930 年的日记本中。几十年后的今天，人们看着这幅因时间久远而已变得发黄的孟子画像，仍能从中感受到他对孟子的仰慕之情。在这张孟子画像的左边手写着："亚圣孟子像"，右面写着："道术分裂 诸子为书 既极而合 笃生真儒 诋可扬墨 皇极是扶 较功论德 三圣之徒"（瑞恰慈夫妇，1930）。其中"既极而合"表明了真正的中庸思想，而"笃生真儒"和"三圣之徒"表达了瑞恰慈对孟子及儒家的赞扬。"道术分裂 诸子为书 既极而合"讲的是孟子所处的战国时代，各国互争雄长，社会动荡。实际上中国战国时期的"思想界人自为说，家自为书，互相批判"与第一次世界大战前后思想活跃的欧美情况有相似之处。言下之意是，瑞恰慈期盼东西方"思潮亦在动荡中走向融合"。

从宏观角度观察，瑞恰慈 20 世纪初所处的西方世界与孟子时代的社会状况极为相同，所以他们俩在思想和艺术观念上的相似也就不足为怪了。在教书育人的实践上，孟子热爱教育，坚信"得天下英才而教育之"，培养了乐正子、公孙丑、万章等学人。同样，一生从事教育工作的瑞恰慈也培养了中国的钱钟书和吴福恒、英国的 W. 燕卜荪和美国的 M. H. 艾布拉姆这样的学界名流。事实上孟子思想一直在

---

① *D*, 1 Dec. 1930。笔者 2004 年在英国访学期间曾数次到瑞恰慈曾经工作过的剑桥大学麦戈德林学院查阅他的有关资料，并有幸查阅了瑞恰慈夫妇的日记，50 多本日记存放在该学院旧图书馆内的瑞恰慈个人资料室里。据高龄的图书管理员 Richard Luckett 博士讲，笔者是除了写《燕卜荪传》的 John Hoffenden 教授，唯一仔细研读过瑞恰慈夫妇日记的人。下文将用 *D* 表示瑞恰慈夫妇的日记，后面是日月年，如 *D*, 1 Dec. 1930。除标明的译文外，本文中的译文均为笔者所译。

瑞恰慈的学术体系中占有重要的地位,或者更客观地说两者在很多方面具有相似性。

瑞恰慈进一步受到孟子思想的影响可能是在他在清华大学教学期间。在瑞恰慈到达清华大学第一天的开学宴会上,清华大学的学者们就东西方哲学的异同之处进行了比较和讨论:"罗校长招宴于工字厅,新旧教员凡五六十人。宓出席,冯、金、杨诸君论老子书之真伪,及老庄思想等问题。冯友兰君谓尝以孔子拟苏格拉底,孟子拟柏拉图,荀子拟亚里士多德。殊合适"(吴宓,1998:290)。据瑞恰慈夫妇当天的日记记载他们俩也参加了当日迎新晚宴,所以也参与了这种讨论。从后来的发展来看,冯友兰的"孟子拟柏拉图"对瑞恰慈或许产生了作用,因为瑞恰慈后来的著作多与孟子和柏拉图相关。时隔不久他便在清华大学开始撰写《孟子论心》。在燕京大学中国学者的帮助下,瑞恰慈在该书最后以附录的形式把孟子论心的相关内容翻译成英文。他后来在1942年还用"基本英语"翻译出版了柏拉图的《理想国》。虽不能肯定地说瑞恰慈是受到了1929年清华大学迎新晚宴上孟子与柏拉图类比说的启发,但此后他对孟子和柏拉图思想更感兴趣了。

在瑞恰慈的学术生涯中,人们发现他在多种场合频频提到、评述和引用孟子和柏拉图的思想观点,也常常把《孟子》与其他一些世界文化经典进行比较。例如他在1947年10月发表在《听众》杂志上的"语言在口语、听觉和视觉上对文学的影响"一文中就礼赞了孟子思想,认为《孟子》是伟大文化中最伟大的文化:

> 早期的书籍继承了口语的传统力量和组织形式,这在很大程度上就可以解释为什么它们自问世以来所具有的长盛不衰的巨大影响力和德高望重的神奇位置。我这里想说的不仅是《荷马史诗》和《圣经》,而是说一些伟大文化中的最伟大文化的富有建树立说的书籍,比如《吠陀》《论语》和《孟子》都是很好的例子,后两者的话语构建了孔孟学说,并得以编辑成册流传后世。(Richards,1977:24)

1966年他再次写道,柏拉图的《理想国》"对西方传统思想和构建的贡献,在某种程度上,就像《孟子》对中国、《维达》和《奥义书》对印度、《佛教经文》对佛教、《古兰经》对伊斯兰教、《旧约》对犹太教、《圣经》对基督教,是构建文化的主要工具"(Plato's Republic 1)。在这里瑞恰慈把《孟子》放在世界知识文化经典之首,这从一个侧面反映了他对中国文化和对孟子的偏爱。在儒家先哲中,孔子无论在时间顺序还是在重要性上一般位于孟子之前,而瑞恰慈偏偏在这里写成了"《孟子》对中国",而不是"孔子对中国",这充分说明他对孟子的关注远远大于对孔子的关注。其原因可能是：除了孔孟都关心教育之外，孔子更关心政治，而孟子更关注的是人自身的修"心"养"气"；孔子思想具有较多的政治色彩和限制性的礼学特征，而孟子多从人的本能需要自由地论述自己的观点。此外，在瑞恰慈看来，就像柏拉图的思想构建了西方的传统一样，孟子的思想构建了中国的传统。这也可能就是他把孟子思想写成《孟子论心》，使其在西方得以传播的主要原因，因为他认为孟子和柏拉图的思想是东西方传统之传统。

在语言研究上，瑞恰慈与孟子也有许多相似之处，比如两者都侧重"心"的综合之力的研究。正是瑞恰慈把心理学研究纳入文学批评理论研究范围，对当代西方文论影响巨大。孟子曾说："不求于言，勿求于心。"同样瑞恰慈也认为，一个人用错了字，只靠查字典，或上一堂理论解释课是不能解决问题的，他要用他整个的身心来改正才可以（Russo，409）。像孟子一样，瑞恰慈在此强调的是人只有在内心认识到自己的错误时才能真正改正它。在瑞恰慈看来，孟子的思想很具现代意义，读孟子作品的感觉"就像读非常现代的作品一样"。"汉语中微妙交融的意义具有无限的广度，这可使其具有了类似魔术的推动力量、具备了意义较清晰的词汇所不具备的劝导性的圣洁、虔诚和权威。"（Richards，1932：29）他认为孟子的语言中蕴涵着高度浓缩极为深邃的思想内涵、大胆的比喻和深奥的句法，那是一种具有"感官意义"（sense），而且还充满"意义姿态"（gesture）的语言。只有了解了孟子对瑞恰慈的影响，我们才能对瑞恰慈关于意义构件或者"多重定义"这些蕴含着的综合、有机思想有一些真正的了解。

瑞恰慈与孟子都相信善心可养的道理。瑞恰慈不赞同西方"人性恶"的思想，期盼着东西方文化的相互平衡与和谐，认为中国文化具有潜在的平衡之力。所以他在《孟子论心》的序言中不同意胡适在《中国哲学思想》中所持的"中国传统哲学只有历史意义，无益于现代"的说法，认为西方的清晰逻辑思维方式正需要"语法范畴不明"的中国思想方式来加以平衡（徐葆耕，2003：134）。孟子坚信人性本善，同时还强调内省和自我，强调人与生俱来的美德，认为："仁也者，人也。合而言之，道也。"（《孟子·尽心下》）孟子把"仁"与"人"合一，以"仁"来定义"人"。同样，瑞恰慈在《孟子论心》中分析指出性就是"本性"和"人性"，认为性在心理学的范畴内是各种冲动的综合，而冲动通过怜悯、耻辱、尊敬、崇拜和是非观表现出来。这些是人性最初的基本外在表现，或者是四大美德 [仁（包括爱、慈、诚和人文博爱）、义（包括公正、正直和正义）、礼（包括好形式、礼仪和规范行为）和智（指智慧）] 的萌芽。瑞恰慈认为，一旦条件合适，这些冲动就会发展成熟为美德,"这一自我发展的倾向——向着心志完善——就是向着孟子所说的美德方向发展"(66-71,78)。在《孟子论心》中,他还把孟子的《牛山寓言》拿来做例子用以说明自己的观点:"其日夜之所息,平旦之气,其好恶与人相近也者几希,则其旦昼之所为,有梏亡之矣。梏之反复,则其夜气不足以存;夜气不足以存,则其违禽兽不远矣"(17)。瑞恰慈用这个例子不仅说明了人的感觉的普遍性,而且还从反面论述了人性本善的观点。他强调了修身养性,至善之心可"养"的道理。在瑞恰慈的眼中,美德具有凝聚力,当这些美德合作行事时,性与命,即天命和谐相处就成了人的真正本质。

二、瑞恰慈与孟子的美学思想

对瑞恰慈来说,孟子的人本主义思想在审美上具有普遍的指导意义。瑞恰慈在某些方面,比如对艺术审美中美感的普遍性,对艺术审美文化所体现的人本主义等诸多问题的论述,都与孟子思想相似。孟子用人的感官所具有的普遍性和共同性,即人之口、耳、目对于对象的感受后的普遍性和共同性,来说明人的美感的普遍性和共同性。①孟子多次(例如在《告子上》中)强调说,人的口、耳、目等感觉器官,生来就有分辨和感知味、声、色等外界刺激的本能,同时,人作为同类,又对味、声、色有一定的要求,对判别美味、美声、美景都有共同的标准。他以此推论人的"心"有共同的喜好。作为人的一种生理反应,人对于同一种"味"的感觉的普遍性和共同性,显然同人的审美感觉的机能的普遍性和共同性存在着必然的联系,也就是孟子所说的"是天下之口相似也"。因此,人的美感的普遍性同人的生理器官对相同审美对象的感觉的普遍性是联系在一起的,因为人的美感正是在人类这些生理感官(舌、眼、耳)所共同具有的反应能力的基础上形成的。孟子将人作为自然界的一个"类"来加以论述,寻求的是人的美感的普遍性。

像孟子一样,瑞恰慈也常强调五官的感觉,探讨的也是一种美感的普遍性和共通性,这一点在瑞恰慈的《文学批评原理》中反映得尤其充分。从人的五官出

---

① 口之于味,有同耆也,易牙先得我口之所耆者也。如使口之于味也,其性与人殊,若犬马之于我不同类也,则天下何耆皆从易牙之于味也?至于味,天下期于易牙,是天下之口相似也。惟耳亦然,至于声,天下期于师旷,是天下之耳相似也。惟目亦然,至于子都,天下莫不知其姣也;不知子都之姣者,无目者也。故曰:口之于味也,有同耆焉;耳之于声也,有同听焉;目之于色也,有同美焉。至于心,独无所同然乎?心之所同然者,何也?谓理也,义也。见《孟子·告子上》,许登效:《孟子导读》,成都,四川辞书出版社,2003,267~268页。)

发,《文学批评原理》的每一章几乎都是以与感觉有关的引言开始对文学批评理论进行了提纲挈领性的论述。在该书的第一章"批评理论的混乱"一开始,瑞恰慈引用了《亨利四世·上篇》中的话语"嗨,使不得!不过半便士的面包,却要灌进斗量的酒!"讲述了吃的感觉,批评了文艺理论中的言之无物。他引用苏格兰作家夏普(William Sharp)《梦的主宰》中的一句话作为第三章"批评的语言"的开场白来描述审美中视觉的作用:"我也看到我的彩虹幻象有光环照耀的脸庞,人们美其名曰美:傲然,冷峻,神性一般稍纵即逝,出没于天下。"第四章"交流与艺术家"的开头引用了雪莱(Percy Bysshe Shelley)《诗辩》中的一句话:"诗歌是最幸福最美好的心灵最美好最幸福时刻的记载",以此论述了心的感觉。第五章"批评家注重的价值"以霍普金斯(Gerrard Hopkins)的观点开论:"有什么妨碍?你竟有眼无珠,偏偏看不见身边高手的毛病?莫非你就是那个谎言者?就是那走味的盐,已遭良心的唾弃?"由此论述人的视觉和味觉。第六章"价值作为终极理念"从视觉入手,引言采用了约翰·多恩(John Donne)《空气与众天使》中的文句:"什么可爱灿烂的东西我一无所见。"第七章"心理学价值理论"以穆尔(Marianne Moore)的诗行开篇:"双手可以把握,双眼/可以张目,头发可以竖直/如果必要,样样重要,不是因为/可用夸张解释去修饰,而是因为/它们有用。"第九章"现存的和可能的误解"借拜伦(George Gordon, Lord Byron)《该隐》中的话语:"谁那么说的?在上天却不见经传!"以铺垫陈理。第十二章"快感"开篇的"片刻心醉神迷带来的区区益处"和十三章"情感与普通感觉"开篇的"它们是默默的悲伤,令人柔肠寸断"这些引言都在描述人的感官的感觉。瑞恰慈从人的五官对审美反映的角度,从人审美感受的普遍性和共通性的视角阐述他的"文学批评原理",从而有意识地从人性的角度去挖掘人生命中的经验与美学和文艺批评理论的关系。

  与《文学批评原理》一样,他在《实用批评》的283~290页也从人的本能需要和人的五官感受出发对诗歌进行了分析,所以这种分析方法都具有浓重的以人为本的色彩和综合的效力。《实用批评》中"与这些关于解释意义所有困难相平行的,并且也是相联结的,乃是'感官上的理会'(Sensuous Apprehension)之困难。一串文字,即使是静静地读,对于心耳(Mind's ear),对于心舌(Mind's tongue),和对于心喉(Mind's larynx),都有一种形式"(徐葆耕,2003:162)。瑞恰慈在这里所做的就是从人的感官本能需要出发,使读者从综合的视角解析诗歌的形式与内容,从而使其具备了普遍的意义。

瑞恰慈的伦理观与孟子也基本相似。在解释什么是善时，瑞恰慈从感官的感觉和相对角度出发，把内心的判断力与善恶判断联系起来。他在《科学与诗歌》中写道，既然心灵是一些兴趣的整合，那么"善"与"恶"的差别只能是"自由的与浪费的组织之间的不同，只能是在生活之丰满与狭陋之间的差异。所以，如果心是一种兴趣体系，如果经验是这些兴趣的表现，那么经验的价值就在于，心，在一定程度上，通过这一经验达到一种更加宽泛的平衡"（Richards，1935：36）。他随后还写道，当一个被创造出来的不朽灵魂成为价值中枢取向时，"善"则与造物者的意志相符合，而"恶"则与之相背，当心理学家用一些感觉和意象来代替灵魂时，善就变成快感，而恶就变为苦痛等等。在瑞恰慈眼中，美是一种心灵感受，是一种相对平衡，可以使人愉悦；善本身就具有美的特质，具有美德的吸引力，当善的东西和周围世界建立起融洽和谐的关系时，就产生了美。善是美的本质，美是善的形象。同样，孟子认为性源于天，是天所赋予，所以是善的。而人的任务就在于尽心、知性以知天，从而达到与天合一的境界；美与善是一致的。仔细观察即可发现孟子与瑞恰慈更多的不谋而合之处。

三、《孟子论心》是怎样在北京写成的

瑞恰慈不仅注重对孟子的研究，而且还想把孟子的思想介绍到西方，以促进中西方文化的相互交流和理解。于是1930年他在燕京大学完成了《孟子论心》一书。他写此书最初的动因可能是：瑞恰慈在清华、燕京大学的教学实践使他认识到"中国学生学习上的困难一直是文化上的而不是语言上的问题。他们在理解英语作品中的真正困难来自他们对英国作家的思想、态度、情感、希望、怀疑、期盼、目的等方面的无知。这并不是说中国学生的词汇量不够，也不是说他们不能造句表达思想，而实际上他们在这些方面的能力令人吃惊"（Richards，1974：168）。因此瑞恰慈清楚地意识到，如果西方要真正了解中国，就要与中国人交流，如果要与中国人交流，就要了解中国文化。西方人要做到这一点，他认为，首先要阅读一些对中国人的思想具有决定性影响的书籍，这可能就是他写《孟子论心》的最初动因。

《孟子论心》与中国的关系最为紧密，因为其内容是中国的，写作地点是在燕京大学，把附录中的汉语翻译成英语的人也是中国人。同时写该书的立足点是在中国文化一边："在《孟子论心》中瑞恰慈对汉语句法和西方的'清晰

的句子形式'和'清晰的逻辑'进行了比较对照,很明显他是站在汉语句法一边"(Hotopf,1965:80)。

瑞恰慈首先在《孟子论心》的前言中对书中可能出现的错误表现出勇于负责的态度:"我要特别加以说明的是,我在北平的朋友和老师对我书中评论的不足之处不负任何的责任,只有这样才是公平的"(Richards,1974:XI)。他在此还再次表达了他对孟子的崇敬:"我写此书的目的并不是阐释孟子的思想——这是再花一生的时间也未必能完成的伟业——而是要使这种极为玄妙的语境赢得一个更加显著的地位"(XI)。他通过孟子感受到了中国文化的博厚精深;孟子的思想已经转化成瑞恰慈构建中西方交流之桥的具体行动。为此瑞恰慈写道:

> 不管怎样,我必须做两件事,一是做些缓解性的事情,从而促进中国人民和西方人民之间的更好理解;二是通过同样的方式,提供更多的有识之士,从而满足明显受到过度使用的我们这座星球的需要。我的这些想法是在1931年初成型的。当时我正在从北京回英格兰剑桥的路上……中国文化和西方文化间存在着难以沟通的困难。(Richards,1974:169)

他所说的这两件事都是要为中西方的文化交流提供智力和人力资源作出自己的贡献,而这一思想的成型是在他写了《孟子论心》之后。实际上自此之后,他就放弃了他业已成名的文艺理论研究,开始了长达几十年的首先在中国,然后在全世界推广"基本英语"的运动,因为他认为冲突的产生是缺乏交流,而交流则需要一种双方都懂的语言之桥。可见,孟子的巨大影响已在他身上形成强烈的历史使命感,即构建东西方沟通的桥梁,促进东西方的对话交流,从而最终实现人类的和解与和平。

《孟子论心》的写作过程是困难和紧张的。在1930年的最后三四个月里,瑞恰慈开始写《孟子论心》。当时他除了在清华大学上课,还"在1930年秋任燕京大学客座教授,主讲'意义的逻辑'与'文艺批评'。暇时与燕京大学国学研究所及哲学系同仁讨论《孟子》关于心理各篇章"(李安宅,"自序"4)。由此可见瑞恰慈为了使《孟子论心》早日成形,曾与燕京大学的学界同仁频繁接触,工作十分繁忙。正像其日记所记载的那样,1930年10月15日他"整天都在学习和研究孟子";10月20日"6点一刻起床后,以一种可怕的睡眠不足的状态就去燕京大学了""整天都在研究孟子"。到了11月4日他颇具成就感地写道:"我们感觉中国变得比以前美多了,因为现在一本非常好的书《孟子论心》马上就要问世了"

（瑞恰慈夫妇，1930）。可不幸的是，手稿被盗，① 他只能靠记忆重写第二稿。

瑞恰慈在《孟子论心》中讨论了把《孟子》译成英语的困难，以及中英思维方式的差异和语言上的不同。原来的西方学者对中国人的思维和语言关系的描述采用的多是自以为是的口气，而瑞恰慈不避讳自己对汉语知识的不足。他在书的开头就承认他是在三位中国学者的帮助下翻译了《孟子》中有关孟子论心的内容："这本书是我与北平的一群朋友共同讨论了三个月的结果。我感谢黄字通教授、博晨光博士（L. Porter）和燕京大学李安宅先生，感谢他们对该书索引的文字翻译，感谢他们使我对《中庸》有所了解（Richards, 1932: xi）。"他还说，《孟子论心》是他在北平自然生成的一部作品。在这方面他"做了最大的努力去参加学术活动，这些学术活动能够解释那些不可理解的东西——那些人们既不懂又不承认不理解的东西，那些在宏观上使人总又摆脱不了的东西"（Richards, 1973: 340）。对此布莱德布鲁克（M. C. Bradbrook）评论说，瑞恰慈"对汉语怀着异国情调的浓厚兴趣——他的《孟子论心》在他第一次从中国回来后出版——非常适合当时包括福布斯（Forbes）在内的和正在研究庞德和乔伊斯的剑桥大学文学院的需要"（65）。

要把孟子的思想译成英语，则意味着要根据上下文来确定词义，因为汉语的句法不像英语那样固定，比如，他就把汉语的"性"翻译成"一种活动，一种人之初的，向着瑞恰慈称之为'好的''自我发展'和'心的完善'的方向发展的活动"（332）。当然，这种翻译极为困难，因为其最大的上下文是作为翻译背景的整个中国文化。为此瑞恰慈在《孟子论心》中详细论述了《孟子》这种散文体中的字词的多重意义。他在《孟子论心》中考察了《孟子》的中心章句。每一章句的各种解释，不管是流行的还是传统的，都记录下来加以对比研究。对此他解释说，"比较研究的价值，举例来说，不一定在于我们对孟子的思想有了什么发现，而在于我们把孟子与别人进行比较之后，对其思想本身能有什么发现"（*Mencius* xiii）。他认为，"中国思想要想整体地采用西方的逻辑工具，就要尽量对中国古代思想的目的和西方逻辑的目的加以详密而有意识的比较，这将是很有益处的"（李安宅，1934：

---

① 瑞恰慈解释说，"《孟子论心》是根据我在清华大学和燕京大学作的笔记，在各种顾问专家的指导下完成的，那感觉就像是担心梦在消失之前赶紧把它记录下来一样。哈佛大学美景下的学术洪流，比如利奥波德·布卢姆和斯塔夫洛金（Stavrogin），把我观察到的存在记忆中的中国记忆冲了出来。可是唯一的手稿丢失了，后来发现是被李安宅的厨师错误地偷走了。小偷得手后发现它毫无价值，便把它扔在屋顶上，几个月后一页一页的旧稿纸被风吹得在北平的胡同中上下起舞。为此还谣言四起，后来通过调查发现那是我的书稿，于是就送还给我。"参见 I. A. Richards, *Speculative Instruments*（Chicago: University of Chicago Press, 1955）17。

108）。他论述的字里行间透露出强烈的时历史责任感，而这一点正好与孟子相似。瑞恰慈肯定口吻的潜台词是，中国不要一味舍近求"西方的逻辑"，而要坚持自己的好"中国古代思想"。

瑞恰慈还表示，"我努力想为孟子做一些事情。可我做的只是把孟子提出的问题列了出来。尽管我找的这几个人都是研究孟子的专家，可他们对大师的理解也是多种多样。后来我逐渐认识到这种理解上的多种多样就很有文章可做"（Richards，1977：33）。这篇"文章"便是他在坚持意义的语境论的同时，开辟了对文学作品进行读者反应论的批评模式。在翻译过程中，对瑞恰慈最重要的不仅仅是《孟子》中所展现的存在于文本中的多种解释，而且还有瑞恰慈和合作参与翻译工作的研究孟子的中国专家间的个性上的差异。这种解释的多样性就是诗歌的魅力和"张力"所在。这里的"理解多种多样""有文章可做"，讲的就是"多重定义""有文章可做"。而正是这篇"文章"奠定了其作为当代西方文论源头的新批评奠基石的地位。

四、《孟子论心》的历史意义

《孟子论心》在分析文化的方法上很有独创性。其贡献与其说是瑞恰慈分析了充满博爱之心的孟子所讲的心理，倒不如说是消减西方逻辑与科学所产生的语言习惯上的束缚，提供了思维方式的新视角和新的地平线。因此《孟子论心》在西方学界产生了持久的影响。萨义德在《东方学》中谈及西方人思维的局限性和危险性时，特别提到了《孟子论心》。萨义德认为，瑞恰慈的《孟子论心》对西方文化中反自由的层面进行了挑战（萨义德，325），对西方哲学"接受并囊括了人类的全部传统"的说法进行了颠覆，同时意识到西方的这种"共同的思维方式"，这种"狭隘的地方主义是危险的"，有可能给"西方带来灾难"。萨义德不仅陈述了西方思维的霸权性和可能由此带来的灾难，而且还间接肯定了瑞恰慈对中国思想的接受。而正是瑞恰慈的"多重定义"消解了西方霸权话语的一元论；赞扬了东西合璧的二元论或多元论思维方式；开创了倡导多元主义而反对单边主义、倡导中庸融合而反对对抗对立的解决冲突方式的先河。

实际上瑞恰慈写《孟子论心》与 T. S. 艾略特有关，瑞恰慈是想回答艾略特关于"在镜子两边同时观察"的基本问题。这从大的方面讲是东西方关系问题，可从小的角度讲是描述者的视角问题或立场问题。瑞恰慈曾邀请艾略特访华，想让他多了解一些儒家思想。但在礼貌地表达了自己对瑞恰慈所研究的中国语言不感兴趣后,艾略特讲述了自己早年研究印度哲学以及梵语工作的一些感受:"我当时得出的结论是,同时在镜子的两边进行观察似乎是不可能的。这使我感到,人比原来设想的要更加依赖某种特定的传统思想背景,因此我开始想,到底理解多少才可以真正理解一种东西(比如一个术语、一个体制等)呢?理解就意味着习惯吗?……似乎我所努力要做的,甚至那些专家们所成功完成的,就是试图把一种具有悠久传统的术语翻译成另外一种术语;可无论译者翻译的多么巧妙,他也不可能做到恰到好处,都会对原著有扭曲。""换句话说,我想,能真正了解印度人思想的唯一道路,就是抹掉自己在欧洲哲学氛围中所受的教育,抹掉两千年来欧洲的传统和思维习惯,如果一个人能做到这一点,那对做'翻译'也没什么好处了,如果一个人做到了这一点,那么这种翻译似乎也就不值得做了"(瑞恰慈夫妇,1930)。

由此可见,艾略特的观点是,描述者或评述者应有的要么是西方文化,要么是东方文化,二者不能同时共存,他不能为了中国文化而割舍自己已经习惯的东西,因为,在他看来无论什么研究都是需要有背景的,都需要有相应的知识储备与之匹配。

艾略特对瑞恰慈在中国的学术使命和他的国际主义观点提出了反面意见,他所批评的不仅仅针对东方学学术研究,而涉及翻译这一大概念本身,涉及交流的基本问题。艾略特认为,学术是一种习惯,是"习惯于"一种从历史上延续下来的权威观念和思想。交流依靠共同的"思维习惯"才能得以进行,而这种思维习惯是某种特定文化下教育的产物。艾略特认为,在一种语言背景下成长起来的人要进入另外一种文化的思维方式就是"同时在镜子的两边"进行观察,翻译就是"同时在镜子的两边"进行观察,这在艾略特看来是很困难或者是"不可能的"。艾略特关心的是翻译的误译之处,而不是它的道德意义。他的观点是:要消除两种文化的鸿沟只有当人进入一种语言中才得以进行。艾略特否认东西方文化共存的可能性。

而瑞恰慈却认为不同文化间的共享和交流是可能的和必需的。在瑞恰慈前两次来华期间,他设计了一种不同文化间相互交流和共享的途径。他的这种理念部分地来自他在中国的经历,瑞恰慈认为世界上的事情会越来越具有国际化的特点。这种理念还部分地来自他第一次世界大战时的经历,他一直认为,世界大战是由于国家间的、特别是文化间的交流障碍引起的,不管这种障碍是武断的还是人为的。从中国回到西方后,瑞恰慈都一直在宣传这种观念。

瑞恰慈写《孟子论心》的目的在于向人们解释这种古典保留不是在图书馆或博物馆有多少典藏,而是要保留其语言和思想。尽管这种语言意义与西方逻辑完全不同，但是如果不了解孟子所使用的语言所要表达的意义，那么孟子思想的真实内涵将会丧失。对西方人来讲，研究孟子的价值在于把人们的注意力转向总体语言研究；这样，孟子可以作为可借鉴的一面镜子，人们可以从外部对自己的语言或思想进行深入的思考。最后，瑞恰慈想通过迥异的哲学和语言的传统视角来观察西方文化，进而希望对西方思想和价值观中所谓的普益之说进行有效的核查（Koeneke，2004：76-80）。瑞恰慈之所以对中国文化深感兴趣，是因为他首先把中国文化作为一个参照系，即"他者"，以之作为参照重新反观自己的文化，找到新的认识视角和新的诠释。

结　语

中国传统文化博大精深，瑞恰慈想重新唤醒沉睡的古老中国文化的先哲重新开口。瑞恰慈在《孟子论心》中表达了他的期望："我的目的就是要使那些有分析雅兴的人关注中文汉字意义领域这一尚待探究的深奥领域。这很可能成为整个人类未来的希望，而这一领域，在这一紧要关头最需要的是天才人物对它的关注"（xii）。瑞恰慈关注的不仅是自己很感兴趣的汉字意义，更主要的是他对整个人类未来的关注，因为他认为这一研究"很可能成为整个人类未来的希望。"他坚信语言交流会促进理解，理解会促进世界和平。

参考文献

[美] 爱德华·W. 萨义德：《东方学》，王宇根译，北京，生活·读书·新知三联书店，1999。
李安宅：《自序》，载李安宅著：《意义学》，上海，商务印书馆，1934。
李安宅：《意义学》，上海，商务印书馆，1934。
[英] 瑞恰慈夫妇的日记，剑桥大学，莫德琳学院图书馆藏。
吴宓：《吴宓日记》（第4册），北京，生活·读书·新知三联书店，1998。
徐葆耕编：《瑞恰慈：科学与诗》，北京，清华大学出版社，2003。
许登孝：《孟子导读》，成都，四川辞书出版社，2003。
Hotopf, W. H. N. *Language, Thought, and Comprehension, A Case Study in the Writings of I. A. Richards.* London: Routledge and Kengan Paul, 1965.
Koeneke, Rodney *Empires of the Mind: I. A. Richards and Basic English in China, 1929-1979.* Stanford, California: Stanford University Press, 2004.
——. *Principles of Literary Criticism.* London: Kegan Paul, Trench, Trubner, 1928.
——. *Diaries written by I. A. Richards and His Wife (unpublished),* Richards Collections, Magdalena College, Cambridge.

——. *Mencius on the Mind: Experiments in Multiple Definition*. London: Kegan Paul, Trench, Trubner, 1932.

——. *Science and Poetry*. London: Kegan Paul, Trench, Trubner, 1926, 2nd ed. 1935.

——. *Speculative Instruments*. Chicago: University of Chicago Press, 1955.

——. *Plato's Republic*. Ed. and trans. I. A. Richards., London: The Syndics of the Cambridge University Press, 1966.

——. "Books, Articles, and Reviews of I. A. Richards." *I. A. Richards: Essays in his Honor*. Eds. Reuben Brower, Helen Vendler and John Hollander. New York: Oxford University Press, 1973.

——. "Sources of our Common Aim." *Poetries: Their Media and Ends, A Collection of Essays by I. A. Richards Published to Celebrate His 80th Birthday*. Ed. Trevor Eaton. The Hague: Mouton, 1974.

——. "Between Truth and Truth." *Complementarities: Uncollected Essays*. Ed. John Paul Russo. Manchester, Eng.: Carcanet New, 1977.

Russo, John Paul. *I. A. Richards: His Life and Work*. Baltimore: The Johns Hopkins University Press, 1989.

瑞恰慈的跨文化异位认同研究[①]

陶家俊

内容摘要：本文从文化全球化视角反思西方当代跨文化认同理论，重构中英全球现代主义流动中瑞恰慈的跨文化异位认同的两种模式。主要分析了文化全球化内在的他异性、跨文化关联性以及对应的反本体的跨文化异位认同；瑞恰慈立足剑桥大学文化本体空间与中国同位中的异位认同，以及对中国传统儒学内圣道统和经世理性精神的汲取；瑞恰慈在真实的中国文化境遇中正反并存的跨文化矛盾心理以及通过跨文化干预、介入、超越三种方式对异位中的跨文化异位认同的重构。通过上述研究积极强调对话、共存、互动、互补等跨文化核心理念，肯定全球现代主义话语中中国他异性的多重性，指出西方现代语言认知知识型和强调形而下践履的中国传统儒学对瑞恰慈跨文化异位认同的不同影响。

关键词：瑞恰慈；文化全球化；跨文化异位认同

A Study of the Transcultural Heterotopic Identity of I. A. Richards from the Perspective of Cultural Globalization

TAO Jiajun

Abstract: This article reflects on contemporary Western theories of transcultural identity from the perspective of cultural globalization and reconstructs two modes of I. A. Richards's transcultural heterotopic identity in Sino-English global Modernist flow. Mainly analyze alterity and transcultural relationality immanent in cultural globalization as well as corresponding anti-ontological transcultural heterotopic identity, Richards' heterotopic identity with China in homotopic positioning in the ontological cultural space

---

[①] 本文首次发表于《外国文学研究》2020年第5期，64~76页，标题为《文化全球化视野中瑞查兹的跨文化异位认同研究》。

of Cambridge University as well as his absorption of Chinese traditional Confucian ideas of inner sagely cultivation and practical rantionality, Richards' transcultural ambivalent psychology in the cultural circumstance of China and his transcultural heterotopic identity in heterotopic positioning via three transcultural ways of intervention, involvement and transcendence. The research leads to the emphasis on transcultural core ideas such as dialogue, co-existence, interaction and complementation, the assertion of multiplicity of Chinese alterity in global Modernist discourse, and the clarification of different influences on Richards's transcultural heterotopic identity by modern Western episteme of linguistic cognition and traditional Chinese Confucianism emphasizing concrete praxis.

Keywords: I. A. Richards; Cultural Globalization; Transcultural Heterotopic Identity

一、文化全球化与跨文化异位认同

约翰·保罗·拉索（John Paul Russo）在《I. A. 瑞恰慈：他的生活与著述》中打破西方思想现代性禁锢，认为20世纪西方崭新的心理学、语义学等前沿理论和中国传统儒学是瑞恰慈实用批评理论并行不悖的两类理论资源。罗德尼·凯恩尼克（Rodney Koeneke）的《精神帝国：I. A. 瑞恰慈与基本英语在中国，1929—1979年》甚至从批判欧洲中心论的后殖民视角积极肯定瑞恰慈的帝国主义批判和多元文化交流意识。同时他也指出瑞恰慈跨文化认同的不和谐甚至矛盾，他在中国推动的"基本英语"事业本质上仍摆脱不了精神维度中的帝国主义殖民。S. W. 巴尼特（Suzanne Wilson Barnett）认为瑞恰慈的跨文化交流主张具有反思批判西方工业化和科技化主导的全球化内涵，"它为他的中国发现之旅提供了基础，即有可能建构一种更人性、更少商业化的现代情感"（Barnett，2004：1210）。与西方学者的研究相比，中国当代学者则忽略了20世纪文化全球化冲击对文化认知和文化认同固有的本体模式的颠覆，局限于研究瑞恰慈思想理论的单向影响，纠结于中西文明碰撞孰是孰非、孰强孰弱这类问题。如张惠在博士论文《"理论旅行"——"新批评"的中国化研究》中过度阐释瑞恰慈在中国的思想传承对20世纪中国现代文学观念和研究方法的影响，她认为这种影响甚至改变了一代中国学者的文学观念和研究方法。葛桂录的《I. A. 瑞恰慈与中西文化交流》却从反面求证儒家"中庸"观对瑞恰慈"包容诗"

理论的影响。郑佳的《套用的哲学观——I. A. 瑞恰慈文论中的"中庸"之再考证》则偏激地否定中国传统儒学对瑞恰慈的影响。

上述研究涉及的隐而不显、悬而未决的学术疑难是，20世纪全球体系中瑞恰慈与中国跨文化认同的多维性及本质特征、中西跨文化互动的独特性及西方理论认知的局限性。就20世纪全球体系中现代主义主体的跨文化认知和认同问题而言，最有启发意义的是梅尔巴·卡迪-基恩（Melba Cuddy-Keane）的文章《现代主义、地缘政治、全球化》。她批判与西方帝国主义殖民扩张共谋的地缘政治学，充分吸收苏珊·斯坦福·弗里德曼（Susan Stanford Friedman）、阿君·阿帕杜莱（Arjun Appadurai）等的全球化理论。例如，弗里德曼在《图绘：女性主义与文化交往地理学》中勾画出描摹全球跨文化流动的五种修辞模式——民族、边界、移民、全球-本土化以及综合型。这五种模式从宏观理论层面指向跨文化认知的物质和社会实践。大卫·赫尔德（David Held）等在《全球化转型》中进一步指出，文化全球化的交互互动模式灵活、多样、易变，交织着同质化、竞争冲突、杂糅化和中立（Held，1999：328-331）。文化全球化的本质特征是互动和相互依赖。阿帕杜莱在《张狂的现代性：全球化的文化维度》中将全球文化碰撞过程界定为社会实践和商榷推动的全球化分离流动，形成观念景观、技术景观、金融景观、种族景观和媒介景观五类分离模式。

卡迪-基恩综合上述文化全球化理论，将分析重心从物质基础、流动过程转到现代主义表征的文化全球化形成的全新的跨文化认同效果上来。她总结提炼出四类跨文化认同模式——批判型（critical）、类并型（syncretic）、共栖型（cohabiting）和逃避型（runaway）。"批判型"是"利用其他地区或国家的知识来瓦解习以为常的感知和实践，促使在全球范围内的自我反思式重新定位"（Cuddy-Keane，2003：546）；"类并型"指全球化想象认同以增加、扩展、延伸（而非融合）的方式来吸纳全球化之流中的多元内容；"共栖型"指认同中并存的两种相互作用而非对立的文化以及对应的全球意识，如18世纪英国作家奥利弗·哥尔斯密（Oliver Goldsmith）的《世界公民》和20世纪初G. L. 迪金森（G. L. Dickinson）的《中国来信》表征的认同模式。与这种积极的现代主义多元视域不同，"逃避型"则以极端的容忍和被动丧失了有效的干预立场。

朱迪斯·巴特勒（Judith Butler）挪用伊曼纽尔·列维纳斯（Emmanuel Levinas）的核心理论概念"他异性"（alterity）来更深入地解剖全球化导致的分离流动所带来的异质文化碰撞。她在《分歧之路：犹太性与犹太复国主义批判》中将之称为他异性场域。"只有进入文化转换场域，独特的伦理资源才变得可推广并有效。……只有从一个时空结构迁移、调换到另一个时空结构,传统才会与他异性——那个'非-我'的场域——有某种接触。"(Butler,2012:12)。在《褫夺》中她更是从西方后现代政治学角度剖析现当代全球化生命政治境遇中与他异性遭遇导致的褫夺(dispossession)现象的观念内涵、现实表征及自我认同的基因突变。从观念内涵看,褫夺包含了他异性关联维度中对自律主体而言的他律状况和发生的奴役征服两种意思。

> 在第一种意义上我们因与另一个人的某种接触,因与他异性遭遇而被感动甚至感到惊讶或惊慌不安,被褫夺掉了我们自己。……褫夺的第二种意义受制于第一种意义。因为如果我们是可能失去地方、生计、住处、食物和保护的存在,如果我们可能丧失我们的公民身份、我们的家和我们的权利,那么我们根本上依附于那些交替维系或剥夺我们、掌控了我们最基本生存的权力。(Butler,2013:3-4)

我们可以将第二种意思视为生命政治领域内褫夺现象的表征。也正是他异性制约的关联性导致了以自我主体形成为驱动力的身份认同的基因突变,即:从西方现代自由、自主、理性主体建构意义上的自我变异成复数的关联自我、从自我认同转变为他异性作用下的后-认同(post-identity)。

> ……褫夺的全球档案似乎导致的不是新的身份政治,而是形成关联性或共同体基础的可能性。……或许这里利害攸关的是从位于现代性个人主义本体论核心的自足和自主自我身份(受伤害的)自恋,转向后-认同主体性伦理和政治。后-认同主体性受制于并暴露给他者的揭露、放弃、不稳定和脆弱。(135-136)

卡迪-基恩提炼的四种全球化认同分析模式描摹了西方现代主义话语与他异性的必然遭遇内生的复数化的关联式认同。这种认同变异导致跨文化关联维度中西方现代自由、自主、理性主体不断地被消解和颠覆,认同的趋向从同一跌落就不断滑向文化本体认知场域以外的位置,由此形成拟定的文化本体认知场域中的认同位置与跨文化他异性认知场域中多重位置之间的动态定位及张力。这种张力巴特勒从后现代生命政治学角度理解为褫夺与反褫夺的张力。列维纳斯则从伦理关切的角度提出面向他者,向他异性敞开的责任和负罪感。其实文学、文化,乃至知识和思想等公共空间中西方现代主义自我认同的关联式认同变异促使我们发现巴特勒褫夺理论的两个误区。全球化导致的褫夺现象并不局限于生命政治领域，而是指向跨文化体验和跨文化迁徙涉及的更复杂微妙的范围。同时褫夺现象并不局限于全球化之流中弱者对西方现代性的屈服。换句话讲，巴特勒褫夺理论内含的认识论和政治立场先决性地将非西方话语置于褫夺状况之下，以反西方全球化霸权的姿态肯定了西方现代性话语的强势地位。鉴于此，我们提出文化全球化关联性（relationality of cultural globalization）和跨文化异位认同（transcultural heterotopic identity）两个概念。前者在反思卡迪-基恩的四种模式基础上指出根源于反本体的他异性的跨文化关联性，借以颠覆西方自由、自主、理性主体的自我认同和认知模式。后者在反思巴特勒的褫夺理论的基础上摒弃西方全球化强势霸权话语的单向影响论，强调全球化流动中跨文化关联性互动影响的多源、多元和多位状况下，东方尤其是中国的能动性甚至主导可能性（而不是对抗性和消解性）。据此，我们将瑞恰慈置于英国与中国两极构成的文化全球化之流，梳理其心理情感、人际关系、知识话语、理论建构等多维多位层面跨文化发现之旅中异位认同的两种模式——同位中的异位认同、异位中的异位认同。

二、瑞恰慈同位中与中国的多重异位认同

从 1919—1927 年瑞恰慈栖居于英国剑桥大学，主要通过关注中国的英国剑桥知识分子、旅英中国留学生、汉学家英译的儒家典籍三个途径认知儒家思想并与中国认同。1927 年及之后瑞恰慈走出剑桥的象牙塔，跨越东西方地理距离，直接体验中国文化和社会的方方面面。因此，形成以人的文明时空原生栖居点与跨文化异位认同对象为两极的两种典型的跨文化异位认同位置——同位中的异位认同、异位中的异位认同。这两种跨文化异位体验感知和认同方式形成典型的全球体系中人和思想观念的旅行现象——迁徙、对接、融合及转换——以及多重认同定位。

1919 年秋，瑞恰慈在剑桥大学麦格德伦学院开始讲授《批评理论》课程之际就受到热爱中国的 G.L. 迪金森和詹姆斯·伍德（James Wood）的影响，后来又与在剑桥留学的徐志摩等中国人认识并结下友谊。无疑这个包括罗杰·弗莱（Roger Fry）、伯特兰·罗素（Bertrand Russell）、瑞恰慈、亚瑟·韦利（Arthur Waley）等剑桥知识精英和徐志摩、林长民等中国旅英留学生及学者的跨文化共同体以国王学院的迪金森为中心，在中英全球化之流中，这个圈子不断地延伸扩展。更年轻一代的威廉·燕卜荪（William Empson）、朱利安·贝尔（Julian Bell）、初大告、

凌叔华、萧乾、叶君健等也先后加入了这个剑桥跨文化共同体。

迪金森在《中国来信》和《现代会饮篇》中立足儒家文明和古希腊文明的新古典人本主义思想深刻影响了瑞恰慈。瑞恰慈在《开端与过渡》这篇文章中承认迪金森"对我巨大的政治影响。那时我甚至能背诵《现代会饮篇》"（Richards，1973：31）。詹姆斯·伍德毕业于剑桥大学耶稣学院。1920年8月瑞恰慈与C.K.奥格顿（C. K. Ogden）和伍德开始合作撰写《美学基础》。这段时间，伍德"激励了瑞恰慈对中国的兴趣"（Russo, 1989：97）。与伍德的激励对应，初到英国剑桥的徐志摩与奥格顿结识，通过奥格顿认识了瑞恰慈，经常参加奥格顿、瑞恰慈圈子的活动。瑞恰慈等人与徐志摩的友谊甚至延续到徐志摩从剑桥回中国之后。例如，他在1923年5月10日给奥格顿的信中还特意要他"代我向瑞恰慈和伍德问好"（刘洪涛，2005（4）：74）。

瑞恰慈与中国的跨文化认同的第三个影响因素是西方汉学知识话语。如果说英国汉学家翟理斯（Herbert Giles）的中国古典文学翻译《古文选珍》和法国外交官席孟（Eugène Simon）的《中国城市》深刻影响了迪金森早期对中国儒家文明精神的认知和认同，那么最开始催化瑞恰慈的现代批评理论与汉学的对接主要是英国汉学家理雅各（James Legge）翻译的儒家经典《中庸》。理雅各翻译的《中庸》对瑞恰慈的影响深刻且持久，他甚至在1929年完成的《实用批评》中集中大量引证理雅各翻译的《中庸》文本，用儒学"诚"观念来验证、拔高其精神价值论。

瑞恰慈在《美学基础》中将西方现代心理学概念"联觉"（synaesthesia）与儒学观念"中庸"并置打通，取其共享内涵意义"和"或"和谐"。"联觉"指作为人的生命个体通过感官感知所能达到的独特审美体验，即"心灵从现存的复杂元素和经验中提炼合成的整体感"（Russo, 1989：102）。他用心理学的"冲动"概念来特指上述审美过程涉及的多元异质心理元素和经验。异质甚至对立的冲动相互作用，最终综合达到平衡状态——一种理想的审美境界、一种自由圆满的精神状态、一种完美的人格存在。儒学"中庸"观内含的东方天人合一思想强光照亮了瑞恰慈思想探索和认同企望的完美境界——致中和。瑞恰慈在《实用批评》中认为，诗坚实的基础是"关于世界的实在且明确的信念"（Richards, 1929：271），而这个信念依赖完全、完美的想象来实现。这必然涉及真诚或"诚"这个根本问题，即诗对读者反应的期待与诗人的创造冲动之间的和谐一致问题、诗本身蕴涵的"诚"信念与批评家秉持的"诚"信念的对接共鸣问题。

瑞恰慈认为，作为实用批评信念的"诚"包含三层意义：首先，它指生命实践主体对寻求内心中更完美秩序这一过程的遵从；其次，我们的行为、情感和思想必须合乎我们纯真的天性；最后，"善"是检验诚的绝对标准。他引用《大学》中的"如恶恶臭，如好好色"（樊东，2018：21）来解释"善"。他所谓的"善"其实就是生命实践理性或合理性，"合适和恰当、理智和健康"（Richards，1929：290）。"我们反应的真诚度是深还是浅，这至关重要。其实可以公正地讲，诗歌的价值在于它更能促使读者而不是诗人执着追求'诚'。"（295）所以，他在儒学和儒家文明精神中发现并与之认同的是在日常生活操持、日用起居、行走坐卧、人生担当和进取、人性修养和皈依上的合理性，即王阳明儒学所谓的现世内圣功夫指向的致良知。从而他对中国的跨文化异位认同也就超越了剑桥中英知识共同体的人际交往交流浅层面，超越了19世纪以来汉学的知识性译介及对中国传统思想文化的对象化和博物馆化，走向中西之间、现代与传统之间文明精神最高层级的认同。这就是钱钟书所展望的中西文明跨文化精神认同深层逻辑。"东海西海，心理攸同；南学北学，道术未裂。"（钱钟书，1984：1）

相比于瑞恰慈在知识层面与中国思想和精神的沉思式认同，身在剑桥的迪金森通过对思想和精神的叙事化处理而形成的跨文化异位想象认同更为复杂。卡迪-凯恩将迪金森的中国想象阐释为现代主义全球流动过程中跨文化认同的批判模式。迪金森以跨文化的方式"寄身于他者的身体中，置身于不同的信仰体系之中"（Cuddy-Keane，2003：546）。这样，他批判现代西方文明的凝视目光以中华文明为出发点，"中国社会表现出通往理性、人性、道德和民主的替代性价值优势"（547）。迪金森被塑造成典型的现代主义全球感知、想象、流动的西方知识分子原型。《中国来信》以一位旅居英伦的中国儒士的口吻和眼光比较、分析中西文明。真实的思想者迪金森与文本中虚拟的思想主体中国儒士之间发生了微妙复杂的他异化——同步发生的中西文化异位、异装、异声。现实中的迪金森在文明的虚拟世界中摇身变成了中国人。但是中国儒士在虚拟世界中脱离了虚拟的和现实的中国，成了侨居英国的流散知识分子，从而能直观、直接、真实地获取有关现代西方文明的原生态知识。这种双重他异化话语策略的第一个直接效果是建构起异位（而非异质）批评的全球视角。西方现代文明、中国传统儒家文明、西方现代性暴力强烈冲击下中国现代化进程中艰难的涅槃再生、西方现代文明的替代方案和救赎工程之间形成动态的相互参照和批判效果（而非简单、单一的平行比较分析）。第二个效果是颠覆解构了本体意义上的现代西方文明审视或中国儒家文明分析，根本上克服了文明中心论导致的文化帝国主义立场以及相应的认识偏见和谬误。无论是现代西方文明还是中华儒家文明都不再是绝对终极的文明存在。在西方中心论基础上泛滥开来的西方启蒙解放进步历史宏大叙事演绎的单一的西方现代性被彻底否定。中国现代化分娩的痛苦和磨难也同样使中国儒家文明不再是永恒、终极的存在或回望的梦想乐园。现代西方文明的出路、现代中国的出路、儒家文明的合理性及其现代创造性转化的合法性这三个思考的核心论题都被同等程度地摆在了聚光灯下。从而一种全新的全球人类文明共同体的命运和担当取代了狭隘的文化民族主义和张狂的文化帝国主义。第三,整个异位化策略聚焦的对象是现代西方文明,因此,迪金森思想探索的主要任务是从中国儒家文明中寻找到济世良药,为病入膏肓的现代西方文明刮骨疗伤。他的目的不是模仿中国儒家文明,而是达到跨文化挪用。他毫不隐晦自己的意图:

> 极目眺望大洋彼岸的欧洲或远东,我应该焦虑的其实不是模仿形式,而是挪用那创造了风俗、律法、宗教、艺术的古老世界的灵感。这个古老世界的历史不仅是身体的记录而且是人类灵魂的记录,其精神已远离了那些它自身创造的试图一鳞半爪地表现之的形式,如今却盘旋萦绕在你的大门口,寻求全新的、更完美的化身。(Dickinson,1903:xiv)

不同于瑞恰慈较单纯地汲取儒学内圣道统和经世理性精神滋养,迪金森立足全球多元文明比较的宏阔视野,重在剖析儒家文明整体样态的核心和特质,分析现代西方文明与中国儒家文明的根本区别,检讨批判西方工业文明的弊端。但是与瑞恰慈相同的是,他同样关注理性和道德纬度中人的生命价值与精神存在的意义。理性和德行赋予了生活超越物质追求的意义。生活变成了人性和人格的不断淬炼和升华。他将儒家文明精粹和儒家思想菁华引入了西方自由人文思想滋养的现代主义美学范畴。这样,他超越了瑞恰慈探索并认同的以理性和道德为磁场的文明精神向度,迈入以品位、情趣、性灵、生命力为美学聚焦点的更高、更生生不息、更空灵、天人通达的生命世界。精神的羽翼在更浩渺的宇宙时空、更超验的心灵顿悟中飞翔。这种对东方唯美精神的眷恋自然不是席孟的影响所及,而是得益于英国汉学家翟理斯的中国文学翻译《古文选珍》对他的影响。

三、瑞恰慈异位中与中国的多重异位认同

1929年9月14日瑞恰慈携夫人从欧洲经西伯利亚抵达北京。1931年1月初他结束了在清华大学、北京大学、燕京大学为期一年零三个月的批评理论研究和英

国文学教学工作，赴美国哈佛大学讲学。离开熟悉的剑桥环境后，瑞恰慈在中国的跨文化异位形成的异位认同首先表现为文化心理上对中国的形象感知以及跨文化心理嬗变。这最初表征为对中国的唯美理想化以及与迪金森《中国来信》中的唯美情愫类似的牧歌式回归心理。瑞恰慈夫妇住在北京西郊圆明园的正觉寺（即他们在日记和信件中所讲的"喇嘛庙"）。整个寺庙周围的生活环境使他们能亲近中国传统的建筑艺术、园林景致和乡村生活。他在给 T. S. 艾略特（T. S. Eliot）的信中称自己是生活在天堂——由鲜花、桂花香、苍松、青铜香炉、黛绿远山、白色大理石阶、红漆亭台交相辉映的天堂。（Richards，1990：53）瑞恰慈夫人惊叹这是"世上最美好的花园之一"（Richards diary，Sept. 20，1929）。罗德尼·凯恩尼克将瑞恰慈此时的生活情感解释成与现代生活对照的"童话感"——对牧歌式的宁静平和生活的追求。"喇嘛庙的宁静生活，在附近美丽的西山烘托下，将是未来许多年里占据这对夫妇心灵的主要印象。"（Koeneke，2003：63）

随着他们对中国人的思维观念、习惯、中西文化差异越来越真切的体会，随着他们对中国现实社会和动荡时局的切身感受，瑞恰慈夫妇对中国的心理感知变得更复杂，充满了起伏和变化。他们的认同心理开始变得与中国疏离，充满了怀疑、责难甚至文化偏见和歧视。1929 年 11 月 14 日多萝西在日记中开始表现出思念剑桥生活的乡愁。"现在我们觉得怅然若失，剑桥似乎成了宁静的家园"（Richards diary，Nov. 14，1929）。对瑞恰慈来说，随着对中国学生了解的深入，他越来越认识到他们的缺陷。在课堂上讲授托马斯·哈代的《苔丝》时，学生们按照儒家伦理将苔丝最后被判死刑理解为罪有应得，她应该为她在小说开始表现出的对她父亲的不敬和不孝受到惩罚。在智力方面，中国传统的教育方式使学生"……在来听我们的课之前，在学校学的尽是许多无聊的东西。他们的头脑中多半被灌输的是他们无法理解的糟粕"（Richards diary，Sept. 29，1929）。到了 1930 年夏，这些负面的印象使他进一步质疑中国人的智力水平。

> 他们似乎没有开发出许多我们拥有的最重要的认知概念图示，例如，思想，主观意义上的意志和感情/真理，客观意义上的物质——属性。这些没有在古典中国"思想"（心智？或者我们怎么来称呼它呢？）中出现，乃至在近代文学中也若有若无。（Richards，1990：55）

在跨文化异位境遇中正面和负面心理反应并存。这是瑞恰慈走出剑桥象牙塔，进入中国现实生活场景后面临的跨文化困惑和困境，也是真实的中国生活境遇对他的跨文化认知和认同底线的考量。站在中英文化的连接线上，瑞恰慈在认可、认同中国的部分文化、思想和生活的同时，用西方的文化、生活和思维标准来衡量中国现实中的人和事。他没有认清，中国现实的苦难、中国人所谓现代意识的缺乏、中国人中间弥漫的幻灭和失望情绪之根源恰恰是西方列强的殖民掠夺。在认同并融入中国的程度上，瑞恰慈没有彻底自觉地实现跨文化异位换位，没有从坚实的情感和价值立场来认同中国并融入日常生活。他交往的基本上是大学中受西方文化和生活方式濡化的教授学者群体。下午茶、聚餐会、周末爬山交流、到京郊和山东的旅行基本上占据了他的业余生活。

在中国的跨文化异位状况中与文化心理的嬗变并行，瑞恰慈主要通过跨文化干预、跨文化介入、跨文化超越三种方式来重构跨文化异位主体在关联认同中的主导地位。首先是他在主动向吴宓学习汉语、中国文化、儒学知识的同时积极推动、帮助吴宓的欧洲之行——一种对文化他者的跨文化行为进行干预的异位关联方式。1930年9月吴宓带着瑞恰慈写的介绍信，开始游学欧洲和英伦。1930年12月7日下午吴宓专程拜访了汉学家理雅各在牛津的旧宅，受到理雅各儿子的热情招待。其间他观赏了有正书局印售的中国画册、收藏的善本书，拜祭了理雅各的遗像遗物。他借瑞恰慈的介绍，先后五次拜访艾略特，前三次扑了空，直到1931年1月16日第四次拜访才在费伯（Faber & Faber）书店见到艾略特。1月20日吴宓与艾略特在伦敦世界大酒店共进午餐，谈论他们共同的老师欧文·白璧特（Irving Babbitt）。艾略特"又为书名片，介绍宓见英、法文士多人"（吴宓，1998：170）。这天下午他接着拜访了著名的中国文物收藏家乔治·尤摩弗帕罗斯（George Eumorphopolus），在他家观赏多种藏品。在法国巴黎他专程拜访了法国汉学家伯希和（Paul Pelliot）。但是由于没有瑞恰慈或艾略特的引荐，吴宓实际上在伯希和处受到冷遇。他在日记中记载："彼乃一考据家，又颇有美国人的气习。迨宓述王国维先生及陈寅恪君之名，又自陈为《学衡》及《大公报·文学副刊》编辑，对宓始改容为礼。"（196）吴宓欧洲之行借助瑞恰慈的介绍推引，既结识了英美现代主义诗坛和批评舞台上的领袖人物艾略特，又参观了大英博物馆和私家博物馆，拜访汉学名家。

瑞恰慈主导的影响深远的跨文化介入行为是将英国文学和实用批评征兆的西学移植进入中国现代学术的话语。他在清华教授的课程主要包括"西洋小说""文学批评"和按诗歌、戏曲与小说文类划分的"现代西洋文学"。后来还增加了"比较文学"和"比较文化"两门课程。他在燕京大学主讲"意义的逻辑""文艺批评"。

按照他 1930 年 7 月 13 日给 T.S. 艾略特的信中所记，这两门课以每周研讨班的形式讲授。他基本上沿袭了在剑桥大学授课的主要内容，且将自己在现代批评理论领域研究的成果和思考的问题结合进教学中。当然，也有新增加的内容，这就是单纯的英语语言教学尤其是"基本英语"教学。这些课堂教学、研讨班讨论、学术报告和讲座直接将他建立的现代批评理论和思想灌输给学生和教师，并通过这些学生和教师传播开来。

对瑞恰慈积极回应的代表人物主要是钱钟书、曹葆华等。作为瑞恰慈在清华教过的学生，钱钟书 1932 年 12 月 1 日在《新月》月刊第 4 卷第 5 期上发表了受瑞恰慈现代批评理论启发而写的文章《美的生理学》。1929 年，华严书店出版了由伊人翻译的瑞恰慈的《科学与诗》。曹葆华翻译了《科学与诗》《诗中的四种意义》和《实用批评》。1934 年，商务印书馆出版了李安宅结合瑞恰慈和奥格顿的《意义之意义》编译的《意义学》。

瑞恰慈的跨文化超越之路——中西文化交流互动的第三条路——的探索兼容了理论思考和实践探索，即他在中国撰写的《孟子论心》和他在 20 世纪 30 年代后期开始推动的"基本英语"事业。瑞恰慈认识到中国多义、含混的语言与西方逻辑性很强、明晰的语言之间的区别造成的跨文化认知和理解障碍。"孟子论心"的多义含混指向一种独特的思维形态——一种与包容诗相通的诗化的思想言说形式，一种书写文字仅仅是其表征和意指的思维传统。因此，瑞恰慈开始思考在中英乃至中西跨文化交流过程中怎样通过第三种语言和思维系统实现真正的文化认知和思维模式的异位并存参照，而不是两极对立、误解或褫夺。

第三种超越性语言和思维系统是"基本英语"。1937 年 2 月初他向剑桥大学申请到一年免薪长假，然后匆匆赶回中国。同年 8 月北京被日本军队占领后，他在刚到中国的学生威廉·燕卜荪陪同下，携夫人避走天津，辗转从香港到湖南长沙。此后数月内，他的足迹遍布桂林、云南等地。与 5 年前相比，瑞恰慈这一次坚定地呆在中国并在战乱环境下千里跋涉，辗转各地，目的就是建立发展中国正字学院，推广"基本英语"。以这项由美国洛克菲勒基金会资助的事业为中心，瑞恰慈形成了一个"基本英语"推广群体。这个群体以在北京大学、清华大学、燕京大学结识的外籍教师和中国外语专家为核心。成员包括：外籍教师温德（Robert Winter）、翟孟生（Raymond Duloy Jameson）；中国英语教师水天同、赵诏熊和吴富恒。由中国正字学院尤其是瑞恰慈亲自主导的中学英语教学委员会的核心成员包括叶公超等。

瑞恰慈在中国的跨文化异位形成的异位认同，最微妙地表现为西方人眼中他身上甚至骨子里流露出的中国文化气息。1931年12月1日他在给清华大学外籍教师吴可读（Pollard-Urpuhart）的信中写道：

> 我们俩都觉得，不久后再回到你的世界会很有趣，你的世界与我们在这里经历的世界很不同。事实上，在这里人们敏锐地发现我们身上留下的中国痕迹，尽管我们在中国浸泡的时间很短。他们表现出的不是对远东的好奇，而是不安——微妙的惧怕。……那里的事物的可能性几乎不可理解，这与他们确信的事物迥然不同。正是这令人厌恶的不确定感使他们感到忧惧。（Richards diaries，Dec. 9，1931）

瑞恰慈夹在两种力量之间。一种是中国的吸引力和对中国日趋自然的归属感以及理性的、独立的文化立场；另一种是英美主流文化对中国的蓄意贬损和本能排斥。正是理性的、独立的也是视界日益开阔的跨文化意识形成了他新的文化使命感，促使他投身于在中国普及推广"基本英语"这项文化和思想启蒙工程。

四、结　论

从文化全球化角度对瑞恰慈与中国的跨文化异位认同两种模式——同位中的异位认同、异位中的异位认同——的理论建构和分析不仅颠覆了传统的本体、本位、同质的文化认同观，而且颠覆了西方全球化文化霸权话语的西方中心观和西方后殖民主义、后结构主义极端的反西方中心观。围绕瑞恰慈的跨文化发现之旅而显露的文化全球化之流在中国与英国、东方与西方之间形成了多源、多元、多位的横向流动和影响。在瑞恰慈的跨文化认同过程中，中国思想文化能动发挥了介入和推动作用。瑞恰慈尽管充满了跨文化矛盾心理，但却积极地诉诸跨文化干预、介入、超越三种方式来认同中国。整个过程形成充满对话和转化张力的磁场效应。

瑞恰慈的跨文化异位认同根本上颠覆了西方汉学话语对中国的对象化、博物馆化、古玩化和历史化。例如，大英博物馆东方印本和写本部负责人、远东绘画研究专家劳伦斯·宾雍（Laurence Binyon）1933—1934年在哈佛大学所作的"亚洲艺术中人的精神"系列讲座中，论及东方旅行叙事对英国17世纪诗人约翰·弥尔顿的影响时认为，弥尔顿恢弘视域中的全球世界特别是令他心向往之的东方仅仅是被动、静止的想象投射对象。"确实弥尔顿从所有这些想象旅行中带回的没有思想，只有图画。他发现在那些遥远的国度没有思想或精神的栖息地"（Binyon，1935：

10）。甚至到了20世纪五六十年代，在诸如哈佛大学中国研究学者约瑟夫·列文森（Joseph R. Levenson）笔下的《儒教中国及其现代命运》里，中国经过博物馆化、古玩化这类现代东方学话语修辞加工后被刻意历史对象化。与此对比，瑞恰慈将思想探索的脚步深入中国儒家文明的思想和精神核心，将心灵发现的旅行延伸到中国这片宁静的心灵沃土，用思想和生命实践的方式来挣脱现代西方文明的偏见与傲慢，来审视涅槃再生之际的中国，来遥望中西文明交汇的必由之路。这无疑逆反现代主义文学、文化、思想探索内在西方本体认同模式。这种面向中国的开放胸襟和殉道精神必然造就瑞恰慈及其同路人和同道者在中西跨文化发现之旅中与中国复杂微妙的多维、多层动态认同，对中英两极间瑞恰慈表层显性的思想理论互动实践背后的跨文化异位认同的透视和重构具有特别重要的意义。

从文化全球化跨文化流动角度来重构西方跨文化主体的动态认同的经纬，实质上是在批判西方全球化理论、后殖民理论和后现代生命政治理论的基础上导出新的理论认知模式。将视点从经济、政治维度的全球化扩展到文化维度的全球化。将两极对立抵抗政治意义上的后殖民理论置换成对话、共存、互动、互补的跨文化核心理念。将反暴力和霸权的后现代生命政治理论从西式人权和民主话语的陷阱中剥离出来。由此产生的理论认知和批判模式超越二元对立、西方中心和所谓的启蒙解放等核心认知模式对思想批判主体的囚禁。这种理论审问的矛头指向西方现代自我认同的哲学思考源头之一——黑格尔的主/奴辩证认同。

瑞恰慈的跨文化异位认同，从一个侧面促使我们反思中西现当代文化交流这一时代命题。中西文化交流是现代文化全球化的一部分，我们既不能撇开整体意义上的文化全球化孤立地看待中西文化交流，也不能无视中西文化交流内生的跨文化交流的自足性、能动性和历史境遇性。对这两个方面的重视导致三层重构和反思——对文化全球化进程中中西文化交流宏大叙事的重构及未来展望；对中西文化交流在思想观念和知识话语维度中的批判性重构和反思；对中西文化交流的主体在跨文化互动维度中身份认同模式基因突变的重构。对瑞恰慈跨文化异位认同的描摹和重构，实质上就是以范例分析的方式反思中西文化交流碰撞过程中西方现代主体的跨文化认同基因突变现象。

瑞恰慈跨文化异位认同的重构，也揭示了文化全球化进程中西方现代跨文化主体眼中中国他异性的多重性和与中国的异位关联认同的两个动态嬗变过程。中国他异性的多重性主要包括：儒家心性和德性之学回护的内圣功夫指向的传统思想中国；中国留英知识分子、中国大学中的学生及学者共同昭示的少年中国；以吴宓等中国文化保守派为中坚的文化中国；战争、贫困、灾难蹂躏中的苦难中国；西方现代科技和知识冲击下的现代中国；最后是不同于英语征兆的西方语言和思维模式左右的现代西方文明、以汉语语言和思维主导的儒家中国。正是由于上述中国他异性的多重性，瑞恰慈与中国的认同不是简单地在中英两极之间取舍，而是演绎了两极之间的同位中的异位认同和异位中的异位认同，从而使整个关联认同充满了张力和多种选择性。由于关联极点之间的张力和多重选择性，整个异位认同嬗变的轨迹基本上沿着逐渐与中英两极分离的新的超越路径来日渐清晰地指向多重定义和"基本英语"这种跨文化互动和补救方案。

如果跨文化异位认同将瑞恰慈置于全球跨文化流动结成的异托邦之中，那么他在思想理论和形而下践行中所做的探索和努力始终笼罩在20世纪上半叶西方知识架构里的语言认知知识型之中，走向的无疑是多重定义法和"基本英语"表征的语言乌托邦和语言启蒙工程。1938年2月20日给弟弟D. E. 瑞恰慈（D. E. Richards）的信中他写道：

> 整个战后的文学批评世界目前根本不再是我的兴趣。另一方面，我坚信基本英语事业，我们日复一日的付出正在取得实质性的成效。……考虑到我的主要原因是为了未来中国的需要，我为什么不能辞去剑桥和麦格德伦学院的工作？将来，在完成这里的基本英语工作、在加利福尼亚州和纽约度过夏天之后，再回到云南府，用八年的时间将云南建设成世界领先的思想中心（我这样设想）。（Richards，1990：101）

这样，他最终与20世纪20年代就开始结缘的儒学路径分道扬镳，与同时在中国思想界复兴的现代新儒学运动失之交臂。但吊诡的是，恰恰是在形而上的分道扬镳之处瑞恰慈超越了异位认同的困局，通过在中国推广"基本英语"，从而在现代心智启蒙上身体力行，迈向儒家彰显高扬的形而下社会践履。

参考文献

樊东：《大学·中庸译注》，上海，上海三联书店，2018。
葛桂录：《I. A. 瑞恰慈与中西文化交流》，《福建师范大学学报（哲学社会科学版）》，2009（2）。
刘洪涛译注：《徐志摩致奥格顿的六封英文书信》，《新文学史料》，2005（4）。
钱钟书：《谈艺录》，北京，中华书局，1984。
吴宓：《吴宓日记1930—1933》，北京，生活·读书·新知三联书店，1998。
[美]约瑟夫·列文森：《儒教中国及其现代命运》，郑大华等译，桂林，广西师范大学出版社，

2009。

张惠：《"理论旅行"——"新批评"的中国化研究》，华中师范大学文艺学博士论文，2011。

郑佳：《套用的哲学观——I. A. 瑞恰慈文论中的"中庸"之再考证》，《中国比较文学》，2019（2）。

Appadurai, Arjun. *Modernity at Large: Cultural Dimensions of Globalization*. Minneapolis: University of Minnesota Press, 1996.

Barnett, Suzanne Wilson. "Empires of the Mind: I. A. Richards and Basic English in China, 1929-1979 Rodney Koeneke," *The American Historical Review*, Vol. 109, No. 4 (October 2004): 1209-1210.

Binyon, Laurence. *The Spirit of Man in Asian Art*. Cambridge, Massachusetts: Harvard University Press, 1935.

Butler, Judith. *Parting Ways: Jewishness and the Critique of Zionism*. New York: Columbia University Press, 2012.

——. *Dispossession: The Performative in the Political*. Cambridge: Polity Press, 2013.

Cuddy-Keane, Melba. "Modernism, Geopolitics, Globalization," *Modernism/modernity*, Vol. 10, Number 3 (September, 2003): 539-558.

Dickinson, G. Lowes. *Letters from a Chinese Official: Being an Eastern View of Western Civilization*. New York: McClure, Philips and Co., 1903.

Friedman, Susan Stanford. *Mappings: Feminism and the Cultural Geographies of Encounter*. Princeton: Princeton University Press, 1998.

Held, David, Anthony McGrew, David Goldblatt and Jonathan Perraton. *Global Transformations: Politics, Economics and Culture*. Cambridge: Polity Press, 1999.

Koeneke, Rodney. *Empires of Mind: Richards and Basic English in China, 1929-1979*. California: Stanford University Press, 2003.

Richards, I. A.. *Practical Criticism: A Study of Literary Judgment*. London: Routledge & Kegan Paul, 1929.

——. *Mencius on the Mind: Experiments in Multiple Definition*. New York: Harcourt, Brace and Company, 1932.

——. "Beginnings and Transitions: I. A. Richards Interviewed by Reuben Brower." *I. A. Richards: Essays in His Honor*. Reuben Brower, Helen Vendler and John Hollander eds.. New York: Oxford University Press, 1973.

——. *Selected Letters of I. A. Richards*. John Constable ed.. Oxford: Clarendon Press, 1990.

——. Richards Diary, Richards Collection, Magdalene College, Cambridge.

Russo, John Paul. *I. A. Richards: His Life and Work*. Baltimore: The Johns Hopkins University Press, 1989.

意义的意义之意义

——奥格登与瑞恰慈对符号学创立的贡献①

赵毅衡

内容摘要：奥格登与瑞恰慈的《意义之意义》是20世纪思想史上讨论意义问题的最早著作之一。这两位剑桥学者对这个极端复杂问题的详细辨明，为世界和中国现代批评理论做了重要的推动。回顾此书的讨论，可以厘清20世纪初各家意义理论的立场，辨明它们之间的差异。无论是索绪尔的或皮尔斯的"符号学"、瑞恰慈自己的"符号理论"，还是胡塞尔的"现象学"，以及稍后的海德格尔的"存在主义"，"意义"的定义都是各自体系的核心概念。

关键词：意义；符号学；现象学；奥格登；瑞恰慈

The Meaning of *The Meaning of Meaning*: The Contribution by C. K. Ogden & I. A. Richards to the Founding of Semiotics

ZHAO Yiheng

Abstract: *The Meaning of Meaning* by C. K. Ogden and I. A. Richards was one of the pioneering works on the topic of meaning in the 20th century. Their elaboration of this extremely complicated problem gave great impetus to the modern critical theories both in the world and in China. Starting from its discussion, it is possible to align the spectrum of stances of various schools, and, in particular, those of semiotics and phenomenology, since meaning is the cornerstone of their theoretical foundations. Whether it was Saussure's semiology, or Peirce's semiotics, or Richards' symbolism, whether it was Husserl's phenomenology, or Heidegger's existentialism, their respective understanding

---

① 本文由作者节选于"意义的意义之意义：论符号学与现象学的结合部"，《学习与探索》2015年第1期，121~129页。

of the meaning of "meaning" provides the key to their theories.

Keywords: meaning; semiotics; phenomenology; C. K. Ogden; I. A. Richards

一

本文题目"意义的意义之意义",听来是文字游戏,却是瑞恰慈1930年在清华大学演讲的标题(Richards,1930:11-16),本文借用于此。瑞恰慈是在中国大学较长期任教的第一个西方一流学者,他的演讲是1923年出版的《意义之意义》这本书成因的回顾。

据瑞恰慈在此演说中介绍,为写作《意义之意义》这本书,语言哲学家奥格登(C. K. Ogden)与他两人,从1918年就开始讨论酝酿,1920年开始在《剑桥学刊》连载,1923年出版。薄薄的一本书,二位学者持续写作长达5年。瑞恰慈本人在20年代中后期出版的几本书,使他成为英美新批评派的奠基者,但是这本《意义之意义》却是浩浩荡荡的20世纪符号学运动开场作之一。

奥格登与瑞恰慈就此书提出了一个相当系统的符号学理论。二位作者声称:"意义这个术语,如果没有一个令人满意的符号理论(theory of signs),是无法处理的……我们的一生几乎从生到死一直把事物当作符号。我们所有的经验(在经验这个词的最宽的意义上),不是在使用符号,就是在解释符号"(Ogden & Richards,1989:50)。今日的符号学运动,大致上在索绪尔和皮尔斯之间寻找脉系,只有为数不多的学者讨论奥格登与瑞恰慈在符号学发展史上的地位。艾柯在此书新版的序言中指出:"学界多少年后才认真处理的一些问题,瑞恰慈此书提前大半个世纪已经触及"(Eco,1989:v)。

中国现代学术界很早就开始关心意义问题。1929年瑞恰慈第一次到清华任教,后来到中国讲学六次之多,他的理论对中国知识界的巨大影响至今尚待充分地总结。30年代,中国学界一些重要的著作直接受到瑞恰慈"意义理论"的影响,如当年一些译著例子:曹葆华的《科学与诗》(叶公超序,1934);吴世昌的论文《诗与语音》《新诗与旧诗》(1934);朱自清的《诗多义举例》(1935),《语文学常谈》(1936);刘西渭(李健吾)的《咀华集》(1936);朱光潜的《谈晦涩》(1936);

曹葆华的《诗的四种意义》（1937）。这个单子不全，但是已经可以看出 30 年代中期几年中国学界"意义理论"思想的繁荣。与瑞恰慈演讲发在《清华学报》同一期的冯友兰的《论公孙龙》，是学界在中国传统中寻找自己的"意义理论"的开始。当时给瑞恰慈担任助教的燕京大学社会学系学生李安宅于 1934 年出版了《意义学》一书，总结了瑞恰慈的理论，并用皮亚杰心理学中的儿童认知发生过程作为支持。皮亚杰的理论，为几十年后结构主义符号学的兴起起了重大作用，可见李安宅敏感地抓住了符号学的一些主要观点。李安宅本人从清华毕业后留学美国，成为中国现代社会人类学和藏学的开拓者之一（赵毅衡，2020：1）。

瑞恰慈说，维尔比夫人在 20 世纪初，再三向当时的哲学家、心理学家和语言学家强调这一问题，"因为她坚信需要一门新的科学，一门称为'意义学'（Significs）或'符号学'（Symbolism）的科学"（Richards，1930：11）。李安宅的《意义学》明显是来自瑞恰慈的这段话，而瑞恰慈的观点非常正确，笔者一直认为：符号学的确切定义应当就是意义学（赵毅衡，2013：6-7）。

奥格登与瑞恰慈的《意义之意义》一书，副标题为"论语言对思维的影响，兼论符号科学"，明确地打出了"符号科学"（Science of Symbolism）的旗号。此书在 2000 年终于有了一个中译本（奥格登与理查兹著：《意义之意义》，白人立、国庆祝译，北京师范大学出版社，2000 年）。可惜其中术语有点混乱。尤其是此译本删去了原作整整 100 多页，包括 6 篇"附录"与 2 篇"补文"，篇幅几乎达到原书的 1/3，这些文字中包括二位作者对胡塞尔、皮尔斯、罗素、弗雷格等"同代人"的讨论，几乎比正文更为重要。本文的讨论，引自英文原作。

《意义之意义》一书的写作目的，看来是在测试瑞恰慈提出的语义学原则，即所谓"语境论"（contextualism）：一个词的意义，不在于词本身，而在于此词使用在何种语用"语境"中。由于语境复杂多变,任何词必然需要"复合定义"（multiple definition）。因此，此书在理论上有意折中杂糅，兼容并蓄（eclectic），主要论述是在比较世纪初各种学派的理论，而没有专为某一学派作辩护。

为测试"复合定义"，任何概念都可以，不一定要用"意义"这个概念来做标本。例如，此书用了整整一章讨论"美"（beauty）的定义，尽管此书主旨并不讨论美学，只是在拿"美"这个让人头疼的词来挑战语境论。瑞恰慈此后几年继续做"多语境中的复合定义分析"，他在北京与黄子通、李安宅等"合作"读孟子，1932 年在英国出版了《孟子论心：复合定义实验》（*Mencius on Mind: Experiments in Multiple Definition*）一书，就《孟子》的主要章节，逐句翻译并讨论"心""性"

等极难说清楚的术语究竟是什么意义（Ogden & Richards，1989：5）。而且，据《意义之意义》一书1936年第四版序言说：奥格登后来的《边沁关于虚构的理论》（Bentham's Theory of Fiction），瑞恰慈后来的《柯勒律治论想象》（Coleridge on Imagination），都是测试各种术语如何"在语境中形成复合定义"。

就这个目的而言，拈出"意义"来考察意义问题，至少有三重用意：首先是英国理论家的幽默感——就围绕"意义"这词讨论意义，看看意义分析能否处理意义自己；二是因为从古代起，思想家使用"意义"的意义极端不同，意义问题是任何哲学家必须考虑的中心问题，尤其是建立一门"符号科学"的基础工作；最后，更重要的是"意义"这个词的确是一个意义最复杂的术语，是对二位作者的意义分析法的最大挑战。在20世纪初，意义问题突然又成了学界最关心的问题：后来被称为"语言转折"的重大思想变革，使思想界经历了一个激动人心的时段，半个世纪后多勒采尔回顾时，称之为形成理论气候的"星座效应"（Constellation）时代（Doležel，2010：8）。这种群星璀璨的活跃集中在意义理论上爆发。《意义之意义》一书至今让我们感到新鲜的是，此书非常切近当时的学界前沿。虽然意义问题在欧洲哲学传统中文献丰富，而此书大部分讨论的却是一些刚出现的、"尚不名见经传"的同代人，二位作者慧眼识英雄，他们仔细评说的，大多在今天被认为是现代批评理论的奠基人。

20世纪初的理论界相互之间比较隔膜，出版与传播远远不如现今繁荣，翻译介绍评论不会如今天那样及时。固然，对于奥格登与瑞恰慈这样的剑桥大学知识分子来说，欧洲多种语言不是一个问题，但是他们的接触面却令人惊奇。罗素、摩尔、维特根斯坦，现代语言哲学的三位开拓者是他们的剑桥同事，熟悉是应该的。但是他们讨论了当时默默无闻、论著刚出版的索绪尔，更讨论了尚未任何书籍出版的皮尔斯，他们熟悉皮尔斯的复杂术语体系，特地用十多页附录介绍皮尔斯。他们也仔细读过至今鲜为人知的维尔比夫人，维尔比的《什么是意义：涵义研究》（What Is Meaning, A Study of Significance）一书出版于1903年，此后维尔比与奥格登曾经通信多年，维尔比夫人应当说是"意义的意义"问题的最早提出者。有论者认为在该书中，奥格登对他的前辈友人维尔比夫人评价不够高，是对女性学者不够尊重。[①]但是瑞恰慈在清华演讲时，用整整一段介绍"聪明的妇人"维尔比的"意义学"，而且把"意义学"这个术语交给了他的中国助手李安宅写成专著，应当说他对维尔比非常尊重。

---

① see http://en.wikipedia.org/wiki/Victoria,_Lady_Welby accessed Feb 11, 2014.

从此书透露出来的欧洲学术界气氛来说，这是一个思想沸腾的时代。可能正是由于靠得太近，缺乏一个历史距离，奥格登与瑞恰慈在区分思想史的超一流大师（例如胡塞尔和皮尔斯）与当时的一般思想家时，可能会有点困难，但他们对同代学者的理论之广为涉猎却是无可怀疑的。此书的"附章D"，花很大篇幅专章详论胡塞尔、罗素、弗雷格、皮尔斯等人。英美学界当时尚不熟悉的胡塞尔，被他们称为"研究符号问题最有名的现代思想家"；当时默默无闻的测量局职员皮尔斯被称为"最复杂、最坚决地处理符号及其意义问题"的学者；他们承认"索绪尔在法国影响正在扩大"，虽然他们对索绪尔评价不高。

20世纪思想史的成果重大，被称为"理论世纪"（Keiswirth，1995：i）。流派众多，但都起端于四个支柱思潮：马克思主义文化理论、精神分析、现象学、形式论，许多学派是这四个支柱理论的融合（赵毅衡，2011：39）。奥格登与瑞恰慈超前几乎一个世纪找到了现象学（及其流变存在主义与解释学）与形式论（尤其是其集大成的学派符号学）的结合部。

二

《意义之意义》有三个突出的内容：一是所谓"符号三角"（又称"奥格登三角"），把意义分解成三个元素；二是所谓"符号科学六准则"（Six Canons of Symbolism）；三是"意义"的"十六条"定义。关于意义三元素，尤其是其中指称与"指称思想"的区分，当时在清华听瑞恰慈讲课的钱钟书先生，后来在《管锥编》中结合皮尔斯理论有绝妙的论述发挥，笔者有专文论述。[1]

而此书提出的"符号科学六准则"，引出的问题相当多，实际上提出了后来格赖斯著名的"合作原理"。本文着重讨论他们的"意义三组十六条定义"。

第一组：1. 一种内在品质；
   2. 一种与其他事物之间无法分析的关联；
第二组：3. 词典中该词条下列出的词；
   4. 该词的内涵；
   5. 一种本质；
   6. 投射到对象上的一种活动；

---

[1] 参见赵毅衡：《论艺术"虚而非伪"》，刊载于《中国比较文学》纪念钱钟书先生专号，2010年第2期，3~11页。

7/a. 一个意向中的事件；

7/b. 一种意向；

8. 系统中任何物所占的地位；

9. 一个事物在我们未来经验中的实际后果；

10. 一个声言卷入或隐含的理论后果；

11. 任何事物引发的感情；

第三组：12. 一个符号由于某种被选择好的关系而实际上联系着的东西；

13/a. 一个刺激引发的记忆，获得的联想；

13/b. 任何事件的记忆启动（appropriate）的其他事件；

13/c. 一个符号被解释为即是某种东西；

13/d. 任何事物提示的东西；

（如果是符号，则是）

14. 符号使用者应当在指称的东西；

15. 符号使用者相信自己在指称的东西；

16/a. 或是符号解释者所指称的东西；

16/b. 符号解释者相信他在指称的东西；

16/c. 符号解释者相信符号使用者在指称的东西。

说是"16 条定义"，加上分定义，实际上列出了 22 种定义。二位作者没有说任何一条不可能成立，只是说在某种语境中某条更说得通。列出如此多的定义，无非是想用令人信服的方式来说明不能用一条定义来确定任何概念，哪怕是"意义"这个不得不精确的概念。

奥格登与瑞恰慈要求的"符号科学第一准则"，意指"单一性"（Canon of Singularity）。那么如何解释符号和词语的多义呢？他们认为，"当一个符号看来在替代两个指称物，我们必须把它们视为可以区分开的两个符号"（Ogden & Richards，1989：91），也就是看成两个同形的符号，例如词典上的多义词，包括"意义"这个词，指向不同指称只是一个假象。也就是说，没有"多义的符号"这回事，表面的"多义"，原因是这个指称落在"一组外在的，或心理的语境之中"（88）。符号的指称意义没有变，变的是具体使用的情况，这就是瑞恰慈"语境论"的核心，比所谓"后期维特根斯坦语用转向"，提前了十多年。维特根斯坦的名言："一个词的意义就是它在语言中的使用"（The meaning of a word is its use in the language）（Hallet，1967：29），《意义之意义》中提前几乎半个世纪已经说出了这观点：符号的真正意义只能是具体场合的使用意义。

二位作者强调，他们并不需要解决这些定义之间的冲突，但是也无须对这些定义同等对待。他们对这些定义的评论说明了他们的工作重心：第一组两条根本不值得评论，因为它们只是"语言构筑的幻象"（phantoms）；第二组也不必过多地讨论，虽然拥护者不乏大家，例如，第五条来自批判实在论，第六条得到席勒与克罗齐信徒们的拥护，第九条来自实用主义的创始人威廉·詹姆斯（William James），但是它们都是"偶得的"（occasional），"无固定路线的"（erratic），意思是它们都不是系统的论述。相比之下，第三组的10条全部是对"符号情景"（sign-situation）的分析，10条拉出了一个系统的符号学应当讨论的课题全域，这才是二位作者心目中能够解决"意义"这个难题的关键切入点。在他们看来，"符号科学"这个学科尚未建立，至少意见之杂乱证明尚未能回答这个核心命题，所以值得花功夫做一个全面的考察。在仔细检查了索绪尔、胡塞尔、皮尔斯、维尔比等人的符号理论之后，他们的结论是"都不能令人满意"，一门"符号科学"应当在质疑这些定义的基础上建立。

正因如此，在全书接近结尾时，作者们踌躇满志地声称："符号学作为一门科学，其发展第一阶段由此完成，这应当被看成所有其他科学必要的开端"（Ogden & Richards，1989：249）。他们的意思是说，讨论意义的其他学科，必须以"符号科学"为出发点。这是一个非常有决断力的观点，唯一可惜的是，对这门"符号科学"学科的名称，他们没有接受索绪尔的Semiology，没有接受皮尔斯的Semiotics，没有接受维尔比的Significs，也没有创造一个新词，而是和卡西尔一样延用了一个在欧洲语言中历史悠久但是用法混乱无比的术语Symbolism。他们的论辩力图廓清"意义"这个词意义上的纷争，但是他们用一个更混乱的词作为清理工具。①其结果是《意义之意义》这本书力求条理清晰反而术语混乱，这是"意义"辨析的工具混乱造成的反讽。今天的符号学运动没有把《意义之意义》作为奠基著作之一，很大原因是他们使用的这个学科名称与今日符号学运动不对接。20世纪30年代卡西尔与朗格的符号学研究，也是因为坚持使用Symbolism这个词，导致学科边界不清（赵毅衡，2013：6-14）。

毕竟，如艾柯所说，"二位作者没有料到后来会出现逻辑实证主义、分析哲学、结构语言学、符号学、解释学、日常语言的逻辑模式应用、语用学、社会语言学、

---

① 关于西语sign与symbol的混乱，semiotics与symbolism的混用，以及厘清可能，可参见拙作《重新定义符号与符号学》，刊载于《国际新闻界》2013年6月，6~14页。

心理语言学以及意义理论在人工智能中的核心作用"（Eco, 1989: Ⅵ）。实际上在《意义之意义》出版之时，尚无符号学与现象学这两个学派，但是二位作者已经在重点讨论皮尔斯与胡塞尔。如果我们仔细审视"十六条"中开列出来的"符号科学式的定义"，我们可以看到有三个方向很明确地指出了此后近一个世纪的意义理论的一系列展开方式，预示了争论的爆发点。

尤其是符号学的"三意义"问题——符号发出者的意向意义、符号文本的意义、解释者得出的意义——其本身不难理解，难的是如何理解三者之间的关系：三者能否对应？如果不能，那么何者为准？循此可以有三种代表性立场：以"符号发出者的意向意义"为准的，是"现象学式的"解释学及其支持者；以"符号文本的意义"为准的，是新批评式的文本中心主义；以"解释者得出的意义"为准的，是解释学，及由此发展出来的接受美学和读者反映论。以上区分，当然是力求简单的说法，但是这正好是"意义的意义十六条"展开意义定义的方式。

上述的第二种立场，即"文本中心"论，比较容易说清：瑞恰慈本人紧接着此书出版的重要著作，如1928年的《文学批评原理》，1929年的《实用批评》等，开创了新批评把"文本意义"作为基础的立场方法，认为获得有效解释的途径是细读文本。后来的新批评派如兰色姆等人，把这种立场称为"（文本）本体论批评"。按此种理论，意义似乎安坐在文本中等待解释，一切皆备于文本，无关发送者和解释者的主体意向。

20世纪，大部分学派并没有走如此极端的路线，虽然早期的形式论（新批评，俄国形式主义，索绪尔式结构主义时期）更偏重文本意义，晚近期（从皮尔斯理论发展出来的后结构主义符号学）更重视解释对意义的决定性作用。

三

二位作者在书中对胡塞尔的现象学立场表现出强烈兴趣，"十六条"的最后一条"符号解释者相信符号使用者在指称的东西"，可以追寻到胡塞尔现象学的有关讨论。《意义之意义》一书给了胡塞尔的意义理论整整一个附录章。

在写作此书过程中，奥格登与瑞恰慈受到一场触动。1922年6月，胡塞尔访问英国，在伦敦大学作了四次讲座，总题为"现象学方法与现象学哲学"。演讲后胡塞尔又特地访问剑桥，会见了摩尔（G. E. Moore）等语言哲学家，由此剑桥哲学家们开始熟悉胡塞尔理论。我们不知道奥格登与瑞恰慈是否到伦敦大学现场去听了，但是二位作者详细引用了胡塞尔为这次讲课而准备的"讲课提纲"(Syllabus),也仔细评论了胡塞尔为现象学奠基的两本著作——1901年的《逻辑研究》与1913年的《纯粹现象学和现象学哲学的观念》——他们对胡塞尔的总结,抓住了胡塞尔理论与意义问题的联系。

奥格登与瑞恰慈指出:胡塞尔意义理论的关键贡献是区分"意向的意义"(Bedeutungsintentionen)与"实现的意义"(erfluellte Bedeutungen),前者是意义的赋予,后者是意义的实现。意向性,是胡塞尔理论的关键词,在意义问题上也是如此。胡塞尔强调意义本身并不在"获义意向对象"(Noema)之中,相反,意义总是与"获义意向行为"(Noesis)联系在一起,也就是说,意向行为保证了意义的产生(马格欧纳,1992:113)。

既然意义并不是在对象之中,那么是在哪里呢?在胡塞尔的现象学奠基之作《逻辑研究》第二卷,有相当长的一章,题为"符号与表达",对意义的来源有非常明确的表述:"只有当他(说话者)在某些心理行为中富于这组声音以一个他想告知与听者的意义时,被发出的这组声音才成为被说出的语句,成为被告知的话语。但是,只有当听者也理解说话者的意向时,这种告知才成为可能。并且听者之所以能理解说话者,是因为他把说话者看作是一个人,这个人不是在发出声音,而是在和他说话,因而这个人同时在进行着某种赋予意义的活动"(胡塞尔,1998:35)。

胡塞尔的论证以艰涩难懂著称,但是这段话说得简明清晰:发出者的意向赋予符号文本以意义,而"听者"必须理解这种意向,不然,符号文本就只是无意义的"声音"。因此,意义是在符号的发出者意向中,是发出主体所赋予的。

这样就把我们引向《意义之意义》中的这一条:投射到对象上的一种活动。

主体精神所投射的是主体的获义意向性,它可以揭示对象的本质,也就是这种意向活动的本质,这是胡塞尔现象学关于意义的最重要论点。

既然意义是意向活动的一种功能,因此胡塞尔有一个听起来不容易懂的结论:"每个符号都是某种东西的符号,然而并不是每个符号都具有一个'含义'(Bedeutung),一个借助于符号而**表述**出来的意义(Sinn)"(着重号为原文所加)(胡塞尔,1998:26)。胡塞尔的意思是:符号必然有指称("某种东西的符号"),但是不一定有"含义"。也就是说,意义源自说话者的"意向"活动借助符号表述出来而已。①

---

① 这个看法本身不一定对。有的符号(如指示符号)有指称对象,但不一定有"含义";相反,有的符号(如艺术符号)有"含义"却没有(或减弱)指称对象。

奥格登与瑞恰慈"十六条"的 7/a "一个意向中的事件",指出了这个方向。在现象学看来,获义意向活动催生意向对象的纯本质观念性存在,是获义意向对象对主体意向性的反馈,从而让对象反馈给主体的意向一种"给定性"(givenness)。用胡塞尔生动的比喻来说,就是"这棵树本身可以烧光,可分解为其化学成分,如此等等,但此意义——此知觉的意义,即必然属于其本质的东西——不可能被烧掉"(胡塞尔,1992:226)。原因是意义并不在树上,而是在主体的意向性中,不可能随着事物被摧毁或改变。当主观意识"面对事物本身"时,人的意识直觉到意义形式,获义意向行为,就成为意义的构造行为。

这就让我们回到奥格登与瑞恰慈《意义的意义》诸定义中的最后一条(16/c)"符号解释者相信符号使用者在指称的东西"。在二位作者看来,这条是关于"意义"的"复合定义"中无可奈何的押尾之论,他们并没有说这是最后的结论。但是胡塞尔把这观点上升到最合理的标准。

四

更多的理论家倾向于把意义标准放到解释意义上,认为只有解释者获得的意义,才是实现了的意义。诚然,《意义之意义》出版之后,20世纪出现了太多的学派,非作者们所能知,但是此书"对后来发生的事,给了我们很多预感"(Eco,1989:Ⅵ),而其中最具有创建性的,是二位作者得自皮尔斯符号学的观点:"描述解释过程是理解符号情景的关键,也是智慧的开端"(Eco,1989:Ⅺ)。奥格登与瑞恰慈的最后一组定义把意义产生的源头置于解释之中:符号解释者所指称的东西;符号解释者相信他在指称的东西。

这两条实际上是同一条原则的不同表述:一旦我们从解释者出发讨论意义问题,解释者所指称的东西只能是他相信他在指称的东西。意义是解释者的意向活动,面对符号这个意向对象,所得到的相关品质。在这种解释活动之中,发出者的意图如果没有留下足够痕迹,也就只能被置入括弧"悬搁",承认有其事在存而不论。解释自身的各种元语言组合,完成理解意义所必需的工作。

这样一来,前面所引的胡塞尔的意义原理就被颠倒过来:是解释者而不是发出者"必须在某种思想活动中,赋予它(符号)一种意义"。解释者的意向活动,使符号成为了意向对象,从中产生了意义。或许可以说这种意义是"二次性"的,在逻辑上、时间上,都后于符号发出者的意向意义,但是,如果我们无法肯定发出者的意向如何在符号文本中实例化，或者我们无法证明这一点，那么我们就不能据此得出发出者的意向。因此，解释者的意向面对符号文本引出的给予性才成为意义的真正实例化。既然意义是"领会着的展开活动中可以加以勾连的东西"，那么，不同主客观"勾连"方式则产生不同意义。①

因此，意义是一种主客观的交流关系，但是并不需要全面的交流。只要交流的感知被解释构成符号文本，意义就必然出现，因为意义就是交流。这就是海德格尔所说的：意义只有在对象与主体发生关联时才存在，也只在这个"解释"关联点上存在。对象只有在这一点上才具有"给予性"，其他部分被符号的接收者加上括号"悬搁"了，没有对本次解释活动得出的意义作出贡献，其相关性只能存而不论。

五

由此，本文希望得出一条比较恰当的"意义"的定义：主体之所以能存在，就是因为主体的意向性在与世界碰撞时，从事物相关的"可领悟性"中释放出意义。意义是事物为我的"存在于世"作的贡献，我之所以能栖居在这世界上，正是因为世界对迎着我的意向性产生的持续而充沛的意义之流。一个仅仅接收外来刺激的感觉器，如果背后没有主体性，这刺激就无法形成意义。对于缺乏主体性的接收者，例如，没有人监控的闭路电视、对于没有解释能力的动物的眼睛、面对放弃存在（失去知觉，濒临死亡）从而终止意向性的人，这刺激性不成其为符号，也就是没有意义。

解释主体的意向性与事物的相遇是意义的唯一源泉；甚至应当反过来看，意义是解释主体在世界上的存在方式。笛卡尔式凭空出现的"我思"，并不能引向"我在"，"我对世界而思并得出意义"才形成"我在"。获得意义并不是主体与世界之间可有可无的中间环节，而是主体与世界互相激发存在的基础。

意义可以有两种形态：一种是主体意识面对对象时获得的理解；另一种是发生一个符号，让另一个人面对此符号而获得的理解。这两种意义似乎差别极大，但实际上对解释者作用相似，解释者不一定需要分得清（例如我们不一定分得清一个苹果与它的画像或蜡像），无论有多少变异，它们都需要依靠接收者的理解，理解方式是不变的。意义是理解者与被理解物之间的关系，而理解者是对"待理解事物"的感知，或是符号文本的接收者对符号的承载文本的感知。

---

① 关于符号解释中的"片面化"，参见赵毅衡：《符号学》，南京，南京大学出版社，2012，45页。

皮尔斯说，符号"面对另一个人，也就是说，在这个人心中创造一个相应的，或进一步发展的符号"。因为"该符号在此人心中唤起一个等同的或更发展的符号，由该符号创造的此符号，我们称为解释项"（Peirce，1931—1958：228）。他给符号一个绝妙的悖论式定义："解释项变成一个新的符号，以至无穷，符号就是我们为了了解别的东西才了解的东西"（303），解释构成了一个新的符号，造成意义活动链的延续，因此，解释才是意义活动得以延续的关键。

简单地说，意义就是主客观的关联，是一种主客体的碰撞，世界万物只有落入我的意识才有意义。就我们上文讨论的结果，意义定义可以理解为这样一个双向的往复构成：意义是意识的获义活动从对象中得到的符号，它需要意识用另一个符号才能解释，因此意义是使主客观各自得以形成并存在于世的关联。

意义是主体的意向性活动把事物"作为"某种意义之源审视的产物。只有拥有主体性的存在者，才有这种意向活动。主体对事物的意向活动，被对象所给予而形成意义。符号就是事物"有关意义"的方面，而且意义必须通过另一个符号才能解释。因此，意义的获得、发送、解释，都处于主体与事物的符号交会之中。

由此，这样我们就来到了奥格登与瑞恰慈"意义的定义"单子上似乎最不可能的一条，即第5条："一种本质"（An essence），这条说得过分突兀而简略，却留下了最大的余地，但是也只有意义中包含的主客观互相建构，把主体变成意义世界里的存在者，意义才是存在的"本质"。

或许经过这样的扫描，我们能把胡塞尔的现象学的意义观（意义源自"意向性"与"认识过程"观念）与海德格尔的存在主义解释学意义观（"此在"本体论和理解的"作为"理论），以及皮尔斯符号学的意义观结合起来，找出符号学与现象学互补的可能。《意义之意义》出版已经接近一个世纪，百年来意义理论发展得眼花缭乱，门派林立，但是这二位剑桥学者很早就理出一个比较清晰的路线，找出了很可能收获最丰盛的方向：符号现象学。

参 考 文 献

[美] 艾布拉姆斯：《关于维特根斯坦与文学批评的一点说明》《如何以文行事》，载艾布拉姆斯：《以文行事》，赵毅衡、周劲松译，南京，译林出版社，2010。
[德] 胡塞尔：《逻辑研究》第二卷，倪梁康译，上海，上海译文出版社，1998。
[德] 胡塞尔：《纯粹现象学通论》，北京，商务印书馆，1992。
[美] 兰色姆："诗歌：本体论札记"（1932），赵毅衡编：《新批评文集》，北京，中国社科出版社，1988。

[美]马格欧纳:《文艺现象学》,王岳川译,北京,文化艺术出版社,1992。

[英]奥格登、瑞恰慈:《意义之意义》,白人立、国庆祝译,北京师范大学出版社,2000。

赵毅衡:《论艺术"虚而非伪"》,《中国比较文学》,2010(2)。

赵毅衡:《建立一个世界批评理论》,《文学理论前沿》,2011(8)。

赵毅衡:《符号学》,南京,南京大学出版社,2012。

赵毅衡:《重新定义符号与符号学》,《国际新闻界》,2013(6)。

赵毅衡:《李安宅与中国最早的符号学著作〈意义学〉》《河北师范大学学报(哲学社会科学版)》,2020(5)。

Doležel, Lubomí. *Possible Worlds of Fiction and History: The Postmodern Stage*. Baltimore: Johns Hopkins University Press, 2010.

Eco, Umberto. "Introduction" to C.K. Ogden & I.A. Richards, *The Meaning of Meaning*. New York: Harcourt Grace Jovanivich, 1989.

Hallet, Garth. *Wittgenstein's Definition of Meaning as Use*. New York: Fodham University Press, 1967.

Kreiswirth, Martin. *Constructive Criticism: The Human Sciences in the Age of Theory*. Toronto: University of Toronto Press, 1995.

Ogden, C. K. & I.A. Richards. *The Meaning of Meaning*, New York: Harcourt, Grace Janovich, 1989.

Peirce, Charles Sanders. *Collected Papers*. Cambridge Mass: Harvard University Press. 1931-1958. Vol. 2.

Richards, I. A. "The Meaning of 'Meaning of Meaning'",《清华学报·哲学社会科学版》,1930,6(1):11~16.

Wittgenstein, Ludwig. *Philosophical Investigations*. New York: Blackwell,1997.

含混是一种悖论

——燕卜荪对文论的贡献①

殷企平

内容摘要：得益于威廉·燕卜荪的贡献，含混成了西方文论的重要术语之一。它既被用来表示一种文学创作的策略，又被用来指涉一种复杂的文学现象；既可以表示作者故意或无意造成的歧义，又可以表示读者心中的困惑（主要是语义、语法和逻辑等方面的困惑）。含混不仅是新批评派手中不可或缺的法宝，而且跟后现代主义文论中的"不确定性"这一理论概念有着千丝万缕的联系。

关键词：燕卜荪；含混；文学创作策略；文学现象；新批评；不确定性

Ambiguity as a Paradox: William Empson's Contribution to Literary Theories

YIN Qiping

Abstract: Thanks to William Empson, ambiguity has become one of the important terms in literary theories. It not only is used to indicate a literary strategy, but also refers to a complex literary phenomenon. While often used to signal either the play of words by the author or the plurality of meanings unintentionally caused by his writing, it can refer to the reader's perplxities regarding semantics, grammar, logic and so on. Once an indispensable magic weapon in the hands of New Critics, it is now tied in a hundred and one ways with the postmodernist literary theory, the notion of "indeterminacy" in particular.

Keywords: Empson; ambiguity; literary strategy; literary phenomenon; New Criticism; indeterminacy

---

① 本文以"含混"为题首次发表于《外国文学》2004年第2期，54~60页。此次作者对标题和内容略有修订。

"含混"（Ambiguity）一词源于拉丁文"ambiguitas"，其原意为"双管齐下"（acting both ways）或"更易"（shifting）。自从英国批评家威廉·燕卜荪（William Empson，1906—1984）的名著《朦胧的七种类型》（*Seven Types of Ambiguity*）问世以来，含混成了西方文论的重要术语之一。它既被用来表示一种文学创作的策略，又被用来指涉一种复杂的文学现象；既可以表示作者故意或无意造成的歧义，又可以表示读者心中的困惑（主要是语义、语法和逻辑等方面的困惑）。含混不仅是新批评派手中不可或缺的法宝，而且跟后现代主义文论中的"不确定性"这一理论概念有着千丝万缕的联系。

"含混"一词的普通用法往往带有贬义，它多指风格上的一种瑕疵，即在本该简洁明了的地方显得晦涩艰深，甚至含糊不清。经燕卜荪之手，它从遭人嫌的灰姑娘一跃而为备受青睐的王妃，一时间成了文学批评家们所簇拥的对象。作为一般的文学批评术语，含混通常带有褒义：它显示了一个诗人或其他文学体裁作者高超的技艺，即巧妙地运用单个词语或措辞来指涉两个或两个以上有差异的物体，或者表示两种或两种以上不同的态度、立场、思想或情感。当然，燕卜荪所说的含混远远超出了上述含义（详见下文），他所做工作的意义也远远超出了对含混类型的划分。假如没有燕卜荪及其对含混的研究，20世纪上半叶蔚为壮观的新批评运动本来会大为逊色。虽然人们通常把瑞恰慈和艾略特称作新批评的首要代表人物，但是燕卜荪和他的含混实际上在新批评运动中有着举足轻重的地位，这一点曾经被周珏良先生道破："燕卜荪的分析方法……对于新批评派之注重对文本的细读和对语言特别是诗的语言的分析，可以说起了启蒙的作用。"（王佐良、周珏良，1994：303）

以燕卜荪为代表人物之一的新批评是在对传统文学批评的挑战中崛起的。20世纪初之前的文学批评大多以实证主义理论或浪漫主义的表现论为基石，前者把文学作为历史文献来研究，而后者则把研究的重心放在了作者的生平和心理上面。新批评针对传统批评忽视文学作品本身独特的审美价值这一缺陷，"在理论上把作品本文视为批评的出发点和归宿，认为文学研究的对象只应当是诗的'本体即诗的存在的现实'。这种把作品看成独立存在的实体的文学本体论，可以说就是新批评最根本的特点"（张隆溪，1986：39-40）。至于新批评的一般原则，特伦斯·霍克斯曾经做过如下简要的归纳：

它（新批评）提出，艺术作品，特别是文学的艺术作品应被看作是自主的，因而不应当参照作品的外在的标准或考虑来评判它。它只保证对自己细致入微的检查。与其说诗歌是由一系列关于外在"现实"世界的可供参考和可以证实的陈述组成,不如说它是以词语形式表现或精心组织一系列复杂的经验。批评家的目标就是追求那种复杂性。它服从封闭式的分析性阅读,不参照任何公认的"方法"或"体系",不汲取作品之外的任何信息,不论它是传记的、社会的、心理的抑或历史的。(特伦斯·霍克斯,1987:157)

对复杂性的追求最终要落实到对文字的推敲,正是在这方面燕卜荪以他的含混研究开出了一条新路。下面就让我们以燕卜荪的具体工作为出发点,沿着含混的轨迹做一次旅行。

一、"含混"的含混

如果说世上的许多概念都是含混的,那么"含混"这一概念就更加含混了。燕卜荪当年挑选含混作为自己的研究课题,这本身就显示了不小的学术勇气。

一些中外学者在评点《朦胧的七种类型》一书时,往往把其中的某一段话拣出来,说是燕卜荪给含混所下的定义。事实上,燕卜荪并没有明确地给出关于含混整体概念的定义,而是在给含混分门别类时才使用了"定义"(definition)一词。确实,燕卜荪在开篇处提议把"含混"一词的意义扩大引申,并强调字面意义的任何细微差异都跟他的主题有关,前提是这种差异"为同样的言语提供了意义变通的余地"(Empson William,1947:1)①。

然而,这样的表述似乎还不足以作为含混的定义。书中的另一段话倒更像是一个定义:"'含混'本身既可以指我们在追究意义时举棋不定的状态,又可以指同时表示多个事物的意图,也可以指两种意思要么二者必居其一,要么两者皆可的可能性,还可以指某种表述有多种意思的事实。"(5-6)燕卜荪这里列举了含混意义的多种可能性,但是他远未穷尽含混意义的可能性。不无趣味的是,这段话中的"可以指"一词可以被视为作者本人"含混心态"的绝妙写照。

《朦胧的七种类型》1947年再版中的第一个注释颇耐人寻味:"什么是'含混'的最佳定义(手头上的例子是否应该被称为含混)?这一问题在全书的所有环节都会冒出来,让人始料不及。"(1)也就是说,燕卜荪承认他自始至终都没有圆满地解决含混的定义问题。更令人回味的是,燕卜荪还在开篇不久后坦言自己"将经常利用'含混'的含混",以"避免引起与交流不相干的问题"。(6)言下之意:假如要一味地追求含混的精确定义,反而会适得其反;不如还含混以本真状态,反

---

① 以下在引用同一本书时只标出页码。

倒能够顺藤摸瓜，逐个体悟其中的奥妙。

事实上，燕卜荪对个案研究的重视超过了他对理论概括的重视。他认为文学批评首先应该给人带来满足感，而这种满足感的第一要素与其说是作品印证了某某理论，不如说是找到了一种对作品的感觉。当然，就含混理论而言，燕卜荪居功至伟，但是他十分忌讳在理论领域里高驰而不顾，而是始终保持着对抽象理论的警惕性。他一方面不失时机地对含混现象进行理论梳理；一方面又时时提醒我们过于宽泛的理论免不了会捉襟见肘，这也是他一直在含混的总体定义问题上慎之又慎的原因。

虽然下定义十分困难，但是这并不意味着燕卜荪在总体思路上缺乏任何基本准则。

他对含混的所有探索都基于两个鲜明的观点。

其一，含混存在与否取决于读者是否产生了困惑。以双关语为例：假如一个作者用了双关语，但是他的实际用意一看／听便知，那么这双关语还不属于含混的范畴；只有当读者不明白（至少是一时不明白）作者究竟取双关语中的哪一层意思时，这双关语才进入了含混的范畴。

其二，语言文字的意义往往比乍一看去要复杂得多；一个词语的外延至少跟它的内涵同样丰富，而且在内涵与外延之间经常存在着逻辑上的冲突。

了解了这两条基本准则，即使含混再含混，我们也算摸到了它的脉搏。

二、含混的类型

根据词语内涵与外延在逻辑上混乱的程度轻重，燕卜荪把含混分成了以下七大类型：

1. 参照系的含混（ambiguity of reference）。这一类含混表示某一个细节同时在好几个方面发挥效力，亦即在好几个参照系里产生作用。燕卜荪所给的众多例子中要数关于莎剧《李尔王》中的那一段最能够说明问题：

> Lear. This is nothing, fool.
>
> Fool. Then 'tis like the breath of an unfee'd Lawyer, you gave me nothing for't. Can you make no use of nothing, nuncle?
>
> Lear. Why no, Boy.
>
> Nothing can be made out of nothing.
>
> Fool (to Kent).Prithee tell him, so much the rent of his land

Comes to, he will not beleeve a Fool.

> 李尔　傻瓜，这些话一点意思也没有。
>
> 弄人　那么正像拿不到讼费的律师一样，我的话都白说了。老伯伯，你不能从没有意思的中间，探求出一点意思来吗？
>
> 李尔　啊，不，孩子；垃圾里是淘不出金子来的。
>
> 弄人　（向肯特）请你告诉他，他有那么多的土地，也就成为一堆垃圾了；他不肯相信一个傻瓜嘴里的话。（朱生豪译）

燕卜荪指出，如果孤立地看，以上细节仅仅传达了李尔王那痛苦的失落感，以及弄人的唠叨；但是上引细节应该跟当初李尔王对女儿考狄利娅的苛刻放在一起考察。考狄利娅拒绝用甜言蜜语来换取父亲的恩赐，而是直言自己"没有话说"，这引出了李尔王下面的一句话：

> Lear. Nothing will come of nothing, speak again.
>
> 李尔　没有只能换到没有；重新说过。（朱生豪译）

由于多了后面这一参照系，"nothing"（没有）一词的意义陡然增殖：李尔王对弄人的一席话其实是百感交集的产物，其意思除了前面提到的之外还至少有四。其一，李尔王终于意识到考狄利娅当初"没有话说"是对的。其二，当初李尔王指望考狄利娅乞讨爱怜，然而真正需要乞讨爱怜的是他自己。其三，李尔王此时已经丧失了一切。其四，从本质上讲，李尔王是一无所有，因而任何从他那里得到什么的企图犹如从垃圾里淘金，最终将一无所得——他的另外两个女儿高纳里尔和里根虽然曾一时得逞，但是最终却赔上了性命。这一例子还体现了贯穿于《七种类型的含混》全书的一个观点：对含混的充分理解有赖于对上下文或语境（context）的全面把握。

2. 所指含混（ambiguity of referent）。用燕卜荪的原话说，"当两个或两个以上的意义合而为一的时候，词义或句法上的含混就产生了"。（48）下面是莎剧《麦克白》中的一个经典例子：

> If it were done, when 'tis done, then' twere well
>
> It were done quickly; If th' Assassination
>
> Could trammel up the Consequence, and catch
>
> With his surcease, Success; that but…

> 要是干完了以后就完了，那么还是快一点干；要是凭暗杀的手段，可以攫取美满的结果，又可以排除了一切后患；要是……（朱生豪译）

这一段独白表现麦克白在谋杀国王邓肯之前的矛盾心态，其复杂含义照常理会占用更多的句子和词语，但是此处却被浓缩在了一起。就句法而论，引文采用了"双重句法"（double syntax）形式——本来在"If it were done, when 'tis done, then 'twere well/It were done quickly"后面应当画上句号，并另起一句。就词法而论，许多意思被糅进了单个词语。例如，"consequence"一词既包含译文中的"结果"的意思，又暗含"登上王位"的意思——英语中有"a person of consequence"（要人）的用法，而国王则是要人中的要人。"trammel"同时有"用网捕鸟""用绳拴马腿""用钩子钩锅"以及"用杠杆推动轨道上的台车"等多层含义，用它来跟"consequence"搭配能够引发关于麦克白僭位手段方面的丰富联想。"surcease"有"干完"的意思，也有"终止诉讼"或"推翻判决"的意思，这就暗喻了麦克白正在接受道德法庭的审判这一事实。燕卜荪还敏锐地指出，"surcease"一词可以被看作"surfeit"（过度；过量）和"decease"（死亡）这两个词的浓缩形式（50），因而包含了麦克白贪心过度、邓肯将被杀死以及麦克白自己最终将走向灭亡等多层意思。引文中的另一些词语，如"assassination""success""catch"和"his"等，也都凝聚着多种含义。阅读以这类含混为特征的文本，即便读上几十遍，也不可能同时记住短短几行的蕴涵，这恰恰构成了一种独特的魅力。

3. 意味含混（ambiguity of sense）。"当所说的内容有效地指涉好几种不同的话题、好几种话语体系、好几种判断模式或情感模式时，第三类含混就产生了。"（111）这类含混跟前两类的最主要的区别在于它有一个后者所没有的前提，即同时出现的几种意义明显地不相关联，甚至互相抵触。属于这类含混的有双关语（puns）、暗喻（allusions）和讽寓（allegories），其中双关语和暗喻大都着眼于局部范围，而讽寓则大都以全部作品为范围。限于篇幅，让我们只选择一个简单明了的例子。燕卜荪对弥尔顿的如下诗行赞不绝口：

> That specious monster, my accomplished snare.
> 那美丽而奸佞的妖怪，给我设下了高明的圈套。（笔者试译）

这一行诗描写的是出卖参孙（Samson）的迪莉拉（Delilah）。燕卜荪指出，"specious"一词既有"美丽的"意思，又有"奸佞的"意思；同样，"accomplished"

一词也有两层意思：它既指迪莉拉极尽了阿谀奉承之能事，又指她陷害丈夫的阴谋得逞。在燕卜荪看来，"specious"和"accomplished"是把两种大相径庭的意思巧妙地纳入一个单词的典范。它们分别提供了两种信息，分别属于叙述的两个部分。换言之，在原本需要两个单词的地方，弥尔顿只用了一个单词，并且不但没有使意义受损，而且还增添了无穷的趣味。这样的含混，堪称鬼斧神工之笔。

4. **意图含混**（ambiguity of intent）。燕卜荪为第四类含混下了这样的定义："当某一表述中的两个或更多的意义之间发生龃龉，但是其合力却昭示了作者的矛盾心态时，第四类含混就产生了。"（133）这类含混的产生有三个前提：一是作者自己举棋不定；二是所表述的多层意义彼此不合；三是虽然这些不同的意义永远无法达到水乳交融的境界，但是它们那含混的并存却有一个不含混的功能，即明白无误地揭示了作者意图所处的模糊状态。英国玄学派诗人约翰·邓恩（John Donne，1572—1631年）的名诗《告别辞：关于哭泣》（*A Valediction, of Weeping*）中"Weep me not dead"一语可以被看作这方面的一个典型例子。它至少有以下四种解读：1）不要让我哭死过去；2）不要用你的眼泪使我悲痛得身亡；3）不要哭得好像我已经死了那样，其实我还好好地躺在你的怀抱里（英语原文后面紧跟着短语"in thine arms"）；4）不要对大海施展你的魔力，以致它用泪水般海浪把我淹死。需要特别指出的是，燕卜荪在分析这类含混时，与其是抱着褒奖有关作家的目的，不如说是探索能够用来证明有关作家创作意图混乱的方法。从这一意义上说，第四类含混说的是作者的意图，但是燕卜荪真正关心的对象是读者——为他们提供解读作者意图的钥匙。

5. **过渡式含混**（ambiguity of transition）。燕卜荪把这一类含混称作"吉利的困惑"。（Ⅵ）之所以吉利，是因为它的产生标志着新的发现："当作者在写作过程中发现了新的想法，或者说作者没有把这种想法封闭起来时，第五类含混就产生了。"（155）跟第四类含混相似的是，文本中的某个比喻也有模棱两可的特征；不同的是，第五类含混指作者一开始并没有发现所用比喻同时还可以形容文本中的第二种事物。燕卜荪举了莎剧《一报还一报》（*Measure for Measure*）中的一例：

> Our Natures do pursue
> Like Rats that ravyn downe their proper Bane
> A thirsty evil, and when we drink we die.

> 正像饥不择食的饿鼠吞咽毒饵一样,
> 人为了满足他的天性中的欲念,
> 也会饮鸩止渴,送了自己的性命。(朱生豪译)

按照燕卜荪的理解,莎士比亚最初选用"proper"一词时只是取其"对老鼠颇为合适"一义,但是在行文过程中发现该词的另外一个意思——"正确而自然的"(这一意义原本跟诗句无关)——跟人的贪欲正好吻合:欲念来自天性,因而是自然的;老天惩罚纵欲过度的人则是正确的。"proper"还跟人类因亚当和夏娃偷吃禁果而遭天谴这一典故十分贴切。总之,用"proper"跟"Bane"搭配可谓一箭双雕:"proper Bane"既形容杀鼠的毒饵,又比喻害人的毒鸩。这后一种寓意的获得是从前一种寓意过渡而来的,所以燕卜荪把整个情形称为过渡式含混。这种意外的双重效果其实有一个先决条件,即所用比喻本身本来跟两个被形容的事物之间都没有明显的联系("proper Bane"的原义分别跟毒饵和毒鸩都有一定的距离)。也正是有了距离,才使得从一个寓意到另一个寓意的过渡成为可能。

6. 矛盾式含混(ambiguity of contradiction)。第六类含混跟第五类最大的区别是它不像后者那样"吉利"。也就是说,第六类中的作者未能像第五类中的作者那样幸运地迎来令人欣喜的发现,而是自始至终解决不了因同义反复或牛头不对马嘴而引起的矛盾。事实上,最倒霉的要数读者:此时的他/她不得不捏造出一些理由,以解释文本中的矛盾。不难看出,第六类含混跟第四类(意图含混)有相当大的重合之处,不过第四类的标准主要侧重于心理(作者的意图),而第六类的标准则更注重文字本身。就第四类而言,读者可以通过含混的合力来解释作者意图的混沌状态,因而至少可以在总体上得到一个较为圆满的解释。相形之下,读者在处理第六类含混时就不那么走运,他/她必须依靠"含糊其词的表述模式"。(190)换言之,读者此时只能仰仗含混来解释含混。《奥瑟罗》(*Othello*)中一段独白就是一个典型的例子:

> It is the Cause, it is the Cause (my soul),
> Let me not name it to you, you chaste Starres,
> It is the Cause. Yet I'll not shed her blood,
> Nor scarre that white skin of hers, then Snow,
> And smooth as Monumental Alabaster:

> 只是为了这一个原因，只是为了这一个原因，我的灵魂！
> 纯洁的星星啊，不要让我向你们说出它的名字！
> 只是为了这一个原因……可是我不愿溅她的血，
> 也不愿毁伤她那比白雪更皎洁、比石膏更腻滑的肤肌。（朱生豪译）

这是奥瑟罗对苔丝狄蒙娜动了杀机之后的一段独白。它的首句（也是第五幕第二场的首句）中"只是为了这一个原因"一语令人困惑不解："这一个"是什么东西的"原因"？究竟是什么引起了奥瑟罗脑海中的轩然大波？人们可以拿出种种具有可能性的解释，燕卜荪在书中也作了许多不同的推测，同时表明他自己最倾向于把"血"（溅苔丝狄蒙娜的血这一决定）视为奥瑟罗情感波动的原因，但是他又坦言这毕竟是猜测而已。在这一类含混面前，读者（包括燕卜荪这样的批评家）最多的感受恐怕是无奈。

7. 意义含混（ambiguity of meaning）。这类含混的先决条件是所选单词本身就含有两个截然相反的语义，如"let"一词既可以表示"allow"（允许），又可以表示"hinder"（阻碍），二者在意义上完全对立。又如，"cleave"既有"split asunder"（劈开）的意思，又有"stick fast to"（黏合）或"embrace"（拥抱）的意思。这种词义上潜在的对立往往会把文本意义上的矛盾推向极致。《一报还一报》中克劳狄奥关于他姐姐依莎贝拉的评论可以作为一例：

> In her youth
> There is a prone and speechless dialect
> Such as move men.

> 在她的青春的
> 魅力里，有一种无言的辩才
> 可以使男子为之心动。（朱生豪译）

引文中"prone"和"speechless"二词都孕育着互相对峙的内涵。"prone"一方面有"积极的""倾向于"等含义；另一方面有"消极的"和"平躺着"等含义。"speechless"既可作"害羞"解，又可作"狡猾"解。当然，孤立地看，克劳狄奥是在赞扬他姐姐，因而这两个形容词不应该发生歧义——读者应该分别取其"积极的"和"害羞"之义。然而，一旦我们把它们放在更大的语境中加以审视，就会产生这样的疑问：克劳狄奥只是在由衷地赞扬依莎贝拉吗？从下文中我们知道,克劳狄奥要求依莎贝拉用出卖贞操的方式向安哲鲁求情,以换取自己的赦免。由此我们发现,克劳狄奥在评论依莎贝拉时实际上受着一套肮脏的价值观的支配。在他看来,只要能换取自己的性命,让姐姐跟别人上床并算不了什么。从这一角度看,"prone"还暗含"平躺着"(上床)的意思,因而也就折射出了克劳狄奥那阴暗的心理。同理,由于克劳狄奥是以小人之心度淑女之腹,他很可能会把依莎贝拉的"speechlessness"(无言)看作狡猾的表现,而不会把它跟害羞的心理挂钩。不难看出,第七类含混不仅以完全矛盾的词语内涵为前提,而且还有赖于语境的巧妙设置。

细心人很快就会发现,燕卜荪在界定以上七种类型的含混时并未能把它们截然分开,事实上它们之间也不可能泾渭分明。界线的含混,这恐怕是含混的必然特征。对大部分读者来说,燕卜荪的最大魅力并不在于他划分出了七种类型的含混,而在于他凭借类型的划分,一而再、再而三地让我们品尝到了文字不同内涵之间以及内涵与外延之间的微妙差别。

三、含混与不确定性

"含混"与"不确定性"同为 20 世纪西方文论中的关键性术语。从某种意义上说,不确定性是含混的延续和发展。贝尼特(Andrew Bennett)和罗依尔(Nicholas Royle)在探讨后现代文论术语时就曾说过:"在 20 世纪中叶新批评家们称作含混或悖论的东西,如今的批评家们总是从不确定性的角度加以考虑。"(Bennett, Andrew,1999:232)至少有一点不容置疑:在过去人们特别关注含混的地方,如今人们特别关注不确定性。不过,尽管含混和不确定性在意义上有许多重合之处,两者之间存在着根本性的差别。这些差别主要表现在如下三个方面:

含混纵然歧义丛生,也万变不离其宗——所有的变化都发生在有机统一的文本框架之内;而不确定性却倾向于打破框架。新批评派虽然注重文本的多义性和多价性,但是更着力于稳定文本的多义性和多价性,更关心怎样在保留多元性的同时保证统一性。不确定性则把对多义性的追求推向了极致:后现代批评家们似乎个个能上演撕裂文本的拿手好戏,而对文本的弥合却不么感兴趣,或者干脆声称文本的裂缝永远不可能完全弥合。

含混的基点在文本,而不确定性的基点在读者。虽然燕卜荪对读者的重视程度超过了其他新批评家(见下文),但是他并没有完成从文本向读者的重心转移。不确定性则把重心完全移向了读者。最早运用不确定性原则的批评家之一伊瑟（Wolfgang Iser）曾大力主张读者建构文本的观点，并且强调每个读者都会"用自己的方法破译文本"。（Iser，1978：93）费希（Stanley Fish）更直截了当地提出了"读者决定一切"的观点（张汝伦，1987：306），他认为文本的意义取决于读者的"批评观""阐释策略"或批评家所属的"解释界"；"意义不是采集出来的，而是制造出来的——并不是由编码形式制造而成，而是由阐释策略生成形式，然后制作而成……与其说意义产生阐释行为，不如说阐释行为产生意义"。（Fish，1980：465）

不确定性不仅消解作者的权威和文本意义的稳定性，而且消解任何阐释立场的稳定性，甚至还威胁到读者的身份和资格本身（这其实是"读者决定一切论"走到极端的必然效应）。换言之，不确定性意味着任何读者迟早都会面临这样的问题：我是谁？我的解读能够成立吗？我有资格进行文本解读吗？对这些问题的回答最终也是无法确定的。用克尔凯郭尔（SØren Kierkegaard）的话说，"一旦确定了，疯狂也就开始了"。（Bennett et al.，1999：195）对以阐释含混为主要目标的新批评家们来说，以上问题是用不着考虑的，甚至压根儿不会出现。

富有辩证意味的是，含混与不确定性之间的上述差异又在时刻提醒我们注意它们之间的联系。事实上，"不确定性"这一理论概念的开花结果离不开燕卜荪在含混土地上的开垦和耕耘。前文提到，对新批评派来说，文本的多元性不可能溢出其结构的严格限阈，然而燕卜荪的一只脚则跨出了这一限阈。塞尔登（Raman Selden）曾经颇具慧眼地指出，在新批评派中，"只有威廉·燕卜荪预示了后结构主义'多元'文本的观点"。（《文学批评理论——从柏拉图到现在》，2000，第307页）对于燕卜荪在含混问题上所做的开拓性工作，塞尔登予以了恰如其分的评价：

> 他比任何其他新批评派都更理解语言总是"丰富和杂乱的"性质，必须依靠心智来赋予它以统一性，只有这样，才能将其限定在一定的范围内。他认为，把各不相关的意义聚拢在一起的"力"显然是读者的本能而非文本中的结构因素。读者在阅读过程中的阐释能力无疑动摇了稳定意义的观点，除非这种稳定的意义是读者强加其上的。（塞尔登，2000：307）

由此可见，燕卜荪其实是一位过渡性人物：他既用含混为新批评派在文本细读方面作出了表率，又为含混向不确定性的过渡起了推波助澜的作用。

当然，除了燕卜荪、伊瑟、费希和克尔凯郭尔，还有许多学者为丰富"含混"和"不确定性"的理论内涵作出了杰出的贡献。大家所熟悉的、由德里达（Jacques. Derrida）提出的"延异"（différance）概念其实就是"不确定性"概念的变体。非提不可的还有海德格尔（Martin Heidegger）、哈桑（Ihab Hassan）和德曼（Paul de Man）。

海德格尔曾经把"多义含混"视为诗歌语言的特征，并肯定"语言的生命在于庞杂多义"（赵一凡，1996：56）。哈桑为了说明后现代文化内在的不确定性和不可把握性，索性把"不确定性"（indeterminacy）和"内向性"（immanence）这两个词合二为一，生造出一个新词"不确定的内向性"（indetermanence）（盛宁，1997：5-7）。德曼从修辞学的角度切入，对意义的不确定性作了别开生面的探讨："当我们一方面研究字面意义，另一方面又研究比喻意义时，我们的研究模式仍然停留在语法层面；但是当我们无法用语法或其他语言学手段来确定两种意义（可能是完全不兼容的两种意义）中的哪一种占主导地位时，我们的研究模式就进入了修辞学层面。"（De Man，1979：10）德曼的这段话其实是他给意义不确定性所下的一个独特的定义。

有一个现象值得一提：不少推崇含混和不确定性的学者在具体的批评实践中往往有意无意地追求清晰而确定的意义，甚至在理论表述上也前后矛盾。例如，燕卜荪的同道人瑞恰慈虽然强调"含混……是语言行为不可避免的结果，是我们最重要的话语所必不可少的手段"（Richards，1936：40），但是他又把追求"不含混"（unambiguous）的意义视为读者的任务：

> 事实上，就其直接效果而言，最好的诗歌的许多部分都是含混的。即便是最细心、最具感受力的读者也必须反复阅读，狠下功夫，直至全诗清晰地、毫不含混地从脑海里浮现出来。（Richards，1967：232）

甚至连最早倡导不确定性原则的伊瑟也曾自相矛盾地主张寻求确定的意义：

> 因此，阅读行为是这样一个过程，即致力于驯服摇摆不定的文本结构，从中找出某个具体的意义来。（Lser, *Literary Anthropology*，1989：8）
> 审美对象作为文本的对应物而产生于接受者的脑海中，因而它受到理解行为的检验。也正因为如此，阐释的任务是把审美对象转换成具体的意义。（Lser，1989：234）

要解释这样的矛盾现象，恐怕得借用一下德里达的解构思想。按照德里达的观点，世上"没有什么纯粹的在场，一个在场总是伴随着'印迹'或某些别的东西，某些别的东西总是印在一个在场当中"（德里达，2003：156）。意义当然也是一种在场。既然没有什么纯粹的在场，也就没有什么纯粹的意义，而不纯粹的意义总是带有含混，总是带有不确定性。反之，纯粹的含混和不确定性也是不存在的。含混与不含混，确定性与不确定性，就像一对连体孪生姐妹。当其中的一个在向你眨眼睛的时候；另一个也在向你眨眼示意。在这种情况下，任何人陷入矛盾都在情理之中。

结　语

不管人们情愿与否，"含混"和"不确定性"这两个概念已经在学术界扎根。离开了它们，20世纪以来的文艺批评几乎是不可想象的。不可否认，含混研究极大地提高了人们的文学素养，增强了人们的敏感性，扩展了人们的学术视野，开拓了文学批评的疆域。然而，对含混——尤其是不确定性——的过度推崇很容易导致相对主义和虚无主义。事实上，在过去的几十年中，这一倾向始终存在。前文提到的费希等人的"读者决定论"就是一例。夸大意义含混或不确定性的人都忽视了一个简单的事实：大多数人对于大多数文本的感受和理解的趋同性实际上要大于其差异性。这一点已经由布思（Wayne Booth）说得非常清楚：

> 就多数故事的阅读而言，我们大多数人共享的经历比我们在公开的争论中所承认的要多。当我们谈及任何故事时——如《堂吉诃德》《卡斯特桥市长》《傲慢与偏见》《奥列佛·特威斯特》——我们必然触及许多共同经历的核心部分："我们大家"（或者说我们大部分人）都会觉得桑丘·潘沙好笑，尽管我们对堂吉诃德的反应各自不同；我们都痛惜迈克尔·亨察得的悲惨命运，庆贺伊丽莎白和达西的婚姻，同情孤立无援的小男孩儿奥列佛。（Booth，1983：421）

当然，这些共同的反应中仍然有含混部分，仍然有细微的差别，但是后者不应该妨碍我们在从事阅读或阐释意义时遵循一定的标准和规则。

总之，含混就在我们的阅读当中，就在我们的生活当中。她将继续带给我们形形色色的困惑，同时又不断敦促我们寻求人类共同的意义。含混是一种悖论。

参考文献

[法] 德里达：《德里达中国讲演录》，杜小真、张宁译，北京，中央编译出版社，2003。

盛宁：《人文困惑与反思——西方后现代主义思潮批判》，北京，生活·读书·新知三联书店，1997。

[英] 塞尔登：《文学批评理论——从柏拉图到现在》，刘象愚、陈永国等译，北京，北京大学出版社，2000。

[英] 莎士比亚：《奥瑟罗》，朱生豪译，载《莎士比亚全集》第9卷，北京，人民文学出版社，1984。

[英] 莎士比亚：《李尔王》，朱生豪译，载《莎士比亚全集》第9卷，北京，人民文学出版社，1984。

[英] 莎士比亚：《麦克白》，朱生豪译，载《莎士比亚全集》第8卷，北京，人民文学出版社，1984。

[英] 莎士比亚：《一报还一报》，朱生豪译，载《莎士比亚全集》第1卷，北京，人民文学出版社，1984。

[英] 特伦斯·霍克斯：《结构主义和符号学》，瞿铁鹏译，上海，上海译文出版社，1987。

王佐良、周珏良：《英国20世纪文学史》，北京，外语教学与研究出版社，1994。

张隆溪：《20世纪西方文论述评》，北京，生活·读书·新知三联书店，1986。

张汝伦：《意义的探究》，沈阳，辽宁人民出版社，1987。

赵一凡：《欧美新学赏析》，北京，中央编译出版社，1996。

Abrams, M. H. *A Glossary of Literary Terms*. Fort Worth: Harcourt Brace College Publishers, 1999.

Bennett, Andrew, and Nicholas Royle. Introduction to Literature, *Criticism and Theory*. London: Prentice Hall Europe, 1999.

Booth, Wayne. *The Rhetoric of Fiction*. Chicago and London: The University of Chicago Press, 1983.

De Man, Paul. *Allegories of Reading: Figural Language in Rousseau, Nietzsche, Rilke, and Proust*. New Haven: Yale University Press, 1979.

Empson, William. *Seven Types of Ambiguity*. London: A New Directions Book, 1947.

Fish, Stanley. "Is There a Text in This Class?". *The Authority of Interpretive Communities*. Cambridge: Harvard University Press, 1980.

Iser, Wolfgang. *The Act of Reading*. Baltimore and London: Johns Hopkins University Press, 1978.

——. *Prospecting: From Reader Response to Literary Anthropology*. Baltimore: Johns Hopkins University Press, 1989.

McArthur, Tom, ed. *The Oxford Companion to English Language*. Oxford and New York: Oxford University Press, 1992.

Richards, I. A. *Principles of Literary Criticism*. London: Oxford University Press, 1967.

——. *The Philosophy of Rhetoric*. London: Oxford University Press, 1936.

燕卜荪与剑桥语义批评共同体

秦 丹

内容提要：现代文学批评家瑞恰慈、燕卜荪、利维斯与威廉斯的剑桥生涯及语义批评思想的酝酿、发生和发展，构成了一个关联性的整体，即"剑桥语义批评共同体"。伴随以"英国性"为宗旨的文学爱国主义热潮的兴起，剑桥语义批评共同体开始以崭新的视角审视文学作品，形成别具一格的批评原理，深刻影响了文学创作实践。以燕卜荪为代表的剑桥语义批评共同体关于民族语言建构的探索，对英国文化思想的理论建设和民族精神共同体的理论书写起到积极的促进作用。

关键词：燕卜荪；剑桥大学；语义批评；共同体

William Empson and the Community of Cambridge Semantic Criticism

QIN Dan

Abstract: The Cambridge career, as well as the generation and development of semantic criticism of modern literary critics Richards, Empson, Leavis and Williams, constitute a related whole, namely "Cambridge Semantic Criticism Community". With the rise of the literary patriotism boom aiming "Englishness", the Cambridge Semantic Criticism Community began to examine literary works from a new perspective, forming a unique critical principle and profoundly influencing the practice of literary creation. The exploration of the building of national language by the Cambridge Semantic Criticism Community represented by Empson has played a positive role in promoting the theoretical construction of British cultural and intellectual thoughts and the theoretical writing of the national spiritual community.

Keywords: Empson, Cambridge University, semantic criticism, community

学界一般认为，燕卜荪（William Empson，1906—1984）的最大成绩，就在于由其所创造的语词批评方法揭示了文学文本丰富的内涵，将"含混""提升为现代文学批评中的核心概念"（秦丹，2013（4）：140）。他的导师瑞恰慈（I. A. Richards，1893—1979）对此曾给予高度评价，认为其关于批评方法的著述不仅"改变了人们阅读的习惯"，而且自《朦胧的七种类型》问世后，"没有任何批评可能有过如此持久而重大的影响"（Lodge，1972：146）。这种"重大影响"在埃德温·伯古姆（Edwin Burgum）看来，简直就是"开创了诗歌批评的新纪元"（Burgum，1951（1）：32）。事实上，燕卜荪不仅关注所在时代的诗歌作品，他的语词批评思想还具有强烈的现实指向性，从而使他的批评思想对英国文化思想的理论建构，以及英国民族精神共同体的理论书写，起到了积极的促进作用。①

其实，燕卜荪并非文学批评领域横空出世的孤立存在。按照苏联著名学者拉宾诺维奇的说法，"30年代，剑桥模式获得空前成功……'分析法'成了英美批评界的主流"（赖安、齐尔，1986：16）。燕卜荪正是这种"剑桥模式"的重要组成部分。在共同体的视域中，我们看到，瑞恰慈、燕卜荪、利维斯与威廉斯，均与剑桥大学之间存在密切关系，他们先后受业于剑桥大学，后又在该校英文系常年从事研究与教学工作，其身处的环境和文化氛围相近。最为关键的是，他们学术理念相似，并有语义批评研究与实践的交集，因此，可以将四位批评家的剑桥生涯及语义批评思想的酝酿和发展作为一个整体加以关照。

在英国社会学家齐格蒙特·鲍曼（Zygmunt Bauman）看来，"共同体"一般指"社会中存在的、基于主观上或客观上的共同特征（这些共同特征包括种族、观念、地位、遭遇、任务、身份等等）（或相似性）而组成的各种层次的团体、组织，既可指有形的共同体，也可指无形的共同体。"②在这个意义上讲，由瑞恰慈、燕卜荪、利维斯与威廉斯所组成的关联性整体，可以称为"剑桥语义批评共同体"。

---

① "共同体"（Community）一词源于拉丁文 communis，原义为"共同的"（common）。自柏拉图发表《理想国》以来，在西方思想界一直存在思考共同体的传统，但是共同体观念的空前生发则始于18世纪前后。参见殷企平：《共同体》，载《外国文学》，2016年第2期，第71页。
② 鲍曼在其著作《共同体》（*Community*）中指出：共同体是"一种'感觉'"，是个"好东西"，总给人许多美好的感觉：温暖、舒适、互相依靠、彼此信赖。但遗憾的是，在现代社会中，共同体"意味着的并不是一种我们可以获得和享受的世界，而是一种我们将热切希望栖息、希望重新拥有的世界。今天，共同体成了失去的天堂——但它又是一个我们热切希望重归其中的天堂，因而我们在狂热地寻找着可以把我们带到那一天堂的道路——的别名。"参见［英］齐格蒙特·鲍曼：《共同体》，欧阳景根译，南京，江苏人民出版社，2003，1~5页。

一、剑桥语义批评共同体兴起的背景

20世纪初期,随着剑桥大学英文系的成立,文学批评逐渐发展成为一个专门学科,并呈现出新的发展路向,具体表现有两点:一是开始将现代科学研究成果(如心理学、语言学等)运用于文学批评上;二是将关注的重心由历史背景、作家生平逐步转向作品文本的语义,以及性质、特点和价值。如此一来,在文学批评领域,印象式的评论、文学史、传记的方法和经院考证的方法不再风行,取而代之的是具有浓厚分析、评价和判断色彩的研究方法。以语义为研究重心的瑞恰慈、燕卜荪和利维斯等人正是这一变化的积极推动者。作为现代文学批评发展的这一链条中,承前启后的关键性代表人物是瑞恰慈、燕卜荪、利维斯和威廉斯,他们共同提升了文学批评在英国的地位,其"合力影响可以说极大地提高了现代文学批评的标准"(Homberger,1970:16)。燕卜荪批评思想的形成与发展所面临的文化语境,也正是剑桥语义批评共同体的特殊性所在。

第一次世界大战爆发后,英国的文化界逐渐兴起一种摒弃德国古典主义理念的民族主义思潮。特别是在战争结束以后,受德国学术传统影响而建立起来的语文学研究模式遭到冷落,取而代之的是一股以建构英国文化的"英国特性"(Englishness)为宗旨的文学爱国主义热潮。正是这种思潮直接推动了英国文学研究的革命。1914年9月18日,英国的《泰晤士报》刊登了一份题为"英国的命运和责任"(副标题为"一场正义的战争")的公开声明(Baldick,1983:87),布拉德利、哈代等著名作家积极投身其中,英国文艺界的爱国主义热情由此变得慢慢高涨起来。在英国文学学科化的历程中,以牛津、剑桥两所大学为重镇的古典语文学研究,开始呈现出民族主义思潮的自觉,并对先前广为流行的德国文化加以深刻反思,甚至不断批判。来自剑桥大学的奎勒·库奇一直对"英国文学中的爱国主义"这一命题给予高度关注,并在其主持的系列讲座中加以阐发。在他看来,"德国的学问已经完全无法用来处理英国文学中的美好事物"(88)。

也正是这种对德国文化的扬弃,为英国教育体制的现代转型提供了助力。在邹赞看来,这主要表现在两个方面:一是"大学成为打造文学批评家的重镇";二是"英文研究的机制化进程"(邹赞,2013:20)。就第一个方面而言,在与古典主义交锋对抗中,具有现代品格的新兴学科具备了结合的客观条件,从而使得文学的生产与消费得以逐渐由公共领域进入学院内部,"作家"与"教授"也不再像之前一样分属两个没有交集的群体。在这一背景下,剑桥大学见证了一批"两栖"批评家的诞生，他们既能从事文学创作，又能开展理论研究。例如，瑞恰慈和燕卜荪是诗人兼批评家，利维斯夫妇是批评家兼刊物编辑。至于第二个方面，英国文学研究的机制化主要表现在英国文学研究开始进入牛津大学、剑桥大学等高等学校的课程设置。在学校里，古典语言实用性研究明显减弱，英国文学很快地取代了古典主义的主导地位。特别是剑桥大学，不但允许英语拥有了自己的荣誉学位考试，而且于1917 年率先建立了英国文学系。自此，"英语在剑桥成为一项受欢迎的、自信心十足的颇具影响力的事业"（Tillyard，1958：11）。以此为基础，以语义为研究重心的瑞恰慈、燕卜荪和利维斯等人新论迭出，且自成体系，特别是瑞恰慈的"语义批评"和燕卜荪的"语词分析批评"，以及威廉斯的关键词研究，不仅逐步塑造起剑桥大学在文学批评领域的金字招牌，还直接开启了影响深远的剑桥批评传统。

正是在这一背景下，以瑞恰慈、燕卜荪和威廉斯等为代表的剑桥语义批评学派逐渐发展壮大，并以崭新的视角审视文学作品，形成别具一格的批评原理，深刻影响了文学创作实践，从而客观上对具有共同体色彩的英国文学语言的创造起到了积极作用。

二、剑桥语义批评共同体的核心问题

语义研究是剑桥语义批评的核心问题，也是剑桥大学英文系瑞恰慈、燕卜荪和威廉斯学术研究中既有承继关联性，又能构成体系整体性的关键。瑞恰慈将语义学理念系统地应用于文学批评，他尤为强调文本的自足性及其细读原则，并在阐释词语意义多变性和稳定性之间关系的基础上，提出了"语境修辞说。"这可以视为剑桥语义批评的源头与发端。燕卜荪作为瑞恰慈语义批评思想的继承者和实践者，自剑桥大学学生时代开始，就追随自己的导师。他在本科时代一篇课程作业基础上改就的《朦胧的七种类型》，不仅被视作其在语义批评领域的代表作，而且成为他将瑞恰慈批评思想付诸实践的重要标志。在《朦胧的七种类型》以及后来在中国北京重写并完成的《复杂词的结构》中，燕卜荪自觉而系统地发扬光大了瑞恰慈的语义分析方法、语境理论和细读法则，并提出了一种挖掘文学文本的多重意义，揭示文学效果如何产生，并展示对世界的各种可能理解角度的文学批评思想，而这也就是其所自称的"语词分析（Verbal analysis）。"[①] 威廉斯的《关键词：文化与社会

---

① 关于燕卜荪与瑞恰慈理论渊源的详细论述参见秦丹：《论燕卜荪对瑞恰慈诗学思想的承继、偏离与创新》，刊载于《江汉论坛》2013 年第 5 期，95~99 页。

的词汇》一书，以核心术语作为关键词研究的对象，通过耙梳核心术语的人文变迁，挖掘其背后的历史意蕴，被视为"历史语义学"兴起的标杆。威廉斯所创用的关键词研究方法，既继承了剑桥语义批评的语词分析与文本细读的传统，又借鉴了西方马克思主义的社会历史语境和政治意识形态分析，进而建立了别开生面的文学文本解读模式。一言以蔽之，瑞恰慈的"语境修辞说"、燕卜荪的"语词分析批评"和威廉斯的"关键词研究"构成了剑桥语义批评的核心问题域。

以"语义批评"为核心的系列理论命题的提出，基于剑桥语义批评学派对英国文化思想现实的深刻洞悉。剑桥大学英国文学系建立后不久，纽波特报告《英国的英文教学》（*The Teaching of English in England*）于1921年应运而生。这份著名的报告明确地提出，"（英国文学）是我们民族的文化与我们本土生活经验的结晶"，"英文不仅是我们思想的媒介，而且是思想的内容和过程"。可以说，这份报告不仅对英国文学的发展起到了直接的推动作用，而且明确规定了英国文学在弘扬民族精神和民族文化中的重要作用，特别是提出了一个振聋发聩的观点，即"英国文学所能提供的精神价值足以取代宗教的主导地位"（曹莉 43），这就在很大程度上将文学与普通人的道德修养和日常生活联系了起来。在这种特殊的时代背景下，剑桥语义批评作为英国20世纪文学批评发展的一条主要脉络，其产生的作用日益明显。

20世纪20年代，英国剑桥大学正是物理学、天文学、哲学、语言学、历史学和文学等学科取得最新研究成果、获得重要发展的中心。瑞恰慈所著的《美学基础》（1922）、《意义的意义》（1923）、《文学批评原理》（1924）和《科学与诗》（1926）等一系列学术专著奠定了他在文学研究和语义研究领域的前沿位置。在英国文学研究方面，瑞恰慈率先致力于"用某种更精确的"批评取代当时仍然盛行的"随意的、含糊的赞扬式批评"，以及将"心理学应用到创作和欣赏文学作品的过程中去"（Tillyard，1958：89），这引起了当时学界的普遍兴趣。正是带着这种先进的文学理念，瑞恰慈参与了纽波特报告的起草工作。他对写作的心理体验尤为关注，并借助于心理学最新研究成果，对文学阅读与写作做了诸多经典阐述，并拓展引发出其关于语境如何产生意义的理论，从而提出了极富个人特色的语义批评原理及方法。

燕卜荪一直深受瑞恰慈的影响。在与后者的不断交流中，燕卜荪形成了一套极富个人特色的诗学理论。他揭示了诗歌语言中的含混现象，开创了一种不遵循科学模式分类法的诗歌分析方法，发展了通过语词展示来分析含混的方法。他所创造的发掘文本中多重意义的文本批评方法，打破了语言意义的一元性，挖掘其丰富的多义性，对后世影响巨大。由此可见，剑桥语义批评从诞生之日起，就主张"实用批评的现实品格加上对于'价值'的终极关怀"，"他们重视文本阅读——如果'细察'（scrutiny）是一种必要的严肃态度，那么'细读'（close reading）就是一种具体的研究手段"（曹莉、陈越，2006（5）：61）。

作为剑桥语义批评最重要的代表人物之一，利维斯的文学批评实践明显地体现出瑞恰慈与燕卜荪等人的影响。塞尔登等人编著的《当代文学理论导读》对此做了较为深入的研究，在他们看来，"利维斯学了瑞恰慈的榜样，是一个'实用批评家'，但是，就其对'文本自身'的具体关注和对'书页上的字词'的特殊兴趣而言，他也是一个'新批评家……他之所以要仔细研读文本……是为了（通过细察）展示文本的精彩（塞尔登等，2006：29）。"利维斯的批评生涯，可以说是在身体力行上述批评使命。他创立的《细察》杂志就是一个明证。作为《细察》杂志的主编，他还是英国细读运动的代表人物。他通过刊物这一阵地，培养并带动了一批批评家。利维斯"强调文学作品犹如一个有机体，应逐字逐句分析解读（Day，1996：20）"，这种文学理念直接影响到了《细察》筛选稿件的标准，使得《细察》成为鉴别重要的文学作品的独特论坛。从某种意义上说，这一做法开风气之先河，即"以严格独立的批评体现一种标准，从而培养读者的识别力（陆建德 4）"，这就促使英文研究上升到了一个崭新的阶段。正如西方学界所意识到的那样，"'英文研究的革命'直到1932年《细察》杂志发行才算走向成熟"（Baldick，1983：86）。剑桥语义批评对英国文学批评传统所产生的深远影响由此可见一斑。

师从剑桥语义批评传统的威廉斯深得师长们的精髓，但他师传统而不拘泥于此。他借用瑞查慈和利维斯等的语义批评方法，通过文本细读，阐发文学文本所体现的人与人、人与社会以及文学与社会的互动关系，传播自己的文化政治设想，开创了文学研究的文化主义范式。事实上，威廉斯刚步入学术界，就实现了对剑桥语义批评学派最好的传统转化，使剑桥大学英国文学系的同事们经常很难明白他在讨论什么。如伊格尔顿所言，"威廉斯将两种有区别的剑桥英文潮流组合成一种崭新的时机：一种是文本细读分析；一种是'生活与思想'研究。但是，他将人们所谓的'细读'或'语言兴趣'称作'历史语言学'，将所谓的'生活与思想'称作'社会'或'文化历史'"（Eagleton，1991：3）。这种具有浓厚"关键词研究"色彩的批评方式深刻地体现在他的文学研究中。就批评文体而言，威廉斯的《关键词：文化与社会的词汇》一书，以历史语义学为写作方法，对131个有关社会文化方面的关键性词语进行解说，开启了语义批评的文本范例。因此，威廉斯的著述又不同于一般意义上的辞书,他一直强调《关键词:文化与社会的词汇》是对文化与社会类词汇质疑探询的记录。可见,威廉斯借用辞书编撰的外壳,解析文化与社会,在批评体例和文本构造上对英国文学语言构建起到了积极的促进作用。

三、燕卜荪与剑桥语义批评共同体的理论建构

燕卜荪尤其善于从看似细微的词语中分析出复杂的意义,甚至从一句简单的诗句中透视出历史。但在具体分析中,他并不拘泥于任何僵硬的方法,而是对字词句段、语法修辞、节奏格律等均有不同程度的关注,却又明显不止于此。作品创作的时代背景、作者创作心理、读者阅读接受,甚至还有数学公式和原子物理,均是他信手拈来之物。可以说,他不仅仅是在解释诗句,而是在审视解释本身如何运作,即"对阅读过程进行解剖"(Wood,1992:159)。《复杂词的结构》是燕卜荪关于文学批评的代表性著作,其中对"wit""rogue""fool""honest"及"dog"等词语的分析,探索了普通词在使用中的复杂运作过程,即由一组遵循历史顺序的多种意义累积所生成的普通词,是如何按照其逻辑结构表意的。由此,语言在燕卜荪眼中成为人类社会历史的清晰索引。基于这种认识,燕卜荪旨在考察特定作品中重复出现的同一词语在不同场合用法的"关键词分析法",揭示出词语复杂性的根源,即交织在词语中的对社会、情感或思想问题的考察,以及与社会的持续交流,并且使得词语摆脱了其工具性形态,成为拥有复杂内在结构的、自我推动的机制,并成为社会历史的缩影。

在通常情况下,区分词语意义的方法是将意义与情感截然分开,即区分词语意义的指示意义和内涵意义。①

其实,词语的指示意义是简单直接的,它既可以由词典上的定义决定,也可以由语境所决定。然而,事情远非如此简单,因为诗歌词语的内涵意义涵盖的范围可能更为广泛,它可由作者的意图,也可由读者的反应来决定。燕卜荪发现,如果仅仅停留在词语指示意义和内涵意义(即意义和情感)的区分层面,还是非常不够的。

---

① 指示意义(denotation):将词或片语同现实世界或虚构世界(或可能实现的世界)里的现象联系起来的那部分意义。可以被认作词项的"中心"意义或"核心"意义。内涵意义(connotation):指词的基本意义之外的意义。表示人们对词或片语所指的人或事物所怀有的情感或所持的态度。意义体系中,内涵意义所包含的那部分有时称情感意义(affective meaning)、隐含意义(connotative meaning)或感情意义(emotive meaning)。引自[新西兰]杰克·理查兹等著:《朗文语言教学及应用语言学辞典》,北京,外语教学与研究出版社,200597、126页。

他提出，意义（sense）之后跟随着情感（emotion）和感觉（feeling），并且在分析词语意义时对其进行符号标注能有效地揭示出词语的本义以及内在结构。这种分析方法能够使词义接受理性的讨论和理解，而避免了"词语即情感"或"词语即感觉"这两种非理性的解释，但这些对批评分析而言，显然是无济于事的。由于一个词语中意义（senses）、隐含义（implications）、语气（moods）和情感（emotions）相互联系，一个单独的词能传达两种或两种以上的意义，正是因为它包括了并列和从属意义的可能性。《复杂词的结构》中共列举了五类可能相互联系的主要和次要的意义，以及它们的子类别。隐含义同样从属于燕卜荪所说的"蕴涵"（pregnancy）。在他看来，词语同样能表达语气，通过说话者透露出他自己与对话者或所描述人的关系。毕竟，词语属于说话者而不是它们所指的事物，并且意义在于说话者对事物或其听众的感受。燕卜荪视野中的"复杂词的内在语法"（inner grammar）就如同句子明显的语法一样（Empson，1966：253），找出它的目的在于考察复杂词丰富多变的用法。很明显，燕卜荪关注的是"词语中可能替换的结构和意义"（319），这成为在该书开头两章持续阐释的文学文本分析背后的理论。在燕卜荪看来，所有的诗在认知上都是能够被解释的，词语包括意义（senses）和相伴随的其他方面，其用法从一个社会历史时期到另一个，并且从一个语境到另一个都会转变。虽然词语的意义和隐含义会伴随社会变迁而同样发生变化，但这种语言顺应的意义正是燕卜荪探索的中心。他旨在表明习以为常的、最简单的词是如何以最复杂的方式运作的。

  一个特定的词在不同历史时刻有着不同的含义，因此，一个复杂词往往是由一组遵循历史顺序的多变意义构成的。基于这种认识，燕卜荪认为，词语能够积累多层的意义和隐含义，并且能够表达命题或论点，尽管它们通过诉诸常识性的理解来隐藏其复杂性。以此类推，复杂词作为一个社会事实也具有社会结构，即词语的使用者持有看法的组织，并且这些看法在语境中释放。因此复杂词的内在结构能够影响语境，同时也能够被它所处的语境所影响。燕卜荪所要做的工作之一，就是要分析词语的这种"逻辑结构"。首先，作为诗歌结构的一个组成部分，复杂词是其内在结构的变形。其次，复杂词是一种有着不同历史意义的词。当累积新的意义时，旧的意义不会完全去掉，因此词语就具备了丰富性和复杂性。当一个旧词在新的历史语境中使用时，这个词就会积累新的意义。新词能够跨越历史而不破坏旧义。正因为人们从旧义中创造出新义，而不是在每一新的历史时期重新开始一个新词，词语得以容纳新义和旧义。作为一个历史整体，一个词由明显不同的社会阶层使用，使其通过成为普通词而变为复杂词。燕卜荪所指的复杂词是用作范围的限定词，即表达讽刺的可能性或心理矛盾的词。比如，"folly""wit""sense"都指智力和情感的行为和状态；"honest"和"dog"是社会密码，其所指对象由说话者的立场决定。这五个词既有褒义，也有贬义的可能性。对燕卜荪来说，意义决定着交流的过程，而这个过程最终在词语内部发生。在文学公开和隐藏的语言活动中，单个的词语起着极其重要的作用，它们产生于过去，创造着现在，展望着未来。因此，对复杂词结构的研究，也就是专门研究词语如何表意。

燕卜荪力图在《复杂词的结构》中分析出词语蕴涵的各种不同的意义，以及这些意义之间的相互作用，进而找出复杂词的内在语法。他自己在"第三版评论"中这样介绍全书的基本思想"就像句子有明显的语法一样,复杂词也有内在的语法,我试着找出一些规律"（Ⅷ）。燕卜荪强烈地意识到，一个词语"会向读者示意他理所当然认为的含义"（Empson，1966：4），而且"我们的语言持续向我们强加教义"。燕卜荪发现词语能成为一种实体，并且能像人一样引导舆论和思想，他的独创性就在于研究挖掘了词语意义的逻辑结构，描述了词语如何进行陈述，如何成为一个"压缩教义"（Empson，1989：39），或者甚至所有的词都是天生的压缩教义。在《复杂词的结构》中，燕卜荪的思考延伸到社会政治领域。他考察了某些关键词中意义的作用（the play of senses），这些作用在进入诗歌之前已由社会习俗所形成。例如，蒲柏《论批评》中的"wit"，《失乐园》中的"all"，《李尔王》中的"fool"，《序曲》中的"sense"。通过对意义作用的考察，燕卜荪揭示了当时社会盛行的一些思考方式，并指出后者与当时社会运作的政治结构有着更深层的联系。

在《复杂词的结构》中，"复杂性"成为比"含混"更加全面的概念，具有一个自给自足的结构，成为界定一个更大文学结构或类别时的重要因素。该书的动人之处就在于燕卜荪对一个词意义间相互作用增强的敏感性。读他的诗歌批评，感觉他就是诗人。他对诗歌中所有可能的意义及其细微差别都会作出反应。《复杂词的结构》还延续了将艺术作为社会行为的兴趣，这种研究方法适用于英语历史的不同时期，例子始于文艺复兴时期到浪漫主义时期。书中按顺序研究了"wit""fool""dog""honest"和"sense"等五个关键词，并结合语言学和心理学加以分析。这两者的结合，意味着将诗人看作社会历史时间的索引——诗人最敏感于人类语言的交流，而语言是思想和文化交流的媒介。在燕卜荪研究的五个复杂词中，他创建了一个社会历史的缩影。需要指出的是，燕卜荪对艺术作为一种社会行为的兴趣与马克思主义批评所不同的就在于他的研究根植于民族语言的构建，而不是社会经济理论。

　　作为现代文学批评发展链条中承前启后的关键性代表人物，瑞恰慈、燕卜荪、利维斯和威廉斯不仅共同提升了文学批评在英国的地位，而且对共同体形塑作出了重要的理论贡献，其表征主要是细微的英语词语语义分析，并在此基础上建构民族语言，而离开了这种建构，共同体是无法想象的。他们在形成剑桥语义批评共同体的同时，对英国文化思想的理论建构以及英国民族精神共同体的理论书写起到了积极的促进作用。

参 考 文 献

曹莉：《"英国文学"在剑桥大学的兴起》，载《外国文学研究》，2014（6）：40~46。
曹莉、陈越：《鲜活的源泉——再论剑桥批评传统及其意义》，载《清华大学学报》，2006（5）：61~68。
[英] 杰克·理查兹等著：《朗文语言教学及应用语言学辞典》，北京，外语教学与研究出版社，2005。
[英] 罗里·赖安、苏珊·范·齐尔编：《当代西方文学理论导引》，李敏儒、伍子恺等译，成都，四川文艺出版社，1986。
[英] 拉曼·塞尔登、彼得·威德森、彼得·布鲁克：《当代文学理论导读》，刘象愚译，北京，北京大学出版社，2006。
陆建德：《弗·雷·利维斯和〈伟大的传统〉》，载 [英] F. R. 利维斯：《伟大的传统》，袁伟译，北京，生活·读书·新知三联书店，2002。
秦丹：《燕卜荪与作为现代文学批评概念的"含混"》，载《当代外国文学》，2013（4）：132~141。
秦丹：《论燕卜荪对瑞恰慈诗学思想的承继、偏离与创新》，载《江汉论坛》，2013（5）：95~99。
[英] 齐格蒙特·鲍曼：《共同体：在一个不确定的世界中寻找安全》，欧阳景根译，南京，江苏人民出版社，2003。
殷企平：《共同体》，载《外国文学》，2016（2）：70~79。
邹赞：《"英文研究"的兴起于英国文学批评的机制化》，载《国外文学》，2013（3）：14~23。
Baldick, Chris. *The Social Mission of English Criticism 1848-1932*. Oxford: Clarendon Press, 1983.
Bauman, Zygmunt. *Community: Seeking Safety in an Insecure World*. Trans. Ouyang Jinggen. Nanjing: Jiangsu People's Publishing House, 2003.
Burgum, Edwin B. "The Cult of the Complex in Poetry." *Science and Society* 1（1951）：31-48.
Day, Gary. *Re-reading Leavis: Culture and Literary Criticism*. London: Macmillan Press LTD, 1996.
Eagleton, Terry, editor. *Raymond Williams: A Critical Reader*. London: Polity Press, 1991.
Empson, William. *Seven Types of Ambiguity*. New York: New Directions, 1966.
——. *The Structure of Complex Words*. Cambridge, MA: Harvard University Press, 1989.
Homberger, Eric, et al. Introduction. *The Cambridge Mind*. London: Jonathan Cape, 1970, pp.13-16.
Lodge, David, editor. *20th Century Literary Criticism*. London: Longman, 1972.

Richards, Jack and Richard Schmidt. *Longman Dictionary of Language Teaching and Applied Linguistics*. Beijing: Foreign Language Teaching and Research Press, 2005.

Selden, Raman, et al. *A Reader's Guide to Contemporary Literary*. Trans. Liu Xiangyu. Beijing: Peking University Press, 2006.

Ryan, Rory, and Susan Van Zyl, editors. *An Introduction to Contemporary Literary Theory*. Trans. Li Mingru et al. Chengdu: Sichuan Wenyi Publishing House, 1986.

Tillyard, E. M. W. *The Muse Unchained: An Intimate Account of the Revolution in English Studies at Cambridge*. London: Bowes & Bowes, 1958.

Wood, Michael. "William Empson." *British Writers Supplement II*. Ed. George Stade. New York: Charles Scribner's Sons, 1992, pp. 179-198.

中英文化的碰撞与协商

——解读威廉·燕卜荪的中国经历[①]

张 剑

内容摘要：英国著名批评家、诗人威廉·燕卜荪是东西文化碰撞的一个实例，作为在中国生活和工作的外国人，其经历反映了东西方的文化差异和他对自身身份的焦虑。分析他在这个时期他留下的文字资料，包括诗歌、小说、批评论文、书信、旅行笔记等，将为读者展示他对文化身份、中西文化差异等问题的思考，从而展示文化间如何通过碰撞和协商以达到相互包容和理解。

关键词：燕卜荪；东方；身份；文化；协商

Britain-China Cultural Encounters and Negotiations: William Empson's "China Experience"

ZHANG Jian

Abstract: William Empson, the famous English critic and poet, is a typical instance of East-West cultural encounter. His experience as a foreigner living in the Orient reflects the East-West cultural difference and his anxiety about his identity. A close reading of his "China works", namely the poems, short story and critical essays he wrote during this period, reveals his thinkings on culture and identity issues and the way his China experience influenced his academic and critical views. His experience will also show the way cultures try to achieve mutual understanding and accommodation by negotiations and adjustments.

Keywords: William Empson; Orient; identity; culture; negotiation

---

① 本文首次发表于《深圳大学学报（人文社会科学版）》2014年第1期。

一、燕卜荪与文化问题

威廉·燕卜荪（1906—1984），英国著名批评家、诗人，《朦胧的七种类型》的作者，1937年抗日战争时期来到中国，在西南联大任教，随该校辗转湖南长沙和云南昆明，讲授的课程有"现代英国诗歌"和"莎士比亚"。钱钟书的《围城》（1947）和西方学者易社强的《革命和战争中的西南联大》（1998）都对这所流亡大学的生活和工作经历进行了生动的描述：土墙教室、日本飞机的轰炸、图书和教材的缺失、不断搬迁以逃避日军的侵略，等等。①

约翰·哈芬顿的《威廉·燕卜荪传》（2005）和燕卜荪的西南联大学生王佐良、许国璋、李赋宁、杨周翰、赵瑞蕻、许渊冲、穆旦、杜运燮、郑敏、杨苡、袁可嘉在他们的回忆文章中都提到过燕卜荪及其特殊的人生经历。

许国璋曾经上过燕卜荪开设的"现代诗歌"课，他记得燕卜荪于1937年秋和1938年春在南岳和蒙自的课堂上朗读和背诵那些伟大诗篇的情景，"词句犹如从诗魔口中不断地涌出"。（许国璋，1991（4）：7）李赋宁曾经上过燕卜荪开设的"莎士比亚"课，他记得学校没有教科书，燕卜荪"凭超人记忆，用打字机打出了莎剧《奥赛罗》"，以供学生们阅读。（李赋宁，2005：33）赵瑞蕻记得燕卜荪嗜酒如命，常常喝得烂醉如泥，一天酒后他摘下眼镜，放进了一只皮鞋里，第二天却忘掉了鞋里的眼镜。站起来后，他"才发觉一只鞋子内有异物"，结果眼镜被踩破了。（赵瑞蕻，2008：45）

燕卜荪的中国经历还有另外一层意义，即他是一个西方人在异邦生活和工作的典型事例，异邦的思维和生活方式与他自己的思维和生活方式截然不同，因此他感到了一种自我调整以适应新环境的需要或压力。他在这个时期所写的作品不仅记录了他的动荡生活，而且记录了他关于文化和身份问题的思考，记录了他的中国经历如何影响他的学术和批评观点。对这些作品的解读，以及对以上问题的探索，可以帮助我们理解东西方的文化关系，理解文化间如何通过碰撞和协商达到相互包容和理解。

---

① 《围城》，有时被称为"中国20世纪最伟大小说"，描写一个有才华、但玩世不恭的年轻人在海外接受教育后，在抗日战争期间回到中国，在一所流亡大学教书的经历。小说的背景是抗战时期的中国内地，反映了师生们不停迁徙的艰辛和困苦。主人公方鸿渐的经历与燕卜荪的经历类似，反映了流亡大学生活的生动细节，包括偏远的校园、海归的教师、外籍教员、教育部推广牛津剑桥教学方式的努力、日军的蹂躏和中国军队顽强抗击的新闻、战时邮件的延误、对敌占区家人和亲属的担忧，等等。

二、中国的炼狱

　　燕卜荪来到中国之时,正值1937年的卢沟桥事变。日本军队占领了北平,北大、清华、南开三所大学迁往南方,组成了临时大学。冯友兰回忆说,"我们遭遇了与南宋同样的命运,被异族驱逐到南方"。(易社强,2012:20)燕卜荪的《南岳之秋》(1937)一诗就创作于湖南长沙的临时大学。该诗以南岳为背景,为读者展示了一幅临时大学的教学和生活画面。学校条件异常艰苦,教授都需要合住宿舍,燕卜荪与哲学家金岳霖被分配到同一房间。在没有暖气的冬天,燕卜荪穿着中国式棉衣,仍然患上了感冒。

　　文学院设在南岳半山腰韭菜园的美国圣经学院,没有图书,也没有教材。"课堂上所讲授的一切的内容 / 都被埋在丢弃在北方的图书馆里"(王佐良,1999:207-217),因此燕卜荪只有凭着记忆去教学。回忆起来的文本有时并不准确,但是他认为"版本不同不妨碍讨论, / 我们讲诗,诗随讲而长成整体"。条件虽然艰苦,但诗歌的"整个情调是愉快的",不时还会有"幽默、疑问和自我嘲讽"。(207)

　　诗歌围绕一个核心英语动词 **fly** 展开,对它的多义含混特征进行玩味和思考。该词同时表示"飞行"和"逃亡":燕卜荪乘飞机从香港飞往长沙的经历,与临时大学的逃亡经历交织在一起。燕卜荪1929年被剑桥大学开除,从而来到东方的日本和中国教学,对他来说,东方之行也可以被理解为一种"逃亡"。玩味"逃亡"的多重含义是典型的燕卜荪式诗歌批评方法,然而,这首诗并不是文字游戏,也不是个人怨恨的发泄,而是一首思考战争与中国未来的严肃诗歌。

　　"逃亡"是临时大学的生活状况,但是这并不意味着"逃亡"就是中国的未来。学生和教授们可以埋头读书,在文学中找到一种逃避现实的方式,像坐上"太阳神的车"在想象中翱翔。另外,"虎骨酒"也可以让他们飞翔,像女巫骑着扫帚在天空游荡,但战争的残酷现实无法逃避:有一次日本战机误炸了婚礼,"炸死了二百条人命",吃喜酒的宾客全变成了冤魂。① 因此,《南岳之秋》是对文学与政治关系的深入思考。燕卜荪认为"诗不该逃避政治, / 否则一切都变成荒唐"。但另一方面,他也拒绝煽动性文学,拒绝"那种革命气概的蹦跳, / 一阵叫喊,马上就要同伙 / 来一个静坐的文学罢工"。他认为这样的文学最多是一种"瞎扯",毫无价值。

---

① 易社强记录了南京沦陷后报纸发表的文章,批评大学生在国家沦陷和人民涂炭之时仍然坐在教室无动于衷。以激烈和充满爱国热情的文字呼吁大学生采取行动,保家卫国,而不是"逃避",去获得学位,将来成为日本占领的国家的奴才。

《南岳之秋》一方面是燕卜荪的自我辩护，另一方面也是对中国命运的思考。他将自己的中国之行视为一种"想去大事发生的城镇"的行动。作为诗人和学者，他并不想"招摇"或展示英雄气概，但他来到中国也不是"替代"那些不得不离开的人。他感到中国正在经受"炼狱"的考验，仿佛是钉在十字架上。然而，被"钉在十字架上"是否意味着"重生"？像《金枝》里所说的那样？这是诗歌思考的一个重要问题，但最终我们没有得到答案。在诗歌结尾，临时大学又开始了迁徙，再次踏上"逃亡"之路。

三、文化冲击

燕卜荪与中国的相遇经过了"文化冲击"的几个典型的阶段：蜜月期、协商期、调整期、掌控期。一开始，他沉浸在一种异国情调之中，对所有事情都感到新鲜。他对佛教充满了向往，把南岳衡山视为"圣山"，像信徒一样登上山顶去朝拜。"我所居住的这座圣山，/ 对于我读的叶芝有点关系。"（Empson，1955：73）他的心境有点像叶芝在《天青石雕》一诗中表达的那种对东方文化的敬意。① 然而，这种兴奋感很快就被沮丧所代替，燕卜荪不断地碰到他感觉很奇怪的事件，对他自己的文化认同是一种冒犯。可以说，他经历了一次"文化冲击"（culture shock），一种突然被抛入不同文化环境所产生的困惑和不适。

与同在西南联大教学的美国教授罗伯特·温德不同，燕卜荪不懂中文，而且"不能对这种语言产生兴趣"（Haffenden，2005：458）。他不理解中国饮食，觉得中国的晚宴"在结构上差点劲"。他不理解中国人的高声喧哗，认为"中国人的哈欠在一百英尺外都能听见。他们清理嗓门的声音像犀牛即将发起攻击一样"（485）。他不懂中国茶文化，认为中国人不喜欢喝英国红茶，是犯了一种理想主义的错误：即"让绿茶的完美味道形成一种理念，然后在自己心里强加一种对红茶味道的讨厌"（Haffenden，2005：460）。然而，这些困惑和不适仅仅是细枝末节，真正意义上的冲击不是发生在日常生活，而是发生在课堂上，发生在师生共同面对文学和道德问题的时候。

---

① 我认为，使燕卜荪吃惊的是其中包含的一种暗示，即苔丝蒂蒙娜应该部分地为她的悲剧负责，因为在他看来，她完全就是一个阴谋的受害者：她和丈夫奥赛罗都掉进了邪恶的伊阿古所设置的圈套。然而由于中国传统对女性贞洁的要求更高，那位学生认为苔丝蒂蒙娜与凯西奥的关系过于密切，至少是导致她的悲剧的部分原因。这是文化传统不同导致的观点不同的一个例证。

《复杂词的结构》(1951)一书收录了燕卜荪在西南联大工作期间撰写的若干篇论文。与《复义七型》一样,它是对诗歌语义复杂性的研究,其中多次提到他在中国西南联大和日本东京文理大学教书的经历。这些教学经历不仅反映了英语语义的复杂性,而且凸显了他本人特殊的文化身份。在他开设的"莎士比亚"课上,一名学生撰写了一篇关于《奥赛罗》的评论,将苔丝蒙娜的死因归咎于她"软弱的性格",她没有能够抵御凯西奥的诱惑,并且批评她的"思想开放、坦诚和过度的宽宏大量都会引来非议,特别是伊阿古"。这话使燕卜荪产生了不小的震惊,在他看来,这样的道德判断是建立在一种"完全非道德的基础上"的,它"击碎了整个西方的道德思考的传统"(Haffenden,2005:465)。①

在"英国诗歌"课上,一名中国学生针对英国民谣写下了这样的评论:"民谣应该写得越简单、越通俗(vulgar)越好"。"通俗"一词刺激着燕卜荪的神经,他认为该词散发着"势利"的味道,隐藏着对社会底层人民的蔑视和不屑。这看上去是用词的错误,即"纯粹文字错误",而实际上暗示了一种态度,一种"品味的错误"。在他看来,"通俗"一词不是一种客观描述,而是"暗示了说话人的审美或政治观点"(Empson,1955:403)。但是另一方面,他也意识到这样的观点并非"愚蠢"之举,而是因为"它来自一个与我们完全不同的文明"(Haffenden,2005:465)。换句话说,他不是简单地评价学生观点的对与错,而是深入思考这些观点背后所承载的文化传统的差异性。

在今天,也许我们可以说燕卜荪的精细的语义分析使该词的含义复杂化了。应该说,那位中国学生不具备燕卜荪的阶级意识,这是他的成长经历所赋予的;那位中国学生甚至可能没有意识到这个词背后的特别含义,但是他却将燕卜荪的注意力引到了他从来没有注意到的地方。正如燕卜荪的传记作者约翰·哈芬顿评论道:"日本和中国学生不断地帮助他拷问自己的道德观念";"帮助他证实了他在《复杂词的结构》一书中称为'浓缩理论'基础上所作的批评分析"(467)。因此,我们可以说燕卜荪对中国学生观点的不解,主要反映了他遭遇中国文化后所产生的焦虑。经过与西方视角和西方传统的比较,他逐渐意识到学生观点的不同,是因为来自不同的思想体系,从而促成了一种理解和宽容。

---

① 叶芝的《天青石雕》一诗描写一尊17世纪的中国石雕,上面有康熙皇帝的铭文,表现一个和尚和两个随从爬圣山到山顶的情景。叶芝的诗歌创作于第二次世界大战之前,对中国智者面对山下发生的悲剧和混乱所表现出的平和心态表达了极大的仰慕之情。

四、文明与文化

1938年日军占领长沙，临时大学迁徙至云南，改名为西南联合大学。约250名学生从长沙步行前往云南，行程1 600多公里，磨砺了斗志，宣示了抗日的决心。①燕卜荪与他的同事们一起来到云南，在设在蒙自的英语系执教。在云南，燕卜荪接触到了中国的少数民族，了解到中国的地区差异，以及少数民族的语言、历史和文化传统。从约瑟夫·洛克和C. P. 菲茨杰拉德对纳西族和丽江地区的研究中，他看到了少数民族的服饰，认为刺绣和银饰相得益彰，体现出一种艺术美和民族特色。

然而，西南联大的师生多数来自东部，代表了中国社会的精英阶层。与云南当地人相比，他们更富有、更开放，受过更好的教育，特别是在爱情婚姻的态度上更加西化。有些学生甚至视云南人为乡下人或山民。对于云南来说，外来人口不仅造成了当地的通货膨胀，而且在当地人中间引起了不少疑虑，甚至引起了所谓的"文化冲突"（易社强，2012：104）。虽然燕卜荪很欣赏西南联大学生的才能和爱国热情，但是他并不认同他们对当地少数民族群众的歧视，好像"野蛮的苗族人要吃他们似的"（Haffenden，2005：488）。

根据西方的民族和国家观念，一个民族的归属感主要来自这个民族的语言、宗教和历史的独特性，这些合起来将在其成员中间创造出一个"想象的共同体"（Anderson，1991：5~7）。显然，燕卜荪认识到少数民族在语言和文化上的差异性，对少数民族受到的所谓歧视感到巨大的失望，甚至认为他们中间存在着独立诉求和分裂倾向。但是另一方面，他又不能理解为什么同样是这些少数民族在抗日战争期间，与汉族士兵一起流血牺牲，抵御外来侵略。（Haffenden，2005：497-498）显然他还没有理解中华民族这个大家庭的概念。

燕卜荪的《中国》（*China*）一诗反映了一个欧洲人眼里的抗日战争，以及中日两个民族在文化和思想上的差异性。赵毅衡说，诗歌暗示中国"龙"生出了一条日本"毒蛇"（赵毅衡，2003：158）。其实燕卜荪是想说，日本与中国在许多方面都很相似，"他们像他们，犹如两颗豌豆"。诗歌的核心意象是一个复杂的玄学

---

① 《中国谣曲》是燕卜荪的"中国作品"中唯一没有被本文讨论的作品，它重述了当代中国戏剧《王贵与李香香》的片段，讲述一个少女送恋人上前线的故事。她使用一个类似于玄学奇喻的修辞方法来表达想与他结合的愿望：捏两个泥人，然后把它们打碎、搅拌，重新塑造两个新泥人，以表示两人的融合。这首诗与本文的关系在于，它的背景也是战争，恋人放下个人幸福，奔赴前线，与西南联大那些学生类似。

比喻：日本是肝吸虫，中国是肝脏，日本侵略中国恰似肝吸虫侵害肝脏。但如果我们仔细观察肝吸虫的成长历程，我们将看到这个复杂的比喻实际上把抗日战争视为中日两个民族相互吸纳和相互同化的过程。肝吸虫幼虫是寄生虫，在蜗牛体内生长，"它们将变成一体"（Norris，1993：281）。换句话说，日本将被中国吞没，就像肝吸虫幼虫被蜗牛完全同化。中国的战争苦难被理解为道家"以柔克刚"的智慧，燕卜荪在注释中写道："释怀，才能增长智慧；退让，才能获得道路，就像在水中一样：这些观点在中国思想中有很长的历史"（Empson，1955：115）。

如果对于燕卜荪来说中国和日本很相像，"犹如两颗豌豆"，这可能是因为他是从一个欧洲人的视角遥望中日两国的结果。对于欧洲来说，东亚都是建立在儒家和佛教思想基础上的文明。这个较大的图景展示了这个地区的国家拥有语言、宗教、风俗和思维方式上的一致性。然而，如果他们拉近距离，进入东亚仔细观看，正如燕卜荪在云南观察那些少数民族，他们就会看到甚至在一个国家内部都存在着文化的差异性。因此，燕卜荪视中国和日本为一个整体所暗含的矛盾性其实是一个观察视角的问题，视角的远近将会决定不同的世界图景。

五、东方与西方

燕卜荪在中国的身份是西南联大的教授，但他也是英国政府的"基础英语"推广计划的成员，效力于大英帝国的语言政策。在他的导师 I. A. 瑞恰兹的鼓励下，他参与了"基础英语"的教材编写和师资培训。虽然他来到中国、供职于西南联大可以被理解为对中国的教育事业的无私援助，但是他每次去来中国都会经由当时英国实行殖民的香港，享受着大多数中国人所不能享受的特权。他会不会有一种他称之为"帝国建设者"的优越感，或者负罪感呢？

在中国期间，燕卜荪留下了一篇未完成的中篇小说《皇家野兽》（*The Royal Beasts*）。虽然小说没有完成，但是其情节大致已经清楚。"皇家野兽"是一个非洲部落，从外貌看，他们有人类的特征，但他们又有动物的尾巴，并且全身长毛。他们有语言和智力，但他们又像动物一样有交配季节。由于这个部落的领地上发现了黄金，邻近的英国皇家殖民地和西罗得西亚开始了对这片领地和它蕴藏的黄金的争夺。"皇家野兽"部落更愿意归属英国，以换取英国对他们的保护。如果他们归属西罗得西亚，他们有可能沦为奴隶，而且他们的皮毛还可能招致大规模商业捕杀。

从这个简单的复述中，我们可以看到故事反映的是欧洲殖民者对非洲的入侵，这种入侵一开始是武力征服，后来变成了资源掠夺和文化入侵。有意思的是，故事中的一个情节就是英国殖民者竭力教部落头领乌左说英语。语言能力是人性的主要体现，动物可能有一定限度的语言能力，但是它们不能表达抽象概念。皇家野兽的限定性的语言能力是他们的人性的表现，但是他们的毛皮和尾巴又显示，他们仍然处于进化过程中的低级阶段。这些普遍人性问题的讨论充满了讽刺意味，但是它们拷问的是我们是否应该视非洲黑人为人？是否应该给他们宗教救赎？以及类似的问题。

燕卜荪通过人物的口，将该事件与美国南方的蓄奴制相比较，谴责南方政客和奴隶主将奴隶视为动物和财产的虚伪行为："他们拥有成千上万的奴隶，还投票支持人人享有自由，说什么这是不可剥夺的权利"。（Empson，1986：147）故事通过欧洲人在非洲的殖民掠夺，批评了欧洲人自认为在非洲传播进步和文明的幌子，暗示了东西方关系的某种张力，同时也影射了燕卜荪自己在中国的他者处境：他被北京的朋友们称为"乌左"（Haffenden，2005：472，477）。

燕卜荪在中国，与中国人在西方一样，同样是另类。在某种意义上讲，中国人对于欧洲来说与非洲人无异，因为欧洲中心主义视角将欧洲以外的所有土地都视为"东方"。这暗示了爱德华·萨义德所说的一种思维方式，即将西方和东方对立起来，以便把东方视为西方的镜像。换句话说，如果西方是理性的、进步的、民主的，那么东方一定是非理性的、落后的、专制的：东方正好是西方的反面（张隆溪，2006：11）。这个东方是西方的东方化建构，还是西方刻意将负面价值向东方的投射，这不是该文讨论的话题。可以肯定的是，燕卜荪对西方殖民行为的批评，显示了文明之间的接触对他的思想所产生的影响，因为正如他所说，在碰撞当中西方人才能逐渐认识到"我们对异邦感情模式的强烈而批判性的好奇心，以及我们对异邦思维模式的坚固的同情心"（Harding，2007：84）。

六、协商与调整

英国诗人罗德亚·吉普林（Rudyard Kipling）于1890年代写道，"啊，东就是东，西就是西，两者永不会相遇，/ 直到天与地匍匐在上帝面前，接受审判"。这首诗名叫《东西方歌谣》，传统上被理解为东西方分裂的例证，或者为英国在印度的殖民统治进行开脱。事实上这首诗讲述了一个故事，关于一个英国殖民将领与一个印度的土匪头领之间的冲突和和解：通过协商与对话，最终两人的儿子盟誓成为朋友，肩并肩成为兄弟。吉普林评论道,"可是没有东,也没有西,没有边界、种族和出生的差异,/ 只有来自天各一方的两个强者相持不下,面对面站立。"吉普林的重点实际上不在于东西方的差异,而在于两个个人的友谊和团结,无论他们有什么样的种族、地域和社会背景。

  传统上,东西方被视为对立面,双方由于思维方式上的差异而被认为不可能进行真正的对话。具体地说,人们认为双方理解世界和现实所使用的概念和范畴无法对接。有些概念和范畴只属于西方,而东方完全没有。例如,有人认为中国没有真理的概念,而在西方这是自古希腊以来的哲学的核心概念。然而,这是对中国文化和中国思想的巨大误解。据张隆溪教授说,不仅古代中国就完全独立地发明了真理的概念,而且这个真理概念与古希腊的真理概念非常相似,因此也与从古希腊继承这一概念的西方哲学非常相似。文化比较研究的新趋势是观察东西方的"对等性",或者说双方理解和交流的共同基础。(张隆溪,2006:9-13)那些坚持文化相对主义的人可能只看到了吉普林诗歌的第一部分,而现在正是他们应该看到第二部分的时候。

  吉普林不可能预见他的诗歌出版后一百年所发生的事情,特别是两次世界大战之后,国际社会意识到人类必须用国际法来规范各国的行为,用争端解决机制来处理分歧。吉普林也不可能预见到国际合作在各个领域的开展,包括医疗、环境、消除贫困、疾病预防、反恐等。信息时代将各国更加紧密地联系在一起,增进了跨文化的理解。虽然在中东等地区,东西方仍然以怀疑眼光相互对视,但是目前的大趋势是接受对方的差异,甚至把差异视为文化多元性的一种表现。多元文化主义就是以承认他者权利、尊重不同价值体系为特征的、新的意愿和新的意识。哲学将他异性定义为正常的和崇高的,它帮助边缘化的思想获得了更多的认可,甚至帮助它们向中心移动,形成对主流思想的替代。不同文化的人们倾向于将对方视为一个整体的不同部分。这种新的包容与和平共处的精神,是经历了两个世纪的战争与冲突的痛苦教训才获得的,也是经历了文化碰撞与协商的漫长历史才获得的,这种碰撞与协商教会了这个世界必须重视相互理解和相互包容。

  威廉·燕卜荪就是这种文化碰撞和协商的典型实例。他的四篇作品《南岳之秋》《复杂词的结构》《中国》和《皇家野兽》向我们展示,他在以不同方式对文化、身份和种族问题进行思考,文化差异是他在中国创作的作品的一个重要主题。这些作品一方面增加了他对文化差异的意识;另一方面文化差异又迫使他反思西方人文传统。从某种意义上讲,他对文化差异的思考并没有强化他的西方视角,相反这使他能够认识到西方的思维方式不是唯一的、普世的思维方式,从而使得他更加能够在东西方之间进行比较和调整、协商和接受。

参 考 文 献

李赋宁:《人生历程》,北京,北京大学出版社,2005。
王佐良:《王佐良文集》,北京,外语教学与研究出版社,1999。
许国璋:《是的,这样神为之驰的场面确实存在过》,载《英语世界》,1991(4):4~7。
易社强:《战争与革命中的西南联大》,饶佳荣译,北京,九州出版社,2012。
张隆溪:《异曲同工》,南京,凤凰出版集团,2006。
赵瑞蕻:《怀念英国现代派诗人燕卜荪先生》,载赵瑞蕻:《离乱弦歌忆旧游》,武汉,湖北人民出版社,2008。
赵毅衡:《对岸的诱惑:中西文化交流人物》,北京,知识出版社,2003。
Anderson, Benedict. *Imagined Communities: Reflections on the Origin and Spread of Nationalism*, London & New York: Verso, 1991.
Empson, William. *Collected Poems*, London: Chatto & Windus, 1955.
——. *The Structure of Complex Words*, Norfolk, Conn.: James Laughlin, 1951.
——. *The Royal Beasts and Other Works*, ed. John Haffenden. London: Chatto & Windus, 1986.
Fry, Paul. *William Empson: Prophet against Sacrifice*, London and New York: Routledge, 1991.
Haffenden, John. *William Empson: Voumel I. Among the Mandarins*, Oxford: Oxford University Press, 2005.
Harding, Jason, "Empson and the Gifts of China", *Some Versions of Empson*, ed. Matthew Bevis, Oxford: Clarendon Press, 2007.
Norris, Christopher. *William Empson: Critical Achievement*, Cambridge: Cambridge University Press, 1993.
Said, Edward. Orientalism, London: Routledge & Kegan Paul, 1978, reprinted by Penguin, 2003.

南岳秋风佳胜处

——寻觅剑桥诗人燕卜荪①

葛桂录

内容摘要： 作为中英文化学术交流的使者，威廉·燕卜荪用诗人的眼光来关注旧中国灾难深重的现实，用文人的浪漫来应对琐碎的生活，用渊博的新知识来开启如饥似渴的学子们尘封的心灵，怀抱希望的种子为中国的抗战助威呐喊。他的诗作与批评理论曾影响了中国现代诗歌的创作。他诗篇里的中国经验历久弥新，我们眼前仿佛又出现了南岳秋风佳胜处的那个剑桥诗人。

关键词： 威廉·燕卜荪；剑桥诗人；《南岳之秋》；中国经验

Looking for William Empson, a Cambridge Poet

GE Guilu

Abstract: As an emissary of cultural and academic exchanges between China and Britain, William Empson paid close attention to the disastrous reality of old China with the vision of a poet, dealt with trivial life with the romance of literati, opened the dusty hearts of hungry students with profound new knowledge, and held the seeds of hope to cheer for China's Anti Japanese war. His poetry and critical theory have influenced the creation of modern Chinese poetry. The Chinese experience in his poems has been renewed for a long time, and it seems that we have reproduced the Cambridge poet who lived in the beautiful autumn.

Keywords: William Empson; Cambridge poet; *Autumn on Nan-Yueh*; Chinese experience

---

① 本文由作者节选自《雾外的远音：英国作家与中国文化》（收入《比较文学名家经典文库》），福州，福建教育出版社，2015年版。

英国现代杰出诗人、评论家威廉·燕卜荪（William Empson，1906—1984），一生特立独行，卓尔不群。他被东方文化所吸引，先在日本任教，后经恩师瑞恰慈（I. A. Richards，1893—1979）举荐来到北大，由此开始了他的中国之行。从长沙、南岳、蒙自、昆明到北京，燕卜荪和他的同事与学生们一道在中国的大地上颠沛流离，播撒学问的种子，成为中英文化学术交流的使者。他用诗人的眼光来关注旧中国灾难深重的现实，用文人的浪漫来应对琐碎的生活，用渊博的新知识来开启如饥似渴的学子们尘封的心灵，怀抱希望的种子为中国的抗战助威呐喊。作为著名的学者，他一生都在追求心智上的新事物、追求超越，保持思想上的新锐；同时，他又拥有一般学者所没有的特殊的敏感和奇异的想象力，因为他还拥有着诗人的天赋。如今读读当年那些受业弟子们的回忆文章，就会明白他赢得了中国学界多少人的赞誉。他的诗作与批评理论曾影响了中国现代诗歌的创作。他诗篇里的中国经验历久弥新，我们眼前仿佛又出现了南岳秋风佳胜处的那个剑桥诗人。

一、中国每个地方都好

威廉·燕卜荪被认为是著名评论家瑞恰慈最有天资、最有影响的学生，可是当他19岁进入剑桥大学时，主修的是数学，并于两年后获得学位考试第一名的优异成绩。其后才突然改攻文学，完成了其成名作《朦胧的七种类型》（*Seven Types of Ambiguity*）[①]。该书于1930年问世，至今仍是英美各大学研究文学的学生的必读教材。瑞恰慈对自己的高足大加赞赏，在一段介绍燕卜荪的文字中，瑞恰慈写道："他读过的英国文学作品比我还要多，而且读得更好，又是新近读的。这样，我们各自充任的角色不久就有颠倒过来的危险……我认为从这以后，没有任何文学批评可能有过如此持久而重大的影响了。如果你马上读它一大段，你就会感到自己是得了流行性感冒，不舒畅；可是你仔细地读它一小段，你的阅读习惯可能会改变了——我相信会变得更好了。"（赵瑞蕻，1993：434-435）

由于瑞恰慈的鼎立举荐，剑桥大学给燕卜荪一笔奖学金让他继续深造。次年，正当瑞恰慈在北京任教时，剑桥校方因为在燕卜荪抽屉里发现了避孕套，下令取消他获得奖学金的资格。此事令瑞恰慈极为震怒，但抗议无效。瑞恰慈只能劝他到远东来，到他曾经短期任教的东京文理大学。燕卜荪在东京整整四年，1934年才

---

① 燕卜荪这本书已有中译本《朦胧的七种类型》，周邦宪等译，杭州，中国美术学院出版社，1996。

回英国。远东之行,不仅让他避过风头,而且使他对东方文化,特别是佛教产生浓厚兴趣。他说:佛教比基督教强的地方,是它摆脱了新石器时代留下的神祭牺牲狂热。于是他在东京期间准备写作一本关于东方的书《佛的面貌》(The Faces of Buddha),计划于 1937 年完成,只可惜此书书稿在战时失落。但我们从他 1936 年作的一次同题讲演里可以略知一二:"当然,在每一个信奉佛教的国家里,经过几个世纪之后,佛的典型形象就变得符合习俗了,很可能显得踌躇满志;而且人们首先想到的是中国的佛。佛一传到中国,就被赋予几分社会上层人物那种文雅讥讽的神态。中国人渐渐把大慈大悲的观音菩萨描绘成宫廷贵妇人的时装图样,这就严重走样失真了。"(Empson,1987:573-576)[①]燕卜荪在此注意到了佛像在中国经历的演变,而对印度、中国、日本三国的佛的面貌进行比较。他能够站在东方人的角度来看待问题,不空谈玄理,而是通过仔细观察不同的佛的面貌来领悟佛性。这对澄清一般西方人对佛的面貌的错误认识有一定作用。他的意思是,典型的宗教人物形象,在一定意义上也是社会和民族精神的一种反映。

他在东京任教几年后,后来又由恩师瑞恰慈的举荐,来到北京大学。时逢抗战爆发,青年诗人来到了距长沙不远的南岳衡山,就聘于国立长沙临时大学,当年就在外文系开设莎士比亚、英国诗、三四年级英文课。当时,图书资料奇缺,燕卜荪整段背诵《奥赛罗》并写在黑板上,给大家念,再逐一讲解。在"英国诗"班上,他默写出乔叟和斯宾塞的诗歌。后来学校奉命迁移云南,他到南洋游历一番后于 1938 年 4 月来到"国立西南联合大学"的蒙自分校授课。半年后,文法学院搬到昆明,燕卜荪跟着长途跋涉,讲授《堂·吉诃德》。

燕卜荪后来回忆说,如此的流亡大学,可能西方人认为不够大学水准。相反,用他的实地观察说明,理论物理教授的学术水准很先进,农学院收集研究了 2000 种小麦,最沉重难搬的工学院,设备都比香港大学强。"纯科学研究"也很受重视,到云南后,社会人类学者反而兴高采烈。燕卜荪问道:"你能想象牛津与剑桥全部搬到英格兰西北僻乡,完全合并成一个学校,而不争不吵?"西南联大二年,中国知识分子的顽强敬业精神给燕卜荪留下深刻印象。[②]

1939 年夏,燕卜荪回国,但并没有忘记中国,他自 1942 年起担任英国广播公

---

① Empson, William. *Argufying: Essays on Literature and Culture*, ed. John Haffenden(Iowa University Press, 1987)573-576. 该讲演的中译文可参见穆国豪译的《佛的尊容》,刊载于杨自伍编:《英国散文名篇欣赏》,上海外语教育出版社 1995 年版。
② 参见赵毅衡《英国 20 世纪最出色的学者诗人——燕卜荪》,载《人物》2000 年第 5 期。

司的中国问题节目主编。战后的 1947 年，燕卜荪带着妻子，年轻的雕刻家海妲·克劳斯以及两个儿子，举家重回北平。在中国，孩子们坚持上地方小学，几年后小儿子雅可只会汉语，却不会英语了。

在北平期间，燕卜荪同样关注中国人民的民主解放事业。北平进步学生为抗议国民党政府的内战政策，进行了轰轰烈烈的反内战、反饥饿大游行。不久，北平当局也动员一些不明真相的中学生，在军警的严密保护下，来了个反游行。它们动用大批军警包围沙滩的北京大学，不许任何人进出，以便能挑动游行队伍对着北大红楼喊反动口号，扔砖头石块。其时，住在沙滩旁边一处小院子里的诗人，正和他指导的研究生金隄讨论问题，忽然听到外边人声嘈杂，就和夫人及学生一起出来，发现大街已经封锁，周围有大批国民党军警，枪口对着街旁的群众，不许任何人接近反动的游行队伍或进入北大校园。面对这样一个相当恐怖的场面，燕卜荪眼里露出了愤怒的神色，简单地对二人说一声"咱们进去"，就对着枪口，如入无人之境似的走了进去，那些国民党官兵看见这么一个小小的三人队伍直闯他们的封锁线，尤其是看到带头的是个大胡子外国人，不由自主地让开了一条路。进入北大校园之后，燕卜荪也并未做出多少姿态，只是在红楼后面"民主广场"上的人群中间和认识的师生议论了情况，表示了关心和愤慨，又到红楼看了被砸破的玻璃窗，但这样的举动无疑使他那朴质的形象和凝聚的目光更深深地印进了北大师生的心中。

北平解放前后，许多外国人纷纷离开北平，燕卜荪和他的夫人却对中国人民的解放事业表现出更加巨大的同情与关怀，与夫人、学生一道赶到前门去欢迎举行入城式的解放军，对解放军热烈鼓掌欢呼。抗美援朝时期燕氏夫妇还在中国，燕卜荪夫人还精心雕刻了一套布袋木偶，夫妇合作，编成一出表现世界人民联合抗击帝国主义的戏，配上由金隄录制的汉语配音到处去演出，支援抗美援朝运动。燕卜荪夫妇在中国以这种行动支持世界和平事业，其情怀可想而知。确实，燕卜荪不愿意离开中国，因为他曾深情地说过："中国的每个地方都好，叫人留恋不已。"可是到 1952 年，鉴于中方不愿意续签合同，他才很不情愿地返回英伦。

燕卜荪回到了英国，1953 年后在谢菲尔德大学任英国文学教授、系主任，直到 1971 年退休。

二、有些印象不是岁月和境遇所能抹掉的

燕卜荪同中国有缘，他也非常珍惜这样的中国经历，当然这更令他当年的那

些弟子们终生难忘。往事如斯，而"回忆好像一支珍贵而温暖的芦苇笛，它时常给我弹奏着那些往日的欢娱和惆怅；时常发出记忆和联想亲切的乐音，在年岁的笛孔里流过一朵朵时光的泡沫……"（赵瑞蕻，1993）。如今我们来听听他们的那些深情回忆，眼前无不闪现出一个醉于酒、醉于诗、醉于书、醉于生命的梦幻的剑桥诗人形象。

早在1943年4月，赵瑞蕻就写过一篇《回忆剑桥诗人燕卜荪先生》的文章，发表在重庆的一家纯文艺月刊《时与潮文艺》上（赵瑞蕻，1943（2）），文章主要回忆了燕卜荪先生的教学风格、诗人情怀及趣闻逸事。赵瑞蕻回忆着他们联大外文系学生挤满在一间幽暗的茅草教室里，第一次听燕卜荪先生的开台戏"莎士比亚课"的情形："上课铃摇了，一根红通通的鼻子，带着外面的雨意，突然闯进半掩的门里了。我们都伸着脖子向他凝望：诗人到底跟一般人不同，有的是浓烈的诗味。修长的个子，头发是乱蓬蓬的。衣服还是那一身灰棕色的西装。敞亮的脑门显示了丰富的智慧，他现出一种严肃而幽默的表情。但是，引起我注意的是他那一双蓝灰色的眼睛，不停地在眼镜的光圈内频频流转……。"

燕卜荪的记忆力之强和他对祖国文学遗产的熟悉，让联大学子们钦佩不已，使大家感动的还有他那认真的教学态度。他躲在楼上一间屋子里，那么认真辛苦地把莎翁名剧和其他要讲的东西统统凭记忆在打字机上打出来。

联大文法学院当时设在云南蒙自，那是个古风犹存，带有些牧歌情调的小城镇，诗人徜徉其中，意态甚惬地住进了蒙自海关内一间十分僻静的房子。有一天他对学生们说："我最喜欢这扇意大利式的格子窗和窗子以外的风光。你看，我坐在窗旁，便可以看风的吹拂、云的飞扬和树木的摇曳……中国每一个地方都好，叫人留恋不已。蒙自这地方给我的喜悦是难以描述的，非常浪漫蒂克！——我觉得自由，我觉得舒畅！——喔，喔，抽根烟吧——坐下来随便聊天吧……"

生活中的燕卜荪很有雅趣。一次他雅兴大发，到郊区一条小河中游泳，脱光衣服放在岸边，被小偷顺手拿走，落难公子只得向路人求助，幸好一学生散步至此，燕卜荪方才挽回点脸面，悻悻然打道回府。

燕卜荪在联大教了两年多的书，他经常穿着那身灰棕色的西装和一双破旧的皮靴。每当雨季来了，诗人便常撑着一把油纸伞，挤在一群叮当作响的驼马队间行走；泥泞的街道和淅沥的雨声似乎更添了诗人的乐趣。一块块污泥巴沾满了他的西装裤，裤管绉卷起来好像暴风雨过后撤了绳索的风帆，他毫不在乎，也不换洗，天气晴朗时，照旧穿来上课。其实诗人之所以为诗人，并非全然由于那些离奇古怪的行径，抑或所谓的浪漫情调，而是具有严肃又炽热的襟怀，正直地生活着，精诚地探询人间和自然的真谛。而且，一个真实的诗人必须根植在真实的生命的泥土里，才能写出充满活力和独创性的诗篇。（赵瑞蕻，1993：366-383）①

王佐良先生的《怀燕卜荪先生》（1980）生动地描述了燕卜荪在长沙和昆明等地教学和生活的情景。燕卜荪工作时一声不响、一言不发，平平常常，勤勤恳恳。他与学生们一起爬山游泳，喝酒饮茶，聊天背诗，读诗写诗。王佐良眼里的燕卜荪风范：是个奇才、有着数学头脑的现代诗人、锐利的批评家、英国大学的最好产物，然而没有学院气。讲课不是他的长处，他不是演说家，也不是演员，羞涩得不敢正眼看学生，只是一个劲儿往黑板上写——据说他教过的日本学生就是要他把什么话都写出来。

金隄心目中的燕卜荪是一个传奇式的人物，他来自西洋而又没有"洋鬼子"的气味。他不辞辛苦地和抗战初期从北平、天津南下的北大、清华、南开师生一同跋山涉水，在湖南衡山南岳的临时大学凭着记忆教授莎士比亚和其他名家的作品，奇迹般地使当时苦于没有书读的学生照样能吸收英国文学的精华；他在蒙自生活潇洒不拘形式，不亚于中国古代的名士，但是更善于引用英国文学中有利于革命的内容，加以积极地分析，以此直接支持我们当时仍非常艰苦的民族解放斗争。在一次会上，燕卜荪背诵和讲解了弥尔顿的《失乐园》，其中一段是表现撒旦敢于反抗"上帝"的诗句：

> 一次失利，算得了什么？／绝不是就此定了输赢！／有不屈不挠的意志，／复仇心切，忿恨难消，／有万死不辞的勇气，／还怕什么被他征服的命运？／不论他如何暴跳如雷，／施展淫威，他也永远／休想尝到征服者的甜头！／我军的这一次抗争，／已经使他帝国的野心动摇，／如果低头认输，屈膝求和，／岂不是巩固了他的权威？／那才是卑贱，那才是耻辱，／远甚于已经遭受的沉沦……

当时正是日本帝国主义张牙舞爪在中国的土地上横行霸道、不可一世之际，联大师生绝大多数来自沿海敌占区，对于国土沦亡有切肤之痛，燕卜荪背诵和讲解的这些不畏强暴、不惮失败的诗句，照他自己简略的记载，说是"引起了极为强烈的反响"——我们不难想象，那些字句在流亡者胸中激起了怎样汹涌的浪潮。②

---

① 参见赵瑞蕻：《怀念英国现代派诗人燕卜荪先生》，收入其文集《诗歌与浪漫主义》，南京，南京大学出版社，1993，366~383页。
② 金隄：《英国诗人的深情厚意——悼念燕卜荪教授》，刊载于《世界文学》1984年第5期。

另外还有杨周翰、李赋宁、许渊冲、周珏良、查良铮等人均著文回忆燕师在中国的岁月，感激之情溢于言表。同样是诗人的赵瑞蕻，则用八行体诗表达了他的深情怀念：

> 从秋雨弥漫的南岳到四季如春的昆明，
> 从莎士比亚到英美现代诗——
> 燕卜荪先生背诵名著，醉于醇酒，
> 在黑板上钉钉地飞快写英文字……
> 炮火连天，中国，整个欧洲在燃烧；
> 从《七种朦胧》到《聚集着的风暴》
> 燕卜荪先生把热情凝结在精深的诗篇里。
> 南岳之秋啊，早已开花，他所播下的诗的种子！①

三、燕卜荪诗歌里的中国经验

燕卜荪是20世纪著名的现代主义诗人，只不过他的诗名，直到50年代才由于英国"运动派"诗人的推崇而赢得较高的名声。他的诗并不少，但付梓刊发的不多。他的创作态度异常认真严肃，也许可以称得上是位"苦吟"诗人。他是一个对于现代科学和哲学有深刻的领悟、具有高度智慧的诗人、个性非常突出的学者型的诗人。1955年出版的《诗歌合集》（Collected Poems）共收了56首诗，加上注解也才119页。②这些诗作大多难以索解，仿佛是烟雾深处的笛声，你只能隐隐约约地听到那缥缈萦回的声音，而不能迅速、确切地把握住它们真实的含意。

燕卜荪写到中国的有五首诗，即《南岳之秋》（Autumn on Nan-Yueh）、《未

---

① 赵瑞蕻：《怀念威廉·燕卜荪师》，收入《诗的随想录——八行新诗习作150首》，南京，南京大学出版社，1995，125页。诗里说燕卜荪先生背诵名著，指的是当时学校生活异常艰苦，图书奇缺，他在南岳教书时，如《哈姆雷特》《李尔王》等教材全靠他背诵、打字出来分给同学们读的；《七种朦胧》是指燕卜荪在1930年发表的名著"Seven Types of Ambiguity"一书；《聚集着的风暴》指他1940年出版的诗集"The Gathering Storm"，而他的《诗全集》（Collected Poems）则刊载于1955年；"南岳之秋"指他作品里唯一的一首同名长诗"Autumn in Nanyue"。

② William Empson, *Collected Poems*. Corrected edition with additional notes, a translations of Chinese ballad and a masque, the birth of steel. William Empson, *Collected Poems*. New York: A Harvest/HBJ Book, 1955.

践的约会》(Missing Dates)、《美丽的火车》(The Beautiful Train)、《中国》(China)、《中国民谣》(Chinese Ballad)。① 他还打算写首长诗来反映当时中国社会一种极不合理的畸形现象。诗人觉得中国少部分人消费是 20 世纪式的,而绝大部分人的生产方式十分落后,还是中世纪式的。诗人很不了解中国这种怪事和畸形状态,但他对中国人民大众的苦境十分同情而不平。

在湖南南岳他以自己在中国的经验为主题,写下了他一生中唯一的长诗《南岳之秋》(同北平来的流亡大学在一起),共 234 行,诗写于流亡途中,记述了他和西南联大师生一起逃亡的历程。作品表达了他和中国人民共患难的一段美好感情,展现了他当时的生活情趣,他的所感所思,同时也表达了他对中国人民的深情和战胜强敌的信念。燕卜荪 1937 年下半年应北京大学之聘来到当时的北平。抗战爆发,他接着来到长沙,那时北大、清华与南开合组长沙临时大学,后来再迁云南,成为西南联合大学。长沙临时大学的文学院设在湖南南部衡山脚下的南岳圣经学校,燕卜荪在那里教了一学期,这首诗就是写他在南岳的工作、生活和感受。当时物质生活极度匮乏,但师生的精神世界丰富充实。这首长诗忠实地传达了他对中国的印象和感想,主调是愉快的心情,其中轻松的口吻和活泼的节奏加强了这一效果。他自己也说:"我希望把当时的愉快心情表达出来了,那时候我有极好的友伴。"他用诗歌这种媒介传达了他对中国人民前途的信心。全诗已由王佐良先生译出。②

长诗开篇引了现代诗人叶芝的诗片段:

> 灵魂记住了它的寂寞,
> 在许多摇篮里战栗着……
> ……相继是军人,忠实的妻子,
> 摇篮中的摇篮,都在飞行,都变
> 畸形了,因为一切畸形
> 都使我们免于做梦。

这个诗片段展现的是一幅战乱流亡图。战争岁月里的迁徙流亡是辛酸落寞的,而且充满着恐惧和艰难。一切都变得畸形异常,但正是这流亡的现实,才能让人们保持清醒,坚定信念。这也是燕卜荪对当时中国形势的希望。于是诗人接着叶芝的

---

① 这五首诗分别见《诗歌合集》(1955 年版)60 页、64 页、70~71 页、72~80 页、84 页。
② 译文可见《王佐良文集》,北京,外语教学与研究出版社,1997,207~217 页。本部分所引皆出自王佐良先生的译文。

意象写道：

> 如果飞行是这种的普遍，/每一动都使一个翅膀惊起，/（"哪怕只动一块石头"，诗人都会发现/带翅的天使在爬着，它们会把人刺）/把自己假想成鹰，/总想作新的尝试，/永恒的嘲笑者，看不起平地/和地上所有我们可以依靠的岩石，/我们当然避免碰上/土地和诸如此类的东西，/把我们的乐园放在小车上推着走，/或让无足的鸟携带一切。

这里反映的是流亡（即诗中的"飞行"）的情形。诗人说自己的旅程同样艰辛（这里既没有飞机，也缺少火车和汽车），而且"现在停留在这里已经好久，/身上长了青苔，生了锈，还有泥"，条件艰苦，环境恶劣，这样的"飞行实际上是逃跑"。面对日本军国主义的得逞一时，诗人并未丧失信心，而是"怀有希望和信任的心意"，愿意与中国人民共患难，因此觉得自己逃脱了"稳坐台上而在小事上扯皮"的那些人，实在是一种幸运。

我们已经知道，燕卜荪在日本东京期间就对佛教有强烈兴趣，并且还作了相关讲演。而此时诗人所住的地方正处于佛教名山南岳衡山脚下。诗人将之称为"佛教圣山，本身也是神灵，/它兼有两种命运，一公一私。"并由山路的两旁守候着的乞丐，联想到叶芝诗句里的意象："他们的畸形会使你回到梦里，/而他们不做梦，还大声笑着骂着，/虽是靠人用箩筐挑来此地，/现在却张眼看香客们通过，/像一把筛子要筛下一点东西。/香客们逃开，乞丐们只能慢走。"

诗人来中国的目的当然不是"飞行"，而是就聘于大学传授知识，虽然这个大学是"北平来的流亡大学"。于是诗里描述了自己的教学生活：

> "灵魂记住了"——这正是/我们教授该做的事，/（灵魂倒不寂寞了，这间宿舍/有四张床，现住两位同事，/他们害怕冬天的进攻，/这个摇篮对感冒倒颇加鼓励。）/课堂上所讲一切题目的内容/都埋在丢在北方的图书馆里，/因此人们奇怪地迷惑了，/为找线索搜求自己的记忆。/哪些珀伽索斯应该培养，/就看谁中你的心意。/版本的异同不妨讨论，/我们讲诗，诗随讲而长成整体。

这里呈现的正是他在联大外文系讲授《现代英诗》课的情形。但课上讲的不是他自己那些晦涩难解的诗，而是从霍普金斯到奥顿的现代诗人，其中有不少是他的好友。1938 年，联大青年诗人心目中的偶像——奥顿来到中国战场，写下了传颂一时的十四行组诗《战时》。奥顿很快得到中国诗人和年轻学子们的推崇，这离不开燕卜荪在课堂上的引荐介绍。诗里的"珀伽索斯"是希腊神话中的双翼飞马，被其足蹄踩过的地方有泉水涌出，诗人饮之可获得灵感。此处指有文学才能的青年学生。确实，在燕卜荪的影响下，一群诗人，还有一整代英国文学学者成长起来了。

生活中的燕卜荪喜欢喝酒，而且时常喝得醉眼迷离。据说，有一次他醉酒后把床板都睡折断了，书本压在身上，浑然不觉，依然睡意不减。醉酒后将眼镜胡乱放入皮鞋里，第二天大脚伸进皮鞋而踩坏眼镜，戴上"半壁江山"上课，依然悠然自得。长诗里也离不开酒：

> 普通的啤酒就够叫你无法无天，／还能祭起一把扫帚在空中作怪。／至于虎骨酒，泡着玫瑰花的一种／我们在这里还有得买，／村子里酿的可又粗又凶，／热水也浑而不开，／但还可用来掺酒。不能说／只有天大的惊骇／才会使人去喝那玩意儿。／何况这酒并不叫你向外，／去遨游天上的神山，／而叫你向里，同朋友们痛饮开怀。

燕卜荪在诗里还表明自己的文学观。他既不欣赏叶芝高高在上的那一套："我把那本叶芝推到顶上，／感到它真是闲谈的大师，／谈得妙语泉涌，滔滔不绝，／可没有能够成长的根基。／……他对最下的／底层并不提任何建议。"也不赞同另一种作风："那种喊'小伙子们，起来！'的诗歌，／那种革命气概的蹦跳，／一阵叫喊，马上就要同伙／来一个静坐的文学罢工；／要不然就把另外的玩具抚摸，／一篇写得特别具体的作文，／一个好学生的创作成果，／他爱好恶梦犹如操纵自行车，／可是一连几篇就腻得难受。／但是一切程式都有它的架子，／一切风格到头来只是瞎扯。"虽然诗人也知道"诗不应该逃避政治，／否则一切都变成荒唐。"

燕卜荪随大学流亡，目的是远离战争，但日军的暴行无法回避。诗人知道，"训练营，正是轰炸的目标。／邻县的铁路早被看中，／那是战争常规。问题是：他们不会／瞄准。有一次炸死了二百条命，／全在一座楼里，全是吃喜酒的宾客，／巧妙地连炸七次，一个冤鬼也不剩。"

诗人同样明白日本侵略中国的目的："驱使日本鬼子来的是经济学，／但他们能够操舵掌握方向。"现实是严酷的，任何幻想都无济于事，因为"谁也不会因你流泪而给赏"。诗人由此对欧洲形势忧心忡忡："听听这些德国人吧，他们大有希望，／已经决心把这个国家切成两半。"

诗人对自己的处境并不悲观："身处现场倒使人更乐观，／而那些'新闻'，那些会议上的官腔，/那爬行着的雾，那些民防的陷阱，/它们使你无法不恐慌。"同样对自己亦有清醒的认识："再说，你也不真是废物""不妨坦白承认，/确有模糊的意图，/想去那些发生大事的城镇。""但没有想要招摇，/把自己说成血流全身——"最后诗人仍然充满希望，坚信中国将会在此"飞行的摇篮里"获得新生。

《未践的约会》是一首抒发个人感情的诗，主题是哀叹自己才能的枉费。与《南岳之秋》相比，该诗不太好懂。杨周翰先生说这首诗是一种批评，"他的话是，有一种毒素慢慢地充满了全部血流，停留不散的是荒芜渣滓，这是致命的。使他这样疲倦的不是努力也不是失败，而是缺乏古时诗礼之教"。①

诗的形式是从法国移植过来的。共六诗节，前五节三行，后一节 4 行。而第一节的第一、第三行有变化地在各诗节里再现。请看第一节：

> 慢慢地毒素流到全身血里来。
> 作努力而遭失败这都不恼人。
> 浪费仍在，浪费仍在，并将人杀害。

这里，"毒素"比喻浪费的时光，或事业的失败。而"浪费"则指因无所作为而造成的浪费，它就像一种毒素流入人的血液。

诗的第三节讲了个这样的事情："他们放干了老狗的血但换上来/小狗的血只让他在一个月里兴奋。"据诗人自注：有人曾做过老狗换血的试验，结果它只活了一个月。这里，小狗意味着欢乐和情欲的旺盛，衰老则是浪费积累造成的，不是生理的衰退。

诗的第四节提到了中国："是中国的坟墓和渣子堆成灾，/篡夺了土地，并非土地逃遁。/慢慢地毒素流到全身血里来。"诗人以此对比所谓中国的土地有五分之一被坟墓占了去的传闻，说那不是土地逃遁，就如同衰老不是生理的衰退而是浪费的积累一般。

《美丽的火车》是一首只有九行的短诗，写于 1937 年 9 月，也就是"七七卢沟桥事变"后不久。诗中倒没有提及中国，但诗人自注里交代了写这首诗的背景及自己对中日两国的看法。诗人说这首短诗写于中国战争（抗日战争）爆发几周后，

---

① 杨周翰：《现代的"玄学诗人"燕卜荪》，刊载于《明日文艺》，1943 年 11 月第 2 期。另外，关于这首诗还可参见周珏良先生的分析文章，见《周珏良文集》，北京，外语教学与研究出版社，1994，624~626 页。

将要去中国任教的时候。诗人真切地感到自己异常憎恶日本帝国主义,说他们已经将自身陷入一种可悲的错误境地。而当告诉他们说自己对日本感到很遗憾时,那些美丽而脾气好的中国人总是容忍有耐性(Empson,1955:113~114)。

《中国》也是一首短诗,意象丰富,象征绵密,不易诠解(William Empson,1955:115~118)。这可以说是一幅素描,里面列举了他的许多观感,以及对中日两国关系的思考,实际上是在比较中日两种文化。诗开头就说:"龙孵化出了一条毒蛇"。"龙"指中国,"毒蛇"指日本。诗人在自注里说日本人和中国人极其相似,因为日本文化只不过是中国传统文化圈里的一个分支。历史上中国文化哺育了日本,然而现在日本却反过来侵占中国。诗里又说"乳酪弄碎了并不是为许多蛆虫准备的"。指的是中国持续不断的混乱使任何事情犹如干乳酪一样易碎,这就给大量的蛆虫(外来入侵者)以可乘之机。诗人说中国大量砍伐森林,致使那些植被繁茂的小丘陵不复存在,暴露出的红土被冲刷殆尽,所以出现了"红色的小丘流血裸露出碎石"的景象。诗人认为这也是混乱的鲜明征象。诗人说,在中国,"古典是一座仅有的学校",他认为中国经典作品被诠释为政府施政的一般原则,这是令人悲哀的。"他们(指中国人)用礼乐治理国家""教其他国家如何统治的艺术",但"他们不愿教育日本人",而中国人"看一切国家都很沓杂"。另外,诗里还提到"长城像龙一样爬行,捻成了他们墙的轮廓。"

1983年4月17日,剑桥大学两年一度的诗会邀请燕卜荪去朗诵他自己的诗,老人邀他以前的研究生金隄一同前往。在剑桥这一天,他以当代诗人的身份光临诗会,在会上是最受尊敬的长者,晚上他最后朗诵的是一首具有独特风格的诗:

> 看罢香香归队去,/香香送到沟底里。
> 沟湾里胶泥黄又多,/挖块胶泥捏咱两个;
> 捏一个你来捏一个我,/捏的就像活人脱。
> 摔碎了泥人再重和,/再捏一个你来再捏一个我;
> 哥哥身上有妹妹,/妹妹身上也有哥哥。

该诗曾收进他1955年出版的《诗歌合集》里,题为《中国民谣》。这其实是一首译诗,由李季的《王贵与李香香》中的一段脱胎而来。诗人在自注里说,这个片段出自李季的一首很长的民谣,李季是个收集乡村民歌的共产党员。李季于1945年在陕北写出了那首长诗,后来变成了一出非常值得赞美的歌剧。这个片段在技巧上是相当有趣的。我们知道,明代民歌《南宫词纪·汴省时曲·锁南枝》表达的是同一个意思：

> 傻俊角，我的哥，和块黄泥捏咱两个，捏一个儿你，捏一个儿我，捏得来一似活脱，捏得来同床上歇卧。将泥人儿摔碎，着水儿重和过，再捏一个你，再捏一个我，哥哥身上也有妹妹，妹妹身上也有哥哥。

这首民歌宣泄了男女之间的真情，构思想象、吐辞用语，均很泼辣大胆。与文人诗的含蓄优雅相比，虽不免粗俗，但气息清新，扑面而来。据燕卜荪说，他第一个使用的是元代诗人赵孟甫（Chao Meng-fu）。这一主题与技巧在古典作品里虽已被使用过，而现在又被传播或得以在流行形式中复活。燕卜荪的翻译是逐字逐句的，在注解里还不忘提示说李季正在与日本人作战。（Empson，1955：119）

燕卜荪朗诵的这个美丽的中国故事，在英国听众中激起热烈的反应，博得了长时间的掌声。这也许是诗人一生中公开朗诵的最后一首诗，他在中国只度过六七年光阴，但他的诗魂中，显然已经和进了中国的泥土，镌刻下了美丽的中国印记；而这位英国诗人的身影也将永远留在中国人的心里。

参 考 文 献

杨周翰：《现代的"玄学诗人"燕卜荪》，载《明日文艺》，1943（2）。
杨自伍编：《英国散文名篇欣赏》，上海，上海外语教育出版社，1995。
[英]燕卜荪：《朦胧的七种类型》，周邦宪等译，杭州，中国美术学院出版社，1996。
王佐良：《王佐良文集》，北京，外语教学与研究出版社，1997。
金隄：《英国诗人的深情厚意——悼念燕卜荪教授》，载《世界文学》，1984（5）。
赵瑞蕻：《诗歌与浪漫主义》，南京，南京大学出版社，1993。
赵瑞蕻：《诗的随想录——八行新诗习作150首》，南京，南京大学出版社，1995。
赵毅衡：《英国20世纪最出色的学者诗人——燕卜荪》，载《人物》，2000（5）。
周珏良：《周珏良文集》，北京，外语教学与研究出版社，1994。
Empson, William. *Collected Poems.* New York: A Harvest/ HBJ Book, 1955.
Gill, Roma, ed. *William Empson: The Man and His Work.* London: Routledge & Kegan Paul, 1974.
Empson, William. *Argufying: Essays on Literature and Culture.* Edited by John Haffenden. Iowa: Iowa State University Press, 1987.

弗·雷·利维斯与《伟大的传统》①

陆建德

内容摘要：这篇文章写于2001年，是《伟大的传统》中译本（2002）的序言。文章首先整体评价了利维斯的终身成就及其在20世纪英国文学中的地位，继而分析了利维斯关于道德的自由观念以及在其批评实践中的微妙运用。文章最后梳理了利维斯在中国的接受，提出利维斯对夏志清《中国现代小说史》的影响。

关键词：F. R. 利维斯；Q. D. 利维斯；《伟大的传统》；《细察》

F. R. Leavis and *The Great Tradition*

LU Jiande

Abstract: This essay was written in 2001 as the introduction to the Chinese translation of The Great Tradition (Beijing, 2002). After a general evaluation of F. R. Leavis's life achievement and his position in 20th century English literature, it tries to analise and appreciate Leavis's liberal sense of morality and its subtle application in critical practice. The essay ends with a survey of Chinese reception of Leavis and a suggestion of Leavis's influence on The History of Modern Chinese Fiction by C. T. Hsia.

Keywords: F. R. Leavis; Q. D. Leavis; *The Great Tradition*; *Scrutiny*

---

① 本文首次发表于《伟大的传统》2002年中译本《序》，此次作者在注释和参考书方面略有修订和补充。

一

弗·雷·利维斯（F. R. Leavis，1895—1978）1962年从剑桥大学英文系退休时，乔治·斯坦纳在《文汇》杂志发表纪念文章说，文学批评史上的主要人物（如柯尔律治和托·斯·艾略特）往往也有文学作品传世，他们既是批评家，又是诗人，人们因钦佩他们的诗才而相信他们的判断。凭自身的资格而为后世所敬重的批评家为数很少，如圣伯夫、莱辛和别林斯基，利维斯可以跻身于他们的行列。鉴于英美学界当时对利维斯以"利维斯博士"相称，斯坦纳略显夸张地写道，英国文学史上有两位杰出人物使"博士"这平庸的学衔成为自己名字的一部分，"缪斯女神只授过两个博士学位，一个是利维斯博士的，另一个是约翰逊博士的。"（斯坦纳，1967：232）

与约翰逊博士并列是极大的荣誉，它同时显示了英国本土批评传统的承继。[①] 然而利维斯与约翰逊毕竟生活在断然不同的时代：约翰逊热爱伦敦，伦敦的街巷和俱乐部是他活动的天地；利维斯则把伦敦的文学艺术权势集团（包括英国文化委员会、《泰晤士报文学增刊》和英国广播公司）当作他批评锋镝的靶标。利维斯退休时的心情是不轻松的。那一年他的演讲《两种文化？查·珀·斯诺的意义》在《旁观者》杂志发表后引起轩然大波。查·珀·斯诺（C. P. Snow，1905—1980）既是科学家，又是小说家，而且多年担任政府官员，一身数役，自视甚高。他在1959年一次著名演讲中提出，当代的科学家和人文学者实际上代表了两种文化，未来将属于先进的科学文化。利维斯反对"两种文化"的提法，坚持只有一种文化，即文化传统。这两种对立的观点引发了英、美20世纪最有意义的争论之一[②]，认可斯诺的说法就意味着间接否定利维斯数十年来努力奋斗的目标，对利维斯而言，文学批评是维护并光大文化传统至为重要的环节。

二

利维斯是剑桥本地人，除了参加第一次世界大战和为数不多的短期学术出访，

[①] 佩里·安德森在著名论文《国民文化的组成部分》（刊载于《新左派评论》，1968（50））指出，英国人文学科和社会科学主要领域的代表都是保守的欧陆移民，由利维斯主导的文学批评几乎是唯一的例外。

[②] 争论牵涉如何评价工业革命和"进步"、文学的意义等重大问题。详见 [英]C. P. 斯诺：《两种文化》，纪树立译，北京，生活·读书·新知三联书店，1994；[英]利维斯：《也不让我的剑休息：关于多元主义、同情和社会希望的演讲》，1972。

他一生都在剑桥度过，剑桥之于他就像柯尼斯堡之于康德。利维斯从珀斯学校毕业后得到剑桥大学的奖学金，第一次世界大战爆发不久他应征入伍，学业中断。这位英军救护队的担架兵出入于炮火之间，口袋里总有一本袖珍弥尔顿诗集为伴。（利维斯后来却以批判弥尔顿的"宏伟风格"著称。）也许因为战争的场面无比惨烈，利维斯后来极少谈及那段时期的经历。停战后利维斯回到剑桥，为准备本科生必需的两次考试（Tripos）主修了历史和英国文学。他取得学位后继续深造，1924年完成博士论文，但直到1936年才成为剑桥唐宁学院院士，翌年又被剑桥英文系聘为讲师，此时他主办的《细察》（Scrutiny）（1932—1953）杂志已有一支相对稳定的作者队伍和一批忠实的读者。创办《细察》是利维斯对英国文学批评的重大贡献。

在20世纪20年代的英国，与文学相关的期刊不少，但主要致力于文学批评的杂志难得一见。利维斯对只维持了两年多的《现代文学记事》（1925—1927）评价极高，《细察》想完成的就是《现代文学记事》未竟的事业[①]：以严格独立的批评体现一种标准，从而培养读者的识别力。利维斯的影响在很大程度上来自《细察》。

瑞恰兹和他的学生燕卜荪都是禀赋特异之人，但他们未能在剑桥形成一个薪火相传的流派。20年代的剑桥英文系无疑属于瑞恰兹，他在学生心目中几乎是宗教领袖般的人物，他采用心理学视角和新颖的授课方式，课堂总是人满为患[②]。瑞恰兹在出版了划时代的《文学批评原理》（1924）和《实践批评》（1929）后赴北京讲学，其后又去哈佛任教；燕卜荪的《朦胧的七种类型》（1930）为他赢得天才的美誉（当时他仅24岁），但他也到日本、中国教授英国文学。利维斯则始终立足剑桥，以《细察》为喉舌，以唐宁学院为中心，一步一个脚印地追求他的批评与文化理想。《细察》也许未被伦敦（甚至剑桥英文系[③]）所承认，但很多曾在剑桥求学的作家、学者是在阅读《细察》的过程中走向思想感情的成熟的，其实际影响非发行量所能反映。诗人、批评家唐纳德·戴维一度将《细察》当《圣经》来读，

[①] 《现代文学记事》有一组系列文章取名"细察"，主编艾吉尔·里克沃德编过两卷批评文集，书名又是《细察：多人合集》（Scrutinies by Various Writers，London，1928—1931）。利维斯曾从《现代文学记事》编选文章结集出版，书名为《批评的标准》，1933。

[②] 详见卢本·布鲁厄等编：《纪念文集：为I. A. 瑞恰兹而作》，1973。中巴兹尔·威利和燕卜荪的文章。

[③] 利维斯对剑桥英文系颇存芥蒂，数次发出"在剑桥但又置身于剑桥之外"的感叹。

而利维斯则被奉为先知。①《细察》的成就在大洋彼岸也得到应有的注意。1948年，著名剧评家艾立克·本特立从历年的《细察》中编选出了一册文集在美国出版，他在《序言》中写道：

> 在整理1932年到1948年间的《细察》时，请允许我说，我发现没有其他杂志刊载过如此众多有关文学的有用的分析。"有用的分析"指的就是那些能帮助你自己去理解作品的分析，当今充斥于我们图书馆的"批评"著作在这方面根本不行。（本特立，1948：26）

《细察》度过了"二战"的艰难，到了福利社会的和平时代反而无法维持。这份杂志自从创办以来一直没有专业的编务和营销经理，全靠利维斯夫妇勉力为之，编辑和作者从未领取分文报酬。②为保持评论的独立性，《细察》和《现代文学记事》一样，宁可凿沉船只也不愿为堵塞大大小小的漏洞向赞助折腰。这种精神在一个已被商业化操作所麻醉的时代是难以理解的。幸运的是利维斯退休后剑桥大学出版社重印《细察》（包括索引共20卷），此时英国各大学的英文系已取代了往昔的神学院和古典文学系，成为"传道授业解惑"的中心。

19世纪中叶，一些质疑《圣经》历史真实性的著作③先后问世，进化论也渐渐流行，宗教在英国精神生活中的地位大大下降。马修·阿诺德作于1880年的《论诗》一文如此形容当时的情景："没有哪一种信条不发生动摇，没有哪一种信奉已久的教义没被证明为值得怀疑，没有哪一种大家接受的传统不受解体的威胁。"宗教的颓势一目了然，但是诗歌或文学的前途更为远大。阿诺德预言，人们发现"在不负自己崇高使命的诗里找到愈益值得依赖的依靠"；诗的效用远超出我们的估计，"我们必须求助于诗来为我们解释生活，安慰我们，支持我们。"（安阿柏）这篇文章本是为5卷本的《英国诗人作品集》所作"序言"，文中的"诗"当然是指英国文学的精华英诗。到了20世纪初，尤其是"一战"后，英语和英国文学更成了民族文化的象征和骄傲，英国文学则发展为大学里独立的学科。自从其产生之

---

① 详见布莱克·莫里森：《运动派：1950年代英国诗歌与小说》，1980，第1章《运动派的起源》。
② 详见利维斯为《细察》最后一期撰写的《停刊词》，刊载于[英]F. R. 利维斯编选《〈细察〉选集》，共两卷（1969），2卷，第317~320页，利维斯在这篇短文末尾引用了亚瑟·休·克勒夫的名诗："不要说我们的努力付诸东流。"
③ 如乔治·艾略特翻译的德国著名《圣经》、学者斯特劳斯（D. F. Strauss, 1808—1874）的《耶稣传》。

初，英文系和英国文学批评就有强烈的社会使命感①，教师和学生在不同程度上都是阿诺德的信徒。瑞恰兹进一步发展了阿诺德的观点：文化传统的崩溃将导致精神上的混乱状态，"诗可以拯救我们，它完全可能是克服混乱的工具。"（恰瑞慈，1962：82~83）但是瑞恰兹是从神经系统的平衡或满足来看待诗的作用，当他说诗的退化将造成生物学上的灾难或有害于人类的心理健康时，他继承的实际上是边沁功利主义的宗祧。在20世纪的英国，像阿诺德那样以诗或文学为宗教的人是利维斯。就当代文学创作和批评而言，托·斯·艾略特绝对称得上早期利维斯的精神导师，但利维斯对艾略特的宗教信仰一直不以为然，他一生都力图将文学置于人文教育的核心②，这也是阿诺德的一贯立场，虽然阿诺德所说的文学往往是古典文学；利维斯与斯诺的交锋实质上乃是阿诺德与托马斯·赫胥黎关于大学课程中文学与科学孰轻孰重之争的延续。③文化是阿诺德和利维斯的共同信仰。

利维斯第一篇重要文章《大众文明与少数人的文化》④（1930）以阿诺德《文化与无政府状态》中一段文字为篇首引语：

> 文化为人类担负着重要的职责；在现代世界，这种职责有其特殊的重要性。与希腊罗马文明相比，整个现代文明在很大的程度上是机器文明，是外在文明，而且这种趋势还在愈演愈烈。（阿诺德，2002：11）

利维斯和阿诺德都怀疑煤炭和钢铁产量（或生产总值、消费水平）的提高能否用来衡量社会的"进步"和"幸福"，他们都不敢贸然站在急于投身社会改革的自由派和左翼人士一边，因为他们都意识到后者容易将自由和"更多的果酱"等手段与生活的目的混为一谈。但是两人心目中的文化有不尽一致的内涵。阿诺德心仪

---

① 这种使命感里也掺杂了殖民主义和帝国主义的成分。参看特里·伊格尔顿：《文学理论导论》，第1章，牛津，1983；克利斯·鲍狄克：《英国文学批评的社会使命：1848—1932》，1987。
② 参见利维斯：《教育与大学：英文学院概要》，1943；《英国文学在我们的时代与大学》，1969。艾略特也关心人文教育，但他想恢复的是宗教传统，他批评阿诺德不应以文化（文学）顶替宗教。
③ 《科学与文化》是赫胥黎1880年在伯明翰的乔赛亚·梅森爵士科学学院（伯明翰大学前身）建院典礼上的演讲。赫胥黎认为就获致文化而言只涉科学的教育起码与只涉文学的教育同等有效。阿诺德在1882年的剑桥大学里德演讲 Rede Lecture "文学与科学"驳斥此说。他提出对美和行为操守的关心是生活意义所在，只有广义上的文学才能反映并促进这种关心。赫胥黎：《科学与文化及其他》，纽约，1882，12~30页；阿诺德：《阿诺德散文全集》，第10卷，53~73页，具有讽刺意味的是斯诺的《两种文化》也是里德演讲。
④ 该文最初以小册子出版，后收入利维斯文集：《文化传承》，1933。

希腊和罗马的古典文化，也乐意用当代欧洲文化（如法国与德国的文化）为参照批判英国的陋习。利维斯独重本土资源（因此有时显得褊狭固执），时时追念未被工业文明和资本主义生产方式所破坏的"有机共同体"（Organic community）的人际关系和生活艺术。阿诺德的文化指内在精神的完美，利维斯则在一定程度上把文化转变为一个语言问题。利维斯说，对文学艺术敏感而又有鉴别力的人是文化圣所的看护，他们数量很少，但却保存了传统中最不易察觉同时又最容易消亡的成分；高品质的生活取决于这少数人不成文的标准，文化的精粹就是这些人辨别优劣的语言。① 假如这语言的水准能够保持，文化传承庶几可望。艾兹拉·庞德在《如何阅读》（1928）中的一说颇得利维斯赞赏：文化的健康来自语言的健康，没有语言的健康就没有思想工具本身的整洁：

> 除了在造型艺术或数学中极个别的例子，没有词语，个人无法思想，无法交流思想，统治者和立法者也无法有效地制定法律。词语的坚实有效是由该死的被人小看的文人学士来照顾的，如果他们的作品腐烂了（我指的不是他们表达了不得体的思想），当他们使用的工具、他们的作品的本质即以词指物的方式腐烂了，那么，社会和个人思想、秩序的整个体制也就完蛋了，这是一个历史教训，一个未被记取的教训。（庞德，1960：21）

阿诺德在评法国作家约瑟夫·儒贝尔的长文里有一个响亮的论断——文学的最终目的乃是"一种对生活的批评"（a criticism of life）②。利维斯整个生涯都在证明这论断的正确性，他从不相信所谓的"纯文学"和文学的超然独立性，他一再申说真正的文学兴趣也是对人生与社会的兴趣，它没有而且也不可能有明确的疆界。然而这种兴趣不是泛泛的、抽象的，不能停留在观念的或理论的层面上。③ "作为反哲学家的批评家"（利维斯1982年一本文集的书名）将眼光投向"纸上的词语"（words on the page），他认识到语言媒体不是用来表达现成的"观念"的，写作本身是一个创造的过程，风格特征反映了思想感情的品质。身处文化危机之中的利维斯企图在语言使用的习惯上寻求一个可靠的起点，正是由于这一原因他曾被我国

---

① 参见利维斯：《文化传承》，15页，比较瑞恰兹："有史以来文明就依靠言语，词语是我们相互之间、我们与历史之间的主要纽带，是我们精神遗产的通道。当传统的其他传播媒介如家庭和社区解体的时候，我们被迫愈益依赖语言。"见 I. A. 瑞恰兹《实践批评》，1929，320~321页。
② 参见阿诺德：《阿诺德散文全集》，第3卷，209页。阿诺德后来在《论诗》一文对此做了更全面的阐述。
③ 利维斯与雷纳·韦勒克就文学批评与哲学的关系展开过一场极有名的争论。见《〈细察〉的重要性》，23~40页。

学者讥为"唯语言论者"。他在"二战"期间应邀到伦敦经济学院演讲文学与社会的关系时提示他的听众:

> 对语言的微妙的地方没有敏锐的了解,对抽象或笼统的思想与人类经验的具体事物的关系没有透视力(只有有训练地经常阅读文学才能做到),那么,用于研究社会和政治的思考就没有它应有的尖锐性和力量。[1]

不过在20世纪30年代初,经历了经济大萧条的人们无暇顾及这看似浅显的道理。资本主义社会风雨如晦,采取行动或作政治表态看起来更像当务之急。各种教条和宏大叙事在公共讲坛吸引听众和追随者,很多知识界人士为之倾倒。像广告商那样自信大胆地使用语言成为一时风尚。利维斯既与托·斯·艾略特以及他主持的《标准》杂志所体现的保守主义(或曰"新古典主义")保持距离,又不赞同激进派的政治立场。他也许过于天真地相信,文明的危机实质上是由批评不振所致,文学批评或语言分析是检验并确立价值的理想领域,一旦形成一批对语言十分敏感的读者大众,江湖骗子无以生存,这时大家的思想才明晰有力,社会改革也不致偏离正道。在创办《细察》时利维斯打出文学批评的旗号,拒绝作站队式的表白(避免站队也可以理解为站队的一种方式),但是他的文学批评始终也是文化批评和社会批评。[2] 利维斯与当时庸俗的经济决定论者的论争是值得扼要介绍的。

利维斯首先承认,人的精神活动从来不是在真空中进行的,而解决经济政治问题也有必要。当今的世界如此复杂,简单的处方或结论自然格外具有魅力。然而资本主义的抨击者有时无非是"好的资产阶级",他们和资产阶级一样迷信机器,断言资本主义生产的驱动力是卑鄙自私的,但只有资本主义带来的高度机械化和自动化才能将人类送入千年盛世。现在经常有人指责利维斯幼稚地相信永恒的人性,实际上利维斯对人性在环境压力下的脆弱深有感触。他说经济决定论者自相矛盾地假定,一旦外部条件改善了,即社会和经济的各种安排更加合理了,文化的价值就自动光临人世,仿佛人身上美好的本性不可变更。爱德蒙·威尔逊曾从阶级斗争的角度来读德莱塞的《美国的悲剧》,利维斯问道,当克莱德(小说主人公)经济上有了保障的时候他难道还没有把值得追求的人文价值忘得精光吗?文化传承需要人

---

[1] 这篇演讲收入利维斯文集《共同的追求》(1952),已由徐育新译成中文,见《现代美英资产阶级文艺理论文选》上编,作家出版社,1962,129页。
[2] 详见《文化传承》中《"在哪一个王上手下,老奴?"》一文。在利维斯与丹尼斯·汤普逊合著的《文化与环境:批评意识的训练》(1933)一书中很多篇幅用于广告词分析。关于左翼人士对《细察》的批判,见弗朗西斯·摩尔亨的《〈细察〉的时刻》,(1979)。

们不间断地积极参与,不能想当然地托付给虚构的历史潮流去照顾。①

利维斯穷毕生精力在文学批评中锻炼心智,砥砺思想。在他后期的作品中他给读者的印象是他在孤独地进行一场无望取胜的斗争。电影、电视等传媒正在侵蚀、消解批评的标准,而大众似乎心甘情愿地被商业利益劫持了。他和纽曼一样竭力提高大学在当代文明中的地位,但他已不可能像纽曼那样乐观地描述大学的目标:"提高社会的精神格调,培养公众的智慧,纯洁国民的趣味,为民众所喜提供真正的原则,为民众所望提供确切的目标……"(纽曼,1983:157)利维斯对"民众所喜"和"民众所望"已不抱奢望。他以为早在17世纪后半叶,亦即班扬、马韦尔和哈里发克斯的时代,民众的文化与最优秀的文化还是统一的。两百年来,资本主义的生产方式已败坏了大众文明的趣味,大学和文学批评的使命是抵抗社会对"少数人文化"的围追堵截。利维斯慢慢像威廉·布莱克那样与时代潮流不合。他晚期演讲集书名"不让我的剑休息"取自布莱克预言长诗《弥尔顿》的《序诗》:

> 我将不停这心灵之战,
> 也不让我的剑休息,
> 直到我们把耶路撒冷
> 建立在英格兰美好的绿地。(王佐良,1988:205)

勇敢应战的背后似乎还隐伏着什么。

三

如果说利维斯的《英语诗歌的新动向》(1932)和《重新评价:英诗的传统与发展》(1936)确立了利维斯在诗歌批评方面的权威地位,那么《伟大的传统》(1948)就是他小说批评的代表作。利维斯发现19世纪以来英国文学的主要创作活力体现于小说写作,于是在40年代将批评注意力从诗歌转向小说,②并将小说称为"戏剧性的诗歌"。

《伟大的传统》起势开门见山,首句就是毫不含糊的断语,利维斯的自信与锐气充乎字里行间。第一章的标题与书名相同,虽然总领全书,也可独立成篇。作

---

① 详见利维斯《文化传承》中的《序言:马克思主义与文化传承》。
② 利维斯晚期也有出色的诗评,如《充满生气的原则:英文作为磨炼思想的学科》(伦敦,1975)中有篇幅可观的对托·斯·艾略特《四个四重奏》的细读。

者点评两百年来英国小说，阐述见解，批驳错谬，让读者感到一条传统的血脉清晰可见。这一章行文如钱江大潮，波澜层出，但恢宏逼人的气势后面只见一片诚挚热切之心，犀利的词语总伴随着细心的辨析和限制性的说明。

利维斯在执教与辅导的过程中发现，文学史上充斥着经典作家和经典作品，"经典"一词显然用得过滥。他常说人生苦短，为充分利用时间，学生读书不得不有所取舍，这就需要有人站出来作价值判断或重大的甄别，从而形成"一种正确得当的差别意识"。同时，对一些作家人们交口称赞，但对他们的真正卓越之处却缺乏共同的认识。[①]形成这种"差别意识"也是达成共识的必要前提。阅读利维斯勾画的伟大传统，我们时时感到那传统像未经雕琢的宝石，大师之手让宝石的琢面放出异彩：以菲尔丁、理查逊和范妮·伯尼为铺垫，简·奥斯丁奠定了英国小说伟大的传统，从此乔治·艾略特、亨利·詹姆斯、康拉德和戴·赫·劳伦斯形成了一条发展之链。[②]这些伟大的作家帮助人们进一步认识艺术的潜能、人性的潜能、生活的潜能。虽然他们在技巧上都有很强的独创性，但形式并非主要目的。他们身上全无福楼拜式的对人生的厌倦，反之，他们以坦诚虔敬之心面对生活，有巨大的吐纳经验的能力和显著的道德力度。《伟大的传统》问世后，《泰晤士报文学增刊》对它大加称赞："如此迫切地期盼小说发挥最高潜能，如此敏锐地意识到批评的职责，如此细腻地甄别真假想象力——综合具备这些要素在任何时候都是极为难得的，在今天尤其重要。就解释小说的目标和方法而言，利维斯远远超过前人。"（德温特·梅，2001：318）杰出的美国批评家屈瑞林在《纽约客》上评论道，批评家能做的最有意义的工作之一就是"描绘一个连贯的传统，从而使很多作品更容易理解"。书中有一些提法值得商榷，但"这是一流的批评判断，它的力量和准确性在很大程度上来自利维斯博士直言不讳的道德态度"（曲瑞林，1957：101-106）。

确实，"伟大的传统"不仅是文学的传统，也是道德意义上的传统。利维斯

---

① 也就是说，判断一致（如称某书、某作家伟大）是不够的，作出判断的依据也应该一致，只有这样，批评才是托·斯·艾略特所说的"共同的追求"。经学家、道学家、才子、革命家和流言家对《红楼梦》齐声说好，但他们在书中看到的是不同的内容。这种判断的一致有何意义？详见《鲁迅全集》，第8卷，人民文学出版社，1982，145页。

② 利维斯把詹姆斯列入英国传统，也许会有异议。利维斯说詹姆斯从英国小说得到丰沛的营养，尤擅刻画英国文明的基本特征，他身上兼具英美两种文明之长，暧昧的身份使得他的观察更为敏锐。在评论美国文学时，利维斯肯定有"欧洲中心"之病。他强调美国优秀文学与欧洲（尤其是英国）文学的联系。在美国文学史上，他尊库柏、霍桑、梅尔维尔、马克·吐温，贬惠特曼、德莱塞、菲茨杰拉尔德和海明威。详见利维斯文集《安娜·卡列尼娜及其他》（1967）中几篇关于美国文学的论文。

臧否作品的标准往往有道德的出发点,他不会像布鲁姆斯伯里团体成员之一克莱武·贝尔那样标举出独立自足的"有意义的形式"。一个最著名的例子就是对奥斯丁《爱玛》的评论。利维斯不赞成从"审美""诗篇布局"和"生活之真"来阅读这部小说:"实际上,细察一下《爱玛》的完美形式可以发现,道德关怀正是这位小说家对生活的独特兴趣的特点,而读者只有从道德关怀的角度才能领会小说的形式之美。"①利维斯还把乔治·艾略特的伟大之处归结为"强烈的对人性的道德关怀,这种关怀进而为展开深刻的心理分析提供了角度和勇气",最终展现的是一种托尔斯泰式的深刻性和真实性。易言之,不论是技巧形式还是心理分析,只有在服务于道德意识的时候才有意义。这种关系亨利·詹姆斯一度处理得很好,他擅长模棱两可之笔,贯穿这技巧的是新英格兰社会风习赋予詹姆斯的"道德锋芒"或"洞察深远的道德睿智"。利维斯写道,詹姆斯"创造了一种理想的文明感受力,一种能借助语调的抑扬和弦外之音的些许变化进行沟通交流的人性:微妙之处可以牵动整个复杂的道德体系,而洞察敏锐的回应则可显出一个重大的评价或抉择。"②但是在他后期的作品里,迂回曲折的笔法和"肥大增生"的细腻使他丧失了道德触觉的准确性:

> 他对技巧的专注失去了平衡,技巧不是在有力地表达他最为敏锐的感知——为他最充分的生活意识所贯穿并因而相连的诸多感知;相反,对技巧的专注成了某种使他的才智漫漶不明并使他的敏锐感觉变得麻木迟钝的东西。(利维斯,2002:26)

本书引述的伊迪丝·沃顿的《回首》中记载的詹姆斯问路一事,形象地反映了詹姆斯晚期的叙事风格。当评论界以空前的热情大谈技巧的时候,形式批评不免多浮词曲说,有人不怕做出头椽子,将技巧放到适当的位置,即使引起种种非议也是值得的。

但是真正要把握利维斯的道德态度,对我们文化背景全然不同的人而言绝非易事。

---

① 读到利维斯这类文字屈瑞林发出"不亦快哉"之叹,但戴维·洛奇却在他颇有影响的《小说的艺术》(伦敦,1966)中把这一论断颠倒过来,称奥斯丁的道德关怀只能从形式之美来认识。见该书第68页。
② [英]F.R.利维斯:《伟大的传统》,袁伟译,北京,生活·读书·新知三联书店,2002,26页。请注意利维斯书中引用的《一位女士的画像》里沃伯顿勋爵要为伊莎贝尔点蜡烛的细节。伊莎贝尔从这不易察觉的小事意识到她有自己的体系和轨道,她的些许变化隐含了"重大的评价或抉择"——她最终拒绝了沃伯顿勋爵的求婚。见[英]F. R. 利维斯:《伟大的传统》,袁伟译,生活·读书·新知三联书店,2002,245~246页。

多年执教牛津的戴维·塞西尔在《早期维多利亚时代小说家》（1936）中对乔治·艾略特如此评说：尽管她在宗教上是自由主义者，她的思想感情是为清教神学的道德戒律所浸透的。"她也许不信天堂、地狱和神迹，但她却信是非之别，认定走正道是至高无上的责任，一门心思，仿佛她就是班扬呢。而且她判断是非曲直的标准就是清教的标准。她赞赏真诚、正派、勤劳和自律；她反对放荡、马虎、伪诈和恣意纵情。"塞西尔写到这里流露出开明人士居高临下的姿态。利维斯紧接这段引文后爽快承认，他自己也褒艾略特所褒，贬艾略特所贬：

> 在我看来，这些信念好恶是有益于产生出伟大文学来的。我还要补充一点（索性来个彻底交代），开明也好，唯美主义也好，世故老到也罢，尽都可以在这些信念面前怡然生出一份优越感，但其结果，在我看来，却只能是琐屑和腻味，而且由此琐屑，再生邪恶。（利维斯，2002：22）

看了这段告白，我们不能草率地推断，利维斯和乔治·艾略特像严峻的清教徒那样信奉一套僵硬、黑白分明的道德观。

伏尔泰曾说英国诗人的伟大功绩就是他们深刻有力地处理道德观念，阿诺德就此在《论华兹华斯》一文解释说，对于道德这个名词，不妨宽泛地理解。伏尔泰想表明的绝对不是英国诗人如何会写道德说教的诗歌。道德观念是人类生活的主要部分，"怎样生活"这问题本身就是一个道德观念，人人都在用这样那样的方式提出这一问题，关注这一问题。凡是与此相关的，便是道德的。① 利维斯最为推崇的几部小说（如《爱玛》《米德尔马契》《一位女士的画像》和《诺斯特罗莫》）呈现在读者面前的，恰恰就是"怎样生活"的问题在不同人物身上的曲折表现。这些作者和利维斯本人没有给出答案，但我们知道"怎样生活"这问题预先设定了一种严肃而紧迫的关怀，它与某些人生态度难以相容，例如闲适的随意和放浪的游戏。

然而利维斯的道德态度中有其宽容、富有人情味的一面，不了解这一点就误解了道德的含义。简单的扬善惩恶，伟大的作家不屑为之。考察寻常生活中的道德复杂性，或者说像詹姆斯那样在鉴赏和研究一种优雅文明的过程中"为自己的伦理感受开出一片田地"，这才需要非凡的眼光。利维斯说，乔治·艾略特的长处是摹

---

① 详见《阿诺德散文全集》，第9卷，第45页，伏尔泰在概述路易十四时期欧洲的艺术与科学时写道："没有别的国家像英国那样，以诗歌的形式，有力地、深刻地论述伦理道德。在我看来，这就是英国诗人的最大功绩。"参见[法]伏尔泰：《路易十四时代》，吴模信等译，北京，商务印书馆，1997，494页。

写"人性的弱点和平常之处，但她并不以为其卑劣可鄙，既不敌视，也不自欺欺人地纵容之。"让我们来看几个具体的例子。

可以毫不过分地说，没有《伟大的传统》就没有《米德尔马契》（及其作者）在今日英国文学史上崇高的地位。小说中的人物布尔斯特罗德的遭遇写得极其出色。这位小镇上的银行家也是慷慨而严厉的慈善家，他总是为自私的欲望披上宗教的外套，不过他还不敢公然在上帝面前撒谎，自私的考虑仿佛是无意识的、极细微的肌肉活动。布尔斯特罗德年轻时对一位姑娘的下落知情不报，与她母亲结婚并得到非分之财。多年后他的欺骗行为败露，他在当地巨大的影响力化为乌有，无人与他来往。这种被社会放逐而又无处隐遁的生活对一个体面的人来说几乎是人间地狱，此时他忠诚厚道的夫人并不遗弃他，两人伴着耻辱和孤独无悔无怨地度过余生。利维斯说，艾略特对布尔斯特罗德不留情面的剖析为同情之光所照亮，她描写这个人物时显示的艺术不是讽刺的艺术，她有讽刺家的敏锐，但是，"她又是绝顶聪明且有自知之明的人，因而又太过谦卑了，纵使她要嘲讽，也不可能超过偶尔为之的程度"（利维斯，2002：119）。这种有节制的嘲讽的最终效果是读者对布尔斯特罗德报以同情而非轻蔑。利维斯补充道，这位得到报应之人也会产生剧烈的痛苦，他是我们中间的一员，"他与我们的距离远非我们扬扬自得地相信的那样遥远"。同样的精神体现在对詹姆斯《鸽翼》的分析中。年轻富有的美国女子蜜莉·西勒在英国游历时发现自己身患绝症，但她仍想尽情体验人生。英国姑娘凯特·克罗里不动声色地鼓励男友利用蜜莉对他的好感，以期得到好处。利维斯特别指出，凯特并没有被写成恶棍，她的父亲、姐姐和姨妈都暴露出不同程度的无耻和野心，她只是作为一个普通的人在各种不利因素的合力作用下受到邪恶的诱惑。假使我们不假思索地谴责她，我们就忽略了詹姆斯试图反映的她在社会中承受的巨大压力。这部小说如有弱点的话就是"鸽子"蜜莉，她仅仅因为自己的财富就被詹姆斯推上公主的宝座，她的道德意义何在？

最有说服力的例子是关于《费利克斯·霍尔特》的文字。利维斯谈得最多的不是小说中腐败的选风、激进派的政治或是在剧烈的社会变动中呼吁谨慎的费利克斯·霍尔特，而是乔治·艾略特笔下的特兰萨姆太太。这位太太有着女王般的仪态风度，但是她的生活却为一段隐衷所苦。她婚后与家庭律师有染并生有一子，不久发觉律师工于心计，失望中默默忍受痛苦。特兰萨姆太太为自己"人性的弱点和平常之处"付出极大代价，不过她从不在言语和行为中流露出屈辱感。（《妻妾成群》中的颂莲充满酸溜溜的怨愤，她喜欢炫耀自己的屈辱感——在诅咒世界与人生的词语里寻求发泄与慰藉。中国作家能否从比较中得益？）她从不与律师争吵，"决不把自己对他的看法告诉他，这个决心已经成了她的习惯。她把那份女人的自尊和敏感保护得完好无损。"利维斯由衷欣赏的是特兰萨姆太太既无感伤的忏悔，又无粗俗的复仇的冲动。一心复仇者往往会把自己视为无辜的受害者，从而推脱自己的道德责任。乔治·艾略特书中的女性（如《弗洛斯河上的磨坊》中的麦琪和《米德尔马契》中的多萝西娅）身上常露出作者本人的身影，利维斯对这种自我欣赏或自怜最不能容忍。特兰萨姆太太身上并没有献身人类事业的激情在燃烧，她在道德上可能是平庸的，但她最终却被塑造为一位有人性尊严、达到悲剧高度的人物，这是乔治·艾略特的伟大成就。请看利维斯的赞叹："对特兰萨姆夫人早年失足的处理竟然没有一点儿维多利亚时代道学家的气息……在这种成熟艺术所创造的世界里，禁忌的氛围是不为人所知的。"作者在写到丑闻时既不神神鬼鬼地掩饰，又不大惊小怪地作一番过瘾的谴责，同时没有任何形式的伤感。我们看到的是一位具有深刻道德想象力的心理现实主义者实实在在的坦率："此乃人性，此乃事实，此乃无可变更的后果。（利维斯，2002：97）

四

《伟大的传统》中有不少精辟的论断。最著名的就是利维斯在评乔治·艾略特的《丹尼尔·狄隆达》时宣称，真正伟大的小说被书名和同名男主人公掩盖了，作品后面连篇累牍的犹太复国主义热情只是狗尾续貂。他以金圣叹腰斩《水浒》的气魄提议，小说不妨在女主人公葛温德琳的丈夫格朗古溺水而亡时结束，冠以《葛温德琳·哈雷斯》之名单独印行出版①。笔者感到，对葛温德琳的分析以及将她与《一位女士的画像》中伊莎贝尔所做的比较是《伟大的传统》中最精彩的部分。葛温德琳是个年轻气盛的利己主义者，她风趣泼辣，有一种"千姿百态的轻浮世故"，然而她还保有"良心的根茎"，为自己身上潜伏的某些成分而惧怕。艾略特刻画她的复杂性格曲尽其妙，利维斯借助大段引文（如葛温德琳与母亲的谈话、格朗古向葛温德琳求婚）提示说，艾略特没有作长篇心理描写，但是我们在言语和细小的动作里觉察到各种冲动、欲念和意向在会合碰撞，隐约的思想的胚胎在半明半暗的意识

---

① 这提议也许受詹姆斯启发，详见利维斯的《伟大的传统》附录《丹尼尔·狄隆达：一场谈话》。

里浮现。①中国读者未必熟悉利维斯评论的小说，这些有时显得过长的引文倒还不可缺少。其实，自以为读过这些小说的人经利维斯的点拨后再细察引文，往往会责问自己原来怎么会忽略文中的深意和妙味。

　　利维斯重在甄别，因而对书中主要论述的三位对象并不是一味叫好。在第4章论康拉德时，利维斯又露出一位经验主义者的本质。"坚实而生动的具体性"是《诺斯特罗莫》的优点（《黑暗的心脏》中有的部分也因此得到嘉许。这标准常见于利维斯诗评。），但是这种叙述手法时常让位给杂志撰稿人故意渲染气氛的噱头，"为的是把某种'意味'，强加于读者和他本人，从而让人作出紧张的反应"。康拉德爱用"难以言说""无法形容""不可思议"等形容词来强调他自己也说不清、写不出的东西，结果是空洞的亢奋，"比多余还要糟糕的强调"（利维斯，2002：297）。这些评语都说得精确到位。《台风》得到好评，原因之一大概是它完全没有"深不可测的奥秘"之类的污点。利维斯在不同的场合引用过康拉德对船长麦克惠尔外观的描述，这位看似朴实而且毫无英雄气概的船长在危急关头指挥若定，从职业上讲确有可敬之处。康拉德作品里一系列英国船长的形象都得到利维斯的认可，这多少是因为他们代表了英国商船队的品质：纪律、责任感和道德传统。②利维斯也有迟钝不敏之处，其实《台风》中的殖民主义话语和种族歧视非常值得讨论，笔者将专文评述。

　　试图以一种传统来界说英国小说的伟大成就肯定会引起不少异议，利维斯在本书中所发的一些议论时常成为驳斥的对象。提到菲尔丁，他说《大伟人江奈生·魏尔德传》不过是"毛手小子的笨拙之作"；《汤姆·琼斯》笔底包罗万象，作者对生活的意趣却失之简单。菲尔丁的同时代人劳伦斯·斯特恩是20世纪现代派实验写作的先行者，他因所谓的"不负责任（且下流）的游戏玩笑"受到排斥。两位维多利亚时期的大作家被一语打发："梅瑞狄斯就像个好出风头的浅薄之人（他那闻名的'才智'不过是一种矫揉造作且庸俗不堪之才），而哈代，虽然尚且过得去，却也像个未见过世面的乡野匠人，在那儿笨拙而沉重地摆弄着小说，不过也因而偶有一得罢了。"最有争议的莫过于对《尤利西斯》的苛评，利维斯断言乔伊斯这部分水岭式的小说

---

① 利维斯在诗评中也十分注意发掘思想产生的过程。《细察》撰稿人之一、后为伦敦大学心理学教授的D.W.哈丁有"思想的腹地"一说。详见哈丁：《进入词语的经验》，1963年版。
② 利维斯并非刻意要为英国人、英国的习俗说话。他选了《丹尼尔·德隆达》中有关克莱斯默先生的描写指出，艾略特表面上在嘲笑这位德国人在射箭大会上穿着举止如何滑稽，实际上她是借此品评英国社交界伪善的非利士人的偏见。利维斯还说，詹姆斯写到英国乡间上流社会时缺少这种自由批评的精神。见[英]F. R.利维斯：《伟大的传统》，袁伟译，生活·读书·新知三联书店，2002，197页。

是导向传统解体的路标，称不上什么新开端，只配称死胡同。至于当时正在引起评论界关注的亨利·米勒和劳伦斯·德雷尔，利维斯说他们小说中涌动的只是给生活"泼脏水"的欲望①。这些例子绝不说明利维斯就断定这些小说不值一读。早在20年代他就在课堂上分析还在禁书之列的《尤利西斯》，并想请书商通过特殊渠道进口一册作教学之用，为此剑桥大学副校长把他召去训话。（赫曼，1976：8-9）

从某种程度来说，《伟大的传统》是一部未完成的著作。简·奥斯丁是伟大传统的开山祖，但是在书中没有专章论述。利维斯夫人奎·多·利维斯（1906—1981）在《细察》杂志上发表的论奥斯丁的系列文章②可以作为本书的补充。而要追溯奥斯丁的来源，我们需要回到18世纪英国社会的变迁。在本书第一章利维斯就菲尔丁与报业的关系写道：

> 菲尔丁完成了由《闲谈者》和《旁观者》所开启的事业，在这两份报纸的版面间，我们看到了戏剧向小说演变的过程——这种发展竟是取道新闻业而来也是顺理成章之事。菲尔丁在那所学校里学会了描写人物和风俗的技巧……（利维斯，2002：5）

为什么说这发展"顺理成章"呢？要回答这问题就得翻阅利维斯的博士论文《从英格兰报业的发源与早期发展看新闻业与文学之关系》（现存剑桥大学图书馆）。这部至今仍未出版的著作与伊恩·瓦特享有盛名的《小说的兴起》探讨的是类似的话题。劳伦斯被利维斯誉为"我们时代最伟大的天才"，他在本书中的缺席尤为醒目，因此利维斯专论这位小说家的两部著作《戴·赫-劳伦斯：小说家》（1955）和《思想·词语·创造性》（1976）可当作本书的续篇来读。同时，读者也应知道，利维斯在本书中像约翰逊博士那样"落语斩钉截铁"，但是那些判断并非不易之论。维多利亚时期最受欢迎的小说家狄更斯被说成"娱乐高手"，他的作品"缺少一种统摄全局的严肃意蕴"，只有揭示了当时功利主义两个方面的《艰难时世》是例外。利维斯自从退休以后，对迷信工业技术、漠视文化传统价值的边沁式功利社会越来越失望。他在晚期著作中常把狄更斯引为同道，完全修正了自己早年对这位小说家的评价。③

在介绍利维斯及其《伟大的传统》时不可不提利维斯夫人。奎·多·利维斯是《细察》的主笔之一，她在各方面对这杂志的贡献是无可估量的。由于种种原因，这位

---

① 这一段中转述的议论均出自《伟大的传统》第1章。
② 已收入G.辛格编辑的：《奎·多·利维斯批评论文全集》，第1卷，1983。
③ 详见利维斯夫妇合著的《小说家狄更斯》（1970）中利维斯论《董贝父子》和《小杜丽》的文章。

20 世纪英国杰出的女性学者、批评家从未在剑桥取得正式教职。利维斯夫人本名奎·多·罗思，出生于一个英国犹太人家庭，在剑桥读书时认识利维斯，后因与"外邦人"（gentile）结婚被逐出家门①。利维斯夫人在剑桥英文系完成的博士论文《小说与读者大众》取社会学视角讨论通俗文学的现象，这在当时十分新颖，对年轻一代的研究者（如伊恩·瓦特）颇多启发。她在撰写论文前向 60 位英美畅销书作者发出调查函，请他们谈谈自己与读者大众的关系。回函内容发人深省（如"人猿泰山"的创造者 E. R. 巴勒斯承认，尽量不使读者动脑筋为成功关键），大都被吸纳入论文的分析之中。论文揭示，大众趣味形成的历史也是职业作家发挥写作技巧、开发利用大众情感的历史，在资本主义大规模生产的年代，书商、策划和作者为制造并进而满足某些心理需要结伙形成一部商业机器，独立的批评家在这运作完美的庞然大物面前几乎无能为力。（中国各地书店里假书琳琅满目，这是在西方国家见不到的。笔者曾于 20 世纪 90 年代末在《读书》杂志上发表《做书人的胆量》一文谈假书制作者的"胆量"。）这部极有见识的论文 1932 年在伦敦出版，很快进入一位年轻中国学人的视野。正从清华大学毕业的钱钟书先生在《论俗气》（1933）一文中借用了利维斯夫人"高眉""平眉"和"低眉"（highbrow, middlebrow, lowbrow）的分别（钱钟书，1997：57），并在同年所写的《中国文学小说史序论》中对此书写下如此评语：

> 虽颇嫌拘偏不广，而材料富，识力锐，开辟一新领域，不仅为谈艺者之所必读，亦资究心现代文化者之参照焉。（492）

在今日中国，孳生于图书商机的多头巨怪也用带有本土特色（"这是纯文学！"）的手法影响或操纵大众阅读习惯，希望能有像袁伟这样的译者把利维斯夫人的著作介绍给中国读者。②

五

《伟大的传统》问世已有半个多世纪，英国文学的教学和研究发生了很大变化。

---

① 据利维斯夫妇的友人与学生回忆，利维斯夫人与人交往时会流露出敌我意识，这也许是那次不幸事件所致。
② 《小说与读者大众》第 3 部分第 2 章《阅读能力》已由冯亦代先生译出，刊载于《现代美英资产阶级文艺理论文选》下篇。

"经典"和"伟大的传统"这些概念受到严重挑战，文学理论的兴旺又促使人们用批判的眼光来审视文学批评的程序和前提，英文教学一度确实面临"危机"。①《伟大的传统》一书的短处我们可以举出许多，利维斯完全没有意识到文学可以是纯粹的创造精神的嬉戏，他也没有提供几个叙事学或形式上便于操作的概念，让我们使用起来收到立竿见影的效果。但是利维斯批评遗产的意义是不容忽略的，在20世纪的英国批评家中，他的实际影响恐怕无人可及。在中国，利维斯没有藉藉大名。近年来，"文化研究"成为显学，热心传播者突然发现，雷蒙·威廉斯曾受惠于利维斯，利维斯竟然是"文化研究"的先驱！其实要认识利维斯，何必假道威廉斯。笔者深信，读者在读完本书后对利维斯鞭辟入里的见解和富于张力的行文风格会有具体的感受。不论人们是否同意利维斯的观点，文学批评能取得今天的地位是与他分不开的。

20世纪80年代初，中国读者和作家通过爱·摩·福斯特知道了"圆型"和"扁型"人物的差别，《伟大的传统》就深度和影响而言远胜过福斯特的《小说面面观》，它的翻译出版不仅有助于英国小说的教学与研究，而且还将为当今中国的小说创作和批评增添一种成熟的道德敏感性。（专治中国小说的夏志清先生是英文系出身，利维斯是他敬佩的大家之一。夏先生的文学趣味与价值取向是否受利维斯影响，这也是值得讨论的话题。）这部经典对读者在英国小说史方面的知识要求很高，全书没有一套套的术语和方法论上的虚张声势，但要读懂是非常不易的。为方便阅读，译者做了不少译注，有时为准备一条注释需要查阅很多资料或读一整本书。这种细致负责的精神在每年都有大量翻译著作出版的年代是尤其应该提倡的。我们要向袁伟先生表示由衷的感谢。

参 考 文 献

[英]阿诺德：《文化与无政府状态》，韩敏中译，北京，生活·读书·新知三联书店，2002。
鲁迅：《鲁迅全集》，第8卷，北京，人民文学出版社，1982。
钱钟书：《钱钟书散文》，杭州，浙江文艺出版社，1997。
王佐良编：《英国诗选》，上海，上海译文出版社，1988。
中国社会科学院外国文学研究所编：《现代英美资产阶级文艺理论文选》，徐育新等译，北京，作家出版社，1962。
中国社会科学院外文所《世界文论》编委会：《重新解读伟大的传统》，北京，中国社会科学文

---

① 参看中国社会科学院外文所《世界文论》编委会编：《重新解读伟大的传统》，北京，中国社会科学文献出版社，1993。

献出版社，1993。

Anderson, Perry. "Components of the National Culture", *New Left Review*, 50(1968): 3-57.

Arnold, Matthew. "Literature and Science." *Complete Prose Works*. Vol. 10. Ed. R. H. Super. 11 vols. Ann Arbor, MI, 1960-1977. 53-73.

Baldick, Chris. *The Social Mission of English Criticism, 1848-1932*. Oxford: Clarendon Press, 1983.

Bentley, Eric. *The Importance of Scrutiny*. New York: George W. Stewart, 1948.

Brower, Reuben et al. Eds. *I. A. Richards: Essays in His Honour*, New York, 1973.

Eagleton, Terry. *Literary Theory: an Introduction*. Oxford: Basil Blackwell, 1983.

Harding, D. W. *Experience into Words: Essays on Poetry*, London, 1963.

Hayman, Ronald. *F. R. Leaves*. London: Heinemann, 1976.

Huxley, T. H, "Science and Culture." Science and Culture and Other Essays, New York, 1882. 12-30

Leavis, F. R. "Mass Civilization and Minority Culture." (1930). Rpt. in *For Continuity*. Cambridge: The Minority Press, 1933. 13-46.

——. *For Continuity*, Cambridge, 1933.

——. Ed. with an Introduction. *Towards Standards of Criticism*, London, 1933.

——. *Education and the University: A Sketch for an English School*. 2nd ed. Cambridge: Cambridge UP, 1943.

——. *The Great Tradition*. London: Penguin Books in association with Chatto & Windus, 1948.

——. *The Common Pursuit*. Harmondsworth: Penguin Books, 1952.

——. *The Common Pursuit*, 1952, Penguin Edition, 1962.

——. *"Anna Karenina" and Other Essays*. London: Chatto & Windus, 1967.

——. Ed. *A Selection from Scrutiny* (in two volumes). 2 vols. Cambridge: Cambridge University Press, 1968.

——. *Nor Shall My Sword: Discourses on Pluralism, Compassion and Social Hope*. London: Chatto & Windus, 1972.

——. *The Living Principle: "English" as a Discipline of Thought*. London: Chatto & Windus, 1975.

——. *English Literature in Our Time and the University: The Clark Lectures*. London: Chatto & Windus, 1967.

——., and Q. D. *Dickens the Novelist*. London: Chatto & Windus, 1970.

Leavis, Q. D. Collected Essays (in two volumes). Ed. G. Singh, Cambridge, 1983.

May, Derwent. *Critical Times: The History of the Times Literary Supplement*. London: Harper Collins, 2001.

MacKillop, Ian *F. R. Leavis: A Life in Criticism*. London: Penguin Books, 1995.

Morrison, Blake. *The Movement: English Poetry and Fiction of the 1950s*. Oxford; Oxford University Press, 1980.

Newman, John Henry. *The Idea of a University*. Ed. Harold Bloom. New York: Chelsea House, 1983.

Pound, Ezra. *Literary Essays*. Ed. T. S. Eliot with an Introduction, London, 1960.

Richards, I. A. *Science and Poetry*. Kegan Paul, Trench, Trubner & Co., 1926.

——. *Practical Criticism*, London, 1929.

Snow, C. P. *The Two Cultures and a Second Look*, Cambridge: Cambridge University Press, 1963.

Steiner, George. *Language and Silence*. London: Penguin Books, 1969.

Stone, Donald. *Communications with the Future: Matthew Arnold in Dialogue*. Ann Arbor, 1997.

Trilling, Lionel. "Dr. Leavis and the Moral Tradition," *A Gathering of Fugitives*. London, 1957, 101-106.

从"少数人"到"心智成熟的民众"

——利维斯的文化批评与"共同体"形塑①

欧 荣

内容摘要：不少学者对利维斯的批判大多立足于片面理解其"少数人文化"论，给利维斯扣上"文化精英主义"的帽子。笔者认为，对利维斯"少数人文化"的理解必须结合利维斯对"大众文明"的界定和批判，更不能忽视利维斯对"心智成熟的民众"的关注和想象。利维斯批判的"大众文明"是工业技术发展带来的批量生产的文化后果，他所批判的"大众文化"并非指人民群众创造的民间文化，而是指商业利益驱动的现代传媒对大众的操纵、欺骗和误导。他清醒地意识到，解决"大众文明"时代的"文化困境"，光靠"少数人"的突围是不够的，而得到"心智成熟的公众"的回应和支持，文化传承才有希望，因此，大学教育的各门学科都应该以培养"心智成熟的民众"为使命，文学研究尤应如此。"少数人"与"心智成熟的民众"之间的创造性合作就是利维斯对"共同体"的想象。

关键词：少数人；心智成熟的民众；文化传统；创造性合作；共同体

From Minority to the Educated Public:
Leavis' Cultural Criticism of Community Building

OU Rong

Abstract: Quite a few scholars start their criticism of Leavis from his *Mass Civilization and Minority Culture* and with a simplistic and reductive understanding of his "minority culture", *they have* attached a label of "elitism" to Leavis. I would argue that an adequate understanding of Leavis' "minority culture" should be based on an in-

---

① 本文首次发表于《杭州师范大学学报（社会科学版）》2015年第4期。本次发表略有修订。

depth comprehension of his critique of "mass civilization" and his life-long concern of "the educated public". The "mass civilization" that Leavis decries is the cultural consequence of the industrial mass production, the "mass culture" that he castigates is the manipulation of the commercial mass media, instead of the folk culture created by the common people. The culture, in the minority's keeping, cannot do without the response and support of a strong and vital educated public, without whom there is no hope for the living cultural continuity or the future of humanity. In the generation and renewal of the educated public at the university, specialist disciplines and specialist branches of knowledge including English have their indispensable positive parts to play. The creative collaboration between the minority and the educated public is Leavis' vision of the community.

Keywords: minority; the educated public; cultural tradition; the creative collaboration community

英国批评家利维斯（F. R. Leavis，1895—1978）一向是个富有争议性的人物。他一生好辩，树敌甚多，对他的批评也是多种多样，不少学者对利维斯的批判大多立足于其文化批评的开山之作《大众文明与少数人文化》（*Mass Civilization and Minority Culture*），[①] 并止步于片面理解其"少数人文化"论，给利维斯扣上"文化精英主义"的帽子。例如，威廉斯（Raymond Williams，1921—1988）在《文化与社会》（*Culture and Society*）中断言"利维斯的少数人，本质上就是保存着文学传统和对语言最精细的鉴赏力的少数文人"（威廉斯，1958：272）。王宁批判利维斯"表现出强烈的精英意识和对高雅文学经典的崇尚"（王宁，2001（4）：117）。周珏良提出："利维斯既主张文化是少数人的事，当然会注意培养精英人物"（周玉良，1989（6）：57）。邹赞声称："利维斯理想中的文化就是文学，尤其是他在《伟大的传统》中设定的'文学正典'！"（邹赞，2011（4）：58）陆扬、王毅也提出："F.

[①] 此书在 1933 年首次被介绍到中国，译为《大众的文明与少数的文化》。参见常风：《利斯威的三本书》，刊载于《新月》，1933 年第 6 期，108 页，后译名有所不同，如"大众的文明和少数人的文化""大众文明与少数人的文化""多数人的文明与少数人的文化"等，本文此处暂用"大众文明与少数人文化"的译法，但笔者认为这些译名都无法传达英文书名的"一语双关"，造成很多读者对利维斯的理解有失偏颇，后文将详细分析这一点。

R. 利维斯是把文化主要定位在优秀的文学传统上面,能否欣赏这一传统的少数人,因此首先是趣味雅致高远的批评家。"(陆扬、王毅,2015:86)笔者认为,对利维斯"少数人文化"的理解必须结合他对"大众文明"的界定和批判,结合他的"共同体"想象,更不能忽视其对"心智成熟的民众"的关注和思考。

一、"少数人文化"再探

要正确理解利维斯的文化批评和他的"共同体"想象,首先要明确他的"少数人文化"(minority culture),而利维斯饱受诟病的就是他提出的"少数人文化"。很多学者对其批判的立足点都是对《大众文明与少数人文化》有关表述的选择性引用:

> 在任何时代,敏锐的艺术和文学鉴赏要仰赖很少的一部分人:只有少数人能作出有创见的判断(那些简单的和大家熟悉的作品除外)。另外,能够通过本真的个人反应支持此类判断的人虽然数量稍多,但在整个社会仍占少数……① **这少数人不仅能够欣赏但丁、莎士比亚、多恩、波德莱尔、哈代(仅举主要几例),而且能辨识出其最新的后继者,因而在某一特定时期构成这个民族(或其分支)的良知。**这种鉴赏力不仅属于孤立的美学王国,它意味着当理论和艺术、科学和哲学可能影响人们对生存状况以及生命本质的感受时,对其做出反应。**依靠这少数人,我们才得以从过去人类最美好的经验中获益;他们使传统中最微妙、最易消亡的部分保持生机。依靠这少数人,美好生活的标准不言自明,据此我们明白什么更有价值?哪儿是前进的方向?理想的中心在哪里?**他们守护的是——用一个值得深思的隐喻和转喻来作比——美好生活赖以存在的语言及其变化的风格,没有它们,卓越的精神就会消亡而难以传承。我指的"文化"就是对这样一种语言的使用。(Leavis,1930:3-5)

以上黑体字的部分经常被利维斯的批评者所引用,并由此得出利维斯持"文学精英主义"的结论。这些学者往往忽视了利维斯对"鉴赏力"的进一步阐释:"这种鉴赏力不仅属于孤立的美学王国:它意味着当理论和艺术、科学和哲学可能影响

---

① 此处省略的是利维斯引用的瑞恰慈在《文学批评原理》(*The Principle of Literary Criticism*)中的一段论述:"……批评家关注精神的健康如同医生关注肉体的健康,成为批评家就是成为价值的评判者……艺术家总是注意把自己认为最值得拥有的经历加以记录和保存……也是最有可能拥有值得记录经历的人,他们是显示人类精神成长的标志。"

人们对生存状况以及生命本质的感受时，对其作出反应。"（5）因此，利维斯眼中的"少数人"不仅具有文学艺术的鉴赏力，还具有对其他领域影响人类生存状况的感知力。孟祥春对"少数人"的理解切中肯綮："利维斯认为文学最终通向文学之外，所以，'少数人'就势必不仅仅是'文学内'的少数人。"（孟祥春，2012（1）：84）

上述引文的最后两句国内学者一般不会引用。细读原文，我们可以看出利维斯把文化看作"语言的运用"，是一种隐喻和转喻的说法。语言是文化的一部分，是最能体现"美好生活"和"卓越精神"的一部分。利维斯的这种说法难道不是事实吗？我们提到希腊文化，必然会想到荷马史诗。讲到基督教文化，必然会联系到圣经。讲到英国文艺复兴，怎么能离开莎士比亚？一个时期的语言成就无疑是其文化水平的重要表征，语言的贬值不是文化贬值的重要标志吗？

更多学者把利维斯的"少数人文化"看作少数人的文化，把利维斯的"少数人"与"大众"对立起来。常见的批评论调是：利维斯"坚信文化总是少数人的专利"（陆扬、王毅，2015：85）。通读原文，我们看到利维斯一再强调的是少数人对"文化"的守护（in their keeping）（利维斯从未说过文化是由少数人创造的），他们守护的是"过去人类最美好的经验"，是"传统中最微妙、最易消亡的部分"，而使"美好生活"和"卓越的精神"赖以存在的语言是"文化"的重要组成。如此看来，利维斯的文化观仍然呼应着阿诺德对文化的界定："最优秀的思想和言论（the best which has been thought and said in the world）"（Arnold，1869：Ⅷ），这种文化必然是全人类的创造，而非"少数人的专利"。殷企平曾经令人信服地论证过一个观点，即"把'精英文化'的标签贴在阿诺德身上，实在过于牵强"（殷企平，2013：88）。同样，给利维斯贴上"精英主义"标签，也有些牵强附会。

利维斯在对"文化"下定义之前，以阿诺德的《文化与无政府状态》（*Culture and Anarchy*）作为参照，指出在阿诺德时代，文化被公认为人类"最优秀的思想和言论"，无须更多地阐释；然而，在利维斯时代，有必要对"文化"再做界定，以别于流行报纸、电影、广播等大众媒介操纵下的"文化产物"。其实利维斯所谓的 minority culture 语带双关，一方面指任何时代，优秀文化都为少数人所守护；另一方面，少数人守护的文化曾经是强势文化（major culture），是能引起大多数民众回应的文化，只是利维斯时代，最优秀的文化成为"弱势文化"（minority culture）了。

因此，对利维斯"少数人文化"的理解必须结合其对 mass civilization 的界定和批判。mass civilization 常被国内学者译为"大众文明"，并等同于"大众的文化"。

这些学者进而把利维斯及其拥戴者视为"大众"的对立面："他们首先是对大众不满，然后才迁怒于大众文化，而大众文化的甚嚣尘上又加重了他们对大众的不满"（赵勇，2011（1）：69）。事实上，利维斯的 mass civilization 也是双关语。mass 一词，在英语中既指"大众、民众"，也有"大批量"的意思，如工业化产品的大批量生产（mass-production）。① 在汉语中，"文明"和"文化"常被视作近义词或同义词，但在 19 世纪以降的英国文化批评语境中，"文明"（civilization）是与"文化"（culture）相对立的。现代"文明"是指以"机械的崛起"为标志的工业文明，而"文化"概念也演变为"对工业文明的焦虑"、"对于社会转型的焦虑"，而文化的功能也就是"化解这种焦虑"（殷企平，2013：5-9）。阿诺德在《文化与无政府状态》中指出："文化为人类担负着重要的职责；在现代社会中，这种职责尤其重要。与希腊罗马文明相比，整个现代文明在很大程度上是机器文明，是外在文明，且有愈演愈烈之势。"（Arnold，1869：14-15）利维斯继承了阿诺德的文化观，在本书开篇的题词中就引用了这段话，强调"文化"对"机械文明"相抗衡的作用，并在后文中指出："'文明'和'文化'正成为对立的两个概念。不仅文化失去了力量和权威感，而且一些对文明最为无私的关注反而有意无意地加害文化"（Leavis，1930：25）。

关于利维斯所指的"大众文明"，威廉斯在《文化与社会》中其实已经有较清楚的阐述：

> 如果我们的文明已沦为"大众文明"，对质量和严肃性漠不关心，我们要问，何以至此？事实上，"大众"究竟是何所指？是指依赖于普选权的民主，是指依赖于普及教育的文化，还是指依赖于能识文断字的大众读者群？如果我们发现"大众文明"的产物如此讨厌，我们是否应该把选举权、教育或识字能力看作罪魁祸首？或者我们用"大众文明"指代依赖于机器生产和工厂制度的工业文明？我们是否认为流行报社和广告之类的机构是这种生产制度的必然后果？或者说，我们是否认为机器文明和流行机构是某种重大变化和人类精神颓败的产物？（威廉，1958：275）

细读利维斯，我们会发现利维斯的"大众文明"指的是工业技术发展带来的大批量生产的文化后果：

> 我们将会更高效，销售得更好，然后有更多的批量生产和标准化。如果

---

① 参见《新牛津英汉双解大辞典》，上海外语教育出版社，2007，1306页。

批量生产和标准化仅体现在麦乐购连锁超市,我们还不至于感到绝望。但是,现如今批量生产的后果已比较严重地危及共同体的生活。例如,我们看到以出版业为代表的批量生产和标准化,显然这必将伴随着平庸化。(Leavis,1930：7-8)

值得注意的是,利维斯此处把"大众文明"直接看成了对共同体的威胁:"大众文明"/"大批量文明"的后果就是"劣币驱逐良币",优秀文化遭到"批量生产"的"标准化文明"(standardized civilization)的挤压,沦为"弱势文化"(minority culture),而以量取胜的流行消费文化则成了"大众文化"(mass culture)。显然,利维斯批判的"大众文化",并非指人民群众创造的民间文化,并非共同体文化。利维斯批判的是工业化、商业化的现代传媒对大众的操纵和误导。他这样描述"大众文明"时代的"文化困境":

和华兹华斯一起长大的读者行走在数量有限的文化符号之间,其变体还未达到铺天盖地的程度。因此他一路前行的时候,尚能获得辨别力。然而,现代读者面对的是一个庞大的符号群,它们的变体和数量如此之多,叫人不知所措。除非他才具过人或天赋极高,否则委实难作甄别。这就是我们面临的总体文化困境。(18-19)

面对这样的困境,"少数人"对文化传统的坚守和传承显得尤为重要。但利维斯的"少数人"并非一个孤立的概念,而是与"民众"(public)紧密相连。他认识到,要解决大众文明时代的文化危机,光靠"少数人"的突围是不够的;"少数人"的文化守成,必须得到"心智成熟的民众"(the educated public)的回应和支持,否则文化传承就没有希望,共同体的生活就没有着落。本文以下将对这一话题做更深入的探讨。

二、心智成熟的民众

在《大众文明与少数人文化》中,利维斯已经注意到普通民众的重要性,那些"能够通过本真的个人反应"支持"少数人"发表独立创见的人即是利维斯心目中的"民众",文化传统依靠"少数人"和"民众"的心气相求才得以传承和发展。令人遗憾的是,很多学者忽略了利维斯在其著述中对"民众"和"心智成熟的民众"(the educated public)的一再强调。

在《英诗新动向》（*New Bearings in English Poetry*）中，利维斯再一次把脉时代的病症：不少编者为诗人诗作的大量涌现而欢呼雀跃，却没有意识到诗歌在现代社会已变得无足轻重，因为这个时代"缺乏诗歌评价的严肃标准，缺乏活跃的诗歌传统，也缺乏有见识和严肃兴趣的民众"（Leavis, 1938: 6）。利维斯推崇艾略特（T. S. Eliot）的诗歌"表达了一种现代性感受（a modern sensibility），表达了个人与其时代血脉相连的情感方式与生活体验"（75-76）；但反映时代精神的《荒原》只有少数人能欣赏，这种"被高雅"恰是现代文明丧失甄别力、良莠不分的症候（104）。论及"诗歌的未来"时，利维斯不无焦虑地指出："这个时代缺乏心智成熟的民众"（an educated public）（211）；"现在有一定修养的读者也弃诗歌而去"，因为大批量生产的庸俗化读物使他们"失去阅读诗歌的能力""失去对新颖的、微妙的文字符号做出反应的能力"，但"没有民众的支持，诗歌几乎无以为继"（211-214）。

利维斯夫人（Q. D. Leavis, 1906—1981）所著《小说与阅读大众》（*Fiction and the Reading Public*）呼应着利维斯对"民众"的关注。该书从人类学的视角对伊丽莎白时代以降英国民众阅读趣味的演变进行了深刻的剖析。此书献给利维斯，并引用了利维斯对"大众文明"的表述，可见利维斯思想在其背后的影响。在利维斯夫妇看来，在前工业化时代，少数人守护的文化是能够得到大多数民众的理解和回应的，那时的阅读群体虽然人数有限，但他们是"一个真正的共同体"（a genuine community），能对文学作品产生"健康的自发的情感反应"（Q.D. Leavis 85），如莎士比亚的戏剧雅俗共赏，班扬的《天路历程》家喻户晓，"少数人"通过《旁观者》《闲谈者》等刊物与民众有效沟通；19世纪英国民众的阅读趣味有所分化，但民众接触优秀文学的渠道仍然是畅通的。然而，到了20世纪，大众传媒、商业逻辑、商业标准影响一切，由此在读者中产生了高眉（highbrow）、平眉（middlebrow）和低眉（lowbrow）的分野。① 廉价杂志逐渐影响大众的阅读习惯，阅读如同吸毒，变成不需思考的习惯性行为；在商业利益面前，真正的文学价值和标准遭到排斥。利维斯夫人在书中引用了一位"成功的"美国专栏作家的写作指南：

> 如果想被好杂志接纳就要记住，有些写作主题是禁忌，不管小说的价值如何。很少有期刊愿意发表不道德的或悲惨的故事。像托马斯·哈代那样对

---

① 高眉（highbrow）、平眉（middlebrow）、低眉（lowbrow）采用钱锺书在《论俗气》一文中的译法祥见《钱锺书散文》，浙江文艺出版社，1997，31~32页。

人生持悲观态度的作家们是不受流行杂志欢迎的,不管他们的文学艺术有多高超。(Leavis,1979:37)

在这样的环境中,民众的阅读能力每况愈下,"即使是受过教育的读者也几乎不愿意——或者说没有能力——阅读优秀的诗歌"(185)。对这样的文化困境,利维斯夫妇并没有悲观失望,他们认为"少数人"可以在两方面作出努力,一是在研究领域,通过著书立说,提高民众的文化批判意识;二是深入学校教育工作,培养英国年轻一代对美国流行文化的"抵抗意识";他们相信"少数人""自觉的、方向明确的努力",可以汇集"潜在的"民众的力量,重建"一个真正的共同体"(213-215)。

利维斯与汤姆森(Denys Thompson)合著的《文化与环境》(*Culture & Environment*)就是"少数人"与"民众"沟通、唤醒民众文化批判意识的又一次努力。在"使用说明"中,著者表明此书为普通读者(general reader)所写。(Leavis and Denys,1964:Ⅻ)在序言中,利维斯剖析了文化与环境之间的关系。利维斯认为英国的前工业化社会是"一个体现鲜活文化的有机共同体(an organic community with a living culture it embodied);民歌、民间舞蹈、科茨沃尔德的村舍以及手工艺品是这个有机共同体的文化符号,代表着更深层的意义:一种生活的艺术、一种有序规范的生活方式,它涉及社交艺术、交流的准则,它源自远古的经验,是对自然环境和岁月节奏的因应调整"(1-2)。① 这个"有机共同体"在工业文明的进程中消失了,但其所代表的文化传统在文学作品中得以保存,通过文学教育而有所传承;利维斯追忆往昔,并非要"复古",而是希望英国民众了解文化传统,思考在现代文明的高歌猛进中失去了什么,从而培养"对文明总体进程的意识",认识到"当前的物质环境和知识环境如何影响趣味、习惯、成见、生活态度以及生活质量"(4-5);工业文明造成消费文化的"批量生产",不仅体现了现代文明对思想的机械控制,而且改变了民众品性。面对这样恶劣的"文化环境",利维斯强调了教育的重要性,但他对"教育"的内涵进行了重新界定:现代环境所能提供的"教育"就是批量生产的标准化读物,因此真正意义上的"教育"应该主要是"反现代文化环境的教育",这就需要教育工作者付出更艰辛的努力(106)。然而,利维斯对"有机共同体"的回顾,对消费文化的剖析以及对"教育"的甄别,都是

---

① 从这一段论述中,我们可以看出,利维斯对文化的界定已扩大到"生活的艺术""生活的方式"而非利维斯批评者眼中以"文学艺术为核心的高雅文化"。

为了培育"心智成熟的民众"。

"二战"后英国高等教育不断发展。在《教育与大学》(*Education and the University*) 一书中，利维斯提出：大学是"文化传统的象征"，但文化传统与"僵化的传统主义"不同；文化传统是"在传统智慧指导下，对一种成熟的意识和价值感的传承"，是机械文明的反制力量（Leavis，1979：15）。在利维斯看来，现代文明中大学教育的专业化发展不可避免，关键是如何培养一种"核心理解力"（a central intelligence），使不同学科的知识发生有意义的联系；大学教育要培养"专家"，更要培养"有智见的人"（the educated man）（25，28）。利维斯强调要在大学设立一个人文中心（a humane center），联系不同的研究领域，而英文学院可担此重任，因为文学研究从文化传统中汲取智慧以应对当下的文化危机，文学研究不是纯粹的学术活动，而是对"智性和感受力"（intelligence and sensibility）的训练，这些训练也是其他领域所需要的（34~35）。因此，利维斯坚信文学批评应作为大学教育的核心，以培养具备"智性和感受力"的"心智成熟的公众"为使命。

然而，英国战后随着技术功利主义的盛行，"科技进步"的话语不绝于耳。随着大众教育的发展，英国教育拨款大规模增加，但自然科学是主要受益者。不少学者和政治家声称：保存和发展西方文明的任务"已经从人文学科转到了自然科学"（Ortolano，2005：22）。斯诺（C.P. Snow）1959年推出的"两种文化"论，在貌似公允的姿态中把未来托付给"科学文化"，因为"科学是新兴文化，文学文化在后退"（1994：17），所以大学教育要回应技术革命的需求，培养更多的科技人才（34）。1961年利维斯发表演讲对此进行了针锋相对的驳斥。在利维斯眼中，斯诺代表的是庸俗文化，是"技术革命造成的文化恶果"，斯诺的演讲进入中学课堂，体现了英国当下良莠不分的文化状况（Leavis，2013：54）；斯诺提出的"两种文化"是个"伪命题"，只有"一种文化"，即文化传统（101）。利维斯特意对自己所推崇的"文化传统"（cultural tradition）和斯诺所谓的"传统文化"（traditional culture）加以甄别，后者意味着沉湎于过往，"在生活和变化面前畏缩不前"，而"文化传统虽源于过去，但鲜活而又富有创造力地帮助我们应对当下的变化"（105~106）；由此利维斯再次强调："大学不仅仅是各个专业院系的组合，它更应该是体现洞察力、知识、判断力和责任感的人类意识的中心"（75）。利维斯在该演讲的美国版前言中又一次突出"心智成熟的民众"之重要：

在真正需要知识和精神权威的领域，严肃的标准被制造名人效应的力量所取代，这表明现代文明正走向一个可怕的境地。文评家要诉诸文学标准，则取决于是否存在能敏锐地回应批评并与批评家形成互动的民众。我相信在当今的英国（我所言仅限于英国）存在这样一个民众的基础；这个群体由许多有教养、有责任感的个人组成，正在形成某种知识共同体，但力量不够强大，未形成完全意义上的共同体，技术革命的后果阻碍其形成批评家所需要的一个群体。（81-82）

利维斯在其后的著述中持续着对"心智成熟的民众"的关注。在1969年的一次演讲中，利维斯提出20世纪60年代的校园骚乱、吸毒、青少年犯罪、性解放等问题体现了"技术功利社会的文化断裂和精神虚无"，解决问题的关键是"全社会应持续做出一种新的创造性的努力，努力培育一个心智成熟、见多识广、有责任心、有影响力的群体——一批让政治家、管理者、编辑、报业老板尊敬、依赖而又惧怕的公众"（Leavis，1972：131）。社会机构中唯有大学能担此重任：

> 哪怕只有一所大学能如我所愿成为创造性生活和人性的中心，都值得我们为此付出不懈的努力。那所大学也会因此声名鹊起，它会成为力量和勇气的源泉，与其他未获成功的大学互为鼓励；如果有一批大学如此，借助各自不断扩大的关系网络，就会形成一大批心智成熟的民众，他们是希望所在。（131-132）

在两年后的一次演讲中利维斯对此进行了更为详尽的阐释：大众传媒无助于塑造"心智成熟的民众"，大学应该成为文明的创造中心，"我们有必要扩大真正负责的心智成熟的民众的力量，大学的功能就是塑造这样一个群体，保持他们的活力，培养他们的责任感，保持相当的影响力"（201）。利维斯把"心智成熟的民众"与精英和寡头政治区别开来：

> 心智成熟的民众即便被称作有教养的阶层……也不可能被看作寡头政治……更不应该被称作"精英人物"。……心智成熟的民众或阶层，由来自广泛的不同社会地位、不同经济利益和政治立场的人民组成，他们的重要性正在于他们思想倾向的多元和意识形态的非同一性……他们的活力不在于思想上的大一统而在于其创造性的差异，正是这种创造性的差异保持了文化传统的活力，而对文化传承的坚持构成了他们的统一性。（213）

可见，利维斯心中装的其实远远超过了少数精英的利益，他所关心的是如何使广大民众的心智得以成熟，或者说建设广大而知书达理的知识共同体。

三、构建"共同体"："少数人"与"心智成熟的民众"的"共同追求"

利维斯的"文化"命题一直围绕着他对"少数人"和"心智成熟的民众"的关注和思考，二者之间的互动和创造性合作体现了利维斯对"共同体"的想象。

威廉斯曾指出"共同体"（community）一词在英语中至少有以下四个含义：1）平民或普通民众；2）一个国家或有组织的社会；3）具有聚合力的性质；4）有着共同身份和特征的意味（*Keywords* 5）。作为"文化"内涵的"共同体"常指后两个定义，即一个包含共同价值观或共同身份和特征的群体。在利维斯的"共同体"中，"少数人"与"心智成熟的民众"的共同价值观是对"文化传统"的坚守和传承。利维斯不否认科技和物质文明在现代社会中的重要性，"但技术进步、物质水平的提高以及公平分配并非人类追求的唯一目标，人类的生存还有其他事关人性和人生意义的考量；而我们对人生意义的思考和洞察则受益于文化传统"（Leavis,1972：90）。利维斯的"文化传统""既非乌托邦式的，也非怀旧或复古的"，而是针对当下现实主义的（192-193）。

有学者批评利维斯夫妇总是以精英自居，"居高临下"指导大众"怎样阅读才符合人文传统……与阿诺德的贵族意识"一脉相承（陆扬、王毅，2015：99）。其实利维斯一直把少数人与民众的创造性合作（creative collaboration）和创造性争吵（creative quarrelling）作为构建共同体的途径。根据德国学者滕尼斯（Ferdinand Tönnies, 1855—1936）的说法，"共同体是持久的和真正的共同生活……应该被理解为一种生机勃勃的有机体"（Tönnies 19）。作为"一种生机勃勃的有机体"，利维斯的"共同体"中"少数人"与"民众"之间不是单向的"师生"或"主从"关系，而是创造性的合作关系。在论文集《共同的追求》（*Common Pursuit*）中，利维斯引用艾略特所言："合作可能是以争论的形式进行的，我们应该感谢那些我们认为值得与之争论的批评家"，因为批评一向是"合作性活动"（Leavis,1964：V）。利维斯认为真正的文学教师不是"教授文学"，而是"与学生一道从事批评事业——究其本质,就是合作"(Leavis,1972:109)。利维斯提出一种文学研究中相互促进的交流对话的模式:"是这样的,对吗?"——"说得对,但是……文化传统由此存于鲜活的当下,存于个体参与对话的创造性反思中,这些个体合作性地更新、延续他们所参与其中的事业,因而构成一个文化共同体,具有共同的文化意识"(Ortolano,2005:75)。

利维斯的"共同体"是个开放的共同体。利维斯一再声称自己并非"英语福音主义者",大学是人类创造力的中心,各专业学科和专门知识都要发挥积极的作用(Leavis,1972:186)。利维斯推荐学生读哲学家、科学家的著述,他认为英文学院的理想状态应该有其他学科的老师(126)。利维斯主导创立的评论性刊物《细察》(*Scrutiny*)刊行20年间,其编辑团队来自剑桥各个学科,共发表150多位作者观点各异的论述,他们的写作主题涉及外国文学、自然科学、社会心理学、音乐等多个学科;至少有5个深受《细察》影响的英文专业的学生最后成了人类学家(Leavis,2009:225-229),实现了利维斯把文学研究作为联络中心、把英文学院看作大学联络中心的想法,利维斯的"共同体"也必然从"文学内"走向"文学外"。

利维斯一生都在为构建"有机共同体"而奋斗。他著书立说,通过教学、演讲、辩论,也利用大众媒体对现代文明进行不懈的批判,其言辞可能有偏激之处,但也是一种文化策略。常有人嘲笑利维斯是在进行"一场无望的战斗"(9),但他从来不是悲观主义者,而是执着的行动者。他与妻子和好友创办《细察》,秉持客观公正的标准,不接受任何商业资助,在逆境中保持少数人与民众的沟通,"使许多观点不同的批评家得以广泛的联系,形成一个坚持感受力和标准的共同体"(222-223)。对于社会上弥漫的怀疑主义的论调,利维斯认为必须坚定信念,希望就在于持续的努力(Leavis,1972:186-187)。利维斯把晚期演讲集题为《我的剑不会休息》(*Nor Shall My Sword*),取自布莱克(William Blake)长诗《弥尔顿》(*Milton: A Poem*)中的诗句,表达他坚定的信念和斗志:

> 我将不停这心灵之战
> 也不让我的剑休息
> 直到我们把耶路撒冷
> 建立在英格兰美好的绿地。(王佐良,1988:205)

结　语

1962年英国《观察家》刊登了一篇特写，题为《利维斯主义的隐蔽网络》（*The Hidden Network of Leavisites*），文章称"利维斯的信徒已遍及世界，尤其在英国的中小学和地方大学人数众多"（Ortolano，2005：378）。20多年后，伊格尔顿（Terry Eagleton）论及利维斯的影响："今天英国的学生都是利维斯主义者，不管他们是否意识到这一点"（Eagleton，1983：31）。

1978年利维斯辞世，英国《泰晤士报》刊登悼词评价利维斯的身上"混杂着苦行主义和旺盛的生命力"，对许多人来说他"好像是个走了偏道的奇才"，而对另一些人来说"他几乎是个苏格拉底式的人物"。[①] 这个"苏格拉底式的人物"在工业文明的大潮中对"文化共同体"的想象和形塑，对今天的中国文化建设尤其具有借鉴意义。

参考文献

［英］C. P. 斯诺：《两种文化》，纪树立译，北京，生活·读书·新知三联书店，1994。
陆扬、王毅：《文化研究导论》，上海，复旦大学出版社，2015。
孟祥春：《利维斯的文化理想研究》，载《文化理论研究》，2012（1）：81~86。
殷企平：《文化辩护书：19世纪英国文化批评》，上海，上海外语教育出版社，2013。
王宁：《当代英国文论与文化研究概观》，载《当代外国文学》，2001（4）：116~123。
王佐良：《英国诗选》，上海，上海译文出版社，1988。
赵勇：《批判·利用·理解·欣赏——知识分子面对大众文化的四种姿态》，载《探索与争鸣》，2011（1）：68~74。
周钰良：《20世纪上半的英国文学批评》，载《外国文学》，1989（6）：49~57。
邹赞：《大众社会理论与英国文化主义的源起》，载《浙江师范大学学报》，2011（4）：53~60。
Arnold, Matthew. *Culture and Anarchy: An Essay in Political and Social Criticism*. London: Smith, Elder and Co., 1869, 1882.
Eagleton, Terry. *Literary Theory: An Introduction*. Minneapolis: University of Minnesota Press, 1983.
Leavis, F. R. *Mass Civilization and Minority Culture*. Cambridge: Minority Press, 1930.
——. *New Bearings in English Poetry: A Study of the Contemporary Situation*. London: Chatto & Windus, 1938.
——. *Education and the University: A Sketch for an "English School"*. Cambridge: Cambridge University Press, 1979.
——. *Two Cultures? The Significance of C. P. Snow*. Cambridge: Cambridge University Press, 2013.

---

① Cf. Leavis Society: *Life and Work*. accessed May 6, 2015, http://www.leavissociety.com/life-and-work.

———. *Nor Shall My Sword: Discourses on Pluralism, Compassion and Social Hope*. London: Chatto & Windus, 1972.

———. *The Common Pursuit*. New York: New York University Press, 1964.

———. "Scrutiny: a retrospect", in *Valuations in Criticism and Other Essays*. Cambridge: Cambridge University Press, 2009.

———. and Denys Thompson. *Culture and Environment: The Training of Critical Awareness*. London: Chatto & Windus, 1964.

Leavis, Q.D. *Fiction and the Reading Public*. Harmondsworth: Penguin, 1979.

Ortolano, Guy Samuel. *The "Two Cultures" Controversy: C. P. Snow, F.R. Leavis, and Cultural Polictics in Post-war Britain* (diss.). Northwestern University, 2005.

Williams, Raymond. *Culture and Society 1780-1950*. Garden City: Doubleday, 1960.

———. *Keywords*. London: Fontana Press, 1976.

从"两种文化"到"文理渗透"

——兼论 C. P. 斯诺和 F. R. 利维斯的文化观

姜慧玲

内容摘要:斯诺在"两种文化"演讲中认为科学文化和非科学的文化处于对立的两极,双方互不理解;为改善这一情况,英国需要大力发展科技,通过教育培养更多的科技人才。斯诺的观点遭到利维斯的强烈批判,利维斯的文化观可以概括为"有机社会"、少数人的文化和文学的文化。科学与人文的关系渊源已久,马克斯·韦伯在《作为志业的学术》中指出"学术"一词的内涵不同于狭义上的"科学",不仅包括自然科学,还包括人文社会科学,并追踪现代自然科学产生的背景以及历史上自然科学和人文科学的对立统一关系。本文重点分析斯诺和利维斯的文化观,追溯"两种文化"的历史渊源,探讨新时期"两种文化"的不同内涵和变化了的学科版图,指出"两种文化"在文学作品和文学批评中的共融趋势以及"文理渗透"的大学通识教育对个人、国家乃至世界健康和谐发展的重要作用。

关键词:C. P. 斯诺;F. R. 利维斯;"两种文化";"文理渗透"

From "Two Cultures" to "Integration between Humanities and Science": On the Cultural Views of C. P. Snow and F. R. Leavis

JIANG Huiling

Abstract: C. P. Snow points out in his "Two Cultures" speech that science and non-science are in polar opposition and they fail to communicate. In order to improve the situation, Snow suggests that science and technology should be reinforced, which is strongly criticized by F. R. Leavis, whose view of culture can be summarized as "organic community", "minority culture" and "literary culture". The relationship of science and non-science has a long tradition. From the speech of "Science as a Vocation" by Max Weber, it is noticed that "science" has a connotation which contains both natural science and humanities. Tracing the background of the birth and development of modern natural science and the historical relationship between natural science and humanities as well as the development of disciplines in universities, this paper analyses "Snow-Leavis Controversy" in mid-20th century Britain, extends to study the historical and present situations of the two cultures and yields to the conclusion that bridging the two cultures through writing about natural science in literary works, combining them in literary criticism and developing liberal education in universities are possible paths to a better self, a flourishing nation and even a harmonious world.

Keywords: C. P. Snow; F. R. Leavis; "Two Cultures"; "Integration between Humanities and Science"

引 言

20世纪50年代剑桥大学著名的"斯诺—利维斯""两种文化"之争已过去半个多世纪，但科学和人文之间的关系仍是一个有现实意义的话题。"两种文化"渊源已久，可追溯到古希腊罗马时期。古希腊的许多哲人都是文理不分的，如柏拉图在《理想国》中指出古希腊高等教育的主要内容包括算数、几何、天文、音乐、语法、逻辑和修辞，亦称"七艺"。中世纪晚期，欧洲有了大学，并出现了学科的专业化，教授数学、力学、光学、天文学以及医学等学科的人，自认为高出人文学者一等。文艺复兴时期出现了"语文主义者"，其主要诉求是恢复古代语言文字的纯正风格；值得一提的是，这一时期的建筑师和雕塑家们混杂了学者和工匠的两种传统，是科学与人文相融合与平衡的最好诠释。到了18世纪的启蒙时代，百科全书派的领袖狄德罗高度重视科学与技艺，而卢梭则强调尊重人的天性和感情。这一时期科学进步论的代表人物孔多塞（Marquis of Condoret）推崇用数学方法处理社会问题，而孔德（Auguste Comte）则倡导实证科学。到了19世纪，一方面是科学革命的胜利和工业革命的成就；另一方面是理性与感性的分离引起的社会和道德问题，于是出现了边沁的功利主义和欧洲浪漫主义思潮的对立；此时"科学"取代了"自然哲学"，围绕着教育目标和内容，科学与文化的分野显得愈发清晰。1880 年，博物学家赫胥黎在梅森理学院发表题为"科学与文化"的演讲，指出"文学不可避免第被科学所取代"；1882 年，阿诺德在剑桥大学做了题为"文学与科学"的演说，指出文学而不是科学为人类指示了行为的意义和审美的标准。相似地，1923 年在中国思想界发生了"科玄论战"；同一时期，英国日后的遗传学家霍尔丹（John B. S. Haldane）和声名显赫的哲学家罗素也就科学是否必定给人类带来更美好的未来展开针锋相对的辩论。这些都为斯诺的"两种文化"命题提供了历史厚重感，"两种文化"时而分裂，时而融合；而"文理渗透"则是新时期变化的学科版图下科学和人文和谐发展的方向，科学与人文的融合也是在文学创作和批评以及大学教育中行之有效的途径。

一、斯诺"两种文化"的提出与评论

1959 年 5 月 7 日下午，兼具科学家、小说家和政府科技职员头衔的查·珀·斯诺（Charles Percy Snow）发表了剑桥大学一年一度的里德演讲，题目是"两种文化与科学革命"。"两种文化"，指的是自然科学家的文化和"文学知识分子"的文化，斯诺声称这两种文化相互怀疑且互不理解，斯诺关心科学在文化中的地位及其对政治的影响，这种关心体现在他的文学作品和公务活动中：他对"文学知识分子"满怀敌意，认为"传统文化主要是文学性的，它像一个迅速衰退的国家，尊严的基础已不牢靠……而科学文化的基础是'稳定的，健康的，异性恋的'，与文学文化不同，科学文化里'没有偷偷摸摸和躲躲闪闪'"（Snow，1956（10）：413）。斯诺还认为科学家本身就是关心集体福利和人类未来的，而作家们习惯以对个人生活悲剧性的感受来掩盖对其人类同胞的需要的感知。对"两种文化"最初概述的中心思想可以概括为："科学文化能赋予我们的最大财富是……一种道德的文化"（414），而对文学则采取了极端对抗的立场。

斯诺"两种文化"的观念诱发了持续的评论，既有支持的声音，如罗素在短信中断言文化之间的分裂是相当晚近的事，需要迫切提高科学的地位，并增进非科学人士的科学素养；也有很多科学家和人文学者表示质疑，如在演讲发表并引起舆论发酵之后的 1962 年，剑桥大学最有争议和影响力的文学批评家利维斯（F. R. Leavis）也在剑桥大学做了演讲，他对斯诺演讲恶毒攻击，引起了轰动。利维斯试图证明，"伟大的文学"是人类责任心和主动精神的唯一活宝库，英国文学的批评和教学,是一种必须服从的天命,是科学无法替代的。利维斯揭穿了斯诺既是科学家又是小说家的可赖权威,认为斯诺"作为小说家并不存在"(Leavis, 2013: 57);斯诺所定义的文学知识分子成了"艺术和生活的敌人","斯诺不理会个人更深层次的人性需求,一味强调整个社会的终极目标……是'这个文明典型而严重的困惑'"(斯诺,2003:7),但不可否认,斯诺毕竟指出了各种各样文化环境中人们共同关注的重大问题,利维斯的过激使他忽略了这一点。

对整个事件最有力的评论来自美国文学和文化批评家莱昂内尔·特里林(Lionel Trilling),他认为利维斯谈论斯诺的腔调是不能允许的,反应是狭隘的,但也不同意斯诺对文学评论家的抱怨,认为斯诺把现代作家们的观点和有关西方世界之统治等同起来的说法是牵强附会的。特里林认为,斯诺在演讲中追求的通过东西方科学家共同体相互理解而达到世界和平的目标是偏执的。然而他继而指出:利维斯与斯诺分别代表了某种共同精神的两个侧面,在这个意义上,他们两位都是"圆颅党人"(Trilling, 1962(6): 461)。

直到1970年,受利维斯登在《泰晤士报》的另一篇演讲所促动,斯诺才回应了利维斯的攻击,并将辩论和英国高等教育的扩展纠缠在一起。斯诺支持新建大学,在政府任职期间批准了罗宾逊报告的扩张原则,为推动高等技术学院的建立发挥了重要作用;但利维斯认为,扩张不能实现大学在社会上有特殊教化的作用。剑桥文学批评家斯蒂芬·科里尼(Stephen Collini)为此评论道:"这一论题以及争论中的词汇在后继教育系统改革中反复出现,'两种文化'分裂的思想已经与广泛的社会和道德态度交织在一起了。"(斯诺,2003:35)在《再论两种文化》中,斯诺指出"两种文化"之所以反响强烈是因为论点并非独创,而是一直存在,而这些论点中必有一些共性的东西。斯诺在"再论"中对"文化"进行了定义,为文化分类进行了辩护。斯诺强调了应用科学可能消除全球性的贫困和人们不必要的痛苦,认为对人类的绝大多数来说,科学革命在世界的传播是希望之所在。而对于科学革命可能带来的损失,斯诺则轻描淡写地说:"我们只是刚开始与工业——科学革命相处。我们已经采取了积极步骤来控制它,在吸收它的成果的同时也弥补它的损失"(斯诺,2003:72),并重申存在两种不能交流或不交流的文化是件危险的事情。斯诺期待教育的改变能够培养出较大比例的具有良好思维能力的人,他们既富有艺术和科学的想象力,又尊重应用科学的成就,并对人类同胞的命运有所担当和责任。总之,斯诺寄希望于教育,他崇尚科学主义,着眼于全人类的命运,使得"两种文化"的命题比产生这一命题的环境更有生命力和影响力。

二、利维斯的文化观

为什么斯诺的"两种文化"观受到利维斯的强烈批评？这有必要了解利维斯的文化观。弗·雷·利维斯（F. R. Leavis，1895—1978）不仅是20世纪英国最具影响和争议的文学批评家，也是英国文化研究的先驱之一。利维斯的文化批评包括三大核心内容，即"有机社会"思想、"少数人文化"理论以及"文学文化"主张，这也是利维斯最为核心的文化理想。在利维斯的两部文化批评著作《大众文明与少数人的文化》（1930）和《文化与环境》（1933）中，利维斯以现代社会工业文明的困境为靶心，表达了对技术功利主义和消费主义盛行下道德危机的忧虑、对人性的审视和对自身状况的反思、对"有机社会"的怀念与向往以及对精英文化和时代责任的追求，体现了利维斯"对社会公平、秩序和文化健康的理解和关注"（Leavis，1934：2）。

利维斯所倡导的"有机社会"是在工业革命给英国带来深刻的社会变革的背景下对当时社会和文化健康的忧虑，是对"美好的往日"的怀念；既包括人与自然和谐相处，又包括文学语言的真实丰盈以及传统文化的延续性。在英国，工业革命使生产方式发生改变，阶级对立；而战争使经济萧条，社会动荡。在各种危机下，人们开始反思工业文明的弊病和后果，探索"生活的意义"。正如雷蒙·威廉斯（Raymond Williams）指出，利维斯的"有机社会"强调"社会的整体感"，反对机械的和物质主义的社会，利维斯认为在现代社会中人们虽然有高科技的物质生活，却完全没有原始民族成员的完整性和活力，而后者有着"让人赞叹的艺术、技巧以及充沛的智慧"（Leavis，1972：60）。利维斯的"有机社会"呈现的是一个完整而鲜活的形象，人没有变成机器的附庸，而是有创造性的思想和鲜活的语言，融智慧、艺术和情感于一身。利维斯的"有机社会"思想并非文化保守主义，而是面对现代化大工业文明种种不健康不和谐的现象而作出的理性认识和反思：

> 我们必须意识到我们不可能重返过往；模仿乌有之邦的乡民（Erewhonians）和捣毁机器以期恢复旧有的秩序都毫无用处。即使农业文明得以恢复，也不能因此复活有机社会。但强调业已失去的过往十分重要，免得被人忘却；因为对旧有秩序的记忆必将激励我们通向新秩序，如果我们愿意拥有。（Leavis，1933：96-97）

可见，利维斯并没有逃避现实，而是期望培养公众的辨别力，寻找抵制大工业文明的方式；这表现了文学知识分子对当下社会的责任感，也是斯诺在"两种文化"中所忽视的方面。在大众文明下，少数人可以通过对现代社会的批判和想象力的构建，创造一种新的"有机的"文化秩序，以传统的有机价值来构建现代社会的价值基础，纠正现代社会文明发展的偏离。

此外，利维斯认为他所在的时代是"一个解体的时代，程式、信条、抽象都难有清晰和有效的意义"（Leavis，1963：319）。和马修·阿诺德一样，利维斯也认为文化是"人类最优秀的知识和思想"，它只为少数人掌管和享用，也只有靠少数人才能传承，这是弥合"解体"文化、挽救文化危机的必由之路。利维斯对"少数人"（minority）是这样阐释的：

> 在任何一个时代，明察秋毫的艺术和文学鉴赏只能依靠很少的一部分人。只有少数人才能作出自发的第一手判断……在特定的时期，这少数人不仅能够欣赏但丁、莎士比亚、多恩、波德莱尔、哈代，也同样能够认可构成民族意识的上述人物的最近传承者。……我们从过去最佳的人类体验中获益的能力有赖这少数人，他们让传统中最精妙、最易消亡的部分保持鲜活。（Leavis，1933：1-2）

在充斥于大工业文明的各种"信号"混淆了人们的趣味与辨别力的情况下，"少数人的文化"淹没于"大众文明"。利维斯认识到，要保存传统和语言的鲜活，让人类的最佳经验和遗产得以传承，就必须有"博闻而有教养的公众"。对利维斯而言，文学少数人指的是那些对语言和社会最为敏感的人，他们关心民族文化的健康和丰盈，具有民族的良心和健全的人类目的，因此必将带动"受教育的大众"延续鲜活的文学和文化传统。

斯诺强调科学技术，诚然，科学技术带来了现代化，但是人们追求幸福就变成了追求利益和效率，道德、公正、交谈的艺术和美好的价值似乎不再重要。功利主义使得人们一味追求外在的"功用"，结果人们在物质和经济上虽然取得了"进步"，但内心需求和情感诉求也被忽视了，如人们无暇读传统的经典文学作品，而是满足于报纸、广告、宣传、电影、低俗读物等廉价的消费文化。利维斯把技术崇拜和功利主义两大潮流称为"技术边沁主义"，把斯诺称为"技术官僚"。虽然他对斯诺的演讲公然抨击，但他不是反对技术本身，而是反对技术对文化的破坏性影响。在利维斯看来，斯诺所代表的技术功利主义过分突出技术的作用，忽视了人的情感，降低了人类价值，必将"会毁掉我们的文明"（Leavis，1976：69），他说：

"伴随着技术进步和生活标准提高而来的,是生活总体的贫瘠,我们皆深陷其中"(F. R. Leavis & Q. D. Leavis,1969:13),利维斯认为斯诺所预示的是我们文明中具有威胁的特征,指出经济学家所定义的社会"进步",科学家眼中的"发展",并不等同于人类的"幸福"与满足感。可见对利维斯而言,科学主义则抛弃情感,让生活贫瘠并误导人类目的,唯有文学首先关乎情感、生活及人类意义。

斯诺试图确立科学在社会进步中的主宰地位,似乎只有技术与经济的强大,文化才会健康,民众才会幸福。就其本质而言,斯诺的思想忽视了人文学对欧洲文明的核心价值所作出的巨大贡献,漠视了人性的复杂性,正如利维斯指出,创造性的科学家"会从他的工作中获得极大的满足,但他却不能获得一个人所需要的一切,智性的、精神的、文化的"(F. R. Leavis & Q. D. Leavis,1969:14)。利维斯在批评中反复提到"人性的潜能""人生的可能性""人的复杂性"等,这无不表明他主张对人性进行更为深刻和全面的追问和关照。利维斯掷地有声地说:"与斯诺的'科学主义'相对立,我的是'文学主义'(liberalism)"(17)。在题为"文学主义与科学主义"的演讲中,利维斯呼吁:"维持我们鲜活的文化传统,亦即人类创造性生活的延续,其创造性的战斗值得打响,而且是一场我们不可输掉的战斗"(Leavis,1972:160)。利维斯坚信,"文学文化"最集中地承载了人的价值,它是根植于经验的、人性的一种应对时代新挑战的智慧力量。由此可见,利维斯主张的"文学主义",是要构建一种基于民族的语言和文学传统,注重价值、情感和健全人类目的的文化,其核心是语言和文学传统。语言不但承载着过往优秀的思想,还能滋生无限的人类体验,于是人生的广度和厚度便相应增加了;而文学传统中的价值、"经典性""现实""情感"以及时代情怀和责任又在很大程度上成了整个文化中最精妙、最悠久和最具感染力和创造力的部分。"文学文化"根植过去,能给我们启迪,从而应对技术功利主义。为此,利维斯主张人文教育在大学教育中的核心位置,这在客观上促成了"英文"研究独立的学科地位;他积极地倡导文学批评的"创造—协作"功能,高扬文学批评的价值甄别作用与"情感塑造"功能。利维斯相信,"文学文化"是构建"完整个人"与"健康社会"的基石,有了它,人们才不会"情感割裂"和"意义虚无",因而是反制"技术功利主义"的重要力量。

三、"两种文化"的渊源与争论

斯诺和利维斯分别代表学术的两个方面:自然科学和人文科学。事实上,从西方思想的希腊黎明期开始，人类知识就分成不同领域，但在整个中世纪和文艺复兴时期，对自然的解释始终被普遍认为是"哲学"中的一个成分。17世纪的科学革命使得自然界研究的成果被广泛认可；在18世纪启蒙运动中，人们开始尊重更普遍的"实验方法"。此时"科学"和"人文"并没有自然划分开来，在18世纪末和19世纪初的浪漫主义时期被视为这一焦虑的起点。"科学"一词被用来狭义地指"物理科学"或"自然科学"出现在19世纪中叶，《牛津英语词典》对"科学"条的释义为："我们将在英国人一致同意的意义上使用'科学'一词；它表示物理和实验的科学，而排除神学和形而上学。"（斯诺，2003：5）相似地，"科学家"在创造之初只限于称实际从事自然科学的人。

科学教学是慢慢进入到精英学府的，"1850年剑桥设置自然科学课程是一个意义深远的里程碑，当时科学教学经常被贬低为一种职业活动，被认为并不适合于旨在培养绅士的教育"（斯诺，2003：7）。19世纪科学教育和文学教育两方面的拥护者之间的教义对抗主要来自博物学家和比较解剖学家赫胥黎（T. H. Huxley）和文人领袖阿马修·诺德（Matthew Arnold）。1880年，赫胥黎在为梅森学院开学致辞中向传统经典教育的捍卫者发起挑战，他断言"科学是文化的一部分，能提供严格的精神训练，并且对国计民生作出了不可或缺的贡献"，而对传统经典课程进行了批评和抵制，认为其"既不公正又目光短浅"（Husley，1896：135）。1882年，阿诺德发表里德演讲，他的论题是"文学与科学"，明确地接受了赫胥黎致辞中发出的挑战，他认为文学的范畴不仅包括纯文学，还包括牛顿的《原理》和达尔文的《物种起源》，并辩论称，赫胥黎将科学限制在狭隘的英语词义里，而任何语言和历史的研究都是系统知识或曰"科学"的一部分。在阿诺德看来，文学和科学并非不能相容——"它们在完整的教育中都应该占有一席之地"，虽然表面上和解，阿诺德实际上抵制了赫胥黎抬高科学教育、压低经典教育的意图，明确强调了"文学，特别是古典文学在教育中不可或缺的作用"（Amord，1974：55-56）。

马克斯·韦伯（Max Weber）在《作为志业的学术》（*Science as a Vocation*）中也对"两种文化"及其关系做了阐释。这篇演讲稿的德文题目是"Wissenschaft als Beruf"，其中"Wissenschaft"一般被译为"科学"，它从"Wissen"而来，意思是"知道、懂得"，所以凡是以追求"系统知识"为目的的认知活动，都可被德国人称为"某某科学"；而英文"科学"（science）的来源是拉丁语"scientia"，原义为"分割、区分"，因此德文的"科学"含义要比英语的"科学"更为宽泛，它几乎可将所有"学术"活动都包括在内，很类似于中文的"学问"。韦伯首先指出灵感对无论数学家还是艺术家起到同等重要的作用，但韦伯也指出科学与艺术实践之间注定存在巨大的差异，那就是科学要受进步过程的约束，每一次"完成"意味着新问题，而艺术的表现力是绝不会过时而无法超越的。然而科学和人文并非没有联系，比如，科学是已持续数千年的"除魅"过程，它有超越单纯的实践和技术层面的意义，在文明征途中的文明人不可能有所终结，因为巅峰处在无限之中，所以文明和死亡都没有意义。这种基调同样反映在托尔斯泰的晚期小说中；同样，玛丽·雪莱的《弗兰肯斯坦》表现了工业革命和科学技术对道德和人际关系的冲击；而布莱斯特的剧本《伽利略传》则在伽利略的自我判决中表明科学家坚持真理的价值和所肩负的社会责任。

韦伯梳理了科学的发展历程，指出人们投身科学的历程可以追溯到柏拉图在《理想国》中对"观念"的提出，它是所有科学知识中最伟大的工具，苏格拉底发现了它的重要意义。在古希腊，"观念"成为一种工具，只要能够发现任何事物的正确观念，就可把握它的真正本质。到了文艺复兴时期，又出现了理性实验这一控制经验的可靠手段。没有它，今日的经验科学便是不可能的。16 世纪制造实验性键盘乐器的那些音乐实验者，是最具代表性的人物。伽利略强调实验是检验真理的标准，这样实验通过伽里略进入了科学，之后又通过培根进入了理论领域，并影响了此后在欧洲大陆各大学中的分科情况。

在韦伯的演讲中有明显的分科意识，他认为自然科学，例如物理学、化学和天文学，有一个不证自明的"预设"（Gerth & Mills，1947：143）：在科学所能建构的范围内，掌握宇宙终极规律的知识是有价值的。这样的知识不仅可以促进技术的进步，而且获取这样的知识被视为一种"天职"，它是"为了自身的目的"（Gerth & Mills，1947：144）。但是，这样的预设无法得到绝对的证明。韦伯以现代医学为例，指出医学事业的一般预设：医疗科学有责任维持生命并尽可能减少痛苦。然而这种说法很成问题。医生利用他所能得到的一切手段治病救人，却忽略了病人和其家属的意愿，如果病人想解脱痛苦寻求安乐死，或者其亲人难以承受维持这种无价值的生命所造成的费用，医生是无能为力的。医学的预设前提和刑法不允许医生中止自己的努力。这条生命是否还有价值，什么时候便失去价值，这不是医生要问的问题。所有的自然科学给我们提出这样的问题：假定我们希望从技术上控制生命，我们该如何做？这个时候则需要对价值问题的思考。

然而在价值判断上，韦伯的态度未免有些暧昧。在"Science as a Vocation"中，"Vocation"一词由德语"Beruf"翻译而来，在现代德语中，这个词除了指一般意义的"职业",还有一层更崇高的含义,即"天职",指决定献身学术的一种志向,简言之为"志业"。"职业"和"志业"的两种解释交替出现在韦伯的演讲中。韦伯在他的《新教伦理和资本主义精神》一书中,对马丁·路德(Martin Luther)的"天职"观做过深入的分析,指出路德将现世生活的经营罩上了一层宗教色彩,每个人的"职业"成了上帝安排的事业,为获得"救赎"所必须(Max Weder,1930:39-40)。韦伯认为一个科学家的"志业"态度应该是"为科学而科学",而不是仅仅为了别人可借此取得商业或技术上成功,虽然他们在无数的具体情况下,"按照利多害少的权衡原则作出决定"(Gerth & Mills,1947:144)。科学家应只倾向于一件事情:目标,即"终极"问题。科学家只要坚持忠实于自己,则必然会达到这样一个终极的、有着内心意义的结论。历史和文化科学教给我们如何从其源头上理解政治、艺术、文学和社会现象,它们所预设的前提是参与文明人的共同体。然而,人文学者只能要求自己做到知识上的诚实,认识到确定事实和文化价值的内在结构是一回事,而对于文化价值问题、对于应当如何行动这些文化价值,则是另一回事。在当今时代,由于世界已被除魅,因此表现出独有的理性化和理智化;那些终极的、最高贵的价值已从公共生活中销声匿迹,共同体所表现出的不过是宗教的狂热,所以唯有理智的正直诚实,才是最有价值的美德。

和韦伯悬置价值判断的观点不同的是,在《为知识分子辩护》中,萨特从科学家和作家两方面论述了知识分子的价值判断。萨特认为如果科学家研究原子的分裂是为了使科学技术达到一种臻善,制造核战争,这样的人不应该被称为知识分子,他们只是科学家而已;但是如果这些同样的科学家担心他们所研制出来的武器会对人类产生致命性的伤害,签订申明从而改变大众对核武器造成伤害的观念,那么这样的人就能被称为知识分子(Jean-Paul Sartre,1983:230)。而作家的职责是"用日常的语言交流不可交流的世界,以维持整体与局部、普遍与特殊之间的张力"(Sartre,1983:285),其内在任务是保留人类在这个星球上的生存经验,从这个意义上说,作家意外地不能被称为知识分子。因此,萨特提出关于知识分子的标准是知识分子是否把人类的生命作为研究的最高标准,是否重视人类生命的价值和意义,所以在萨特看来,对人类生命的价值的重视是能够称为知识分子的重要标准。

尽管在价值判断上韦伯和萨特存在分歧,但他们都把科学家和人文学者对立起来,客观上丰富了"两种文化"之争的思想史。近现代中国思想史上也有过关于"两种文化"的争论,早在1923年,中国学术界便发生了一场科学与玄学的大论战,论战的缘起是因为梁启超1920年发表了《欧游心影录》,他是于1918年同蒋百里、丁文江等人到欧洲考察战后形势,回国后写了这篇文章的。第一次世界大战给欧洲和世界人民带来了灾难,他认为"科学的发展使人们丢掉了两个内部生活的支撑点即宗教和哲学"(陈哲夫等,2002:309);而丁文江在《玄学与科学》一文中介绍了西方玄学与科学的斗争以及科学不断胜利的历史,提出"科学方法是万能"(313)的观点,陈独秀、瞿秋白等马克思主义者也对这场论战做过评价。

20世纪五六十年代的斯诺—利维斯"两种文化"之争在当时的欧美学术界引起的轩然大波,正是对这一历史问题的重新审视与评价。20世纪90年代美国的索卡尔事件也在欧美学术界产生了深远的影响,起因是纽约大学的量子物理学家艾伦·索卡尔(Alan Sokal)向著名的文化杂志《社会文本》(*Social Text*)递交一篇题为"超越界限:走向量子引力的超形式的解释学"的文章(Alan Sokal,1996:217-252),里面的数据和论证全是编造出来的,目的是检验编辑们在学术上的诚实性,却得以在权威杂志《社会文本》顺利发表。不到一个月索卡尔就通过另一刊物宣称自己只是进行一项"文化研究实验",旨在检验和嘲讽当代科学文化思潮中盛行的浮夸之风和漫无边际的说辞。索卡尔的诈文在西方很快引起轰动,争论的初衷是索卡尔表达对后现代人文学者对物理学无知的愤怒,反对相对主义哲学;但发展到后期已进入全面普遍的论战中,论战的焦点集中在后现代思潮中种种蒙昧含糊之处。

四、"文理渗透"之方向和路径

"两种文化"思想的核心是关于学术分科的观念,这也影响着教育结构问题、社会态度问题和政府决策问题。21世纪以来,随着学科的细化和融合,可以说有数百种文化,或只有一种文化,区别在于强调"文化"概念的不同方面:"前者关注智力的微观环境,后者则着重最大的共同框架,从而把各种智力活动看作是参与一场共同的对话,或表现着一种共同的精神"(斯诺,2003:39)。例如,分子生物学的发展使得介于生物化学与医学之间的整个领域被重新界定,生物技术和遗传工程更是提出了一大堆令人头痛的伦理的和实践的难题。科学和人文学术之间逐渐呈现出相似性。

自20世纪50年代以来,高等教育在全球范围内有了巨大的扩张,其结果便是大学在发达社会的国家文化里占有比以往大得多的比重。从斯诺那时以来,文学研究的学术面孔已随着争论发生了急剧的变化,最有意义的变化之一是科学与文学这一交叉学科的发展。但是这一个交叉学科结合的方式存在问题：有时候是强行结合在一起，合而不融；而更多的则是一个合作者的题材要服从另一个的意愿。在实践中，科学家并不试图应用他们的实验技术来演示文学作品；但文学理论家们却热衷于扩展其话语和分析范围，力图创造出费解的文学理论，抑或从最纯粹的科学研究论文里揭露出惊人的象征涵义。这种尝试虽差强人意，但毕竟也在为缩小因对"两种文化"命题不理解或误解产生的鸿沟而付出努力。

两种文化的融合并不意味着让物理学家去大量阅读莎士比亚，或让文学批评家去拼命钻研基本定理，而应该鼓励两种语言的齐头并进，所有科研人员不仅要有使用本专业语言的能力，而且要参加更广泛的文化对话。最重要的是，在各专业的内部，不仅应该探索专业活动如何融入更大的文化整体，而且应该意识到，参与这些更大的问题是其专业成就的有机组成部分。这种氛围依靠学科间的互相交流和彼此尊重以及良好的文化传统。无论是自然科学还是人文科学研究人员，都常常会碰到要求用外行能理解的语言来讲述其本专业工作的情况，如在大众媒体做报告，或向政府部门建议使用某种特殊的技术等。斯蒂芬·霍金（Stephen Hawking）等人是这方面杰出的榜样，他们实现了将最高水平的创造性科学研究用通俗易懂的语言向广大读者普及，从而使专业外的读者也能体验到科学研究的乐趣。

斯诺的主要论点形成时间是20世纪30年代，斯诺在当时担心科学教育水平会使科学的价值被低估是可以理解的，随后电视电脑和网络传播了大量的科学知识，唤起了无数人对自然界奥秘的想象。但科学教育在全世界迅速发展后，又普遍存在着唯恐科学和科学思维被过高估计的不安，这些反应有时会不可避免地采取极端的形式，如规劝人类干脆完全放弃精神和生态上具有破坏性的科学。因此，科学教育不仅要讲自然科学有巨大的好处，也要注入关于其局限性和危险性的意识。最近几十年来的情况和斯诺提出"两种文化"之时有很大不同，世界范围内进行了一些扩大中学和大学课程的尝试，在斯蒂芬·科里尼看来，"必须掌握基本的数学和文字知识这一点，已被越来越多的人所承认，虽然还没有得到完善的实施"（斯诺，2003：58）。

斯诺后来回顾说，他本来是想将演讲命名为"富裕与贫困"的，因为这是整个讨论的中心，贫困是世界所面临的压倒一切的问题，这也是富国不可推卸的责任。1959年，斯诺满怀信心："为了在一个大国里全面实现工业化，只要下决心培养足够多的科学家、工程师、技术人员就行了……传统和技术背景无足轻重"（61）。实际上，科学技术固然重要，文化和政治传统也要比斯诺所愿意承认的重要得多。

最近几十年的经验已经说明，为了改善第三世界国家的生活状况，更需要的是对极其复杂的政治和文化力量有正确的理解，而不是对包含在最新技术进展中的科学的理解。当跨国公司和国际金融机构在决定世界上贫困地区能否繁荣方面的作用日益增强时，政府运作方式也已改变。坚持对这些力量的有效政治控制，同样比任何纯技术的问题重要得多。再者，当今世界受国家主义、民族偏见、宗教原教旨主义等"非现代因素"的困扰反增不减，因此，物理学或化学的教育，不见得就能比历史学或哲学的教育更好地应付世界的准备。在当今世界，强调科学是压倒一切的需要，是一把双刃剑，甚至是危险的。

事实上，科学与人文的融合在文学创作和批评方面有很多先例。美国文学批评家艾布拉姆斯（M. H. Abrams）在《镜与灯：浪漫主义文论与批评传统》的最后一章中论述了浪漫主义批评中的科学与诗歌，他指出几乎所有的浪漫主义理论家并不愿承认科学与诗之间存在不可避免的冲突。华兹华斯在《抒情歌谣集》序言中说，由于诗植根于人的情感本质之上，所以它包容了科学，他认为诗会吸收采用"化学家、植物学家、矿物学家极稀罕的发现"（Abrams, 1971: 309），并且超越了他们，预示了机械化和工业革命的诗章的来临。雪莱也同18世纪所有以物理学和植物学为题作诗的人一样沉浸在科学事实之中，他不认为"科学与诗"互不相容。柯尔律治本人就是一位业余生物学家，他认为尽管一首诗就其目的而言对立于"科学作品"，最高的诗却是最广博的、包容量最大的话语——"既包括情感的也包括理性的因素，还牵扯到产生科学的能力"（310）。在瑞恰慈（I. A. Richards）的《科学与诗》中，阿诺德引证了华兹华斯有关诗与科学和知识的关系的论述来证明自己的观点，他认为人类将越来越多地依赖于诗，以求"为我们解释生活的真谛，安慰我们，保护我们。没有诗，科学就会显得不完整"（335）。

瑞恰慈写作《科学与诗》的年代，恰是文学批评界"反抗自然主义和实证主义"（徐葆耕，2003: 140）的年代，由于相对论和量子力学的建立，引发了人们认识世界的危机，当时爆发的第一次世界大战，更让人们认识到科学给世界带来巨大的进步和灾难的两面性。文学批评者认为，我们应该摆脱科学的羁绊，同经验性的科学脱离关系，因此有批评家认为瑞恰慈提倡科学化批评是"不识时务的"（141）。相反，布莱希特在"二战"期间对《伽利略传》剧本的几次修改，体现了科学家的道德责任和人文关怀，表现出与时俱进的一面。《伽利略传》的第一版写于1938年10月布莱希特流亡丹麦期间，其意义在于反法西斯的政治斗争，也为那些替纳粹服务的科学家辩护：科学家在背叛真理后，仍可依靠自己在知识上的创造来弥补罪孽；1944—1945 年期间布莱希特流亡美国期间完成了《伽利略传》的第二版，修改后的版本主要传达了对科学以及科学家社会责任的思考，认为伽利略对当局的屈服是对民众和社会的背叛；《伽利略传》的第三个版本修改于 1954—1956 年期间，此时布莱斯特已经回到民主德国，主要改动是在第十三场伽利略进行自我判决的部分加入了积极的内容（Bertolt Brecht，1966：123-124），使全剧的主题由判决变为教育。《伽利略传》主题的变化反映了布莱希特的科学观："科学技术一旦为人民真正掌握，不仅会带来对自然的变革，更会带来对社会的变革，科学对建立人类共同生活的幸福是至关重要的"（柯遵科，46），同时科学家也不能忽略社会责任，不能背叛民众和社会，体现了科学与人文精神的交融。

除了文学作品和文学批评的教育的功能，大学"文理渗透"的通识教育也是科学和人文融合的路径，甚至是最佳路径，世界范围内的大学正在积极探索实践中，中国也不例外。以清华大学外文系为例，其在不同的历史时期都践行着清华大学"中西融会、古今贯通、文理渗透"的办学理念，体现出"更国际、更创新、更人文"的新时代清华精神：1926—1952 年全国院系调整前的初创期，外文系涌现出钱钟书、曹禺、季羡林等一大批学术大师，为推动中西人文交流做出了承前启后的历史性贡献，从当时的课表看有"文理"兼修的特点，如规定所有学生至少修每周两小时的数学课程（齐家莹，1999：2）。1952 年院系调整后，外文系建制撤销，清华外文依然在外语教育方面进行开拓，为全校系科提供公共外语教学服务，并完成了《英汉科学技术词典》的编辑出版（王晓珊、颜海平，2016）；1983 年恢复建制后，清华外文扩展迅速，近年来在学校的支持下筹建以外文人文通识教育为目标的平台——语言教育中心，都把"文理渗透"的学理化为具体课程和实践，使得优秀的外语能力足以支撑高水准的文理科学生成为各领域的领军人物。

结　语

今年是斯诺《两种文化》里德演讲发表 60 周年，斯诺—利维斯的"两种文化"之争以及历史和当今很多类似争论都有着深刻的思想渊源和现实意义，对现今中国乃至世界范围内的大学通识教育也具有启发意义。马克斯·韦伯在《作为志业的学术》（*Wissenschaft als Beruf*）演讲中所说的"学术"是指广义上的科学，不仅包括自然科学，还包括人文社会科学，指所有的知识和学问，这与古希腊的文明一脉相承。而今天我们所说的"科学"往往指狭义上的"自然科学"，它是近代科学发展的产物，可追溯到19世纪中叶"科学"词条在《牛津英语词典》中的解释，并影响了现代大学教育的分科。在20世纪50年代，经历过两次世界大战重创后的英国迫切需要发展科技以增强国家实力，于是C. P. 斯诺在剑桥大学发表了著名的里德演讲——《两种文化与科学革命》，强调大力发展科技的重要性，而对文学知识分子存在敌意。然而文学批评和文学教育的作用不容小觑，著名的英国文学和文化批评家利维斯发表演讲公然反击，强调文学批评和大学里文学教育的重要作用，引发了著名的"斯诺—利维斯"之争，影响持久。随着时代的发展，学科版图和两种文化的内涵都发生了变化，学科不断细化和融合，"两种文化"也形成对接和融合之势，表现在文学批评中的科学世界观、文学作品中的科学题材和科学家的社会责任等方面；在大学教育中则强调走"文理渗透"之路，发展文理通识教育，以培养文理兼修的各专业领军人才。总之，科学是器，人文是道；科学是体，人文是魂；科学和人文是鸟之双翼，车之双轮，必须对接融合，人们生活才会更美好，国家才会实现经济政治文化的全面繁荣，世界才会更加和谐精彩。

参考文献

陈哲夫、江荣海、吴丕：《20世纪中国思想》（上），济南，山东人民出版社，2002。

柯遵科：《被历史控制的话剧——〈伽利略传〉的科学传播研究》，载《科学文化评论》，2005(6)：46-53。

齐家莹编：《清华人文学科年谱》，北京，清华大学出版社，1999。

王晓珊、颜海平：《用跨学科的视域重塑中国外语教育》，载《二十一世纪英文教育》，2016-09-06。

徐葆耕：《瑞恰慈：〈科学与诗〉》，北京，清华大学出版社，2003。

[英] C. P. 斯诺：《两种文化》，陈克艰、秦小虎译，斯蒂芬·科里尼导言，上海，上海科学技术出版社，2003。

Abrams, M. H. *The Mirror and the Lamp: Romantic Theory and the Critical Tradition*. Oxford: Oxford University Press, 1971.

Arnold, Matthew. "Literature and Science". *The Complete Prose Works of Matthew Arnold*, vol. 10, ed. R.H. Super. Ann Arbor: University of Michigan Press, 1974.

Brecht Bertolt. *Galileo*. English version by Charles Laughton. New York: Grove Press, 1966.

Gerth & Mills. "Science as a Vocation". *From Max Weber: Essays in Sociology*. London: Kegan Paul, Trench, Trubner & Co., Ltd., 1947.

Huxley, T. H.. "Science and Culture". *Science and Education: Essays*. New York: D. Appleton, 1896.

Leavis F. R. *Culture and Environment: The Training of Critical Awareness*. London: Chatto & Windus, 1933.

Leavis F. R. *Mass Civilization and Minority Culture*. Cambridge: Minority Press, 1933.

——. *Determinations*. London: Chatto & Windus, 1934.
——. "Restatement for Critics" *Scrutiny* (I). Cambridge: Cambridge University Press, 1963.
——. *Nor Shall My Sword*. London: Chatto & Windus, 1972.
——. *Thought, Words and Creativity: Art and Thought in Lawrence*. London: Chatto & Windus, 1976.
——. with Introduction by Stefan Collini. *Two Cultures? The Significance of C. P. Snow*. Cambridge: Cambridge University Press, 2013.
——. & Q. D. Leavis. *Lectures in America*. London: Chatto & Windus, 1969.
Sartre, Jean-Paul. "A Plea for Intellectuals". *Between Existentialism and Marxism*. London: Verso, 1983.
Snow, C. P. "The Two Cultures". *New Statesman*, 1956 (10): 413-414.
Sokal, Alan. "Transgressing the Boundaries: Toward a Transformative Hermeneutics of Quantum Gravity". *Social Text*. 1996 (Spring/Summer), 217-252.
Trilling, Lionel. "Science, Literature and Culture: A Comment on the Leavis-Snow Controversy". *Commentary*, 1962 (6): 461-477.
Weber, Max. trans, Talcott Parsons. *The Protestant Ethic and the Spirit of Capitalism*. London and New York: Routledge, 1930, 39-40.

利维斯在当下中国

——悖论、契合与契机

熊净雅

内容摘要：首先，利维斯在中国约 90 年的接受史经历了及时介绍、长期停滞、复苏发展的三大阶段，近 30 年来重生的中国系统的利维斯研究经历了从剑桥直接缘起又逐渐回归国际的历程。尽管如此，利维斯在中国的影响范围和研究深度仍然比较有限，这一现状与利维斯在英国的巨大影响之间形成了一个悖论。其次，将利维斯主义置于中国传统文化的语境中进行分析，我们不难发现其与中国以儒道两家思想为基础所形成的"入世"和"出世"的传统人文精神有着诸多契合。这些契合通过影响我们的思维方式和心理态度，一定程度上影响了利维斯在中国的接受。利维斯主义与中国传统人文精神的多维度契合与中国读者对其认可度的欠缺之间亦形成了一个悖论。再次，通过分析利维斯主义在中国未达到应有认可程度的复杂原因，我们能从利维斯对文学传统和文化传承等的追求中寻求超越时代局限的现实意义，以及中国研究界立足本国文学和批评传统可能得到的新思路。

关键词：利维斯；中国人文精神；悖论；契合；契机

F. R. Leavis at Present China: Paradoxes, Affinities and Opportunities

XIONG Jingya

Abstract: First, the almost nine decades of acceptance of F. R. Leavis in China has gone through the three phases of timely introduction, long-term stagnation, and revitalization followed by rapid progress; the last three decades have witnessed the rebirth of systematic Leavis studies by Chinese scholars which emerged directly from Cambridge and returned gradually to the international arena. Nevertheless, the influence of Leavis and the depth of Leavis studies in China are still rather limited, thus forming a paradox between such status quo in this country and the tremendous influence of Leavis in Britain. Second, an analysis of Leavisism in the context of traditional Chinese culture enables us to discover affinities between Leavisism and traditional Chinese humanism characterized by "this-worldliness" based on Confucianism and "other-worldliness" based on Taoism. These affinities exert an influence to the acceptance of Leavis in China by influencing our mode of thinking and psychology. Thus, another paradox is formed between the multiple affinities and the largely limited recognition of Leavis by Chinese readers. Third, through investigating the complicated reasons of the underestimation of Leavis in China, we are able to discover from Leavis's pursuit of literary tradition and cultural continuity both timeless significance for our society today and possible new approaches of Leavis studies in China based on Chinese literature and critical tradition.

Keywords: F. R. Leavis; Chinese humanism; paradoxes; affinities; opportunities

　　弗·雷·利维斯（F. R. Leavis，1895—1978）是 20 世纪早中期英国最有影响力的文学批评家之一，在文学批评、文化批评、人文教育和期刊出版等领域成就斐然。正如特里·伊格尔顿（Terry Eagleton）在其《文学理论导论》（*Literary Theory: An Introduction*）中所言："今天英国的英国文学研究者们仍然都是利维斯主义者，不管他们有没有意识到这一点，事实就是如此。"（2004：27）然而，利维斯的影响和意义绝不仅限于剑桥和英国。在从 20 世纪 30 年代至今的约 90 年间，利维斯在中国的接受度经历了及时介绍、长期停滞、复苏发展的三大阶段，尤其是 20 世纪末至 21 世纪初的约 30 年间，中国系统的利维斯研究经历了从剑桥直接缘起又逐渐回归国际的历程，其中反映出许多值得探究的深层次矛盾和问题。本文通过梳理利维斯在中国被接受的历史，指出当下中国利维斯研究现状的主要特征和隐藏悖论，并通过将利维斯置于中国传统文化的语境中加以考察，进一步发掘利维斯主义与中国传统人文精神的诸多契合，继而通过分析利维斯主义在中国没有得到应有程度认可的复杂原因，从而寻求未来中国利维斯研究可能的契机。

一、悖论：利维斯在中国的接受

早在 20 世纪 30 年代初，初登批评舞台的利维斯就被及时介绍到了中国[①]。然而此后中国的利维斯研究出现了长达半个世纪的断层式空白，这就意味着在利维斯有生之年，中国读者很少有机会接触到他的思想。直到利维斯去世 11 年后的 1989 年，陆建德在剑桥大学完成了博士论文"弗·雷·利维斯的批评与浪漫主义"（"F. R. Leavis: His Criticism in Relation to Romanticism"，1989），直接将利维斯的批评思想舶来国内。2006 年，曹莉主持的国家社科基金项目"剑桥批评传统及其在中国的影响和意义"启动，使我国利维斯研究在新世纪得以复苏。目前，我国涉足利维斯研究的学者有了明显增加，产出了覆盖利维斯研究各个主要方面的博士论文、研究课题和学术论文。陆建德和曹莉曾负笈剑桥，他们对利维斯的研究发轫于英语语言文学语境之内，不仅是西方利维斯研究的一部分，更重要的是将利维斯研究引入中国，促使其迅速发展，并以新的姿态走向国际。利维斯研究在中国的复苏并非偶然。进入 21 世纪后，西方尤其是英国的利维斯研究呈现回暖趋势，不仅成立了专门组织利维斯研究中心（Centre for Leavis Studies），而且形成了召开学术会议的惯例。利维斯研讨会的国际化程度逐渐增强。2003 年的小规模学术会议尚以剑桥大学和英国本土学者为中心；2012 年发展为有英国、中国、印度、美国和加拿大等多国学者与会的国际性大会，中国学者的参加尤为引人注目；2017 年 6 月，由利维斯学会（The Leavis Society）和清华大学等中国相关机构联合举办的"剑桥批评：中国与世界"国际研讨会于清华大学召开，利维斯协会主席彼得·沙罗克（Peter Sharrock）在开幕致辞中称赞"这次会议是恰逢其时"（Sharrock，2017：7），这标志着中国利维斯研究获得国际学术界的认可。

然而，利维斯在中国的接受与其在英国的巨大影响力有着巨大的落差，这从其著名的小说研究著作《伟大的传统》（*The Great Tradition*）在中国的接受即可见一斑。由袁伟翻译的利维斯《伟大的传统》中译本由北京生活·读书·新知三联书店于 2002 年出版，是国内迄今唯一的利维斯专著译本。《伟大的传统》重构了英国小说的"伟大的传统"，其在 20 世纪英国小说研究领域的影响力似无出其右者。

[①] 利维斯研究和中国之间的渊源始于 1932 年。当时，叶公超将利维斯的小册子《大众文化和少数人文明》（*Mass Civilisation and Minority Culture*，1930）、论文《戴·赫·劳伦斯》（*D. H. Lawrence*）和专著《英语诗歌的新动向》（*New Bearings in English Poetry*）介绍给尚在清华大学就读的常风。随后，常风在《新月》月刊上发表了具有很强时效性的书评《利威司的三本书》。

值得一提的是，陆建德为《伟大的传统》中译本所作的长序介绍了利维斯研究的各个主要方面，将利维斯置于当下英国文学的教学、研究以及文化研究的现状之中，为中国利维斯研究者绘制了探索新大陆的地图。序言中说道："上世纪80年代初，中国读者和作家通过爱·摩·福斯特知道了'圆型'和'扁型'人物的差别，《伟大的传统》就深度和影响而言远胜过《小说面面观》，它的翻译出版不仅有助于英国小说的教学与研究，而且还将为中国的小说创作增添一种成熟的道德敏感性。"（陆建德，2009：23）字里行间折射出不言而喻的高度期望，笃定预见这本在英语世界享誉盛名的著作将会为中国文学批评界、创作界和教育界带来一种全新的思路。然而，10年之后陆建德面向国际学界时却不无遗憾地指出："《伟大的传统》中文译本2002年的出版并没有在中国的文学界引起太大轰动。"（Lu, 2012：129）[①] 由此可见，虽然中国的利维斯研究在新世纪以来获得了新生和切实发展，但利维斯整体批评体系在中国被接受的情况并未如预见的那般乐观。事实上，利维斯在中国的影响仍然比较有限，主要集中在学术界；即使在英国文学研究界内部，利维斯所受到的关注远不如许多在20世纪早期和中期曾经难以与其争锋，以及在其之后兴起的大批现当代理论家和批评家；其他相关研究领域对利维斯的涉及微乎其微，在普通读者中利维斯的影响更小。不仅如此，我国利维斯研究的重心仍然有高度集中的倾向，丰富性和深刻性均有很大的提升空间。虽然已有研究涉及利维斯的诗歌批评，但是多数研究仍然集中在小说批评和文化批评，并且关注的仍多是"伟大的传统"和"两种文化"等已经产生了大量成熟研究的方面。利维斯在英国的巨大影响与其在中国所受到的有限关注构成了一个利维斯在中国的悖论。然而在这个悖论的现象背后可以窥见利维斯主义与中国传统人文精神的某种契合。

二、契合：利维斯主义和中国传统人文精神

将利维斯置于中国传统文化的语境中进行分析，我们不难发现一定程度的精神契合度和观点可比性。以"英国性"著称的利维斯主义实际上与中国以儒道两家思想为基础所形成的"入世"和"出世"的传统人文精神有着诸多契合点：一方面，利维斯肩负起批评家的时代责任，实践了"入世"精神；另一方面，利维斯恪守批评家的道德理想，体现出"出世"情怀。这种种微妙的契合无形之中影响了我们对

[①] 见2012年由曹莉撰写引论，《剑桥季刊》（*The Cambridge Quarterly*）出版的题为"对话：剑桥英文与中国"（Cambridge English and China: A Conversation）的特刊。

待利维斯的思维方式和心理态度，继而一定程度上影响了利维斯在中国的接受。

利维斯主义与中国"入世"思想有着一定程度的契合。冯友兰曾这样阐释中国哲学和文化的"两重性"（dual quality）（布德，2015：631）：

> 中国传统哲学的主要精神，如果正确理解的话，不能把它称作完全是入世的，也不能把它称作完全是出世的。它既是入世的，又是出世的。……中国哲学的使命正是要在这两种极端对立中寻找它们的综合。……按照中国哲学的看法，能够不仅在理论上，而且在行动中实现这种综合的，就是圣人。……他的品格可以用"内圣外王"四个字来刻画：内圣，是说他的内心致力于心灵的修养；外王，是说他在社会活动中好似君王。（冯友兰，2015：15）

流派纷呈的中国哲学通过这种"两重性"达到了和谐，形成了中国传统文化具有整体性的精神气质。"内圣外王"虽为常人所不能及，但仍堪为中国传统文人和当代知识分子的内在理想。在积极"入世"这一点上，利维斯因其强烈的责任感与中国知识分子产生了共鸣。"孔子教导人们，人类社会的所有关系之中，除了'利害'这种基本动机外，还有一种更为高尚的动机影响着人们的行为，这就是责任"（辜鸿铭，1996：49）。中国文以明道的思想源远流长，强调文人责任感和文学作品社会效果，知识分子尊崇"先天下之忧而忧，后天下之乐而乐"（范仲淹《岳阳楼记》）的人生信条。以"英国性"著称的利维斯主义与此不无相同之处。利维斯视"批评家"为一项非能人而不可胜任的工作，自觉地肩负起时代责任。他的文化批评依赖文学批评，同时又为文学批评履行功能提供了更多维度。他的文学批评根植于文本，其"实践中的批评"（criticism in practice）通常被认为是新批评"细读"的源头之一。然而利维斯的文学批评和新批评有着明显的不同，他极为关心文学和文学批评的道德维度和社会功能，视之为治疗现代社会"疾病"的"疗方"。利维斯早年在《大众文明和少数人文化》（*Mass Civilisation and Minority Culture*）中指出："现被接受的各种价值就像在非常少的黄金基础上发行的某种纸币"（Leavis，1933：14），进而呼吁在工业化进程加剧的现代社会转型期传承文学和文化传统，保卫高雅的审美情趣，并通过批评家对文学作品的甄别来维护社会的道德水准。在其批评生涯的后期，利维斯与斯诺（C. P. Snow）展开了关于"两种文化"（Two Cultures）的辩论。所谓"两种文化"是指一种文化体现于人文和艺术，另一种则由科学引导。然而利维斯认为"文化只有一种"（Leavis，2013：101），这种文化通过文学和艺术，尤其是集体创造的语言得以传承，不是单纯物质生活水平的提高，而是将生活和工作结合起来，为人类提供精神的满足感。他对文化传承和人文主义的担忧同时也是对个人及社会层面的道德的担忧，对人们敏感体察世界能力渐失的担忧。虽然他的"文学批评可以拯救世界"（Leavis，1975：50）的理想远未实现，但成为了宝贵的精神遗产。利维斯积极入世的时代责任感还体现在他对教育，尤其是大学教育的重视。中华民族有尊师重教的传统，并将知识分子和教育责任紧密相连，孔子被尊为"至圣先师"，儒家的"五常"亦被知识分子奉为圭臬。利维斯认为"英文"是大学教育的"联结中心"（liaison centre）（28），他积极进行学科建设和改革，帮助剑桥英文甚至更广泛意义上的年轻的英文学科更趋成熟。利维斯的教育理想是通过大学中的精英群体来辐射大众，虽然提出的方式是精英化的，依靠的是少数人手里掌握着的高雅文化，但是他绝不是狭隘的孤芳自赏之辈，其最终目的指向唤醒民众和救赎文化。正因为利维斯所提倡的积极入世的时代责任感与中国古代文以明道精神具有相同之处，在对待教育的态度上利维斯和中国传统人文精神也达到了高度的契合，故其所表现出的家国情怀能够得到中国部分知识分子的高度认同。

利维斯主义与中国"出世"情怀具有相当大的可比性。利维斯所构想的理想社会能在中国传统文化中得到呼应。中国人向往人与自然的和谐共生，这种理想社会的源头可以追溯到老子所勾画的"小国寡民"的世界，陶渊明笔下的"桃花源"成为了理想社会的代名词。无独有偶，利维斯的理想社会"有机共同体"（organic community）是英国20世纪初期的"桃花源"，凝结了利维斯对工业文明之前的农业文明社会秩序的向往。利维斯与丹尼斯·汤普森（Denys Thompson）合著的《文化与环境》（*Culture and Environment*）一书指出："我们所失掉的是有机共同体所体现的鲜活的文化"（Leavis and Thompson 1）。这种"鲜活的文化"中具有代表性的事物包括民歌、民族舞蹈、科茨沃尔德①的村舍、手工艺品等。这些根植于民间的文化符号在利维斯看来具有更深刻的象征意义，代表了"一种人生的艺术，一种生活的方式，是有秩序有模式的，包含了社会艺术和交流法则，是对自然环境和一年中的节奏的呼应和适应，从古老的经验中萌生出来"（Leavis & Thompson，1933：1-2）。后来的大众文化理论家对这种怀旧情绪曾提出过批判，历史也证明利维斯批评救世的理想最终陷入困境。然而应当看到的是，利维斯并没有醉心于虚构的黄金时代，他明确地意识到了这种农业社会的秩序难以再生，且现代社会的构造已经不可能和自然密切相关联相适应了。事实上，"有机共同体"的

---

① 科茨沃尔德（the Cotswolds）位于英国西南部，著名的羊毛产地，以典型的具有浓厚诗情画意的英国小镇风情而闻名。

意义不在于其历史真实性和现实操作性,而在于对工业社会弊病的反思。"有机共同体"和"桃花源"的精神契合不仅在于表面所描写的田园风情,更重要的是体现了知识分子的精神追求和道德理想。"桃花源"是中国文人的精神家园,而"有机共同体"则是现代西方人面对精神"荒原"的反思,亦是现代知识分子救赎社会的一声呐喊。《文化与环境》的创作初衷是编纂一部教材,这不仅是利维斯积极"入世"传播其文学和文化主张的重要实践,而且也是利维斯"出世"观点的集中表达。其实这种矛盾并不难理解,知识分子的"出世"正是"入世"的高级形式。这种"出世"看似具有怀旧情绪,但实际上既是为了捍卫个人之节操,又是为了保护传统之纯粹。不仅如此,综观利维斯的一生不难发现其所作所为颇有中国文人的骨气。中国文人不仅有"不能为五斗米折腰"(《晋书·陶潜传》)的傲骨,亦应有"出淤泥而不染,濯清涟而不妖"(周敦颐《爱莲说》)的情操。这些品德在利维斯的身上有所体现:当《细察》(Scrutiny)的经费极为紧张时,主编利维斯仍拒绝刊登任何形式的广告;面对权威机构和组织,利维斯从来毫无惧色;不论在著作里还是演讲中,利维斯的风格直接犀利,常常不顾情面点名道姓地表示异议。诚然,他的有些批评有过于尖刻和进行人身攻击的嫌疑,不过其出发点乃是批评家的良知和责任心与知识分子的自尊心和道德感。中国历史上恃才傲物的人物并不少见,人们常常对他们表示宽容和尊敬。如果以这样的态度来看待利维斯,我们会发现他同样值得尊敬。

利维斯主义和中国传统人文精神不仅在"入世"理想上,而且在"出世"精神上都具有多维度的可比性。然而如果只停留在表面的比较上,我们难以看到利维斯主义与中国关系的实质,所以需要进一步分析利维斯在中国的接受现状背后所蕴含的原因与契机。

三、契机:熟悉的陌生人

利维斯研究在中国面临着两大悖论:一是利维斯主义国际化的重要影响与在中国不相称的接受现状之间的悖论;二是利维斯主义与中国传统人文精神的多维度契合与中国读者对其认可度的欠缺之间的悖论。这两个悖论相互交织,一方面使利维斯在中国被接受现状的成因显得扑朔迷离;另一方面又为中国的利维斯研究提供了历史和文化契机。

利维斯主义在中国没有得到应有程度的认可,其原因是复杂的。首先,批评传统和认知习惯上的一些具体差别是原因之一。正如陆建德在《剑桥季刊》之"剑桥英语与中国：对话"特刊收录的《弗·雷·利维斯的"自我"观念及其对中国文学的重要性》("*Self*" *in F. R. Leavis and its Significance for Chinese Literature*）一文中指出的那样，利维斯《伟大的传统》中所践行的批评原则在中国仍然是"未知的领域"（terra incognita）（Lu，2012（41）：129）。这篇文章指出并分析了中英文学传统对"自我"的不同认识：中国文学传统中，作家常常将作者的"自我"和作品中人物的"自我"自比于外部事物、自然环境乃至宇宙，故有黛玉《葬花吟》中的悲春怜己与屈原《橘颂》中的托物言志等；然而在英国文学传统中，非但没有这样的"惯例"，反而认为将"自我"付诸外部事物是一项缺点，是缺少清醒的"自我"意识的表现，例如乔治·艾略特（George Eliot）笔下的女主人公身上有时能找到作家本人与之微妙的自我认同，利维斯故而批评乔治·艾略特缺乏非个性化特征和自我认知。因此，陆建德认为中西方文化对于作者"自我"与外部事物之间关系的不同认知习惯也许是《伟大的传统》中译本在中国没有造成轰动的原因（129）。实际上，陆建德的这篇文章为中国的利维斯研究指出了一种新思路，即结合对利维斯批评思想和中国文学创作和批评传统的双重理解，讨论其中具有学理价值的具体碰撞。上述极具代表性的例子反映出不同文化之间必然的差异，虽然差异性和陌生性一定程度上加大了利维斯在中国的接受难度，但是我们也可以说其反面同时隐藏着多元理解的契机。

其次，利维斯主义和中国传统人文精神的"契合"反而加深了利维斯在中国被"冷落"的程度，而这一因素因具有隐蔽性而极易被忽略。利维斯"入世"的责任感和"出世"的高尚理想与中国知识分子的追求产生了共鸣，正是因为这种内在精神的契合，中国读者在阅读利维的批评著作时可能会有似曾相识之感。这种似曾相识感本当成为中国知识界深刻同情利维斯的精神基础，然而实际情况是，相似性带来的熟悉感和亲切感非但没有增加利维斯受欢迎和被理解的程度，反而适得其反。随着西方现代和后现代批评理论的大量快速的输入，当下国人对舶来的理论不易抱有太强的新鲜感，利维斯和中国知识分子的相似性更加使得他的批评思想难以掀起标新立异的浪潮。

再次，对文学批评理论的追捧使得人们对文学文本批评的关注度下降，利维斯以文本为基础兼顾道德关怀的文学批评和"反理论"的态度似乎不能引起大批理论热衷者过多的兴趣，且在新兴理论的强烈攻势之下仿佛有些"老套"和"过时"。这种现象产生的原因是人们对利维斯批评思想的片面理解。利维斯反对以哲学式的抽象的、概括的、系统的方法来进行文学批评，主张以文本为基础的"具体的"

(concrete)文学批评。其主张的"具体"不仅针对文本批评,而且对于文学史的书写也至关重要。虽如此,这并不意味着利维斯全盘否定抽象归纳概括的方法,也不能证明其对理论的无知。就这一问题,著名利维斯专家迈克尔·贝尔(Michael Bell)指出:"利维斯拒绝将阅读活动清晰地理论化,由此被看作对理论的无知。从怀疑的角度看,他的概念和他的实践的确充满了问题,但是这些问题绝非源于无知"(Bell,2000:420)。句号利维斯协会创始会长克里斯·乔伊斯(Chris Joyce)也明确表示:"我想表明,他的思想既丰富又深刻,远没有表现出任何理论之前的无知"(Joyce,2005(47):240)。下面一段评论可以很好地解释自称为"反哲学家"的利维斯和他具有理论价值的批评思想之间微妙的关系:"于是有了理论的缺席:不是一种理论,而仅仅是'真正的判断'和以生活的经验为基础的常识。……利维斯式的批评不需要理论——实际上无法被理论化。矛盾的是,多年以来,这正是它最大的力量之所在"(Selden,2004:26)。事实上,只要我们愿意承认文本细读和文化细察的可贵,愿意保留一份文化传承和人文主义的追求,利维斯及其批评思想就永远不会过时。如果真的像一些学者所指出的那样,在当下中国文学批评界出现了脱离文本浮夸理论的苗头的话,那么重温利维斯式的文学批评,仔细揣摩其中的方法和理念,回归文本,重拾"道德"的准则,体会批评家应当达到的知识储备和文学敏感正是当下批评得以健康发展所需要的。随着西方文学批评审美转向的出现,越来越多的学者开始意识到空谈理论脱离文本的做法并不可行,而回归文学、回到文本的呼声也随之此起彼伏。在这样的形势之下,利维斯以《伟大的传统》为代表的批评著作可能会重新回到研究者和学生们的案头。

与艾·阿·瑞恰慈(I. A. Richards)和威廉·燕卜荪(William Empson)两位曾亲临中国执教并直接产生影响的剑桥批评家不同,同样是剑桥批评核心人物的利维斯并没有亲身造访中国,他对中国的影响具有空间上的间接性和时间上的滞后性。利维斯是土生土长的剑桥人,除了赴欧洲和美国有过屈指可数的几次出访外,他的一生几乎都是在剑桥度过的。虽然他对欧洲大陆文化和文学有颇深造诣,其晚年在美国的系列演讲轰动一时并结集出版,但事实上利维斯不是具有世界野心的批评家。他继承了马修·阿诺德(Matthew Arnold)人文主义批评传统的衣钵,生前的关注重心是英国本土的文学、文化、传统、社会等。利维斯的文学批评和文化理想的确反映出"欧洲中心主义的傲慢和明显的对非西方文学的无知,以及狭隘的文化精英"(Cao Li,2009(1):304),其批评思想中的这些所谓偏见被后来的文化研究者所扬弃。尽管如此,他对文学传统、文化传承以及反对工业化腐蚀人性的严肃追求,仍然超越了时代的局限，在今天仍然具有现实意义。在经过后现代理论洗礼的当下，从不同角度"重读利维斯"成为了利维斯研究的主流。随着近年来文化研究的不断升温，利维斯的文化批评在中国受到了较多关注，学者们从中国研究者的视角观察利维斯在英国社会转型期的文学批评和文化理想，考察同样处在社会转型期的当下中国社会的现状和走向。对于中国研究者而言，无论是从接受过程还是从精神气质来看，利维斯都是一个既熟悉又陌生的人物，这正是中国的利维斯研究应当把握的契机。

参考文献

[美]德克·布德："英文版编者引言"，载冯友兰：《中国哲学简史》，赵复三译，631~643页，北京，外语教学与研究出版社，2015。

冯友兰：《中国哲学简史》，赵复三译，北京，外语教学与研究出版社，2015。

辜鸿铭：《中国人的精神》，黄兴涛、宋小庆译，海口，海南出版社，1996。

陆建德："序：弗·雷·利维斯和《伟大的传统》"，载[英]利维斯：《伟大的传统》，袁伟译，北京，生活·读书·新知三联书店，2009。

Bell, Michael. "F. R. Leavis." *The Cambridge History of Literary Criticism*. Vol. 7. Eds. A. Walton Litz, Louis Menand, and Lawrence Rainey. Cambridge & New York: Cambridge University Press, 2000, 389-422.

Cao Li, "Revisiting Leavis: What is the Function of Criticism at the Present Time." *English and American Literary Studies*. 2009(1), 299-314.

Eagleton, Terry. *Literary Theory: An Introduction*. Beijing: Foreign Language Teaching and Research Press, 2004.

Joyce, Chris. "Meeting in Meaning: Philosophy and Theory in the Work of F.R. Leavis." *Modern Age*, 2005(47). 240-249.

Leavis, F. R. "Mass Civilisation and Minority Culture." *For Continuity*. Cambridge: The Minority Press, 1933. 13-46.

Leavis, F. R. *The Living Principle: "English" as a Discipline of Thought*. New York: Oxford University Press, 1975.

——. *Two Cultures? The Significance of C. P. Snow*. Cambridge: Cambridge University Press, 2013.

——. and Denys Thompson. *Culture and Environment: The Training of Critical Awareness*. London: Chatto & Windus, 1933.

Lu Jiande. "'Self' in F. R. Leavis and its Significance for Chinese Literature." *The Cambridge Quarterly*. 2012 (41). 128-145.

Selden, Raman, Peter Widdowson, and Peter Brooker. *A Reader's Guide to Contemporary Literary Theory*. 4th ed. Beijing: Foreign Language Teaching and Research Press, 2004.

Sharrock, Peter. "Address for the Opening of the Conference." Conference Brochure. "Cambridge Criticism" beyond Cambridge: F. R. Leavis and Others, An International Conference. Beijing: Tsinghua University, 2017.

雷蒙·威廉斯：文化唯物主义①

王逢振

内容提要：威廉斯是文化研究的开拓者，他的著作对国内外的文化研究产生了广泛影响。本文试图展现威廉斯对文化研究的看法，并通过他的《文化和社会》《漫长的革命》《电视：技术和文化形式》和《乡村和城市》等几部主要作品，论述威廉斯的文化唯物主义以及他如何追求文化民主化，进而概括他对文化研究的独特贡献。

关键词：威廉斯；文化新阐述；文化研究；文化唯物主义；贡献

Raymond Williams: Cultural Materialism

WANG Fengzhen

Abstract: Raymond Williams is a pioneer of the development of cultural studies, and his works are most influential on cultural studies in the world. This paper tries to provide Williams' ideas and conception of cultural studies, and by looking into his significant works such as *Culture and Society, Long Revolution, Television: Technology and Cultural Form and The Country and The City*, it would explain Williams' cultural materialism and articulate the ways in witch he pursues for the democratization of culture, and finally, summarize Williams' unique contributions to cultural studies.

Keywords: Williams; new argument of culture; cultural studies; cultural materialism; contributions

---

① 本文首次发表于《通俗文学评论》1998年第4期（已停刊），收入本文集时，由毛琬鑫、姜慧玲协助录入，作者本人校对。

雷蒙·威廉斯虽然已经逝世，但随着文化研究的发展，他似乎越来越显得重要。在文化研究领域，不论赞同还是反对他的人，似乎都难以摆脱他的"幽灵"。1993年，美国出版了专论他的文集《超越国界的看法》（*Views beyond the Border Country*），1995年又出版了弗雷德·英格利斯关于他的评传《雷蒙·威廉斯》（*Raymond Williams*）。有人预言，在未来几年内，威廉斯和马歇尔·麦克鲁安将重新成为文化批评界的热点。何以如此呢？斯图尔特·霍尔的文章《文化研究及其理论遗产》（David Morley，1996）或许可以为我们提供一些线索。他在这篇文章中警告说，将文化研究作为一种符号学或阐释学的学科制度化非常危险。虽然他也承认政治和权力问题总是以话语方式出现，但他补充说："仍然有一些情况使权力构成一种容易漂动的能指符号，这种符号使权力和文化的原始运作及联系完全失去意义。"这种看法间接表明，威廉斯的"文化唯物主义"具有明显的启示性。

总的看来，威廉斯是一个不断变化的、缺乏连续性而又前后联系的理论家。在他的第一部重要著作《文化与社会》里，威廉斯回顾了保守的英国社会思想传统。它所引起的共鸣和感染力主要在于它对文化观念的运用；文化使脱离物质社会生活的完美的观念或理想，是对特定的，包括工业、民主、阶级和艺术等大规模变化的一种批判。在划分阶级的社会里，"文化"反对商业，反对城市集中，反对占有性的个人主义。威廉斯通过分析指出，从封建等级世界观产生的社会服务精神，完全不同于植根于工人阶级文化成就的社会团结精神。前者实质上是杰出人物统治论的颠覆，而后者指充分民主平等的参与。威廉斯的"共同文化"的观念，其基础就是千百万劳动人民的创造性。这种创造性虽未得到承认，但具有强大的潜在力量，只有得到充分发挥，或劳动人民能够真正平等地参与，就可能产生一种"共同的文化"。

在《漫长的革命》一书里，威廉斯通过一种对文化的新的理论阐述，直接抨击了自由主义的资产阶级传统。他认为文化不只是"整个生活方式"，而且还是历史上社会实践经过区分的整体性和原动力。艺术和文学不可能被特权化或理想化，因为它们是"整个过程的组成部分，这个过程创造常规和机制，通过它们共同评价的意义得到共享，获得活力"。威廉斯提出文化的关系观和过程观，打破了区分文学、文化、政治以及日常生活的范围。他强调联系、不一致和相互作用的协调，展现隐含在知识和交流模式中的冲突和变化：

> 既然我们观察事物的方式实际上是我们的生活方式，所以交流的过程事实上是达成共同性的过程：同享共同的意义，因而同享共同的活动和目的；

提供、接受并比较新的意义,因而导致发展和变化的张力和成就。……如果艺术是社会的组成部分,那么在社会之外不存在任何坚实的整体,虽然我们通过问题的形式承认它的重要性。艺术是一种活动,它与生产、贸易、政治、家庭抚养等同在。若要研究这些关系,我们就必须主动地研究它们,把所有的活动看作是人类能量的独特的、当代的形式。(Williams, 1961: 55)

强调文化是多种活动的聚合,在这里至关重要。这意味着解决主客体的二律背反,调解意识和外部世界的二元论(威廉斯认为这种二元论支持着资产阶级思想抽象的理性主义和经验主义),在他后来的著作里,威廉斯把文化作为一种"表意系统"(signifying system),通过这个系统,一种社会秩序得到传达、再现、体验和探索。因此,他认为文化不单只等同于高级艺术、珍贵的制品或模式化的表现;它包括连接起来的表达及其经验的基质,包括对立两极的丰富多变的结合。

威廉斯的策略一向与后期资本主义的个人主义精神相对立,他的文化理论是进行整体化,在批评观察中包括思想家作为参照点的存在。这种理论集中于关系的网络,以便"发现综合这些关系的组织结构的性质",找出他们联系方法的模式,揭示预料不到的同一性或一致性,不连续性或分散性,等等。威廉斯对模式和组织结构的强调,可以说明他为什么把目标指向"自由企业"社会中自我合法化的话语,指向以市场为中心的信仰体系。

威廉斯曾经承认,他早期的大部分文学批评都可以与 F. R. 利维斯确立的范式相适应。突破这种范式始于他的重要著作《乡村和城市》(1965 年开始写作,1963 年出版)。在这部著作里,他不仅把某些写作形式置于其历史背景,而且把它们重写于"一个活动的、冲突的历史过程之中,在这个过程里,真正的形式由时明时暗的社会关系创造出来"(Williams, 1984: 209)。1970 年以后,随着他论交流、电视、技术和文化形式的开拓性著作的出版,威廉斯发展了他所谓"文化唯物主义"立场,他自己解释说,文化唯物主义"是在其实际生产方式和条件内部对所有表意形式进行分析,包括非常重要的写作"(210)。

斯图亚特·霍尔在他的著名文章《文化研究:两种范式》(1980)里,将威廉斯的理论称之为"文化主义",认为威廉斯集中注意的是人类实践的经验和感受,刻意分析意义和价值的生产,强调语言和交流作为社会构成力量的重要性,强调机制和形式以及社会关系和形式常规的复杂的相互作用。确实,在威廉斯的《漫长的革命》《现代悲剧》《从狄更斯到劳伦斯的英国小说》,以及 60 年代和 70 年代初期的其他作品里，这种情况表现得非常清楚。但威廉斯认为，把他的理论称之为文化主义不仅容易误导，而且是片面的、断裂的，因而也是歪曲的。在1976年写的一篇文章里，威廉斯说他的方法一直是唯物的、辩证的、历史化的：

> 一种文化理论是一种（社会和物质）生产的过程，是特定的实践过程，"艺术"的过程，是物质生产方式的社会运用（从作为物质的"实际意识"的语言到特殊的写作技巧和写作形式，一直到机械和电子的交流系统）……这是一种文化过程的历史变化的理论，它必然（不得不）联系到一种更广泛的社会、历史和政治的理论。（Williams, 1980: 243-244）

至此，他已经远离了从早期作品得出的那种"整个生活方式"的定义，远离了"文化主义"或别人指责他的"激进的经验主义"。正如在其《关键词》的开始所表明的，威廉斯对经验的两种意义或两种用法进行了区分：一种是作为教训所反映、分析和评价的过去的经验；另一种是作为一切推理和分析的直接和真实基础的现在的经验。这样，通过将经验置于语境之中，威廉斯改变了他的话语，使经验与活动的意识联系起来，与作为社会条件或信仰系统产物的"经验"形成对照。

从20世纪70年代中期开始，威廉斯将他所关注的重点转向作为社会和物质实践的文化，不再以原始的、未经干预的经验为基础，而是以构成社会整体结构的生产过程的特征为基础。各种生产过程总和起来构成多层次的、不断运动的社会整体的特征，具有通过不断变化的历史条件来协调的决定作用。威廉斯认为，文化实践并不完全是话语的方式。方式和价值产生于特定社会的形成过程，语言和其他的交流方式只是重要的构成力量。因此，在机制、形式、常规和思想结构之间存在着一种复杂的相互作用，其中政治问题和经济问题深刻地交叠在一起。然而，按照威廉斯的解释，在历史唯物主义的范围内，关于物质生产独特性理论如何联系权力的现实，如何从政治和道德上联系政治和服从的问题？

从《文化和社会》到他1973年的著名文章《马克思主义文化理论中的基础和上层建筑》，威廉斯一向注意权力问题，或者说注意"统治"问题。这必然导致意图和人的力量的问题。在摒弃了资产阶级单个主体的拜物心理之后，威廉斯在一个经过重构的历史唯物主义的总体框架之内，面对的是主体和主体性的范畴问题，对此他在《马克思主义与文学批评》中作了概要而清晰的论述。

为了对60年代初期E.P.汤普森的批评作出反应，威廉斯认真阅读了葛拉西的著作，发现并接受了他的"霸权理论"。在评论《漫长的革命》时，汤普森论证说，任何社会的整体性都必然充满对立生活方式间的矛盾。威廉斯对此表示同意，但他对经典马克思主义的基础和上层建筑中的"基础"作了不同的解释，他认为基础不是一种一致的状态或固定的机制，而是实实在在的人们的具体活动和关系的综合、充满了矛盾和变化，是一个开放的、有活力的过程。按照威廉斯的设想，强大的生产力——人类通过性关系、劳动、交流再生产自己，人民共同生产自己并创造自己的历史——是基础而不是上层建筑或附属现象。威廉斯把资本主义的商品生产与普遍意义上的"人类生命和力量的生产"区别开来，而人类充分存在的生产是进行区分的原则。

威廉斯批评卢卡契抽象的整体观，认为他强调形式而没有内容。他重新推敲自己对综合的、有区分的整体性的看法，以集中和分散的社会意图为基础，讲阶级冲突作为主要症结：

> 因为，虽然任何社会确实是这种实践的一个综合的整体，但同样真实的是，任何社会都有一种特殊的组织，一种特殊的结构，而这种组织和结构的原则，可以看作直接与社会意图相关，我们以这些意图限定社会，这些意图在所有我们的经验中都是某个特定阶级的准则。（Williams, 1980: 36）

当威廉斯运用葛兰西的霸权理论时，这种意图性便变得更加明确。葛兰西所说的霸权，实际指的是实践、意义以及作为实践体验的价值的中心体系。因此霸权统治以一种绝对性转化到实际经历的现实，诱使人们对它赞同，从而对人们行使有效的控制。它不是一种强加的意识形态，也不是强制的一些看法。用威廉斯的话来说，霸权是"实践和期望的整体；我们对能量的分配，我们对人及其世界的性质的普遍理解"。它渗透到公众意识当中，是一般公民的"常识"，是多数人同意的看法。

威廉斯喜欢葛兰西对霸权的思辨运用，因为这种霸权概念突出了支配和服从的事实，突出了其中隐含的张力和对抗。威廉斯用这个概念把他在《漫长的革命里》所说的三个文化层次统一了起来，即在特定时间和地点实际经历的文化、记录的文化（从艺术到日常行为）以及选择的传统文化。他认为，任何传统的有效性都依赖于它得到的经验，或者说融入一种有效的、支配性的文化；而这种支配性也依赖于变化的融合过程。在威廉斯看来，霸权的概念为文化分析提供了一种更灵活的方法，因为它使人可以把握支配的和共同选择的意义、价值和态度间复杂的相互作用，包括文化的融合过程。更重要的是，它使人可以理解对立的、新出现的文化形式和实践，而这些新的形式和实践将力图改变主要的社会和政治安排。

在分析霸权统治的动态性时，威廉斯承认历史的发展变化，从而使他的社会构成过程概念也复杂起来。他认为，社会是一种秩序，由选择性的、支配性的和对抗性的意义和实践形式（分类为"遗存的""统治的"和"新出现的"）构成，而这些不同的意义和实践形式以特殊的联合方式共存。统治像传统一样，也是一个有意识地选择和组织的问题。社会机制确实可以影响选择的传统，与其他话语方式或表意行为竞争，但威廉斯强调，尽管话语、表现或象征系统影响机制，机制与它们或它们的偶然联合并不一致。

那么，这种方法究竟有什么伦理或政治的后果呢？对此威廉斯提出了下面的探讨的思路：霸权或融合战略可以表明，社会构成究竟会在什么程度上进入整个人类的实践和经验。它指出了什么是已知的，什么是可知的，尽管主导秩序总是有意识地进行选择和组织，整个排除实践和可能的人类实践。显然，对阿多尔诺所说的"文化工业"的诱惑，对鲍德里亚的"仿真幻影和模仿体系的看斯穷尽了的升华"，威廉斯试图提供一种矫正的方式。在他看来，"没有任何生产方式，没有任何支配的社会或社会秩序，因而也没有任何支配的文化，能够真正穷尽整个人类的实践、人类的能量、人类的意图"（Williams，1980：43）。

威廉斯认为，精神动力、创造的意图性以及在集体和个人方面的选择，都在"感情结构"内部发生作用，感情结构可以说是衡量实践和可能之间差距的一种启发式的分析范畴。前面已经提到，威廉斯极力避免形式主义美学的归纳及其后现代主义的变体，坚持"恢复整个社会的物质过程，尤其是作为社会性和物质性的文化生产过程"。因此，人们必须牢记思想构成中文化实践的多样性、传播和接受的机制、文化生产的物质方式、语言的社会特征以及所有这些不同文化实践的历史"决定"。尽管威廉斯自称他的分析方法是一种激进的符号学，但他否认美学可以脱离社会，否认后结构主义对文本性的迷恋。他对语言的看法是：

> 我们也可以渐渐看出，一个符号系统本身就是一种特殊的社会关系结构：从"内部"看，因为这些符号依赖于关系并在关系中形成；从"外部"看，因为这种系统依赖于赋予它活力的机制并在机制中形成（机制同时是文化的、社会的、经济的）；从整体上看，因为一个"符号系统"——如果得到正确的理解——既是一种特殊的文化技术，同时也是一种特殊形式的实际的意识；在物质社会进程中事实上统一起来的那些明显不同的因素。（Williams，1977：140）

威廉斯认为，在后期资本主义社会危机的种种征象中，语言只是隐含其中的实践之一。面对个人生活在意识形态上的神秘化，威廉斯强调在形成共同性的过程中，必须通过强调交流方式的作用建立某些联系。他反对庸俗马克思主义的机械化公式，即认为文化只是对获取利润的商品生产的一种反映，同时他通过将语境和集体历史化，也反对结构功能论的实证主义原理。为了探讨历史决定作用，他重新回到不可回避的历史压力和局限，他这样做并不是要恢复机械决定论，而是要恢复意图的原则。他本人满足于对社会力量和发展方向进行一种"认知的测绘"（cognitive mapping），因为这些力量和方向积淀于特定的传统和各种不同的构成之中，可以通过"感情的结构"和"可知的共同性"发掘出来。

威廉斯重新发现和限定社会力量的努力，在他对电话所表现的当代社会"戏剧化的意识"的概括中有着清晰的论述。在《戏剧化社会中的戏剧》一文中，威廉斯提出了一种关键的看法：人们生活在一个更复杂的、不可知的社会当中，"今天我们生活在封闭的房间里，生活在电视机前我们自己的生活里，但需要观看'外面'正在发生什么：外面不是指具体的街道或特定的社区，而是指一种更复杂的、原本没有中心或不可能有中心的民族生活和国际生活"（Williams a，1989：8-9）。但是电视所提供的流动的经验，有助于使观众了解世界的那些表现，通过官方的观点完全压倒了个人隐私的最后防线，在一篇评论1972年慕尼黑奥林匹克运动会的文章里，威廉斯使人感到一种殖民化的经验：运动会的报道变成了一种传统的民族——国家政治的戏剧。但是这种有准备的或者支配性的观点，由于劫持人质和11名以色列运动员与6名巴勒斯坦游击队员死亡的悲剧被突然中断：

> 在慕尼黑令人感到震惊的是，已经安排好的世界面貌，突然被世界一些地方的真实情况的某个因素破坏。这带着某种必然性，因为那种安排好的表现行为，已经创造出一个政治压力点……这种 [官方奥林匹克仪式] 是否是常规的、有规则限制的竞赛结果之一：即每一个时刻都是一个始点，所有先前的历史都被忘记？难道许多荣誉革命中没有反常现象？难道在黑色的九月之前不存在民粹派、茅茅族、严厉的帮派和上千种其他人？我知道我只能悼念那17位死者，假如我记得使他们成为受害者的历史：一种不断继续的、有规则的历史……（18-19）

电视报导突然中断，但并不提供任何记忆或责任感。因此人们需要用威廉斯的那种文化分析来对整个经验的综合作出反应，这种经验会被电视时间的常规和节奏模糊、歪曲或神秘化，而电视时间的节奏被体育事件、商业广告以及官方支配的"常识"决定。

在关于马尔维纳斯群岛海战事件的电视报道中，威廉斯从大众媒体中分辨出一种拉开距离的意图，并认为这种意图可以使合乎宪法的权利主义处于支配地位。他指出，电视与战争拉开距离可以通过官僚文化实现，而官僚文化早已拉开了大批人失业现实的距离：

> 玩世不恭的后期资本主义文化——它曾经用国旗图案做内裤或手提包——仿佛一夜之间就转向了一种表示尊敬的物神崇拜，这种崇拜虽然呈现出不同的色彩，但却同时出现在布宜诺斯艾利斯的大街上。……战舰的沉默令人震惊和悲哀，然而却被居支配地位的情绪封锁了起来。……现在需要开始的更大的论点是关于距离的文化，潜在的异化的文化，在这种文化内部，男人和女人都变成模型、形象，以及在嗓子里的迅速呼喊。（Williams a, 1989：19-21）

威廉斯认为，职业性的事件安排，对战争和死亡的实际经验作远距离的推测，以及经过净化处理的抽象——所有这些都关系到在具体化和抽象知识的基础上兴盛起来的阶段和帝国制度。

从《文化和社会》（1958）到《交流》（1962）和《电视：技术和文化形式》（1974），从《乡村和城市》（1973）到《写作和社会》（1981），威廉斯的追求非常明确：通过大众参与政治决策，最广泛地得到教育，获得交流的能力和手段，使文化民主化。早在1958年发表的《文化是普通的》论文里，威廉斯就反对对文化进行等级划分（即分为高级、中级和大众或通俗的文化），并猛烈抨击了这种等级划分的理论原则。他认为，对于文化普通的东西就是普遍存在的东西：每一个社会都要找出共同的意义和方向，"在经验、关系以及发现的压力之下"，通过"积极的争论和修正"的到发展。除了所有人都同意的意义之外，文化还包括艺术和学识，即"发明和创造努力的特殊过程"，或将个人意义和共同目的相结合的过程。因此，有政治责任感的知识分子，其任务就是根据下列的价值观解放千百万人的改革力量：

> 普通人民应该进行统治：文化和教育是普通的；没有什么要拯救或指导的大众，相反，这个人数众多的大众正在极其迅速地、令人困惑地扩展他们的生活。一个作家的工作是表现个人的意义，并使这些意义变成共同的东西。我发现这些意义在变化过程中也不断扩展，在那个过程中，必然发生的变化自己把自己写进国土，语言虽然发生了变化，但声音却相同。（Williams b, 1989：18）

这种使文化民主化的思想引起了一些人的指责，被称作"狭隘的、排他的民族主义"。这显然是出于对威廉斯的"共同文化"思想的误解。实际上，威廉斯在论述这个问题时明确采取了马克思主义的观点。他指出，在有阶级划分的社会里，"文化不可避免地会带有阶级内容和阶级影响，而在社会的历史发展当中，文化必然会随着人和阶级关系的变化而变化"（《现代主义的政治》33-34）。威廉斯坚持认为，文化不是少数特权阶层的财产和创造；由特定生活形式构成的意义和价值观念，产生于所有人的共同经验和活动。但是，对那些意义和价值观念的创造、阐述和交流，却受到教育制度、作品支配权以及交流工具私有制的限制。而可能的"文化共同体"或"共间性的自我实现"，也受到特定社会阶级划分的限制。因此威廉斯解释说，他是在用"文化的共同因素的概念——它的共同性——作为一种批评方式"，批判资本主义的社会安排："一种共同的文化并不是少数人的意义和信念的普遍扩展，而是创造一种条件，使全体人民参与意义和价值的解释，并在这种和那种意义之间、这种和那种价值之间作出相应的决定"（Williams b，1989：36）。考虑到一个社会可能出现意义和价值"相互决定"的问题，威廉斯也预想了可能出现的危险："共间文化"意味着标准化、一致性，强制推行一个标准。

显然，威廉斯的"民主参与"设想绝非狭隘的民族主义。从下面引用他的这段话里，我们或许可以更清楚地看出这点：

> 共同文化的概念绝不是指一种完全一致的社会，更不是指一种只是符合的社会。人们再次回到最初所强调的意义由所有人共同决定的看法，这些人有时作为个人行动，有时作为群体行动，他们处于一个没有特定目的的过程之中，这个过程在任何时候都不能认为已经最终实现，已经完成。……在谈论共同文化时，人们实际上是在要求那种自由的、做贡献的、共同的参与过程，即共同参与意义和价值的创造……（37-38）

这种真正民主参与的基本原则，构成了威廉斯文化理论的基础，而且使他对自己时代的新发展特别敏感，如妇女运动和生态问题等。除非人们故意歪曲他的作品，否则威廉斯决不能被指责为阶级简化论或狭隘的民族主义。

其实，早在女权主义盛行之前，威廉斯就曾强调"生育和培养系统"。正如特里·伊格尔顿所说，威廉斯的小说探讨了家庭、性别和妇女的工作等问题，比他的批评更加深刻，虽然在《从狄更斯到劳伦斯的英国小说》（1970）里，他的批评确实也揭露了男性统治的破坏性。

从 60 年代后期开始，威廉斯对妇女解放运动持欢迎态度。不过，他坚持把从性到消费的意识形态的归纳置于这样的语境："当代社会变化的矛盾是那种尚未完成的解放妇女和儿童的努力，是使妇女和儿童摆脱传统上极端受压的状况，摆脱家庭内部重新产生的暴行的努力，这种努力像资本主义社会内部各种人类解放一样，由于该制度本身所形成的必须履行的责任而复杂化了"（Williams，1979：148-149）。他还评论说，"几乎不可能怀疑人类生育和培养的绝对重要性，也不可能怀疑它从未被怀疑过的肉体性"（147）。

关于后现代鼓吹的多元性、差异性和身份政治，威廉斯可以说是最早进行"文化研究"的先锋，他充分意识到地区、地域的联合、国家、民族，以及宗教信仰的情感力量。他欢迎"新的社会运动"致力于跨学科的、超越阶级的事业，如消除核武器、生态学、妇女解放，等等。尽管许多激进分子都倒退到新自由主义，但威廉斯仍然坚持马克思主义的主要论点，认为剥削会继续产生阶级意识和相应的组织。不过威廉斯一开始就知道，普遍的阶级联合不可能自动出现，它必然要取代其他的一些关系。他辩证地站在这个论点的两面："我承认从这种基本剥削产生的普遍形式——这种制度尽管有各种地区性变化，但在每个地方都可以辨识出来。然而反对它的斗争实践，却总是进行其他类型的更特殊的联合，有时还被这些联合改变了方向。"（Williams b，1989：318）

在《乡村和城市》一书里，威廉斯讨论了买卖奴隶和对殖民地土著的剥削，指出它们如何产生出以英国为家的观念,如何保持了那种关于乡村生活的田园神话。他认为，辩证地看，这种殖民地退休商人和官员的归属感和共同性，产生于种植场奴隶的根除。威廉斯的构成分析法可以使人看出，英国乡间吸引人的游戏方式，依赖于殖民化的本土非洲或亚洲居民的痛苦和贫困。他欣赏一些非洲作家（如阿契贝）小说中出现的新传统，认为这是对新的需要的一种反应，是以殖民地穷乡僻壤的生活记录影响大都会日常生活的感受和节奏。"下等人"通过一种丰富的文化底蕴，以自己的真正团结，谈论他们对殖民文化的否定、适应和反抗。

因此，在《2000 年》（1983）和后来现代主义的一些文章里，在威廉斯关于战争、生态学和南北关系的话语里，"帝国"既是一种字面意义的参照，同时也是一种象征的修辞。我们知道，威廉斯生长于一个边缘群体之中，农场主、农业工人、教员、牧师，以及铁路工人混杂在一起。青年时代，他参加支持中国和西班牙的群众运动；家乡的影响和他在第二次世界大战的亲身经历，使他对第三世界反抗地主或帝国主义统治的人民充满同情。他承认这些革命中的悲剧和痛苦，但他促使人们"考虑整个行动:不仅考虑邪恶,而且考虑与邪恶作斗争的人;不仅考虑危机,而且考虑行动释放的能量,从中学到的精神"(Williams b,1989:83)。他本人有30多年的时间一直积极参与各种进步活动,如销毁核武器运动,反对英国支持西方压制有色人种的自决,等等。

1984年,在一篇关于《政治和学识》的访谈录里,威廉斯对反动的民族主义和进步的民族主义进行了区分:前者是工党那种以单一的英国为基础的民族主义,后者是殖民地或其他被压迫人民的民族主义。他揭露英国中心化的民族——国家以一种伪造的"英国中产阶级普遍性"为基础,谴责政治表现中的寡头统治和歧视的特征,为了对抗这种反民主的现状,他认为地区性和其他一些有力的联合需要动员起来,形成一种新的非中心化的社会政治,承认超越民族或阶级意识的联系机制:"国际经济的激增和非工业化对旧的社会区域的破坏性影响表明,'地域'在联系过程中是一个关键的因素,对工人阶级也许比对有产阶级更加重要。当资本继续扩展时,地域的重要性就会更加清楚"(Williams b,1989:242)。因此,民族的同一性是一种动态的综合,由地域、集体或人民的记忆、语言以及从日常生活斗争中形成的意义合成。共同的兴趣和目的不仅涉及阶级,而且也涉及妇女和家庭现实,涉及从群众运动中产生的集体性。

正是在这一点上,尤其在《2000年》当中,威廉斯试图取代乡村和城市的公认模式,即乡村和城市是资本主义生产的空间区分,要求在一种更大的可以变化的社会主义框架内实行"公正生活的新政治"。于是文化研究现在需要包括对环境的关注,因为关键的社会和政治问题都集中在这种关系方面。威廉斯的生态学设想不是单方面的,而是辩证的,导向"在一个得到充分理解的物质世界和一切都是必然的物质过程之内积极'生活'的观念"(Williams b,1989:237)。1982年他在《社会主义和生态学》一文中批评教条马克思主义的态度,他认为所谓征服自然或支配自然,暗含着为了商品生产而毫无保留地穷尽不可恢复的资源,而这种胜利主义的扩展精神,无异于古典的帝国主义原则。威廉斯指出,这种对征服自然的迷恋,今天伴随着对消费/获取理想的美化,也伴随着对男性统治的坚持。因为人类本身就是自然的一个组成部分,所以无限扩大和强化生产本身并不会消除贫困、异化和其他相关的灾难。其实,有一些真正的物质局限并非产生于社会—历史的必然。

在威廉斯看来,任何持续增长的规划都需要改变生产和分配的组织方式,改变不同生产形式的先后次序;而其先决条件是社会和经济机制的根本变化,尤其是如何进行政治决策。这种情况特别适用于国际上的竞争,例如关于商品供应和价格的斗争不仅决定着世界经济，而且也决定着国家间的政治关系。最终，生态学作为资源问题——威廉斯称之为"当前整个资本主义生产方式的压力点"——是一个世界范围不平等的问题，是一个关系到国家之间战争和和平的问题。当然，它也关系到生活标准问题。

在威廉斯的晚年，他曾对文化理论和文化研究作过认真的思考。收入《现代主义的政治》(1989)里的两篇文章——"文化理论的运用"和"文化研究的未来"——清楚地表现了他的基本观点。

在第一篇文章里，威廉斯提醒我们，文化作为一个表意系统迭盖着日常生活的整个活动、关系、机制和习惯，因此文化理论应该置于具体的社会和历史情境中来考察。威廉斯强调必须考虑具体性，反对把社会范畴一般化地应用于文化生产；他认为必须探讨各种不同的、具体的人类活动的关系，并把它们置于"可以描述的整个历史情境之中，这些情境实际也在发生变化，而且现在也可能改变"（Williams b, 1989: 164）。因此在威廉斯看来，不论是新批评还是结构主义和后结构主义，所有形式主义的分析都是不充分的，因为它们无法把握艺术的变化多么不同，也无法把握这种变化如何指明动态的历史过程。换句话说，形式必须历史化，意图必须社会化。

威廉斯认为，在分析文化形成过程中，引入葛拉西关于统治和知识分子作用的理论，可以深化文化理论并扩展其应用范围。文化现在变成了权力和其他各种不同力量对抗的场所。正是根据这种联系，威廉斯从关于教育结构和新传媒影响的争论中恢复了文化研究的真实系统。新的传媒极大地改变了公认的文化事业的定义，维持文本和语言范式的批评家的影响，例如索绪尔的影响，威廉斯一律认为有害，因为它否认了全面文化分析的首要任务，即"辨识文化形成的基质"，"分析使作品形成的特定关系"。文化研究考察从社会和历史方面能够说明作品形成的力量，"这种力量必须既包括内容又包括意图，具有相对的确定性，然而作为力量又可以被充分利用，不仅用于其内部（文本）的特定性，而且用于社会和历史（整体形式）的特定性"（Williams b, 1989: 172）。

按照威廉斯的观点，文化研究不仅涉及作品或文本，而且涉及知识分子（就其广义而言）的机制和构成。因此，这需要进行历史和结构的分析，以使确定目的、意图和后果。威廉斯的观点集中体现在他的论文《广告：魔幻系统》当中。他认为广告是现代资本主义社会的官方艺术，是一种交流形式，由社会、经济和文化等多种力量共同作用形成；广告是一种文化模式，是关于对物体需要的反映，这些物体"需要通过与社会和个人的意义相联系来加以证实",而社会和个人的意义在日常生活中并不那么容易了解或发现。广告这种神奇的诱惑和满足系统是一种市场机制,为了获取利润,使人们难以区分自己究竟是消费者还是使用者。因此,在一种只有少数人制定重大社会决策的机制内,消费被当作"主导的社会目的"提供给广大的民众——消费者。但是,许多社会需要,例如医院、学校等,并不能通过消费的理想来满足。因为消费总的说来是一种个人活动。威廉斯认为,为了满足一系列基本的社会需要,就会对"经济体制的自律性"提出质疑。消费理想通过广告形成。广告"运作的目的就是要保持消费理想,使其避免根据经验对它的无情批评"(Williams,1980:188)。广告的神奇氛围掩盖了普通满足人类需要的真正源头,因为按照威廉斯的观点,"它们的发现会涉及整个共同生活方式的根本改变"。广告是一种征象,表明"社会未能对广泛的经济生活找到提供公共信息和决定的方法"。威廉斯详细论述了这种失败后指出,支配的价值和意义并不能回答或解决死亡、孤独、心理障碍,对爱和尊重的需要等问题,因此作为构成的幻想的广告,其作用便是把"软弱与产生软弱的条件"结合起来。这种把广告作为交流形式的分析会导致一种审慎的批判:如果打破这种意识形态,就需要解决资本主义的矛盾,主要是支配的少数和"期望过去"的多数间的矛盾。这种批判的目的是调动每个人的道德意志和政治力量,参与改革。

力量的概念包含着威廉斯对文化研究的成熟看法。他认为,在文化研究中,最重要的是"探讨并说明可辨识的文化构成",为此他提出了"感情结构"、综合观察、可知的共同性、新出现的/残留的/支配的倾向等分析范畴。在描述重要的特定关系时,他发现力量处于运动状态,处于与主要机制的张力和矛盾之中;"艺术形式和实际的或希望的社会关系"进行延伸并互相渗透。因此,他重申文化分析的使命是:在构成的语境中了解一种思想或艺术的设想——设想和构成是使描述物质化的不同方式,事实上是对能量和方向的一种"共同"安排(Williams,1989b:151)。

对威廉斯来说,文化研究的未来与他所说的理论的运用密切相关,与对当代境况性质的特殊理解也密切相关。文化研究的目的不能与后期资本主义的危机分开,而危机的征象之一就是由消费理想所强化的"距离文化"(culture of distance),对整个危机的反应是限定和说明一系列复杂的实践,它们既包括同化了的残存制度的节奏,也包括探索性的新出现的认同节奏。1974年,在任戏剧教授的就职演说中,威廉斯提出的戏剧理论可以作为他的"感情结构"的寓意,因为它也预想了中断、变形、恢复、改变的转换或危机。它可以用作一种模式来说明文化研究真正要做的是什么：

> 戏剧是对表现、再现、表意等相当一般的过程的特殊运用。……为了新的、特定的目的，戏剧把某些共同方式完全分离。它不是彰显上帝的仪式，也不是需求和保持重复的神话。它是特殊的、活动的、相互作用的组合：一种行动而不是一种行为；一种故意从暂时性的实际或神奇的结局中抽象出来的开放的实践；一种对公众和可变的行动开放的综合仪式；一种超越神话、导向戏剧性的神话和历史观的运动……

威廉斯认为，这种"活动的、可变的、实验性的戏剧"出现在危机和转变时期，在这种时期，特定的社会秩序要受到经验、正在出现的断裂、可能的选择以及其他变化的检验。换句话说，他的戏剧实际上是一种"综合观察"，通过这种观察形成他那种假设的文化分析模式。

从他那种假设的角度来看，文化研究主要是让尽可能多的人了解市场经济和官僚抽象所否认的那些人类社会的知识。也就是说，威廉斯认为文化研究应该接受种种更广泛的共同关系，寻求从资本主义异化世界到他所说的"新生活方向"的解放，从而进入一种"实际的、自我管理的、自我更新的、人们首先互相关心的社会"。换言之，文化研究的目的是促进真正的民主，使生产制度和交流机制满足人类的需要，推动人类潜能的发展。

概括地讲，威廉斯对文化研究的贡献有以下几点。

第一，他提出了文化作为社会进程和实践的概念。社会进程和实践以物质的社会关系为基础，包括维持系统（经济）、决策系统（政治）、学习和交流系统（文化）和生育培养系统（社会再生产范畴）、文化研究必须以这些关系为基本原则。

第二，他论证了一切文化实践和进程的历史化，指出这种历史化产生于对后期资本主义社会的意识形态和政治的理解，可以说明南北经济不平等的问题，生态失衡的问题，以及种族—民族冲突问题。因此文化研究必须探讨国家的性质和功能。

第三，他通过分析资本主义的消费模式，提出了它所引起的种族、民族、性别、宗教和地区的不平等问题，强调联合起来对这种消费模式进行批判。而文化研究通过对实际经验的描述、了解、交流和坚持，可以对权力、财产和生产等关系进行限定和平衡。

第四，他阐述了文化研究如何产生出适用的知识，使不同社会群体以各自的历史经验发展一种参与的、创新的、民主的相互作用，通过扩大公共教育和各种公共交流方式达到一种共同的文化。由于学习和交流过程对文化研究至关重要，威廉斯设想了"漫长的"文化革命，并认为它应致力于社会的根本变革，推进这样的价值观念："人类应该增长才干和能力指导自己的生活——创造民主机制，为人类工作找到新的力量源泉，扩展理解所必需的表达和交流经验的方式"（Williamsc，1989：76）。

第五，他突出了中介力量和意图的重要性，说明文化研究最重要的是使它的主题成为各种社会问题都可以介入的场所。威廉斯一生都反对屈从、中立的思考和后悔同情。但他认为，在任何革命转变中都存在着与压力妥协的危险，也存在着机会。

最后，我想引用威廉斯的原话来说明他所提出的文化研究的更大使命：

> 我们正在经历一次漫长的革命，它以相关的方式同时是经济的、政治的和文化的，在不断改造自然的过程中，它改变人也改变制度，改变民主自治的形式，也改变教育和交流的方式。尽管这个过程既不平衡又充满矛盾，但加速它的发展却是思想、道德和政治价值的主要标准……
>
> 我认为，资本主义社会所产生的意义和价值体系，必须通过持久的思想教育工作彻底地击败。……不错，在斗争中人民会通过行动发生变化。但任何像居支配地位的感情结构那样别的事物，只有通过新的积极的体验才会改变。成功的社会主义运动的任务无疑是感情和想象的任务，并不是狭义的想象或感情——"想象未来"（这是浪费时间）或"事情动情的一面"。相反，我们必须互教互学，了解政治和经济构成之间的联系，文化和教育构成之间的联系，也许最困难的是感情和关系构成之间的联系——它们是我们一切斗争中的力量源泉。（Williamsc，1989：76）

参 考 文 献

Dworkin, Denis & Leslie Roman. *Views Beyond the Border Country*. New York: Routledge, 1996.
Inglis, Fred. *Raymond Williams*. New York: Routledge, 1995.
Morley, David. *Critical Dialogues* in *Cultural Studies*. New York: Routledge, 1996.
Williams, Raymond. *Long Revolution*. New York: Columbia University Press, 1961.

——. *Marxism and literature*. New York: Oxford University Press, 1977.
——. *Politics and Letters*: *Interviews with New Left Review*. London: Verso, 1979.
——. *Problems in Materialism and Culture*. London: Verso, 1980.
——. *Culture and Society*: *1780-1950*. New York: Columbia University Press, 1983.
——. *Writing in Society*. London: Verso, 1984.
——. *Television: Technology and Cultural Form*. London: Routledge, 1989a.
——. *The Politics of Modernism: Against the New Conformists*. London: Verso, 1989b.
——. *Resources of Hope*. London: Verso, 1989c.

《乡村与城市》
——文学表征与威廉斯的"对位阅读"①

何卫华

内容摘要：作为两种重要的人类生存生活空间，"乡村"和"城市"及其所承载的生活是文学表征的经典主题。一方面，由于代表着自然的生活，被描绘得美轮美奂的乡村往往被文人墨客寄托了无限情思；另一方面，由于其变动不居、世俗乃至腐化，在文学作品中，城市经常被描绘得污浊不堪而遭人鄙薄。然而，在"乡村"和"城市"及其各自所代表的生活方式被认为理所当然时，这些文学表征背后所藏匿的意识形态则往往被忽略。在《乡村与城市》中，著名批评家雷蒙·威廉斯对文学作品中的城乡意象、城乡关系、各自的变迁以及全球化时代的城乡结构等主题进行了深入考察，从而揭示出这些文学呈现不过是各种精致的剥削和压迫关系的表达和不断翻新，虚假的城乡形象及二元关系在不断粉饰剥削的现实和人们的深重苦难。对于"乡村"和"城市"的疏离，威廉斯指出资本主义制度才是罪魁祸首。威廉斯对有关"乡村"和"城市"的文学惯例的建构性的论述，实质上和萨伊德所论述的"对位阅读"有异曲同工之妙。以威廉斯的批评方法为中心，本文不仅试图对这一方法在解读和揭示文学表征的意识形态内涵和政治功能时的独特有效性进行研究，同时还对其在当下的重要理论意义进行了论述。

关键词：乡村；城市；文学表征；意识形态；"对位阅读"

The Country and the City: Literary Representations and the "Contrapuntal Reading" of Raymond Williams

HE Weihua

Abstract: As two of the most fundamental spaces for inhabitation，"the country"

---

① 该文曾以"威廉斯与文学表征的'对位阅读'——以《乡村与城市》对意识形态的解构为例"为题发表于《文艺理论研究》2012年第4期。

and "the city", together with the life dramas with them as the background, are central themes of literary representation. Writers tend to celebrate the country because of its association with the peaceful pastoral life; on the other hand, the city, which stands for a secular and depraved way of life, becomes a sinister place in numerous literary works. People have taken these associations in literary representations for granted, forgetting that they are actually ideological constructions. In *The Country and The City*, Raymond Williams reads such spatial representations in literary works contrapuntally by restoring their historical situations and reveals that they are simply exquisite ways to screen cruel exploitation and repression in real life. Consequently these false representations of the country and the city as well as their relationships with each other tend to prevent people from seeing the reality of exploitation and the miseries of people. According to him, capitalism is the real cause of the recent alienation between the country and the city. Based on Williams' conviction about the constructedness of the conventions of representing the country and the city in literary works, this paper undertakes to investigate Williams' methodology in revealing the ideological and political functions of these spatial representations.

Keywords: the country; the city; literary representation; ideology; "contrapuntal reading"; Ramoud Williams

"乡村"和"城市"的变迁不仅是地理空间的变迁,也是生活方式和"情感结构"的改变,而社会权力是潜伏在背后的根本驱动力。城乡的文学表征不仅蕴含着明晰的社会和政治观念,更为重要的是,在这些意象中,"反动的意识在不断复制",威廉斯因此批评"新左派"自操一套话语、自说自话的做法,而提倡透过语言的缝隙进入到敌人的话语内部,正面作战(Williams, 1981: 317)。正是如此,《乡村与城市》中对关涉"乡村"和"城市"的文学表征的微观分析,根本目的在于同统治阶级的意识形态直面交锋,因为,"资本主义,作为一种生产模式,(主导了)乡村和城市历史的大部分进程。其抽象的经济动力、在社会关系对经济的强调、关于增长和盈亏的标准,几个世纪来始终在改变着乡村,并创造了当下的城市。而其最终形式,帝国主义则改变了整个世界"(Williams, 1973: 302)。从乡村叙写惯例的生成,到全球化时代的"乡村"与"城市",威廉斯始终将对宏观时代背景的分析融于细致的文本解读。通过检视文本是否再现了真实的社会关系，超越文学表征的表象，从而显影文学表征背后隐藏的权力运作。在文学和历史两种文本间游走，微观的文本分析最终都过渡到宏观的社会批判。这一阅读方式同萨伊德的"对位阅读"（contrapuntal reading）有异曲同工之妙，萨伊德认为，在阅读文学文本时，不仅要留心宗主国的历史叙述，同时还应发掘出被"大写的叙事"压制的其他历史叙述，从而将被文本驱逐在外的历史现实重新引入文本，建立起文本和世俗社会之间的联系，发现和揭示藏匿在文本之中的权力涌动和意识形态话语。（Said，1993：32-35）不同的是，萨伊德的目标是寻找帝国主义的踪迹，而威廉斯则是致力于发掘维护等级社会的意识形态。通过将文学同历史和社会语境关联起来，这两位批评家都将文学批评纳入自己的左派政治框架之中。对历史的、辩证的和政治方法的坚持，标志的不仅是威廉斯同"利维斯主义"的决裂，这也是其思想独有的力度、深邃和魅力的展示。结合威廉斯对有关"乡村"和"城市"的文学表征的凌杂论述，以不同的历史时段为架构，在更深入地剖析这些文本的意识形态内涵和政治功能的同时，本文还将对威廉斯批评方法的有效性进行解读。

一

独有的直观性、形象性和情感性，使得文学具有强大的号召力和影响力，不同的社会阶级往往都会争相征用文学来传播、灌输和塑造有利于自身的意识形态。同现实权力的这一纠葛，结果就是文学对社会经验的表达和反映往往都是有意的选择和建构；尽管体现着特定立场，但伪装为普世价值的代言人则是文学的惯常手法。正如马克思所言，"每一个企图代替旧统治阶级的地位的新阶级，为了达到自己的目的就不得不把自己的利益说成是社会全体成员的共同利益，抽象地讲，就是赋予自己的思想以普遍性的形式，把它们描绘成唯一合理的、有普遍意义的思想。"（马克思、恩格斯，1972：53）为说明意识形态在文学中的沉淀，在《乡村与城市》中，"惯例"是威廉斯经常凭仗的概念，"艺术和文学中某种业已确立的关系或这种关系的背景"，如戏剧中，观众和演员的划分、戏剧人物的服装和角色的出场介绍等，都有惯例可依。作为结构性逻辑，文学对城乡的表征也都会受惯例制约；惯例虽具有历史延续性，但为了应对现实境遇和历史的变迁，它又会不断地变化。（Williams，1977：173-179）因此，剖析那些受制于城乡叙写惯例的文本，终极的意图指向的则是探查隐藏的意识形态因素。

詹姆逊曾指出："在研究对象时，还必须研究我们接近对象的概念和范畴，因为它们本身也都是历史的。"（Jameson 109）词语是有生命的，是历史的载体，因此也是重要突破口，可以由此洞悉文学叙写惯例这一技术性存在。威廉斯在《乡村与城市》中指出，"乡村代表着自然的生活方式：安宁、纯朴和良善；而城市则是人类伟大成就的中心：学养、交流和光明。同时，强大的否定意象也相伴而生：城市嘈杂、世俗、人们野心勃勃；乡村落后、无知、有限。"（Williams，1973：1）由于汲取了不同的情感和内涵，相互对立的城乡意象才不断得以加强和巩固。因此，在这不同的文学想象方式背后，是不断生成的意义的轨迹。虽说概念貌似整一，但位于概念的底层，涌动着丰富多彩的现实的城乡形态；在不同历史时期，它们间张力的表现形式也大不相同。幽古之情是人类共性，因此古今中外，文学的经典主题之一就是追忆乡土社会。在乡村空间中，善良纯真的人们生活悠闲自在，画卷般的图景逐渐沉淀为惯例，制约着文学中的乡村想象。然而，在文学传统中，"美丽的乡村"有如"滑动的能指"：利维斯所称的"有机共同体"乡村出现在斯德特（George Sturt）时代，而斯德特则将其追溯至哈代、杰弗里斯（Richard Jefferies）和艾略特的时代，但在后者看来，理想乡村只存在于科贝特等人的时代，还可以这样继续回溯。但若是将这种回溯仅归因于人厚古薄今之常情，这一复杂问题则未免被简单化，"美丽的乡村"这一历史悠久的神话正是威廉斯的考察对象。

乡村总是"遥远的小山村"，城也总还是那座城。纵观中外文学史，关于城乡的文学表征经常表现出令人惊异的相似性。对乡村的"理想化"有着悠久历史，在中国就有"采菊东篱下，悠然见南山"等深入人心的名句，赞美恬淡悠闲的乡居生活。在西方文化传统中，文人墨客也是很早就开始吟诵乡村。据威廉斯所言，公元前9世纪的赫西俄德就已经开始缅怀美好的农业社会，在这个"黄金时代"，"没有邪恶和痛苦的踪影……（人们）享尽所有美物，土地丰饶，慷慨地给予人们充足的食物。"（Williams，1973：14）但通常认为，严格意义上的"田园诗"（pastoral）直到公元前3世纪才出现，其代表人物有忒奥克里托斯（Theocritus）和莫库斯（Mocshus），这一传统后来又为维吉尔所沿袭。（Williams，1973：14；Garrad，2004：34-36）在古典时期诗人的文字中，乡村并不总呈现出一幅幅安宁、美丽和祥和的理想图景；乡村在这里也会展现出严酷的一面，有纷扰、苦难和战争。对此时乡村图景的整体性，威廉斯有着积极的评价。但到了新古典主义时期，经过持续的选择，"（田园诗）的古典模式经过逐步改造，其中的紧张被消除，对立因素也消失殆尽，经选择出的意象独立地存在：（作品展现的）不再是生机盎然的，而是一个虚华的世界。"（Williams，1973：18）也就是说，抽离出对自然风光的描写，现实被涂抹上安宁、纯朴和丰饶的银箔，逐渐演变为文学想象田园的准则。此时，精心营造的无涉现实的田园诗已丧失整体性，成为特权阶级消遣娱乐的资源，赞美诗中造作赏玩的文学空间映射的是特权阶层的白日梦。田园诗传统由此逐渐地生成，在威廉斯看来，"（传统是）仍有形塑力的过去和已被预先塑造好的当下进行有意选择的结果。"（Williams，1977：115）作为历史结果的传统，回过头来又逐渐生成适当的惯例。其后的田园诗纵使不再是描绘遥远的过去或异国他乡，而是以现实的乡村经济生活为对象，也总难免将其呈现为美妙神奇的"桃花源"。换言之，田园诗传统和叙写惯例都是历史的结果，并对之后的文学想象形成制约。而操纵上述转型的"不可见之手"，则正是威廉斯要追问的问题。

作为人为建构的存在，各种文学空间不可避免地成为政治隐喻。在古今中外的想象的乡村共同体中，往往有无须劳作就可以获得的丰美物产，以及依时而至、随手可摘的时令佳品，这都是自然对人类的慷慨馈赠。在《彭斯赫斯特》（*Penshurst*）和《致萨克斯汉姆》（*To Saxham*）等乡村别墅诗中，乡绅领主们有如《水浒传》中的卢员外等仁义之士一般，都有着"大庇天下之寒士"的胸怀，慷慨大方、乐善好施，德行足以彪炳千秋。在这些空间形态中，呈现出的是自然的社会秩序，大家都谨守友爱、慈善和义务等道德准则。这里是和谐的典范，领主们慈悲为怀，臣民则勤勉有加，人人都各得其所。事实上，如果将这些文本历史化，对"自然的和道德的"秩序的赞美的虚伪性将显露无遗。威廉斯指出，这些诗作中没有盛宴背后的辛勤劳作，庄园财产的来源、维持庄园的辛苦劳作和农业社会中的虚伪、残酷和剥削在这幅"有机共同体"的图景中都了无身影，劳动和劳动者都被有意地抹除；整个画卷洋溢的是诚心实意的慷慨，物产丰富而无须劳作的自然。但在支配这些诗作的现实政治经济学中，温情的道德面纱掩盖的是卑鄙的权力，井然的等级秩序和经济关系背后是赤裸的征伐和掠夺。

在利维斯的范式中，田园诗往往被视为真实的写照而加以膜拜；但威廉斯却和自己的老师背道而驰，通过不断地质疑这些表征的真实性，诗人们的有意选择都被他视为政治寓言。在通常的城乡对比中，乡村被认为是有道德感的、自然的和和谐的，是家园，彬彬有礼的绅士是乡村的代言人；在另一方面，城市往往被认为是腐朽和堕落的，交换、欺诈和剥削是城市的主要功能，这里是过客们的寓所，是律师、皮条客和商人等奸佞之徒的寄生地。乡村是熟人共同体，村民们相互知根知底，悠久厚重的乡俗和道德感让大家都能和谐相处；而城市是流动的，冷峻律法的背后是人和人之间的冷漠。但这一对立被威廉斯认为是虚假的,因为乡村别墅主人所谓的仁慈根本经不起推敲,乡村中同样充斥着剥削、压榨和各种蝇营狗苟。

经过沉淀后的城乡意象始终不曾有太大改变,但在类似追思的表象之下,却掩藏着不同的视角,传达着不同的情绪、价值和政治用意。正如加勒德所指出,"田园诗是有韧性的,可服务于各种不同的政治目的。"(Garrad,2004:33)威廉斯肯定也赞同这一说法,因为他也认为,除开统治阶层,中产阶级和社会底层同样对"黄金时代"满怀思念。自然丰饶和共享的道德观念在这些诗歌中糅合,从而绘制出以人为本的美好图景,以表达对当下的不满和传达对有机生活的祈望。符合统治阶级利益的意识形态在这里被合法化,还被伪装为全社会所有人的利益,乡村被他们建构为没有剥削、丰饶富足和人人勤勉的理想空间,以至于无产者和中产阶级也都在憧憬和礼赞逝去的乡村。在这一意义上,作为意识形态的乡村别墅诗,同时也是乌托邦,各阶层都可以将自己的政治意图投射于这一能指之中并读取到自己所需的意义。

总的来讲,这种"对位阅读"也就是要将文本和历史相对照,从而凸显田园诗的意识形态性。站在统治阶级立场上,诗人们大肆渲染"分享"的道德,但这种社会赞美诗展现的并非真实的乡村生活,而是贵族及其御用文人为美化封建等级制度的高调。在美丽的乡村神话背后,通过抹除剥削的现实,掩埋了真实的权力架构及城乡差异的根源。事实上,威廉斯在此还可以进一步推进的是,由于文本所具备的避免和化解社会矛盾的功用,这些文学表征不仅仅是意识形态的结果,与此同时,它们还参与对意识形态的构建和巩固。因为在本文看来,有着迥异弦外之音的追思和理想化,只是对温情的、虚构的社会架构的认同和憧憬,而不是以建立新秩序为目标,这种期冀和改革的愿望正好为统治阶级所征用,成为减压阀。

二

有机的封建时代的乡村共同体,是建构的知识。到了资本主义时代,金钱的无孔不入引发的是全方位的价值危机,历经这一结构性转型,共同体由于冰冷的理性而溃败;资本主义理性在启蒙的同时,也排斥"非理性"的感情用事和道德主义,封建时代温文尔雅的面纱从而被撕得粉碎;由利益驱动的资本,从封建忠贞和义务桎梏中挣脱出来的现代人敏于金钱,物质主义逐渐替代了以人为中心的价值观,威廉斯意义上的"改进"(improvement)意识形态开始主导。伴随着资本主义这一物质性过程的重新辖域化，新的经济、社会和思想压力开始充斥着社会的所有层面，英国乡村走向衰颓，在文学文本中这都得到投射。在揭示文学想象图景中乡村空间的建构性后，威廉斯紧接着将目光转向资本主义时代。对韦伯（Max Weber）在《新教伦理与资本主义精神》中描绘的资本主义情感结构，威廉斯则在《乡村与城市》中以文学的方式论述了其在文学想象中的演绎。值得一提的是，在对这类文本进行论述时，威廉斯似乎忘记了自己的象征主义文学观，而不加说明地将这些文本看作为更真实的记录。

在中世纪文学中，想象的乡村共同体是演出美化封建秩序的道德剧的舞台；但进入到资本主义时代，现实的逐利行为逐渐取代了道德的高调成为主导性情感结构。在威廉斯所分析的《阿普尔顿别墅》（Upon Appleton House）中，诗中的别墅原来是一座修道院，没收后被议会要员据为己有，现任的别墅主人还是"新模范军"创建者。因此，不管是对修女们的诋毁，还是对新别墅的称颂及变革过程中的暴力行为，一切在社会进步的高调下都被认为是理所当然。开诚布公地宣示财产来源，这同《彭斯赫斯特》和《致萨克斯汉姆》对财富来源的讳莫如深形成鲜明对比。威廉斯指出，周遭环境马维尔也有提及，但已不再是"流着奶和蜂蜜"的神奇乡村。乡村现在演变为被榨取的对象，在这些别墅诗中，收割者、牧人和仆从的繁忙身影不断穿梭，劳作的景象保障着别墅的殷实。婚姻现在也成为算计的对象，马维尔极力颂扬别墅主人女儿的纯洁美貌，但作为政治和财产交易的筹码，她将嫁给保皇党大员以延续家族的长久荣盛。对算计、改善和进步的坦然面对和强调，正是新的资产阶级伦理观的体现。

作为这一时期的主导性情感结构，资本征服、榨取和逐利的决心同样是正兴起的小说所竞相演绎的对象。这种"改进"的坚韧意志，决定着其对各种温情有着本能的敌意。作为经济个人主义的代表，鲁滨逊曾被马克思称为资本家原型。因此，就对威廉斯所论述的这一意识形态的演绎而言，《鲁滨逊漂流记》无疑可被引为典范。在这本小说中，主人公被笛福安置在孤岛之上。鲁滨逊不会多愁善感，更不会像华兹华斯之类浪漫派诗人般感时伤怀；人事的无常、富庶美丽的海景，都无法激起这位资产阶级英雄的兴致。周围的事物（当然也包括后来的"星期五"），对理性的主人公而言，都是可以用来改善生活的资源和工具，或将自己的殖民"臆想"付诸实施。对理性的执着，对财富积累、扩大"领地"和开疆辟土的迷恋，在鲁滨逊身上，这些类型的资产阶级"改进"意识形态得到生动体现。

城市化进程和资本主义极具韧性地向前推进，在无坚不推的"改进"意识形态的冲击下，乡村开始走向瓦解。圈地运动让大量的英国农民失去耕地，日趋严重的贫穷让农民陷入史无前例的悲惨境地，作为塑造城市的重要力量，一些因失业而迁徙至此的农民开始安顿下来。在付出了惨痛代价后，乡村最终沦落为工业资本主义"阴影中的乡村"；对乡村的这一陷落，马克思也曾论及，"资产阶级使农村屈服于城市的统治"。（马克思、恩格斯，2005：30）作为整体性的进程，社会变迁促成的不仅是乡村的凋敝，与此同时也导致了传统价值的危机。乡村的解体，通常被认为是外来力量的侵蚀。对此，威廉斯却不以为然，这种长期存在的错误观念需要纠偏。乡村的陷落不仅是由于外部的力量，还有发轫于自身的缘由。为此，威廉斯对哈代进行了重新阐释。生活在城乡边界的哈代，在自己的作品中对乡村受到冲击并走向凋敝的过程进行过生动演绎。边界，不仅是地理概念，也是文化概念，传统的和新式的观念、思想情感和生活方式间的边界，"习俗和教育、劳动和思想、对故土的热恋和对变革的实际感受"（Williams，1973：197）。以最为直接的方式，两种不同的社会秩序间的冲突在城乡边界上演。通过具备新观念的"游子"的"还乡"，哈代记录了发生全方位激烈变革期新旧两种观念间的张力。受过新观念洗礼的主人公和乡村有了隔阂，但家庭的纠葛，又无法逃避地和乡村纠缠在一起。在这种双重的视野下，乡村的解体被更为立体地呈现。威廉斯认为，在《远离尘嚣》中，毁掉加布里埃尔·奥克的不是城市主义，而是小资本农业；在《卡斯特桥市长》中，毁灭亨查德的不是新的、外来的力量，而是源于自己痴迷并身体力行的技术革新，以致"搬石头砸自己的脚"；格蕾丝·梅柏丽也并非受到浮华世界"引诱"的"很傻很天真"的乡下丫头，这位木材商的女儿接受过良好的教育并和父亲一样梦想着跻身上流社会；同样，苔丝也并非道地的农民女儿。因此，哈代的作品绝非简单的城乡二元模式所能解释，来自乡村内外力量的交织缠绕，共同导致了乡村的瓦解，而资本主义则是力量的源泉。

对和谐乡村共同体的依恋的背后，是对城市和工业化的敌意。这种敌意，不仅仅指向物质层面，同时还指向精神层面。就对工业文明的批判而言，在批评界看来，英国最激烈的声音毫无疑问来自劳伦斯。对英国的城镇化，劳伦斯有过激烈的控诉，他认为它们是虚假的、而非"真正的"城市，是丑陋、体制弊端和贪欲的根源。工业主义及其财产和占有形式，在劳伦斯看来，是死亡的征兆。在抗议现代性的同时，劳伦斯以一种近似于原始主义的激情不断地呼唤同自然、野兽、小鸟、花草和树木的亲密接触，当然也包括人与人之间的亲密关系，希望回归"古老的农业英国"。在威廉斯所追溯的乡村叙写传统中，劳伦斯同样是标志性人物。但威廉斯指出，尽管劳伦斯是天才作家，然而他对"过去"的憧憬，暴露的是他"反民主、反教育和反对劳工运动"的反动政治倾向。当然，威廉斯此处论述也有一定的偏颇，因为劳伦斯所描绘的共同体更多是形而上的，而不仅是抗议工具或象征符号。

新的情感结构在资本主义时期的崛起，文学图景中的城乡想象被重新辖域化。此时的理想化乡村已不再是封建道德的隐喻，而是演绎资产阶级攫取财富剧目的舞台。面对摧枯拉朽般的代表着启蒙理性的城市化和工业化进程，乡村逐渐瓦解并沦为"阴影中的乡村"。为抗议工业主义的算计和冷漠无情、城市的光怪陆离和难以捉摸，乡村华丽转身为远离纷扰的世外桃源；由于新的意识形态元素的作用，文学中随之出现的是全新的理想化乡村的方式。但无论是将乡村的瓦解简单地归咎于城市的"病毒"，还是极端地效仿劳伦斯渴望回归原始共同体，在威廉斯看来，实质上都是对真实历史和社会进程的扭曲。由于资本主义及其意识形态具有强大的迷惑力，只有将文本历史化才能拨开迷雾，进入到历史真实并找到靶标。在作为物质过程的社会进程的推动下，由于资本主义对物质的迷恋和对劳动分工的依赖，空间上的城乡二元结构在纠葛和冲突中逐渐明晰。城乡疏离背后潜伏的是更为精致高效的剥削关系，城乡格局为的是配合更高效的资本主义生产模式。因此，威廉斯不仅提供了观察城乡格局的新视角，同时也为理解资本主义经济关系撬开了又一扇窗。

三

不管是将乡村礼赞为"黄金时代"，还是为"阴影中的乡村"而悲悼，都不是真实的乡村记录，而很大程度上是惯例和传统的塑造和表达。但惯例和传统是否有如索绪尔的"结构"、福柯的"知识型"概念或是弗洛伊德的潜意识，其统摄性力量可以使任何超越失效，这也许是威廉斯的读者都会担忧的问题。但当威廉斯开始分析"反田园诗"传统时，这种疑虑也就烟消云散。在威廉斯看来，如果田园诗呈现的是扭曲的乡村图景，那么"反田园诗"通过对压迫和剥削所造成的苦难的再现和控诉，所展示的则是更真实的乡村。也就是说，威廉斯的惯例和传统并非铁板一块、压倒性的，仍存在抗议的、真实的声音。当然，这存在着认识论上的矛盾，这一方面的不足，也是英国的经验主义传统经常受到更为严谨的欧陆思辨哲学的鄙薄的原因之所在。但对威廉斯而言这仿佛从来就不是个问题（当然，如果将威廉斯后期对霸权等理论问题的论述考虑进来的话，这一点也能在一定程度上得到合理的解释），兴许这是由于他此时更执着于现实的政治问题，而无暇对构建连贯的理论体系进行集中思考。

正如萨伊德等人所坚信的，权力总会遭遇挑战，反抗孪生于压迫。对抗议的声音，威廉斯同样给予了关注。在自传《牛兄弟》（*Brother to the Ox*）中，通过记述自己颠沛流离的一生，弗雷德·凯钦对质了这种谎言。在凯钦的小说中，"幸存的乡下人"辗转流徙，为谋生而挣扎，他们的真实声音在这里得到了表达。乔治·克拉卜也是"反田园主义"的重要代表，在他这里，对苦难的控诉取代了格雷式忧郁。劳作、劳动者、不堪的生活和对乡村工作环境的细致描写，这些不会出现在文艺复兴时期的新田园诗中，在克拉卜这里才有了真实再现。在他笔下，乡村不再写意，处处芜杂、杂草丛生；富人奢靡的生活映照着穷人的苦难。这不仅对质了"田园式地"对愉悦和富足的虚构，同时也挑战了田园诗中所颂扬的那种温情的道德经济秩序。以一种坦率的真诚，克拉卜直面了真实的现实问题。《乡村》是典型的"反田园主义"诗歌，克拉卜通过对"田园诗"的拒绝和摒弃表明了新姿态。当然，克拉卜并不是一位孤独的战士；对农业共同体之中的艰辛和苦难，他的先驱、非主流诗人史蒂文·达克也进行过淋漓尽致的描写。如果将本·琼森和汤马斯·加鲁的新田园主义同达克和克拉卜的"反田园主义"对照，抗议的声音也显得更锐利。然而，克拉卜的解决方案是人道主义的，他呼吁给予穷人更多的关怀，而并非去探求贫穷产生的原因。因此，结合威廉斯的论述，也许可以说，将道德主义作为解决方案的克拉卜，其视角仍只是"田园主义"的变体。尽管"反田园主义"存在局限性，但在《乡村与城市》的视野中，如果说田园主义代表着意识形态、安抚和减压阀，那么"反田园主义"则意味着突围的裂缝、进步和解放。

在帝国和后帝国主义时期，城乡的二元对立及其所支撑的压迫和剥削体系，在宗主国和殖民地等不发达国家间以全新的方式仍在上演。理论家萨米尔·阿明曾以"中心"和"外围"的架构来形容当下的世界局势（阿明，2008：1-19），但威廉斯以文学的方式，提供了另一更形象的阅读全球格局的视角。在威廉斯看来，与以往的城市相对的是不断衰颓的农业乡村，而全球化时代的大都市对应的则是整个第三世界。为满足帝国获取市场、原材料和势力范围的需要，在政治、文化和军事手段的干预下，殖民地开始沦为帝国的"乡村"。在《曼斯菲尔德庄园》中，庄园主人们享受着荣华富贵，但家庭财富却是源于爵士的海外产业。这为后殖民主义理论家萨伊德的理论运思凿开了通道，循此思路，他不断致力于在文本缝隙中发掘殖民历史的踪迹。（Said, 1993：89）主人公们的优雅举止，以及乡绅阶层令人艳羡的富足生活，无不得益于对社会底层和殖民地的剥削。因此，奥斯丁所呈现的乡村和更为广泛的社会和历史有着密切关联，然而这些关联都被"有选择性地"忽略。由此可以看出，"乡村"以往承担的功能，现在都转嫁给殖民地。琳琅满目的资源和商品，从"遥远的地方"不断为帝国供血。作为新的世界构造，"乡村"和"城市"模式已开始在全球内展开，这一历史事实也成为塑造英国文学想象的元素。早在19世纪中期的众多小说中，向殖民地移民成为解决贫穷和人口过剩等社会问题的有效途径，"远走异国他乡是逃避英国社会中蝇营狗苟的方式；但这绝非仅仅是客居异乡，而是攫取财富，然而以更高的起点归来或重新参与争斗的手段，这在一定程度上也是历史事实"（Williams，1973：281）。在此殖民地被赋予魔力，借助于这一戏剧性因素，各种现实社会问题都神奇地迎刃而解。

回望现实世界，不发达国家和地区虽不断被开发，然而却在贫穷的沼泽中愈陷愈深。在全球化的幌子下，帝国宣称，经过发展的"乡村"都将踏上朝发达国家俱乐部"迈进"的征程，并演变为"城市"。"乡村"也信心十足地以为会迎来新的曙光，但实质上却仍挣扎于旧世界，遭受剥削。殖民地的存在只是为满足"大都市"国家对资源、原材料和劳动力的需求，通过价格管制、投资和所谓的"援助"，帝国不断维持和强化这种剥削和被剥削的关系，英法等宗主国在殖民地的所作所为都是有力佐证。这一状况的结果就是，"乡村"最终都将落入阿明所说的永远的依附关系之中，"任何'赶超'国家……都不要心存幻想，要让帝国主义国家……独占性地挥霍全球范围内的资源"（阿明，2008：4）。阿明还指出，垄断行为将使"外围"的资源和生产不断遭到贬值，从而确保"中心"的优势地位。也就是说，"乡村"不仅没有向富裕国家俱乐部迈进，而是在穷困的泥沼中越陷越深，和宗主国的差距在不断扩大。新的"城市"和"乡村"的组织方式，为的是迎合全球资本主义的需要。

资本一路凯歌，通过奴隶贸易等形式，在殖民地攫取的利润摇身一变成为帝国的乡村别墅。正如萨伊德等所指出，在吉卜林等人的"殖民颂歌"中，财富演变为乡村别墅中上演的缠绵爱情剧、优雅举止和雅致生活；除此之外，还有殖民地的异国情调、唾手可得的财富和让人心醉神迷的艳遇，充斥着帝国对殖民地的想象。然而，在帝国疆域之外，对于殖民历史，流传的却是另一版本的档案。在那些来自印度、非洲和西印度群岛等前殖民地的本土作家的文本中，读到的却是关于创伤、流散和苦难的记忆，这些被后殖民主义理论家们称为"反叙述"（counternarratives）。在这一"乡村"和"城市"二元结构在全球范围铺开的时代，这些后殖民文学被威廉斯视为"反田园诗"传统的最高阶段。对《两叶一芽》（*Two Leaves and a*

Bud)、《瓦解》(Things Fall Apart)等后殖民文学文本，威廉斯有着高度的评价，因为它们再现了在帝国的征伐下，殖民地沦为帝国"乡村"的痛苦历程；以现实主义的方式，这些作品成功地对质了帝国的谎言。帝国的推进是新的"反田园主义"生成的社会动因，因此，这些融入了来自第三世界的"流亡者"们切身体验的作品烛照的是"文明的黑暗之花"。

当结构和后结构主义者在反人文主义的悲观泥沼中挣扎时，在英国经验主义传统中成长的威廉斯并未遭遇此类尴尬。在他看来，在美化乡村的叙写惯例中，仍存在着裂缝和抗议的声音，由此可以揭示出文本所蕴含的意识形态并予以反击。此外，在殖民地时期的新型城乡关系，不过是剥削和压迫的重新表达，威廉斯的这一论述也有利于对这些意识形态在当下这一全球化时代的复制有所警醒。

结 论

由于对共同文化、共同体的希冀，威廉斯的《文化与社会》被指责为是以中性的共识政治粉饰充满暴力和压迫的历史。三年后的《长期的革命》仍在谈论通过渐进的政治和教育机会的扩张来促成不流血的革命，同样被认为是在化解政治冲突，粉饰阶级斗争、国家压迫和帝国的真实历史而备受攻讦。《乡村与城市》则更多着眼于现实矛盾和冲突，在这部厚重的著作中，威廉斯展示了自己同"共同文化"这一理想决裂的姿态。不再浪漫地憧憬社会朝"共同体"迈进，而是通过溯源现实的经济和政治压力，威廉斯重现了城乡间不断疏离的历史进程。在城乡二元对立的表象之下，系统性的结构性剥削关系不断被强化；在当下全球化进程中，城乡的对立和劳动分工并没有走向消亡，而是以新的模式在世界范围内蔓延。正是上述缘由，伊格尔顿甚至将其视为威廉斯唯一堪称马克思主义批评的著述，无疑这也是他"最伟大的书"（Eagleton，1976：41）。建立文本和世俗社会间的联系，这是威廉斯和众多马克思主义批评家的共同目标，而对历史主义批评方法的坚持则是威廉斯达成这一目的的途径。威廉斯曾指出："要想反抗霸权，最容易做同时也是影响力最大的工作就是诉诸历史：重新发现被抛却的意义领域，修正那些选择性的和化简性的解释。"（Williams，1977：116）美国批评家詹姆逊的"永远历史化"，实质上也是对这一历史主义方法的呼应。在历史和文学叙写惯例的张力中，威廉斯考察众多西方传统中有关"乡村与城市"的文学表征。对这些来自封建主义、资本主义和帝国主义等不同时期的文本，通过具体文本和充满冲突的历史现实的对照，威廉斯将藏匿的意识形态话语公之于众，揭示出文学表征和现实权力的共谋。这种既入乎其里、又出乎其外的凌厉剖析，承担着独特的政治使命：它旨在批判、揭露和解放，为促成新的话语构型和言说方式提供资源。这一批评方法生动地阐释了马克思主义批评独有的政治含义和理论力度，对方兴未艾的空间批评、城市研究和生态批评而言，同样提供了重要的思考路径。

参考文献

[埃及] 萨米尔·阿明：《世界规模的积累：欠发达理论批判》，杨明柱等译，北京，社会科学文献出版社，2008。
[德] 马克思、恩格斯：《马克思恩格斯选集》，第1卷，北京，人民出版社，1972。
[德] 马克思、恩格斯：《共产党宣言》，北京，中央编译局，2005。
Amin, Samir. *Accumulation on a World Scale: a Critique of the Theory of Underdevelopment*. Trans. Yang Mingzhu. Beijing: Social Sciences Academic Press, 2008.
Eagleton, Terry. *Criticism and Ideology*. London: New Left Books, 1976.
Garrad, Greg. *Ecocriticism*. London and New York: Routledge, 2004.
Jameson, Fredric. *The Political Unconscious*. London: Methuen & Co. Ltd., 1981.
Said, Edward. *Culture and Imperialism*. New York: Alfred & Knopf, 1993.
Williams, Raymond. *The Country and the City*, New York: Oxford University Press, 1973.
——. *Marxism and Literature*, London and New York: Oxford University Press, 1977.
——. *Politics and Letters*, London: Verso, 1981.

经典的回声

——再论"文化与社会"的传统[①]

赵国新

内容提要：英国马克思主义文化理论家雷蒙·威廉斯在其经典之作《文化与社会》中首次提出，近代英国社会暗含一个反对工业资本主义的思想脉络，即"文化与社会"的传统，威廉斯对这一传统的梳理和总结，深刻影响了战后英国马克思主义文学批评、文化研究和新左派运动。在过去的50多年中，英美学界相当重视这一传统，相关的评论和研究不断问世，探索的内容也越来越细致，然而，它们还是忽略了该传统的一些后续影响以及威廉斯本人的一些偏见和疏忽。为弥补这些不足，本文将揭示它对马丁·威纳的文化史名著的隐蔽影响，探讨它对佩里·安德森的史学研究的刺激作用，展示它对知识分子观念史的补充功效，指出威廉斯对英国早期马克思主义文论的评价有失偏颇之处。

关键词：新左派；"文化与社会"的传统；西方马克思主义

Echoes of a Classic:
The "Culture and Society" Tradition Revisited

ZHAO Guoxin

Abstract: In his classic *Culture and Society*, English Marxist cultural theorist Raymond Williams reveals for the first time an important intellectual tradition hidden in modern English literary and intellectual history: the "culture and society" tradition as a reaction to industrial capitalism. His formulation of the tradition has exerted deep influence upon the postwar British Marxist criticism, cultural studies and New Left movement. The

---

① 本文首次发表于《学海》2017年第3期，本次收入文集略有修订。

past six decades witnessed numerous studies on this monumental work, and the research still goes on and becomes much more concrete and vigorous. The present paper aims to further explore some of its influence, prejudices and overlooks which receive no due attention. During this course, the paper will explore its fashioning of Martin Weiner's cultural historical work, its inspiration for Perry Anderson's study of English intellectual culture, its complementary contribution to writing history of the idea of intellectual as well as its underestimation of the achievements made by the earlier English Marxist critics, including Christopher Caudwell and Alick West.

Keywords: New Left; "culture and society" tradition; Western Marxism

引 言

但凡开宗立派之作，无不体大思深、视野宏阔，于相关学科，或雍容吸纳，援为己用，或辐射影响，引为犄角，最终身担数任，允称共主。雷蒙·威廉斯的《文化与社会》（1958）就是这样一部多重跨界、影响深远的经典著作。它既是战后英国马克思主义文论的开山之作，也是当代英国文化研究的奠基性文本，还是一部通盘审视现代英国文化的思想史。不唯如此，它还首次揭示出近代英国社会暗藏的一股人文主义色彩浓厚的思想潜流：以反工业资本主义为己任的"文化与社会"的传统，这样一来，它在经典马克思主义政治—经济批判之外，为冷战时代的英国新左派找到了一条新的社会抗争思路：从文化角度批判现代资本主义。关于这个传统的后续影响，前人已有大量评论和细致辨析，不过，无论研究者怎样力求细大不捐，还是难免有遗珠之憾，例如，他们没有发现这个传统对马丁·威纳的文化史名著的隐蔽影响，没有揭示它对佩里·安德森史学名篇的刺激作用，没有注意到它对知识分子观念史的补充功能，也没有指出威廉斯本人对这个传统的部分内容——早期英国马克思主义文学批评——持论过于苛刻，忽视了它的一些思想亮点。本文拟从这四个方面入手，做一些拾遗补缺的工作。

一、思想发凡:"文化与社会"的传统的要义

工业革命在英国勃兴之后,产生了大量的负面效应,遭到许多文学家、批评家、政论家、艺术家的口诛笔伐,威廉斯从这些横无涯际的批判文字中,梳理出了"文化与社会"的传统。在威廉斯之前,尚未有人注意它的存在,遑论周详细致的解读。不过,令人遗憾的是,威廉斯此时还深受利维斯的细绎式文学批评的影响,在行文运笔当中,多经验式分析,少理论性提炼,侧重寻章摘句,引申发挥,忽视历史背景,规避社会氛围,更重要的是,他没有明确地交代这个传统的核心内容。

通读全书之后,再去前后比较,钩玄提要,这一传统的要义似可总结如下:在工业革命之前的英国,存在着一种天然和谐、自成一体的有机文化,在整个社会,上下人等各司其职,和谐相处,人们的文化标准、欣赏品味也大致相同,例如,莎士比亚戏剧能满足各阶层的胃口,上至王公卿相、下至贩夫走卒,无不喜闻乐见,然而,在工业革命兴起之后,这种有机的文化就不断遭到资本主义工业文明的侵蚀,整个社会变得唯利是图、道德沦丧,阶级矛盾日益尖锐。在这种机械性、物质化文明的拖累和愚弄之下,人的心灵也变得麻木不仁、异常愚钝。文化水准江河日下,文学品味也今不如昔。若想摆脱这种危机,不外乎两条出路,一个是保守派的方案,重建有机社会,另一个是激进派的方案,推翻工业资本主义,建立新的文化和社会形态,重新塑造人与人之间的关系。无论是坚持土地贵族立场的保守派,还是胸怀浪漫主义理想的激进派,都极力标举文化与文人的社会职能:整治道德、训谕世人和治理国家。在这个传统中,保守派占绝大多数,他们推崇的有机社会,实际上就是工业革命之前等级森严的农业社会;而有机论的潜台词就是,人们要安于身份和财产的不平等状况。

这个传统反映出的那种惶惑不安、无所适从的社会心理,是旧价值观瓦解、资本势力肆虐的必然产物。它本是社会转型时期的常见现象,非英国所独有,后起的欧洲核心资本主义国家,如法国、德国和意大利,也有类似经历。但有所不同的是,这三个国家产生了马克思的历史唯物主义、韦伯、杜尔凯姆和帕累托的经典社会学,去解释这种精神危机,再构想种种对策,以恢复社会和谐,现代英国没有像上述国家那样,产生出一整套视野开阔、总体性的社会理论,也缺少经典的社会理论大家(Anderson,1969:219-223),于是,这项解释和批判现实、重新规划社会的艰巨任务,就落到了以作家和批评家为核心的人文知识分子的身上,科尔律治、卡莱尔、阿诺德等文学巨擘遂化身为指点江山、擘画社会走向的思想要角,而他们最为熟悉

的"文化",也就成了改良社会的"灵丹妙药"。总的来说,他们的社会改造方案是瑕瑜并现的,既暴露出文人学者的迂阔不实、狂妄自大,也生发出若干洞烛先机、发人深省的独到见解。

二、顺势影响:马丁·威纳的英国文化史

20世纪60年代,欧美大国一片繁荣,唯有英国例外,深陷经济衰退的泥潭,患了所谓的"英国病"。朝野上下对此一筹莫展,各种解释纷纷出笼,从政治、经济、社会到心理的,从马克思主义的到凯恩斯主义的,应有尽有,但最震撼人心、也最悲观的是美国学者马丁·威纳的文化主因说:20世纪英国工业资本主义衰落的主要原因,既不在于经济,也不在于政治,既无关于机器设备的老化,也无关于海外市场的萎缩,而在于19世纪中期以来日渐保守、反对工业化的社会文化。

在威纳看来,英国工业资本主义在19世纪中期达到了历史顶峰,在此之后,英国社会骤然出现一股强劲的反工业化思潮,迅速压倒了先前对工业文明的赞美之声。工业资本家被社会舆论严重妖魔化,被赋予了獠牙利爪、满脸血污的职业人格,为了改变这类利欲熏心、丧尽天良的社会形象,他们开始努力把自己打造成迁迟缓、彬彬有礼的乡村绅士,自觉或不自觉地迷恋上土地贵族的价值观:敌视工业,反对逐利,美化乡村,推重传统。勤奋工作、热衷发明和发财致富的热情,逐渐减退,他们也开始模仿贵族乡绅,讲究优雅,热衷享乐,要么迷恋政界仕途,要么息影田园,自得其乐。在自由职业阶层(作家、文人、教师、记者、律师、公务员)的大力推动下,反工业化的舆论渐次成为各阶层的共识,营造出一股不思进取、保守怀旧的社会文化氛围,从而扼杀了崇尚竞争、重利轻义、热衷发明、追求效率的工业主义精神。

威纳总结说:"贵族的权力早就寿终正寝了,可是英国的政治思想仍然长久地带有贵族政治的烙印。政治家、文官、教士、自由职业者和政论家,都煞费苦心地造就现代英国的政治舆论和政策,都活跃于一种与工业界志趣不合的舆论环境中。他们中的大多数人都表现出对绅士情趣和规范的惊人爱好,使之成为英国统治风格中的基本部分。要求发展经济的政治号召与大多数政治家和文官实际信奉的生活方式及价值观念的本质背道而驰"(威纳,2013:218)。在他看来,这才是导致英国工业在20世纪落后于其他大国的主要原因。

威纳对这些反工业文化现象的归纳整理,符合"文化与社会"的传统的整体

思路。显然，这个反工业主义的传统为威纳提供了重要的思考框架，不但如此，这个传统中的一些反工业主义人物，例如卡莱尔、狄更斯、穆勒等人，也是威纳着力援引的对象。不过，与威廉斯有所不同的是，威纳的考察范围更广，还扩大到教育界、政界和宗教界，这都是为了证明：反工业主义是遍布整个社会的现象，绝不局限于文学艺术和社会思想领域。

然而，耐人寻味的是，威纳在书中既没有提到《文化与社会》这部闻名遐迩的著作，也没有提到是威廉斯首次发现了英国的反工业主义传统，更没有承认这个传统对他的思想启迪。他只是间接地表达了对威廉斯的思想敬意：他在前言中声称，自己遵循了威廉斯在《漫长的革命》中倡导的总体性分析方法（威纳，2013：18），全方位地探讨了教育、文学、史学、艺术、建筑和宗教各个领域，证明反工业主义思潮是如何弥漫于社会各界的。威纳确实出色地践行了这种方法，但是，在他的字里行间，时常闪现的还是"文化与社会"的传统的思想光影。

三、逆向刺激：佩里·安德森的历史解释

英国马克思主义史学大家佩里·安德森系英国新左派的后起之秀，早在20世纪50年代，当他还在牛津读本科的时候，就参与了方兴未艾的新左派运动。他早年私淑流亡英国的托洛茨基派史学大家伊萨克·多伊彻，接受了历史唯物主义的熏陶，后来，接触卢卡奇、葛兰西、萨特等人的著作后，他又开始推崇欧陆的西方马克思主义。在20世纪60年代之前，英国学界对欧陆的西马新思想知之甚少，这类著作极少被译成英文。佩里·安德森利用自己掌控的《新左派评论》和新左派书局（现在的 Verso 出版社），与新左派同道大力译介欧陆西马新思潮，促进了英国公共领域在90年代的全面左倾化。

他在1964年发表的成名作《当前危机的起源》中，指出了60年代英国经济和社会危机的历史起源，系统地解释了英国人保守主义民族性的历史成因。（Perry Anderson，1966：11-52）他从葛兰西的文化霸权视角出发，分析了17世纪以来的英国阶级结构和主导意识形态，揭示出英国资本主义的独特发展道路——资产阶级与土地贵族联手共治——塑造了保守成性的英国民族文化，导致英国没有彻底完成现代化。这篇文章之所以产生，其中一个重要原因是，作者对《文化与社会》一书缺少历史维度十分不满，而他在文中勾画出的这段近代英国史，为深刻理解"文化与社会"的传统，提供了不可或缺的历史背景。目前，无论是评论威廉斯的、还是

研究安德森的著述，尚未注意到《文化与社会》对这篇史学名作的催生作用以及二者的互补功能。

作者开篇即写道，面对 60 年代英国的社会危机，无论左派还是右派的著作，只是在谈论症候，没有进行历史分析，他还特意提到，即便是《文化与社会》，也不例外。安德森承认它是一部历史著作，但认为它具有严重的局限性，"事实上，它进行的是纯粹的意识形态批判，有意识地脱离了实际的历史运动，"换句话说，它是一种缺乏历史根基的"道德伦理"批评（Anderson，1966：11-12）。正是在这个思想背景下，他写了这篇文章，全盘审视了近代英国社会的历史发展，试图弥补《文化与社会》及其他著作所留下的缺憾。

安德森在文中提出了一个重要的论题是：在欧洲各国的资产阶级革命当中，17 世纪的英国革命是最缺乏资产阶级成分的。严格说来，它不是上升的资产阶级和没落的封建贵族的殊死搏斗，如某些马克思主义史学家之所论，也不是新教徒发动的清教革命，如某些自由主义史家之所见，它实际上是土地贵族内部两股势力的斗争：一方面是进行商业投资的地主，另一方面是搞土地租赁的地主。当时，工业资产阶级还没有登上历史舞台，商业和金融资产阶级已经出现，但不是革命的主力军，他们只是因缘时会，跟在后面摇旗呐喊，搭上了这班历史顺风车，结果却成了最大的受益者。这场革命以双方妥协为结局的这场革命，改变了英国社会的经济基础，为资本主义的发展扫清了制度障碍，但它没有改变统治阶级的人事布局，也没有改变英国社会的上层建筑，主宰国家命运的依然是大大小小的土地贵族，土地贵族的意识形态"传统主义"，依然是英国社会霸权意识形态的重要组成部分；拥护君主、尊崇国教和礼敬贵族，依旧是"后革命时代"的社会共识。

18 世纪之后，资产阶级的力量不断壮大，但是，法国革命和拿破仑战争的威胁，以及本国工人阶级的强势崛起，让他们心惊胆寒，无意另起炉灶，推翻土地贵族的统治，而是心甘情愿地与之和解共生。由于工业资本家与国会里的土地贵族（农业资本家）并无实质上的矛盾，1832 年的改良法案才能通过，1846 年才能废除谷物法。直到这个时候，英国资产阶级才真正执掌政权。不过，它从土地贵族手里接过政权的同时，也保留了土地贵族的霸权意识形态。在维多利亚时代晚期，帝国主义和殖民主义势力熏天，成为全民族的共同事业，资产阶级与土地贵族密切合作，将社会各阶级、各政党绑在殖民扩张的战车上。从 1914 年到 1945 年，英国既没有发生过革命，也没有在世界大战中失败，这在欧洲大国之中是唯一的例外，其他欧洲大国因革命或战败而进行了社会重组，从而走向了现代化，而英国始终没有断绝与过去的联系，成为一个标准的现代化国家，贵族阶级的文化霸权始终存在。在政治上，最明显的表现是，在整个20世纪，保守党长期组阁执政被认为是天经地义的事情。在历史上工业资产阶级也产生过自己的意识形态：19世纪的功利主义，但功利主义赤裸裸的物质至上倾向和轻视思想的文化虚无主义使它缺乏道德感召力，也缺少精深的思辨力量，因此，它无法上升为一套令人信服、赢得社会共识的霸权意识形态。而英国文化中的经验主义，因其就事论事，看中当下，无意展望未来，非常适合资产阶级改良折中、零敲碎打地改造现行社会的做派，因此，它与土地贵族信奉的"传统主义"一道，成为英国霸权意识形态的重要组成部分。

英国资产阶级对于革命的消极态度，造就了英国工人阶级的从属特征。正因为英国资产阶级革命不够纯粹，所以它没有能像法国革命那样，带来一种全新的意识形态，诸如"自由、平等和博爱"精神，也就没有为本国工人阶级留下革命思想的遗产。而英国工人阶级出现得太早，当它诞生之时，社会主义思想还不够成熟，等到马克思主义兴起之后，英国工人运动的高潮已经过去了，到了19世纪末，指导英国工人运动和把持工会活动的是工团主义意识形态和费边社的改良主义，在它们的影响下，英国工人阶级接受了现存的社会秩序，只满足于争取工资待遇。因此，英国工人阶级始终没有提出自己的霸权意识形态。

经过上述阶级结构分析和意识形态总结，安德森得出了一个至关重要的结论：正是这种独特的资本主义发展道路，导致英国在文化上因循守旧，在政治上寂静无为，造就了当前的社会和经济危机。

两厢对照，不难发现，安德森的这种大写意式的历史勾画，与威廉斯的细读式文本分析形成了优势互补，前者为后者提供了一个清晰明了的历史背景，后者为印证前者提供了大量的文本证据。不仅如此，安德森援引的葛兰西的文化霸权理论，也为我们理解"文化与社会"传统的保守性质提供了重要的思想启迪，进而让我们幡然醒悟：这个反工业资本主义的传统为何会成为英国资本主义社会的主导意识形态。

四、意外之得："知识分子"的史前史

"知识分子"一词最早出现在19世纪末，肇始于当年轰动一时的"德雷福斯事件"，在此之前，"intellectual"主要被用作形容词。1894年，法国军官阿尔弗雷德·德雷福斯仅仅因为他的犹太人身份，就被当局定性为德国间谍。判决书下来

后，舆论大哗。1898 年初，大作家左拉投书《震旦报》，为其鸣不平。一些知名作家和学者奋起响应，向政府请愿，要求重审此案。著名记者、未来的政府总理乔治·克列孟梭对他们赞赏有加，称其为"知识分子"。此后，这个术语不胫而走，被用来"指在思想界或艺术创作领域取得一定的声誉，并利用这种声誉，从某种世界观或某些伦理道德的角度出发，参与社会事务的人士"（维诺克，2006：1）。最初，"知识分子"一词专指"左翼知识分子"，右翼人士对它很是不屑，时常冷嘲热讽，然而，右翼阵营中也有很多作家参与社会事务，因此，到了 20 世纪 30 年代，右翼终于也接受了"知识分子"一词（2）。

现在的"知识分子"观念史研究，一般都是从这里讲起，其实，"知识分子"观念的雏形，早就出现在"文化与社会"的传统中了。科尔律治首创的"知识阶层"（clerisy）、卡莱尔创造的"精神贵族"（spiritual aristocracy）和阿诺德提出的"异己分子"（aliens），所指范围与克列孟梭所说的"知识分子"大致相同，虽说它们问世更早，但影响范围较小，没能像后者那样，得到普遍接受，成为社会通用语。对于这三个术语的含义，威廉斯在《文化与社会》中有所阐发，但他始终没有把它们与"知识分子"这个词联系起来。可以说，他是在不经意中交代了"知识分子"一词的史前史。

这三个准"知识分子"观念的出现，是 18 世纪以来英国文人不断强化文学的社会功能的结果，也是他们的社会影响不断增大的反映。18 世纪的新古典主义者强调文学的教化功能，主要针对当时的资产阶级暴发户，他们在报刊和书籍中宣扬文化修养的重要性，敦促对方戒除粗俗无文的生活习惯，接受贵族阶级高贵雅致的文化品位，从亚历山大·蒲柏的嬉笑怒骂到塞缪尔·约翰逊的谆谆教诲，世风讽喻和道德劝诫已成为新古典主义文学的显著特色。到了 19 世纪，书籍出版高度市场化，贵族赞助制度逐渐式微，作家的独立性增强，社会地位陡然上升。引领时代潮流的浪漫主义文人，视野更开阔，胆略更宏伟，他们把教化范围扩展到整个社会，要为人类的未来指点迷津，雪莱发出狂言，诗人可为世人立法。

塞缪尔·柯尔律治，不仅是耽于异域奇想的大诗人，也是一位心系时局的政论家，只因诗名隆盛，他的社会思想勋绩常遭忽视。他是较早的专家治国论者，在他之前，类似的看法只有法国的圣西门发表过。他的社会治理方案充满了人文主义气息：全社会都要树立起文化或教养的观念，社会的治理以文化为准绳；统治国家、治理社会的应当是一个"知识阶层"，其成员包括文理学者及一般知识分子，他们以普及文化为己任，抵制以金钱交易为社会关系基础的工业社会。（Williams,

1960：69-70）

柯尔律治的呼吁得到了历史哲学家卡莱尔的响应；后者提出的"精神贵族"概念，一直沿用到今天。按照卡莱尔的设计，这是一个有志于社会治理的知识分子群落，他们数量稀少，但有良好的文化教养和强烈的社会责任感，他们负责解说社会力求实现的最高价值观。（Anderson，1966：92）

到了马修·阿诺德那里，"精神贵族"又化身为"异己分子"。阿诺德在《文化与无政府》中提出，英国的贵族、中产阶级和平民这三个阶层都有致命缺陷，不足以领导国家：当代贵族对文化和思想毫无兴趣，无心也无力担当社会治理的重任，他们好田猎、尚武力，类似古代蛮族，故称其为"野蛮人"；中产阶级崇尚实利，别无高尚追求，思想猥琐，墨守清教成规，是故称其为"庸人"；工人阶级与知识、真理凿枘不入，一介"群氓"，不可调教。然而，在这三个阶层之中，还有少数例外的"异己分子"，没有染上他们所在阶级特有的劣质思想和坏习惯（Williams，1960：131-132）。这些来自各个阶级同时又游离在外的人士，就是人文知识分子群体。他们具有"最佳自我"（超越阶级利益的理性），胸藏卓识，以教育、诗歌以及文学批评等手段，感人化物，唤醒良知。显而易见，阿诺德所说的"异己分子"，其社会角色类似于柯尔律治的"知识阶层"和卡莱尔的"精神贵族"：他们知行合一，言传身教，一边书写评论文字，指导世人的思想行动，一边行为世范，令人见贤思齐，一同走向人性的完美之境。

在1976年出版的《关键词》中，威廉斯撰写了"知识分子"这个重要词条。（威廉斯，2005：244-247）然而，威廉斯在追溯其源流与嬗变之时，却没有提到这三个准"知识分子"观念。也就是说，即便在《文化与社会》出版18年之后，他也没有注意到这三个词与"知识分子"的关系。当然，不光他如此，目前论述"知识分子"起源的著述，都没有论及这种重要关联。未来的"知识分子"观念史研究，应当及时填补这段知识空白，同时还应深入探讨，它们为何没有像"知识分子"一词那样通行于世。

五、思想苛责：正统马克思主义批评的思想亮点

在20世纪30年代，威廉斯深受两种思潮的影响，一是当时盛行的正统马克思主义思想；二是剑桥大学文学研究的正宗方法——利维斯的细读式批评，但到了后来，他对二者的批判都异常严厉。在"马克思主义与文化"一章中，他极力贬损

英国马克思主义文论的奠基人：克里斯托弗·考德威尔和埃里克·韦斯特，对二者没有丝毫的正面评价。（Williams，1960：283-303）这种全盘否定的做法，有攻其一点不及其余的弊端，忽视了他们的一些思想原创性，是有失公允的。可惜后来的威廉斯研究并没有发现这种偏颇，指出威廉斯所忽视的具体内容。

韦斯特的代表作《危机与批评》颇有可圈可点的洞见，甚至对威廉斯的弟子也产生了一定的影响。作者在书中首次提出，英国浪漫主义文学批评中暗含着反抗工业资本主义的思想，浪漫派批评家主张用诗歌去反抗压迫、追求公正。在这个问题上，学界常常乐道于威廉斯在《文化社会》中的相关论述，其实，韦斯特的这个发现要比威廉斯早20多年。不仅如此，他还言之有据、令人信服地解释了，当时的批评界为何抵制和摈弃浪漫派的这份政治遗产：在19世纪40年代的宪章运动中，浪漫派倡导的反抗精神被落实到社会行动之中，在这场工人运动失败后，浪漫派批评家的见解——文学生产具有社会特性——受到批评界主流的压制，代表人物就是自由人文主义批评的始祖马修·阿诺德，由于恐惧方兴未艾的工人运动，大力去倡导，文学批评要重视文学的形式特征，不必突出其社会内容；面对宗教在社会上日渐式微，他又提出，用诗歌取代宗教，以统摄和安抚世人的心灵，这条主张暗含着深远的政治用意：以文学去弥合阶级分化造成的社会心理伤痕。（West，1975：17-74）

韦斯特的这番制度揭秘，为后来的马克思主义文学研究提供了一个文化政治视角。20世纪80年代以来，一些新左派青年学者有意或无意地袭用了韦斯特的这一思路，考察了自阿诺德以来直到瑞恰慈和利维斯的英国文学批评，是如何打着客观中正的幌子自觉或不自觉地服务于大英帝国的内外政策。伊格尔顿的《文学理论导论》（Terry Eagleton，1983）、克里斯·鲍迪克的《英国文学批评的社会使命》（Baldick，1983）以及帕梅拉·麦考勒姆的《文学与方法》（Mccallum，1983）就是明显的例证，虽说他（她）们在书中都没有提到韦斯特的名字，但后者的影响还是有迹可循的。值得注意的式在这三人当中，伊格尔顿和麦考勒姆两人都是威廉斯的博士弟子。

考德威尔的代表作《幻想与现实》固然有经济决定论的弊端，但也有不同寻常的创见，它甚至预示了后来欧陆的西方马克思文学研究的新方向。无论是考德威尔之前的还是与他同时代的马克思主义批评，在看待文学作品与社会历史之间的关系时，更看重的是作品内容与社会历史之间的反映和被反映关系，考德威尔却敏锐地发现，文学的外在形式、内在气质与社会发展阶段也存在着对应关系。

例如，在 17 世纪的英国文学中，出现了大量个性鲜明、追求自我实现的人物，马洛笔下的浮士德和帖木儿，莎士比亚笔下的李尔王、麦克白和哈姆雷特，都带着豪迈之情、义无反顾地去实现自己的目的，这种强烈的个体主义精神，折射出强劲上升阶段的资本主义发展状况和新兴资产阶级的精神风貌。在 17 世纪，英国资本主义正处于原始积累时期，资产阶级渴望摆脱一切封建束缚、无拘无束地从事经济活动，这种反对任何羁绊的思想诉求和生活态度，造就了这一时期的资本主义精神：崇尚绝对自由的意识形态。世易时移，文风不变。光荣革命之后，资产阶级与土地贵族达成政治妥协、联手共治。慑于土地贵族声威，资产阶级降低了自己对自由的诉求。他们由顾盼自雄变得谨慎务实：人的要求不应过分，人的行为要有所节制，外在的约束不但是必要的、也是可以接受的。于是，这种社会意识幻化为 18 世纪的新古典主义思想：尊重"秩序"、崇尚"规范"，亚历山大·蒲柏格律严谨、对仗工整的诗歌就是典型的代表。

考德威尔的上述论断，将社会历史研究与文学形式研究有机地结合起来，为马克思主义文学研究提供了一个新的境界。相对于以往社会历史批评的粗疏，这种研究方法的运用显得更加缠绵细致，但其操作难度也更大，不过，这也正是考德威尔超过前人的地方。这一点正是后来的结构论马克思主义者（如法国的吕西安·戈德曼）研究的重心，时至今日，这种研究方法依然有巨大的参考价值。非常可惜的是，威廉斯只看到了考德威尔著作中机械、僵化的经济决定论，而忽视了他在这方面的原创性。威廉斯后来大加称赏、著文怀念的法国马克思主义理论大家吕西安·戈德曼，在其代表作《隐蔽的上帝》和《小说社会学》中倡导的发生学结构主义，与考德威尔的研究路数是相当一致的。威廉斯最有名的弟子特里·伊格尔顿在近作中也极力论证，文学形式与现实政治是息息相关的："艺术形式的重大危机几乎总与历史激变相伴生"（伊格尔顿，2016：11）。

结　语

立意新颖、内容精湛，固然是经典之作的标配，但影响持久、常说常新更是其必备，一方面，它要为后人提供思想灵感、研究范式；另一方面，随着时间的推移，它也应逐渐展露出其他潜在的价值，在新的时代呈现出新的意蕴；《文化与社会》就是这样一部历久弥新的经典之作，在问世后的五十多年里，它不断地发出历史的回声，散发出新的思想魅力，吸引后人重新探索和评价。

参考文献

[英]克里斯托弗·考德威尔:《幻想与现实:诗歌起源研究》,陆建德等译,载《考德威尔文学论文集》,南昌,百花洲文艺出版社,1995。

[英]雷蒙·威廉斯:《关键词:文化与社会的词汇》,刘建基译,北京,生活·读书·新知三联书店,2005。

[美]马丁·威纳:《英国文化与工业精神的衰落1850—1980》,王章辉、吴必康译,北京,北京大学出版社,2013。

[法]米歇尔·维诺克:《法国知识分子的世纪·巴雷斯时代》,孙桂荣、逸风译,南京,江苏教育出版社,2006。

[英]特里·伊格尔顿:《如何读诗》,陈太胜译,北京,北京大学出版社,2016。

Anderson, Perry. "Origins of Present Crisis". *Towards Socialism*. Eds. Perry Anderson and Robin Blackburn, London: Collins, 1966.

Anderson, Perry. "Components of the National Culture", *Student Power*, Eds. Alexander Cockburn and Robin Blackburn, London: Penguin Books, 1969.

Baldick, Chris. *The Social Mission of English Criticism*. Oxford: Oxford University Press, 1983.

Eagleton, Terry. *Literary Theory: An Introduction*. Oxford: Basil Blackwell, 1983.

Mccallum, Pamela. *Literature and Method: Towards a Critique of I. A. Richards, T. S. Eliot and F. R. Leavis*. Dublin: Humanities Press, 1983.

West, Alick. *Crisis and Criticism and other Literary Essays* (1937). London: Lawrence and Wishart, 1975.

Williams, Raymond. *Culture and Society 1780-1950* (1958). New York: Doubleday & Company, Inc, 1960.

Williams, Raymond. "Literature and Sociology: In Memory of Lucien Goldmann", in *Materialism and Culture*, London: Verso, 1983.

"新左派"文论一瞥

——威廉斯的贡献①

张平功

内容提要：雷蒙·威廉斯在《文化与社会》《长久的革命》等论著中，以文学史、文学作品和作家为研究对象详尽阐释了他的立场和观念。他以英国工业革命为历史背景，论述了文学艺术、大众文化与社会之间的关系。以英国近代文学史为线，系统分析和论述了浪漫主义、批判现实主义和20世纪作家和批评家的成就和局限，其中对工业革命和"英国的实际状况"的作家作品的研究分析尤为深刻。威廉斯并非以美学或是创作技巧来分析评价作家和作品，而是以动态的文学创作实践与政治历史以及文化机构的关系来揭示文学艺术的价值和意义、文学对于整个社会和经济生活所产生的影响。他认为，一个历史时期的文学和文化品格与其特定的社会背景、经济发展水平和政治制度相互关联。他独创的"文化唯物主义"学说蕴含着一种"非文化精英主义"思想，文化和文学不是超然的存在，它们的旨归与社会发展密不可分。

关键词："新左派"；文学；文化批评

Views on Cultural and Literary Theory of "the New Left": Raymond Williams' Contributions

ZHANG Pinggong

Abstract: In his *Culture and Society* and *The Long Revolution* and other works, Raymond Williams has explicated his stand and viewpoints through discussion about the literary history, writers and their works. He has also touched on the relationship between literature, mass culture and society. Specifically, he has closely looked at the strengths

---

① 本文首次发表于《佛山大学学报（哲社版）》2006年第3期，此次略有修订和补充。

and weaknesses of the writers and critics in the periods of English Romanticism, Critical Realism and the 20th century. Those works about the "English conditions", the Industrial Revolution and social novels receive particular attention. Rather than through aesthetic and technical analysis on these writers and their creations, Williams has related dynamically these literary works to the social, political and cultural development of the time in order that their value and influence can be discerned. For Williams, literary productions are the actual representations of economy, polity, and culture in a historical time. "Cultural materialism" by Williams does not bear the feature of "cultural elitism", which means literary and cultural productions are never supernatural but having a close connection with social reality.

Keywords: "the New Left"; literature; culture

引 言

关于"新左派",其萌芽的标志是1957年的围绕约翰·沙维尔和E. P. 汤普逊组成了一个政治团体。两人与一些知识分子联手,先创办《大学与左派评论》;1960年又创办《新左派评论》,编辑部由三人组成,均为学院派马克思主义者。其中E. P. 汤普逊是历史学家,斯图亚特·霍尔是文化社会学专家,雷蒙·威廉斯是文学主将,并擅长文化批评。他们彼此思想倾向和政治立场高度认同,重视工人阶级的历史与现状。威廉斯等人为"新左派"文论的形成和发展贡献巨大。他认为,一个历史时期的文学和文化品格与其特定的社会背景、经济发展水平和政治制度具有密切关系。他独创的"文化唯物主义"学说蕴含着一种"非文化精英主义"思想,即把文化和文学的表现还原于社会和经济功能,对文化批评和文化研究起到了推动作用。

威廉斯的代表作《文化与社会》早在1958年就已经问世,可视为英国"新左派"文化理论的先声,它拷问了传统道德,赞扬了托尼、马洛克、艾略特和劳伦斯等人的文学旨归和艺术品格。翌年,他出版的《长久的革命》从文化和社会的不同侧面考察生活中的政治品质。其中他反对过度追求物质消费的生活态度,尽管消费者和"社会利用方是我们经济活动的一项指标"。在政治文化上,威廉斯修正了马克思主义有关经济结构和文化上层建筑关系的结论,质疑列宁和斯大林理论指导下的苏联政治体制，强调文化在社会生活中的至关重要，而生产消费是理解文化的两个主要方面。他把文化生产也看作是生产方式，这样就使文化从上层建筑回归到基础中来，与社会经济生产和结构相联系。他重视消费问题，因为当时的英国的中产阶级、下层阶级，无不受到消费文化的影响。威廉斯和苏联式的社会主义观点的区别是倡导文化的多样性，并相信马克思主义的文化理论肯定了多样性和多元化，肯定变化中的连续性。威廉斯及其同道所反对的，是资本主义和后资本主义。

一、文化与社会

作为西方文化研究理论的主要奠基人，威廉斯在现代西方文化思想界占有特殊地位。在其长达40年的思想历程和文化实践中，他担当了多种角色：文化批评家、理论家、历史学家、媒体撰稿人、政治评论家、戏剧家、小说家和剑桥大学文学教授，一生著述颇多，包括学术著作、长篇小说、剧本、报刊文章和评论。威廉斯在继承经典马克思主义理论的基础上，以一己之力创立了自己的文化与文学研究理论。本文主要聚焦在威廉斯的文学与文化理论著作《文化与社会：1780—1950》，重点探讨其对马克思主义文艺思想的阐释和理论贡献。

威廉斯在《文化与社会》中写道：

> 马克思对文化只做了些梗概论述，却没有系统发展为文化理论。他关于文学的论述可以视为他所处时代的一位博学和睿智之士的见解，并不是我们现在所说的马克思主义文学理论。有时，他那不同凡响的关于社会问题的见解会有所展延，但是，这不能认为他试图创建一种理论。他在论述社会问题时通常会以平和而非武断的语气，而且，他也不会让关于政治、经济和历史所得出的结论马上用在文学理论和实践。恩格斯和马克思在这一方面相似，只是前者较后者常常严谨稍逊。但是，这并不是说，马克思在论述社会和历史问题时无力把结论最终扩展到文学或其他方面，而是说他的天才使他认识到了这样做的困难和复杂性，毕竟他最直接的研究领域是社会现实。（Williams, 1958: 258）

威廉斯认为，马克思的哲学、社会学和经济学理论对历代文艺批评家和作家的影响很大。他的政治与社会理论帮助批评家和文学家认识到文学是一种特殊的现象，因此可以把它作为社会现象对待。这样，文学就成了社会环境中一个可以分析的现象。人们对文学和其他艺术形式的爱好也能作为一种社会现象来分析。马克思认为文学和艺术作为意识的表现,是由社会存在决定的。因此,文学艺术反映一个社会攸关方的分歧和矛盾。马克思关于文学和艺术的论述主要收录在《政治经济学批判》的前言里,威廉斯认为这些论述非常重要并具现实意义。

尽管马克思没有撰写文化与文学的系统专论,但是,散见在他重要理论著作中关于文学艺术的论断已受到后人的高度推崇和应用,并据此出版了《马克思论文化》《马克思、恩格斯论文学》和《马克思、恩格斯论艺术》。在威廉斯看来,马克思未曾试图从文学作品中引出适应于一般社会道德的,也没有试图用他所创立的政治经济学理论来分析、评论文学艺术作品。在马克思早期论著里,他往往从文学艺术作品的艺术价值和给人以美感的视角对待文学艺术。对马克思来说,感觉是构成人类一般生活的前提,而不是一种反思的工具。他相信人类对自身感觉力量和能力的运用本身就是一种目的,不需要功利性的论证。然而,马克思关于文学艺术的许多经典论断才被视为至关重要的,例如,威廉斯在著作中引用了如下马克思的话来说明经济基础和文化的关系:

> 社会生产使人进入生产关系,而生产关系又适应某一阶段的物质生产力的发展。社会关系的总和构成一个社会的经济结构。在这个经济基础上产生法律和政治上层建筑以及与之相适应的社会意识形态。物质生活的生产方式制约着整个社会生活、政治生活和精神生活的过程。不是人们的意识决定人们的存在,相反,是人们的社会存在决定人们的意识。社会的物质生产力发展到一定阶段,便同它们一直在其中活动的现存生产关系或财产关系发生矛盾。于是这些关系便由生产力的发展形式变成生产力的桎梏。那时社会革命的时代就到来了。随着经济基础的变更,全部庞大的上层建筑也或慢或快地发生变革。在考察这些变革时,必须时刻把下面两者区别开来:一种是生产的经济条件方面所产生的物质的、可以用自然科学的精确性指明的变革,一种是人们借以意识到这个冲突并力求把它克服的那些法律的、政治的、宗教的、艺术的或哲学的,简言之,意识形态的形式。(Williams, 1958: 259)

威廉斯对马克思文化观的理论创新在于,在承认"社会存在决定论"的同时,应该认识和关注"文化民主化"进程以及文学和文化批评不完全受到政治的主宰。他试图找到理由证明文化生产是社会关系相互作用的产物,同时又是"知识的不断积累,相互协作和人类本身的彼此情感相融和理解的结果"。威廉斯使用"情感结构"来高度概括他的文化诠释。威廉斯与马克思的文化论分歧还表现在对"意识形态"功能的认识，他相信在文学发展史上，即使是最激进的文学现象也可以看作是大众相互体认的"一系列社会认识，倾向和态度"而非"意识形态"的直接反映。与马克思文化理论形成对立的是，威廉斯不认为文化等同于"物质—社会实践"，即等同于"经济和物质生产"〔（Brenkman，1995：252-253）（Culler，1997：170-171）〕。他试图表明，马克思的经济基础与上层建筑的模式仍然具有解释力，但是，把这个模式应用到文学生产的具体环节、文学阐释与理解、文化类型塑造、文化的创造者和接受者对应关系等的同时，应有一定的灵活性或留有余地。

值得注意的是，威廉斯这一思想受到意大利马克思主义思想家路易·阿尔都塞的启发。阿尔都塞引用了拉康心理分析和主体建构的理论，论述了意识形态和"多元决定论"，并且在欧洲引起一场思想变革。在马克思主义看来，文学属于一种上层建筑，是由经济基础决定的。要分析和理解文化和文学作品，就必须把它们与经济基础联系起来。然而，阿尔都塞认为，社会的构成并不是一个以生产方式为中心的联合的统一体，而是一个比较松散的结构，其中不同层次或不同种类的实践根据不同的时间尺度发展。以意识形态为主体的上层建筑有一种"相对的自主性"（Bressler，2004：134）。通过援引拉康意识由潜意识决定来解释说明意识形态如何起着决定主体的作用，阿尔都塞把马克思主义关于个人由社会决定的阐释定位到心理分析上。主体是潜意识过程的结果，是话语的结果，是组成社会的、相对自主的实践的结果。威廉斯受到以阿尔都塞为代表的欧陆马克思主义思潮的影响，在《文化与社会》首次提出了自己的见解，在其后来的《马克思主义与文学》里，他系统提出了其独特的以"文化唯物主义"、"情感结构"和"可知的社会群体"为主导的文化和文学批评理论，逐渐拉开了与马克思关于文化与意识形态理论的距离。威廉斯关于在资本主义社会里是否客观存在所谓截然不同的文化（如资产阶级文化和无产阶级文化）持否定态度。他继而提出"公共领域""公民意识"和"由国家推动的大众教育"均对文化的形成和发展起着影响作用。他指出，统治阶级并不是文化的独创者，非统治阶级和属下阶层也不是文化的被动接受者，致力于创造"共同文化"的可能和努力一直是现代西方社会发展的重要方面。

威廉斯在《文化与社会》论著中，以文学史、文学作品和作家为研究对象详尽阐释了他的立场和观念。他以英国工业革命为历史背景，论述了文学艺术、大众文化与社会之间的关系。以英国近代文学史为线，系统分析和论述了浪漫主义，批判现实主义和20世纪作家和文化批评家的成就和时代局限，其中关于工业革命和社会小说以及关于"英国的实际状况"的作家作品的研究分析占了较多篇幅，涉及这一较长时期的文化思想家和文学巨匠达 40 人。值得关注的是，威廉斯并非以艺术美学或是创作技巧来分析评价这一时期的作家和作品，而是以动态的文学创作实践与政治制度的关系来揭示作为文化的重要组成部分的文学艺术的价值和意义，即探讨这一历史时期的小说、诗歌和戏剧的产生，读者与受众反映，文学对于整个社会和经济生活的影响，以及文化与"阶级""工业""民主"和"文化艺术"的复杂关系。威廉斯指出：

> 文化概念的演变可能是所有语汇之中变化最明显的，也就是说，文化的意义集中表现在由文化而引发的与工业、民主和阶级相关的问题，与其相关的艺术表现也不例外。文化语义的发展和变化记录了我们的社会、经济和政治生活的方方面面。这些变化和改变可以提供认识和探讨社会、经济和政治生活变化本质的示图和有效的手段。（Williams，1958：16）

随着工业革命的推进，"文化"这一概念因社会变化而随之改变。在 19 世纪，机械化、交通、运输和传媒都在不断产生和发展，文化大众化、民主化已见端倪，这对文化守成派来说，是对文化的挑战和威胁，所以必须加以反对。正如书中所论，对由工业革命所带来的资本主义现代性持反对和支持的态度，可以从前浪漫主义代表人物，"伟大的传统"倡导者阿诺德和文化"有机传承"论代表人物如利维斯，以及与其相对立的超越保守派和崇尚文化民主思想代表人物如雪莱、拜伦和奥威尔等有关的政治评论和文学作品中反映出来。威廉斯认为，19 世纪末的英国，对文化的解读和认识愈发狭隘甚至走向高深精妙和曲高和寡的纯美学境界（essential aesthetic sphere），威廉斯对此予以批判，他认为，在文化的构建和实践中，文化应具有其"完整性"（wholeness）、"可及性"（tending）、"培植性"（nurturing）和不断发展的"展延性"（growth）。他不赞成有人把文化神秘化或束之高阁，责疑利维斯所谓文化的"有机传承"（organic continuity）观点，认为利维斯对与文化相关的社会和政治因素未予充分关注，把文化归属于少数"精英"分子的创造而否定文化民主化和平民化努力无疑是不正确的。

在《文化与社会》中，威廉斯认为，英国文化与文学传统有两大分野，一派是从伯克、边沁、华兹华斯、柯勒律治、骚赛到 T.S. 艾略特，其特点是对资本主义现代性持保守的反抗态度。另一派则持积极开放的态度，他们抱着一种发展和超越资本主义现代性的向往，其代表人物包括布莱克、拜伦、雪莱、莫里斯、当然还有奥威尔和考德威尔。这两大文化传统或曰文学脉络都与文化主义相关，其代表性文化先驱和文学主将都力图捍卫英国传统文化价值观，而不向资本主义和工业化所带来的机械化和物质化文明妥协，两派所秉承的文化主义都与资本主义工业和功利主义思想有诸多根本和原则上的区别。18世纪末兴起的英国浪漫主义文学和19世纪社会批判小说都与文化主义传统有着紧密的关系。关于文学语言的属性，威廉斯认为，文学语言离不开社会变化，其属性是由文学以外的诸多因素所决定的，而由语言所表现的社会实现，反过来又对社会生活起着重要影响。通过某一特定的历史时期的文学创作和语言操用，人们不仅可以了解社会生活的变化，还可以探索这一时期政治生态的演变。威廉斯的文化与社会理论视角被称为"历史语意学"（Eagleton，1996：91）。他说：

> 关于文化意义的历史实际上是我们对日常生活已经改变了的情况，在思想和感情上反映的记录，我们所理解的文化的意义是我们对所理解的有关工业和民主定义的反映。然而，人的生长和生活条件不断地由人自身调节和改变。这些变化的例证都记载在历史中。文化的意义史是我们赋予它的历史，而且，它只能在我们所处的具体的社会环境中才能被理解和接受（Williams，1958：42）。

威廉斯在《文化与社会》中以经典马克思主义理论为基础创立了自己的"文化唯物主义"思想。他不仅深谙马克思经典原著，而且研究和借鉴了欧陆结构主义马克思主义和后结构主义的理论，特别是阿尔都塞、马萨雷、葛兰西和福柯的理论（Williams，1988：198~199）。"文化唯物主义"不是把文化或文学当作抽象的观念形态，而是看作构成和改变现实的主要方式，在改造物质世界的过程中起着能动作用。这种思想和观念体现在《文化与社会》以及威廉斯绝大部分理论著述中。从理论架构上看，威廉斯的"文化唯物主义"理论囊括了他对马克思关于政治，经济，历史、社会、文艺和经济基础与上层建筑论述的理解、体察和创造性的发展，以及他对后现代文化理论的批判性前瞻。

"文化唯物主义"理论在分析和批判19世纪社会小说的实践中，其理论旨趣和实际功能逐渐凸显出来。威廉斯认为，"英国的实际状况"在19世纪最流行的文学形式小说中得到了充分的反映（Cazamian，1968：117）。由于工业革命的产生和发展，英国较之其他资本主义国家较早孕育了与工业化相联系的劳工阶层和阶级意识，即一方为落后的、反动的资产阶级；另一方为进步的和革命的无产阶级。

这个时代最好的小说是社会小说,这一文学形式是在批判现实主义、揭露资产阶级的丑恶、反对工业化、反抗资产阶级压迫和阶级斗争过程中兴盛起来的。它向整个文明世界披露了资产阶级的凶残、反动和腐朽的精神世界,因而作出了超出文学艺术范围而具有历史意义的贡献。马克思写道:

> 现代英国的一派出色的小说家,以他们那明白晓畅和令人感动的描写,向世界揭示了政治和社会的真理,比起政治家、政论家和道德家合起来所做的还多;他们描写了资产阶级的各个阶层:从那把各种"事务"轻蔑地看作某种庸俗事情的"极可尊敬的"食利者和公债持有者,一直到小铺老板和诉讼代理人。如同狄更斯、萨克雷、夏洛特·勃朗蒂和盖斯凯尔夫人所描写的那样,他们都是自命不凡、拘于小节、欺压弱者、不学无术。文明世界证实了那以警句形式对这一阶级所下的判决,这个警句是:"对上谄媚,对下欺压"。(Culler, 1997: 210)

例如,在反映和描写19世纪中叶"英国的实际状况"和表达社会抗议的文学作品中,托马斯·胡德的《衬衫之歌》描述了在工业资本主义的鼎盛时期工人和劳苦大众的悲惨生活:"指痛无人知,/目肿难为哭。/贫女手中线,/身上无完服。/一针复一针,/将以救饥腹。/穷愁难自聊,/姑唱缝衣曲。"(刘半农译文)此诗连同这一时期的许多宪章运动的诗歌和政治散文在整个英国和欧洲大陆的许多国家都广泛流传(Fan, 1983: 389-392)。

用文化唯物主义来研究和分析现实主义小说,戏剧和诗歌已经成为文学和文化批评的行之有效的手段。实际上,用它来研究和分析不同历史阶段的大不列颠文学和别国文学也同样适用。当然,威廉斯的文学文化理论和方法与文学批评中业已存在的各种思潮和批评方略不无关系,例如,把文学文本与社会历史文本相结合;圈地运动和对贫苦农民的压迫;国家权力和主导意识以及对它们的反抗;巫术与狂欢仪式,心理分析;女权主义与它对妇女文学全新阐释;国家内部各派系的斗争以及多层权力关系,等等。

"文化唯物主义"与以往的文学批评不同在于它拒绝赋予"文学"独立于历史和社会语境之外。正如威廉斯所指出的,"我们不能把文学和艺术形式从其他种类的社会实践分离开来,因为它们的产生和接受从属于专门和特殊的运作方式或遵循特殊规律。"他的这种批评方法必然导致一种开放创新的文学互文状态,它消解了文学与背景的分界,即文艺作品与社会语境之间的传统界限。文学艺术历来随着社会发展而发展，并受到社会意识形态和政治制度的影响。把文学置于历史、政治和经济发展进程之中有其深远意义。

威廉斯在《文化与社会》中关于文化的大众参与性的论述，即"文化是寻常的"（culture is ordinary）论断，目的是要保存工人阶级文化，提升大众文化的影响来对抗文化工业化对文化的侵蚀以及抵御美国消费文化的侵略（Englis, 1993: 39-40）。他对英国工厂阶级的组织体制和斗争形式所进行的历史研究，他对工人罢工运动的关注和亲自参与，以及长期投身于工厂阶级教育的事业为其文化理论的形成提供了思想和实践准备。他在从事成人教育的实践中，认识到产业工人阶级是社会变革的进步力量，为此，他组织和参与了反对资本主义社会不平等现象的罢工运动，即为进步的、人人平等的社会主义思想的斗争。

以威廉斯为代表的英国文化思想家坚持认为文化研究和批评必须置于社会关系和制度之内，因为只有如此文化才能被产生和消费。文化研究因而一开始就与社会、政治和经济生活相联系。他强调文化在社会生活中至关重要，而生产和消费是理解文化的两个主要方面。他把文化生产看作是生产方式之一，而消费问题受到广泛关注，因为当时的英国的中产阶级、下层阶级，无不受到消费文化的影响。葛兰西的文化"盟主权"这一重要概念也引导了威廉斯等去调查媒体文化如何把一套主导价值、政治意识形态以及消费形式融入"盟主权"中去，即把个体意志纳入到撒切尔主义这样的消费社会和政治理念之中。可以说，威廉斯的文化"元理论"及其旨趣就是把文化和文学创作、文本分析及受众研究纳入到社会文化批判实践的架构之中。

结　语

现在东西方公认的文化理论的发生和发展阶段，即在已经过去的 50 年间，人们不断地从马克思经典理论和以威廉斯为代表的西方马克思主义思想，其中包括阿尔都塞和葛兰西的理论和方法中汲取养分和获得灵感。不言而喻，威廉斯文化理论是跨学科的，客观上抵抗了既定的学门划分和学科界限，以及学术上的形式主义和分裂主义。《文化与社会》中关于文学研究的非量化的社会学理论和方法，是在借鉴继承经典马克思论著的基础上提出来的，其分析、研究和批判的对象就是跨越整个 19 世纪的文化与文学传统，经"新美学"为导引的中间过渡期而延伸至 20 世纪的文化与文学现象。作为马克思文化批评家，威廉斯在英国"新左派"知识分子中，论其个人的工人阶级背景，思想装备和理论贡献可以说无人出乎其右。从政治和社会变革的结果观察，"新左派"改革思想的不彻底性，改良主义倾向，以及缺乏关注工人阶级的整体性以及革命意识淡漠的原因，导致其既定目标难以达成。然而，威廉斯《文化与社会》中所阐发的文化唯物主义思想和表现出的批判精神仍然具有现实意义。

参考文献

Brenkman, John. "Raymond Williams and Marxism", in Christopher Prendergast (ed.) *Cultural Materialism: On Raymond Williams*, Minneapolis and London: University of Minnesota Press, 1995.

Bressler, Charles. *Literary Criticism: An Introduction to Theory and Practice*, Essex: Pearson Education (Prentice Hall), 2004.

Cazamian, Louis. *The Social Novel in England*, London: Routledge & Kegan Paul, 1968.

Culler, Jonathan. *Literary Theory*, Oxford: Oxford University Press, 1997.

Eagleton, Terry. *Literary Theory: An Introduction*, Oxford: Blackwell Publishers, 1996.

Englis, Fred. *Cultural Studies*, Oxford: Blackwell Publishers, 1993.

Fan, Cunzhong. *History of English Literature* (English Edition), Chengdu: Sichuan Renmin Press, 1983.

Williams, Raymond. *Culture and Society – 1780-1950*, Middlesex: Penguin Books, 1958.

——. *Keywords: A Vocabulary of Culture and Society*, London: Fontana Press, 1988.

批评的变轨

——从阿诺德到剑桥批评

黄卓越

内容摘要：剑桥文学批评作为一种具有可识别性的话语类型，究竟有何独具的内涵，是本文关注的核心问题。对其考察需要将之置于更为悠长的批评史脉络中予以梳理。从而可以发现，它是如何沿着阿诺德所开辟的"大写的批评"这一线路走过来的，以及又是如何通过挣脱历史的惯力，变换原有的轨迹，进而构建出一种带有"现代批评"样态的新范式的。

关键词：剑桥批评；批评史；阿诺德；瑞恰慈；利维斯

Retracking Criticism:
From Matthew Arnold to Cambridge Criticism

HUANG Zhuoyue

Abstract: What is the unique connotation of Cambridge literary criticism as a recognizable discourse? It is the core issue of this Paper. To examine it, we need to sort it out in a longer history of criticism. By this way, we can find out how it came along the line of "CRITICISM" in capital letters, pioneered by Arnold, and how it broke away from the inertia of history and changed the original track to build a new paradigm of "modern criticism".

Keywords: Cambridge criticism; history of criticism; Matthew Arnold; I.A. Richards; F.R. Leavis.

一、缘 说

1983年，雷蒙·威廉斯接连发表了两篇有关"剑桥英文"的论文：即《剑桥英文：过去与现在》（*Cambridge English, Past and Present*）、《跨越剑桥英文》（*Beyond Cambridge English*）。虽然，将剑桥英文（或"剑桥传统"等）当作一相对独立与成熟的系脉来看，在此前也尚有其人，但基于威廉斯当时在学术高地上所处的特殊地位，以及对这该系脉所作的颇富启发性的勾描，仍给人们留下了十分深刻的印象，由是，"剑桥学派"的声名愈趋显著，并被一些学人纳入自己的日常研究程序中。

当然，"剑桥英文"这一短语似乎还有显简约与笼统，如做细分，在此名义下事实上还包括与文学相关的诸如英文批评、英文研究与英文教学等数个分目。这些错杂性提法的出现首先与机构上的设置有关，如利维斯在30年代讨论剑桥"英文学院"（English school）的教学"框架"时，便将"文学批评"与"文学研究"（literary studies）、"文学教育"（literary education）三个概念做交替使用，但反复强调的一个意思仍是："英文学院作为学科的基本特征就在于它是文学批评性的（literary-critical），只有在英文学院，才能培养这样一种文学批评的能力"，[①] 从而将批评看作是具有贯穿性意义，并对其他二者起到统领作用的一项事业。当然，将一些"文学研究"放置于"文学批评"中予以表述的方式甚至于在更早一些时候便已渐成惯习，如尼克尔·斯密斯（D. Nichol Smith）在1909年撰写的《批评的功能》（*The Functions of Criticism*）中，其所谓的"批评"，也囊括了诸如文学史研究、个体作家评述等。即便是在20世纪中期，如雷纳·韦勒克虽然明确地提出了文学研究的"三分法"，但仍以为在批评的概念下也可能包含多种书写形态，甚至于可将文学史的研究归入其中（雷纳·韦勒克，1999：326）。据此，似乎也没有必要过多地纠缠于这些界限不甚明了的提法。但是，既然利维斯已非常明确地表明，"批评"乃这些相关活动中最为核心的部分，因此还是可以将之单独地抽绎出来，视为一既有所独立又有所覆盖的概念，并以之为中心来梳理与勾勒"剑桥英文"的传统。这同样可以通过另外一些例证来说明，如当时剑桥英文系列中几位最为显贵的话语执掌者，也均是以批评家的身份自居，且主要是以这一身份称誉后世的，其中如瑞恰慈，还将"批评"的概念醒目地添加在自己的几部重要著作如《实用批评》（*Practical Criticism*）、《文学批评原理》（*Principles of Literary Criticism*）的书题中，这也

[①] F. R. Leavis. "A Sketch for an English School", *Education and the University*. 34，这些措辞上的替用也频繁见于其早年的多篇文章，可参见同书中的其他论文。

对后来"新批评"学科理念与命名方式的成形产生了重要的影响。①

威廉斯的上述二文,从自己在剑桥学习与教书的经历出发,广涉剑桥英文的历史与未来,然而在其中,他也提出了一个值得认真思虑的问题,这就是"Was there ever in fact a 'Cambridge English'?"——是否真的有一个"剑桥英文"存在呢?(1985:177)这一设问相当之重要,事关剑桥英文,也是我们后来更方便称呼的"剑桥批评"或"剑桥学派",在名与实之间,因而也是在"词"与"物"之间是否能够匹配的问题。要想去应答这样的话题,可以选取一些不同的角度,比如威廉斯本人的关注点便主要还是集中在课程的设置与扩展上,并以之来带动其他方面的讨论。虽然这个视角也颇具参考价值,毕竟剑桥英文诞生在一个学院的氛围以及课堂之内,但过于偏向于此,也容易疏忽后来被视为更具标志性意义、也曾为利维斯反复申述的以批评为"中心"展开的那一向度。② 如果我们将讨论的重心转移至后者,那么势必也需要适当地变换视点,将剑桥诸人的话语实践置于另一序列即批评史的光谱之中,来看看这些剑桥学人是如何循着原有的历史脉络,进行其富有特色的创革与标新,从而在一定程度上改变批评史的流向,并同时将自己的"学派"面目有力地构形出来的。

这样的一种考察,可以从阿诺德开始。

二、"批评"的原则:阿诺德及其身后

将阿诺德作为考察的端点,当然不是一种随心所欲的想法。在我们看来,这首先是因为在文学的地界上,他是"批评"这一概念的第一位昭示者,并为之制定了一套可循的原则与解释框架;其次,剑桥批评的一些基本理念(譬如怎样看待"批评"等)其实也由之而来,进而才通过改变原有的意义装置,而逐渐发展为一种自属与独特的话语类型的。因此,将阿诺德当作剑桥批评得以确立与展开的一个参照系,应当是十分恰当的。

---

① 据雷纳·韦勒克所述:"当时在说英语的国家中,'批评'(criticism)一词由于 I. A. 瑞恰慈出版《批评原理》(1941)、J. C. 兰色姆于 1941 年出版《新批评》一书以来'新批评'这个名词的风行,罗普·弗莱的《批评的解剖》(1957 年)这类书,重新得到确认。"见《文学批评:名词与概念》,载《批评的概念》,31 页。
② 尽管如此,威廉斯在转向对剑桥核心人物主张的论述时,也还是将讨论的重点放在瑞恰慈与利维斯的"批评"上,Raymond Williams. "Cambridge English, Past and Present", *Writing in Society*, 182-191.

虽然，依据那些含糊的解说，也可将阿诺德之前的批评活动一并纳入批评史的范畴下，这可从早年的一些撰述中见出，譬如20世纪初的圣茨伯里（George Saintsbury），在其所撰的《英文批评的历史》（*A History of English Criticism*）一书中，即从伊丽莎白时代开始追踪，从而将几乎所有针对文学的评论与意见都一概视为"批评"，而其宏规巨制的《欧洲批评与文学趣味的历史》（*A History of Criticism and Literary Taste in Europe*，1900-1904）一书更是以辑入大量丛杂的史料而著称。[①] 这种情况在后来也并非鲜见，最为典型的如雷纳·韦勒克的多卷本《近代文学批评史》（*A History of Modern Criticism*），[②] 以及新近出版并由多人撰写的篇幅更大的《剑桥版文学批评史》（*The Cambridge History of Literary Criticism*）均属此类。然而，真实的情况并非如此，至少在19世纪中叶之前，"批评"（文学批评）尚不属于一个成形的、明确的、具有特殊地位的概念，虽然彼时也有一些人在从事后人"推送"给他们的"批评"，但是他们自己并没有某种关于"批评"的意识或概念，当然也不会以批评家的身份自居，有些看似偏于专业化的论述则多会归在"诗学"或"修辞学"的名义下（雷纳·韦勒克，1999：19）。这种情形，直到差不多在已很接近阿诺德时代的"批评家"如斯图亚特·穆勒与托马斯·卡莱尔处仍然未有改变，如卡莱尔在习惯上还更偏向于用"文人"（Man of Letters）这一泛化的名号来指称那些由于印刷术的发展，专为形成中的"阅读公众"撰写各类文字出版物的知识人众。[③] 被后人辑入批评史中的各种早期文本材料也相当之驳杂，如有书信、序言、杂论（essays）、导论（推荐性文章）、书籍中的篇章或段落等，这些文稿是否属于"批评"或者其他什么，对于早期的撰者来说并不重要，没有人需要去关心这样一个人设的范畴。[④] 尤其是在当时人的心目中，重要的是作家的作品，那些对之随感而发的或长或短的评述，也只是作品的额外的"附庸物"而已。

这种状况要直到阿诺德的出现，才发生了根本性的转变。1864年阿诺德发表《现时代的批评功能》（*The Function of Criticism at the Present Time*）一文，从确定的

---

① George Saintsbury. *A History of Criticism and Literary Taste in Europe, from the Earliest Texts to the Present Day*. W. Blackwood and Sons,1900-1904, 为三卷本。*A History of English Criticism*, W. Blackwood and Sons, 1911, 据作者介绍，后书是根据出版方的要求缩写而成的一个简本。

② René Wellek. A History of Modern Criticism: 1750-1950. Vol. 1, 可参其"preface"v. 所概述"批评"内容。

③ 对于这个词语的使用，卡莱尔有详细的解说，可参见 Thomas Carlyle, *On Heroes, Hero-Worship, and The Heroic in History*, 132-161.

④ 19世纪末有学者曾大规模地搜罗过之前各种（广义）批评的书籍、书籍章节与文章等资料，可做参考。Charles Mills Gayley and Fred Newton Scott. *An Introduction to Methods and Materials of Literary Criticism*. "references"。

意义上看，这也是第一次以"批评"为标目正式讨论批评本身，并产生甚广影响的一篇宏文。针对历来存在的视批评为附庸之物，以及"批评的才能比创作的才能要低""批评的力量要比创作的力量逊色"等观念，阿诺德认为文学的创造力并非像气泡式地向外释放，或只是一些想象、情感等的呈现，它仍然需要依赖另外一些必要的"要素"与材料，而"这些创造力得以运行的要素便是"观念（ideas）"（Arnold, 1925: 11）。如其所述：

> 文学天才的伟大工作是综合与阐明……借助于神力来处理这些观念，以最为有效与吸引力的组合呈示这些观念……文学必须在观念的秩序中发现自己，以便自由地工作，这并不是那么容易操持的。这就是为何伟大而充满创造力的文学时代是如此之稀缺，为何许多真正天才的作品能有如此多的令人不满意之处。（12）

在此，阿诺德将文学创作成功的奥秘首先归功于"观念"。借助于他在另一本著作即《文化与无政府状态》中的表述，可知他所谓的观念（也称为"文化"）并非一些孱弱与平淡的意见，而是一种至高的理念，以及用以尺度一位杰出作家或思想家成就的内在标准。而观念在文学作品中的成功展现，也将有赖于对之的一种高妙的操持与组合能力。这就是所谓的"批评"，或者说"它们更多地是处在批评的掌控之下的"（12）。

观念能够作为一种内心的力量或质素，是因为它是批评性的，这是阿诺德在这篇文章中得出的一个基本命题。具体而言，批评又是什么，以至于会带有如此巨大的创造伟力？在他看来，这又首先是因为批评是一种"智性"（intellectual），并体现为一种积极与活跃的探索力、理解力，阿诺德如此解释之：

> ……真正的批评，在本质上就是好奇（curiosity）这样一种品质的运用，遵循一种促使它去努力探索世界上最好的知识与思想的天性。（19-20）
>
> ……批评的任务，只是去探索世界上最好的知识与思想，并转而促使这种知识去创造出一个真正的与鲜活的观念潮流。（21）
>
> 我仍要坚持我自己对批评所下的定义：它是一种去认知与传播世界上最好的知识与思想的无功利性的努力。（34）

对这类"智性"的解释，与阿诺德所推崇的希腊精神是完全吻合的，被定义为一种开放性的"观看"、思考、探索的能力，"就其本质而言就是去认知（see）

对象"的能力（9，12），因而，它最终将穿越流观式的表象与洞穴之人的"幻象"，直抵事物的澄明的本性。用这一原理来考察与评判文学史的现象，尤其通过对比，我们便能看到，为何像歌德的成就要远在拜伦之上，比拜伦更伟大呢，恰是因为歌德备有了这样一种高超的批评意识，以至于能够借助广泛、透彻的知识与思想，去洞察事物的本质以及当今世界的众多复杂性，而拜伦则缺乏这些，这也使得后者的作品显得十分"空洞"。华兹华斯的诗作相对比较深刻，但由于他对阅读与知识不感兴趣，因而在完整性与多样性方面依然留下了令人遗憾的缺陷（13）。也可以用这样的尺度去比照整体上的近代德国文学与英国文学，在阿诺德看来，相对于德国文学所具的超然卓著的品性，英国文学却总是让人觉得低迷不振，其原因也在于前者秉有开阔、睿智的批评意识，而英国人长期以来受到"实用主义"国民哲学的牵累，只图满足于对眼前之物的流连、追逐，因此也无法在文学上有更高的造诣，无法与德国人比肩而立。有关于此，也可以引用歌德的那句名言去证实之："行动是容易的，而思想是多么之难！"（27）。而这些又都可归结为一个道理："批评是首要之务（criticism first）。"（20）

　　阿诺德对批评的阐论大致如此。其中，非常重要的一点，便是将批评意识看作是创作（伟大创作）的心灵内蕴，本来即裹挟在创作之中，而非所谓的附属物或次等物。当然，它也可以存在于创作之外，因此而形成一种针对创作的批评，比如阿诺德文中提到的歌德与华兹华斯等的一些评述之作即是，虽然在表述形态上与创作有所差异，但都源自同一个智性，属于同一个心灵的构成物，因此与创作并无高低之分。由此我们知道，阿诺德心目中的批评其实是一个"二位一体"的概念，尽管最终他所想要去辩说的仍然是那个外在于创作的批评。

　　在此观照之下，阿诺德在批评史上的意义大致已可勾描出来，分而述之，首先，"批评"作为一个隐晦于历史纷杂言述中的边缘性概念，被有意识地攫取与提炼出来，不仅在将之概念化之后赋予了至上的品性，也借此而完成对一套新的言述框架的论证。在此之前，尽管也有相关的活动，但并没有专门针对"批评"本身的论述，更毋庸说对之所做的系统化与理论化论述，因此，阿诺德的这番表述，可以说是在莽苍的背景中，打开了一道巨大的窗口，使人们可以透过这个窗口，将"批评"作为一个确定的、清晰的、有连贯性意义的客体来加以打量，[①] 批评，确切地说是文

[①] 对英文中的"critic""criticism"，以及法语、德语、意大利等语系中相关词语使用的历史考察，可详参雷纳·韦勒克《文学批评：名词与概念》，刊载于《批评的概念》，19~33页，虽然在其中也肯定了阿诺德的贡献："在英国由阿诺德把批评推崇为近代文化的最重要部分和英国的得救"，但只是限于对某一语词的追溯，并未论及其在谱系构建中的特殊意义。

学批评，为此而始进入到一个"自觉"的时代。从这个意义上看，对阿诺德在批评史上地位的估量，无论如何都是不过分的。

其次，虽然阿诺德并没有十分明确地划定批评的界域，因此在文中也列举了其他一些层次比较低的批评现象与机构（如一些报刊），比如也有人说"你的这个批评并不是我们在谈论批评时心里想到的那一个"（Arnold, 1925：34），但阿诺德认为他所意指的批评却是与众不同的，是一种"真正"意义上的、"高层次的、完美的观念"，即属那种能够与"智性"相般配的心灵意识或态度，因此，也必然是建立在一个被严格筛选与辨识的原则基础上的。尽管他并未否认还存在着泛义的批评（小写的批评），但却通过他的提炼与解说，确立了一个狭义的批评概念（大写的批评）。他的这一概念及其所连带的一些原则，也都直接影响了后来一代批评家的成长。

在此，也要注意到阿诺德的这个"批评"用语的字汇与意义来源，与康德所用的"批判"（kritik）之间的关系。尽管雷纳·韦勒克试图将"kritik"与"kriticism"进而是英语中的"criticism"驳分开来，从而等于差不多是否认了阿诺德一脉所称的"批评"与康德思想之间的联系（韦勒克，1999：27）。但是雷纳·韦勒克指出的也不过是词尾上的一种差异，事实上，无论德国语境中的"kritik"有怎样的变体，在英语的语境中后来使用的"criticism"及其同义词仍与之有密切的关联，这从早期出版的英文版《判断力批判》被译作 *The Critique of Judgement* 便可见出。① 当然，更重要的还是阿诺德在论证智性或批评的宗旨时使用的一个带有法则性的用语"无功利性（disinterestedness）"，同样来自康德的"批判"，在该文以及《文化与无政府状态》中，阿诺德均耗费了大量的文字来阐述这一观念，在他看来，只有以无功利的心态去面对这个世界，才有可能超越表象的诱惑以及粘附性的现实欲望与利益，去发现事物无为的本质，从而站在批评的立场上，去践行最美好的文化，即其所谓"如果没有这种自由的无功利性的对待事物的态度，那么最高的文化就无从谈起"（Arnold, 1925：26-27）。就此而言，其关于"批评"的论证，在理论的立

---

① 通过对原始文献的核对，我们知道，康德三大批判——《纯粹理性批判》（*Critik der reinen Vernunft*）、《实践理性批判》（*Critik der Praktischen Vernunft*）、《判断力批判》（*Critik der Urtheilskaruft*）第一次出版时标题中的用语均是"Critik"，雷纳·韦勒克提到的"kritik"属于现代德语。英文版早期比较流行的译本有 *Kant's Critique of Judgement*, Translated by J. H. Bernard, D, D., D. C. L, Macmillan and Co, Limited, 1892. 也将"Critik"译作"Critique"，后来出版的其他英译本多从之。

足点上与康德还是基本一致的。① 当然，其中也有发挥与展开，批评，或无功利性的观念在阿诺德论述中，不仅被视为横亘在文学与非文化、批评与非文化之间的一个具有辨识性的标尺，由此还在英国批评史上首次确立了一个以"大写的批评"，进而也是"大写的文学"为标志的概念；② 与之同时，也在赋予这一概念鲜明的"反思性"内涵之后，将之锻造为一种能够直接诉诸英国现状或其所谓的现代性文明，并对之实施理想主义批判的话语工具——这些含义均非康德原有。如将之再次放回到文学批评史的背景上看，也就将"批评"从原有的微观批评（如对具体作家作品的评判等）转化为了一种宏观批评，不仅对文学是有效的，同时也将自身有力地铭刻在了思想史的条脉中。对文明批判的观念并非始于阿诺德，在此前还有柯勒律治、卡莱尔等，但借助于对"批评"的阐发，并将之做概念化的提升，从而不仅能使之前的那些想法得以进一步浓缩与聚合，也为处在散漫状态的纷杂思绪觅得了一处合适的栖身之所。批评由此不再被视为针对文学或其他文类的任意性书写，更是被看作一种直达"事物本性"的品质与能力，在其身上托付了引领时代精神的重大使命。与之相应，批评家也就合乎推论地被设想为可与过往的那些"先知"相提并论的"精神导师"。③ 记住这一点，对于理解阿诺德所开辟的这条批评之路是相当重要的。

　　行文于此，需要说明的是，本文的目标虽然是考察剑桥批评对阿诺德批评模式的转换，然而毕竟二者之间还相隔有约半个世纪的时间，从严格的学理逻辑上还不能一下就跨越过这一时间上的鸿沟，因而也有必要对其间的批评流向做些补充性的描述，以便为剑桥新批评的出场做出事实链条上的铺垫。

　　阿诺德之后，广义批评界也有比较丰富的表现。首先是出现了对批评的杂多定义，根据盖利（C. M. Gayley）在1899年的统计，至少在当时已涌现出五种界说，④ 这似乎没有必要一一罗列了。其次，英文教育（含英文研究与广义的英文批评）的体制也有一些新的变化，较为引人注目的便是牛津大学在1894年设立了英国境内

---

① 　盖利在其著作中也提到阿诺德与康德在这一持论上的一致，参见 Charles Mills Gayley and Fred Newton Scott, *An Introduction to Methods and Materials of Literary Criticism*, 3.
② 　彼得·威德森以为"大写的文学"最终还是由阿诺德所阐明的"批评"这一概念所创造出来的，因而，"所谓'文学'，其实是按照批评所设计的形象来制作的。"见[英]彼得·威德森：《现代西方文学观念简史》，38页，2006。
③ 　这个提法最初应当源自卡莱尔，但赋名有异，卡莱尔又以为来自费希特。见 Thomas Carlyle. *On Heroes, Hero-Worship, and The Heroic in History*. pp.132-161.
④ 　Charles Mills Gayley and Fred Newton Scott. An Introduction to Methods and Materials of Literary Criticism. pp.1-3. 据作者所述，另外还有如 Elze, Blass, Urlichs, Moulton，Dowden, Fuller, Brunetiere, Ward, Brandes 等的定义。

的第一个"英文学院"（English School）①，从而使英国文学能够在正式的国民教学体系中占据一席之地。虽然这一事件也具某种标符性的意义，相当之重要，但牛津的英文教学与研究宗趣依然与后来成立的剑桥英文有较大的区别，至少，尚未将理论性的批评探索安放在其主要的工作日程中。

最需要关注的依然是这一时期批评本身的趋向或倾向。有关于此，既可以参照各种一手的批评文献，也可参照后来批评史家所做的各种描述，或综合两者加以梳理。在本期，尽管还很难对阿诺德的影响做精准的估计，但鉴于其与维多利亚中后期主流人文风尚的契合度，仍然可将之视为批评界的正脉，阿诺德主义的一些理念在几十年之后即1921年也被以教育部名义签发的《纽波特报告》（*The Teaching of English in England*）所吸取。②

除此而外，在广义批评的范围内，特别引人注目的一个现象，便是所谓的"艺术批评"潮流。"艺术"，在19世纪是一个既意义确定又略带含混的术语，从其指称的范围看，既可单指目前排除在文学之外的各类艺术，即专称性的艺术，也可将之泛化以后包含文学中的"艺术"，从而变成一种普指性的概念。它的另一个代名词是"美"与"美学"。像莫里斯、佩特、王尔德、惠勒斯均属这一条脉中的出色代表，他们对"艺术"与"美"的推崇，或受到更早一些的批评家如普金、罗斯金等的影响，或以交切与拓展的方式呼应了阿诺德批评思想中的一些要素。③当然，后期的一些发展也还是有些自己特点的，在阿诺德昌言用"文化"去替代宗教的同时，这些"新美学"与"唯美主义"的拥趸则心心念念地冀望于能用艺术去替代宗教，不仅将"为艺术而艺术"（art for art's sake）视作至上的信条（虽然也涉艺术与社会的关系），也将浪漫主义批评的想象论、天才论、真实感知论等发挥到了极致，从各个方面推进着文学批评中艺术论的流向，以至于如盖利在19世纪末撰写那本

---

① 对牛津英文学院成立的来龙去脉及研究宗趣的详尽论述，可参见 C.H. First, *The School English Language and Literature*, 1909. 此外，对牛津大学诗歌研究教席（chair）的设立情况，可参见 George Saintsbury. *A history of criticism and literary taste in Europe from the earliest texts to the present day*. Vol.III, 615-629.

② 参见 *The Teaching of English in England*, London: Published by His Majesty's Stationery Office, 1921. 这个报告的情况与阿诺德的关系要分开来，一方面是接受了阿诺德的防御性保守主义文化策略；另一方面在民族性的主张上又与阿诺德的思想相违和。虽然据传瑞恰慈也参加了该报告的起草，但书中起首列出的14人名单中并没有瑞恰慈。

③ 参见雷蒙·威廉斯在《文化与社会》中所做的梳理，以及 Raymond Williams. *Culture and society* 145. 其中，对佩特与阿诺德关系的阐述，也可参见 T. S. Eliot. "Arnold and Pater", *Selected Essays*; 431-443.

文学批评学引论时，也不可避免地会去频繁述及"艺术"与"美学"的原则，如谓："……最高的是批评；因为在创造的过程中，最高的是艺术……这是因为文学判断的原则类似于所有的美学的原则。"（Gayles and Scott, 1899：Ⅳ）至20世纪初，这一浪潮的最为著名的代言人，可能要算克莱夫·贝尔（Clive Bell）了，尽管他所竭力倡扬的"艺术"主要还限定在专称性的义域内（如以绘画为宗），但如果联想到他所处的布鲁姆斯伯里氛围，便可知他的这种趣味会与当时贵族沙龙中的文学批评风尚有多么紧致的关联。

再一个现象，便是文学史的评论与撰述在此期也愈趋炽盛（包括传记写作等）。如做严格的辨析，那些主要粘附在具体对象上的评论与著述都已经出离了批评的范畴，雷纳·韦勒克就此也谈到："学术性文学研究当然未必带有批评的性质。总起来看，它倒是促进了文学史的发展"（韦勒克，1991：2）。但是后来以"批评"为撰写目标的一些史著依然还是将之（至少是一部分）纳入其中，这可能与此期文学史撰述中隐含的一些批评性原则相关，比如像丹纳与圣伯甫（对当时英国文学研究的影响也较大），以及圣茨伯里等的著作均可归为此类。① 为此，就我们看来，也就又涉及如何看待文学批评与文学史的判别标尺的问题。大约是介于文学史撰述与艺术化批评之间，此期所出现的另一种较为明显的"嫁接品"，便是对文学"趣味"（taste）或"风尚"及其历史的考察，在此亦不便多施笔墨。②

在上述两大走向之外，有两种方法论上的取向也需要稍加提及，其一便是印象式批评的继续流行，另一是"科学"意识的萌动。印象式批评，也包括弗莱所称的情绪化批评（tropical criticism），③ 它的流行并臻繁盛，从外部环境上看，既与急迫的社会论争有关，也与报刊业及阅读公众的迅速增长相关。20世纪初的前些年，尤其像弗吉尼亚·伍尔夫写的那些"富有魅力、唤起想象"的文章便颇能赢取读书界的欢心（韦勒克，1999：327）。科学意识之进入批评领域，也非空穴来风，而与19世纪后期整个西方知识界日渐加码的科学兴趣紧密相关，为此也在广义批评

---

① 雷纳·韦勒克以为，当时对文学史研究产生较大影响的还有生物学（进化论）、社会学等理论。见雷纳·韦勒克：《近代文学批评史》卷四，杨自伍译，上海译文出版社，2009年版，第197~198页。
② 最具代表性的一个事例便是圣茨伯里的三大卷的批评史，其标题中就有"趣味"一词，据其自述，这是因为："这本书试图给出的一段有关批评或加以改进的修辞学历史，与对文学趣味的考察差不多是一码事，——通过对文学的考察，企图去发掘是什么造成了文学的愉悦，因此被看作是好的，……而不是去忽视对文学风尚的考察。"见 George Saintsbury. *A history of criticism and literary taste in Europe from the earliest texts to the present day.* Vol.I, 4。
③ 诺斯罗普·弗莱在《批评的解剖》中将卡莱尔与阿诺德的批评方式都归在其中，并对之做了否定性的评判。见 Northrop Frye, *Anatomy of Criticism: Four Essays*; 20-24。

的范围中出现了多种多样的尝试，比如将语义学、心理学等研究方法挪用到对文学的观察与研究中。这在 20 世纪初尼科尔·斯密斯撰写的《批评的功能》的小册子中即有反映，该书提供了不少的例证，并以为是批评在近年来呈现出的一种"新的兴趣"（4，5，8，9）。盖利在当时也曾用较多的篇幅描述过批评与科学以及各学科之间的关系，并郑重地提出"批评的科学依据是什么？"（What is the scientific basis of criticism?）这样一个问题（Gayley and Scott, 1899: 3）。当然，从后来的角度看，这些新的探索，主要还限于问题的提出，或仅停留在一些肤浅的尝试上，但这一意识的浮现也为 20 世纪之后在该方向上的快速推进铺设下了最初的跳板。印象式批评往往在形态上是碎片式的，或试图以较强的主观风格猎取读者的欢心，科学的方法论意识则期望于能够将文学批评或研究带向一种可获检测的、更为严整的规则之中，两者看似正好逆向而行，但并不妨碍它们在一个多元实验的时代中的共存。

三、剑桥文学批评：三大取向

剑桥英文学院的成立也与牛津英文学院一样，经历了多重努力，方于 1917 年正式落成。其间自然也有许多可述者，但仍须依据我们的目标，将讨论集中在最初确立的议题上：即在业已循序展开的批评史背景中，剑桥批评是如何通过方法与观念的重置，破蛹而出，从而将自己形塑为一新的及具有相对识别性特征的话语类型的。

这种考察当然不能以完全断裂的方式来讲述，从而忽略其与阿诺德以及早期英国批评的链条关系。关于剑桥批评与阿诺德之间的系脉联系，一些后来的研究者其实也已述及，其中，我想至少有两点值得一提，即赓续阿诺德的原则，将"批评"及其意识置于文学的核心位置；不是单纯地为文学而批评，而是也将批评当作一种抵制现代文明流弊的言说策略。像瑞恰慈与利维斯，甚至于都曾将阿诺德的"警句"题于他们著述的篇首，以此来表明自己所信奉的路线[①]，这也说明，在大的即以"文化"为旨趣的框架上，剑桥批评并未拐向他处，他们的重置性努力主要还是建立在另一些侧面的探索上的。此外，也如上文已述，从阿诺德到剑桥批评之间因毕竟已

---

① 瑞恰慈在《科学与诗》篇首题写的阿诺德的名句，见 I. A. Richards. *Science and Poetry*。利维斯在《大众文明与少数人的文化》篇前也题写了一句阿诺德的名言，见 F. R. Leavis. "Mass civilization and Minority Culture", *Education and the University*, 143。

相隔约半个多世纪，其间所涌现或发展出的其他一些批评倾向也非毫无意义，因此，当我们试图为剑桥批评构绘出一组面貌独具的话语类型时，也需适当参照已然发生的这些变化，并将之作为附带参考的坐系，而不是直接将阿诺德与剑桥批评对接在一起。当然，作为一种以狭义批评为主的考察，重点依然会落在剑桥批评与阿诺德的对比中。

另外还需要考虑到的是，将剑桥批评视为一个统合性的范畴来进行处理，也会遇到来自事实方面的挑战，这首先表现在剑桥批评的几位代表性人物之间，不单存在着话语上的交合，同样也存在着一些思想上的裂隙甚至冲突，这些分歧有时还会通过一些言词上的交锋凸显出来，因此无法完全按照同质性的逻辑，不加区别地将他们编排在一条整齐划一的连接线上。如做粗略的分疏，至少可将早期的剑桥批评分为两个支派，一是以瑞恰慈为代表所持有的科学（理性）主义倾向，另一是以利维斯为代表的感知主义与伦理主义，两者间的诸种分歧自然会使"剑桥批评"的描述框架发生剧烈的摇晃——这便是所谓来自事实的挑战。但依照本文的题意，显然无法在此处理如此纷杂的问题，因此，在对之的梳理中，主要还是将整体的叙述对象做分层化的解析，将各不同分支所提供的可利用性资料系于相关的层次之下，进而形成一种相对意义上的"综述"。

伊格尔顿曾在论及阿诺德时，称之为："……既非学人亦非以文谋利者，而是穿越于诗歌、批评和社会评论之间，可以说是一种发自公众领域内部的声音。……与柯勒律治、卡莱尔、罗斯金等人一样，阿诺德表现出了知识分子的两大古典标志，而与学术知识分子形成对照：他拒绝被绑缚在单一的话语领域内，他寻求使思想对整个社会生活产生影响。"[①] 然而，至 20 世纪 20 年代，情况却有了甚大的变化，这首先表现在批评家身份归属的转换上，除了艾略特等少数人之外，大多数重要批评家与文学研究者主要是在学院式的环境成长起来的，为此而使得批评家主体，从旧式的游牧式"文人"（man a letters）变身为寄居在学院内部的"学者"（scholars），为此而引起的效应也是多方面的。

学院制的最主要特点是专业的细分。从牛津与剑桥英文学院留下的一些早期文献中可以获知，无论是课程的设置还是席位的聘任，都是根据某一特定的专业需要而提出的，并且都经过委员会的论证与核准，在这套常态性的规则之下，教师无

---

① Terry Eagleton. "Sweetness and Light for All: Matthew Arnold and the search for a moral ground to replace religion", *Times Literary Supplement* 2000(1):15. 译文参考了韩敏中"译文序"，见 [英] 阿诺德著：《文化与无政府状态》，韩冈中译，7 页，北京，生活·读书·新知三联书店，2008。

权自行改变授课的方向，受聘者也只能讲授某个单一专业方向上的学问。这种情势使得批评家无法像他们的前辈那样将原来的社会泛议无所顾忌地带入自己的研究与教学之中，视为日常工作的主要目标；另一方面，由于专业的苛求，也会促使学者将精力集中在某一课题领域，将研究朝纵深化推进。剑桥批评便是在这种学院制的环境中发展起来的，从而与处在学术体制外围的各种散漫式的业余批评区别开来。①

在学院制的模式下，教师也需要经常性地面对学生，为此而需要将学科化的"训练"纳入课堂设计中，譬如通过怎样的手段去训练学生从事更为精确的批评思维，很自然地成为英文教师的一项新的任务。正如瑞恰慈在《实用批评》一书中所述，撰写该书的目的，是为了"准备一种更有效率的教学法"，"为那些希望去探索怎样去思考与感受诗歌的人，提供一套新的技巧"（1929：3）。后来成为利维斯学派代表作之一，由利维斯与邓尼斯·汤普森（Denys Thompson）所撰写的《文化与环境》（Culture and Environment）一书，在副标题中也标明这是一本为"批评性意识的教学"（the teaching of critical awareness）而专门设计的著述，目的是用来训练那些初入学校、经验不足的教师，希望他们能将这种训练方法扩展至自己的课堂教学中（Leavis, 1950：1-10）。其中，如文本"细读法"（close reading），便是从教学出发而提出的一套"实践"主张，随后，又被美国大学中的那些以"新批评"为名义创建规制的专业人士承继与扩展。如此一来，在阿诺德处只需在宏观与笼统层面上把握的"批评"意识，在剑桥学者那里则被处理为了更加细密的规则与技巧；尽管瑞恰慈与利维斯等还将继续奉行阿诺德提出的"智性"概念，但却将之纳入训练式的、也是更为清晰与细致的模式之中。也只有在获取这样一种充分化了的技术设置的前提之下，批评（以及后来的"理论"）才可以名正言顺地成为正式的"职业"（或"Inc."）。② 当然，细读法所带来的不单是强制性的规范，因为将重点移向了学生的自主性阅读，也推动了课堂的民主化实验，这一传统一直到今天还保存在各大学人文系科的教学中。

正是以学科定位为出发点，"文学"，也很自然地被瑞恰慈与利维斯等看作

---

① 这里需要厘清一个区分，即教授文学与教授批评是不同的两件事。虽然教授文学的传统可以不断向早期追溯，但根据格拉夫的研究与判断，"严格地说，直到19世纪最后的四分之一时期，无论是在美国还是在其他地方，在语言文学系成立之前。并不存在'学术性的文学研究'"。Gerald Graff, *Professing Literature: An Institutional History*. p.1. 而正式教授批评，则又是20世纪之后才出现的。

② 对批评职业化问题的论述，可参兰色姆的《批评公司》一文，John Crowe Ransom. "Criticism, Inc.", *The Virginia Quarterly Review*（Autumn 1937）. 586-602。

专业化批评言述的核心，他们也坚信文学（尤其是诗歌），可以成为解救"生病中的文明"与"生病中的英国"的几乎是唯一的（至少是最为重要的）良方，这依然可以借助他们与前辈的比较予以观察。阿诺德批评系统中的核心概念是"文化"，因此，虽然在《现时代的批评功能》一文中述及"批评"的概念时，他主要还是从文学的角度入手的，但是，又以为如就对事物本质的探索看，批评也涵盖了"神学、哲学、历史、艺术、科学"诸领域（Arnold, 1925:9）。正是因此，也有学者将阿诺德的学说直接称为"文化哲学"（韦勒克，2009：213）。然而，从职业化批评的角度上看，瑞恰慈与利维斯等并无必要去考虑更为宽泛的议题，在他们心目中，所谓文明坠落的问题，也是完全可以从文学的面向上来做出解答的。首先，这与文明导致的感受力（sensibility）与智性（intelligence）的降解密切相关（并与受到艾略特"感受力分离"[dissociation of sensibility]提法的影响有关）；① 其次，也因于我们所使用的语言本身在当代所遭遇的各种冲击，以至于无法借之再去回缅传统的、富有活力的有机生活，从而造成生命力的急剧衰退，凡是这些，都可归在文学或文学批评所要解决的范围内。因而，不必有更多的外寻，只需要抓住"书页上的字句"（words on the page），便可对编织在语言与文本中的"感受性经验"（felt experience）进行彻底的检测，进而对整体的文化与文明状况做出针对性的回应。这点也鲜明地体现在利维斯对英语学院的构想中，以为只要在这一方领地中构建出一个以文学批评为目标的"中心"（centre），用带有某种目的性的手段去训练我们的学生，便可使他们有效地获取那些基本的感知力，进而如火之始燃，泉之始达，推展至学校的围墙之外，完成救赎文明的伟大使命（The Idea 35-38）。这一工作自然也可以与"美"与"美感"的探索结合起来，比如瑞恰慈的一些论述便集中于此，② 当然也有必要对过去的论述做些转化，不仅需要将之付诸系统的论证，而且也需要将对美的阐述具体地落实到文学文本与阅读的层面上，进而才能真正建构起一种"文学审美主义"的修辞。而这一工作，也是由瑞恰慈本人首先完成的。

与学科制相伴而至的是对科学化思维的强调，可将之视为剑桥批评为自己所确立的又一个重要取向。当然，用所谓的"科学化思维"一语去概述剑桥批评的特征，也将会面遇相当的困难，这首先与剑桥批评作为一个学派固有的复杂性密切相关。其中，至少有两方面的问题值得关注，一是在瑞恰慈一系中，他们是如何分别

---

① 此处可见利维斯对艾略特观点的复述，F. R. Leavis. "The Idea of a University", *Education and the University*, 17.
② 对瑞恰慈批评学中美学姿态的详细分析，也可参见约翰·克兰·兰色姆的《新批评》，5~14页。

在理论上与实践上处理科学与文学这一对看似矛盾的现象的；二是在与科学化思维相关的讨论中，由于剑桥批评两大分支之间所持的意见并不一致，因此也事实上存在着如何将之进行合理分处的难点。

关于前面一点，直接关系到瑞恰慈对自己批评理论出发点的选择，因此，在其思想中占有十分重要的地位，需要引起格外的注意。虽然对这一问题的思考较早就已进入瑞恰慈的视野，但他于1926年还是专门撰写了《科学与诗》（Science and Poetry）一书，对之做了详尽的探讨。依瑞恰慈之见，首先需要厘清的还是科学与诗的区分，这是因为从语言的指示性上来看，前者属于"科学的陈述"（scientific statement），以事物之"真"为唯一的目标；后者则由于取决于态度、兴趣、情感等，相对于求真的科学而言，可称为是一种"虚拟的陈述"（pseudo-statement），或情感的表呈（emotive utterance），其与世界的关系，不是推理式的直陈，而是代表了一种"言述的""修饰的"与"想象的"的世界，并主要是以某种神奇化的思维方式（magical view）来体现自身的（56-57）。将二者放置在一个更大的历史进程中看，最初出现的当然是神奇化的思维方式，但是随着科学与知识在近代的激增，那种与人们情感、想象等关联在一起的神奇化思维方式已面临彻底的解体，从而使得"新的文明"陷入一场重大危机中，因此，从批评的角度重建诗的维度，再一次唤醒神奇化的思维，便成了这一代批评家所需要去担荷的重大使命。在这样的叙述中，我们已可见到，瑞恰慈是以何种方式介入19世纪以来的那场"文化与文明"的论争中，并将自己自觉地并轨到阿诺德思想的航路上去的。

但瑞恰慈并未就此停下脚步，而是力图去做出属于自己的分析。他与阿诺德思想的一个重要分岔，在于阿诺德对科学与理性一直是存有逆违感的，这与前期多数文化保守主义者对机械文明的厌恶也是一致的，比如在为自己的文集《批评集，1865》所撰的前言中，阿诺德就曾为此发表了一大通议论，大意谓，自己与那些所谓的"逻辑学家"从来就不是一丘之貉，也不欣赏后者煞费苦心地去从事的"机械化工作方式"，而是更钦佩"直觉"（intuition）式的发现与体验之道。[①] 然而，瑞恰慈并不一概排斥科学与理性，在其看来，将诗供奉为拯救文明之法宝的前提下，并不必然地就可以推断出科学化思维与诗就一定会成为天敌，是毫厘无关的两件事。这既可以从我们的一般化生活，也可以从诗的创作与阅读经验中获取明证，比如以生活中的遭遇为例，"我们的冲动一定得有一些秩序、一些组合，不然的话，我们

---

① Matthew Arnold. *Essays in Criticism*. London and Cambridge: Macmillan and Co., 1865, "Preface", Viii. 这篇序言与后来改写的另一版本中的序言是有所区别的。

如此生活十分钟都会感到很不爽"(Richards，1926：34-35)。诗的创作与阅读也同样，创作固然需要借助于情感的激发，但也有赖于井然有序的组织与安排，阅读则往往需要理智与情感两股力量的配合，方有可能达成尚佳的效果。① 这些都有力地表明，科学与理性并非就是有害之物，而是完全可以在适度的把控中取得科学与诗二者间的某种动态性的平衡，或配置在我们对诗歌的考察中。② 从终极的目标上看，诗与科学的互补，也是由我们对心智构成整体状况的期盼所决定的，因为"心灵的健康取决于它能否将其形形色色的冲动组织成态度，并对他们的运作进行有效的协调，以争取到最大活力和各要素间的最少冲突"(兰色姆，2006：15)。

瑞恰慈思想中出现的这一明显的变化，与前数十年批评领域中所进行的一些预演不无关系，同时也顺应了席卷而来的各学科朝向于科学的急速步履，此外，依据道格拉斯(Richard Douglas)的解释，也寄予了一战之后从战场上回到剑桥的一代年轻学者对"西方的没落"，以及非理性所具的灾难性后果的真切反思。当然，从留下的文本看，瑞恰慈更主要地还是从批评史的内在线路上来思考变革与转轨这一问题的，在他看来，问题的症结主要在于："直到目前，这种初步的工作还没有完全着手进行，对本能与情感的心理学探索发展过慢，甚至于科学研究时代之前的那些纷乱的玄想仍阻碍着研究的进展"(Richards，1926b：9)。在《实用批评》中，这个相关的问题被再次提出来："更令人惊讶的是，我们至今还未见到从理性与情感互通的角度来论述艺术与科学的任何著述，就逻辑上看，它看似应当包含有这两个部分，但实际上却几乎未被讨论过"(Richards，1929：11)。而在《文学批评原理》一书中，瑞恰慈竟然在一开篇即为之专门设立了一个章节(首章)——"批评理论的混乱"(The Chaos of Critical Theories)，来描述从亚里士多德到阿诺德以来整个批评史的状况，尽管时间在进化，但一切又都似乎在原来的转轮中滚动：

> 一些不靠谱的猜断，代人而言的责备，许多尖锐而无连贯性的观察，一些闪烁其词的拟想，大量辞藻华丽的应用性诗艺，没完没了的迷思，数不清的教条，不计其数的偏见和奇思妙想，扑面而来的神秘主义，一鳞半爪的妙思，杂乱无章的灵感，蕴藉其中的暗示和随心所欲的一孔之见。可以毫不夸张地说，正是

---

① I. A. Richards. *Science and Poetry*, 13-14. 需要注意的是，这些组织性的要素在瑞恰慈那里，不仅是指逻辑条例，也包括了"道德规范"，对后者的论证，可参见 I.A, Richards. *Principles of Literary Criticism*. Chapter 8, "Art and Morals", 52-56。
② 关于这一"平衡"论，也可参见 Angus Fletcher. "I. A, Richards and the Art of Critical Balance", Reuben Brower Helen Vendler and John Hollander(eds.), *I. A, Richards. Essays in His Honor*, 85-100。

这些构成了现存的批评性理论。……无论是综合起来看，还是做单独的考察，或者是它们的任何组合，都未能提供给我们所需要的答案。（1926a：2~3）

不用再做更多的征引，便可知瑞恰慈对过去整个批评史的不满了。其所谓的"纷乱的玄想"大体也可归在"印象批评"的范畴中，而各种哲学家、美学家对美与艺术的论说，也几乎未出其外，不是流于印象式的，便是过于抽象而忽略必要的科学实证。也正因此，在瑞恰慈看来，尽管需要继续高举阿诺德的理想主义旗帜，但也需要重新评估科学与理性的价值，进而将之径直引入研究之中，从而构建出一套以语义学与心理学为论证基础，并且属于未来的、崭新的批评样式，将"批评"转化为"理论"，将批评的"意识"转化为批评的"体系"。此后发生的情况，鉴于学界已有较多研究，似无必要多述。在英国的范围内，只需要提及两位他的后继者，一即瑞恰慈在剑桥的学生燕卜荪，他的杰作《复义七型》（Seven Types of Ambiguity）便是从瑞恰慈细读法中某一核心论点发展而来的，并将瑞恰慈提出的"复义"命题做了更为深入同时也是更为模式化的阐释，① 这位从数学系转学过来的高材生也以自己的研究经历为"科学与诗"的协奏提供了最佳的样板。另一是瑞恰慈的清华大学（昆明）同事汉学家修中诚（Ernest Richard Hughes），他是又一位瑞恰慈批评思想的追随者，在其所撰的汉学著作《文学创作法：陆机的〈文赋〉》（The Art of Letters: Lu Chi's Wen Fu）一书中，用中国文论的事例，探讨与证实了瑞恰慈所述的诗歌创作也需要受到理性的控制，关键是如何处理好理性与情感相互协调这一论题。②

当然，瑞恰慈的这套说法也遭到了同行的质疑，最为激烈的反应依然还是来自剑桥批评内部。从30年代初始撰写的多篇文章中，利维斯即或隐晦或直接地对瑞恰慈的科学主义取向给予了尖刻的责难，③ 这也从某一方面让我们见识到了剑桥批评的多样化面相。关于两者的分歧，我想也可用他们共同使用却赋义有差的"intellect"（intelligence）这一概念来予以说明。在瑞恰慈那里，"intellect"的含义更多地会与思维的条理化、组织化能力联系在一起，因此而含带有一些明显的"科学"属性，在中文的语境中似可译作"理性"或"理智（reason）"。而利维

---

① 瑞恰慈对"复义"（ambiguities）的认识，在很早已经形成，也在为《文学批评原理》与《实用批评》二书所撰的导言中均做了重点提示，在此略引。
② Ernest Richard Hughes. The Art of Letters. 修中诚在该书中也展开了其对战后西方文明的广泛思考，而该书的"序言"也正好是瑞恰慈撰写的。
③ 两人的意见纷争，见于利维斯30年代撰写的多篇文章，并较为集中地反映在其1935年所写的一文中，参见 F. R. Leavis. "Dr Richards, Bentham and Coleridge". in F. R. Leavis. Valuation in Criticism and Other Essays。

斯则主要是在与"sensibility"平行交叉的意义上使用这一语词的，既包含有发现、洞见、领悟的蕴义，又包含有通常所说感悟、灵性等意味，有点类似于中文所说的"直心以行"，因而也带有反逻辑性、反规则性的明确意向，以此而言，利维斯在批评性思维上所坚持的主张与阿诺德赋予这一概念的意义也是更趋近似的，虽然在其中也增入了一些新的要素，但并未造成对基本含义的僭篡。单就这一点来看，并同时将他们的观念置于整个批评学的进程上观之，毫无疑问，瑞恰慈一系所带动的转型，当是更具新异性与典范性的。

第三个方面，对剑桥批评话语类型的关注，似也无法回避它在文学批评的民族性方向上迈出的一步。对于这一点，其实在佩里·安德森（Perry Anderson）1968 年发表的《民族文化的构成》（*Component of the National Culture*）一文中便已述及，以为利维斯等所大力推崇的英文教学与批评，其目的是将"英文"提升为一个民族的代名词，并借之构建出一套以民族性为号召的霸权式的话语模式。80 年代之后，随着伊格尔顿、鲍迪克（Chris Baldick）、多伊尔（Brian Doyle）等一批学者对这一话题的介入，剑桥批评中包含的民族主义倾向也被专门提取出来，并演化为了一个带有高度敏感性的文化政治话题。①

如仍然以阿诺德所处的维多利亚时代为参照的起点，那么如我们所见，当时主导批评界风气的还是欧洲主义的取向，阿诺德，以及稍早的卡莱尔，无论在文化思想还是在文学批评中，均以甚广的欧洲古代与现代知识视野而著称，② 尤其对现代德国哲学与文学至为熟悉与推崇，这也体现在他们共同信奉的"合上你的拜伦，打开你的歌德"这一名句上。③ 从这种欧洲主义观念出发，他们也对英国人所秉持的

---

① 参见 Terry Eagleton. *The Function of Criticism*. Terry Eagleton. *Literary Theory: An Introduction*. Chris Baldick. *The Social Mission of English Criticism*. Brian Doyle. *English and Englishness*. 这些争论也反映在 80 年代编辑与出版的一本重要论文集中，见 Peter Widdowson (ed.), *Rereading English*, 1982。
② 阿诺德的欧洲主义倾向也在《现时代的批评功能》中有明确阐述，如谓："毕竟我所真正关心的批评——所有的批评，那种可以独自在未来能够帮助我们，在目前整个欧洲都在强调批评与批评精神的重要性时所意指的批评，——是这样一种批评，即它将欧洲看作在智性与精神的目标上能作为一个大的联盟而存在，并必会通过连接在一起的行动与工作而取得共同的成就，为了使这一组合能够合适地确立，他们的成员都将拥有希腊、罗马与东方远古的知识，以及关于彼此的知识。"见 Matthew Arnold. "The Function of Criticism at the Present Time", *Essays by Matthew Arnold including Essays in Criticism*, 35。
③ 当然，这属于一种矫枉过正的说法，在另一方面我们也应当看到阿诺德对英国文学的赞许，但仍主要将之限于伊丽莎白时代，并称之为一个"最伟大的文学时代"，只是到了 19 世纪，由于腓力斯功利主义（philistinism）的盛行，英国文学才趋于衰落。参见 Matthew Arnold. "Heinrich Heine", *Essays by Matthew Arnold including Essays in Criticism*, 130。

生活哲学与狭窄的"岛民性"予以了激烈的批评。但在阿诺德之后，风气似乎有所变化，并主要是在文学史撰述方面，出现了一些新的书写趣旨，开始专注于发掘英国本土的文学资源，代表性的即有如亨利·莫利（Henry Morley）撰写的多卷本《英国作家》（*English Writers*），以及库特侯普（W. J. Courthope）撰写的《英国诗史》（*A History of English Poetry*），或将英国文学看成是"国民族性格的完整和持续的表现"，或以"民族想象力"作为立论的宗旨。再至后来，在各种舆论的推动下，牛津与剑桥等大学也开始设立了专门讲授英国文学的教授席位，及在1921年颁发了由英文学会（English Association）参与主持，以政府名义签署，并在全境施行的《纽波特报告》（*The Teaching of English in England*，以下简称《报告》），将原来主要以分散的、个别化的方式表达出的民族主义情绪聚结落实到了国家政策的层面上。

当然，《报告》的论述重心还是整体的英文教学，广涉初中级与大学，以及技术、成人教育等各类学校的课程设置，通过对历史与现状的检讨，《报告》以为，长期以来，英国教育中存在的最大问题是缺乏一个共同的意识指向："这引起了更为深远的失败，即因未能考虑一个作为整体的民族教育具有的完整意义与实现可能，从而误将教育的价值看成是由多种不同区域的心智活动构成的，尤其是低估了英语语言与文学的重要性。"（4~5）因此而力荐将英文列入中小学教育的总课程中，并在高校大幅提升英文研究的地位，借此而可逐渐去实现两个更大一些的目标，即一是在教育与知识系统中进一步清除淤积已久的欧洲主义影响（特别是希腊文、拉丁文优先的传统），建立起以英格兰民族文化为归属的身份自信；二是，通过发掘一绵延深长，同时也可"超越所有阶级"的"共同文化"（common culture），从根本上消除几大阶级间长期以来在文化、语言、心理等各方面存在的巨大隔阂。

毫无疑问，这些思想对紧随其后出场的几位剑桥批评家是有选择性影响的。然而，如在批评学这一坐标上来看，恐怕仍无法绕过艾略特这一节点。1919年，艾略特发表代表"新古典主义"的第一篇要文《传统与个人才能》（*Tradition and the Individual Talent*），对浪漫主义以来推赏的所谓"作家个性"进行了有力的阻击，通过对文本连贯性的强调，提出了一条面向"传统"的回归式的路线，由此而将对文学民族性的考量也同时纳入了批评论的范畴中。① 以此而言，不久后在剑桥批评

---

① T. S. Eliot. "Tradition and the Individual Talent", *Selected Essays*. 13-22. 艾略特心目中的"传统"其实有两个层次，首先整个欧洲的传统，其次才是单一民族如英国的传统，但这不妨碍英国民族主义主要会从后一层次上来理解之。

中启动的文学民族化方案，从其早期的直接来源看，应当是综合了《报告》与艾略特的一些思想要素。然而，瑞恰慈似在这一论题上并未正式发表过相关的言论，他对"英国性"的信奉主要还是体现在课堂上组织的对英文教学的推广及对"基本英语"的不遗余力的宣传。然而，他在《实用批评》中所写下的一段话，即"文明从一开始就依赖于说话（speech），因为字词（words）是与过去、与他人连接的首要方式，也是与我们的精神传统连接的通道。当其他的传统介质比如家庭、社群等解体之后，我们就会被迫越来越依赖于语言的作用"（1929：320-321）——却给此后的利维斯留下了甚深的印象，并在他的几个重要文本中都将之引为论证自己思想的重要依据（1948：168；1950：81）。在此，首先得到高度关注的便是语言与遗产的关系，两者的纽带性关联在瑞恰慈与利维斯的论述中，均被看作一种如同"皮毛"互依的关系，即如果语言消亡，那么遗产也就不复再现。而作为本民族的遗产，当然不可能借助其他的语言来保存，而英文的重要性也就在这样的推论逻辑中被十分强烈地凸显了出来。

在这一思想的指引下，利维斯此后的工作也将沿着已经设定的方向展开，概括地看，主要体现在批评理论与批评实践两大方面，对英国文学"伟大传统"（"我们共同的传统"）的表彰并将之按自己的理解加以谱系化，以及通过对"好的英语"（good English）的辨识而将粗糙的当代大众媒介语言剔除出去，也就成了他践行人文主义、文明批判论等思想的最重要部分。其效应可以从内外（国际与国内）两个方面来看，以内部而言，并依威廉斯的说法，这种言述方式也等于是"将文学的'英国性'（Englishness）用以代表一个民族的'英国性'"（221），并用精选出来的狭义的"literature"概念取替与遮蔽了含义更为广泛的"literacy"的概念。[①]当然，这并不局限于利维斯个人，所有参与"细察"（Scrutiny）的批评家群体以及受之影响的其他学者都在这些年中为相同的事业奉献了自己的智识。鉴于这些问题在此前已经有一些学者做过探讨，就不再展开，在本文中，只需要将其对民族性的诉求以"加粗"的方式勾描出来就可以了。

20世纪后期以来，可能完全出乎利维斯自己的预料，他在批评领域中对英文民族性的吁求以及为之写下的那些文字，被一场突如其来的反思性批判推到了舆论的风口浪尖。虽然并不是他一个人在做这样的事，而是许多的人与事，各方面的要素都在向这个旋涡的中心汇聚，但是他却无可脱卸地成了这场论争中最具争议性人

[①] Williams, Raymond. "Beyond Cambridge English", *Writing in Society*, 212-214. 对"literacy"的重新重视，参见 Richard Hoggart, *The Uses of Literacy*。

物之一，从而也使整个剑桥批评着染上了另一种色彩。在一种新的理论面向上，先是由左翼知识界（如佩里·安德森、汤姆·奈恩），以及与之密切相关的文化研究学者（多人）发起的对"英国性"话语的反思，后来则是后殖民主义的传入并与英国本土的种族批评迅速汇流，都有可能"剑指"利维斯，甚至将之当作瞄准的靶心。[①] 然而，事过一些年之后，作为今天的学者，在面对这样一场纷争时，我们感受更多的还是不同的时代在知识与思想风气上的差异，如果能跳出时间之外，以更为超然的目光打量所发生的一切，或许还会在其中阅读与发掘出更为多义的内涵。即便是在 20 世纪前期的语境中，"共同文化"或"民族文学"的诉求也可能包含数种混杂的意义指向，比如既可能是霸权主义的，也可能是民众主义的，既可能是防御主义的（面对当时的俄苏革命形势），也可能是情调主义的，既可能是建构主义的，也可能是解构主义的（如去欧洲化），等。就最后一点看，如果我们联想到近年来于英国发生的"脱欧"大剧，便不至于感到过于突兀。这些都提醒我们，无论是对于当时的一个话语整体，还是一例个案，都还需要诉诸更为复杂的分析。

四、余 论

经过沿波讨源式的追踪，威廉斯早先提出的"Was there ever in fact a 'Cambridge English'?"的问题，似乎有了一些新的答案。总起来看，剑桥批评学派的几位关键性人物，在全力以赴地朝向新的目标迈进之时，并未偏离阿诺德为文化批评／文学批评所规划的主要航线，这包括对阿诺德大写式批评原则的遵循与发挥，及将批评奉行为一种摆脱流俗、拯救人心的高尚事业等。但是在另一层面，他们又通过专业化、科学化与民族主义三大取向，构建出了一套新的话语类型，使自己的研究性批评能够适应时代的变化，在摆脱旧的、古典主义式的批评模式之后，为"现代批评"的正式登场铺下了最初的基石。凡此，也都直接影响到了后来持续展开的学院批评（与理论）。

当然，以上的描述只是从文学批评这一特定角度出发所做的一项梳理，并不意味着就此可以涵盖来自剑桥英文以及受其直接影响的这一知识群体的所有活动，从其他视角如文化批评、人文教育（校内的与成人）等入手对这一群体进行的梳

---

① 利维斯之成为后来反思性批判所瞄准的靶的，多伊尔也有一个解释，以为这是因为利维斯对后来大学中人文学科教学机制的影响力是最大的，参见 Brian Doyle. *English and Englishness*, 98-100。

理，依然是成立的——尽管这些话题间也会存在着交叉或部分重叠。这也表明了，在"词"/"物"匹配的意义上来考察这一话语类型，同样存在着"复义"的问题。如完整地看，剑桥批评也不会全然局限于瑞恰慈与利维斯等在其"黄金时代"（Golden age）所构设的框架，① 正如我们所见，在 50 年代之后，一种外部影响开始悄悄地潜入，尤其是雷蒙·威廉斯，这个曾经受到"细察"思想浸染的剑桥学子，已不再满足于前辈输送给他的精神化食粮，② 而是选择了一条与瑞恰慈、利维斯均有较大区别的思想进路，将"实用批评"引向政治批评，将文本批评、伦理批评转化为了面对"整体的生活方式"的言述，等等，由此而将剑桥批评带向了一更远的陌生之地，而这种变故，固然会使原有的可识别性框架变得更为模糊。而威廉斯后来有关剑桥批评的多种论述，也都在试图解释，或许存在的是几个不同的"剑桥"，不止于一个"剑桥"。

参 考 文 献

[英] 阿诺德：《文化与无政府状态》，韩敏中译，北京，生活·读书·新知三联书店，2002。
[美] 兰色姆：《新批评》，王腊宝等译，南京，江苏教育出版社，2006。
[美] 韦勒克：《20 世纪文学批评的主要趋势》，载《批评的概念》，张今言译，杭州，中国美术学院出版社，1999。
[美] 韦勒克：《文学批评：名词与概念》，载《批评的概念》，张今言译，杭州，中国美术学院出版社，1999。
[美] 韦勒克：《近代文学批评史·卷三》，杨自伍译，上海，上海译文出版社，1991。
[美] 韦勒克：《近代文学批评史·卷四》，杨自伍译，上海，上海译文出版社，2009。
[英] 威德森：《现代西方文学观念简史》，钱竞等译，北京，北京大学出版社，2006。
Anderson, Perry. "Component of the National Culture." *New Left Review*, July, Aug, 1/50. 1968.
Arnold, Matthew. "The Function of Criticism at the Present Time." *Essays by Matthew Arnold including Essays in Criticism*, 1865, Reprinted from the Second Edition of 1869, Humphrey Milford, Oxford University Press, 1925.
——. "Heinrich Heine." *Essays by Matthew Arnold Including Essays in Criticism*, 1865, Reprinted from the Second Edition of 1869, Humphrey Milford, Oxford University Press, 1925.
——. *Essays in Criticism*, London and Cambridge: Macmillan and Co., 1865.
Baldick, Chris. *The Social Mission of English Criticism*, Oxford: Clarendon Press, 1987.
Bell, Clive. *Art*, New York: Frederick A. Stokes Company, 1913.

---

① "黄金时代"一词可参见威廉斯的论述，Raymond Williams. "Cambridge English, Past and Present", *Writing in Society*, 190。
② 关于威廉斯早年受及利维斯夫妇的影响，及在思想上如何逐渐完成转化的描述也可参见 Fred Inglis, *Raymond Williams,* Chapter 6, "Workers' Education in the Garden of England", 107-135；Chapter 8, "Mr Raymond Williams and Dr F.R. Leavis", 162-195。

Bernard, J. H. trans. *Kant's Critique of Judgement*, London: Macmillan and Co., Limited, 1892.

Carlyle, Thomas. *On Heroes, Hero-Worship, and The Heroic in History*, Reprinted, New Haven: Yale University Press, 2013.

Courthope, William John. *A History of English Poetry*, London: Macmillan, 1895-1913.

Douglas, Richard. *I. A. Richards and the response of literary Criticism to science*. Phil dissertation, University of Cambridge, June, 2001.

Doyle, Brian. *English and Englishness*, London: Routledge, 1989.

Eagleton,Terry. *Literary Theory: An Introduction*, Oxford: Blackwell Published Ltd., 1983.

——. "Sweetness and Light for All: Matthew Arnold and the Search for a Moral Ground to Replace Religion", *Times Literary Supplement*. 2000, 22 January.

——. *The Function of Criticism*. London: Verso, 1984.

Eliot, T. S. "Arnold and Pater." *Selected Essays*. London: Faber and Faber Limited, 1932.

——. "Tradition and the Individual Talent." *Selected Essays*. Faber and Faber Limited, 1932.

Fletcher, Angus. "I. A. Richards and the Art of Critical Balance." Reuben Brower Helen Vendler and John Hollander(eds.), *I. A. Richards: Essays in His Honor*. Oxford: Oxford University Press, 1973.

First, C.H. *The School English Language and Literature*. Oxford: B. H. Blackwell, 1909.

Frye, Northrop. *Anatomy of Criticism: Four Essays*. Princeton: Princeton University Press, 1957, Third Printing, 2000.

Graff, Gerald. *Professing Literature: An Institutional History*. Chicago: The University of Chicago Press, 1987.

Gayley, Charles Mills and Scott, Fred Newton. *An Introduction to Methods and Materials of Literary Criticism*. Boston: Ginn &Company, Publishers, 1899.

Hoggart, Richard. *The Uses of Literacy*. London: Chatto &Windus, 1957.

Hughes, Ernest Richard. *The Art of Letters*. New York: Bollingen Found Inc., 1951.

Inglis, Fred. *Raymond Williams*. London: Routledge, 1995.

Leavis, F. R. "Mass Civilization and Minority Culture." *Education and the University*. First Published in London: Chatto and Windus,1943. Second edition, 1948.

——. "The Idea of a University." *Education and the University*. First Published by Chatto and Windus,1943. Second edition, 1948.

——. "Dr Richards, Bentham and Coleridge." *Valuation in Criticism and other essays*. Collected and edited by G, Singh, Cambridge: Cambridge University Press, 1986.

——. and Thompson, Denys. *Culture and Environment: The Teaching of Critical Awareness*. London: Chatto & Windus, 1950.

Morley, Henry. *English Writers: An Attempt towards a History of English Literature*. London: Cassell & Company Limited, 1889.

Ransom, John Crowe. "Criticism, Inc.", *The Virginia Quarterly Review*. Autumn, 1937.

Richards, I. A. *Science and Poetry*. London: Kegan Paul, Trench, Trubner & Co. Ltd., 1926.

——. *Practical Criticism, A Study of Literary Judgment*. New York: Harcourt, Brace and Company, 1929.

——. *Principles of Literary Criticism*. London: Routledge & Kegan Paul, First published 1924, Second edition, 1926.

Saintsbury, George. *A History of Criticism and Literary Taste in Europe, from the Earliest Texts to the*

Present Day. London: W. Blackwood and Sons, 1900-1904.

——. *A History of English Criticism*. London: W. Blackwood and sons, 1911.

Smith, D. Nichol. *The Functions of Criticism*. Oxford: The Clarendon Press, 1909.

The Teaching of English in England. London: Published by His Majesty's Stationery Office, 1921.

Wellek, René. *A History of Modern Criticism: 1750-1950*, Vol. 1. London: Jonathan Cape Ltd, 1955.

Widdowson, Peter (ed.), *Rereading English*. London and New York: Methuen, 1982.

Williams, Raymond. *Culture and Society*. First published in London: Chatto and Windus, 1958. Penguin Books, 1982.

——. "Beyond Cambridge English." *Writing in Society*. London: Verso, 1985.

——. "Cambridge English, Past and Present." *Writing in Society*. London: Verso, 1985.

英文卷
Papers in English

"Crisis in English Studies":
Cambridge English and Its Renewal

TONG Qingsheng

Abstract: "Cambridge English" has played a singular role in leading and shaping the formation of English Studies as a degree subject and in prescribing the standards and methodological framework for it in the early decades of the 20th century. Cambridge English is a historical phenomenon, and discussion of its institutional history is never simply that of "local experience and concern". Focusing on the following questions: 1) the politics of Cambridge English, 2) its contradictions and limitations, and 3) its crisis and its renewal, this presentation examines the idea of Cambridge English not as a coherent and unified disciplinary formation, but rather as one defined by divergent critical agendas and visions of English studies, one whose extraordinary success has engendered its own crisis.

Keywords: English studies; Cambridge English; modern literary criticism; I. A. Richards; Raymond Williams

"英文研究的危机"
——剑桥英文及其蜕变

童庆生

内容摘要："剑桥英文"在现代英文研究的建立和发展过程中发挥了独特的作用。现代英文研究始于"剑桥英文"。作为支撑"剑桥英文"的解读方法，细读可以说是现代文学批评的起点。就现代文学研究而言，剑桥英文的重要意义在于它突破了以本能、直觉或经验为基础的传统教学方式，推动建立了现代批评的范式。本文首先回顾了"剑桥英文"的发展过程，认为考察学术建制的发展，包括新型学科的设立，不应脱离社会条件的变化，继而讨论"剑桥英文"在新的历史条件下受到的冲击，最后指出剑桥英文并非封闭的学术体系，它蕴含不同的、甚至相反的立场和倾向。其开放、自由、活泼的思想倾向，使之获得了自我更新和发展的可能，至今仍然影响着学院内的文学研究和教学。本文以"剑桥英文"为例证，解读学科建制的政治，以期促进对学院建制和知识生产的自我认识。

关键词：英语研究；剑桥英文；现代文学批评；细读；I.A. 瑞恰慈；雷蒙·威廉斯

> In the social sciences, the progress of knowledge presupposes progress in our knowledge of the conditions of knowledge.
>
> —Pierre Bourdieu, *The Logic of Practice* (1)

> It is only in the present that the past lives.
>
> —F. R. Leavis, *English Literature in Our Time in the University* (68)

I.

A little more than a century ago, in 1917, English studies was formally established as a degree subject at the University of Cambridge. However, the "Heroic" or "Golden Age" of Cambridge English, as Basil Willey has called it, is rather brief, roughly from 1928 to somewhere in the 1930s, mostly overlapping with I. A. Richards's tenure at Cambridge. According to E. M. Tillyard, the best time of Cambridge is an even more short-lived one: it began to decline from 1930, just a decade after it was first established (Williams, 1983a: 177). Abbreviated as it might be, the rise of Cambridge English was a significant development in the institutional history of our profession, not just because it marked the beginning of a full-fledged and independent institutional structure at Cambridge, one of the oldest universities in Britain, where students could choose to major in English for the first time in the history of the University. Admittedly, Cambridge, compared with other major universities, was rather slow in providing provisions for the study of English, but its pedagogical demands and intellectual imperatives for the English Tripos would reach beyond its local definition and exert a shaping influence on not just the institutional formation and development of English studies, but also how we should understand and practice literary studies vis-à-vis other areas of inquiry in the humanities, such as philology and history, how we must teach and read literature in a way that would render classroom activities meaningful and rewarding and thereby lead to the development of the disciplinary norms, based on which universities around the world organized their English curriculum, and critical reactions to which would, ironically, inspire or encourage developments of new critical paradigms and pedagogies. Cambridge English has played a singular role in the institutional history of English studies, in setting the standards, prescribing methods, and defining frameworks for it, especially in the first half of the twentieth century. Discussion of Cambridge English and its transformation, as Raymond Williams says, is never simply that of "local experience and concern": "If an old definition of the subject was anywhere broken up, and a new curriculum and new definitions decisively propagated, it was, at least in the early stages, in Cambridge."[①] The centrality of Cambridge English, especially between the mid-1920s and the 1940s, is absolute. Appropriately, therefore, "Cambridge English" has become a proper term. Anything about Cambridge English would be news, and it is impossible to exaggerate its importance in the field.

According to M. C. Bradbrook, the Cambridge English School was in actuality created by I. A. Richards's generation (Bradbrook, 1973: 61). In the constellation of Cambridge critics, Richards no doubt was a defining force in the movement of Cambridge English; other important names include, before him, Mansfield Forbes and after him, William Empson and F. R. Leavis, both of whom attended Richards's lectures. However, the term Cambridge English is also a highly unstable one, partly because it attempts to include the critical programmes and procedures so widely divergent that they could hardly be considered as belonging to the same critical paradigm or evolving from the identical intellectual provenance. In such cases, "Cambridge" in the phrase "Cambridge English" denotes no more than the geographical space in which it might be identified. For example, even though Leavis, whom Paul Dean has called "the last critic" (Dean, 1996: 28), had been intensely interested in the method of close reading, his more mature criticism is marked by a commitment to the moral enlargement of society by recognizing, retrieving and reconstituting what he considers to be the enduring human values stored in "the great tradition" of English literature. Rather than dogmatized, exclusive, and closed, therefore, Cambridge English is a critical programme more open, and less uniform than

---

① Raymond Williams, "The English Language and the English Tripos," *TLS,* 15.11 (1974).

it appears to be. Raymond Williams, who studied and taught at Cambridge, is normally excluded from the group; and Williams himself would not like to be considered part of the institutional and critical formation. The fact that Williams is not particularly associated with "Cambridge English" and that he himself would prefer not to be included in it is a significant critical statement. Indeed, Williams's intellectual identity as a foundational figure of British Cultural Studies is recognized in connection with an intellectual revolt against the kind of critical practice instituted by Richards. However, Williams, in a special sense, is not completely cut off from Cambridge English, not because he was a Cambridge man who worked at the University for much of his professional life, from 1961 till his retirement in 1983. Williams's cultural studies of English literature emerged from a discursive rejection of practical criticism, and his critical and theoretical programme might be well considered a negative development of quintessential "Cambridge English".

 Williams is profoundly concerned with the history and politics of Cambridge English, as manifested in a number of critical essays he wrote on the topic. In two lectures he gave in 1983, to mark the occasion of his retirement from Cambridge: the first entitled "Cambridge English: Past and Present"; and the second "Beyond Cambridge English," Williams acknowledges the dialectical relationship between Cambridge English and his own critical position by reflecting on some of the intellectual and ideological grounds for his break with it. Two years earlier, in 1981, Williams gave a Cambridge English Faculty lecture, "Crisis in English Studies", from which this essay derives part of its title. The word "crisis," which recalls one of Williams's memorable formulations in his discussion of the English novel, "the crisis of experience," should be understood as a historical and discursive force that would bring into being new forms of critical engagement. [①] "Crisis" is a crucial point or situation, a highly unstable condition, as in political, social, or economic affairs, involving an impending abrupt and radical change in the course towards either improvement or deterioration, and thus causing anxiety, distress, and confusion. "Crisis" describes a time of radical change in life, individual or collective, which would entail far-reaching consequences. Cambridge English, as Williams demonstrates, emerged from the crisis of traditional humanistic studies, and its development and domination

---

[①] Williams argues that the English novels published in the mid nineteenth century might be considered collectively. Most of these novels recorded in them "a new kind of consciousness" or structure of feeling, feelings of uncertainty and anxiety in response to radical social transformations taking place in England daring the time, and discursively and collectively these novels created what he calls "a crisis of experience", which becomes a shared theme and concern for the novelists. See Raymond Williams. *The English Novel from Dickens to Lawrence*. London: Hogarth, 1970, especially its Introduction.

would in turn lead to its own crisis, which would, however, enable fresh ideas, pedagogies, and critical approaches.

II.

In the same idiom of Marxist historical materialism in which he has presented thick descriptions of such socio-historical formations as culture and literature, Williams offers a compelling account of the emergence of Cambridge English, not just as an academic subject, but as a response to a set of larger social problems. For Williams, its rise in the early twentieth century is symptomatic of some broader crisis in the British university. Till the mid-nineteenth century, the only Triposes at Cambridge had been in Mathematics and Classics, and then came Moral and Natural Sciences, followed by Theology, Law and History. There was no full-fledged English Tripos; English studies had been featured under the category of Modern languages. In this brief description of what Williams calls the "unprovided period" of English studies at Cambridge, we see nearly zero institutional recognition of English and English national culture (Williams, 1983a: 178-179).

There were no designated professorial positions for English studies before the establishment of the English Tripos; the appearance of English studies was a slow process in which the study of English (especially modern English literature) began to attract some attention, but it was introduced as a secondary subject, as a maid, so to speak, to the more established areas of studies such as Old English, Medieval Languages, and philology; modern English literature is used mostly as illustrations, examples, or amplifications of the principles, ideas, and concepts developed in these established areas of study. In its homeland, modern English was a second-class language subject in much of the nineteenth century, far below the prestige of Latin, which had been used and accepted as the language of knowledge. When he was appointed as Professor of Poetry at Oxford in 1857, Matthew Arnold created a sensation by lecturing in English, and to lecture in English at Oxford in the mid nineteenth century should have been a political event! But even so, his institutional designation did not include a recognition of English literature as a legitimate area of inquiry for which a professorship should be created: "poetry" in the "Professor of Poetry" is not English poetry, and Arnold never thought of himself as Professor of English. Oxford did not have a Chair of English Literature until 1904(Parker, 1967: 341).Things were not better at Cambridge. One ironic indicator of the marginality of

English before 1917 at Cambridge is that many of those who participated in the creation of the Cambridge English School did not read, or have the opportunity to read, English. Mansfield Forbe, who brought Richards back to Cambridge, was a historian. Richards went to Cambridge in 1911, when he said, "There was no English Tripos" (Richards, 1973a: 19) and he did the Moral Sciences Tripos. "[Until] 1917," Bradbrook recalls, "Cambridge had so few undergraduates reading English (which appeared as a minor option in the Modern and Medieval Languages Tripos from 1883)" (Bradbrook, 1973: 62).

Significantly, the marginality of English studies at home forms a sharp contrast with its centrality in the British colonies. This contrast which is indicative of the fact that academic establishment and disciplinary formation are necessarily an exercise of political and social power. This part of the history of English studies must be remembered for a more historical understanding of why to a substantial degree the Empire had failed to develop systematically English studies in domestic institutions during its most successful years but had made special efforts to institutionalize English in its former colonies. Studies of English literature had inevitably become part of the Empire's "civilizing mission" in the age of imperialism. As is well-known, English studies had been established in India well before most British universities. English literature found its way into the curriculum in Indian schools, as early as the 1820s, nearly one century before its establishment at Cambridge.[1] English studies was understood to be of crucial importance for shaping Indian students' mind, character, and taste, for disciplining their ethical thinking, for turning Indians into English through the indoctrination of their mind with "the best" of English literary culture.

In 1835, Lord Macaulay, in considering the establishment of public education in India, claimed that "the whole question seems to me to be – which language is the best worth knowing." The perceived superiority of English (or other European languages) over local languages could only lead to one conclusion:

> I have no knowledge of either Sanscrit or Arabic. But I have done what I could to form a correct estimate of their value. I have read translations of the most celebrated Arabic and Sanscrit works. I have conversed both here and at home with men distinguished by their proficiency in the Eastern tongues. I am quite ready to take the oriental learning at the valuation of the orientalists themselves.

---

[1] For a detailed study of British efforts to promote the studies of English literature and language, see Gauri Viswanathan. *Masks of Conquest: Literary Study and British Rule in India*. New York: Columbia University Press, 1989.

I have never found one among them who could deny that a single shelf of a good European library was worth the whole native literature of India and Arabia. The intrinsic superiority of the Western literature is, indeed, fully admitted by those members of the committee who support the oriental plan of education. (Macaulay, 1871: 91)

Macaulay's argument, circular as it was, served the purpose: the best thing to teach at an Indian school was Western canonical literature, and the most useful language to learn was English. Far away from home, the centrality of the Western canon, or rather, the English canon was thus established at the cost of local literature and local languages in the context of formal education. The teaching of the English language and English literature as the *being* of Englishness became an important imperial project; English studies (studies of the English language and literature) was employed as an instrument of colonial conquest, domination, and control.

The University of Hong Kong, where I had worked for over two decades, would be another example of such political use of English studies in the context of the British empire. The university was founded in 1911, incorporating the Hong Kong College of Medicine, which had been established in 1887 (where Dr. Sun Yat-sen, the founding father of the Republic of China, studied). Among its founding faculties was the Faculty of Arts, of which the Department of English was one of the few academic departments established. Hong Kong was occupied by Britain after the Opium War in 1840, though China was not and unlike India had never been ruled culturally or linguistically by a foreign power. The study of English and the setting up of an English university in Hong Kong would need to have a purpose. Frederick Lugard, the governor of Hong Kong at the time, spoke about the need of an English-medium university in Hong Kong thus:

we desire to promote a closer understanding of the two races, and this can best be done by the acquisition of the English language. We believe that language is the best medium for imparting Western knowledge… Nor must it be forgotten in this connection that if Chinese were adopted as a medium, it would not only be found most difficult if not impossible to express Western technical terms and instruction in it, but also it would not serve as a medium for Chinese from different parts of China. Students from different provinces would require separate interpreters. (Frederick Lugard. *The Conception and Foundation of the University of Hong Kong: Miscellaneous Documents, 1908-1913*. The University of Hong Kong Archives.)

The University of Hong Kong was established to influence the future development of China. Staff members were almost all British except for "a few specialists in Chinese language and literature."(Ibid.) Applicants might be required to demonstrate not only their academic qualifications, but also their enthusiasm for group sports activities. Whether one could play cricket was, at one time, one of the criteria in securing employment at this university, for "cricket," as Appadurai asserts, "came closer than any other public form to distilling, constituting, and communicating the values of the Victorian upper class in England... the most powerful condensation of Victorian elite values"(Appadurai, 1996: 91). The university was thus turned into a site where British social relations, especially class relations, were reproduced and practiced.

Within his well-defined scope of discussion of Cambridge English, Raymond Williams devotes less attention to this part of the history of English studies, but one set of social conditions he discusses in relation to the development of English literary studies in Britain offers insights into the domestic conditions for the development of English studies which are comparable to those in the British colonies under which English studies was first established. The marginality of English at home and its centrality in the colonial educational system might be considered to be two sides of the same coin. According to Williams, the establishment of English studies itself was a response to the changing conditions of England in the early twentieth century, both within and outside the university. Outside the academy, English Studies started in a form quite marginal: in evening schools (and community colleges) for adults and for women. And popularization of education led to the establishment of newer universities and enabled more women to receive university education. In both cases, English literature, especially modern English literature, for obvious reasons, was more desired than classical literature. At some of the best institutions, therefore, English was not considered a serious subject for young men. At Cambridge, for example, "[the] women's College were centres of English studies – long a favourite subject in girls' schools" (Bradbrook, 1973: 62), and to create a faculty position in English would, not surprisingly, entail a debate about whether it could be appropriately considered to be a subject to study. A member of the Cambridge Senate would so vehemently object to the creation of an English lectureship that he would deny its legitimacy at Cambridge: "learning English ... should be kept within the first ten years of one's life ... literary attainments should be acquired through erudition in the Greek and Latin languages." English literature was not perceived as an academic subject, largely because "it lacked discipline, mere matter for women and children" (Heath, 1994: 23-

24). If children and women should be "disciplined", English too must be disciplined – rationalized through organization and systematization.

The rise of English studies, catalysed by its perceived suitability for the underprivileged – students from the working class at home as those in the colonies – and for the "less sound" and "mature" – women and children, is both a symptom and consequence of radical social transformations taking place in England at the time. However, the movement of popular education, as Williams notes, quickly exerted pressure on older and more established universities like Cambridge and Oxford to do the same. The establishment of English Tripos in 1917 at Cambridge reflected the general social development in liberalization and democratization of higher education. It is in this sense that Cambridge English perhaps should be considered both a response to and a product of the larger social development, which contributed significantly to the recognition, understanding, and definition of English national literature in the classroom.

III.

English Studies, unlike some of those more established areas of humanistic studies such as philology and grammar, has a surprisingly short history, of not more than 150 years. As indicated, the marginality of English studies, especially the study of English literature, in the academic context, is partly due to its lack of a rigorously defined methodological framework in the early stage of its development. Questions surrounding the disciplinarity of English, including its modality and procedure of enquiry, its methodological framework and scholarly protocols – how it might be constituted as a clearly defined academic programme through which young minds could be disciplined – need to be addressed first. The question of how to teach English literature is closely related to what to teach, and both are related to the understanding of the values of literature and of its relation to social reality. This is not the place to delve into the issue of what might be considered the best works of literature for teaching, and I would just note briefly that classroom pedagogy is innately connected to the canon debate and is therefore a political and ideological issue. As Raymond Williams argues, canonization of literature is a historical process of control over knowledge production and propagation, over what young people should learn at school. Curriculum designing is prescribed knowledge, and it is necessarily selective: "the 'canon of English literature' is not given; it is produced. It is highly selected and in practice reselected"(Williams, 1983b: 193) .

The development of English studies, therefore, was substantially catalyzed by the internal demands for a clearly defined area of inquiry. Indeed, it would be difficult to envision the formalization of English national literature unless it is formally taught and studied in the classroom. Until the establishment of the English Tripos at Cambridge, there had been no separation between literature and language in the classroom; the study of literature was subsumed under the study of language or under philology. By the late nineteenth century, philology, one of the most prestigious areas of inquiry, had turned into something substantively different from the kind of philology that Vico had envisioned and advocated two and a half centuries earlier, i.e., as the study of language as the archive and repository of human culture. In the nineteenth century, in the aftermath of William Jones' "discovery" of the Indo-European family of languages, philology quickly developed into a specialized and professionalized area of studies, which became increasingly empirical, formal, and less historical. By the end of the nineteenth century, in England at least, philology was almost synonymous with academic conservatism. This change in language studies, in rigidified and dogmatized philology, would be reason enough for new changes. Internal pressures began to build up, which would lead to the separation between the study of literature and the study of language. The separation is significant, for only with that separation could literary studies be formalized. Literature could now be studied in separation from philological studies of language. English Studies is, in effect, the study of modern English literature, which broadly followed the establishment of the concept and system of national literature.

The pedagogical challenge to establish English as a full-fledged academic subject was to find a model of teaching and learning which should transcend, in theory at least, various social distinctions, in class, gender, the even nationality which had defined traditional educational practice, a model that would be capable of being uniformly applied, systematically followed and re-produced. This is where Cambridge English was particularly significant, because more than any other English programmes, it offered a superior critical procedure in which students, whether male or female, British or foreign, could in theory enjoy equal access to literature.

In the development of Cambridge English School, Richards is remembered primarily as the inventor of Practical Criticism, a critical practice that derives its name from his influential book bearing that title. Admittedly, subsequent critical developments have called into question its politics and its methodology, but there is little doubt about the importance of Richards as a critic, who almost single-handedly institutionalized critical practice during his tenure at Cambridge. With his Practical Criticism as a teaching and learning programme, for the first-time English literature could be more systematically taught and learned in the classroom and could be practiced as a specialized form of critical interpretation, which would quickly replace the practice of amateur appreciation.[①]

Though it began as a teaching experiment, Practical Criticism was seriously consequential, and it in effect introduced a paradigm shift in the study of English literature. Bradbrook, who studied with Richards in his Practical Criticism course, asserts that "Richards had effected a basic shift in approach which redefined the subject":

> What was brought into English studies was the significance of the reader's response… [With] Richards a new art of reading evolved. The study of literature became a collaborative social exercise; it was no longer a matter either of philology or of "history" in the old sense. At one stroke the familiar annalistic treatment was reduced in significance. There stood the monumental works of Saintsbury, there stood the *Cambridge History of English Literature, Chaucer's England, Shakespeare's England and Johnson's England* as before; but when Richards lectured on the Theory of Criticism (as he did until 1935), Saintsbury receded and survived only as a reference tool; our working implements were the books of Eliot and Richards. (Bradbrook, 1973: 63)

This shift from annalistic treatment of literature to practical criticism, that is, from socio-historical/biographical and external consideration of literature to close reading of texts, would have permanently altered the learning procedure in the classroom and brought into being a participatory and collaborative critical community. Only when teaching was collectively and methodically performed, could English studies be practised in separation from the methodologies adopted in the older and more established disciplines. Practical criticism, the trademark of Cambridge English, professionalized literary studies and encouraged a concentration of critical interpretation, which in turn

---

① Speaking of Richards and his critical practice for Cambridge English, Raymond Williams says: "[Richards's] central achievement… was to see the element of collusion in just this tradition of appreciation: the informed, assured and familiarized discourse of people talking among themselves about works which from a shared social position they had been privileged to know. There is an element of brutality in Richard's famous protocols, in which an assured taste and competence were challenged by the absence of the informing signs and tips." Raymond Williams, "Cambridge English, Past and Present," *Writing in Society*（London: Verso, 1983）182.

consolidated the prestige of Cambridge English and its main area of enquiry: English literature, especially modern English literature which had been dismissed as non-subject.

Much criticism of Practical Criticism is directed at what it apparently shares with the American New Criticism. It is often assumed that it has had a major influence on the American New Criticism, which in turn would further formalize and consolidate the model of close reading which Practical Criticism had aimed to promote. Both the New Criticism and Practical Criticism seem to sanctify the poetic text as self-sufficient and autonomous. With reference to this notion of reading as the basis of critical practice in Cambridge English, Williams writes,

> To read actual works of literature is to find many things other than "intricately wrought composure"; indeed to find, in terms of either inherent or transferable values, in effect every kind of position and valuation, of belief and disbelief, of resolution and disturbance and settlement and conflict and disorder. As 'itself', that is, but of course, that was what the singular formulation was for: to disguise the real diversity in the interest of *a new secular absolute*. (Williams, 1983a: 184)

For Williams, therefore, Practical Criticism and more generally close reading as a pedagogical strategy reifies poetic language and mythologizes the text as a divine object (hence "a secular absolute"). Poetic meaning is like God's meaning to be uncovered and interpreted, and as such, it is profoundly ahistorical, or rather anti-historical:

> Richards, though he chose his examples from a wide historical range, was always essentially synchronic in his methods: clear reading and clear writing were absolute supra-historical values, as in his eventual version of Platonism.(186)

Practical criticism sets store by what Williams calls "supra-historical values", such as aesthetic values and intricacies of language. What it would create in the end is a canon of English literature that serves a relatively small group of people who knew or thought they knew how to understand and appreciate poetry.

Part of the success of Practical Criticism lies in its influence on the American New Criticisms, and this is where it has been most critically scrutinized. However, although there is a lot of overlapping between them, these two critical programmes should not be lumped together. I would argue that it is more important to note their differences than their commonalities. It would be woefully inaccurate to define Practical Criticism as nothing but a reading strategy exhibiting a fetishism of poetic language. As a pedagogical model, its innate contradictions are manifest; just as it values the tension or multiple meaning of poetical language, it offers interpretational and critical possibilities which are often overlooked. It is true that Richards defines the poem as "intricately wrought composure", the linguistic and aesthetic intricacies of which students are expected to unravel and interpret, but for him reading is never just a classroom exercise to resolve linguistic puzzles of the text. Practitioners of Practical Criticism were interested to discover, interpret, and mediate "multiple meanings" in literature, language, and, significantly, human experience, and their intellectual impulse constantly led them to try to reach beyond the limits of textual interpretation. The vitality of Cambridge English is evident in this impulse to explore new possibilities of meaning and understanding.

For instance, Empson's critical practice, as a major part of Cambridge criticism, is often assumed to be part of the general formalistic and objectified critical practice, but his notion of ambiguity could only indicate the impossibility to capture and enclose the meaning of a text. The concept of ambiguity recognizes the potentialities of diversity and multiplicity in language and the value of literature as knowledge of possibilities as well as impossibilities in life; in practice, it makes possible a democratic form of criticism in analysis and interpretation. Based on his observation of insufficiently studied textual behaviour, Empson defines ambiguity as "any verbal nuance, however slight, which gives room for alternative reactions to the same piece of language." Though primarily concerned with literary language, "ambiguity" is understood and used by Empson in an extended and slightly metaphorical sense. The term is, he explains, "descriptive," and it suggests "the analytical mode of approach" (Empson, 1953: 1). The idea of ambiguity espouses no critical principle and proposes no theory about itself, but it presents an inescapable experience of poetry, language, and life as multifaceted, inconsistent, contradictory, and unstable. For "the machinations of ambiguity are among the very roots of poetry" and of social and intellectual life with which Empson was concerned. It could not be farther from truth, therefore, to subscribe his critical work to the practice of the New Criticism. Empson himself once described it as a "self-blinding theory," a "print-centred or tea-tasting outlook," and an "ugly movement" (Haffenden, 2006: 477, 481, 480).

As far as Empson is concerned, the need to recognize and accept ambiguity as the essential quality of language and poetry is the only intelligent point of departure for serious intellectual work. Literature is an immense complex of language, as life must necessarily be an experience of radical ambiguities. It would be only honest to recognize the complexity of meaning and to intelligently deal with those ambiguities. Broader than Richards's notion of poetry as "intricately wrought composure," Empson's idea of ambiguity is a quiet expansion and enlargement of Cambridge English. His critical liberalism is manifest in this grand claim for literary studies: "To become morally independent of one's formative society is the grandest theme of all literature, because it is the only means of moral progress, the establishment of some higher ethical concept." Cambridge must be one of his "formative societies"(Haffenden, 1994: 72), and his decision to teach in China during the time of the War of Resistance against Japan testifies to his commitment to the vision of moral progress.

That Empson's critique of a critical programme widely believed to have been influenced by the one which defined his own intellectual identity further evidences the vitality of Cambridge English and at the same time suggests how it should be understood, not as a coherent, strictly organized, or unified institutional formation; but rather as one that is ridden with inconsistencies, discontinuities, and even contradictions, which, ironically perhaps, exhibit a source of intellectual energy for its critical imagination and its discursive renewal. The case of Empson justifies the need to distinguish Cambridge English from the more formalized New Criticism which nearly excludes all the "external" connections of literature.

IV.

In our professional memories, Cambridge English is often (mis)understood and (mis)represented as isolated and isolating, introverted and textual-centred. Richards, though necessarily limited by his own intellectual and social formations, was a scholar whose academic interests were multiple and diversified, and a critic whose intellectual engagement and ethical commitment were cosmopolitan and humanistic. Admittedly, his intellectual identity and critical fame were substantially tired to his contribution to Cambridge English, but he was never really a Cambridge man, in thought, outlook and life; his attachment to Cambridge "never grew adhesive" (Bradbrook, 1973: 67). As mentioned, his life-time devotion to Basic English and his commitment to its development in China testify to his humanistic vision of the world that could not be understood in terms of the local confinements of textualism.

Some of those who studied with Richards recalled with warmth the kind of intellectual vitality and academic openness he brought to Cambridge English. Bradbrook spoke about the excitement students felt when they were encouraged to cover a wider scope of curriculum materials, which, not accidentally, foregrounds some of the most important contributions Cambridge English has made to the study of English literature, and of literature generally:

> Richards helped to strengthen the ties with America; the study of Pound and Eliot brought Paris closer. These connexions were felt to be more important than those with traditional schools of English in other universities. I remember the excitement of sitting under a willow tree on the Backs and reading R.P. Blackmur on Eliot in an early number of *Hound and Horn;* in 1931 Edmund Wilson's *Axel's Castle,* with its studies of Yeats, Valéry, Eliot, reached us. I still possess … the Cambridge "little magazines" of that time, *Experiment and Venture,* run by Empson, Jacob Bronowski, Michael Redgrave and others. The critical bias did not prevent active production of verse, novels, sketches. (64)

A couple of points should be noted in this personal memory of the intellectual vitality of English studies at Cambridge. First, Cambridge English leans heavily towards modern and contemporary literature, and some of the most recent literary and critical publications were avidly read and studied. Richards himself was receptive to contemporary literature, and he taught T.S. Eliot and Ezra Pound, and invited Eliot to lecture in his Practical Criticism course, though there is no indication of this in the book *Practical Criticism.* Empson also showed an enormous interest in contemporary poetry, perhaps partly because he himself was a distinguished poet. One of the poets whom he taught and who exerted an enormous influence on his Chinese students was W. H. Auden, who, with Christopher Isherwood, came to report on the on-going War of Resistance against Japan in China between February and June 1938. This kind of intellectual openness is perhaps where Cambridge is different from Oxford with regard to contemporary poetry. In 1935-36, Bradbrook spent one year at Oxford. She "was astonished at the difference of mental climate" between Oxford and Cambridge. She backed up her claim with a vivid anecdote. She lent a copy of Eliot's *Collected Poems* to a Fellow at the same college at Oxford, and the book was returned with a note from the borrower: "I am ashamed to find that I have kept this for so long, but I have very much enjoyed looking at it. Besides, it has been very useful in deciding me not to buy it!" The flippant note, as far as Bradbrook sees it, might be taken as indicative of the general attitude towards contemporary poetry at Oxford.

Second and related to the above is the kind of old-fashioned intellectual liberalism couched in Cambridge English. It did not narrowly and dogmatically define English studies as national studies, and limited as it is, it developed a visible cosmopolitan inclusiveness. Perhaps one of the most surprising aspects of Cambridge English, as described by Bradbrook, is its emphasis on the need of an international context for the understanding of English literature, even though "the international context" is to a large extent substantially Euro-American:

> Something of the best cosmopolitan American literary point of view was transferred to Cambridge. We took it for granted that the context of contemporary English literature was the international context. The study of French was made part of the new Tripos, and it was possible to learn Italian also. Today's move towards comparative literature was anticipated in the English Tripos, and Richards's tastes in particular confirmed the tendencies … In a sense, the situation was close to that of the present day, except that the work was felt as falling within *English* studies, to which the others were complementary—not ancillary. Richards's more exotic taste for the Chinese—*Mencius on the Mond* came out in 1931 after his first stay in Peking—fitted in with a school that included Forbes and that studied Pound and Joyce. (65)

Richards's wide-ranging interests in the culture of contemporary literature gave Cambridge English a remarkable openness, not typical of traditional English programmes then and perhaps even now. Indeed, "the context of contemporary English literature was international," and therefore, the study of English literature must be necessarily open, in the sense that it should be studied comparatively, in relation to other national literary formations. In Cambridge English, therefore, comparative studies is not merely a methodological novelty, but required for an adequate understanding of contemporary English literature. "Comparative literature", so to speak, is constitutive of Cambridge English. This understanding of the need to have a larger international context for national literature is reflected in particular in Part II of English Tripos, which was designed to deal with the general and comparative reading of topics in English literature and which remains largely the same today. This pedagogical liberalism, which guided Cambridge English from its inception, should serve as a reminder of how regressive and anachronistic the debate is on whether English departments should be also studying comparative literature.

Richards's "taste" for Mencius might seem too exotic; even though Bradbrook claims that the School of English was capacious enough to accommodate it, it is insufficiently recognized that *Mencius on the Mind* is actually an example par excellence of his "practical criticism," an expansion and extension of its application to a non-literary document and originally not in English, for it is, as the subtitle of the book indicates, an "experiment in multiple definitions". As far as Richards is concerned, reading *Mencius* is not radically different from reading poetry in his Practical Criticism course. He speaks about his purpose in writing this book thus:

> My aim has been, first, to call the attention of those with a taste for analysis to a fascinating field for exploration—Chinese modes of meaning—perhaps, for the future of humanity as a whole, the field which most needs, at this juncture, a concentration of enlightened talent upon it. Secondly, to discuss, more explicitly than is usual, the difficulties that beset every translator and every student of any literature that is far removed in character from his own. Thirdly, to apply the considerations which this discussion brings out towards a clarification of our contemporary methods of controlling our meanings. And fourthly, to present a Chinese view of psychology which seems relevant to the vexed question of science and value. (Richards, 1932: xii)

For Richards, the results of an investigation might not mean as much as the process in which multiple meaning of the text is understood. As evident in this project on *Mencius,* he understands the main use of philosophy (here, Chinese philosophy) to be "in giving us the opportunity of considering modes of meaning carried to their revealing limits" (xiii).

About just a decade after the establishment of Cambridge English, Richards left behind his Practical Criticism. In 1929, Richards, in order to promote Basic English, came to teach at Tsinghua University. His commitment to Basic English as an international movement for linguistic globalization brought him further away from Cambridge, even though he returned intermittently to lecture at Cambridge. The last time he taught Practical Criticism at Cambridge was in 1935. In his academic prime, Richards decided "to back out of literature, completely, as a subject, and go into elementary education" in Basic English.[①] Tsinghua University became an important site of language experiments for his vision of an international English. But his colleagues at Tsinghua picked up what he had

---

[①] Richard Luckett. "Introduction" to *Selected Letters of I. A. Richards*, ed. John Constable, (Oxford: Clarendon Press, 1990) xvi. See also my discussion of Richards' shift of interest "The Bathos of a Universalism, I. A. Richards and His Basic English," in *Tokens of Exchange: The Problem of Translation in Global Circulation*. ed. Lydia Liu. Durham: Duke University Press, 1999, 331-354.

left behind at Cambridge. George Yeh, an admirer of Richards, advocated the scientific spirit and critical objectivity of Cambridge criticism; Zhu Ziqing, Head of the Chinese Department at Tsinghua, was a follower of Practical Criticism and attempted to apply it to the reading of Chinese classical poems. None of his Tsinghua colleagues seemed to have realised that it was for Basic English, rather than Practical Criticism, that Richards came to China. Richards was probably the only one who was aware of this irony.[①]

Richards's concern with "modes of meaning" constitutes a major starting point of his academic and educational career stretched over a wide range of areas of interest. What underpins his practical criticism—the notion of linguistic plurality and cultural pluralism—is inherently irreconcilable with the conceptualization of Basic English. This contradiction is perhaps symptomatic of Cambridge English he helped to build with the methodological scaffolding of Practical Criticism. Richards was perhaps not completely aware of, or willing to acknowledge, the limits of his critical approach. His critical theory is a theory of process, that of becoming which must be carried out and realized in practice. For him, the results of an investigation do not mean very much, for they are often incomplete and even wrong. In the Preface to *Interpretation in Teaching,* a book which he considers to be "the most worth*while*" of his books (Richards, 1973: xxiii), he wrote:

> The argument from time to time looks forward to the general achievement–in a perhaps not very distant future—of levels of intelligence in interpretation higher than those yet reached. Failure to attain such levels here does not put that prospect in doubt. It may be called a dream of impossibilities—more hopelessly beyond human powers than even our present verbal and mathematical skills must have seemed to the earliest users of language had *they* speculated about the future; but it is always absurd to set limits to intelligence. (Richards, 1973: 5)

[①] In mildly satirical language, he wrote on 13 July 1930 to T.S. Eliot about Wu Mi, one of the most distinguished scholars at Tsinghua about his request for a possible meeting with Eliot during his visit to London later in the year:

He is young, naïve, simple like a Huron, very scholarly in the old style, the leader of the movement against a vernacular literary Chinese and in favour of the old classic language. He also lectures on Romantic Poetry! at Tsinghua University. (Heaven knows what he says about it!) Also editor of what comes nearest to a Literary Supplement for Northern China. And his name is Mr. Wu (Chinese Wu Mi). I'm sure he could do you something interesting on the literary problem (or tangle) of modern China – where they have quite as difficult a job on as the West had in passing from Latin to vernaculars as Literary Languages. He is one of the few young ish Chinese who does know Old Style Chinese and is esteemed as a writer of it. *Selected Letters of I. A. Richards*, p. 57.

He wrote these words in Peking in 1937. By the year, F. R. Leavis had already published *New Bearings in English Poetry* (1932) and *Revaluation: Tradition and Development in English Poetry* (1936); his *Great Tradition* would appear five years later, in 1942. Leavis's intellectual elitism would be soon challenged by Raymond Williams's cultural theory, but Williams's own critical paradigm as embodied in his cultural studies of English literature, though apparently opposed to the text-centred approach of Practical Criticism, might be said to have developed out of Cambridge English, as a critical response to it. There was no way for Richards to predict precisely how Cambridge English would develop, or to agree with those later developments completely, given his own critical conviction and intellectual commitment, but he should know that the critical work he carried out both in and outside Cambridge, directly or otherwise, contributed to "the general achievement… of levels of intelligence in interpretation higher than" that of his own, and criticism in "multiple meaning" was a "dream of impossibilities".

References

Appadurai, Arjun. *Modernity at Large: Cultural Dimensions of Globalization*. Minneapolis, Minn.: University of Minnesota Press, 1996.
Bourdieu, Pierre. *The Logic of Practice*, trans. Richard Nice. California: Stanford University Press, 1990.
Bradbrook, M. C. "I. A. Richards at Cambridge. " *I. A. Richards: Essays in His Honor*. Ed. Reuben Brower, Helen Vendler, and John Hollander. New York: Oxford University Pres, 1973. 61-72.
Dean, Paul. "The Last Critic? The Importance of F.R. Leavis."in *New Criterion* (1996-05-14) [2019-05-16]. http://search.ebscohost.com.libezproxy.hkbu.edu.hk/login.aspx?direct=true&db=aph&AN=9601294826&site=ehost-live.
Empson, William. *Seven Types of Ambiguity*. London: The Hogarth Press, 1953.
——. Letter to Philip Hobsbaum, 2 August 1969, *Selected Letters of William Empson*. Ed. John Haffenden. Oxford: Oxford University Press, 2006. 477-483.
——. "Volpone." *Essays on Renaissance Literature*. Vol. 2, Ed. John Haffenden. Cambridge: Cambridge University Press, 1994. 66-81.
Heath, Stephen. "I.A. Richards, F.R. Leavis and Cambridge English" *Cambridge Minds*. Ed. Richard Mason. Cambridge: Cambridge University Press, 1994. 21-33.
Leavis, F. R. *English Literature in Our Time in the University*. Cambridge: Cambridge University Press, 1979.
Luckett, Richard. "Introduction" to *Selected Letters of I. A. Richards*. Ed. John Constable. Oxford: Clarendon Press, 1990.
Lugard, Frederick. *The Conception and Foundation of the University of Hong Kong: Miscellaneous Documents, 1908-1913*. The University of Hong Kong Archives.
Macaulay, T. B. Minute by the Hon'ble T. B. Macaulay, dated the 2nd February 1835. *Indian Musalmáns*. London: Williams and Norgate, 1871. 87-104.

Parker, William Riley. "Where Do English Departments Come from?" *College English* 28.5 (Feb., 1967): 339-351.

Richards, I. A. Letter to T. S. Eliot, 13 July 1930. *Selected Letters of I. A. Richards*. Ed. John Constable. Oxford: Clarendon Press, 1990. 55-57.

——. "Beginnings and Transitions: I.A. Richards Interviewed by Reuben Brower" *I. A. Richards: Essays in His Honor*. Ed. Reuben Brower, Helen Vendler, and John Hollander. New York: Oxford University Pres, 1973. 17-41.

——. *Retrospect, Interpretation in Teaching*. London: Routledge & Kegan Paul, Ltd. 1973. XXIII-XXVI.

——. *Foreword, Mencius on the Mind, Experiments in Multiple Definition*. London: Kegan Paul, Trench, Trubner & Co., Litd., 1932. XI-XV.

Tong, Q. S. "The Bathos of a Universalism, I. A. Richards and His Basic English." *Tokens of Exchange: The Problem of Translation in Global Circulation*. Ed. Lydia Liu. Durham: Duke University Press, 1999. 331-354.

Viswanathan, Gauri. *Masks of Conquest: Literary Study and British Rule in India*. New York: Columbia University Press, 1989.

Williams, Raymond. "Cambridge English, Past and Present." *Writing in Society*. London: Verso, 1983. 177-191.

——. "Crisis in English Studies," *Writing in Society*. London: Verso, 1983. 192-211.

——. "The English Language and the English Tripos," *TLS*, 15.11 (1974).

——. *The English Novel from Dickens to Lawrence*. London: Hogarth, 1970.

William Empson's Polyhedric Sense and Restrained Emotion

CHEN Jun

Abstract: I. A. Richards's great contribution to literary criticism is the differentiation between the scientific use of language and the emotive one. His emphasis of the latter becomes so excessive that the logical sense of words would be sacrificed for the irrational expression of feelings. Richards's brilliant pupil, William Empson, believes that the arbitrary differentiation will produce poor criticism. However, a rectification to Richards's overemphasis might be uncovered in the legacy left behind by Empson, e. g. ambiguity and pregnancy of words in *Seven Types of Ambiguity* and *The Structure of Complex Words*. The two major works of Empson elucidate how the sense of words multiplies and becomes polyhedric and why in the complex operation of reading poetry the overbalance towards the emotive use of language has to be reset. This article reads primarily the poems of Empson, Donne, and Keats to show that Empson's polyhedric sense paves the way to reading poetry as a restrained emotion rather than an outburst of it.

Keywords: Empson; ambiguity; pregnancy of words; restrained emotion

威廉·燕卜荪的多面体语义与情感克制

陈军

内容摘要： 区分语言的科学用途和情感用途是瑞恰慈对现代文学批评作出的重要贡献，然而他在过于强调情感表达的非理性一面时难免牺牲了语词的逻辑语义。威廉·燕卜荪对此提出批评，认为武断的区分将会产生糟糕的批评。在燕卜荪为后人留下的批评遗产中（本文主要论及《复义七型》与《复杂语词的结构》中的语词复义和蕴意概念），或许能找到纠偏救弊之良方。燕卜荪的作品阐明了语词意义增殖并成为多面体的方式，以及在诗歌阅读的复杂过程中，偏向语言情感用途以致失衡的问题必须得到纠正的原因。本文通过解读燕卜荪、多恩、济慈三人的诗作，以期说明燕卜荪的语义多面体之理论为恰当理解诗歌提供了路径，即诗歌并非情感的爆发，而是情感的克制。

关键词：燕卜荪；复义；语词的蕴意；情感克制

While fielding the interview question about his possible influence on I. A. Richards, Empson said, "I don't know about that, I'm afraid. He's a lot older, you know. He was my teacher. I don't think I've influenced him much really" (Norris and Wilson 298). One may find a correspondence, or at least a comparability, between the analytical procedures in Empson's *Seven Types of Ambiguity* (1930) and those in Richards's *Mencius on the Mind* (1932), particularly in the fourth chapter that elaborates on the senses and gestures of such words as beautiful, knowledge, truth, and order in the latter. Empson's answer in the interview seems to be an expression of modesty, but his real position, I think, is *Amicus Plato, sed magis amica veritas*. If it is possible to assume that Empson did a greater criticism than his teacher, one may ask where this greatness could be found. The answer, I venture to say, lies in the Empsonian balance between the emotional and the rational.

Although his study in Mencius on the Mind lacks no sense of balance, Richards unintentionally overcooks when he is giving a justification for the emotive use of language. In *Principles of Literary Criticism*, he claims, "But for emotive purposes logical arrangement is not necessary. It may be and often is an obstacle" (Richards, 2003: 251). To Richards, poetry is emotional and implies the illogical or the irrational, which sounds much like "the spontaneous overflow of powerful feelings" (Wordsworth, William, and Coleridge 1991: 237). His preference for the emotive over the logical is close to the view of the Romantic poet. In a sense, Richards's claim might well turn into an oversimplification that sacrifices sense for the sake of emotion. He also says, "Poetry affords the clearest examples of this subordination of reference to attitude. It is the supreme form of emotive language" (Richards, 2003: 256). In my understanding, however, the expression of feelings is not unchecked as a certain spontaneous overflow, literally or metaphorically. Instead, the emotion in poetry is often restrained, much like the flow of water that has to be subjected to the invisible gravity.

Unlike his teacher's overstretching of the emotional language, Empson's works, including *Seven Types of Ambiguity* and *The Structure of Complex Words*, have well illustrated how complex poetry reading is, that the complexity often requires moral judgements, that in doing a good criticism, the possibility of overbalance has to be thought. Poetry may evoke irrational feelings, but "the obvious emotions in words (many words seem to have none) are moral" (Empson, 1951: 34). Of course, Empson's intention is not to moralise literary criticism. Rather, he wants to emphasise the social dimension of literary criticism. He argues that "the position of a literary critic is far more a social than a scientific one… It is the business of the critic to extract for his public what it wants; to organise, what he may indeed create, the taste of his period" (Empson, 1961: 245). And his proposition of ambiguity highlights the awareness of the necessity of making moral judgements through rational analysis because "any verbal nuance, however slight … gives room for alternative reactions to the same piece of language" (Empson, 1951: 1). This is Empson's raison d'être to say that Richards's overstretching of the emotive use of language "if taken at all simply, would be sure to lead to bad criticism" (6).

Nonetheless, it is not inconspicuous that the check on the overemphasis on the emotional originates from Aristotle. In *The Art of Rhetoric*, Aristotle illustrates that emotion can be employed in three different rhetorical speeches: deliberative, forensic, and epideictic. Emotion in Aristotelian theory of rhetoric is often considered harmful because it manipulates the listener and evokes irrational actions. However, to Empson, the oversimplification of poetry as the emotive use of language would probably make reading poetry more problematic. Empson claims, "What an Emotive use of language may be, where it crops up, and whether it should be praised there, is not so much one question as a protean confusion, harmful in a variety of fields and particularly rampant in literary criticism" (1). The word "rampant" means unchecked or unrestrained.[①] Here, the implication to put the emotion, or at least the understanding of the operation of emotive language, under restraint, shows that Empson is on guard against the potential consequence of the overemphasis of emotive language and attempts to reset the balance of criticism. Thus, the overall effect of good poetry expected by Empson is not to let loose of strong feelings but to restrain them. This point is abundantly illustrated by his examples of the polyhedric senses of the word. And the principle of literary criticism intended by Empson, largely embodied in his classifications of ambiguity and pregnancy

---

① See OED "rampant," A. 2b.

of words, is that emotion or feelings in poetry ought to be restrained.

Since there are plenty of papers devoted to the interpretation of Empson's major works, I shall try to make plain how emotion is restrained by trying to reading two types of poem in the Empsonian way of reading. The first one is an ode by Empson himself; the rest are elegiac poems. The choice is made because both types are supposed to evoke strong feelings, but the Empsonian polyhedric sense of words reveals that it is not so.

Empson's Bacchus

The overall effect of the poem is Picassian because the symbols and allusions overlap and interlock with each other like the multi-perspective and interlocking painting style of cubism. The examples can be found in: the round goblet and the whirled-map (punning on world-map, hence the round shape) standing for the tire-shaped belly, blood standing for sea water (for both contain salt in it) and wine (for the red colour), Noah as the architect god, Columbus's egg standing for the drunkard's head, etc. The poem is indeed a vista of symbols and allusions, with sounds and images clashing with each other, as the second line indicates, "Cymbal of clash in the divided glancer." Cymbal is no doubt a musical instrument, but it also puns on the word "symbol".

The most curious symbol is the wine god who gives men ecstasy, and ecstasy is naturally associated with odes because the ode genre in its Greek origin means to sing or chant in order to praise or blame with strong feelings, for instance, "the odes of Pindar were designed for choric song and dance" (Greene, 2012: 971). The very word ecstasy implies the opposite of self-restraint for its Greek root *ekstasis* is to stand outside oneself. In the western poetic convention, Bacchus or Dionysus is the symbol of ecstasy. The title "Bacchus" may hint at an ecstatic operation of poetic language and the opening lines may well enhance such an operation for the god of wine drops fire (the red wine) from heaven upon men (the round goblets), causing men to laugh, to retort, to shed tears, and to urinate.[1] Very soon, the head meaning of ecstasy is put aside by its dominant meaning assigned in the following lines when the wine "trickled to a sea, though wit was dry,/ Making a brew thicker than blood, being brine" (14-15). Ecstasy becomes stupidity. Men, like Noah, drink on till they are "coping" with "white stallion arches" (18, 19), or become those atrocious "destroyers/ Pasturing the stallions in the standing corn" (57). Bacchus kills men's wit.

---

[1] William Empson, *Collected Poems* (New York: Harvest Book, 1935) 42-45.

The point made by Empson is not to let loose feelings, not as the drunkard "drinks all cups the tyrant could acclaim" and "is dumb, illimitably wined" (49, 50), but to control feelings, to be "ether-cooled" (40). As Empson puts it in the note, "The same kind of control is needed inside your head, a place also round and not well known, and it requires chiefly a clarifying connection with the outside world, e. g. by the archers of the eye, whose iris promises safety as to Noah" (106). Arch is the keyword in the poem for all curved structures: heaven, horizon, beach, endocrine where self-control occurs, and "the vaults and the dark arches" (92) of the grave where one finally calms down. All the way through the parade of the Empsonian carnival of words, ecstasy becomes madness that is followed by "despair/ Cast from the parabola of falling arches" (79-80). One in ecstasy is doomed unless the "Tracer photon" (84~85) or the light of ration shoots from the "Round steel behind the lights of the god's car" (86). The light is from Apollo, who is the god of reason, not from Bacchus, the god of wine.

Donne's Valediction

Elegy comes from the Greek word "elegeia" which means "lament", a strong feeling too. In the poetic convention, an elegy is a lyrical poem written to mourn for the dead or to contemplate life's tragic aspects. Because of the imaginative connection between mourning and farewell, one might expect that Donne's "A Valediction: Forbidding Mourning"(Donne, 2010: 257-262) would express such an intense feeling. Although in the first two stanzas farewell between the two lovers is compared to death, the speaker forbids his mistress to express strong feelings: "make no noise,/ No tear-floods, nor sigh-tempests move" (5-6). It does not mean that he takes his love lightly. Instead, parting from the loved one is as mournful as soul's leaving from body. When Donne says "'T'were profanation of our joys/ To tell the laity our love" (7), does he imply that their love is a Platonic one? The words "virtuous" (its Latin root refers to manliness, man's vigour, etc.) and "let us melt" do suggest lovemaking, just as "Thy firmness" and "my circle" (35) are the euphemism for genitals. Further, the word "just" in "Thy firmness makes my circle just" means to joust, which suggests a certain foreplay. However, to ask the question of how their love can be holy and profane at the same time will miss the point. These extra senses are the Appreciative Pregnancy of words (Empson, 1989: 16-17, 321)in Empson's terms. But we have to remember that the thematic control or the immediate context is "mourning." The persuasion intended by the speaker is that physical love is limited in the five senses while their spiritual connection, as the two feet of a compass, makes their love constant. He will return to her, as he says, "And makes me end where I begun" (36). Though the parting of the soul from the body in the first stanza is sorrowful, his return, like the soul's return to the body, is a resurrection, which makes mourning seem less sorrowful. Or, mourning is reduced in its intensity. This operation of language is what Empson terms the Depreciative Pregnancy (16), an operation that makes words less intense.

The third stanza makes the farewell an analogy of celestial movements, for instance, the earthquake and the irregular equinoxes. The "trepidation" (11) means not only the vibration of celestial bodies but also the agitation of hearts. If cosmological agitation "is innocent" (12) or harmless as long as it occurs far away, the much smaller scale of agitation in the valediction shall bring no "harms and fears" (9) at all. Again, the intensity of mourning is attenuated. This is another example of Depreciative Pregnancy. Instances of pregnancy of words can be found in "soul is sense", "expansion", "leans" and other words as well. But for the sake of brevity, I refrain from repeating them. To put it simply, Donne's "Valediction" turns mourning into composure. The poem is not a *cri de cœur* but a restraint of feelings.

Keats's Sonnet

"As from the Darkening Gloom a Silver Dove" may not be as famous as Keats's great odes since the sonnet is among a handful of Keats's earliest works before his first published volume in 1817. However, it is a fine example to show that emotion in poetry is carefully controlled rather than let out. To understand the difficulty with which the poet has to control his feelings, I put here some actual events that happened to the poet before he wrote the poem, which can be easily found in biographies. The poem was written in December 1814 when Keats just survived his 19th year. Months later, he would be sent to the Guy's Hospital to study medicine, which was certainly against his ambition and will. Family misfortune had befallen him one after another: his father Thomas Keats died in 1804; his mother remarried two months later and died of tuberculosis in 1810; his grandmother Alice Jennings, the last hope of Keats and his siblings, died in 1814. Four days later, Keats wrote the sonnet:

> As from the darkening gloom a silver dove
> Upsoars, and darts into the eastern light,
> On pinions that nought moves but pure delight; (1-3)

Strangely, nothing is said about how mournful the poet is, although he initiates from the present situation that has long been dismayed by the bereavement. We might expect him to say or describe something more about the "darkening gloom" that is above his head. Instead, the "silver dove" arises from the gloomy reality, which immediately casts a Shakespearean poetic situation:

> Like to the lark at break of day arising
> From sullen earth sings hymns at heaven's gate; (11-12)[①]

Instead of a downward movement corresponding to the darkening mood, the dove soars upward and flies into the "eastern light." The dove is not driven out and certainly not escaping from the darkness but flying to the east as if it is in pursuit of the light. Here, a potentially violent articulation of lament is repressed and replaced by a soaring dove that is the symbol of hope and peace. This certainly reminds us of a biblical tale, in which biblical tale, a dove flew out from Noah's ark after the deluge and brought back an olive branch so that Noah knew the earth was dry and a new world began. Like a dove,

> So fled thy soul into the realms above,
> Regions of peace and everlasting love;
> > Where happy spirits, crown'd with circles bright
> > Of starry beam, and gloriously bedight,
> Taste the high joy none but the blesst can prove. (4-8)

The soul "fled" to Heaven, neither "flew" nor "soared." Why? The word "fled" is not just a coincidence. It seems to me that Keats is very fond of this particular word. For instance, "The visions all are fled—the car is fled/ Into the light of heaven…" (155); or, "Fled is that music:— Do I wake or sleep?" (80). Usually, one flees from a dangerous place or an unpleasant one out of fear or repulsion. But the sense of "fled" in keat's poem suggests otherwise. It is a restraint of strong feelings rather than an outpouring. As in "Ode to A Nightingale," the speaker flees or wants to flee from the "weariness, the fever, and the fret" (23). More significantly, the word fled, if we consider the immediate context, suggests "fade," just as visions and music gradually disappear from the poet's eyes. In

---

① "Sonnet 29" in William Shakespeare. *Shakespeare's Sonnets*. ed. Katherine Duncan-Jones. (Edinburgh: Thomas Nelson and Sons, 1997) 169.

line 6 and line 8 of "Silver Dove", words like "happy" and "joy" act as a counteraction to lament or further repression of lament.

Yet, the poet does not believe that the afterlife is a place with promise, peace, and blessing. Death is not the solution to all the woes and miseries. The life after death does not guarantee happiness, although many tales pledge that the afterlife is among the angels, with everlasting that is the highest of which mortals can ever dream. Thus, the poet says:

> There thou or joinest the immortal quire
>   In melodies that even heaven fair
> Fill with superior bliss, or, at desire
>   Of the omnipotent Father, cleavest the air,
> On holy message sent—What pleasure's higher?
>   Wherefore does any grief our joy impair? (9-14)

In the ninth line, the word "or" is more than a compromise over the iambic rhythm. "Thou or joinest…" means "perhaps you could join the heavenly choir if God permits"; "perhaps you would plead Him to send a message to me." The poet's disbelief of the happiness in the afterlife becomes obvious in the last two lines and the emotion turns from grief into irony. In this sense, the pregnancy of words, as shown in "fled" and "or", gives us a clue how feelings in poetry are restrained and transformed.

Not only in poetry, but the idea that feelings shall be restrained can also be found in its sister art. For instance, the Greek hero Ajax in Timomachus's painting was not represented as being in the middle of madness but as being in tranquillity after the emotional outbreak. Feelings in the painting are restrained because the purpose of art is to present the beautiful, not the ugly. When the painting has to present the ugly, it must make the presentation agreeable. The best way to achieve this goal is to restrain feelings. As Lessing points out, "The fury of the storm, though past, is indicated by the fragments it leaves strewed upon the ground" (Lessing, 1836: 34). The art of poetry is much the same. Poetry must restrain feelings. Otherwise, the outcry of feelings may turn poetry to something "like a dog howling at the moon" (81), as Northrop Frye puts it. Reading poetry is, after all, to make sense of words, not to desire feelings. If emotion is the object to aim at, poetry will be over-simplified. As Frye argues, "*L' Allegro* and *Il Penseroso* would be respectively, according to this theory, elaborations of 'I feel happy' and 'I feel pensive.' We have found, however, that the real core of poetry is a subtle and elusive verbal pattern that avoids, and does not lead to, such bald statements" (Frye, 1973: 81).

The study of feelings in poetry is a matter of psychology, not that of literary criticism. Although the reader has every right to give his/her sympathy or other emotive responses, he or she has to figure out the verbal pattern first, which "cannot be entirely discontinuous with our 'normal waking habits' of logico-semantic grasp"; otherwise reading poetry would be chasing the ghost of emotive use of words that is "beyond reach of rational understanding" (Norris, 2007: 233). The polyhedric sense of the words shown by Empson gives us a hint that poetry is the restrained emotion, if not "an escape from emotion" (Eliot, 1934: 21). Richards's principle implies that the sense of the word is determined by the context; poetic words are emotive since poetry is the evocation of strong feelings. Empson's principle shows that the case is the other way around: certain words in poetry demand their contexts. In other words, meaning may not be determined by its obvious context alone. Those unwritten words or the invisible context also contribute to the sense and make it become fuller and richer.

References

Donne, John. *The Complete Poems of John Donne*. Revised ed. Edinburgh: Pearson Education, 2010.

Eliot, T. S. "Tradition and the Individual Talent." *Selected Essays*. 2nd ed. London: R. Maclehose & Company, 1934. 13-22.

Empson, William. *Collected Poems*. New York: Harvest Book, 1935.

——. *Seven Types of Ambiguity*. Middlesex: Penguin Books, 1961.

——. *The Structure of Complex Words*. London: Chatto & Windus, 1951. Cambridge (MA): Harvard University Press, 1989.

Frye, Northrop. *Anatomy of Criticism: Four Essays*. Princeton: Princeton University Press, 1973.

Greene, Roland, ed. *The Princeton Encyclopedia of Poetry and Poetics*. 4th ed. Princeton: Princeton University Press, 2012.

Keats, John. *Keats's Poetry and Prose: A Norton Critical Edition*. Ed. Cox, Jeffrey N. New York: W. W. Norton, 2009.

Lessing, G. E. *Laocoön*. Trans. Ross, William. London: J. Ridgway & Sons, 1836.

Norris, Christopher. "The Machinery of a Rich and Full Response: Empson as Philosopher-Critic." *Some Versions of Empson*. Ed. Bevis, Matthew. Oxford: Oxford University Press, 2007. 217-41.

Norris, Christopher and David B. Wilson. "An Interview with William Empson." *Some Versions of Empson*. Ed. Bevis, Matthew. Oxford: Oxford University Press, 2007. 289-319.

Richards, I. A. *Principles of Literary Criticism*. 2nd ed. New York: Routledge, 2003.

Shakespeare, William. *Shakespeare's Sonnets*. Ed. Duncan-Jones, Katherine. Edinburgh: Thomas Nelson and Sons, 1997.

Wordsworth, William, and S. T. Coleridge. *Lyrical Ballads (1798)*. 2nd ed. New York: Routledge, 1991.

Empson the Space Man:
Literary Modernism Makes the Scalar Turn[1]

Stuart Christie

Abstract: In my essay, I document how the literary modernist critic and poet, William Empson (1906-1984), modeled his theoretical positions in the decades following the Second World War upon precedents found in the English Renaissance poetry of John Donne. After 1955, Empson emerged as a leading skeptic of literary "high" modernism by means of the novel analogy argued in his essay, "Donne the Space Man" (1957): namely, that literary depictions of space in Donne's early poetry, athwart high Church doctrine, paralleled contemporary skepticism, in Empson's own time, about interpretive orthodoxies within Eliotic criticism and among the American New Critics. With its focus upon what he calls "space travel", Empson's exegesis in "Donne the Space Man" (1957) pioneered what today one may call the scalar turn in modernist literary criticism. In Empson's case, a scalar criticism endorsed Donne's search for a more generous plurality of critical worlds and embraced a cosmological scale irreducible to the more dogmatic worldview of Christian-inspired theorizations then prevailing. Re-reading the "Donne the Space Man" essay today-and when applying approaches inspired by the phenomenology of the contemporary built environment, object-oriented ontology, and unseen "lifeworlds"-allows for a more meaningful treatment of Empson's criticism in its historical context, and when using the scale as a heuristic to broaden our understandings of cosmologies, near and far, vastly different from our own.

Keywords: William Empson; space travel; scale; John Donne; cosmology

---

[1] First Published in *Comparative Literature: East & West* 1.1(2017): 25-39.

宇宙人燕卜荪

——文学现代主义的标量转向

斯图亚特·克里斯蒂

内容摘要：本文描述了"二战"后的几十年中，文学现代主义评论家及诗人威廉·燕卜荪（1906—1984）如何借用英国文艺复兴诗人约翰·邓恩诗歌中的先例构建自身的理论立场。1955年后，燕卜荪通过"太空人邓恩"（1957）一文中的新颖类比，成为一名对鼎盛时期的文学现代主义表示怀疑的批评先驱。邓恩早期诗歌中关于太空的文学化描写与高教会派的教条格格不入，这与燕卜荪时代对于艾略特及美国新批评派的所谓阐释正统心存疑虑颇为相似。"太空人邓恩"一文集中探讨了所谓的"太空旅行"，由此开启今天人们称之为文学现代主义批评标量化转向的先河。在燕卜荪的讨论中，以标量化批评支持邓恩对于更为广阔多样的批评空间的探索，宇宙标量的使用意味着无法还原当时盛行的源于基督教理论的教条主义世界观。本文结合当代建筑环境现象学、目标本体论以及不可见的"生命世界"等方法，重读"太空人邓恩"，以期更有意义地处理历史语境下的燕卜荪批评，同时借助标量的启发，拓宽我们对宇宙学的理解，无论远近，都与我们自己的有很大不同。

关键词：威廉·燕卜荪；太空旅行；标量；约翰·邓恩；宇宙学

> We discover that we have never begun to enter the modern era.
> —Bruno Latour, *We Have Never Been Modern* (47)

> As a poet he was very free from intellectual snobbery about his authorities.
> —William Empson, "Donne the Space Man" (106)

In *On Literary Worlds* (2014), Eric Hayot reminds us that the contemporary theoretical turn toward literary scale is, in fact, a return. With the advent of the "New Philosophie" and emerging scientific method after 1600, early modern forms and versions of world system-building resulted in the gradual retreat of metaphysics and scholasticism; the material world, discovered anew by the New Science, became "describable, fungible, transactable, translatable, and finally, knowable" (Hayot, 2014: 101). Much as our contemporary reconsiderations of them do, these older meaning- and world-making systems imposed orthodoxies – preferred regimes of interpretation—alongside asymptotic resistances arising. Dissonant and contrarian counter-readings of the world-system tugged at its margins, and, by virtue of such pull, necessarily expanded its epistemological field through acts of agonistic reinterpretation. Such acts were not inherently rebellious or heretical, so much as creatively world-forming in terms inherited from the tradition of late medieval skepticism. [1] In what follows, I briefly document how the literary modernist critic and poet, William Empson (1906-1984), modeled his own theoretical positions based upon precedents found in the English Renaissance poetry of John Donne and, by means of such interpretive parallax, emerged as a leading skeptic of literary "high" modernism in the decades following the Second World War. Beyond this, I shall argue that Empson's interest in literary depictions of space in Donne's poetry allowed him to achieve separation from his peers brilliantly, as he pioneered, over fifty years ago, what today one may call the scalar turn in modernist literary criticism.

The consideration of literary scale, then, is hardly new, although the question of its reappearance in our own age of skeptical literary hermeneutics bears some scrutiny. When precisely did literary modernism make the scalar turn? How may we understand modern treatments of literary scale as, equally, the outcome of specific methodological inquiries and innovations of a given period, and, likewise, as the necessary continuation of far older ontological investigations concerning existence throughout history? (Humans have always gazed upwards at the stars, planets, and constellations in the effort to know.) How, indeed, do we understand scale in literary terms? Is there a scale for scale? Any decent treatment of these broader questions of scale and metascale, especially when addressing how scalar preoccupations have recurred historically in support of (or deference to) the human category, certainly exceeds the scope of the present essay.

But one may still make a beginning in the case of Empson, and in the context of

---

[1] Such was the unfurling materiality, at scale, encountered by early modern interpreters who – pushing, experimenting, and sometimes transgressing prevailing epistemological boundaries – expanded the scale of the known world. Radically bounding the systematicity inherited from late medieval (Aristotelian) scholastic philosophy, Giambattista Vico's methodology in the *New Science* (*Scienza Nuova* [1725]) eventually expanded and bolstered the otherwise competing claims of theistic and Christian skeptics throughout the eighteenth century.

his famous clash with Eliotic literary criticism and the American New Critics after 1955. Writing against such orthodoxies, Empson sought inspiration – refuge – in the Renaissance literature of Christopher Marlowe, Donne, and John Milton. Armed with heterodox re-readings and contrastive epistemologies attributed to these fellow travelers as he found them, Empson launched into other spaces in search of a more generous plurality of critical worlds, and embraced cosmological scale irreducible to the more dogmatic worldview of Christian-inspired theorizations as he saw them. By reminding the field of the origins of philosophical skepticism found in the early poetry of Donne, Empson hewed to a position notably distinct from his peers, askance any strict periodization or "progress" of the human sciences, in precisely the way Bruno Latour demands in the epigram: "we have never been modern" (1993: 46-47).[①] Empson's assertion of Donne's "modern" outlook rightly made the hermetic formalism of the Anglo-American literary critics of his own day seem staid, if not reactionary. And, as odd as the title may have seemed at the time, Empson's essay, "Donne the Space Man" (1957), emerges decisively, and unequivocally, as the *classicus locus* of literary modernism at scale. "Donne the Space Man" involves Empson's reintroduction of Renaissance treatments of outer space by requiring us to read cross-wise: Donne's creative discrepancies athwart Church doctrine parallel neatly Empson's own *agon* with the high Modernist establishment of his own day. For Empson, reading Renaissance space against high modernist literary theories constitutes a potent critique on behalf of "worlded" precepts for right and ethical action in a pluriverse transformed by the existence of other worlds, subjectivities, and godheads. (Empson'sconsiderable time spent in Asia had afforded him practical knowledge of these different cosmologies, such as Buddhism, first-hand.) Otherwise abstract, space as a literary theme becomes more meaningful – more measurable – using the scale as a heuristic by which the readers of literary modernism may broaden their understandings of cosmologies, near and far, vastly different from their own.

The notion of scale may be considered simply in operational or instrumental terms. Scale serves, for example, when measuring the "condensation and compression" (Hayot, 2014: 98) of masses redistributed in varying forms and sizes. Scale governs the potential, equally, for miniaturization—the ancient Greeks called the microcosm (μικρός + κόσμος

---

① As in the epigram, Latour acknowledges that the work of modernity has always, throughout the entire course of a troubled and yet transformative human history, been with us. Having never strictly begun the modernizing project, we cannot claim to have secured (or to have restricted) its epistemological perimeter within any given period. By extension, "modernity" inheres in and across all periods. See *We Have Never Been Modern*, Chapter 2.

[*kósmos*, "world"])—as well as for expansion and alignment of what is known, beyond the unit one, at greater degrees (or correspondences) of meaning and substance. As the system organizing and aligning microcosmic and macrocosmic registers, scale likewise rationalizes shifting schemas of the perceived world, individual and collective, governing the relations of perceived objects – parallax – as they interact. Achieved by means of scale, such elasticity of perception, linking the local particular to the abstract infinite, was salutary to Empson. "Donne the Space Man" restages for a twentieth-century readership the early modern problem of scale as it had presented itself, "that Copernicanism puts Heaven farther off" (Empson, 1993: 113). As presented below in greater detail, Empson's solution to this problem (as he attributed it to Donne's best love poems) was to argue that the use of scale might just as well bring heaven closer.

In a formal (and latterly empirical) discourse, scale and space are mutually corroborating terms. As far back as Aristotle's "Great Chain", scale has served as the instantiation of Logos (Gr: λόγος), its ordering principle as world-forming, world-creating, and calling forth regimented instantiations of the Absolute. Making his own tremendous contributions to the popularization of scientific knowledge at around the same time Empson entered Cambridge as an undergraduate, Arthur Eddington first made a scalar understanding of matter and creation, formerly mystical in outline, accessible to large audiences. As recently demonstrated by means of Einstein's theory, Eddington had marshaled powerful rhetoric in support of the findings that space and scale, and hence the capacity of humanity to measure them, were coextensive:

> [The universe's] vastness appalls the mind; space boundless though not infinite. [...] The world was without form and almost void. But at the earliest stage we can contemplate the void is sparsely broken by tiny electric particles, the germs of the things that are to be; positive and negative they wander aimlessly in solitude rarely coming near enough to seek or shun one another. They range everywhere in space so that all space is filled, and yet so empty that in comparison the most highly exhausted vacuum on earth is a jostling throng. In the beginning was vastness, solitude, and the deepest night. Darkness was upon the face of the deep, for as yet there was no light. (Eddington, 1929: 9)

Combining Book of Genesis allegory with metaphors derived from recent Bohr-model discoveries, Eddington's syntax here, like the "appalling" space it describes, conjoins the vastness of primordial being to infinitesimally small charges of the individual electron.

Space seems "boundless" but is not: the "infinite" is measurable ("filled and yet so empty") and requires the application of new registers twentieth-century scientific discoveries made necessary, new scalars conjoining vastness to the unseen world.①

Explicitly, scale may also be understood as the underlying architecture from which space is derived — in the way of an elongating site, prosthesis, or extension through and across time. Temporally motile, scales achieve what Henri Bergson called duration (*la durée*), the status of being (or the passage of being) conferred through the act of extending from here to there, from high to low, from near to far. As such, scale imparts ontological supposition—the probability of existence—by means of transit. Such extensions are, it follows, assembled. Closer to our own theoretical day, high theorists Gilles Deleuze and Félix Guattari privilege the theoretical term *assemblages* which, in French and English, means conventionally "to join, to gather, to assemble." Notably, however, Deleuze and Guattari's term, in the French original, is not "assemblages" but *agencement* which term conveys an entirely and distinctly different etymology and meaning: "to arrange, to layout, to piece together" (Nail, 2017: 22). Neither connotation, indeed, addresses the scalar implications of the layout, of the assembly, as a kind of joining towards space. For that matter, all scales, clearly, are assemblages, but not all assemblages necessarily scale space. The theory of the assemblage, then, serves well primarily as a heuristic to divine narrative potentials for construction, building, and connectivity; it serves less well as a basis for understanding how, in Eric Hayot's analysis, during the shift from Ptolemaic to Galilean world systems in the early modern era, "the expansion of the realm of human cosmological engagement in *spatial* terms amounted to a reduction of that engagement in allegorical and symbolic ones" (99; emphasis in original).

In this direction, Hayot's work certainly provides a useful starting point. Benefiting from the pioneering spade work found in earlier, useful collections such as Wai Chee Dimock and Lawrence Buell's *Shades of the Planet* (2007), Hayot's turn toward planetary scale deserves credit for adding urgency and cogency to the claim, previously scattered

---

① Eddington's *Science and the Unseen World* was originally delivered at Friend's House, London, as the 1929 Swarthmore lecture on behalf of the Society of Friends. Eddington's rhetoric on behalf of the new discipline of astrophysics offered a unique synthesis — an idiolect within the modernist imagination of the time – combining legitimate scientific content and writerly craft. He is rightly considered a pioneer in the history of the popularization of science, then previously little known or understood beyond the realms of government and the universities. In so small part due to his personal popularity, direct speaking and writing style, and busy touring schedule Eddington greatly facilitated the transfer of scientific knowledge and its impact, on both sides of the Atlantic, throughout the 1920s.

and more diffusely secreted across the disciplines, that cosmologies are inherently, if not necessarily, scalar. Hayot's interest is stated most clearly in his commitment to "metadiagesis": that is, the distribution (or in Latour's terms, the "delegation") of meanings clustered around (rather than merely inhering in) representations of the human:

> [Metadiegesis] mark[s] not only the labor of the fiction but also a theory of the world as among other things an arrangement of significances and relations, meagerly or generously distributed, and open (or not) to the possibility of communication among their levels. (Hayot, 2014: 72)

By means of metadiegetic "world-space", Hayot's language of scale ruptures diegesis as conventionally understood. His rhetoric is at once totalizing and flexible: telescopic interconnections and rearrangements distribute the "labor" fictional worlds impart "among their levels", linking all agents and actors constituting a given system. Hayot links past cosmologies—whether in the Chinese context (72) or the Platonism found in early John Donne (98)—to contemporary and dynamic renderings, in life and art, of the "world picture" (102).

Bracketing Hayot's claim, however, one readily sees how narrative engagements in the direction of space and scale may not, in fact, reduce the commitment to narrativization of different types (such as allegory and symbol) so much as extend, distend, and distort their reach. Hayot's resulting observation that "narrative relations organized around ideas of sequential, physical cause and effect supplanted the dominance of a set of largely allegorical relations" (*Literary Worlds* 99) captures one conventional understanding since, clearly, the decisive, early-modern reorganization of "narrative relations" was scalar. Still, I am not entirely convinced that such emerging causality "supplanted" earlier cosmological modes for "worldedness" *tout court*. As he returned to orthodox faith, for example, Donne's "New Philosophie" readily allegorized and absorbed the newer mechanics of causality, too, as have champions of the faith everywhere since then.[①] For Isaac Newton, early modern geometry served as evidence of divine intentionality, even

---

[①] Buoyed by Copernicus and the New Science, and the increasingly multitudinous "metadata" it gathered, philosophical nominalists sought to restore vastly expanding scientific taxonomies to the Christian tradition as Aquinas had so monumentally presented it. The new taxonomy emerged as a battle-ground for faith, as Christian scientism sought to absorb rapidly expanding domains of the particular as "this" or "such" (*particulari quadam consideratione, vel inquantum est hoc ens*); the widening "procession" of discovered creatures (*processione creaturarum*) and other phenomena; as well as the increasing complexity and variety of material being, inspired by God, and hence of distinct substance (*substantiae separatae*) beyond the widening perimeter afforded by scientific method (Aquinas, 1947-1948).

if a fallen (or theistic) one. Early-modern metadiegetics rightly establish the relationality between competing modes, allegorical and scientific, of worldedness, but the relation of modernity to scale Hayot posits is, it seems, primarily an adversarial one. It need not necessarily be so, unless one unduly privileges the "modern" category proper.

Himself pressing upon the apparent limits of the diegetical, a young Charles Altieri first theorized narrative "action" as the consequence of the spring, or bounce, of narrative "middles" in the 1970s. Indeed, the return to systematic structure in narrative, to the "narratology" that Altieri and Peter Brooks made paradigmatic as literary theoretical practice (in the wake of Kermode's *The Sense of an Ending* and the New Eschaetologists) was based upon a fundamentally metaphysical proposition Empson would not only have recognized but most likely applauded: namely, that to be placed in the "realm of the middles" of any experience (and its textualizations) is effectively to be transported through that experience in space and time (*in situ*) as a function of situated discovery:

> Wisdom or intuition may help one envision new … causal structures, but these psychological features have no authority in determining the validity of the enterprises they initiate. That authority resides in rational coherence and, for science, the possibility of exactly repeating the causal chain. […] But a concept like middles allows us to propose another kind of knowledge, one that is less concerned with references to a world that can be tested as propositions or causal hypotheses than it is with dramatizing the ways men respond more or less adequately to specific situations. Discourse in the **realm of middles** is dramatistic, not referential or propositional, and hence it asks to be assessed in different terms than those of truth and falsity. (Altier, 1977: 325-326; emphasis in original)

An untested "world": the "adequacy" of Altieri's critique of the diegetic here lies in the direction of "another kind of knowledge" challenging positivism in the context of the "responsiveness to situations." As such, Altieri's language is explicit and prefigures by decades the contemporary New Geography, as in Seamon and Lundberg, whereby lived ontologies subtend hardened facts (and their textualizations) in favor of more dynamic, (Seamon and Lundberg). To achieve a situational understanding of one's position in the middle of a living world is to achieve scale.[①]

[①] Seamon and Lundberg do not cite or privilege the key term, scale, explicitly. Still, in their treatment of phenomenological emplacement they note two distinct, at times complementary, emphases upon "explications of experience" and "interpretations of social worlds" (4). One of my central claims is that any experiential interpretation of "wordledness," like its explication, is necessary impinged upon by the function of scalar embeddedness and not only through the fact of spatial emplacement.

I suspect that Empson would have understood Altieri's theory of the "middle" to be the common-sense application of historical and exegetical method: that one must always inhabit his or her biography as experience and that biography is always in the middle of being lived, dynamically and ecstatically, in the very bustle and midst of the experienced pluriverse. Indeed, all Altieri's narrative "middle" of the text—or perhaps Kermode's or Brooks'— requires is to be flipped along its vertical axis, thereby achieving the "essentially infinite and homogenous extension" afforded by Koyré's "geometrization of space," the shift from Ptolemaic to Galilean systems required (qtd in Hayot 98-99). Once flipped, the "middle" of any narrative becomes a ladder, or a staircase, to the cosmos. The boost is not found in the putative allegorization – although the ultimate aim of the journey out may matter – but in the mechanics, the narrative processes, that generate motion and movement propelling the story forward in time.

Before turning our gaze to specifics of Empson's own language and interpretations from the "Donne the Space Man" essay, it is appropriate to tidy up one or two loose strands which, if left alone, might set the whole exegesis to unraveling.

One should be aware, initially, of a creeping conflation, sometimes helpful and sometimes not, between abstract (or absolute) "space" as Empson clearly understood it for the early seventeenth-century; and our own turn, across the past decade, toward alternative understandings of the "spatial". These more recent theorizations have been expressed in terms of the vibrant revisiting of phenomenological space and situation the New Geographers refer to as a "lifeworld": "the everyday realm of experiences, actions, and meanings typically taken for granted and thus out of sight as a phenomenon" (Seamon). Empson, I suspect, would have had little difficulty in squaring the increasing scientific evidence suggesting the likelihood of off-world existence as an analogy for the presence of the unseen "lifeworld" closer to home; an analogy upon which the weight of my argument concerning the shift from space to scale heavily depends. Defining "space" as such, as an "out of sight" lifeworld, may seem initially crude or even simplistic. But the notion is tractable, since it conveys potential for the plurality of lifeworldedness, the contiguity (if not proximity) of seen and unseen worlds, by rebutting the notion of empirical privilege which would assert that the only world extant is the one we presently perceive.

Additionally, the out-of-sight "lifeworld" is constituted via a blindspot—the narrow perimeter of being—subjectivity imposes. To become a subject is made possible only through the excising of the object-world apart, which apartness, once expressed as a "must be", is the "lifeworld" which Seamon (quoting Edmund Husserl) cites as a "natural attitude [that acknowledges] … the way that life is and must be" (Seamon, in press). Our unawareness of that unseen lifeworld—the life wherever we are not—is, in fact, a necessary projection arising from our own necessary limits, housed as we are in fleshly envelopes, tailored to size and dreaming of "life" beyond the unit one and exceeding any reckoning of the life others are living someplace else. In the English language, we do not even possess the word which Empson, at least conceivably, could have coined when cheerfully undertaking his strident critique of the "neo-Christian" critics of Donne: what the unseen lifeworld "is and must be" can, and should, encompass the lives that other beings living on other unseen lifeworlds may be living *somespace* else.①

Chasing the tail of our own immediate (phenomenological) world, so to speak, we become naturally oblivious — not only to an entire population of subjectivities sharing our lived world, chasing their own tails apart, and equally heedless of our own (personal and dizzying) spin, but also, far out in interstellar space, heedless of all other systems, in parts and in wholes, also making their diurnal round beyond the ken of the most refined telescopes. Just because we are currently unaware of these independently spinning systems, however, does not disprove them; nor the founding postulate which makes the heretic Giordano Bruno's thesis cogent: namely, that the infinite space of the universe is constituted through such myriad, self-encompassing twirling along the entire scale of being. There remains, even today, no stable parallax (apart from the Absolute) from which to view the object-ontology of an entire universe in motion. And certainly Seamon is right when he asserts, again after Husserl, that our "natural" unawareness of the unseen "lifeworld" privileges our own lived world's uniqueness, such that "we habitually assume that the world as we know and experience it is the *only* world" (emphasis in original). Clearly, when arguing stridently on behalf of the pluriverse, Empson identifies Donne's

---

① Seamon's preferred terms correlating unseen "lifeworld" to phenomenological experience are "environmental wholes" and "architectural lifeworlds." After Gamaliel Bradford, Seamon defines "architectural lifeworlds" as: "the lived quality of a building whereby it evokes a certain invisible character or ambience making the building unusual or unique as a place." Seamon's architecture (he means to correlate specific lived places to other contiguous lifeworlds surrounding them) is clearly scalar insofar as architecture is a constituent of the surrounding "atmosphere," and as experienced by the perceivers of objects and presences within and without: "qualities of the experiencer and qualities of the built world contribute [equally]."

pluralistic "world-picture," rightly or wrongly as a homology of his own.[①]

Which leads us, inevitably, to another wayward strand. Historically minded critics must certainly be disappointed by the collapsing of historical specificities required when linking Donne to Empson by means of such scalar relationality, homologous or not. What happens to the intervening history when—to borrow another of Seamon's usages—one compares their respective architectures, and "atmospheres," side by side and finds them mutually supporting and inhabitable? The imposition of scale—and I should stress that, like any architecture, scale is a great imposition—bears significance which is not strictly allegorical, insofar as any given allegory signifies truths within its *Weltanschauung* only as subordinated to the congruence, limits, and containment of a particular worldly design. Nor does scalar relationality make biographical method comparable on its merits, apart from the two poets' shared interest in a common theme, the poetry of skepticism, since the biography of the one has no necessary or inherent relation, expression, or culmination in the biography of the other. Nor, again, do narratological ties necessarily bind in scalar terms, as in my brief treatment of Charles Altieri's "realm of the middles" earlier: the distortions and distensions introduced by space and scale into plot—Seamon & Lundberg call these "emplacements" of a lived reality—create infinite potentials for creation and its asymptotic bendings (tropes) through time. Donne's beginning in scale does not presuppose Empson's end in it; their story bolsters the narrative middle unfolding infinitely and as if forever.

The point, rather, would seem to be not to diminish narrative potentials—allegorical, biographical, narratological—leveraging cosmological scale with an eye to blasting them into stardust. Instead, the scalar turn should aspire to resituate narrative practice in scalar terms such that representations of being and emplacement (currently lorded over by the sovereignty of textuality) can extend beyond the domain of the written. Doing so, as Empson well understood, requires space travel.

Within Empson Studies, the critic's cosmological maneuver after 1955 has been fairly well researched in recent years. Placing Empson in orbit, athwart the major field tendencies of his time, allows us to understand better how he imagined – rebuilt – the literary world of the Modernist 1950s. Indeed, even from his perch in Sheffield, Empson

---

[①] I will go so far as to suggest that "Donne the Space Man" presents a kind of anterior instance, or illustration, of a still-extant metric for measuring literary-historical process, one linking space to scale, and which occupies an important (syntagmatic) instance of "sequence homology"—the term is borrowed from genetic code-sequencing—joining Donne to Empson in the skeptical tradition.

saw this world of literary criticism as if from a great distance, a perspective which had been hard-won by his travels during the 1930s and 1940s and which had required the at times rough traversal of newer geographical spaces (he knew China and Japan rather better than most foreigners). Empson's present battle with the Miltonists also betrayed a by now more nuanced tug and pull of skepticism proper which, in Katy Price's lovely phrase from Loving Faster than Light (2012), mandated "a form of aliveness" (Price, 2012: 13) to multiplicity and contradiction when undertaking critical exegesis, which is a much loved feature of Empson's late style. Long before *Milton's God* (1962), Empson had abjured not God's love in principle but torture in His name. And, as Price argues in her fine volume, the Modernist reconsideration of scale thus required a potent reconsideration of ethics—of God as Love—under rapidly changing circumstances of material change and discovery. Empson's scalar criticism, I shall argue, is not merely co-extensive of space and writing, but also attends a resulting perspectival shift, a way of seeing, that presupposes consideration of—transport to—another ethical position elsewhere, at the verge of known meaning and representability.

Empson's "Donne the Space Man" begins by registering surprise that the critical revisionists of the present day have forgotten a conceit that was "taken for granted" during his generation at university, in the 1920s, namely that

> [F]rom a fairly early age [Donne] was interested in getting to another planet much as the kids are nowadays; he brought the idea into practically all his best love-poems, with the sentiment which it still carries of adventurous freedom. But it meant a lot more to him than that; coming soon after Copernicus and Bruno, it meant not being a Christian. (Empson, 1993: 78)

For all the lightness of tone, Empson's commitment to what he calls "space travel" is not merely frivolous or fashionable, casting ephemeral metaphors in the era of Sputnik and Explorer 1. Nor, as the space race between the United States and the Soviet Union heated up, did Empson's contrarian stance—drawing, as we have seen, upon a far older tradition of early modern skepticism—constitute theoretical vacuity. Empson's position on space meant a lot more to him than that.

Via his admiration for Donne's poetry, Empson's spatial critique of literary modernism took up space. It meant "not being Christian", yes, but it was also world-forming and pluralistic, which is to say that it was heretical much as Giordano Bruno's plurality of worlds thesis (first published, in 1584, as *On the Infinite, Universe and Worlds* [*de l' Infinito, Universo e Mondi*]) had been. Like Bruno, Empson believed in more than one world and more than one saving creed. His space-traveling heresy accordingly sought to achieve separation from the present dispensation of the literary knowable as Eliot's high-priests had catechized it, reaching instead toward the "unseen" Eddington had theorized, at scale, when Empson was young. Empson's sporting willingness to give heresy a rethink on the merits does not fully justify his life-long animus against Christianity's institutionalized torture-worship. He would, nevertheless, have been delighted to learn that his hunch about Milton's creeping Arianism (it girds the main thesis in *Milton's God*: namely, that Christ the Father, and not Satan, is the tyrant unjustly sacrificing Christ) was eventually substantiated.[1]

As Graham Harman has likewise argued, depriveging "human access" to the world of objects, seen and unseen, reaps real rewards esthetically and philosophically. Constituting the substance of lived experience (and not merely accidental to it), object-oriented ontology diminishes humanist prerogatives and perspectives as equated, no more and no less, with "the duel between canaries, microbes, earthquakes, atoms, and tar" (Harman, 2007: 189). Such radical equivalency asserted among a universe of multitudinous objects, the interplay between seen and unseen worlds, and an acknowledgement of their plurality in contiguity according to verifiable geometric laws demonstrated by Einstein and Hermann Minkowski after 1908. Indeed Empson's was the first generation which, having been gifted "spacetime" by means of mathematical proof, was fully capable and confident when representing the formerly metaphysical irruptions of time onto narrative experimentation as a more truthful fulfillment of multi-dimensional experience.[2]

Reducing humanist prerogatives relative to an object-oriented ontology also correlates to their enlargement beyond the human along the same imaginary scale. Reduction and enlargement, while redistributing mass and forms variably, are functionally (and formally) constant. We remember, as all young children enjoying basic geometry do,

---

[1] Gregory Chaplin writes that Milton's now-verifiable return to the Arian heresy, as it emerged in the context of the "radical republicanism" of the Civil War period, upheld "an idea of human dignity and agency antithetical to the tyrannical politics of torture and blood sacrifice" (Chaplin 2010: 354).

[2] Modernist literature is replete with examples, none lovelier than that uttered by Mrs. Swithin in Virginia Woolf's *Between the Acts*: "There were rhododendrons in the Strand; and mammoths in Piccadilly" (51).

the thrill of observing the twinned legs of a compass inscribing a circle for the first time (as in Donne's "Valediction: Forbidding Mourning": "And though it in the center sit, / Yet when the other far doth roam, / It leans and hearkens after it"); and, if we were lucky in our teachers, the reliability, at scale, of the slide rule. In his interpretations of Donne's "tribulations of the Spheares," Empson found similar and ample scope for the assertion of object-based ontology at macroscales (suns, orbs, stars, planets). But he also delighted in evidence of similar processes at work in microscales, too. In a deceptively simple passage, Empson recalls

> A son of my own at about the age of twelve, keen on space travel like the rest of them, saw the goat having kids and was enough impressed to say "It's better than space travel." It is indeed absolutely or metaphysically better, because it is coming out of the nowhere into here; and I was so pleased to see the human mind beginning its work that I felt as much impressed as he had done at seeing the birth of the kids. (Empson, 1993: 79)

It is a remarkable passage on several levels. Not least among these is Empson's clear admiration for the turn of his son's emerging intellect appearing as if out of nowhere; which, in his son's presumably being unaware of the commonplace fact (and mechanics) of biological reproduction, uses the conceit of space travel to understand how, in the corresponding truth Empson highlights, something does indeed emerge from nothing and nowhere in time. It is a fabulous, and to my mind, marvelous abstraction in the interest of a better theory about existence. Why else would Donne, alongside Empson, be "keen on space travel unless he had a serious reason for it" (79)?

Again, the light tone masks an underlying seriousness. I will take the nanny-kid thesis, illuminated by means of the space travel conceit, over the darker, fundamentalist cosmologies of the present time which, when returning us to presumably more reliable, bunker-hardened truths of established religions, never permit different kinds of truths to emerge. (Empson's view of "official religion" sharpens to a point: "fully equipped with rack, boot, thumbscrew, and slow fire" 1993: 92-93) By contrast, Empson's literary theory of space travel was, it seems, a kind of gamified theory of emergence seeking to push knowledge forward beyond present limits. His impetuosity in the undertaking—the largest of human monuments looks miniscule from space—was also a kind of largesse or magnanimity. Why else would Empson risk such otherwise reductionist claims on behalf of early-modern skepticism such as "[Donne's] rather accidental position [of a plurality of

Christs] probably had a decisive effect, because anything else would have made Newton impossible" (83).[1]

What, indeed, is the eccentric Bill Empson doing here? He is, in fact, illustrating what Hayot has all along instructed us to recognize as *metadiegesis* ("narrative relations organized around ideas" which "supplant" a prior set of narrative or cosmological givens); only, in this case, it is Empson, as in his reading of Donne's poem, "The Sunne Rising," who is doing the supplanting:

> [I]nstead of dignifying the individual by comparison to the public institution [of the Christian religion], [Donne] treats the institution as only a pallid imitation of the individual. All the **imaginative structures which men have built** to control themselves are only derived from these simple intimate basic relations. (86; emphasis in original)

By means of such inversions at scale, Empson invites us (much as Donne did) to turn the telescope around and asks that we peer through to the other side. Doing so, we note, does not fundamentally change the relation between observing subject and the object observed; nor does the resulting reorientation diminish the "control" all "imaginative structures" exert over us. But reversing the priority of the relation—the enlarged becoming diminished, and the diminished enlarged—allows the achieved "private religion" (92) among lovers, their microcosm, sufficient separation from more massive, official institutions presently appearing as mere shadows. Intimate love provides not only scale and relationality, indeed, but restores coherence to a set of imaginative structures sundered by the "New Philosophie." Empson quotes from Donne's "An Anatomy of the World: The First Anniversary":

> 'Tis all in peeces, all cohaerence gone;
>
> All just supply, and all Relation:
>
> Prince, Subject, Father, Sonne, are things forgot.

---

[1] Empson delights, for example, in the use of the indefinite article in Donne's "The Relic" whereby, via a tidy substitution, "a Mary Magdalen" invites our consideration of the infinite potentials suggested by "a Jesus Christ," any Jesus Christ, in a far away solar system (1965: 87). Such indefinite pluralities rupture the End by virtue of a rapture of middles. No one story in narrative, indeed, can circumnavigate all stories; no one planet can share its orbit with another.

Intimate love, and the personal cosmologies or "private worlds" (94) it creates, restores memory to matter and meaning to relationality. Empson continues: "it is the whole point of a microcosm to be small; it is cosy to have your own island, cave, house in a tree; this ancient sentiment is one of the reasons why the kids like space travel" (97-98). For Empson, the microcosm is, finally, best achieved by two lovers inhabiting their own proper planet (104). Indeed, it is their love that has transported them to it, in the guise of a representation, at scale, they uniquely recognize: "just as any ball can be made into a map of the world…so any tear of [the poet's] with [the beloved's] reflection on it will take rank as a planet" (106).

We realize, suddenly, that Empson's fight for the microcosmoi of lovers everywhere in all possible worlds, alongside his fight for disestablished Love (with a capital "L") on our own planet, makes space travel necessary, even as he is wresting it forcibly from the Pauline gospels of the New Testament (93). Empson's Absolute Love at an interstellar scale returns us to the intensity of his own personal agon at the unit one, his willingness to be personally wrong, if being wrong means being passionately and searchingly right:

> [The] mystical doctrine [of the great love poems] was always a tight-rope walk, a challenge to skill and courage, and after all it never pretended to offer any hope, only an assurance that people who called [Donne] wrong were themselves wrong. (93)

To recap: in the name of the disestablished religion of Love, Empson was deeply committed to arguing Donne's interest in parallax, the microcosm, and the plurality of worlds as mutually supporting, as well as axiomatic components of a scalar system which required the diminution of man's prerogatives at the cosmological scale. Such cosmology was equally humbling and bracing, as a heuristic countering positivism and the lust for modernity in its more vulgar forms. Empson's scalar response was also therefore therapeutic: a means of clearing space, at once philosophical and material, with which to begin our curious exploration of the pluriverse using systems of measurement other than those provided by organized religion, its machineries, and preferred representations.

Now for the space-landing. As we have seen, when linking Donne's skepticism to his own Empson makes a fascinating orbital turn, Möbius strip-like, returning to his present by means of a circuit through the Renaissance literary past. He is the spaceman. The trope is not only narrative but scalar.

At some point in the late 1940s, Empson rightly recognized that a specific and authoritative strain within Anglo-American literary modernism sought not only to correlate orthodoxy with critical thinking but to render such reading practices normative.① He rejected the correlation, and its normativization, as dangerous and impractical for future generations of students of the English literary humanities. (In a far more muted discourse, he would caution his Chinese students at Beida along similar grounds following liberation in 1949.) Empson spent much of the rest of his career searching for means by which this by-now monstrous modernist establishment, called by him thereafter as "neo-Christian," might be rendered visible, and bracketed, by a more robust literary-critical discourse.② Nor, in its final stages, was Empson's orbital path around the literary world of 1950s Modernism fully explained via the useful analytics provided by I. A. Richards' "practical criticism" (Empson, 1956) or its further elaborations via Empson's critique of the New Critics (as in his defense of intentionality in the *Structure of Complex Words*). He flew by these movements, bearing and battling their impressions, and pressing on.

Citing evidence from "Donne the Space Man", I have argued that Empson's understanding of a lived modernity was explicitly metaphysical in the direction of

---

① Empson achieved orbit by conquering the gravitational pull of the critical orthodoxy then prevailing, as evidenced by T. S. Eliot's reactionary critical tendencies and the increasingly scripturalist criticism practiced by the American New Critics. Empson had initially been attracted to both and was subsequently repulsed by them. Lecturing at summer sessions in 1948 and 1949, sponsored by Kenyon College, in Ohio, Empson saw the formation of this establishment in real time and up close. An example of the "later style" achieved by Empson's animus, as it matured, may be found in his response to the "intentional fallacy": "[i]f you dislike my claiming to know so much [about Donne], I have to answer that I think it absurd, and very harmful, to have a critical theory, like Mr Wimsatt's, that a reader must not try to follow an author's mind" (Empson, 1993: 124).

② The final fifteen years of Empson's life consisted, to a great degree, of enjoining polemic in the editorial pages of leading field journals. He consistently and stridently sought means by which the "neo-Christian" monster might be chastened if not subdued. Admittedly, Empson's thinking in this contest gets uncharacteristically brittle and narrower-minded at times. There is something of the straw man about this enemy which, as probably even he understood, was comprised mainly of an otherwise very loose amalgam of contending historical forces and personalities. In retrospect, Empson's own defining intellect may have contributed substantially to the contours and substance of the "neo-Christian" monster he regarded with such contempt. In the years immediately following his death, in 1984, the monster Empson had, in equal parts, designed and prophesied would indeed locate the spark in the surrounding ether and rise from the table. Particularly in the United States, the neoconservative movement, backed by orthodox thinkers in the mold of Harold Bloom and William Bennett, began to push back on the free-thinking academy. See Paul Dean (24).

cosmological scale. As we have seen, the pretexts for his eccentric, orbital method of modernist literary criticism were drawn from earlier traditions in late medieval and metaphysical thinking which, subsequently modified by enlightenment rationalism, remained fundamentally skeptical. Even so, Empson's skepticism was also leavened—kept delicate and supple—by means of his ownership of (and delight in) persisting contrarian urges, athwart rigid historicization, which also kept his views unorthodox and asymptotic of those systems he was so fond of orbiting. On behalf of a rational approach to the unknown and unknowable, Empson battled on—his rationalist agon wrestling with the infinite—to aspire and imagine beyond the human category.①

Nor, as we enter full stride into the new literary millennium, can the present critical dispensation fully explain Empson's asymptotic criticism. Buoyed and reliant upon history as he was, Empson's orbiting career of the field—its veering, its bounce – puts strain upon even the most astute and sophisticated readings of critical practice benefiting from the New Historicism of the 1990s, including the quite likely tug afforded to Empson's vehicle via the after-burn of the Romantic-philological tradition, Goethe through Wallerstein, Hayot theorizes (Hayot, 2014: 134). As in "Donne the Space Man" Empson's best criticism of the 1950s overshot such conventional modes of systemic literary thinking. It did so insofar as the diversity of his interests and capacities problematizes our own understanding of Empson's own biography, as fitting neatly within this or that period of modernist literary history. As we have seen, his increasingly strident demands for the scaling of structural method may also be considered in the context of the subsequent emergence of narratological critique in the 1970s and early 1980s. Much as Empson's *Complex Words* had sought to do one generation prior, the rise of narratology after 1970 acknowledged not only the high mark of poststructuralist prestige in the literary academy, but also shaped contours of future rebellions against its aggressive hermeticism across the *longue durée*—including the fight (very much underground until recent years) for the return to a structure we can all believe in.

Today, over thirty years after Empson's death, his orbital criticism continues to inspire. His work offers the salutary reminder that all systems of theory (past, present,

---

① In this broader cosmological context, Empson's renewed interest in (and subsequent return to) the *Face of the Buddha* manuscript after 1945—elements of which had been drafted by him far earlier, when lecturing in Japan and China in the 1930s—becomes more understandable. His pivot backward in time, toward the more "worlded" aesthetics he had discovered when upon Asian ground was, clearly, a reaction against Anglo-American critical orthodoxy (Christie, 2017). The return to an ancient Buddhist tradition was itself a kind of traveling return in space and time.

and future) have the robust and noble striving for meaning in common—the search for mapping systematicity at scale—or, at least, they ought to. As Donne's poem, "The Cross," declares: "[a]ll the Globes frame, and spheares, is nothing else / But the Meridians crossing Parallels" (Donne, 1965: 143). In situating the inquiring, individual mind as a necessary and integral component of any humane and functioning cosmology, Empson also returns us to ourselves. Space travelers no more, we have landed squarely back in our own time.

References

Altieri, C. "The Qualities of Action: A Theory of Middles in Literature."*Boundary 2*, 5.2 (1977): 323-350.

Aquinas, T. *Summa Theologica*. (Fathers of the English Dominican Province, Trans.). New York: Benziger Bros, 1947-1948.

Chaplin, G. "Beyond Sacrifice: Milton and the atonement. "*PMLA*, 125.2 (2010): 354-369.

Christie, S. Review. *The Face of the Buddha*. (W. Empson; R. Arrowsmith, Intro.) *Modernism/Modernity*, 2.1. 2017.

Dean, P. "The Critic as Poet: Empson's Contradictions." *The New Criterion*. Baltimore: Johns Hopkins, 2001, October.

Dimock, W. C., and L. Buell, eds. *Shades of the Planet: American Literature as World Literature*. Princeton: Princeton University Press, 2007.

Donne, J. *The Elegies, the Songs, and Sonnets*. (H. Gardner, Ed.). Oxford: Clarendon Press. 1965.

Eddington, A. *Science and the Unseen World*. London: George Allen & Unwin, 1929.

Empson, W. "Donne the Space Man." *William Empson: Essays on Renaissance Literature. Vol. I: Donne and the New Philosophy*. Ed. J. Haffenden. Cambridge: Cambridge University Press,1993. 78-128.

———. *Seven Types of Ambiguity*. London: Chatto and Windus, 1956.

Harman, G. "On Vicarious Causation." *Collapse II: Speculative Rrealism*. Ed.R. Mackay. Falmouth: Urbanomic, 2007. 187-221.

Hayot, E. "On Literary Worlds." *Modern Language Quarterly*, 72. 2 (2011): 129–161.

———. *On Literary Worlds*. New York: Oxford University Press, 2014.

Latour, B. *We Have Never Been Modern [Nous n'avons jamais été modernes]*. Trans. C. Porter. New York: Harvester/Wheatsheaf, 1993.

Nail, T. "What is an Assemblage?". *Substance*, 46.1 (2017): 21-37.

Price, K. *Loving Faster than Light: Romance and Readers in Einstein's Universe*. Chicago: University of Chicago Press, 2012.

Seamon, D. "Architecture, Place and Phenomenology: Buildings as Lifeworlds, Atmospheres, and Environmental Wholes." *Place and Phenomenology*. Ed. J. Donohoe. London: Rowman & Littlefield International. 2017.

Seamon, D. and A. Lundberg. "Humanistic Geography." *The International Encyclopedia of Geography*. Ed. D. Richardson, N. Castree, M. M. Goodchild, A. Kobayashi, W. Liu, and R. A. Marston. Oxford: Wiley, 2017. 1-10.

William Empson's Imaginative Engagement with China

Jason Harding

Abstract: This article examines William Empson's imaginative engagement with China across his entire career. It begins by tracing the anti-imperialist liberal world-mindedness that Empson encountered as a student at Cambridge University in the late 1920s; focusing in particular on his ambivalent relationship with his mentor and tutor at Magdalene, I. A. Richards, but also the impact of Arthur Waley's translations of classical poetry on his understanding of Chinese culture and thought. These formative influences can be seen in the poetry that Empson wrote during the period (1937-1939) when he was a refugee professor with the Beijing universities in the interior of China at the time of the Japanese invasion. This article goes on to examine the Cold War tensions that shaped Empson's response to the advent of the People's Republic of China during his second teaching stint (1947-1952) for Peking University which illustrates a remarkable detachment from Anglo-American articulations of a Cold War anti-Communism in the magazine *Encounter*. This article closes by exploring Empson's profound conception of the role that was played by Buddhism in Chinese art, culture and theology, drawing on the recent publication of the lost manuscript of *The Face of the Buddha* (2016), weighing the competing claims for Empson as a cultural "insider" or "outsider" when it came to understanding Asian traditions. In sum, this article demonstrates that Empson's engagement with China represents an earnest and incisive challenge of Western value-systems with an imaginative and empathetic open-mindedness to Chinese culture and society, above all, to ancient tangled traditions of poetry, philosophy and religion.

Keywords: William Empson; China; Cambridge liberalism; poetry; Buddhism

威廉·燕卜荪与中国的想象之缘

杰森·哈丁

内容摘要：本文探讨了威廉·燕卜荪职业生涯中与中国的不解之缘。文章首先追踪燕卜荪在20世纪20年代末在剑桥大学求学时反帝国主义的自由主义世界观，聚焦他在Magdalene学院与导师I. A. 瑞恰慈的亲疏关系以及阿瑟·韦利的中国古诗词翻译对他理解中国文化和思想的影响。这些形成性影响从燕卜荪于1937—1939年创作的诗歌中可见一斑。彼时日本入侵中国内地，他是北大、清华、南开临时组成的西南联合大学的"难民"教授。本文继而探讨他在北大的第二段教学时期（1947—1952年），冷战时期的紧张局势改变了燕卜荪对新成立的中华人民共和国的反应，他的观点与 *Encounter* 杂志的反共腔调截然不同。文章最后探讨了燕卜荪对中国艺术、文化和佛教的深刻认识，着眼于最近出版的《佛面》（2016）的失传手稿，权衡燕卜荪在理解亚洲传统方面作为文化"内行"或"外行"的对立主张。总之，本文表明燕卜荪与中国的结缘表现了他对西方价值体系郑重而尖锐的挑战，以及对中国文化，尤其对诗歌、哲学和宗教中古老而纠结的传统所怀有的想象和感同身受的开放心态。

关键词：威廉·燕卜荪；中国；剑桥自由主义；诗歌；佛教

    Attending there let us absorb the cultures of nations
    And dissolve into our judgement all their codes.

                                    —"Homage to the British Museum"(1932)

    A more heartening fact about the cultures of man
    Is their appalling stubbornness.

                                                 —"Sonnet"(1942)

    In his 2015 bestseller *The Silk Roads*, Peter Frankopan contends that the phenomenon of "globalization" is much older than we like to think. Frankopan bemoans the "lazy history of civilization" he had been taught founded upon "the mantra of the political, cultural and moral triumph of the west" as well as the legacies of orientalism, "the strident and overwhelmingly negative view of the east as undeveloped and inferior to the west". *The Silk Roads* seeks to challenge and scrutinise this accepted history and to "embolden others to study peoples and places that have been ignored by scholars for generations by opening up new questions and new areas of research" (XIII-XIX). Returning to England after ten years spent teaching in Japan and China, William Empson pronounced an exasperated cry: "The Europeans have got to realise that Asia really exists" (Empson, 2000: 150). Throughout the 1930s, 1940s and 1950s, Empson was an exemplary exponent of "world-mindedness" emboldening others to rethink received orthodoxies about global history and to study the people and places of Asia in the spirit of liberal tolerance he imbibed in Cambridge. Empson asked new questions and opened new areas of research in his path-breaking comparative literary criticism, in his poetry ("let us absorb the cultures of nations / And dissolve into our judgement all their codes"), and in unorthodox if inspired theory and criticism of Asian art. This article examines Empson's remarkable imaginative engagement with China across these tumultuous years of radical and revolutionary political and cultural upheaval.

Cambridge and China

As an undergraduate at Cambridge, Empson championed "our strong and critical curiosity about alien modes of feeling, our need for the flying buttress of sympathy with systems other than our own" (Empson, 1993: 32). Before he ever set foot in Asia, personal acquaintances in Cambridge, along with textual sources, served to whet his appetite for an engagement with Chinese civilization. He was influenced by senior members of Cambridge University, notably Goldsworthy Lowes Dickinson, for whom, according to his biographer E. M. Forster: "In a life which contained much disillusionment, China never failed him. [...] Politeness, gaiety, imagination, good taste — these he found or thought he found" (Forster, 117: 126). This idealized vision of a harmonious, agrarian China as a repository of dignity and beauty and of the esoteric "wisdom of the East" to be found in Chinese poetry, philosophy and art, overlooked the poverty, misery, and political instability in the young Republic of China. As a president of the Heretics Society, at the time when Dickinson was an honorary president, Empson moved in liberal circles of Cambridge anti-imperialism. After attending a Christian missionary lecture on China, Empson purchased Rodney Gilbert's pamphlet *What's Wrong With China?* (1926). His review in *The Granta* countered Gilbert's slur that the Chinese were an inferior race. Quite the contrary, Empson expressed a strong desire that the Chinese would absorb any assault emanating from barbarian Anglo-Saxons. In his reviews for *The Granta* he went to considerable lengths to suggest that the West could learn greater moderation from the Chinese. Reviewing a memoir by an exiled Chinese politician, Empson concluded that the "maturity" of Chinese customs highlighted the West's "lack of courtesy, restraint, and poise" (Empson, 1993: 23).

In common with many of his Cambridge contemporaries, Arthur Waley's translations from classical Chinese instilled in Empson an indelible image of the cultivated mandarin-scholar or *shi*: a bearer of a humanistic tradition of poetry, calligraphy and art, embodying a Confucian philosophy of moral education. Empson praised the "extraordinarily high" level of Waley's compendium *Poems from the Chinese* (1927), preferring his more scholarly translations to Pound's exotic free-verse adaptations in *Cathay* (1915) which he considered to be jazzed up (24). It was Waley and not Pound who opened Empson's eyes to the richness of multiple meanings in Chinese literature. Empson quoted lines from Waley's translation of the poetry of Tao Qian in *Seven Types of Ambiguity* (1930) to illustrate ambiguity of the first type: "comparisons with several points of likeness, antithesis with several points of difference". Empson's analysis of the lines "Swiftly the years, beyond recall. / Solemn the stillness of the spring morning" delicately draws out "the profundity of feeling" that emerges from the clash of different time-scales apprehended in a single experience. The detachment evident in the larger perspective encourages a feeling "that there is nothing to be done about life" and that "it must be regarded from a peaceable and fatalistic point of view" whereas the more urgent or exigent one causes the reader to "consider the neighbouring space, an activity of the will, delicacies of social tone and your personality" (Empson, 1995: 43). A minor misquotation of Waley's translation does not invalidate his arguments regarding the principle of repetition, parallel and antithesis that structure the contrapuntal movements of classical Chinese poetry:

> Swiftly the years, beyond recall.
> Solemn the stillness of this fair morning.
> I will clothe myself in spring-clothing
> And visit the slopes of the Eastern Hill.
> By the mountain-stream a mist hovers,
> Hovers a moment, then scatters.

> There comes a wind blowing from the south
> That brushes the fields of new corn.(94)

In an allusion to a celebrated passage from the *Analects* in which Confucius discusses the meaning of happiness, Tao Qian's poem announces a search for personal happiness amid the rejuvenated spring landscape. The grandeur of seasonal change transcends public or political ambition, suggesting instead a profound desire for spiritual renewal. Empson acknowledged his debt to Waley, claiming that the "basic virtue of Waley's mind" was "a large capacity to accept the assumptions of any worldview without assuming any merit for our own" (Empson, 1964: 410); these are terms which express the liberal world-mindedness that they had both incubated and expressed as students at Cambridge.

"One reason I wanted to come East," Empson informed his tutor and mentor at Magdalene College, Cambridge, I. A. Richards, "was to find out what teaching was like across so large a gulf" (Empson, 2006: 46). It was Richards's example as a visiting professor at Tsinghua University in Beijing that encouraged Empson to take up the life of a peripatetic teacher of English literature. The reference to an educational gulf was a response to Richards's teaching experiences when he encountered difficulties communicating with his students at Tsinghua, who apparently appeared to him "nearly as far off as fishes in a tank" (Richards, 2001: XII). Curiously, Richards attempted to comprehend Chinese psychology by making a theoretical study of selected passages from a disciple of Confucius. His findings were published in *Mencius on the Mind* (1932), subtitled "Experiments in Multiple Definition." Richards boldly concluded that Chinese philosophy did not rely on the analytical logic of Western tradition but rather on a tacit appeal to shared social norms. Divorced from Chinese socio-historical conditions, then, Mencius's persuasive "gestures" presented formidable problems to the English translator. Richards proposed these difficulties could be mitigated by listing the full range of dictionary definitions covered by key Confucian concepts. Richards claimed that resonant ambiguities in Mencius's writings were more poetical than philosophical. The controversial reception of Richards's translation theory of "multiple definition" played a crucial part in the development of Empson's investigations into the prismatic meanings of "complex words" — and their subtle interconnections—which were explicitly articulated as a refinement of Richards's linguistic theory. Importantly, however, Empson was never as enthusiastic about Confucianism as Richards.

It should be recalled many twentieth-century Chinese intellectuals were dismissive of the Confucian tradition (which was associated with the corruption of the Qing dynasty). Empson rejected not only Richards's emotive theory of value but also his gestures towards the political or civic virtues of a Confucian "stable poise". Helen Thaventhiran wryly notes: "If few critics have ever turned to *Mencius* in order to make sense of Richards's reflections on making sense, Empson was an exception." She helpfully explicates the crux of the disagreement between tutor and star pupil: "Empson sets tenacity of detail against [Richards's "complacent"] reading by multiple definition" (101).

Chinese Poetry

Empson arrived in China in August 1937 on a Japanese troop train a few weeks after the outbreak of the Sino-Japanese war. His poem "China" is a miniature essay on the wartime prospects of the Chinese people. It deploys cultural stereotypes he had acquired before any deep contact with Chinese politics and society. The poem proposes that the Japanese are the offspring of Chinese culture. The Confucian *Analects* taught good government on the basis of the observance of ceremonial rites, literature, and music, but the Japanese will now no longer submit to the lessons of their former imperial overlords. China must rely upon her ancient defensive culture, symbolized by the Great Wall. The present sight of China reveals a land in disorder, her hills are symbolically "bleeding" or crumbling as the Japanese soldiers swarm like parasitic mites feeding off a decaying animal, or more disgustingly in the analogy that the poem proposes, a sheep liver fluke that has penetrated and aims to reproduce with the host. "China" is ultimately sanguine, even hopeful, about the future of Chinese civilization. The necessity of maintaining a balance when confronted by conflict (personal, cultural, political, military) is a cornerstone of Empson's writings. Such existential tensions understandably led to his degree of ambivalence about Japanese and Chinese wartime relations and an eirenic impulse that flattened the differences between these contending nations. He longed for a peaceful admixture of these two great Asian civilizations —"two peas" albeit "untidy sights" in time of war (90). After he took up residence in the cold, cramped and unhygienic conditions of a wartime professor exiled with the refugee Beijing universities, Empson would acknowledge the naivety of his poetic rendering of these chaotic world-historical events.

The vertiginous associative leaps of "China" are illustrative of Empson's idiosyncratic poetic technique of "argufying"; a compact erudite style rich in ambiguities as well as an ingenious blend of prosodic, syntactic and phonetic effects. The characters of classical Chinese convey a variety of homonyms, some of them contradictory, and

Empson's poem "China" trades on fruitful aural puns. The line "They rule by music and by rites" evokes both the authoritarian rituals of Confucian tradition and the "rights" and corresponding duties of Chinese officials that they encode. Similarly, "The serious music strains to squeeze" combines the double implication of soothing strains of melody with the strain of a taut, physical endurance. The penultimate line declares "they make one piece" as a suitably comforting thought for these peoples wracked by war. In this poem, Empson employs the structural antithesis he discerned in Arthur Waley's translations of classical Chinese poetry. "China" alternates between the long perspective of the antiquity of Chinese civilization and the local, present-day trauma inflicted by foreign invaders; it straddles the gulf between the educated ruling classes and the agrarian masses. Out of these contrapuntal movements emerges a lofty vision of harmony in the midst of conflict. The vowel music of the repeated long e's of the rhymes (ease – squeeze – agrees) reproduce a slow, strained, yet disciplined ritual Empson associated with Confucian government. In the long view, the antiquity of Chinese civilization exemplifies the cyclical spring renewal articulated in Empson's expansive notes to the poem: "The prolonged disorder of China made everything feel crumbling like cheese but with an effect of new growth trying to start as in inclement spring weather" (Empson, 2000: 373).

In 1938, Empson wrote his most considered and also his most autobiographical poem on his experiences with the exiled Beijing universities in Hunan province. "Autumn on Nan-Yueh" is a rambling, chatty excursion on the themes of flight, escapism, and political courage that are characterized by "the relaxed and conversational phrases of his later style" (Willis, 1969: 44). In common with several poems collected in *The Gathering Storm* (1940), Empson contemplates the dilemmas that arise when honour dictates standing one's ground, or when flight is the better part of valour. "Flight" is a key word in the poem expressing a complex range of related meanings: wartime aerial bombardment; the forced migrations of displaced populations; political appeasement; and the elevated "otherworldly" vantage point of the Buddhist and Taoist monks, whose temples and monastic complexes – centres of scholarship, art, and religious culture – dotted the mountain summit of Nan-Yueh. The poet's detached perspective on the imminent global conflagration is combined with more pressing anxieties about teaching without essential resources, such as library books. Empson's conversational octosyllabics elaborate: "And men get curiously non-plussed / Searching the memory for a clue", before completing the intertwined rhyme-scheme of this fourteen-line stanza: "Let textual variants be discussed; / We teach a poem as it grew" (Empson, 2000: 92). His colleagues at Nan-Yueh frequently recited Chinese classical poems from memory. The trace of these recitations is apparent in the themes from Chinese poetry displayed in "Autumn on Nan-Yueh": poems on the war-torn frontier, on rapture with wine, and anecdotal parables and jokes reminiscent of the very origins of Chinese literary tradition.

The effects of "Autumn on Nan-Yueh" are unusual and yet arresting. As the Japanese began to bomb the nearby city of Changsha, "Autumn on Nan-Yueh" closes with sober meditation on the Xiang River winding its way through maple forests during the first chill of winter:

> We have had the Autumn here. But oh
> That lovely balcony is lost
> Just as the mountains take the snow.
> The soldiers will come here and train.
> The stream will chatter as they flow.   (97-98)

The chattering, flowing stream echoes Henry Vaughan's "singing" streams that "both run and speak" (Empson 1995, 205). When contemplating the sacred Chinese mountain where the great Tang dynasty poet and wanderer Li Bai had composed, Empson is drawn to the life's flow of a meditative poet in retreat from the English Civil War. Yet it would be unusual if Empson's contemplation of the Chinese landscape was not also influenced by the paintings, sculptures and calligraphic scrolls, the silk tapestries, lacquered panels, and blue-and-white willow porcelain that he had inspected at the Chinese Exhibition at the Royal Academy in 1935-1936; or by those evocative mists and mountain streams he had encountered in Waley's translations of classical Chinese poetry. Compare Empson's version of pastoral with this extract from Waley's rendering of the Tang poet Bo Ju-yi ruminating upon his wartime exile:

> This year there is war in An-hui,
> In every place soldiers are rushing to arms.
> Men of learning have been summoned to the Council Board;
> Only I, who have no talents at all,
> Am left in the mountains to play with the pebbles of the stream. (146)

Empson's meditation on the urgency of the great political issues of the day is set against the larger backdrop of the perennial cycles of nature, thus recalling his commentary upon the clash of time-scales in Waley's translation from Tao Qian. It is evidence of the cross-cultural confluence of poetic streams that drift together in "Autumn on Nan-Yueh".

Empson's poetic treatment of China adroitly complicates the orientalism to be found in the poetry of Waley or of Pound: both of whom were imaginative rather than literal voyagers to the East. This does not mean that Empson's observer's gaze was able to capture that Platonic non-entity the "real China". Perhaps the real merit of "Autumn on Nan-Yueh" was its gesture of wartime solidarity with the Chinese people—irrespective of the Nationalist or Communist allegiances—and at a time when China had been largely abandoned by the West. In a letter home, Empson complained that in spite of the publicity generated by Auden and Isherwood's travels in wartime China, that he was resolved to make a "reasonable show of not deserting the Chinese intellectuals entirely" after "all these beastly little Lovers of the Far East have slunk off" (Haffenden, 2006: 502). After he returned to London in 1940, Empson declared in a pro-Chinese article that getting the intellectuals out of Beijing and making them look at the interior had an obviously beneficial effect. From 1941, Empson's wartime duties at the Chinese Section of the BBC's Far Eastern Service, where he was responsible for radio broadcasts to China and propaganda features on China for the Home Service, again voiced his long-term optimistic view of the emergence of Chinese social-democracy following the eventual defeat of the Japanese.

Cold War Communism

Empson returned to China in 1947 to resume his teaching position at Bei-Ta. It was here that he endured the six-week siege of Beijing in 1948 and the Communist liberation, including the proclamation of the People's Republic of China on 1 October 1949. The essays Empson had drafted in the Chinese interior were pieced together in *The Structure of Complex Words* (1951). They amounted to a refinement of the translation theory of "multiple definition" as well as a rejection of Richards's advocacy of the social virtues of rhetoric imposing doctrines. Empson recalled that *The Structure of Complex Words* was "greatly expanded and rewritten" between 1947 and 1951 in "very agreeable circumstances" (Empson, 1951: xxvii, xvi). If this remark sounds odd given the facts of a civil war, siege and revolution, an acquaintance, C. P. Fitzgerald, a historian and anthropologist, claimed that during the years of Empson's sojourn in Beijing, it was a wonderful place for foreign professors: "The most delicious and happiest, pleasantest way of life you could have imagined anywhere" (Hollington, 1996: 90-91). Empson recounted venturing beyond the city walls during the siege of Beijing in order to teach a weekly class at Tsinghua University. "When I was crossing the fighting lines during the siege of Peking" he recalled, "a generous-minded peasant barred my way and said, pointing ahead: 'That way lies death'. 'Not for me, I have a British passport' was the answer that sprang to the lips, and I was right" (Empson, 2006: 550). In 1950, Empson informed John Hayward about the comforts of living in Beijing: "There is still the beautiful city and the charming good humour and the best food in the world" (184).

Helen Thaventhiran, co-editor of a scholarly edition of *The Structure of Complex Words*, notes that this "book of criticism offers very little explicit meditation on the country that was his frequent home and main point of return during the fifteen-year period of its composition (1936-1951)" (Thaventhiran, 94). There are, however, oblique references in *The Structure of Complex Words* to the impact of his years of residence in China. Discussing the benefits of worldly renunciation in his chapter on *King Lear*, Empson argued that this is "not too Buddhist an idea to occur to Shakespeare" (138). Consider the provocatively offhand reference to Cordelia's avoidable tragic death as "just the kind of thing that happens in the confusion of a 'liberation'" (154). Empson had first-hand experience of life under the confusion of a civil war and a liberation. "The 'liberation' of the city [Beijing]," he would recall "was very snidely given that name, even by Europeans, though in Europe of course liberating a hen had come to mean stealing it for dinner" (Empson, 1961: 8). It should not be forgotten that in Empson's brilliant reading of the play, Cordelia's "liberation" was only a pathetic delusion for Lear.

Doubtless influenced by his South African wife Hetta, a staunch supporter of the Communist Party, Empson shared in the sense of expectation surrounding the Red Army's liberation of China. He was extremely moved by the patriotic folk nationalism of a performance at Peking University of the Yellow River Cantata: "I thought it hauntingly beautiful, all the more in the late dusk in the great square with a tense audience waiting for the liberation of the city" (Empson, 1961: 6). He recorded, in a vivid eyewitness account, the great excitement enveloping the triumphant entry of the People's Liberation Army into Tiananmen Square. Empson felt sympathetic towards the Communist soldiers during the siege and subsequent government: "I was greatly struck by the beautiful evangelistic feelings of the troops [...] all consciously and confidently redeeming and redeemed; and I admired the feelings of many other Chinese during the following two years" (Empson,

1961: 255). In 1951, he produced a fine translation, titled "Chinese Ballad", of a poem written during the Japanese occupation by a Communist soldier, Li Chi. This poem narrates the story of a separating wartime couple who intermix two mud dolls—moving and powerful testament to the courage, endurance, and loyalty during a political crisis. Frank Kermode thought it one of Empson's most beautiful poems: "an allegory of the pain and parting that seems perpetual, of a resistance [to] the hope of human happiness, for which, at least at certain moments, we feel ourselves so wonderfully suited, and the power of the world as it inescapably is to frustrate or even ridicule that feeling" (Kermode, 2001: 50).

Empson maintained that during his time at Peking University that "thought control" usually took the form of a tiresome "nagging" from committees of colleagues and students rather than any police-state terrors. He recalled, more in sorrow than in anger, that his students at Bei-Ta were "dialectical materialists of course, their eyes shining with idealism" (Empson, 1987: 118) although he claimed to have been resident in Beijing during "the honeymoon between the universities and the Communists, which was scarcely over when I left in 1952" (Empson, 1961: 8). When the officials failed to renew his British Council teaching contract, Empson apparently reacted angrily, banging his fist on a table. His failure to learn to speak Mandarin after seven years in the country is, however, arguably evidence of his conflicted feelings about long-term adaptation to life in China. Aboard a P & O ship in Hong Kong finally bound for the UK, Empson confessed to feeling huge relief: "It was like diving out of intense heat into a deep cool pool" (Empson, 1996: 217).

Yet, Empson refused to gainsay what he had witnessed in China. During his inaugural lecture at Sheffield University in 1953, he told colleagues and students: "It seems natural in England by this time to give a pretty gloomy jeer at the term 'liberation'", however his Beijing friends "honestly did think they were liberated from serious danger when the Communist troops finally walked in" (Empson, 1996: 214). At the Indiana Summer School in 1954, he caused quite a commotion by dressing in a Zhongshan suit and getting into furious quarrels with American colleagues over the Korean War. Empson became extremely annoyed with *Encounter* magazine during 1955 when he felt that a contributor deliberately misrepresented the political opinions of a Beijing acquaintance, anthropologist Fei Hsiao-Tung.[①] Empson always distrusted the ideological acoustics of this London-based monthly magazine, tainted by what he believed to be the use of "foreign [i.e. American] gold for an attempt to affect opinion in London" (Empson, 2006: 250). In truth, *Encounter* was then secretly funded by the CIA. At a London soirée in 1961, Empson so enraged Stephen Spender, taunting him for pedalling American propaganda and libels about Fei Hsiao-Tung as the British editor of *Encounter*, that Spender emptied a glass of wine over him. According to George Watson (a contributor to *Encounter* after the 1967 public revelation of its CIA funding), I. A. Richards was still a great admirer of Mao throughout the years of the Cultural Revolution. Was Empson, like prominent French fellow-travelling intellectuals of the 1960s and 1970s, equally starry-eyed about Maoism and the People's Liberation Army while being blind to the oppression and suffering of the Cultural Revolution? Empson's writings express his detestation of thought control or of forcible coercion, as well as his delight in the free expression of the liberal imagination and in works of art that are inherently complex and difficult, resisting the dictates of ideological propaganda. "The point about democracy," Empson wrote "is not that people all really have equally good judgement". Rather, it is that: "People with better judgement must try to convince their neighbours, and not over-rule them" (Empson, 1952: 421).

The Face of Buddhism

John Haffenden has asserted: "In a spiritual or intellectual sense at least, Empson's passionate interest in Buddhism and its iconography gave him a large part of the authority for his very presence in China" (Haffenden, 2005: 448). Certainly, after his residence in Japan in 1932, Empson quickly became fascinated by the iconography and theology of Buddhism. Within a year, he embarked on an arduous journey to inspect the monastic cave complex at Yungang in Shanxi province, China, where in the fifth century CE the Northern Wei dynasty had adopted Buddhism, sponsoring a series of rock-cut cave

---

① Empson objected to Karl Wittfogel's characterisation of Fei Hsiao-Tung's *China's Gentry* (1953) as a study that masked fundamental differences with Communist Party land reform. Empson felt that Wittfogel's insinuations of insincerity were nasty and he returned to the fray, after Wittfogel repeated his accusation in *Encounter*, by doubting whether Government officials in any country are allowed to print articles criticising the policy of their superiors. John Haffenden's account of "The Affair of Fei Hsiao-Tung" in *William Empson: Against the Christians* (2006) relentlessly supports Empson and traduces Wittfogel as a zealot, and yet in 1957 Fei did offer a public apology and recantation for failing to adhere to Communist Party policy. Empson's letters to *Encounter* on behalf of Fei Hsiao-Tung do, therefore, appear to be a case of his personal loyalty clouding political judgement.

sculptures, including colossal statues of the Buddha and Bodhisattvas. Empson subscribed to Alfred Foucher's contention that the earliest visual representations of the Buddha appearing in India and Afghanistan revealed elements of Hellenistic iconography. As Buddhism spread along the Northern Silk Road, it passed through the western Xinjiang province to the northern frontiers of China, where Yungang representations of the Buddha were complicated by their encounter with deeply ingrained Chinese (Confucian) traditions. Empson believed that when Buddhism arrived in Yungang, its theological message was transformed, in part, by sculptors who deliberately incorporated asymmetry in the eyes, nose and mouth of the faces of the Buddha, a profound psychological affect designed to embody an otherworldly spiritual transcendence but also a sense of worldly social norms and remediable human imperfection: "as soon as the Buddha arrived in China he was given something of the polite irony of a social superior" (Empson, 2016: 5).

Empson argued that "the use of asymmetry to make the faces more human" (119) was an innovation developed in China. He thought that the statues of the Bodhisattva Kwan-yin, the Goddess of Mercy, were represented "as a fashion plate of the court lady" (5). According to Empson, it was a radical move that the Buddha "changed sex in China and became the Lady Kwan-yin" (8). The asymmetrical faces of these Far Eastern Buddhist sculptures "carry the main thought of the religion; for one thing the face is at once blind and all-seeing […] so at once sufficient to itself and of universal charity" (6). In his extended treatise on *The Face of the Buddha*, which he drafted on and off from 1933 but mislaid in 1947 (it was rediscovered in the British Library in 2006), Empson painstakingly explicates a psychological theory of facial asymmetry in Buddhist iconography. There is epistemological consanguinity between Empson's psychological reading of Buddhist iconography and the literary-critical theory of poetic ambiguity advanced in *Seven Types of Ambiguity*, in which he reflects upon "stereoscopic contradictions that imply a dimension" and "a compactness which gives the mind several notions at one glance of the eye, with a unity like that of metaphor" (Empson, 1995: 226, 274-275). It might be said that Empson's parsing of the effects of linguistic ambiguity and his equally swashbuckling ruminations on Buddhist sculpture are attempts to delineate the subtle, intricate artistic filigree that seeks simultaneously to apprehend and contain the conflicting, many-sided contradictions of human existence. He explains that: "The formula then is that in the Far East, for early Buddhist sculpture, the power to help the worshipper is on the right, and the calm, or in the later examples, more generally the inherent nature of the personage, is on the left" (88). For over a decade, Empson travelled across Asia in order to confirm examples that would clinch this theory of asymmetry.

Empson's bold yet thought-provoking theory of the asymmetry of Far Eastern representations of the Buddha has proved controversial and have not been accepted by eminent scholars and art critics working in this specialised area. In his highly informative introduction to the 2016 scholarly edition of *The Face of the Buddha*, Rupert Arrowsmith describes how by the late 1930s Empson was "thinking as an insider not only about the art history of East Asia, but also to an extent the region's core spiritual and ethical traditions", a remark that is gainsaid by this edition's preface by Partha Mitter, an expert on the reception of Indian art in the West, who refers to Empson as a "rank outsider to Asian art and religion" (li, VI). Although Empson admitted that he was "in no way expert in this very technical field" (3), it is clear from his earliest encounters that he was deeply moved by the contemplation of Buddhist sculpture, transmitting what he saw as a sophisticated yet compassionate human message about a detachment from suffering and pain. After being captivated by a life-size pottery *luohan* exhibited at the Royal Academy in 1935-1936, Empson reflected upon "an appeal to us to feel, as they do, that it is odd that we let our desires subject us to so much torment in the world" (5) and he referred to this soothing effect after attending a later Chinese Exhibition at the Royal Academy: "The mature periods of Chinese art, and the introduction of Buddhism, take effect almost as soothers" (Empson, 1973: 27). Writing to John Hayward from Yungang in March 1933, Empson confided to him: "Buddhas are the only accessible art I find myself able to care about" (Empson, 2006: 57). In *The Face of the Buddha*, Empson discourses on the "freedom, tenderness, and power and the universality" of Buddhist statues in its finest period "which makes them citizens of the highest art of the world" (51).

Empson contrasted Buddhism with what he interpreted as the cruelty and sadism inherent in the Gospel narratives of Christ's sacrifice and crucifixion, discoursing on the role they played in the institutional history of Christianity in the West: "I think Buddhism much better than Christianity, because it managed to get away from the neolithic craving to gloat over human sacrifice" (Empson, 2006: 256). In his contribution to the essay collection *Some Versions of Empson* (2007), Eric Griffiths offered a characteristically combative yet forceful rebuttal of Empson's portrait of the "appalling" Christian God as commandeering, exclusionary and cleft, inviting caution for Empson's pithy, sententious epitomes of Christian doctrine which are often unsupported by detailed exegesis of Christian scripture or untouched by a regard for contested historical change in the interpretations propagated by spokespersons for Christian institutions. By contrast,

Griffiths sees Empson's version of Buddhism as untroubled by doctrinal schisms or by historical change: "making over Buddhism in his preferred image" (Griffiths, 2007: 147). Griffiths's polemic suggests that Empson was too willing to smooth over deep-seated cultural differences in embracing a Buddhist East at the expense of the Christian West, pondering Empson's 1942 sonnet on the "heartening fact about the cultures of man / Is their appalling stubbornness." Nevertheless, Empson did discern a fundamental theological divide between the East and the West. In *The Face of the Buddha* he writes: "The chief difference between East and West, it seems to me, one from which the others may almost be deduced, is that in the West the supreme God is a person and in the East he is not", before going on to add, "the Chinese rejection of the personal supreme God did not involve a 'world-denying philosophy'; the world was fitted to the nature of man" (111). Even "after attaining peace" claimed Empson of Chinese visual representations of the Buddha, they are "still imagined as a social being" (116).

In *The Face of the Buddha* Empson's praise of the generosity and the intellectual breadth of Buddhism is fulsome: "It has been a civilising force in wide areas of the world" (21). Elsewhere he asserts, "Buddhism obviously deserves respect; for one thing, though not only, as an extreme; it needs to be remembered when one tries to survey what the human mind could think about a subject. But I naturally would not want to present myself as a believer by mistake" (Empson, 1987: 600). It is important to recognise that Empson did not practice meditation, an indispensable ritual of Buddhism, and he stated on several occasions that he would not encourage his sons to become Buddhist monks. What role, then, does Buddhism play in his writings? Empson caused a stir in literary circles when he chose to preface his *Collected Poems* of 1955 with his condensed rendering of the *Adittapariyaya Sutta* or the Buddha's "Fire Sermon" derived from the sacred Pali canon. He encountered T. S. Eliot's allusions to "The Fire Sermon" in the third section of *The Waste Land* (Eliot's notes to the poem likened the Buddha's sermon against fires of lust, rage, despair, and other passions with Christ's Sermon on the Mount). Empson referred to the Buddha's Fire Sermon as "a supreme example of the beauty of at any rate one sort of death wish in an almost pure form" (Empson, 1987: 535). However, he did not believe that there was something essentially pessimistic or defeatist or nihilist about the teachings of the Buddha: "The basic position," he explained "is that Buddhists believe in abandoning selfhood, sometimes interpreted as merging oneself into the Absolute or the impersonal Godhead" (599). This speaks not only to this poet's longed for freedom from desire and torment, but to a release from the analytical worrying at the intractable conflicts and contradictions of selfhood that was a hallmark of his groundbreaking literary criticism. Fittingly, Empson's surviving family read his version of the "Fire Sermon" at his funeral in 1984.

Conclusion

The most enduring legacy of Empson's imaginative and empathetic engagement with China is his passion for complex thought-systems that challenged any orientalist prejudice about the assumed superiority of the Christian West. This bold poet-critic often emboldened others to seek for invigorating new imaginative horizons. The importance of China to Empson across his career also lends a particular richness to his often quoted remark: "The central purpose of reading imaginative literature is to grasp a wide variety of experience, imagining people with codes and customs very unlike our own" (Empson, 1987: 218). It is simply unhelpful to lump Empson into either an "insider" or an "outsider" camp when it comes to Chinese culture. His imaginative engagement with China was clearly powerfully felt and lifelong, but inhibited by the profound linguistic, social and political gulf separating his home country and his adopted one throughout the twentieth century. In a letter to John Haffenden written two years before his death, Empson said that he had failed to assimilate with Chinese society and "probably missed a great deal" (Empson, 2006: 672). Certainly, many commentators have felt that he remained a quintessential English gentleman throughout his long years of residence abroad. Colin Falck remarked that "because of this Englishness his confrontations with other cultures and attempts to assimilate them are strangely impressive" (Falck, 1968: 62).

In a "Prefatory Note" to his *Collected Poems* (1984), Empson remarked on "the strangeness of the world, in which we are often tripped up and made helpless, and the first thing to do in that situation is to understand it" (Empson, 2000: 11). His years in China taught him about the necessity of maintaining one's balance when faced with conflicting socio-cultural values. "It may be that the human mind can recognize actually incommensurable values," Empson observed in *The Structure of Complex Words*, adding "the chief human value is to stand up between them, but I do not see how we could know that they were incommensurable till the calculation had been attempted' (Empson, 1951: 421). Empson put the matter sharply in reply to Frank Kermode: "We have only two or three independent civilizations to compare, developing in parallel through thousands of years, it has a steadying effect to compare them" (Empson, 1953: 115). For Kermode, crossing swords with Empson left one feeling the narrowness of one's own point of view. "I think he was very conscious of the breadth and variety of his own experience," reflected Kermode, "and so thought us all narrow and tame, venturing our pathetic little audacities from positions of bourgeois security" (Kermode, 1990: 118). Few journeys have been as intellectually audacious or as imaginatively bracing as William Empson's warm embrace of Chinese civilization.

References

Empson, William. *The Structure of Complex Words*. London: Chatto & Windus. 1952.
——. "The Critical Forum." *Essays in Criticism* (January 1953): 114-20.
——. "Bei-Ta before the Siege." *Arrows* (Autumn 1961): 6-8.
——. "Waley's Courtesy." *New Statesman* (13 March 1964): 410.
——. *Milton's God*. London: Chatto & Windus. 1965.
——. "The Gifts of China." *Sunday Times* (30 September 1973).
——. *Argufying: Essays on Literature and Culture*. Ed. John Haffenden. London: Chatto & Windus. 1987.
——. *Empson in Granta*. Tunbridge Wells: The Foundling Press. 1993.
——. *Seven Types of Ambiguity*. Harmondsworth: Penguin. 1995.
——. *The Strengths of Shakespeare's Shrew: Essays, Memoirs and Reviews*. Ed. John Haffenden. Sheffield: Sheffield Academic press. 1996.
——. *The Complete Poems*. Ed. John Haffenden. Harmondsworth: Allen Lane. 2000.
——. *Selected Letters of William Empson*. Ed. John Haffenden. Oxford: Oxford University Press. 2006.
——. *The Face of the Buddha*. Ed. Rupert Arrowsmith. Oxford: Oxford University Press. 2016.
Falck, Colin. "William Empson." *The Modern Poet: Essays from The Review*. Ed. Ian Hamilton. London: Macdonald. 1973.
Forster, E. M. *Goldsworthy Lowes Dickinson*. London: Arnold.1973.
Frankopan, Peter. *The Silk Roads: A New History of the World*. London: Bloomsbury. 2015.
Griffiths, Eric. "Empson's God." *Some Versions of Empson*. Ed.M. Bevis. Oxford University Press. 2007.
Haffenden, John. *William Empson: Among the Mandarins*. Oxford: Oxford University Press. 2005.
Hollington, Michael. "Richards and Empson in China: The Recollections of Professor C. P. ('Possum') Fitzgerald." *AUMLA-Journal of the Australasian Universities Language and Literature Association* 86.1(2014):81-92.
Kermode, Frank. *An Appetite for Poetry: Essays in Literary Interpretation*. London: Fontana. 1990.
——. *Pleasing Myself: From Beowulf to Philip Roth*. London: Penguin. 2001.
Richards. I. A. *Mencius on the Mind: Experiments in Multiple Definition*. Ed. John Constable. London: Routledge. 2001.
Thaventhiran, Helen. "War Lords in the Republic of Letters: Empson and Richards among the Mandarins." *Cambridge Quarterly* 1(2012):93-110.
Waley, Arthur. *Chinese Poems*. London: Unwin. 1961.
Willis, J. H. *William Empson*. New York: Columbia University Press. 1969.

William Empson's Journey to Mount Nanyue and His Poem "Autumn on Nan-Yueh"①

JIANG Hongxin

Abstract: William Empson, an English poet and critic, had a special experience at Mount Nanyue in Hunan, China, but this has been rarely revealed. In the period of China's War of Resistance against Japanese Aggression, he joined the Temporary University of Changsha and arrived at Mount Nanyue. At Nanyue, Empson, together with the faculty of the Temporary University of Changsha (later to become Southwest Associated University), thoroughly demonstrated the spirit of being content with poverty, tenacious struggle, and following one's heart wherever one is heading. More importantly, Empson at Nanyue created a modern poem, "Autumn on Nan-Yueh", which was the longest in his literary career, to record the details of his life and his thoughts on the relation of literature and politics at Nanyue. It has unique significance and deserves commemoration both from cultural and literary perspectives.

Keywords: William Empson; Mount Nanyue; the Temporary University of Changsha; "Autumn on Nan-Yueh"

威廉·燕卜荪南岳之行及其诗作《南岳之秋》

蒋洪新

内容摘要： 英国诗人、批评家威廉·燕卜荪在中国南岳衡山的经历鲜有文章披露。中国抗日战争期间，燕卜荪跟随长沙临时大学，抵达湖南南岳衡山执教。在南岳，燕卜荪同长沙临时大学（后成为西南联合大学）师生将安贫乐道、顽强拼搏、无问西东的精神发扬得淋漓尽致。更为重要的是，燕卜荪在南岳留下了文学生涯中最长的一首现代诗《南岳之秋》，诗中记载了他在南岳的生活细节及其关于文学与政治关系的思考，无论从文化角度，还是从文学角度看，都有独特意义，值得铭记。

关键词： 威廉·燕卜荪；南岳衡山；长沙临时大学；《南岳之秋》

---

① First published in *Interdisciplinary Studies of Literature*. Vol. 2, No.4, December 2018.

William Empson (1906-1984) was an influential English literary critic and poet. Well known for his masterpiece, *Seven Types of Ambiguity* (1930), Empson was praised as the greatest English literary critic of the 20th century. So critical is this work to modern western poetry that it is still an indispensable reference book for students in literary and arts departments of universities in America and Britain.

In the 1930s, Empson taught in China and had a chance to live temporarily at Mount Nanyue in Hunan Province. Mount Nanyue (also Mount Heng, the Southern Mountain of the Five Sacred Mountains in China) deserves a whole spectrum of flowery rhetoric such as being graceful, magnificent, mysterious, cultural, and spiritual. Its grace is embodied in the saying "overshadowing the others in China are the Five Mountains among which the most elegant is Nanyue". Apart from its gorgeous peaks, clear waters, verdant trees, and ancient temples, everything there seems so harmonious and appeasing that any conflict can be solved. Consequently, Mount Nanyue is also called the mountain of harmony.

Mount Nanyue has been the stage for numerous moving stories. As a cultural stage, for a time gathered here were also groups of universities and scholars. This paper mainly conducts a probe into Empson's journey to Mount Nanyue during China's War of Resistance against Japanese Aggression, thus revealing the story between the two.

William Empson's Life Experience at Mount Nanyue

Empson came to China and taught in the university mainly because he did not like the boring life in London, and it might have been quite disappointing for him to make a living by tutoring and writing articles. He even asked the great poet T.S. Eliot to seek employment for him at the University of Cairo. In early 1937, he received a three-year contract to teach at Peking University (Haffenden, 2005: 432). In the same year, he went home to visit his mother and brothers in Yorkshire and pack his things. He left London on August 12, 1937, took the train across Europe, Russia, and Harbin, and finally arrived in Beijing at the end of August. Unfortunately, Empson's arrival coincided with the outbreak of China's War of Resistance against Japanese Aggression. Therefore, he came to Mount Nanyue together with the Temporary National University of Changsha, which was formed jointly by Peking University, Tsinghua University, and Nankai University because of the war.

This new university was located on the former site of Jiucaiyuan Bible College in Changsha, and a standing committee including the former presidents of the three universities—Jiang Mengling, Mei Yiqi, and Zhang Boling—was soon organized. Classes started on November 11, 1937. The main campus and Colleges of Science, Technology, and Law were located in Changsha. Banners advocating for the spirit of anti-imperialism, patriotism, democracy, and science were fluttering among buildings of the university to encourage the students. Due to Japanese air raids, the College of Literature and Arts was forced to move to the Bible College at Mount Nanyue. Eighty students and more than twenty professors arrived. As the classes started, Qian Mu, Wu Mi, Tang Yongtong, He Lin, Luo Changpei, Luo Xi, Wei Jiangong, and Chen Xueping arrived. Before long, the other nineteen professors also arrived. Their names were recorded in verse form in the autobiography of Rong Zhaozu, a professor from Peking University. Liu Wuji quoted the verse in his diary at Nanyue:[1]

What is the fun to lean over railings? (Feng Youlan)
I didn't hear much about its elegance. (Wen Yiduo)
In a leisurely manner you can still enjoy the rhythm rapid. (Zhu Ziqing)
So cherish the days with a transcendent spirit. (Ye Gongchao)
The first emperor sank the great cooking vessel in great river; is it right? (Shen Youding)
Since the diplomatic envoy had accomplished task perfectly and bright. (Zheng Binbi)
Three thousand royal intellectuals by the river have been prepared in vow. (Pu Jiangqing)
And how long will prince Wuji be waiting to defeat Zhao? (Liu Wuji)
Who would be the first one to calmly take his weapon? (Rong Zhaozu)
And fight the invader in an incompletely prepared condition? (Wu Dayuan)
I find myself in the south when I wake up from a dream sound and sweet. (Sun Xiaomeng)
Milky mist seems to be still lingering upon a tinkling rivulet. (Luo Ailan)
How the long thirsted mountains are longing for a rain! (Jin Yuelin)
Who can to my people and the world the blessings bring? (Liu Shoumin)

---

[1] The original of the verse: 冯阑雅趣竟如何（冯友兰）/ 闻一由来未见多（闻一多）/ 性缓佩弦犹可急（朱自清）/ 愿公超上莫蹉跎（叶公超）/ 鼎沈雒水是耶非（沈有鼎）/ 秉璧犹能完璧归（郑秉璧）/ 养仕三千江上浦（浦江清）/ 无忌何时破赵围（柳无忌）/ 从容先着祖生鞭（容肇祖）/ 未达元希扫虏烟（吴达元）/ 晓梦醒来身在楚（孙晓梦）/ 皑岚依旧听泉鸣（罗皑岚）/ 久旱苍生望岳霖（金岳霖）/ 谁能济世与寿民（刘寿民）/ 汉家重见王业治（杨业治）/ 堂前燕子亦卜荪（燕卜荪）/ 卜得先甲与庚（周先庚）/ 大家有喜报俊升（吴俊升）/ 功在朝廷光史册（罗廷光）/ 停云千古留大名（停云楼，教授们的宿舍）。

How eager I am to see resistant wars being waged with a lion's will! (Yang Yezhi)

Look, swallows under the eaves may be messengers from a far sphere. (William Empson)

There comes a prophecy that the blessed days may come with ease. (Zhou Xiangeng)

How we hope to hear the message nice and peace! (Wu Junsheng)

How we hope the glory to shed on my state like sunshine in the sky! (Luo Tinguang)

All the names are as gorgeous as the clouds flaming high. (Tingyun Building, the residential building of these professors) (Liu, 2010: 7-8)

In the above verse, "fenglan" in the first line is a word in the name of this professor, refers to leaning over railings; "wen" and "duo" in the second line are words in the name of this professor, refers to hearing and being many in number; "peixian" in the third line is a word in the name of this professor, refers to the elegant name of a classical musical instrument; in the fourth line, "gong" means "you", and "chao" "transcendence"; the fifth line means that "is it right for empire Qin to overthrow the Zhou dynasty" and as words in the name of this professor, "shen" means to sink and "ding" means an ancient cooking vessel with two loop handles and three or four legs, as symbol of imperial power; in the sixth line, "binbi", as a word in the name of this professor, refers to an ancient allusion about an intrepid envoy of the Zhao State who brought back a jade plate which was the symbol of power and dignity of his state; in the seventh line, "pu", as a word in the name of this professor, refers to a place by a river where prince Wuji of the Wei State supported many intellectuals; in the eighth line, Professor Liu is of the same name as prince Wei Wuji; "zu" in the ninth line, part of this professor's name, here also refers to the name of General Zu Di in the Eastern Jin Dynasty who was an eager pioneer to fight against northern invaders and had a famous weapon named Bian; "da yuan" in the tenth line, as a word in the name of this professor, here refers to reaching a perfect state; "xiaomeng" in the eleventh line, as a word in the name of this professor, refers to the daydream of Zhuang Zi, an ancient philosopher in the Chu State of southern China; "lan" in the twelfth line, as a word in the name of this professor, refers to mists in the mountain; "yuelin" in the thirteenth line, as a word in the name of this professor, refers to rain in the mountain; "shoumin" in the fourteenth, as a word in the name of this professor, refers to bringing blessings to people; "yezhi" in the fifteenth, as a word in the name of this professor, refers to dealing with state affairs of war and peace perfectly; "yan bu sun" in the sixteenth line, as pronunciations of the Chinese name of this professor, refer to a swallow that is seen as an auspicious messenger; "xiangeng" in the seventeenth line, as a word in the name of this professor, refers to lucky days in traditional Chinese calendar; "junsheng" in the eighteenth line, as a word in the name of this professor, refers to being nice and peace; "tingguang" in the nineteenth line, as a word in the name of this professor, refers to the glory and dignity of the country; "tingyun" in the last line, as a word in the name of this building, refers to being as glorious as to stop flowing clouds according to a Chinese allusion. It can thus be seen that a large number of giants had gathered at Nanyue. Among them, William Empson was the only foreign teacher who was described as a messenger from a far sphere. His unique status in the temporary university is highlighted.

The university at Nanyue was then in a very difficult situation, as Qian Mu, the great scholar, reminisced: "The college was located on the mountainside of Nanyue, the ex-site of the Bible College. Two teachers shared a room. One of the rooms was the biggest where Chiang Kai-shek had once dwelt" (Qian, 2005: 199). Coincidentally, Empson shared a room with Professor Jin Yuelin, the famous philosopher who had studied in the United States and Britain and was well-versed in both Chinese and western learning. In addition to poor accommodations, dining and teaching conditions were also unsatisfactory. Liu Wuji was then teaching three courses. According to his words, the students were in urgent need of text and reference books, and even the small blackboard was moved into the classroom later. "The rice that Hunan cook prepared is hard and countable. It's difficult to swallow," he added (Liu, 2010: 9). In such a difficult environment, Empson, far away from his peaceful hometown, shared happiness and suffering with his Chinese colleagues and students. His students were extremely impressed by his ethics and talents. Especially impressive are the words of two of his students, who later became leading figures of foreign studies in China.

According to the memoir of Li Funing, "His books were not yet shipped to Nanyue because of war-time transportation problems, and still Mr. Empson taught works of Shakespeare. He typewrote the entire text of *Othello* from extraordinary memory, had it mimeographed, and handed it out among students" (Li, 2005: 33). Empson paid great attention to heuristic teaching; for example, he once questioned his students: "Is Othello easily jealous?" Students valued him very highly. Li wrote in his memoir: "Mr. Empson taught me Shakespeare for two semesters. He taught me how to analyze and comment on Shakespeare and helped me lay a solid foundation. He was always emphasizing the importance of analyzing and thinking. In this way he guided his students to the field of literary studies, which at the time was extremely rare for those studying foreign languages. More importantly I benefited much from the reading and writing course taught by Mr. Empson for the third and fourth grade" (34).

Liu Zhongde, another student of Empson's and Professor at Hunan Normal University, recalled in his article "Temporary National University of Changsha and Its Stories:" "Mr. Empson and Zhu Ziqing were among those famous professors who taught us at Nanyue. I can still remember how he taught us, the fourth grade students in the Department of Foreign Languages, to read Shakespeare. At that time he was already a famous British poet and critic, and had published *Collected Poems* and *Seven Types of Ambiguity*. He was very learned, informal, and liked drinking. He often stopped and enjoyed the music of Huqin—the Chinese violin—played by a classmate of mine. Later he followed us to Associated University in Kunming, and continued to teach despite the tough environment. This is quite commendable" (Liu, 1994: 271).

William Empson's Life Experience at Mount Nanyue in His Poem

Apart from writing poetry criticism and theoretical works, Empson wrote poems as well. However, he was not a prolific poet and only 56 of them were published in *The Complete Poems of William Empson* in 1955. Generally, his poetry is of an academic and Eliotic style. He loved the metaphysical poetry of the 17th century and once said that he was envious of the beautiful lines of John Donne and he himself had even been trying hard to find out interesting expressions of metaphors and puns (Perkins, 1987: 74). His witty poems seem so simple, but they are still ambiguous and contain much dense and powerful content.

Wang Zuoliang, his Chinese student, viewed his poems in this way: "People assumed that he had imitated metaphysical poetry of the 17th century, but in fact his poems are more ambiguous. Though they are simple words of original Britain flavor, they contain elements of scientific and philosophical theories of the 20th century, such as Einstein's theory of relativity and Wittgenstein's logic and philosophy of language. Some lines are easy to analyze separately but hard as a whole" (Wang, 1997: 204). Being different from the classical tradition of Europe that Eliot always adopted and insisted on, Empson's poems are filled with theories of the modern world, and a traditional as well as a "metaphysical" style admired by modern poets can be found while some seemingly unrelated images are dramatically juxtaposed. The foam on the lake from tooth-brushing is reflected in the water like stars, while the real stars are blocked by the morning mist. Then the tension of the soupy water is compared to the force of a spaceship whose speed exceeds that of light. His poems, which mingle new scientific and technological knowledge, are academic in style, and filled with wit and reason. When talking about this "debate-style poetry" that carries many contradictions, Empson interestingly said that the poet should write those things that really make him annoyed, even crazy...quite a few of his good poems are based on an unresolved conflict (205).

There at Nanyue, Empson wrote "Autumn on Nan-Yueh", his longest poem of two hundred and thirty-four lines to record his life and thoughts. This poem is of a witty style, but easier to understand than his other ambiguous poems. What is clearly attached with the title is the statement that the poem was completed at the time "with the exiled universities of Peking". With a quotation from a part of W. B. Yeats' poem, "The Phases of the Moon", Empson introduced "flight" as the clue of the whole poem. His trip, part of which was flight, took him to Nanyue, and his trip of "flight" never stopped. Right during his non-stop trip of "flight", Empson recorded the details of his life and his thoughts on the relation between literature and politics.

It's worthwhile to ruminate over many lines of Empson's "Autumn on Nan-Yueh". The following is about Mount Nanyue:

> The holy mountain where I live
> Has got some bearing on the Yeats.
> Sacred to Buddha, and a god
> Itself, it straddles the two fates;
> And has deformities to give
> You dreams by all its paths and gates.
> They may be dreamless. It is odd
> To hear them yell out jokes and hates
> And pass the pilgrims through a sieve,
> Brought there in baskets or in crates.
> The pilgrims fly because they plod.
> The topmost abbot has passed Greats. (Haffenden, 2000: 92)

Here, Empson associated Mount Nanyue with Yeats. In his eyes, these two holy "mountains" equated and complemented each other. Yeats, the holy mountain of his spiritual world, gave him pabulum and literary inspiration. Nanyue, the holy mountain of his natural world, was "sacred to Buddha, and a god itself", bringing a fresh horizon to Empson. At Nanyue, Empson witnessed the intercourse of such main characters as "deformities", "pilgrims" and "abbot". The identity of Mount Nanyue as a Buddhist Shrine therefore got greatly rendered.

The following is about Empson's life at Nanyue:

(The souls aren't lonely now; this room
Beds four and as I write holds two.
They shudder at the winter's thrust
In cradles that encourage 'flu.) (92)

…

As for the Tiger Bone, the brew
With roses we can still get here,
The village brand is coarse and rough,
And the hot water far from clear.
It makes a grog. It is not true
That only an appalling fear
Would drive a man to drink the stuff.
Besides, you do not drink to steer
Far out away into the blue.
The chaps use drink for getting near. (93)

Obviously, the living conditions of professors were extremely poor. A room "beds four" and when Empson was writing the poem two professors had already lived in the room. Empson wrote: "They shudder at the winter's thrust / In cradles that encourage 'flu", which meant that they were afraid of winter when it's easy to catch cold owing to the poor living conditions. Despite a difficult life and frequent illness, Empson lived optimistically "on hope" and "on trust" (91). In the poem, he conveyed that friendship with colleagues was his source of happiness. He himself also said that he wanted to express a happy mood because he then had excellent companions (Wang, 1997: 207). Though in the humble and crowded room, "the souls are not lonely". Maybe many had this kind of mood at that time, but Empson, a British literary celebrity, came to China in war, and stuck with Chinese colleagues and students to the bitter end. So, he was definitely a man of noble character. He also wrote that he could buy "the Tiger Bone, the brew with roses", but the brand manufactured in the village was "coarse and rough" with "the hot water far from clear", hence a grog. Drinking the stuff did not occur only for "an appalling fear". For them "chaps", drinking was mostly for "getting near" and enhancing friendship. Empson's humorous words portrayed his simple life at Nanyue and demonstrated the valuable spirit of being content with the poverty of teachers and students at the Temporary University of Changsha (later to become Southwest Associated University).

The following is about Empson's teaching experiences at Nanyue:

'The souls remembering' is just
What we professors have to do.
…
The abandoned libraries entomb
What all the lectures still go through,
And men get curiously non-plussed
Searching the memory for a clue.
The proper Pegasi to groom
Are those your mind is willing to.
Let textual variants be discussed;
We teach a poem as it grew.
Remembering prose is quite a trouble
But of Mrs Woolf one tatter
Many years have failed to smother.
As a piece of classroom patter
It would not repay me double. (Haffenden, 2000: 92)

In the exiled university, not only the living conditions were poor, but also the teaching conditions were backward. "The abandoned libraries" in Peking reserved the contents of all lectures but they couldn't be moved together. Without textbooks or references, teachers gave the lectures only based upon "the souls remembering". They obtained the teaching materials by "searching the memory for a clue". Just as Empson in the above stanza wrote, teachers taught a poem "as it grew". In other words, teachers recalled the whole poem little by little during the teaching process. Empson regarded the teaching ideas as "Pegasi", which would be groomed as "mind is willing to". Evidently, teachers' own thoughts on teaching played a critical role. Actually, for Empson, a knowledgeable man from Cambridge, this felt just like a fish in water. Moreover, in his view, "verse has been lectured to a treat / Against Escape and being blah" (93). He certainly gained enjoyment from teaching poetry in this way. However, he had a sense of propriety, reminding himself "not to fly" and keeping himself just where he was (93). Empson also wrote in the above stanza that "remembering prose is quite a trouble". "But of Mrs Woolf one tatter / Many years have failed to smother." Empson had long been interested in Adeline Virginia Woolf's prose, so it was not hard for him to remember Woolf's prose. Though teaching Woolf's prose did not repay him double, it had become "a piece of classroom patter" and Empson felt at ease in this type of lecture. In the tough times, the spirit of tenacious struggle in teaching and learning of teachers and students at the Temporary University of Changsha was fairly displayed.

The following is about Empson's thoughts on the relation of literature and politics:

So far I seem to have forgot
About the men who really soar.
We think about them quite a bit;
Elsewhere there's reason to think more.
With Ministers upon the spot
(Driven a long way from the War)
And training camps, the place is fit
For bombs. The railway was the chore
Next town. The thing is, they can not
Take aim. Two hundred on one floor
Were wedding guests cleverly hit
Seven times and none left to deplore.
Politics are what verse should
Not fly from, or it goes all wrong.
I feel the force of that all right,
And had I speeches they were song.
But really, does it do much good
To put in verse however strong
The welter of a doubt at night
At home, in which I too belong? (95)

Mount Nanyue was so remote that people ought to be able to evade reality and politics there, but Empson still didn't get rid of the bondage of the two. In the main part of the poem he discussed the relation between literature and politics in an ambiguous way. The above-quoted poem reflected two kinds of mindsets of the poet. On the one hand, politics are what literature "should not fly from", "or it goes all wrong". Empson knew this all right. In the above poem, we can find these lines: "And training camps, the place is fit / For bombs"; "Two hundred on one floor / Were wedding guests cleverly hit / Seven times and none left to deplore". At Nanyue, Empson witnessed the bombs aiming at the training camps and innocent people, and finally killed so many. The cruel reality struck the poet's sensitive sympathetic mind. In the special context, Empson in the whole poem mentioned such unique words and concepts as nationalism, race, economics, the Red argument, Marx, Stalin, Japs (a derogatory abbreviation for Japanese) and Germans, thus associating his poem with politics. On the other hand, he detested putting all political stuff in literature. In the above poem, we can find his rhetorical question: "But really, does it do much good / To put in verse however strong / The welter of a doubt at night / At home, in which I too belong?" Empson thought putting in verse such chores as "the welter of a doubt at night", however politically strong, would not "do much good". He also did not "like the verses about 'Up the Boys'", which were filled with "the revolutionary romp" and "the hearty uproar that deploys / A sit-down literary strike". In his eyes, these literary words belonged to "pomp" and would finally "come down to noise" (94). Here, Empson manifested his conservatism of reformism. In the last stanza, he said he "wouldn't fly again". Though life was not easy at Nanyue, he wanted a stable life and did not want to move again. But "even in breathing tempest-tossed", all other members started to move and forcibly he had "got to go" (97). Autumn passed and Mount Nanyue would "take the snow". Empson wrote at last: "The soldiers will come here and train. / The streams will chatter as they flow" (98). All seemed calm but had the potential bloody fight that he did not desire. The political changes brought unexpected and undesirable moves to Empson. Empson's two kinds of mindsets on the relation of literature and politics thus created an unending outcome for the whole poem.

By contrast, here the author of this paper cites a poem, "A Rainy Night"①, written by Liu Zhongde when he was a student at Nanyue:

In a mass of darkness

Dense clouds are surging forward

Upon a quiet mountain

And an ancient college

Downpours the rain, mixed

With the distant burst of barking

Several rooster crows awake

Nostalgic dreams of a wanderer, but where

Are the angry laments of steeds? And where

Are the roars of warriors in battle?

There stand the rows of pines,

Walls of phoenix trees, and

Unmovable stones, in the torrents of rains

Their resistant roars are woven into a virile march

They will stand, ever green, tough and upright,

Till the dawn when new life burgeons through

The darkness of night! (Liu, 1994: 270-271)

It's evident that Liu, a passionate student, had a different style of writing from Empson, a moderate teacher. In his poem, Liu outlined a scene that was still thriving and full of vitality even though they experienced ups and downs. "The angry laments of steeds", "the roars of warriors in battle" and "their resistant roars" were "woven into a virile march". In Liu's poem, the march thus headed on in high spirits. The images of "pines", "unmovable stones" and "phoenix trees" were "green, tough and upright", symbolizing "new life" burgeoning at Nanyue, implying a new journey for the "ancient college" and predicting a brand-new look of China. The ambitious emotion, instigating words and optimistic

---

① The original of the poem: 夜，/一团黑暗。/浓密的云雾在奔腾，/满山一片静。/一所古老的学院。/倾盆大雨下个不停，/夹杂着远处的一阵犬吠，/还有几声鸡鸣？/惊醒了流浪者的怀乡梦。/哪里怒马的悲鸣？/战场厮杀的喊声？/雨正在打着柏松，/打着落叶的梧桐，/也打着坚贞的巨石，/一齐发出反抗的吼声，/巧妙地／交织成一支进军行。/松柏、巨石、梧桐，/经过彻夜的斗争，/还依然常青、强硬、直挺，/在打击中／孕育着伟大的新生！

attitude toward politics were in sharp contrast with those in Empson's poem.

People held a high opinion of Empson's character. One of his Japanese students said that he was an honest and authentic person, always kind and gentle to friends and students (Fukuharax, 1974: 33). His experience in China has been put in a poem by one of his friends:

> During the China Incident
> Came the long trek
> By the exiled Peking universities,
> Of which he was a teaching member;
> So William went
> To Hunan and Yunnan.
> He ran about in hope, on trust,
> Happy to have escaped from the pell-mell.
> The teachers taught just
> What they could remember
> In strict rotation,
> Having no way to check.
> This suited William well,
> He being a master of misquotation. (Bottrall, 1974: 50-51)

Bottrall in the poem recorded Empson's exiling experiences together with the temporary university from Hunan Province to Yunnan Province. Luckily, Empson had escaped from the chaos and survived in a succession of wars in China. Moreover, Bottrall described Empson's unique teaching experiences in the temporary university, claiming that the teachers, without references and ways to check, could only teach based upon their memory. Subtly, Empson's inaccuracy or carelessness in quotation was revealed in a jocular way: "He being a master of misquotation". Throughout his life, Empson came to China twice and lived in China for seven years. The first time he lived in China was from 1937 to 1939 when he was hired by Peking University for the first time. In the Second World War he returned to Britain in service of his country and did his best as an intellectual and citizen. After the war he returned to Peking University to teach and lived in China for another five years from 1946 to 1951.

Mount Nanyue is an important birthplace of Huxiang culture. Empson was the first foreign scholar who lived there temporarily, wrote a long poem of 234 lines, "Autumn on Nan-Yueh," and thus exerted great influence on modern Chinese poetry. "Autumn on Nan-Yueh," the longest of Empson's poems, gives an account of his life and thoughts at that time. The poem also demonstrates the resolute, diligent, and eager-to-learn spirits of the teachers and students of the Temporary University of Changsha. No doubt, Empson's journey to Mount Nanyue is valuable academically and deserves commemoration.

References

Perkins, David. *A History of Modern Poetry: Modernism and After.* Cambridge and London: The Belknap Press of Harvard University Press, 1987.
李赋宁：《学习英语与从事英语工作的人生历程》，北京，北京大学出版社，2005。
柳无忌：《南岳山中的临大文学院》，载冯友兰等著，《联大教授》，6-10页，北京，新星出版社，2010.
刘重德：《浑金璞玉集》，北京，中国对外翻译出版公司，1994。
钱穆：《八十忆双亲·师友杂忆》，北京，生活·读书·新知三联书店，2005。
王佐良：《王佐良文集》，北京，外语教学与研究出版社，1997。

Leavis, the Body and the First World War

Neil Roberts

Abstract: Starting from a consideration of the importance of body-language in Leavis's personal demeanour, this chapter discusses the prominence of appeals to bodily sensation in his critical prose. Focusing on Leavis's critique of Milton, I investigate the fact that, despite occasionally showing appreciation of the poet's powers, it is overwhelmingly negative. His language in evoking his response to Milton's verse is strikingly not only physical but military. Leavis abhors what he calls "magniloquence", or language which has no roots in bodily experience, and I speculate that his exceptional sensitivity to the bodily aspects of language derives in part from his experience in the First World War, throughout which he claimed to have carried a volume of Milton in his pocket, and his discovery, on his return, of the 'subtleties of living speech in Eliot's early poetry.

Keywords: Leavis; Milton; body; sensation; war; magniloquence

利维斯、身体和第一次世界大战

尼尔·罗伯特

内容摘要： 利维斯平日的个人行为反映出他重视"身体语言"的重要性。由此出发，本文讨论了身体感觉在利维斯文学评论中的突出地位。通过聚焦利维斯对弥尔顿的批评，本文认为利维斯尽管偶尔对诗人的力量表示欣赏，但整体上持否定态度。在评论弥尔顿时，他所使用的语言不仅是身体的而且是军事的。利维斯厌恶"豪言壮语"，即未根植于身体经验的语言。本文认为，利维斯对语言的身体方面的超乎寻常的敏感，部分源自其在第一次世界大战期间的经历。"一战"期间，他一直随身携带一本弥尔顿的诗集，从战场返回后，他发现艾略特的早期诗歌具有鲜活语言的微妙性。

关键词： 利维斯；弥尔顿；身体；感觉；战争；豪言壮语

In his biography of F. R. Leavis Ian Mackillop recounts a vivid display of the great critic's personality at a student gathering. Mrs. Leavis tells someone that in the Civil War "my husband would have been one of Cromwell's generals". Leavis overhears and retorts, "No, my dear, I would have been *Cromwell*" (Mackillop, 1995: 13).

This anecdote sets off two trains of thought. The more obvious one is why, if Leavis identified to such a degree with the great Puritan leader, he was so grudging in his respect for the great Puritan poet, Milton, in contrast to the praise he gives for example to a comparatively minor Cavalier poet such as Thomas Carew.

Mackillop says that when identifying with Cromwell Leavis was joking and "The point of the joke is that he thought he would not have been Cromwell" (13) I disagree with Mackillop about this, and my reason for doing so leads to the second train of thought, which readers might think is more tenuous than the one about Milton. It will, however, lead us back to Milton. There is certainly some humour, or at least irony, in Leavis's statement. He would not of course have wanted to identify himself with Cromwell's atrocities in Ireland or to be thought guilty of self-aggrandisement in comparing himself to one of the great figures of English history. But one pupil and friend quotes him saying, "People say I am a Puritan. I *am* a Puritan" (Thompson, 1984: 57). This assertion would have to be carefully qualified, but he certainly prided himself on characteristics that he shared with Puritans, such as integrity, resoluteness, obdurateness and unflinching readiness to confront the enemy. These are qualities that distinguish him from nearly all his followers, and he was justified in thinking that he had something in common with Cromwell as a leader.

But my main reason for wanting to talk about this anecdote, and for disagreeing with Mackillop's interpretation of it, is that although I wasn't present I have a vivid mental picture of what I imagine to have been Leavis's manner and bearing when he said "I would have been Cromwell." Although he was a bodily small and slight man he had an imposing physical presence. The artist Peter Greenham, who painted the portrait commissioned by Downing College, noted his "small tense body; the air of being of a different make from ordinary men" (6). I imagine him drawing himself up to his full height, pressing back his shoulders and speaking with a grim smile that implied "I may be joking but beware that I am a fighter *par excellence*." He was proud of his athletic achievements, boasted about being able to swim a hundred yards under water and once, when a meeting was threatened by rowdies from the college boat club, offered that he could be "useful in a rough-house." (77, 168)

I apologise for what may seem the fanciful self-indulgence of this line of thought, but I want to make the serious point that for anyone who encountered Leavis in the flesh his physical presence, and the way he used this in conscious enactment, was inseparable from the communication of his thought. To say that he made considerable use of "body-language" in his teaching rather weakly conveys the effect. Mackillop himself gives an example, of Leavis reading out Othello's final speech:

> Set you down *this*.
>   And say besides, that in Aleppo once,
> Where a malignant and a turban'd Turk
> Beat a Venetian and traduced the state,
> I took by the throat the circumcised dog
> And smote him *thus*!

At which Leavis would drive a fist into his lower thorax, his chin jutting. (176)

Notoriously, at a time when male undergraduates still habitually wore ties, Leavis not merely sported an open collar, but exposed his throat and chest down to the breast-bone, which would have made this gesture even more powerful.

The gesture that is to me most memorable is one that he used to indicate the non-cerebral source of life and of values. When speaking of this Leavis would spread both hands on his abdomen, his fingers pointing downwards. I particularly associate this gesture with a comment on Eliot of the kind that he would never have committed to print—"He had a mess in the basement." There was nothing explicitly sexually suggestive about the gesture, but its sexual connotations with reference to Eliot were plain.

These remarks about Leavis's personal demeanour are introductory and secondary to my main focus which is on his critical prose. Secondary but not minor, because the idea of "body-language" carries over from spoken discourse to the written word. It underlies some of Leavis's most familiar criteria, such as "realization" and "concreteness". This brings us back to the case of Leavis's antipathy to Milton. Here are a couple of typical passages from the chapter on Milton in *Revaluation*:

> To say that Milton's verse is magniloquent is to say that it is not doing as much as its impressive pomp and volume seem to be asserting... that it demands more deference than it merits. It is to

call attention to a lack of something in the stuff of the verse, to a certain sensuous poverty. (45)

The extreme and consistent remoteness of Milton's medium from any English that was ever spoken is an immediately relevant consideration. It became, of course, habitual to him; but habituation could not sensitize a medium so cut off from speech—speech that belongs to the emotional and sensory texture of actual living and is in resonance with the nervous system; it could only confirm an impoverishment of sensibility. (49)

"A certain sensuous poverty", "the emotional and sensory texture of actual living"—the appeal is to the senses and ultimately a bodily response to the poetry. Moreover, this response is enacted in Leavis's critical prose. Here is his account of the response that in his opinion the typical verse movement of *Paradise Lost* demands: to be "carried along, resigned or protesting, by an automatic ritual, responding automatically with bodily gestures—swayed head and lifted shoulders—to the commanding emphasis" (44). In this case Leavis enacts a bodily response that he clearly deprecates—the phrases "automatic ritual" and "commanding emphasis" are especially pregnant. The word "automatic" suggests desensitisation, while "ritual" condenses a sense of surrendering individual responsibility and behaving as one of a similarly-responding crowd. I think it is not extravagant to see Leavis here as a man of his time, to remember that *Revaluation* was written in the 1930s, and that (perhaps subliminally) he is recoiling here from mass movements in which people were "swayed" by a "commanding" voice.

"Resigned or protesting", Leavis writes of this response, and his account of his own protest against Miltonic verse is even more pregnant with bodily suggestion:

> In the end we find ourselves protesting—protesting against the routine gesture, the heavy fall, of the verse, flinching from the foreseen thud that comes so inevitably, and, at last, irresistibly: for reading *Paradise Lost* is a matter of resisting, of standing up against, the verse-movement, of subduing it into something tolerably like sensitiveness, and in the end our resistance is worn down; we surrender at last to the inescapable monotony of the ritual. (43)

Note the strong bodily image of "flinching" and the representation of reading as a physical struggle. There are other, even more interesting, if less incontestable aspects of this passage that I will be returning to.

For contrast with the verse of *Paradise Lost* Leavis chooses a passage by Milton himself, the speech in *Comus* in which the eponymous figure celebrates the bounty of nature and tries to persuade the virtuous Lady that self-denial will result in nature being "surcharged with her own weight,/ And strangled with her waste fertility." Significantly, like Satan, whom Leavis considers one of the strongest elements in *Paradise Lost,* Comus is the antagonist of the poem's official values. The whole passage lends itself remarkably well to Leavis's purpose of contrasting it with the typical verse of *Paradise Lost*, and I want to focus on his response to two lines in particular:

> And set to work millions of spinning worms,
> That in their green shops weave the smooth-hair'd silk...

> "Smooth-hair'd" plays off against the energy of the verse the tactual luxury of stroking human hair or the living coat of an animal. The texture of actual sounds, the run of vowels and consonants, with the variety of action and effort, rich in subtle analogical suggestion, demanded in pronouncing them, plays an essential part, though this is not to be analysed in abstraction from the meaning. The total effect is as if words as words withdrew themselves from the focus of our attention and we were directly aware of the tissue of feelings and perceptions. (47)

The last sentence is remarkable, coming from a literary critic whose craft, one naturally supposes, is to do with words. It is not I think a position that could be theoretically defended, but rather a rhetorical flourish that registers Leavis's commitment to bodily experience and suspicion, especially in the context of Milton and his influence, of the capacity of language to obscure or demean it. Perhaps even more remarkable is the reference to "the tactual luxury of stroking human hair or the living coat of an animal", which overloads the phrase "smooth-haired" in a significant and characteristic way—this is what is meant by carrying "body-language" over into critical prose.

Leavis calls the strength of the *Comus* passage "Shakespearean", and in another context (to illustrate by contrast a weakness in Shelley) he cites the great speech in *Measure for Measure* beginning "Ay, but to die, and go we know not where;/ To lie in cold obstruction and to rot." Here is his commentary on the speech:

> That "cold obstruction" is not abstract; it gives rather the essence of the situation in which Claudio shrinkingly imagines himself—the sense of the warm body (given by "cold") struggling ("obstruction" takes an appropriate effort to pronounce) in vain with the suffocating

earth. Sentience, warmth and motion, the essentials of being alive as epitomized in the next line, recoil from death, realized brutally in the concrete… Sentience, in the "delighted spirit", plunges, not into the delightful coolness suggested by "bathe", but into the dreadful opposite, the warmth and motion shudder away from the icy prison…. The shudder is there in "thrilling", which also… gives the sharp reverberating report of the ice, as, in the intense cold, it is forced up into ridges or ribs. (187-188)

This is not so much analysis as recreation or even co-creation. Note how many bodily elements Leavis adds to the passage: "shrinkingly", "suffocating", "recoil", "plunges", "shudder" and the "sharp, reverberating report". The word "obstruction", which is indubitably abstract, takes on for Leavis the character of concrete struggle because of the "effort to pronounce" it. I hope it is not necessary to say here that I am not rebuking Leavis for a belle-lettristic pseudo-creative commentary, but offering an extreme case of how uncerebral, how committed to bodily experience, his critical prose is.

Examples of this effect are especially prominent in Leavis's commentaries on Keats. Keats occupies a strategic place in Leavis's "map" of English poetry, as a poet influenced by Milton, who played a large part in what Leavis considered the decadent Victorian sense of the "poetic", yet whose poetry is saved by the same kind of strength that he illustrates in the *Comus* passage and Claudio's speech. In *Revaluation* Leavis comments on this passage from the "Ode on Melancholy":

> Then glut thy sorrow on a morning rose,
>   Or on the rainbow of the salt sand-wave,
>   Or on the wealth of globed peonies…

In the strength that makes the luxury of this more than merely voluptuous we have that which makes Keats so much more than a mere aesthete. That "glut", which we can hardly imagine Rossetti or Tennyson using in a poetical place, finds itself taken up in "globed", the sensuous concreteness of which it reinforces; the hand is round the peony, luxuriously cupping it. Such tactual effects are notoriously characteristic of Keats, and they express, not merely the voluptuary's itch to be fingering, but that strong grasp on actualities—upon things outside himself, that firm sense of the solid world, which makes Keats so different from Shelley. (214-215)

Again, Leavis overloads the phrase "globed peonies" with "the hand is round the peony, luxuriously cupping it." It seems to be the consonantal density of words like "glut" and "globed" (as in Milton's "wing'd air dark'd with plumes" and Shakespeare's "thrilling region of thick-ribb'd ice") that saves Keats from being "a mere aesthete" in the poem, perhaps above all others, in which he seems most to approach aestheticism. It is as if the difficulty, the hindrance to utterance presented by certain morphological characteristics, both brings the bodily response into play and guards against lapsing into the "merely voluptuous". Incidentally, Tennyson does use the word "glut" in *The Princess* ("like three horses that have broken fence,/ And glutted all night long breast-deep in corn") but this is a cheap shot enabled by the internet, and in general Leavis's point about the difference between Keats and Tennyson stands. (Tennyson, 1969: 250)

Leavis's regard for this aspect of Keats's poetry plays a major part in the argument of the essay, "Mr Eliot and Milton", which he placed at the beginning of *The Common Pursuit* and which he valued so highly that he wanted to use it as the title of the book until dissuaded by his publisher. In this essay he argues that the weakness he and Eliot detect in the imagery of *Paradise Lost* is not merely a visual matter, and proceeds with Keats's help to make an important theoretical point about the nature of imagery in general. He quotes the opening stanza of "To Autumn" and focuses on the line, "To bend with apples the moss'd cottage-trees":

> The action of the packed consonants in "moss'd cottage-trees" is plain enough: there stand the trees, gnarled and sturdy in trunk and bough, their leafy entanglements thickly loaded. It is not fanciful, I think, to find that (the sense being what it is) the pronouncing of "cottage-trees" suggests, too, the crisp bite and the flow of juice as the teeth close in the ripe apple. The word "image" itself tends to encourage the notion that imagery is necessarily visual and the visualist fallacy… is wide-spread. But if we haven't imagery—and non-visual imagery—in the kinds of effect just illustrated, then imagery hasn't for the critic the importance commonly assigned to it. (Leavis, 1962: 17)

This is another example of the kind of response that I have called "overloading", but I repeat that I don't intend this as a denial of its validity. Leavis's response isn't fanciful, though it is highly individual, and it is an excellent example of how a powerful critic's distinctive reading can become attached to a poem, and inseparable from it in a reader's mind. That, at least, is my own experience. And Leavis has chosen an excellent example to make his case about imagery. Considered as a purely visual image "moss'd cottage-trees" is feebly pastoral, it has what a later generation would call a chocolate-box quality. It is dependent for its strength on what Leavis calls "the analogical suggestions of the varied complex efforts and motions compelled on us as we pronounce and follow the words and hold them properly together". In drawing out and elaborating on that strength Leavis displays the "very high development of the senses" that Eliot attributed to the authors of *The Changeling* and *The Revenger's Tragedy*. (Eliot, 1934: 209)

Leavis makes a similar case for the later lines in "To Autumn", "And sometimes like a gleaner thou dost keep/ Steady thy laden head across a brook": "As we pass across the line-division from 'keep' to 'steady' we are made to enact, analogically, the upright steadying carriage of the gleaner as she steps from one stone to the next" (Leavis, 1962: 17). Here, unlike the previous examples, I do feel a small protest rising: isn't Leavis over-praising a rather routine and even mechanical effect of the line-break?

This protest leads me to the next phase of my discussion, which is perhaps less incontestable than I hope my case so far has been. To proceed I need to return to Leavis's published attitude to Milton. The opening sentence of the chapter on Milton in *Revaluation* has often been quoted and mocked: "Milton's dislodgement, in the past decade, after his two centuries of predominance, was effected with remarkably little fuss"(*Revaluation* 42). The most hostile, or malicious, or simply ill-informed readings of this sentence have interpreted "dislodged" to mean something like "demolished", implying that Milton is not worth reading. In fact there are a number of favourable references in Leavis's work to parts, at least, of *Paradise Lost*, especially to the first two books, and the second chapter of *The Common Pursuit* is titled "In Defence of Milton". This essay is mainly an attack on E.M.W. Tillyard's *The Miltonic Setting*, on the grounds that Tillyard denies Milton's heroic uniqueness and argues that he changed his style to "correspond to the general trend". In Leavis's words:

A major explicit undertaking [of Tillyard's book] is to unsettle the traditional notion of Milton as a lonely genius, maintaining in his age an aloof and majestic self-sufficiency... I think this aim deporable. He supposes himself to be defending Milton, but it seems to me to be an odd defence that robs the English tradition—for such is explicitly Dr Tillyard's aim—of that unique heroic figure.... He merely produces a Milton of his own... and with a truly notable assurance commends him to us as the up-to-date substitute for the great Milton. (36)

For Leavis, then, Milton was a genius, majestic, heroic and "great". But that is hardly the impression one gets from reading the bulk of his commentary on Milton's poetry. I am not concerned here either to defend or to question Leavis's valuation of Milton. As a matter of fact I am broadly in agreement with both its positive and negative aspects. I say this in order to make the point that whenever I have taught Milton I have first emphasized what I believe should be admired in his poetry and allowed reservations to emerge from subsequent discussion. This seems to me the correct way to approach a writer who, whatever challenges he may present to critical discrimination, is indisputably "great".

Why then are Leavis's commentaries on Milton so overwhelmingly negative? This takes us back to that word "dislodgement", whose meaning and context would be incomprehensible to a contemporary undergraduate. Leavis's writing on Milton invariably makes reference to his baleful influence on the poetry of the eighteenth and nineteenth centuries, extending even into the beginning of the twentieth. As he wrote in his essay on Hopkins—another poet who "needs to be read with the body as well as with the eye"—"[t]he intellectual and spiritual anaemia of Victorian poetry is indistinguishable from its lack of body" (Leavis, 1963: 140, 151). There is almost always a strategic element in Leavis's critical writing, and for him giving a fair and balanced account of Milton's achievement was secondary to the strategic aim of securing the "New Bearings" of modern poetry—by which he came increasingly to mean, overwhelmingly, the achievement and potential influence of Eliot—against regression. The personal importance of Milton to Leavis is hinted at, but not developed, in a note at the end of "In Defence of Milton": "Perhaps I had better put it on record that the pocket Milton I have referred to in writing this essay is falling to pieces from use, and that it is the only book I carried steadily in my pocket between 1915 and 1919 " (Leavis, 1962: 43). 1915 was the year in which he joined the Peace Service of the Society of Friends as a medical orderly; 1919 was the year in which he was demobilised. In Mackillop's words "Leavis returned to Cambridge in a stunned condition" (44). He suffered from a digestive disorder (from which he never recovered), insomnia and a speech-defect. 1919 was also the year in which he discovered the early poetry of Eliot about which he wrote, many years later:

> It is hard to realize now how remarkable and significant this was… [T]he delicate play of shifting tone that is essential to the theme and communication of the poem is a matter of appealing to the reader's sense of how things go naturally. And the poet can command such a play only in a medium that can suggest (as a Miltonic or Tennysonian or Swinburnian medium cannot) the subtleties of living speech—make the reader, that is, recall them appropriately with

precision and delicacy. (Leavis, 1969: 36)

Leavis does not say that when he made this discovery about "the subtleties of living speech" in poetry he was suffering from a speech defect consequent on his experience in the war. Nor, in referring to the inadequacies of the "Miltonic medium", does he mention that throughout that experience he carried Milton's poems "steadily in my pocket". While preparing this essay I have been haunted by the word "steadily" in that sentence. I assume that Leavis means "continually", but none of the definitions of "steadily" quite corresponds to that, and another suggestion, of stability and reassurance, asserts itself. It seems reasonable to assume that Milton was a resource to the young man continually threatened by unsteadiness both physical and psychological. L.C. Knights records him saying (perhaps jokingly) that Milton was "the only English poet whose verse rhythms will stand up to heavy gunfire" (Thompson, 79). At this point I hear Leavis's voice uttering the word "delicacy", and there is indeed a delicacy in drawing biographical links to the writing of the critic, especially since Leavis was notably reluctant to go in for what he called "1914 panache"(Mackillop, 1995: 45). I will however succumb to the temptation to see a connection between the insistence of the word "steadily" in this war reminiscence and Leavis's over-valuation (in my opinion) of Keats's gleaner who "dost keep/ Steady thy laden head across a brook." And I would add another text, if it can be called that, a report of Leavis reminiscing during a class: "I remember during the First World War I used to carry cocoa along the roofs of French trains to men who would have died without it. The trains had overhead wires and it was very easy to get your head caught. Don't ever try it—it's an art" (Roberts,1995: 268). The enthusiasm with which the returning Leavis welcomed "the subtleties of living speech" in poems such as "Portrait of a Lady" suggests that Milton was no longer the resource he needed—to put it rather melodramatically, that he was a God that failed. He needed something other than rhythms that would "stand up to heavy gunfire." Muriel Bradbrook, who knew Leavis well in the 1920s, recalled that "he affected certain military words. The verbs 'repor', 'register', 'salute' seem to ingest the hated military system... He came back to 'dislodge' the Puritan Milton he had carried in his pocket" (Thompson, 1984: 33). Other early friends and pupils, such as Denys Thompson and Raymond O'Malley, attest that Leavis was a "war casualty" during the 1920s, the decade in which he developed the criteria that underpin his analyses of poetry in *New Bearings* and *Revaluation*. (Thompson, 1963: 3, 58)

Despite that reminiscence of walking along the roofs of trains it is true that Leavis was shy of "1914 panache". He used that phrase after giving an interview to *The Guardian* in which he recalled entering a newspaper competition to translate a German poem when he was among "the twenty miles of confluent shell-holes on the Somme." He wrote afterwards to the interviewer, "I can't bear to seem to have gone in for 1914 panache... (can't bear: I lost too many friends, etc.)" (Mackillop, 1995: 44-45). On another occasion a former pupil reports a conversation in which Leavis mentioned having been to York in 1915. Shortly afterwards he cut the conversation short saying, "I shouldn't have mentioned that. It was very wrong of me to say what I did. Please forget it entirely." York was where he first went to work for the Peace Service of the Society of Friends, before being posted to France (38). He expressed some of his feelings about the War in a remarkable passage of a late lecture, "Elites, Oligarchies and an Educated Public", in which he reported a conversation with a young American who had asked him about the moral impact on the country of the Somme. In reply Leavis spoke of:

> those innumerable boy-subalterns who figured in the appalling Roll of Honour as "Fallen Officers" [and] had climbed out and gone forward, playing their part in the attacking wave, to be mown down with the swathes that fell to the uneliminated machine-guns. The [American's] comment, quietly sure in its matter-of-fact felicity, was: "The death-wish!" My point is that I didn't know what to say. What actually came out was, "They didn't want to die." I felt I couldn't stop there, but how to go on. "They were brave"—that came to me as a faint prompting, but no; it didn't begin to express my positive intention; it didn't even lead towards it. I gave up; there was nothing else to do. (Leavis, 1971: 18)

But when Leavis collected the essay in *Nor Shall My Sword* he omitted this passage. When, in the last year of his life, his friend Michael Tanner protested and said he thought it was one of the finest things he had written, Leavis answered, "I was afraid it might lead some readers to suppose I was talking about myself. So in the end I cut it out. I'd listened (e.g. in the Somme salient) to the barrages, tormented by concern for the men on *both* sides"(Thompson, 1984: 139).

A curious aspect of *New Bearings in English Poetry* is its paucity of attention to the poetry of the war. There is just a single paragraph:

> Edward Thomas died in the war. The war, besides killing poets, was supposed at the time to have occasioned a great deal of poetry; but the names of very few "war-poets" are still

remembered. Among them the most current (if we exclude Brooke's) is Siegfried Sassoon's. But though his verse made a wholesome immediate impact it hardly calls for much attention here. Wilfred Owen was really a remarkable poet, and his verse is technically interesting. His reputation is becoming well established. Isaac Rosenberg was equally remarkable, and even more interesting technically, and he is hardly known. But Edward Thomas, Owen, and Rosenberg together, even if they had been properly recognized at once, could hardly have constituted a challenge to the ruling prevailing fashions. (Leavis, 1963: 64)

The retort seems obvious that, with his "Above all I am not concerned with Poetry", Owen *did* constitute "a challenge to the ruling prevailing fashions". Regarding Rosenberg, *Scrutiny* published a major essay by D.W. Harding, who was responsible for the first full-scale edition. Leavis regarded Rosenberg, and Harding's essay, highly enough to use as a classic example of tragic impersonality in his own major essay, "Tragedy and the 'Medium'" (Leavis, 1962: 133). Some reluctance with regard to the war seems necessary to explain Leavis's failure to acknowledge the importance of these two poets in transforming poetry between the wars. The nature of this reluctance is hinted in his treatment of the "war poetry" that he *does* discuss in *New Bearings*, the fourth and fifth sections of *Hugh Selwyn Mauberley*. He could not avoid this, since his case for Pound was based almost exclusively on *Mauberley*. He quotes these lines:

> Died some, pro patria,
>
> > Non "dulce" non "et decor"…
>
> walked eye-deep in hell
>
> believing in old men's lies, then unbelieving
>
> came home, home to a lie,
>
> home to many deceits,
>
> home to old lies and new infamy;
>
> usury age-old and age-thick
>
> and liars in public places.

Leavis comments, "That is a dangerous note, and only the completest integrity and the surest touch could safely venture it. But we have no uneasiness. The poet has realized the war with the completely adult (and very uncommon) awareness that makes it impossible to nurse indignation and horror" (Leavis, 1963: 120). Leavis's assurance that the lines "home to old lies and new infamy;/ usury age-old and age-thick/ and liars in public places" do not "nurse indignation" seems to me questionable. His surprising failure to mention Owen's "Dulce et Decorum Est" is perhaps explained by a belief that Owen's poem nursed horror. I think his comment on the Pound is special pleading, but the significance of the word "nurse" is unmistakable. How could the horror of war be spoken of without appearing to "nurse" it (as for example in a phrase Leavis himself used, "the blood deluge") (Mackillop, 1995: 39) ?

Leavis's digestive disorder, and consequent small appetite, were well known to his students, among whom it was understood that his stomach had been damaged by gas in the war. Awareness of this coloured my response to his gesture of placing his hands on his abdomen. He was obviously aware of this aspect of his personal mythology, and once wrote, "I suffer from the digestive weakness which had established itself by 1915. (No!—not gas at Ypres, but the things I didn't say)"(38). He couldn't have been at Ypres, since he didn't go to the front till 1916, and the denial that he was gassed was repeated by Mrs Leavis (Thompson, 1984: 131). However, it fits with his rejection of "1914 panache" and, more positively, attributing illness to failure to speak out (presumably about his feelings concerning the war) suits both his espousal of confrontation and a Lawrentian belief in the psychic origins of sickness.

It would be impertinent to suggest that Leavis's critical line on Milton is the result of repressed war experience. However, I think it is reasonable to consider whether feelings about the relation between language and war played some part in his hostility to "magniloquence", to language that does not suggest "the subtleties of living speech… with precision and delicacy", and above all is remote from "the emotional and sensory texture of actual living". In this context I want to quote again Leavis's representation of what reading Milton's verse feels like to him:

> In the end we find ourselves protesting—protesting against the routine gesture, the heavy fall, of the verse, flinching from the foreseen thud that comes so inevitably, and, at last, irresistibly: for reading *Paradise Lost* is a matter of resisting, of standing up against, the verse-movement, of subduing it into something tolerably like sensitiveness, and in the end our resistance is worn down; we surrender at last to the inescapable monotony of the ritual.

The phrase "flinching from the foreseen thud that comes so inevitably" is what first alerted me to something distinctive, something as it were not entirely literary about this passage. It could, without altering a word, describe the experience of bombardment in the trenches ("verse rhythms [that] will stand up to heavy gunfire"). Thus alerted, I became aware of how saturated the language is with military connotations: "resisting", "standing up against", "subduing", "resistance" again and "surrender".

Such direct evocation of the experience of war is, admittedly, exceptional in Leavis's critical commentary. More characteristic is an intense suspicion of eloquence. In "Mr Eliot and Milton" he re-quotes a passage used by Eliot and comments:

> In these speeches in Hell we have—it is a commonplace—a kind of ideal parliamentary oratory. It is also a commonplace that Milton's peculiar powers have found here an especially congenial vein. And it is safe to venture that no parts of *Paradise Lost* have been unaffectedly enjoyed by more readers. The fact that a mind familiar with *Paradise Lost* will, without making any sharp distinctions, associate the "Miltonic music"—"God-gifted organ voice of England"—with a mode of strong rhetorical statement, argument and exposition, running to the memorable phrase, is of the greatest importance historically (I am thinking of the question of Milton's influence). (Leavis, 1962: 19)

It is notable that here Leavis is not being overtly critical. He is acknowledging that the speeches in Hell are "congenial" to Milton's powers, but there is no warmth of appreciation—on the contrary, the note is one of suspicion, especially when it comes to "the question of Milton's influence". It may be an irrelevance, but for me a happy chance, that the speech Leavis borrows from Eliot to illustrate this point is that of Moloch beginning "My sentence is for open Warre".

"The question of Milton's influence" is most notably pursued with reference to Wordsworth. I have no time here—and it would be irrelevant—to do justice to Leavis's full account of Wordsworth, who was quite possibly his favourite poet. I just want to draw attention to what he wrote about Wordsworth's patriotic sonnets, and the influence of Milton on them:

> the worst of them (look, for instance, at "It is not to be thought of…") are lamentable claptrap, and the best, even if they are distinguished declamation, are hardly distinguished poetry. And the association of these patriotic-moral habits with a settled addiction to Miltonizing has to be noted as (in the poet of the *Lyrical Ballads*) significant…

> For the sentiments and attitudes of the patriotic and Anglican Wordsworth do not come as the intimately and particularly realized experience of an unusually and finely conscious individual; they are external, general, and conventional; their quality is that of the medium they are proffered in, which is insensitively Miltonic, a medium not felt into from within as something at the nerve-tips, but handled from outside. (Leavis, 1964: 152-153)

It is notable that both times Leavis approaches the subject of Wordsworth's patriotism he associates it with Milton—not, assuredly, because the Wordsworth of these poems had any ideological affinity with the great Puritan and defender of regicide, but purely on stylistic grounds. Leavis cannot be imagined launching a direct critique of patriotism—he almost certainly considered himself patriotic, or at least proud of his identity as an Englishman, and an attack on forms of patriotism that he thought corrupt would run the kind of risk he identified when discussing Pound's war poetry—of "nursing indignation". His focus is on the language in which the patriotism is expressed—which of course *implicitly* questions the quality of the feeling—"declamation", found wanting yet again with reference to the physical: "a medium not felt into from within as something at the nerve-tips".

This is as far as I feel I can legitimately go in associating Leavis's "body-language" and specifically his attitude to Milton with his war experience. It would be very convenient if he had written anything that associated Milton's influence directly with the poetry of Empire or even patriotic verse of the First World War itself. But as far as I know there is no evidence of this kind. We do know that he valued poetry that honours, in its very substance, the speaking voice and the body from which it issues, and that he was deeply suspicious of "eloquence" and "declamation" that detaches itself from those sources. There is some reason for believing that his extraordinarily powerful response to Eliot's early poetry in the years immediately after the war was connected to symptoms of what we now call post-traumatic stress, and that he felt this new verse in some way spoke to his condition. In time, his embrace of Eliot became imbricated with a rejection of Milton, whom he had carried "steadily" through his war experience. This may help to account for the outrage Leavis felt when, in later years, Eliot appeared to embrace a more accommodating view of Milton.

Neil Roberts is Emeritus Professor of English Literature at the University of Sheffield where he was appointed to a lectureship in 1970 by William Empson, having previously been taught at Cambridge by F.R. Leavis and studied for a PhD under the supervision of

Raymond Williams. He has written and edited fifteen books on nineteenth- and twentieth-century English literature, most recently *A Lucid Dreamer: the Life of Peter Redgrove* and *Sons and Lovers: the Biography of a Novel,* as well as numerous essays including a memoir of Leavisite Cambridge in *F.R. Leavis: Essays and Documents.*

References

Eliot, T.S. "Philip Massinger." *Selected Essays*. 2nd ed. London: Faber, 1934.

Leavis, F.R. *The Common Pursuit*. Harmondsworth: Penguin, 1962.

——. *New Bearings in English Poetry: A Study of the Contemporary Situation*. Harmondsworth: Penguin, 1963.

——. *Revaluation: Tradition and Development in English Poetry*. Harmondsworth: Penguin, 1964.

——. *Lectures in America*. London: Chatto and Windus, 1969.

——. "Elites, Oligarchies and an Educated Public", *The Human World,* 8 (1971): 1-22.

Mackillop, Ian. *F.R. Leavis: A Life in Criticism*. Harmondsworth: Allen Lane, 1995.

Roberts, Neil. "'Leavisite' Cambridge in the 1960s." *F.R. Leavis: Essays and Documents.* Eds, Ian Mackillop and Richard Storer. Sheffield: Sheffield Academic Press, 1995.

Tennyson, Alfred. "The Princess." Part II, 1.365. *Tennyson: A Selected Edition.* ed. Christopher Ricks. Harlow: Longman, 1969.

Thompson, Denys, ed. *The Leavises: Recollections and Impressions*. Cambridge, London and New York: Cambridge University Press, 1984.

"The Essential Cambridge in Spite of Cambridge" : F. R. Leavis in the Antipodes

William Christie

Abstract: The literary criticism and cultural commentary of F. R. Leavis exerted a profound influence on the teaching of English at schools and universities in the Anglophone world after the Second World War and up to the 1970s. During the 1950s, a pedagogy and curriculum influenced by Leavis flourished at the University of Melbourne. One of its star graduates, S. L. (Sam) Goldberg, after returning to Melbourne from a period of postgraduate work in the UK during which he had met the Leavises, was appointed in 1963 to the Challis Chair in the Department of English at the University of Sydney, soon to become the largest English department in Australia. What followed was a civil war within the discipline of English at Sydney that could only be resolved, first, by creating two English departments, then by mass migration back to Melbourne in 1966. However short-lived, this civil war affected the teaching of English in Australia and would still be felt in the University of Sydney English Department decades after the disruption. This paper reflects on the criticism of F. R. Leavis and on that civil war, on what it meant for the discipline and on who or what might be held accountable.

Keywords: Leavis; S. L. Goldburg; University of sydeny; University of Melbourne

"我们才是本质上的剑桥"

——F. R. 利维斯在澳大利亚

威廉·克里斯蒂

内容摘要：F. R. 利维斯的文学批评和文化评论对"二战"至 20 世纪 70 年代英语世界中的学校和大学的英文教学有深远的影响。在 20 世纪 50 年代，一套受利维斯影响的教学法和课程体系在墨尔本大学蓬勃发展。其明星毕业生之一 S. L. 戈德堡结束了在英国一段时间的研究生学习后返回墨尔本——在英国期间他遇到了利维斯夫妇并受其影响——于 1963 年被任命为悉尼大学英文系查利斯讲席教授，不久该系发展成为澳大利亚最大的英文系。随之而来的是一场悉尼大学英文学科内战，这场内战只能通过创建两个英文系，并于 1966 年大规模迁徙回墨尔本来解决。尽管为时短暂，这场内战还是影响到澳大利亚的英文教学，分裂后的几十年内在悉尼大学英文系仍可寻其踪迹。本文对利维斯批评和那场内战进行反思，思考这对学科意味着什么，以及可能被追究的人或事。

关键词：利维斯；S. L. 戈德堡；悉尼大学；墨尔本大学

> I am concerned to make it really a university, something that is more than a collocation of specialist departments—to make it a centre of human consciousness: perception, knowledge, judgment and responsibility. And perhaps I have sufficiently indicated on what lines I would justify my seeing the centre of a university in a vital English School... I will only say that the academic is the enemy and that the academic *can* be beaten, as we who ran *Scrutiny* for twenty years proved. We were—and we knew we were—Cambridge—the essential Cambridge in spite of Cambridge.
>
> —Leavis, *Two Cultures? The significance of C.P. Snow* (29)

No critic has made a greater claim for the cultural centrality of English and the practice of literary criticism than F. R. Leavis—not even I. A. Richards, the thinker arguably responsible for the motivating principle of Leavis's criticism that "there is a necessary relationship between the quality of an individual's response to art and his general fitness for humane existence" (Leavis et al., 1932: 5). "Leavis conveys persistently the absolute conviction that criticism is a central, life-giving pursuit" (Steiner, 1969: 233), writes George Steiner, and Leavis's influence on literary criticism as it was practised in English-speaking universities from the 1930s to the 1970s was immense. His influence on the study of subject English at secondary school was even greater. "The stress was on the honing of critical perceptions, developing a responsiveness, sensitivity, discrimination" (Wilding, 2019: 59), to quote Michael Wilding. And at its core was this idea that reading literature really mattered — indeed, mattered more than any other cultural activity—both to the maturing student as an individual and to the quality and continuity of the national culture he or she inherited. "Literary study", according to Leavis, was "the best possible training for intelligence—for free, unspecialised, general intelligence" (Leavis, 1933: 54).

In this sense, Leavis's critical endeavour can be seen as the consummation of a long tradition of English thinking (emphatically not to be confused with "philosophy") that began with the Romantic valorization of imaginative literature and found its prophet in the Victorian critic and educationist, Matthew Arnold. "More and more", wrote Arnold, we will "turn to poetry to interpret life for us, to console us, to sustain us" (Arnold, 1964b: 235). Arnold had argued the need for a disciplined literary criticism and famously (and vaguely) charged the student of literature to engage with "the best that is known and thought in the world" (Arnold, 1964a: 19). The undergraduate degree in English was not finally introduced at Cambridge until 1926, but the conditions for "an English School with a notably different character from that of Oxford" had been created in 1917 by the introduction of a new course on "Life, Literature, and Thought" and the option of excluding the study of the English language and of English literature before 1350. English at Cambridge was no longer in the thrall of its historical (including antiquarian) and philological origins. "With the further changes of 1926", writes D. J. Palmer, "including the appearance of the 'English Moralists' paper and of practical criticism, English at Cambridge assumed its distinctive form" (Palmer, 1965: 153).

Though often personally at odds with the Cambridge English School, Leavis would take frequent occasions to distinguish literary criticism as he practised it from the literary scholarship studied at Oxford (and London). Criticism as a discipline was at once prior, and superior, to scholarship, according to Leavis, which at best threatened to distract the critical energies from their discriminating and evaluative, indeed judgmental task. "For the purposes of criticism", he writes, "scholarship, unless directed by an intelligent interest in poetry—without, that is, the critical sensibility and the skill that enables the critic to develop its responses in sensitive and closely relevant thinking—is useless" (Leavis, 1962b: 9). A morally engaged, practical criticism was Leavis's declared methodology; he "made the sensitive, exacting, reading of texts central to his lecturing and seminars" (Hilliard, 2012: 40). Along with the New Criticism it spawned in the United States, practical criticism would become a dominant form—indeed, ideology—of literary criticism until the 1970s. Leavis's version, however, had its own characteristic techniques and priorities, and its own vaunted rigour: "if the study of literature is to play its central part it must be informed and governed by a more athletic conception of criticism as a discipline of intelligence than it commonly is" (Leavis, 1950: 2). Too much was at stake for any lazy impressionism, for example, least of all of the deliquescent, bellestristic kind introduced by the Aestheticism of the late nineteenth century that (according to Leavis) had dominated criticism up the World War I. If he chose not to justify his literary priorities, Leavis's critical vocabulary enacted and enforced them nonetheless: "presentment of situations"; "robustness"; "liveliness of enactment"; "insistence"; "concrete realization"; "achieved actuality"; "vital intelligence"; "inevitable naturalness"; "a grasp of the real".

What it amounted to, by force of reiteration, was "a kind of blind vitalist intuitionism" (McCallum, 1983: 117), to quote Pamela McCallum, one that intensified and in the face of opposition became entrenched over the course of a long career in which Leavis projected himself as besieged by those only too willing "in a Laurentian phrase, to 'do dirt' on life" (Leavis, 1948: 26). The poets and novelists of Leavis's canon had to be on the side of life, whatever that might mean and however it might manifest itself stylistically and/or prosodically: "they are all distinguished", he wrote of the great novelists, "by a vital capacity for experience, a kind of reverent openness before life, and a marked moral intensity" (9). The privilege of great literature — and, after that, of *reading* great literature — is access to the "human awareness" it promotes: "awareness of the possibilities of life" (2). In poetry, this meant a writer, for Leavis, must remain in touch with "the living language": "utterance, movement, and intonation are those of the talking voice" (Leavis, 1936: 11). In a revision of the Wordsworthian demand that the poet only employ "the real language of men", Leavis identified a strong poetic tradition in this "talking voice" — a tradition from which the "Grand Style" of Milton's *Paradise Lost*, notoriously, was seen as an aberration, denying the "expressive resources" of the English language: "a medium so cut off from speech—speech that belongs to the emotional and sensory texture of actual living and is in resonance with the nervous system" (51):

> It needs no unusual sensitiveness to language to perceive that, in this Grand Style, the medium calls pervasively for a kind of attention, compels an attitude towards itself, that is incompatible with sharp, concrete realization; just as it would seem to be, in the mind of the poet, incompatible with an interest in sensuous particularity. He exhibits a feeling *for* words rather than a capacity for feeling through them… (Leavis, 1936: 50)

Today we recognize in Leavis's new literary and critical priorities the canonical revolution effected by an anti-Romantic, anti-Victorian Modernism, one to which the recovery of the Metaphysical poets—and, pre-eminently, of John Donne—was central: "how subtly, in a consummately managed verse, he can exploit the strength of spoken English" (14). In contriving and welcoming the rehabilitation of the Metaphysicals and its displacement of 19th-century literature as "the great critical achievement of our time" (Leavis, 1932: 8), Leavis was a man of his generation. What he found in the poetry of Donne was precisely the "pressure of intelligence" and vernacular directness, the "wit, play of intellect, stress of cerebral muscle" (Leavis, 1936: 14), that he sought to emulate in his own critical response. Not that Leavis valued an exclusively intellectual literature or judged literature only by the extent and quality of its ideas, far from it, it was rather that literature needed to be in constant negotiation with the thought of its time. Ideas were an integral part of the human experience and it was the experience *of* and *in* literature that Leavis valued. His paradigm for this, as for so many aspects of literature, was D. H. Lawrence, whose "gift lay", Leavis argued, "not in thinking but in experiencing" (Leavis, 1933: 57). Behind this revolution lay T. S. Eliot's influential version of English literary history, one which saw in the "dissociation of sensibility" (Eliot, 1951: 288) that afflicted the creative mind from the late seventeenth-century a psycho-spiritual catastrophe from which Eliot's own impersonal poetics offered restitution. With an irony that seems to have escaped both Eliot and Leavis, Milton's *Paradise Lost* effected and represented a Fall from cultural grace.

It is also ironic — or is it tragic? —that, for all Leavis's vaunted critical generosity and emphasis upon collaboration, implying "that critical judgments are tentative, reaching for assent which is always provisional" (During, 2015: 125), he should have been so personally intolerant of opposition, so hectoring, so limited in his literary tastes, and more and more the prisoner of his own convictions. "Though he claims that he invites no more than qualified, challenging assent", wrote George Steiner in 1962, "Leavis has come to demand, perhaps unconsciously, complete loyalty to his creed. The merest doubt or deviation is heresy, and is soon followed by excommunication from the kirk" (Steiner, 1969: 241). While preaching a "reverent openness to life", he remained closed to so much.

Practical criticism, then, with a moral and experiential immediacy, is Leavis's chosen methodology. His approach is self-consciously untheoretical, even anti-theoretical—in a celebrated exchange with René Wellek, who had asked him to "defend" his critical position and "become conscious that large ethical, philosophical, and, of course, ultimately, aesthetic *choices* are involved" (Leavis, 1962a: 211), he protested their irrelevance and his own indifference. "The critic's aim is, first, to realize as sensitively and completely as possible this or that which claims his attention" (213). For Leavis, writes Simon During, "criticism is conceptually presuppositionless"; "it is immanent in that its criteria of judgment derive (in theory) from its objects" (During, 2015: 125). That Leavis is not being entirely ingenuous is suggested later in his response to Wellek when he confesses, almost parenthetically, that "Ideally I ought perhaps… to be able to complete the work with a theoretical statement. But I am sure that the kind of work that I have attempted comes first" (Leavis, 1962a: 214).

Nonetheless, if Leavis circumvents the kind of elaborate psycho-social theory used by I. A. Richards to explain his own critical methodology, his critical approach is extensively justified in a series of essays, some of them book-length, on what he sees as the decadence of contemporary society and culture. Behind Leavis's criticism lies a historical myth comparable with T. S. Eliot's golden age of pre-dissociated sensibility and an elaborate stadial history of the cultural decline effected by democratization and the development of a herd mentality. "Behind it", as Steiner observes, "shimmers a historical vision (largely fanciful) of an older order, rural, customary, moralistic"(Steiner, 1969: 245). The title of one such Leavis essay, *Mass Civilization and Minority Culture* (1930), says it all: literature (as distinct from popular or mass "fiction"), read aright—"the ideal critic is the ideal reader" (Leavis, 1962a: 212). —is the only defence against the progressive decay of "standards" in the "technologico-Benthamite" dystopia Leavis felt he inhabited, a consequence of industrialization, utilitarianism, and the democratization of culture.① Literary criticism mattered because it had the profound social function of "fortifying citizens against the seductions of mass culture", to quote Chris Hilliard, "the most ominous of which was the corruption of feeling and desire" (Hilliard, 2012: 46).

Implicit in this anticipated fortification against the fatally attractive corruptions that attend upon popular cultural forms like film, television, and the Sunday newspapers, it is not difficult to detect the strong educational interest which drove and informed the Leavisite project. "Although Leavis was regarded almost universally as a brilliant reader of literary texts, and a subscription to *Scrutiny* de rigeur for any self-respecting young Turk", writes Leigh Dale, "it was primarily in the area of curriculum and pedagogy that Leavis and his followers were to have the greatest influence. Leavis was distinctive in his interest in schools and teacher training" (Dale, 2012: 186).② The literature young people were exposed to at school and the discrimination they developed there—learning to recognize the superiority of literature "on the side of life" over popular fiction and film—would arm them against the conspiracy of the second-rate that, like "drug-taking, day-dreaming and masturbation" ③ threatened to undermine the health of their culture. "The teaching profession is peculiarly in a position to do revolutionary things" (Leavis, 1933: 188-189), wrote Leavis. And university, as Leavis conceived it, was simply an extension of the secondary school classroom. At the university, he resisted the professionalization of critical reading and writing that was specialized academic scholarship: "the academic is the enemy". (The subsequent identification of critical reading and writing as "research" could only have been more abhorrent to him.) Criticism was the supreme "life" skill and was best practised in the creative communal setting of the formal or informal classroom.④

With literary criticism asked to carry such ethical, educational, and existential responsibility, it is not surprising that Leavisism should have become sectarian and

---

① Compare the title of an early anthology of critical pieces from *The Calendar of Modern Letters* selected and introduced by F. R. Leavis. *Towards Standards of Criticism* [1933], London: Lawrence and Wishart, 1976.
② Leigh Dale, *The Enchantment of English: Professing English Literatures in Australian Universities* (Sydney: Sydney University Press, 2012) 186. Cp. Chris Hilliard, "The practice of criticism was inseparable for Leavis from the pedagogy of criticism", *English as a Vocation*. 14.
③ Quoting Chris Baldick on the suspicion of popular culture in F. R. and Q. D. Leavis, in *The Social Mission of English Criticism 1848-1932* (Oxford: Clarendon, 1987) 206.
④ "[I]n Leavis's critique of the 'academic ethos' of Oxford", writes Carol Atherton, "is a sense that the specialist nature of academic literary criticism undermined its capacity to be useful" *Defining Literary Criticism*, 149.

evangelical—and, with that, combative. "Leavis inspired an urgent sense of mission" (Hilliard, 2012: 2).① Far from physically taking Cambridge outside Cambridge, and unlike William Empson and I. A. Richards, Leavis himself rarely ventured beyond the town and the university—indeed, in more paranoid moments, he turned down invitations to lecture abroad because he was frightened of what excluding realignments might take place within the Cambridge English School in his absence. His position at Cambridge was paradoxical; as we saw in the opening quotation from *Two Cultures?*, he imagined himself and the journal he created to co-ordinate the enterprise, *Scrutiny*, to be quintessentially Cambridge, but at the same time he felt isolated and alienated from all the rest of his Cambridge colleagues. Leavisism, on the other hand – the critical practices and terminology he employed; his narrow canon and the obligation to separate sheep from goats; the cultural convictions about mass civilization he entertained – was a national and even global affair. And when Leavisism travelled outside Cambridge it did so conscious of itself as a resistance movement countering a prevailing hegemony in English studies, one which undoubtedly belonged to the Oxford School of English. "Leavis and the Leavisites saw themselves as oppositional", writes Michael Wilding: "They opposed the way English Literature was taught generally at university. They opposed the preoccupation with history and literary history, who wrote what when, what followed what" (Wilding, 2019). The Oxford curriculum was more inclusive and capacious, hypostasized by textual and bibliographical studies and organized on historical principles; the Oxford ethos was distrustful of quasi-religious enthusiasm and the sense of 'vocation' characteristic of the Leavisite enterprise.

 The story I want to tell in this essay can be organized around this antagonism between Oxford scholarship and Cambridge (specifically Leavisite) criticism, though it would be wrong to reduce it to an institutional or ideological force field and underestimate the personalities and choices of the individuals involved. It concerns a remote and arguably insignificant cell of Leavisite critics briefly established at the University of Sydney in the mid 1960s, not long before I arrived to begin my undergraduate degree there in 1970, occasioning a disruption whose memory informed disciplinary and departmental politics for at least twenty to thirty years afterwards.

 The story begins with the appointment of Samuel (Sam) Goldberg (1926-1991) as

---

① Cp. During: "theirs was a missionary movement that required commitment", "When Literary Criticism Mattered", 132.

Challis Professor of English Literature in 1963. Goldberg had done his undergraduate work at the University of Melbourne immediately after the war (1945-1947), where he lectured and tutored for four years before undertaking a B.Litt. at Oxford in the early 1950s. In 1952, while Goldberg was at Oxford, Leavis published a selection of his essays from *Scrutiny* (and elsewhere) under the title *The Common Pursuit*, from a phrase of T. S. Eliot's identifying "the common pursuit of true judgement" as the aim of literary criticism. *The Common Pursuit* remains to this day a powerful and varied set of essays ranging from mature and cogent readings of individual poems and plays (like *The Dunciad* and *Measure for Measure*) and individual authors (like Hopkins and Swift), through revisiting the controversy generated by his own reading of Milton in *Revaluation*, to general essays defending the methodological independence of literary criticism (like "Literary Criticism and Philosophy", from which I have quoted). Goldberg was converted. Leavis's urgent, evaluative approach to literature and the Arnoldian "high seriousness" with which he went about his judgmental business appealed to Goldberg, and would soon become characteristic of his own critical and pedagogical practice, which would be characterized by "a fundamentalism in cultural matters, predicated on absolute conviction, akin to the doctrinal certainties of Calvinism" (Riemer, 1999: 118). While respectfully differing in his choice of exemplary literary texts—Goldberg's first monograph, *The Classical Temper* (1961), for example, was a study of James Joyce, whose *Ulysses* Leavis had dismissed as "a dead end, or at least a pointer to disintegration"(Leavis, 1948: 26) in *The Great Tradition*—Goldberg was impressed by Leavis's critical discrimination and cultural and pedagogical convictions, and he determined to emulate them when he returned to the study of English in Australia.

Which he did in 1953, at the University of Melbourne—where he lectured in Renaissance literature, revived the University Literature Club, and established himself as a distinguished Leavisite critic, founding the *Melbourne Critical Review* on the model of *Scrutiny* in 1958 (later entitled the *Critical Review*, which Goldberg continued to edit until his death in 1991). The provenance and priorities of the Melbourne journal are clear from an editorial Goldberg wrote in 1961: "The only proviso—one implicit in our title—is that we seek *critical* essays, in which literary scholarship or history is absorbed and given relevance in a living response to literature *as* literature" (Goldberg, 1961: 2). He was soon able to gather round him a coterie of young Leavisite scholars, including Margaret (Maggie) O'Keefe and Thomas (Jock) Tomlinson, who as a married couple accompanied and remained loyal to Goldberg through the vicissitudes of his university career.

The publication of Goldberg's monograph on Joyce, along with some trenchant articles in the *Melbourne Critical Review*, established him as a major critic and qualified him for the chair at the University of Sydney, which he was awarded in 1963, arriving from Melbourne with the Tomlinsons in tow and determined to take advantage of Sydney's generous recruiting policy by making appointments designed to establish a Leavisite ethos and curriculum. In the words of Michael Wilding:

> The Leavisite project laid great stress on education. The analogy with the Jesuits was often drawn, the get them young and you've got them for life principle. But until they had got them young, Sam had to make do with what off-the-peg Leavisites he could find. Once he had got the system set up he would breed his own. Until then it was a matter of imports. There were overseas imports like me. And there were interstate imports from Melbourne where he had previously taught. (Wilding, 2019)

It is perhaps worth reminding ourselves that these were the days of the "God professor", when departments characteristically carried only one professorial chair, which was awarded for the duration of the incumbent's career and carried with it effectively autocratic control of the curriculum and of hiring and firing. The proliferation of personal chairs and democratic decision-making came later. Sydney was Goldberg's first opportunity to design and impose a Leavisite regime – to design a curriculum privileging a "great tradition" along the narrow lines that Leavis conceived it (for the sake of cultural survival, as he would insist) and to make criticism rather than scholarship central to pedagogical and assessment practice.

"Goldberg was an exacting teacher who brought an uncompromising rigour to his discussions with students whom he was training to be a new breed of critics. Many former students from the 1950s went on to distinguished careers", writes Jane Grant in the Australian Dictionary of Biography. What she goes on to say, however, goes to the heart of Goldberg's problem: "others felt intimidated or overlooked" (Grant, 2019). Whether you were a poet or a novelist, a critic or a student of literary criticism, Leavisism was all about establishing which side you were on. It was an ideology and methodology of division, and one that Goldberg practiced extremely well—which is to say, divisively. He never managed to convince other members of the Sydney department of the virtues of his new Leavisite regime, nor (by all accounts) did he take the opportunity or the time to try.

Instead, as Andrew Reimer observes, "Goldberg and his supporters" stuck to their sense of mission, seeing "a literary education as a powerful moral and ethical instrument in a debased world":

> They were intent on employing literary culture in the service of personal, social and perhaps even political amelioration. They attempted to persuade their students that exposure to great literature would somehow refine not merely their taste or aesthetic sensibilities but their moral capacities as well. Consequently they were vigilant against what they saw as the corrosive influence of poor, second-rate or expedient writing. Great flights of literary imagination had, in their view, the capacity to protect the world from barbarism. (Riemer, 1999: 169)

For two years, then, Goldberg presided over a divided English department. On his side, he had the Tomlinsons and a handful of new hires: John Wiltshire and Howard Jacobson (both from Leavis's Cambridge college, Downing), Michael Wilding (Oxford), along with Germaine Greer and four or five others brought up from Melbourne. Leading the other, 'Oxford movement' was G. A. (Gerry) Wilkes—who had been overlooked for the Challis Chair when it was offered to Goldberg—with support from Andrew Riemer, Bill Maidment, Ron Dunlop, Geoffrey Little, Thelma Herring, Jim Tulip, John Burrows, and others, many of whom (like Wilkes) had done postgraduate work at Oxford. (I name only the people who subsequently became my own teachers or with whom I am familiar, some of whom have written at length on the affair.)

More often than not it was the students who were made to suffer for the mutual intolerance that prevailed in the staff room. Clever students were robbed of 1st class Honours degrees because Goldberg considered them badly taught by the other side of the department. An older colleague of mine at the Australian National University recalls submitting an essay on John Donne for his English tutorial at Sydney during the Goldberg era and being failed because his tutor was (he said) sick of reading rehashed, Leavisite garbage. (A distinguished historian, my colleague had never heard of F. R. Leavis and remains puzzled to this day at his tutor's taking such offence.) The experience was not purgatorial for all the students, it should be said. Some, especially those who adopted or were adopted by the Leavisite faction, recall weekend group excursions to the Blue Mountains and the genuine pleasures of a life dedicated to "the common pursuit of true judgement" through reading and literary criticism.

After two years and a series of furtive, factional meetings at pubs and other places within walking distance of the university, in 1965 there was open insurrection. In an unprecedented move, Wilkes managed to persuade the University of Sydney's Professorial Board to split the Department of English into two distinct streams—effectively into two departments—with English A adopting a more restricted Leavisite curriculum and involving the training in intensive interpretation and evaluative argument characteristic of its practical criticism, and English B offering a more inclusive literary historical survey and culminating (in its English IV Honours year) in a compulsory course on "English Scholarship", including Palaeography, Bibliography, and Editorial Procedure. "The students looked on with a mixture of alarm and cynical bemusement", according to Riemer, "knowing that they would soon have to choose between the two factions, the two courses, the two radically opposed ways of going about the business of English studies" (177).

  The experiment, if we can call it that, did not last long. The following year, in 1966, Goldberg sought and gained the Robert Wallace Chair of English at the University of Melbourne, taking the Tomlinsons with him back to his alma mater. There is no need for us, as there was for them, to take sides. It is clear from all the accounts, no matter how prejudiced or interested (in the old sense), that there were positive aspects to both approaches. Michael Wilding, having been recruited by Goldberg, came to reject the authoritarianism of his leadership and support a more pluralist approach to the discipline: "Leavisism in power was not the same as Leavisism in opposition. In opposition it had a dialectical, leavening effect on the system within which it operated. In power it became totalitarian". However, Wilding never lost sight of the value of what Leavisism had to offer:

> I was far from unsympathetic to much of the Leavisite position…They believed that literature mattered. In an environment of cynicism and facetiousness and materialism and worship of Mammon, that was not a common belief. The Leavisites took a strong moral line, and coming from a working class puritan position, so did I. They set themselves against the deadening tedium and time serving of the older universities' way of life, and so had I. (Wilding, 2019)

It is part of the paradox that was Leavisism that its unapologetically élitist construction of culture and its contempt for the sensual and intellectual diversions of the masses was profoundly attractive to "lower-middle class and working class students who felt excluded from the patrician traditions and styles of the older universities" (to quote Wilding again), students "who loved literature, who needed to believe that a study of literature was serious work, not ruling class relaxation or dilettantism" ("Amongst Leavisites"). Its communal activities, moreover, offered a shared literacy, a sense of purpose, and hope. Wilding was not the only one to see that the alternative of "a Sydney literary culture in which a combination of old-style Oxford scholarship with a loose laissez-faire cynicism had taken on the semblance of an adequate philosophy" was in fact no adequate alternative.[1]

My own experience as an undergraduate in the very diverse Sydney English department four years later was of a blend of both, or rather all, these priorities, though after the fashion of the department my destination for postgraduate study after taking out an Honours degree was Oxford, with its compulsory Palaeography and Bibliography. Some scholars sympathetic to Leavis had remained in the department after Goldberg's departure and were excellent teachers, dedicated to all their students and willing to accommodate their students' different talents, tastes, and beliefs. This I admire as a matter of personality or character. Still, one question we are left with from this otherwise minor academic battle is how far Sam Goldberg's critical convictions – his allegiance to F. R. Leavis's brand of Cambridge criticism – can be blamed for his leadership style? John Wiltshire thinks not: "Leavis himself, or so I have been told, looked upon this little institutional history of sorrowful interest with an appropriate dispassion. It had, after all, little to do with him" (420). Or did it?

References

Arnold, Matthew. "The Function of Criticism at the Present Time." *Essays in Criticism*. First and Second Series. London: Dent, 1964. 9-34.

———. "The Study of Poetry." *Essays in Criticism*. First and Second Series. London: Dent, 1964. 235-60.

Atherton, Carol. *Defining Literary Criticism: Scholarship, Authority and the Possession of Literary Knowledge, 1880-2002*. Basingstoke: Palgrave Macmillan, 2005.

Baldick, Chris. *The Social Mission of English Criticism 1848-1932*. Oxford: Clarendon, 1987.

Dale, Leigh. *The Enchantment of English: Professing English Literatures in Australian Universities*. Sydney: Sydney University Press, 2012.

---

[1] John Wiltshire, in *The Cambridge Quarterly* 24:4 (1996) 420. Compare Stephen Knight in the *Australian Humanities Review*, September 1998: "the Sydney department's only response to the Leavisite assault was to recoil into unargued faith in the old scholarship school of civilisation, a system actually out of date even at Oxford by the mid 1930s", accessed Jan. 12, 2019, http://australianhumanitiesreview.org/archive/Issue-September-1998/knight2.html.

During, Simon. "When Literary Criticism Mattered." *The Values of Literary Studies: Critical Institutions, Scholarly Agendas*. Ed. Rónán McDonald. Cambridge: Cambridge University Press, 2015. 120-136.

Eliot, T. S. "The Metaphysical Poets." *Selected Essays*. Third edition. London: Faber and Faber, 1951. 281-291.

Goldberg, Samuel. "Editorial." *Melbourne Critical Review,* 4 (1961): 2.

Grant, Jane. "Goldberg, Samuel Louis (Sam) (1926–1991)", accessed Jan. 12, 2019, http://adb.anu.edu.au/biography/goldberg-samuel-louis-sam-425.

Hilliard, Chris. *English as a Vocation: The* Scrutiny *Movement*. Oxford: Oxford University Press, 2012.

Knight, Stephen. "Review of Andrew Reimer, Sandstone Gothic". Australian Humanities Review, issue 11 (September 1998), accessed Jan.21, 2019, http://australianhumanitiesreview.org/1998/09/01/andrew-riemers-sandstone-gothic-confessions-of-an-accidental-academic/.

Leavis, F. R. "This Age in Literary Criticism." *Bookman*, 83 (1932): 8-9.

——. *For Continuity*. Cambridge: Cambridge University Press, 1933.

——. *Revaluation: Tradition and Development in English Poetry*. London: Chatto and Windus, 1936.

——. *The Great Tradition: George Eliot, Henry James, Joseph Conrad*. London: Chatto and Windus, 1948.

——. "Introduction". *Mill on Bentham and Coleridge*. London: Chatto and Windus, 1950. 1-38.

——. "Mr Eliot and Milton". *The Common Pursuit*. Harmondsworth: Penguin, 1962a. 9-32.

——. *Two Cultures? The Significance of C. P. Snow, with an Essay on Sir Charles Snow's Rede Lecture by Michael Yudkin*. London: Chatto and Windus, 1962b.

——. *Towards Standards of Criticism*. London: Lawrence and Wishart, 1976.

Leavis, F. R., et al. "A Manifesto." *Scrutiny*, 5 (1932): 1.

McCallum, Pamela. *Literature and Method: Towards a Critique of I. A. Richards, T. S. Eliot and F. R Leavis*. Dublin: Gill and Macmillan, 1983.

Palmer, D. J. *The Rise of English Studies: An Account of the Study of English Language and Literature from its Origins to the Making of the Oxford English School*. London, New York, Toronto: OUP, 1965.

Riemer, Andrew. *Sandstone Gothic: Confessions of an Accidental Academic*. Sydney: Allen & Unwin, 1999.

Steiner, George. "F. R. Leavis." *Language and Silence: Essays 1958-1966*. Harmondsworth: Penguin, 1969. 229-247.

Wilding, Michael. "Amongst Leavisites." *Southerly,* 59, nos 3-4 (1999-2000): 67-93. repr. Jan. 21, 2019. http://search.informit.com.au.rp.nla.gov.au/documentSumary;dn=61298276150;res=IELLCC.

Wiltshire, John. *The Cambridge Quarterly,* 24. 4 (1996): 420.

Why Leavis is a Greater Critic than Richards or Empson

Chris Joyce

Abstract: This paper argues that although the names of Richards, Leavis and Empson are often associated in relation to the phase of literary study between the two world wars known as "Cambridge Criticism" or "Cambridge English", it is Leavis who is pre-eminent among them in his literary-critical achievement and in the power of thought it exemplifies. The author attributes this to the profound seriousness of Leavis's work, which can be discussed in terms of its moral depth. The term "moral" here is not to be understood as denoting any wish on Leavis's part to influence the conduct of individuals' lives but as suggested by the quotation from his Richmond Lecture: "In coming to terms with great literature we discover what at bottom we really believe. What for - what ultimately for? ... the questions work and tell at what I can only call a religious depth of thought and feeling." For Leavis, questions concerning the human significance of a literary work cannot be dissociated from its intellectual character or technical accomplishment. Going along with this is his recognition that discussion of literature must complete itself in valuation (for this is implicit in the agreement that there is something of value to discuss). These qualities are not prominent in the work of either of the two other critics. The influence of T. S. Eliot also has important bearings on these considerations.

Keywords: Criticism; Significance; Valuation; Judgement; Cambridge

为什么利维斯是一位比瑞恰慈或燕卜荪更伟大的批评家

克里斯·乔伊斯

内容摘要：本文认为瑞恰慈、利维斯和燕卜荪虽然与两次世界大战之间兴起的"剑桥批评"或"剑桥英文"密切关联，但是利维斯发展出独到的批评思想，因而成为更加卓越的批评家。笔者将此归因于利维斯著作中的严肃性，这种严肃性体现为深刻的道德关怀。"道德"一词在这里并不意味着利维斯本人想要影响个人的生活行为，而是正如他在里士满演讲中所言："通过接受伟大的文学，我们将了解我们到底相信什么，为了什么——究竟为了什么？……这些问题很有用，它们告诉我哪些思想和感情具有宗教深度。"对于利维斯来说，一部文学作品的人文意义与其思想性和技巧性是分不开的。由此出发，文学批评是在价值判断中完成的（这意味着作品中有些有价值的东西值得讨论）。上述品质对于其他两位批评家来说表现得并不明显。艾略特的影响对于本文的这些观点至关重要。

关键词：批评；意义；评价；判断；剑桥

"I am not an idolator of T. S. Eliot", wrote Leavis in a late essay (*Festival Lecture* 129). That he was not is made plain in the long critique of *Four Quartets* which he wrote a few years before his death (Leavis, 1975). Indeed, his eyes had lost their respectful innocence towards Eliot at least as early as the 1950s (Leavis, 1969: 137), witness his severe admonitions of the latter in *D. H. Lawrence Novelist* and in his 1958 essay "T. S. Eliot as Critic". [1] That Eliot had been a major—perhaps *the* major—influence on Leavis's early development as a literary critic is however undeniable—"never had criticism a

---

[1] See especially the chapter "Mr Eliot and Lawrence" in *D. H. Lawrence Novelist*. London: Chatto & Windus, 1955, and "T. S. Eliot as Critic" in "*Anna Karenina*" *and Other Essays*. London: Chatto & Windus, 1967.

more decisive influence" (Leavis, 1967: 178), he wrote of *The Sacred Wood*, which he bought when it came out in 1920 (but only slowly absorbed) and the essays in the Hogarth Press pamphlet of 1924, *Homage to John Dryden*. Going along with this early influence was Richards' *Principles of Literary Criticism*—also 1924—the second edition of which (Richards, 1926) contained a short appreciation of Eliot's poetry. Together with Eliot's early criticism, this book contributed to a major reorientation in English studies, especially at Cambridge—away from the impressionistic and belletristic ethos still dominant in the early 20th century towards a more rigorous (and even ostensibly scientific) concentration on close analysis of text and (in Richards' case) the underlying reasons for what in modern terminology we would call the reader's response to it.

It was Richards who introduced Eliot to the innovations in the recently established English Tripos at Cambridge and in the approaches to the study of literature which he and Mansfield Forbes (among others) were pioneering there. Richards had met Eliot as early as 1920. His book referred to above, together with his later *Practical Criticism* (Richards, 1929), containing the famous protocols, would lead John Crowe Ransom to identify him as the progenitor of the 'New Criticism' (Ransom, 1941: 3), though Richards himself demurred (Constable, 1990: 194). Eliot would later speak of the "lemon squeezer school" of criticism ("Eliot, 113"?), probably with critics such as Cleanth Brooks and W. K. Wimsatt in mind. The words of Richards' title would of course enter the vocabulary of university English courses and have remained there. Leavis's preferred term became "criticism in practice" (Leavis, 1975: 19), avoiding any suggestion that some form of theoretical criticism might be set over against or assumed to complement the "practical". But no-one can question the immense significance of these two strikingly original books by Richards in relation to the development of literary study at Cambridge and more widely (albeit that they are less than wholly cogent in exposition of theory). No-one can question, I say, but …

Another early influence for Leavis was John Middleton Murry (on whom a separate paper would be required). It was probably Murry who put Eliot's name forward as a successor to himself as Clark Lecturer at Trinity College, Cambridge. Eliot delivered the lectures in 1926 on *The Metaphysical Poetry of the 17th Century*. His interest in the Metaphysical poets, whom he referred to as "the successors of the dramatists of the 16th" would be decisively influential for Leavis (Leavis, 1969: 72), as the opening chapter of his *Revaluation* (Leavis, 1936) makes plain. By the time Leavis's *New Bearings in English Poetry* appeared in 1932, Eliot was well established both as poet and critic (though significant pockets of resistance to him remained, F. L. Lucas's being a conspicuous case in point). That year saw the publication of his *Selected Essays,* coming ten years after *The Waste Land* and his founding of *The Criterion*, the journal he would edit until it ceased publication in 1939. Leavis thought of himself, with *some* justification, as a pioneering critic of Eliot. Although a chapter on Eliot had appeared in Edmund Wilson's *Axel's Castle* in 1931 (placing him in a wider European context) and Bonamy Dobrée had written on him in *The Lamp and the Lute* as early as 1929, Leavis's analysis of the poetry up to 'Ash-Wednesday' in *New Bearings* was the most inward and sustained close reading that existed at that time.

A year before the appearance of *New Bearings*, William Empson's *Seven Types of Ambiguity* came out. Leavis would review it with approbation—almost excitedly—in *The Cambridge Review* (Singh, 1986). Empson, then 23 years of age, had been Richards' protégé. His book—though it would take up many of Richards' ideas — was markedly different from anything the latter had produced but was at least as innovative in its own way. (We find Richards, incidentally, writing to Eliot in 1929 from Tsinghua University, commending Empson both as a young literary scholar and a poet).[①] The work of both master and pupil was marked by characteristics that Leavis would later call, in another context, "brilliance" and "aplomb" (Leavis, 1976: 22). Neither term puts us in mind of Leavis. War service had held him back—he was just two years younger than Richards and eleven older than Empson—but in any case his disposition was quite different from either's. He was given to careful (sometimes painful) thought but not to showiness. And here we approach the parting of the ways between Leavis and the others referred to and the beginnings of an explanation of my title, and of the 'but' I left hanging.

One aspect of Richards' brilliance is exhibited in the following poem, probably written shortly after Leavis's death in 1978 (Richards himself would die the following year):

To, Of & For FRL
Embattled soul too early won to strife,
Our somewhat drear old Cambridge, the Rome
He gave his heart to, being his Imperial home.
This Coriolanus of our literary life,
Toil-racked, tyrannic, a bit too thick with Truth

---

① *Selected Letters of I. A. Richards.* Ed. John Constable (Oxford: Clarenton Press, 1990) 52, 60.

> And hardly ever teased or taxed by ruth
> Held it his duty to tell us what is what
> With a scrutannic eye on what the plebs can dish up
> Being indeed himself an old style Bishop. (Constable, 1990: 203)

Brilliant but unpleasant in its supercilious tone and unconscious irony, and certainly untaxed by ruth. When a young research student, L. C. Knights, set up a meeting of fellow researchers at Leavis's house, attended by Richards, the latter, Leavis wrote, "dismissed with an amused superiority that was often close to a snigger every possibility of profitable research in English" (Mackillop, 1931: 142). The difference in attitude is shown if we turn up Leavis's introduction to his *Revaluation* where he acknowledges a debt "to those with whom I have, during the past dozen years, discussed literature as a 'teacher': if I have learnt anything about … the profitable discussion of literature, I have learnt it in collaboration with them." (F. R. Leavis, 1936: 16) For Leavis the idea of a university was of immense importance. He disliked to see it and the serious study of literature, which for him belonged to it centrally, disparaged. Although he would speak of the achievement of *Scrutiny* as having been won in spite of Cambridge (Singh, 1986: 218), the actual University represented a kind of ideal for him and he felt a piety towards it. By contrast, Richards—who also took issue with Leavis (and QDL) over their concern with 'mass civilization and minority culture'—soon became bored both with academic life and with Cambridge,[1] and after the early years had as little to do with either as he could contrive. By contrast again, Empson (encouraged by Richards towards an adverse view of Leavis) followed a distinguished if unconventional academic career principally (after his years in China) at the University of Sheffield (Mackillop, 206-207).

But we must ask what in sum Empson's career amounted to after the early work on 'ambiguity' and *Some Versions of Pastoral* that followed in 1935. By the time of *The*

---

[1] See *Letters* from 1930 onwards. In that year we find him in China, and again in the mid-1930s, where his teaching is mainly non-literary. At the end of the decade he is at Harvard, where he remains until old age, when he returns to England. The editor of *Letters* states (p. xxxiv) that he was "anxious to stay in England to assist in the war effort, but [was] persuaded by T. S. Eliot to go to the United States." Nothing in Richards' career offers a parallel to Leavis's dedication to his students at the close of his introduction to *Revaluation* (1936), which I have referred to in the main text: "The debt that I wish to acknowledge is to those with whom I have, during the past dozen years, discussed literature as a 'teacher'. If I have learnt anything about the methods of profitable discussion, I have learnt it in collaboration with them."

Structure of Complex Words (1951) we feel that Empson has gone as far as his technique can take him. His astonishing intellectual agility in the analysis of poetry is in some respects unsurpassed, but Leavis's "Notes in the Analysis of Poetry" which he reprinted in his penultimate book, *The Living Principle*, and the essays which enclose it, while providing exemplary close readings, also reveal a dimension largely absent in Empson (as in Richards also). We may call this the moral dimension. "Moral" not in the sense that Leavis ever offered to instruct pupils (or readers) in matters of personal morality, which he did not (indeed he would have flinched from such intrusions), but in the sense implied when he says that literary works enact their moral valuations. His concern was for the human significance of a work viewed inseparably from questions of its skilfulness and originality of thought.

The moral depth of Leavis's teaching—its seriousness—impressed itself on generations of his students. One such—an Indian (who would found his own journal on the model of *Scrutiny* on his return to India) [1] —wrote, "I sometimes wonder whether Cambridge minus Leavis would have meant much to me" (Narasimhaiah, 1963: 11). Another recalled that, although Leavis's teaching concerned itself closely with the text in front of one, the discussion always seemed to involve everything one felt was most important in life—even the significance of life itself (Walsh, 1980: 47). A surprising witness was Raymond Williams, who spoke of observing in Leavis "a condition I have only ever seen in one or two other men: a true sense of mystery, and of very painful exposure to mystery, which was even harder to understand because this was the man of so many well known beliefs and opinions" (Williams, 1989: 22) . There is indeed—again in striking contrast to Richards and Empson—a sense in which Leavis's seriousness takes on a religious intensity despite his implacable agnosticism (I am of course aware of the special case—or "case" —of Empson's *Milton's God*).

In his Richmond Lecture, "Two Cultures?" Leavis puts it to us that "In coming to terms with great literature we discover what at bottom we really believe. What for—what ultimately for? ... the questions work and tell at what I can only call a religious depth of thought and feeling" (Leavis, 1972: 56). Elsewhere, he suggests that a great work of literature "explores and evokes the grounds and sanctions of our most important choices, valuations and decisions - those decisions which are not acts of will, but are so important that they seem to make themselves rather than to be made by us" (Leavis, 1963: 19).

My convinced view is that Leavis's work exhibits great clarity and penetration of

---

[1] *The Literary Criterion* (Mysore), founded by C. D. Narasimhaih in 1952 and still current.

thought—much more so than Richards'. His thinking, however, always resolves itself into criticism in actual practice. And it assumes (rightly) the possibility of a common access to literature, an access that may be said to transcend or subtend whatever cultural, religious or other influences may have conditioned our ways of looking at the world: the possibility, that is, of the common pursuit of true judgement. Leavis observes seminally that a language (and there is, as he puts it, no such thing as language in general) is an immemorial phenomenon, continually manifesting creative change but never becoming the possession of any individual person. Great creative—that is to say, exploratory—writers avail themselves of a language they have inherited; a kind of gift from countless generations of speakers before them, and discover hitherto unrealised possibilities within it.

He was of course fully aware that there is no single right reading of a literary text (Leavis, 1929), but he believed that this does not and should not preclude the effort to achieve a commonality of assessment: a collaborative effort towards valuation in criticism. The element of appeal expressed in his well known formulation, "This is so, is it not?", is crucial to his critical practice notwithstanding the sometimes seemingly dogmatic nature of his judgements and mode of expression. He usually seems not to invite dissent, but a real understanding of his work means recognising that he genuinely sought, as he so often said, an answer in the form "Yes, but" in order that the critical argument might be advanced. It is by reference to these considerations: the idea that valuation in criticism (which must be implicit in the discussion itself) is continually collaborative (denying therefore the usefulness for literary-critical thought of such terms as "objective", "subjective" and the derivative "inter-subjective") just as the maintenance of a language itself ("there is no such thing as language in general") is a continuously creative and collaborative achievement (Leavis, 1975: 58),[1] that we can see how Leavis's work differentiates itself equally from that of Richards, Empson (and, one must add, Raymond Williams), and the American "New Critics".

No more than Empson (I must also mention) did Leavis relegate the significance of the cultural and historical context from which works of literature come—quite the reverse (see his late essay on Yeats, for example)[2] —but he eschewed the sort of socio-political

---

[1] This should be considered in its whole context, in which Leavis speaks of how we "meet in meaning".
[2] Leavis, "Yeats: The Problem and the Challenge' in *Lectures in America*. London: Chatto & Windus, 1969. "The most resolutely literary-critical study of his career entails biography, personalities, public affairs and history." In recommending Yvor Winters' *Maule's Curse*, Leavis speaks of the way it illustrates how "the understanding of literature stands to gain much from sociological interests." See "Sociology and literature" in *The Common Pursuit* (London: Chatto & Windus, 1952) 203.

commentary that Empson offers in, for example, his commentary on Gray's "Elegy" in *Some Versions*. Leavis's criticism is consciously (and in the early days expressly) apolitical; it especially marked him out in the era when "the Marxising expositors of human affairs thronged the arena" (Leavis, 1972: 94); and that it is so, far from diminishing his stature, makes him, in my view, our transcendent critic.

It was (to return) the publication of Richards' *Coleridge on Imagination* (1934) that finally precipitated the loss of respect that Leavis had felt for him in the formative years of the 1920s. Reviewing the book in *Scrutiny* he criticised its wordy generalities (Leavis, 1935) but more importantly discerned a loss of focus in Richards' interests, which by this time occupied an indeterminate field, part literary, part philosophical (in a rather diffuse sense of the term), part pseudo-scientific: "I write [said Leavis] not as an indignant religionist who has seen through Dr Richards's blarney, but as a person of literary interests who is nevertheless concerned for rigorous thinking"(Singh, 1986: 155).

Leavis's exasperation with Richards would be matched by a similar disillusionment with Eliot as he recognised more and more the "limitation attendant on the achievement" (129). By this he meant the co-existence in Eliot of painful sincerity and capricious judgement, and—as Leavis diagnosed it—an inveterate and paradoxical will to discredit human creativity. The importance of his later critiques of Eliot is twofold: they shed light on his own approach to literature and criticism, being himself one of the great literary teachers of the twentieth century; and they illuminate with unrivalled inwardness Eliot's conflicted genius. In his later years, Leavis became ever more preoccupied with Eliot as a touchstone in defining his own attitudes concerning those "grounds and sanctions of our most important choices, valuations and decisions." Speaking of Eliot's "uncritical admiration" of Paul Valéry he recalled having discussed with students at Cambridge in the 1920s some examples of Valéry's prose (Leavis, 1976: 16-17). They exemplified, he suggested, "the confusions, vacuities, and non-sequiturs that a training in *la clarté* and *la logique* didn't exclude." With reference to Eliot similarly, he recalled:

> I still have, bought in 1924 when it came out, a little book containing "Le Serpent" (Valéry's "Ébauche d'un Serpent") together with an introductory essay by Eliot [exemplifying his] exasperating Francophil mannerisms: exhibitionism, false aplomb and fallacious suggestion … "To English amateurs, rather inclined to dismiss poetry which appears reticent, and to peer lasciviously between the lines for biographical confession, such an activity may appear no better than *a jeu de quilles* [a game of skittles]. But …

to reduce one's disorderly and mostly silly personality to the gravity of a *jeu de quilles* would be to do an excellent thing ... " (17)

On this Leavis comments that Eliot could hardly have said of his work from 'Ash-Wednesday' onwards, which "enacts a religious quest" that he *was* "offering this as... fairly describable as a *jeu de quilles*." Christopher Ricks has raised the issue of Leavis's use of such terms as 'unanswerable', 'indisputable', etc (though these are of course rhetorical uses).[1] Leavis's observation here, however, seems to me to be unanswerable– calling, that is, for a corroborative 'Yes' (or 'Yes, and') rather than a 'Yes, but', and an example of his penetrating analytical powers and clarity of thought.

References

Eliot, T. S. "The Frontiers of Criticism." *On Poetry and Poets*. London: Faber, 1957. 103-118.
Leavis, F. R. "T. S. Eliot: A Reply to the Condescending." *Cambridge Review*, 8.2 (1929). Reprinted in *Valuation in Criticism and Other Essay*. Ed. G. Singh. Cambridge : Cambridge University Press, 1986. 13-14.
——. "William Empson: Intelligence and Sensibility." *The Cambridge Review*, 16.1 (1931). Reprinted in *Valuation in Criticism and Other Essays*, ed G. Singh. Cambridge: Cambridge University Press, 1986.
——. 'Dr Richards, Bentham and Coleridge.' *Scrutiny*, 3.3 (1935). Reprinted in *Valuation in Criticism and Other Essay*. Ed. G. Singh. Cambridge: Cambridge University Press, 1986.
——. "Sociology and literature." *The Common Pursuit*. London: Chatto & Windus, 1952.
——. *D. H. Lawrence Novelist*, London: Chatto & Windus, 1955.
——. *Two Cultures: The Significance of C. P. Snow*. London: Chatto & Windus, 1962. Reprinted in *Nor Shall My Sword*. London: Chatto & Windus, 1972 (new edition with an Introduction by Stefan Collini. Cambridge University Press, 2013).
——. *Scrutiny*. Reprinted in 20 vols. Cambridge : Cambridge University Press, 1962.
——. Preface to *Henry James: Selected Literary Criticism* (1963). Ed. Morris Shapira, Heinemann, 1963 (new edition Cambridge University Press, 1981).
——. "Scrutiny: A Retrospect." *Scrutiny XX*. Cambridge: Cambridge University Press, 1963.
——. "T. S. Eliot as Critic." *"Anna Karenina" and Other Essays*. London: Chatto & Windus, 1967.
——. *English Literature in Our Time & the University* (the 1967 Clark Lectures). London: Chatto & Windus, 1969. Reprinted Cambridge: Cambridge University Press, 1979.
——. "T. S. Eliot and the life of English Literature." (1968 Cheltenham Festival Lecture). Reprinted in *Valuation in Criticism and Other Essays*. Ed G. Singh. Cambridge: Cambridge University Press, 1986.

---

[1] Unpublished lecture given at the University of York, inaugurating the "Leavis at York" conference, 18 October 2013.

——. "Yeats: The Problem and the Challenge." *Lectures in America*. London: Chatto & Windus, 1969.

——. "Luddites? *or* There is Only One Culture." *Lectures in America*. Reprinted in *Nor Shall My Sword*. London: Chatto & Windus, 1972 (new edition with an Introduction by Stefan Collini. Cambridge: Cambridge University Press, 2013).

——. "Four Quartets." *The Living Principle*. London: Chatto & Windus, 1975.

——. *Thought, Words and Creativity: Art and Thought in Lawrence*. London: Chatto & Windus, 1976.

Mackillop, Ian. *F. R. Leavis: A Life in Criticism*. Harmondsworth: Allen Lane, 1995. Reprinted Penguin, 1997.

Narasimhaiah, C. D. *F. R. Leavis: Some Aspects of His Work*. Mysore, 1963.

Ransom, John Crowe. *The New Criticism*. Connecticut: New Directions, 1941.

Richards, I. A. *Selected Letters of I. A. Richards*. Ed. J. Constable. Oxford : Oxford University Press, 1990.

Ricks, Chrisopher. Unpublished lecture given at the University of York, inaugurating the "Leavis at York" conference, 18 October 2013.

Walsh, William. *Three Honest Men*. Ed. Philip French. London: Carcanet, 1980.

Williams, Raymomd. "Seeing a Man Running." *What I Came to Say*. Hutchinson Radius, 1989.

Poetry, History and Myth: the Case of F. R. Leavis

Michael Bell

Abstract: Great literature was for Leavis, as for Wilhelm Dilthey, both the significant creation of human culture and the most intimate record of its history. This places an ambiguous burden on the representative nature of the individual genius on which Leavis premised his account of English history; and account that has been accused of mythicising. This paper looks at this charge through the cases of John Bunyan and the 'war poets', such as Wilfrid Owen and Siegfried Sassoon. Other writers of the period became highly conscious of the mythic dimension that is inseparable from history and thereby provide a rationale for Leavis; albeit one that he did not himself share and might well have repudiated.

Keywords: Modernism; genius; history; myth; mythopoeia; poetry; creativity; war poets

诗歌、历史和神话

——以利维斯为例

迈克尔·贝尔

内容摘要： 与威廉·狄尔泰一样，于利维斯而言，伟大的文学既是人类文明的宏伟创造，也是对其历史的忠实记录。这使得被利维斯视为英国历史之根基的个体才华的指代性蒙上了一层模糊的色彩；或有观点认为利维斯有神化英国历史之嫌。本文通过探讨约翰·班扬和威尔弗雷德·欧文及西格夫里·萨松等"战争诗人"，从而审视这一观点。同时期其他作家高度关注与历史密不可分的神话维度，因而在某种程度上为利维斯的论点提供了论据支持——尽管利维斯本人并不赞赏这一论据，甚或还会对其进行批判。

关键词： 现代主义；天才；历史；神话；神话创作；诗歌；创造性；战争诗人

The relation between history and the poetic imagination remains vexed since each secretly depends on the other. Many listeners to the BBC Radio Four's "Today" programme on 12th October, 1915 were incensed to hear the historian Niall Fergusson talking dismissively over the novelist Jane Smiley. But their indignation focused on his male rudeness, his "mansplaining", rather than on the dismaying naivety of his assertion that historians deal in facts while novelists have only feeling and fiction. Although the difference in principle is clear enough, they cannot be fully separated. Historians deal in interpretation which governs, as well as being governed by, facts, which are themselves chosen from a myriad of known and unknown possibilities. The historian always creates a narrative led by interests and values. In the light of Leavis's subsequent claims for literary criticism, his transfer of undergraduate degree from History to English may be interpreted not as a change of subject but as the pursuit of a more complete and inward understanding of historical experience. These claims have remained controversial, however, and since his theoretical account of English as a discipline in *The Living Principle* constitutes a model close to Wilhelm Dilthey's philosophical rationale for the humanities, comparison with Dilthey helps to highlight problems in their mutual conception.

Both Dilthey and Leavis saw poetic creativity, taken in its older more general sense of the literary imagination at large, as the growing point of collective human self-creation. Great poets are those who develop the critically sensitive hints and insights by which communal sensibility is progressively modified. By the same token their works constitute the most significant historical record. In Dilthey's words:

> …in Germany the point was finally reached where the conception of society…passed into a true historical consciousness. Herder found in the disposition of the individual that which changes and constitutes historical progress. The medium through which this progress was studied in Germany was art, especially poetry. (Dilthey, 1989: 215)

This model seems to elide the distinction between literature and history. The literary text is not a reflection of history: it is history in a way that Leavis demonstrated in his exchange with F. W. Bateson on Andrew Marvell's "A Dialogue between the Soul and the Body".[1] The poem is a more tangible object than Bateson's proffered historical context

---

[1] See F. W. Bateson, "The Function of Criticism at the Present Time", *Essays in Criticism*, 3 (1953): 1-27 and F. R. Leavis, "The Responsible Critic, or the Function of Criticism at any Time", in *A Selection from Scrutiny*, vol 2 (Cambridge: Cambridge University Press, 1968) 308-315.

and gives the most intimate, complex and dynamic access to the past. As Dilthey says of the "great work of art":

> No truly great work of art can want to put forward a spiritual content that misrepresents its author; indeed, it does not want to say anything about its author. Truthful in itself it stands—fixed, visible, permanent: and, because of this, a skilled and certain understanding of it is possible. Thus there arises in the confines between science and action a sphere in which life discloses itself at a depth inaccessible to observation, reflection and theory. (Dilthey, 2002: 228)

This is in effect Leavis's "living principle" of creation along with the "third realm" in which it is made available for interpersonal understanding; although Dilthey's generalised philosophical confidence contrasts sharply and importantly with Leavis's constant critical testing of the past. I find their shared model compelling, and would even say that without some such claim it would be hard to justify the public funding of literary study. Nonetheless, it is problematic and Leavis, as a literary critic, reveals both the power and the possible idealisation lurking in the representative nature of the great, or as Leavis would say, the major, poet. The choice of words here is itself suggestive. Dilthey's word "great" highlights isolated exceptionalism while "major" suggests a significant network of comparisons. For such a figure is ambiguous in being at once representative and exceptional. For this conception to be true, the exceptionality of the major writer lies precisely in being profoundly representative in a way that a good critic, although not every trained scholar, can recognise and elucidate. But maybe this is an idealised conception which obscures the tensions between these two dimensions. To examine the proposition more closely I consider two instances of problematic representation: one from the past, John Bunyan, and one contemporary with Leavis, the "war poets".

Leavis's review essay on *The Pilgrim's Progress* is instructive. Formally, it is a review of Jack Lindsay's *John Bunyan: Maker of* Myth (Lindsay, 1937). Characteristically, he finds his point of departure in the representative inadequacy of another critic but since the book under review does not immediately provide the requisite critical error, or in quite the form he needs it, he immediately recalls by rather arbitrary association an earlier book by William York Tyndall which had invested much scholarly research to show that Bunyan was merely one of many seventeenth-century artisan preachers (Tindall, 1934). Leavis endorses Bunyan's representative status in that regard but reverses its implication.

As he puts it, because Bunyan is "so completely and essentially representative", he "tells us something about the genius of the English people in that age" (Leavis, 1952: 205-206). This is an important and persuasive claim but what exactly is the "something" that Bunyan's writing tells us? Does the representative dimension work in both directions so that Bunyan's vigour and humanity are common properties? Or did Bunyan's exceptional genius transmute the common language and sensibility? I confess I don't know the answer to these questions or even how one might set about answering them. Leavis treads a fine line, as he must, to hold both possibilities together. *"The Pilgrim's Progress,"* he says, "is the fruit of a fine civilisation; the enthusiasts and mechanick preachers were not out of touch with a traditional wisdom." This suggests some qualitative continuity but Leavis has also just acknowledged in Bunyan himself "the uglier and pettier aspects of an intolerant creed" which rather points to a more normal condition unleavened by humane genius. Leavis's careful wording elides any fault line between the exceptional and the normal so that I find his historical claim plausible yet problematic in a way that is clarified by comparison with a formulation in Nietzsche.

As he resigned his university chair at the age of twenty-eight, Nietzsche gave five lectures *On the Future of Our Educational Institutions*, set in the form of a philosophical dialogue in which an aged philosopher with some Leavisian characteristics expounds what can be taken as Nietzsche's own critique. Like Leavis, he is concerned with the relation of genius to common humanity within a widening system of education and makes the following reflection:

> But for the genius to make his appearance; for him to emerge from among the people; to portray the reflected picture, as it were, the dazzling brilliancy of the peculiar colours of this people; to depict the noble destiny of a people in the similitude of an individual in a work that will last for all time, thereby making his nation itself eternal, and redeeming it from the ever-shifting element of transient things: all this is possible for the genius only when he has been brought up and come to maturity in the tender care of the culture of a people; whilst, on the other hand, without this sheltering home, the genius will not, generally speaking, be able to rise to the height of his eternal flight, but will at an early moment, like a stranger, weather-driven upon a bleak, snow-covered desert, slink away from the inhospitable land. (Nietzsche, 1997: *XIV*)

The plausible claim here is that the representative genius draws upon the culture of the people although whether he needs to be appreciated by them is surely questionable. Indeed, his younger disciple responds: "You astonish me with such a metaphysics of genius, and I have only a hazy conception of the accuracy of your similitude." Despite his more sober rhetoric there is surely something of a "metaphysics of genius" in Leavis's representative claim. It is intuitively compelling, for how, after all, can we imagine a Shakespeare without the vividness of Elizabethan English, but uncertain in the range of its application. That is why it is difficult to defend him absolutely from the dismissive charge of mythicizing the English past.

The problem of representativeness is compounded by Leavis's privileging of the poetic imagination. He notably deprecated the linguistic development and aspirations associated with the formation of the Royal Society seeing these as part of the triumph of the Baconian/Benthamite tradition by which the experiential wealth and expressive power of the language had been hollowed out and reduced. Once again, there seems to be a powerful *de facto* insight and cultural critique at work here but with a problematic principle behind it for the logic of the Dilthey/Leavis conception should surely encompass creative insight in all disciplines of thought while the crucial distinction should be between the creative and the non-creative spirits within all or any of them. In principle, Leavis is committed to a version of this comprehensive ambition. He demands that all the significant thought and experience of the time should be engaged by the poet: the burden of his complaint in *New Bearings in English Poetry* (Leavis, 1932) about late Victorian and early twentieth century verse is that it fails to do so and this is also the thrust of his critique of Charles Snow (Leavis, 1962).

Because Snow had belittled the exponents of "literary" culture, contrasting them with the intelligent realism of scientists, Leavis was, and still is, widely understood as defending literary against scientific culture. In other words, as trading insults while effectively accepting Snow's dualism. But of course his point was to deny that these different disciplines amount to separate cultures. For him, there is only one culture, embodied in the common language, out of which scientific as well as poetic thought arises and Leavis especially appreciated receiving support for his case against Snow from scientists. Indeed, if all the thought of the time is to be drawn into the creative matrix of poetry then by the same logic it surely contributes in some unknowable measure to the outcome. But if Leavis has been regularly misunderstood on this point it is partly because he so often privileged poetic thinking as the truly creative mode while philosophical, social and scientific thought was repeatedly associated in principle with the reductive and merely calculative. Most notably, perhaps, he deprecated philosophy at large rather than exercise the intra-philosophical critique to which the logical positivism of his day might fruitfully have been subjected. Indeed, he was one of the very few with the intellectual wherewithal to do this at the time. Where his own discipline was concerned he would never have accepted average academic practice as exemplary but it was only in respect of literature that he exercised the necessary intra-disciplinary critique. Once again, his conception of the poetic imagination as the representative centre of communal development is intuitively compelling in his hands but is hard either to justify in principle or to assess in practice. In this respect his own disciplinary modesty, his refusal to trespass beyond literary criticism, is double-edged. It advances historical claims which are elusive of challenge by the historian.

As early as the essays in *New Bearings in English Poetry*, Leavis stated his ambitious conception as a way of indicating the order of significance he saw in the poetry of T. S. Eliot. And some such ambition was shared by the pre-eminent writers of the early twentieth century commonly now thought of as modernist. Joyce and Lawrence, as well Eliot, had plausible claims to be offering such comprehensive, inward and heuristically critical examinations of their time and Leavis engaged with all of them as either properly exercising, or falsely claiming, this order of significance. Several of these writers were also aware, however, that the disciplinary claims of history had become problematic in ways that gave a newly conscious significance to the poetic imagination in relation to historical truth. I am thinking here particularly of the widespread turn to myth as the way of affirming the significance of historical experience.[①] The mythopoeia of these writers provides an illuminating, and perhaps testing, parallel to Leavis's creative heurism.

The best starting point here is Friedrich Nietzsche's early essay "On the Uses and Disadvantages of History for Life" (Nietzsche, 1874) which is not the only late nineteenth-century critique of the historical disciplines but it is the most vividly polemical and the most helpful in appreciating the mythopoeic turn of the modernists. While acknowledging historical scholarship as one of the great achievements of nineteenth-century modernity, Nietzsche saw modern man as bewildered by his own knowledge. In contrast to the ancient Greeks, whose communal stories shaped their lives, Nietzsche characterised modern man as a "walking encyclopaedia" (*Meditations* 79). The encyclopaedia knows everything but has no overall wisdom to impart. Nonetheless, for

---

① I discuss this at length in *Literature, Modernism and Myth: Truth and Responsibility in the Twentieth Century*. Cambridge: Cambridge University Press, 1997.

Nietzsche, a great benefit of knowing a variety of historical cultures intimately is to see eventually one's own time as equally arbitrary and transient. This is the superhistorical outlook which overcomes presentism and, by detaching one from the urgencies of one's contemporaries, reveals a permanent core of human values, as he put it, "in the first or the nineteenth century" (Nietzsche, 65). The modernist turn to myth similarly affirms an order of values by which historical experience is to be judged. Hence, whereas nineteenth-century novelists had typically modelled themselves on narrative historians, writers such as T. S. Eliot, Joyce, Lawrence, Thomas Mann and Proust packed their historical critique into mythopoeic structures affirming trans-historical values. All human beings, including historians, are world-creating or mythopoeic animals although not all are aware of this. Following Nietzsche, the modernist writers occupy a spectrum of possibilities with respect to the awareness of mythopoeia. At one end lies the blindness that Nietzsche sees as the necessary condition of historical action and at the other extreme the super-historical detachment of the saints and sages whom Nietzsche is content to leave to their lonely wisdom. The true art is to live in the world with a commitment conditioned by the super-historical awareness.

Joyce's *Ulysses* is exemplary of the super-historical consciousness as such. Under the mythic sign of the Homeric parallel, it is a stoic and comedic enactment of the human organisation of the world; its eighteen episodes invoking comprehensive, but mutually incommensurable, modes of ordering. At the same time, national historical experience, packed into a single day, is seen through the lens of a mythic permanence whereby Stephen Dedalus's declaration that "history is a nightmare from which I am trying to awake" is ontologically precise (34). History, not as an event but as an inherited interpretation, is indeed a mental product, if not a dangerous illusion. Lawrence represents an opposite possibility. He is also highly aware of myths but typically espouses existing myths as expressing his religious and psychological understanding. Myth for Lawrence expresses cosmic and psychological truths. *The Rainbow*, for example, places a period of modern social history within the competing significances of a Biblical and a post-Darwinian account of human origins and historical progress: the need to be rooted and the need to move on. Taken together these opposed impulses constitute the internal dynamic of individual self-creation ultimately invested in Ursula Brangwen. Leavis seems not to have been attuned to this philosophical dimension in either Joyce or Lawrence but to miss it in *Ulysses* is to miss the central meaning of the work while in Lawrence the philosophical self-consciousness can be, and usually is, missed by readers nonetheless responsive to the work's religious and psychological power. Accordingly, despite differences of culture and idiom, Leavis shared Lawrence's fundamental values without seeing, or perhaps needing to see, their literary expression as mythopoeically bracketed.

This brings us to the most common modality of the mythopoeic: the generally unconscious beliefs, assumptions and values that sustain any individual's commonsense understanding of the world and are usually taken simply as reality, or what Niall Fergusson might think of as the facts. That is why the most powerful myth-maker may be the one who is least conscious of myth. Eliot's *The Waste Land* is instructive for discriminating the self-conscious from the unconscious dimensions of myth. It was with an evident eye to his own poem that Eliot praised Joyce's adoption of the "mythic method" but his phrase applies more to his own poem than to Joyce's novel for to speak of using the "mythic method" is precisely not to be mythopoeic (Joyce, 1993: 483). The Fisher King legend is neither a transformative vision of the modern condition nor a comedic celebration of relativism but a contrastive backdrop. The myth, as an aesthetic device, can be seen in retrospect rather as a place-holder for the religious faith Eliot was soon to adopt while the theoretical affirmation of fertility in the myth is belied by the poem's sexual distaste. Yet at another level altogether the poem proved to have immense mythopoeic power as it crystallised a conservative, class-bound, sexually inhibited view of modern life. How many seminar readings of the nineteen-fifties explicated the poem's self-conscious literary mythopoeia without questioning its underlying world view? Although Leavis shared much of Eliot's view of modern life, he was one of the first to subject Eliot's creative premises to a radical critique. But no more than with Lawrence would he think of this as mythopoeia. Highly *engagé* himself, he shared something of the philosophical blindness that Nietzsche saw as the necessary condition of historical action yet by the same token he was vitally sensitive, perhaps with the help of Lawrence, to the order of values that drove Eliot's creative heurism. Leavis's critique of Eliot arose from the high demand placed on the notion of the major poet without this notion becoming an object of criticism in itself. Doubtless, where contemporary writing is concerned, the recognition of the major poet has to be an especially heuristic process and it may be that, as with the mechanic preachers of Bunyan's day, the emergence of the truly representative figure will come from unexpected sources.

In this connection it is worth comparing the most striking entanglement of myth and history in the period: the so-called "war poets", Owen, Sassoon and Rosenberg, who were to become, in collective memory, the representative expression of the historical catastrophe. As Paul Fussell records in *The Great War and Modern Memory* (Fassell, 1975), much of the verse written by combatants was patriotic and accepted the war's necessity while the critical impact of the now canonical "war poets" developed only gradually from the late twenties to culminate in the nineteen-sixties Joan Littlewood production of *Oh What a Lovely War*. The "lions led by donkeys" view has now lodged in the national consciousness to the irritation of many professional historians who, for example, argue the complexity of the political situation and the ultimately positive achievement of the military high command. The "war poets", in effectively creating this national myth, focus on the cardinal ambiguity of the term. Is "myth" a widely accepted false belief or a way of seizing the moral and imaginative significance of history? Is myth a vital truth that altogether transcends the methods and purview of the historian?

In *New Bearings in English Poetry* Leavis expresses his admiration for Owen, Rosenberg and, of course, Edward Thomas, while explicitly excluding them from the creative heurism of the major poet, T. S. Eliot. Of course, the "war poets" did not have at that time the mythic status they have since acquired. Moreover, Leavis may have placed them psychologically within the "great hiatus" of the war itself, what David Jones was to call the "parenthesis". Many combatants did not speak of their experience and treated the war, psychologically speaking, as an event effectively outside of normal life and therefore of personal or social history. But of course the poetry is a historical manifestation and one of its features is what Bernard Bergonzi long ago noted as "demythologisation", by which he meant part of a more general dislodging of the authority of the classics; or more precisely, perhaps, a dislodging of the social authority and values conferred by a classical education.① The "Cyclops" chapter of *Ulysses* is the archetypal modernist instance satirising not just the human proclivity to violence, but

---

① Bernard Bergonzi, *Heroes' Twilight*, [1965] rev. ed. London: Carcanet, 1996. Different meanings of 'myth' lurk in Paul Fussell's critique of Bernard Bergonzi's *Heroes' Twilight*. Against Bergonzi's argument that the experience of the war led to a 'demythologisation' Fussell replies that the densely packed, primitive conditions of the front line trenches, isolated yet stretching across the continent, provided precisely a breeding ground for the mythopoeic imagination and produced such classic manifestations as the belief in the soldier crucified in no-man's-land. There is no real disagreement here, however: these critics have different objects in view. Bergonzi has in mind the heroic myths, often uplifted by classical allusion, such as were associated with the young Apollo, Rupert Brooke, while Fussell is talking of supposedly factual beliefs, closer to urban legend, such as the angels of Mons. Such beliefs, though patently mythopoeic to an observer, were not so to the believers, and Bergonzi in fact mentions the mythopoeic imagination of the time, including the angels of Mons, in precisely that spirit.

the glamourising of it. Likewise, Owen's "Dulce et Decorum Est" exposes the classical veneer placed over the facts of death in war. Owen's poem indicates more urgently than Joyce's comic episode how literary myths may command belief and commitment in the world. Yet its demythologising impact has, by the same token, a largely literary bearing which may be why I find a more intensive pathos in his "The Parable of the Old Man and the Young".

The latter poem creates what was to become an iconic memory of the conflict. Its mythic allusion is not classical but from the Bible, a source which runs more centrally in English sensibility, including Bunyan, and, despite the New Testament allusion in the word Parable, its invocation of Abraham and Isaac returns to the world of the Old Testament. As the poem reconfigures an old myth to create a new one its language invokes the gravity of the English Biblical cadences with a possible hint of pastiche that detaches the speaker from its mythopoeic world. Owen hesitated over including the last line, perhaps finding its contemporary allusion too explicit, but I find it clinching in its measured simplicity imbued with less determinable resonances:

> ...the old man would not so, but slew his son,
> And half the seed of Europe, one by one.

The final line, adopting a European rather than a national purview, combines several resonances: the Biblical sin of wastefully casting male seed upon the ground; the bodies of young men still perhaps virgin now fertilising the agricultural fields; and finally, as the phrase "one by one" rhymes with the individual "son", it conflates the scandalously incommensurable orders of individual deaths and impersonally statistical figures.

The poem's mythopoeic self-consciousness draws on an existing mythic source to create a modern myth of a similarly archetypal generality and in doing so it seems to me that it justifies itself precisely as myth. Although the causes and conduct of the Great War remain matters of controversy, most historians, whatever their own judgement, find summative phrases about "lions led by donkeys" to be unjust.[1] Yet whatever the

---

[1] For a range of views see, for example, Brian Bond, *Britain's Two World Wars against Germany: Myth , Memory and the Distortions of Hindsight* (2014); Hew Strachan, *The First World War* (2003, 2014), his later Introduction notes the partiality of the "Poets' view" and how the moral elevation of WWII has retrospectively degraded the moral purpose of WWI, xxiv-xxv; Christopher Clarke, *The Sleepwalkers* (2013) argues the general confusion and misreading including on the German part as they also sought to avoid the war; Max Hastings, *The Catastrophe* (2013) rejects the "poets' view" and blames German militaristic expansion. Alan Clark, *The Donkeys* (1961) is a popular expression of the Lions led by Donkey's view.

historical processes that led to the war, and the quality of its military leadership, it was a catastrophic failure of political leadership across Europe. That is the important truth by which the next generation was to orient itself and the poets' myth, growing up as part of, and helping to formulate, a collective process of memory, seems to me a plausible instance of what Nietzsche meant by the importance of myth for a culture overwhelmed, in both senses, by history. The achievements of the post-1945 Labour government were surely enabled by this widespread interpretation of the recent past. Doubtless, the "war poets" were in their own minds offering a purely historical critique, telling it how it really was. But their meaning for us now must be a more complex one. We must recognise both the truths of the historians and the truth of myth.

In offering this conclusion I find it hard to imagine what Leavis would make of it, or in how far a mythopoeic reading of this kind effectively corresponds to his creative heurism which also sits elusively between literature and history. I fear he would find in this argument only another case of impertinent academic cerebration and it must be admitted that the canonisation of the "war poets" is inseparable from a banal monumentalising of them. But the process of cultural accretion by which these poets" account of the war became increasingly authoritative seems to correspond to the impact of the great poet in Dilthey's and Leavis's conception. They are a notable instance for the claim that poetry is the medium in which history finds its significance while modernist mythopoeia, as a conscious assertion of given values even against the apparent grain of history, provides a rationale for Leavis's own practice. It justifies the privileging of the poetic imagination and it raises to a level of disciplined self-consciousness the problems lurking in the representative claims of creative heurism. Might we even say that Leavis's view of the seventeenth century was a mythic interpretation in this positive sense, an enabling understanding of the past?

References

Bateson, F. W. "The Function of Criticism at the Present Time." *Essays in Criticism*, 3 (1953): 1-27.
Bell, Michael. *Literature, Modernism and Myth: Belief and Responsibility in the Twentieth Century*. Cambridge: Cambridge University Press, 1997.
Bergonzi, Bernard. *Heroes' Twilight*, [1965], rep. London: Carcanet, 1996.
Dilthey, Wilhelm. *Introduction to the Human Sciences*. ed. Rudolf A Mackreel and Frithjof Rodi. Princeton: Princeton University Press, 1989.
———. *The Formation of the Historical World in the Human Sciences*. Ed. Rudolf A. Mackreel and FrithjofRodi. Princeton: Princeton University Press, 2002.

T. S. Eliot, "*Ulysses,* Order and Myth", *Dial*, LXXIV, 5.11 (1923): 480-483.

——. *The Waste Land*, [1922], *T. S. Eliot: The Complete Poems and Plays*. New York: Harcourt Brace, 1952. 37-55.

Fussell, Paul. *The Great War and Modern Memory*. Princeton: Princeton University Press, 1975.

Joyce, James. *Ulysses*. Ed. Jeri Johnson. Oxford: Oxford University Press, 1993.

Leavis, F. R. *New Bearings in English Poetry*. London: Chatto and Windus, 1932.

——. *The Common Pursuit*. London: Chatto and Windus, 1952.

——. *The Living Principle:* "*English*" *as a Discipline of Thought*. London: Chatto and Windus, 1975.

——. "The Responsible Critic, or the Function of Criticism at any Time."*A Selection from Scrutiny*, vol. 2. Cambridge: Cambridge University Press, 1968. 308-315.

——. *Two Cultures? The Significance of C. P. Snow*, [1962], ed. Stefan Collini. Cambridge: Cambridge University Press, 2012.

Lindsay, Jack. *John Bunyan: Maker of Myths*. London: Methuen, 1937.

Littlewood, Joan. *Oh, What a Lovely War*. Stratford East: Theatre Workshop, 1963.

Tindall, William York. *John Bunyan: Mechanick Preacher*. New York: Columbia University Press, 1934.

Nietzsche, Friedrich. *On the Future of Our Educational Institutions*. New York: NYRB, undated. Friedrich Nietzsche *Untimely Meditations*. Trans. R. J. Holingdale. Cambridge: Cambridge University Press, 1997.

Owen, Wilfred. *Collected Poems*. New York: New Directions, 1965.

Language, Poetry, Existence:
Leavis and Heidegger

XIONG Wenyuan

Abstract: Frank Raymond Leavis is a key figure in the 20th century English literary criticism. He inherited, witnessed and developed Cambridge criticism in one of its most glorious periods. In his own works, Leavis often claimed himself as an "anti-philosopher", keeping a vigilant distance from "philosophy" at large. However, in this thesis, I will argue that the "philosophy" in Leavis's perception is limited to the logical, technological, and utilitarian study, which is only one part of the discipline of philosophy, and that his thinking on language actually embodies traits that are central to the thinking of the renowned German philosopher Martin Heidegger. In this thesis, Leavis's general body of thought on language is scrutinized with that of Heidegger's serving as a frame of reference. The major methodology I applied in validating my point is comparison: by investigating the dynamic equivalence of three sets of corresponding notions in Leavis's and Heidegger's respective discourses on language, namely, "Life" and "Being", "Sincerity" and "Authenticity", "Nisus/Ahnung" and "Projection", it could be concluded that Leavis's thinking, particularly his view of language, bears a major philosophical intelligence in a Heideggerian manner.

Keywords: F. R. Leavis; Martin Heidegger; language; philosophical edge

语言、诗歌、存在

——关于利维斯与海德格尔语言观的比较研究

熊文苑

内容摘要：本文的主要研究对象为20世纪著名剑桥文学批评家弗·雷·利维斯，他师承19世纪英国著名诗人、文学评论家马修·阿诺德，是剑桥批评学派的重要人物之一。利维斯曾自称是一名"反哲学家"的批评家，在其作品中也多次表达对哲学学科的怀疑态度。他认为文学批评与哲学是截然不同、甚至相反的两门学科，而他自己则是坚定的文学批评者。然而，本文将提出与此不同的看法，即利维斯观点中的"哲学"仅限于以逻辑中心与技术至上为显著特点的边沁主义哲学而并非哲学整体；且通过将利维斯关于语言的论述与德国著名哲学家海德格尔的语言哲学进行比较研究后发现，利维斯的思想具有海德格尔式的哲学性。本文采用的主要研究方法为对比研究，具体体现为在利维斯的语言论述与海德格尔的语言哲学中建立三对关键词——Life 和 Being、Sincerity 和 Authenticity、Nisus/Ahnung 和 Projection——的对应关系并逐对进行文本比较分析。

关键词：弗·雷·利维斯；马丁·海德格尔；语言；哲学性

    Heidegger holds a view of language strikingly similar to that of Leavis's with a major philosophical intelligence. Put in another way, Leavis holds a view of language strikingly similar to Heidegger's with a major critical intelligence. This similarity indicates that Leavis's view of language is philosophically grounded. To start with, both Leavis and Heidegger are noted for an aversion to Cartesian dualism: Heidegger's use of "world" is designed to break down the Cartesian dualism of consciousness and world and is translated by Sartre as "*la réalité humaine*", which strikes a chord with Leavis's use of "human world", and Leavis describes his vigorous practice in criticism as hoping to achieve "a potent emergence from the Cartesian dualism" (Leavis, 1975: 44), revealing that this anti-Cartesianism is equally fundamental to Leavis. Leavis also quotes from Polanyi's essay "Sense-Giving and Sense-Reading" to demonstrate that "an adequate account of how words mean will be a venture into epistemology and have ontological implications that are more than implicit: it will necessarily entail, not merely a formal repudiation of the Cartesian dualism, but a thorough exorcism of the ghost of Descartes" (229).

Moreover, both refuse dogmatic thinking and reductive definitions or generalizations: Heidegger often suggests that the philosopher should not accept doctrines that have hardened into dogmas, and his resistance to paraphrase or summary is shared by Leavis, who is accustomed to discussion in the particular and concrete and insists that "a crucially important word can't have its meaning fixed by dictionary definition" (Leavis, 1983: 191). The instrument that serves to breach the Cartesian mind's independence from material things is, according to Leavis, language itself (Harrison, 2015: 126). To study Leavis's view of language, any generalized account of its nature would be missing the point. Likewise, Heidegger does not offer a direct definition of the nature of language, but more of an awareness of it in the light of particular questions and circumstances. It is in this sphere of philosophy which is free of the logico-positivistic tradition that these two thinkers meet.

The point in juxtaposing Leavis and Heidegger lies in that "Heidegger offers a classic view and a permanent point of reference for any rival conception to take account of" (Bell, 1988: 36). Such a juxtaposition, for the purpose of expanding as well as deepening Leavis scholarship, is surely helpful. "To see Leavis as the English analogue of Heidegger is to see that […] he had the root of the matter in him and understood the essential questions in a more balanced and pragmatic way" (400). That the parallel between Leavis and Heidegger has not been traced in detail, remarked Bell, "is understandable in that any reader already familiar with both writers would recognize the general affinity" (36). Indeed. But since the purpose of this thesis is to examine this parallel in a systematic fashion, tracing it in detail is required. I divide this detailed examination in four parts: part one to part three are three sets of equivalents in Leavis's and Heidegger's thinking on language, and part four is a study of Leavis's view of language in phenomenological, existential and hermeneutic prisms as a gesture to highlight his philosophical affiliation with Heidegger.

1. Life and Being

"Being" is a cardinal point in Heidegger, as is widely known, and so is "Life" in Leavis. These two words respectively set the tone of their thinking. Therefore, Heidegger's view of language is as steeped in "Being" as Leavis's is in "Life". In *Thought, Words and Creativity*, Leavis remarked, "I have insisted a good deal that, while 'life' is a necessary word, life is concretely 'there' only in the living individual being" (Leavis, 1976: 122). And in *Valuation in Criticism and other Essay,* "As individuals, we are life, which transcends us" (Singh, 1986: 289). Upon reading such discourse, one is prone to think of Heidegger's "Being" and "being". The intrinsic relation between these two notions is that both "Being" and "Life" are preoccupied with human existence in a profound way, which would become more evident after a close look at their views of language.

"It is said that 'Being' is the most universal and the emptiest of concepts. As such it resists every attempt at definition" (Heidegger, 1962: 2). "*Being is the transcendens pure and simple*" (62). The term "Being" in Heidegger is usually capitalized to signal that it is not referring to particular beings but rather to the very fact of Being at all. Heidegger explained quite early on in his first major work *Being and Time* that Western philosophy, in its attempts to understand Being, has in fact obscured it, and his attempt is to recover an understanding of Being in a way that is most akin to the pre-Socratic Greek philosophy. This attempt insists throughout his philosophical career. In *Poetry, Language, Thought*, Heidegger says in reference to his essay "The Origin of the Work of Art", "The whole essay deliberately yet tacitly moves on the path of the question of the nature of Being. Reflection on what art may be is completely and decidedly determined only in regard to the question of Being" (Heidegger, 1971b: 85). The importance of art, Heidegger thinks, is that while the modern language is imbued with the presumptions and prepositions of the Western philosophical tradition and is therefore difficult to approach Being "in the right way", "the work of art opens up in its own way the Being of beings" (38), and this "opening up" is exactly *aletheia*: deconcealing the truth of beings.

Hence Heidegger came to regard language as the "house of Being". Language is a condition of Being that makes the apprehension of Being possible. He first proposed this notion in "Letter on Humanism" as a response to Sartre's *Existentialism is a Humanism*: "Language is the house of Being. In its home man dwells. Those who think and those who create with words are the guardians of this home. Their guardianship accomplishes the manifestation to language and maintain it in language through their speech" (Heidegger, 1993: 217). He then reiterated this idea in the same letter, "But man is not only a living creature who possesses language along with other capacities. Rather, language is the house of Being in which man ek-sists by dwelling, in that he belongs to the truth of Being, guarding it" (237). And, "Thus language is at once the house of Being and the home of human beings. Only because language is the home of the essence of man can historical mankind and human beings not be at home in their language, so that for them language becomes a mere container for their sundry preoccupations." "Thinking attends to the clearing of Being in that it puts its saying of Being into language as the home of ek-sistence" (262). Here and elsewhere, Heidegger uses "ek-sist" instead of "exist", as a habit of his etymological inclination, to stress beings' "standing-out" into the "truth of Being". Leavis's view of how readers and writers should "inhabit language" (Bell, 1988: 36) shares with Heidegger's dwelling in the "house of Being" the same recognition: it is language that wields control over humans, not the other way around, as commonly perceived.

The conception of "Being" underwrites Heidegger's concern with language as "Life" permeates Leavis's thoughts of language. It is through language that Being-in-the-world, as opposed to mere existence-on-the-earth, is possible. Heidegger characterizes "the right concept of language" as:

> In the current view, language is held to be a kind of communication. It serves for verbal exchange and agreement, and in general for communicating. But language is not only and not primarily an audible and written expression of what is to be communicated. It not only puts forth in words and statements what is overtly or covertly intended to be communicated; language alone brings what is, as something that is, into the Open for the first time. Where there is no language, as in the being of stone, plant, and animal, there is also no openness of what is, and consequently no openness either of that which is not and of the empty. (Heidegger, 1971b: 71)

The renowned Chinese philosopher Ye Xiushan (叶秀山) underscored Heidegger's efforts "to reverse the common perception to regard language as Instrument Zuhanden" (Ye, 2010: 156). Heidegger makes clear the primordial and constitutive significance of language for a thorough comprehension of Being. Language is more than a tool of communication. Rather, it has direct access into the deepest recess of human existence and human life. It is language that makes a world. "Language belongs to the closest neighborhood of man's being. We encounter language everywhere" (Heidegger, 1971b 187). If attention is fastened exclusively on human speech, if human speech is taken simply to be the voicing of the inner man, if speech so conceived is regarded as language itself, then the nature of language can never appear as anything but an expression and an activity of man. But the crucial point is, "In its essence, language is neither expression nor an activity of man. Language speaks" (194). Human speech, as the speech of mortals, is not self-subsistent. The speech of mortals rests in its relation to the speaking of language, and what is important is learning to live in the speaking of language (206, 207). It is commonly assumed that distinct from animal, men are the living beings capable of language, and that men produce language to express their feelings and views. But according to Heidegger, this statement is false. Man does not possess the faculty of speech. Rather, language possesses man. This view is strikingly similar to that of Leavis, who insists that "language, without which there couldn't have been a human world" (Leavis, 1975: 44) and that "reality is not prior to language but created by it" (Day, 2005: 174). Language is not just an instrument for representing facts; it is also a system that creates meaning and human reality. One of Leavis's favourite quotations is Blake's "Tho' I call them Mine, I know that they are not Mine." It means that "[t]he creative power and purpose don't reside within his [the artist] personal enclosure; they are not his property or in his possession. He serves them, not they him" (Leavis, 1975: 185). It is the same with language; when the writer is creatively successful, the achievement belongs not to him, though, while transcending the person he is, it needs his devoted and supremely responsible service. Leavis also takes *Four Quartets* as an example to testify that for the responsive reader, "using words" is a misleading way of describing the relation between the author and the language: "It [the English language] is actually his [Eliot] incomparable living ally, and more, for its life is active within him; as a sentience that can think and feel and judge man to be abject in his impotence, he is in essential ways constituted of the language he speaks, uses and lives. It is in the English language that he conceived, feels, refines, and achieves subtleties of definition" (214). Language creates the world humans live in; when language is impoverished, the world is impoverished.

> Language is expression. Why do we not reconcile ourselves to this fact? Because the correctness and currency of this view of language are insufficient to serve as a basis for an account of the nature of language. (Heidegger, 1971b: 195)

> Language is more than a means of expression; it is the heuristic conquest won out of representative experience, the upshot or precipitate of immemorial human living, and embodies values, distinctions, identifications, conclusions, promptings, cartographical hints and tested potentialities. It exemplifies the truth that life is growth and growth change, and the condition of these is continuity. It takes the individual being, the particularizing actuality of life, back to the dawn of human consciousness, and beyond. (Leavis, 1975: 44)

According to the paragraphs quoted above, one doesn't resort to language for communication as if it were an instrument lying out there ready to be used. Instead, every speaker of the language draws on the collaborative creativity of numberless generations of mankind and does his/her part in keeping the language alive and individually renewed. What Leavis means by the "heuristic" nature of language is that language is essentially heuristic, and that in major creative writers, language "does unprecedented things, advances the frontiers of the known and discovers the new" (100). It is constantly creating energy. As can be seen, both Heidegger and Leavis are trying to offer something that is beyond the conventional forms of expression. Their common concern with "language as the index of an order beyond discourse" is evident (Bell, 1988: 37). As Leavis said, "language is not a medium in which to put 'previously definite' ideas, but a medium for exploratory creation" (Leavis, 1962: 130). Language, for Heidegger, is not primarily a system of sounds or of marks on paper symbolizing those sounds. Sounds and marks upon paper can become language only because man, insofar as he exists, stands within language. Men exist "within language" prior to their uttering sounds because they exist within "a mutual context of understanding", which in the end is nothing but Being itself (Barrett, 224). On a similar note, Leavis wrote, "It is when, I said, one considers one's relation to the language one was born into, and the way in which that language—in which one has vital relations with other human beings—exists, that the fundamental recognition can least be escaped, but challenges thought insistently" (Leavis, 1975: 42). Both humans' existence within language and humans' relation to the language they were born into point to the unbreakable bond between human life and language. This is a basic claim, a proposition that cannot be denied.

"Life" is a central word in Leavis's view of language. "Where language is concerned, 'life' is human life—is man." Life is "heuristic energy, creativity, and, from the human person's point of view, disinterestedness" (43). It almost performs an axiological function in Leavis's writing, as an index of which is good and which is bad. In other words, it serves as a benchmark against which the quality of literature is measured: a piece of literary work whose language is rich in life and vitality is a good piece, and vice versa. "In fact, when we really consider (as linguisticians neither do nor can) the reality of language, we are contemplating, and trying to think about, that unique relation of individual lives to life. […] It is so inherently and essentially 'there' in a functioning language that it doesn't need to be consciously assumed. But it is 'there', inescapably, in all thought, and in such a way that the forms, idioms, and conventions of what is recognized as thinking make, and could make, no provision for dealing with it explicitly" (184). Language is antecedent to consciousness and formulation, which have supervened upon it.

For Leavis, "Life" was not so much *essence* as *plenitude* (Mulhern, 1979: 170). It is not an abstraction, but a totality that encompasses so much lived experience that no theoretical system could possibly hold. Speaking of totality, one is reminded of Leavis's adherence to the notion of community in talking about language. Language is the historical creation of its community. "The language one speaks, which seems so inwardly, intimately and personally of one's individual being, was not created by oneself, though one plays incidentally one's part in keeping it alive and continually renewed" (Leavis, 1975: 184). As Leavis saw it, life is, in a sense, "there only in individual beings", but it is "there" only because the individual has access to the larger "life" of the human world (Harrison, 2015: 155). To make articulate utterance, or to write or read a sentence, is to be unconsciously committed to a belief in the collaborative nature of a language. In this collaborative community, language precedes and succeeds, speaks and is spoken by, generations of speakers. Each individual act of speech is at the same time an act of creation which expands and modifies the capacity of language, generating new recognitions which then become of the language. This "creative", or "enactive", aspect of language is noticed by both thinkers. For Leavis, "literary language is consistently a mode of exploration or enactment" (Day, 2005: 175). Shakespeare is marvellous because of his power of realization, of "making language create and enact instead of merely saying and relating" (Leavis, 1975: 147). When Eliot the poet writes *Four Quartets,* he implicitly demonstrates human creativity in the English language—which he didn't create. "It represents an immemorial collaborative human creativity, and, in using the language, he enters into that collaboration—he implicitly recognizing that in an important sense he belongs to a community that has a very present depth in time: the life he lives in creating his poem is more than the personal life" (228). Poets enact thought through imagery and movement, and readers participate in this enactment through the process of reading. The poem is there, at the criss-cross of utterance between the writer and the reader. This sense of utterance as "an interplay between the personal and the impersonal dimensions of the language helps explain its creative aspect" (Bell, 1988: 44). One paragraph in Leavis's *Thought, Words and Creativity* recapitulates the relations among several key terms in his contemplation on language:

> The emphasis falls for my private purpose on what I call the Third Realm (neither private, nor, for science, public) which both my purpose and my firm certitude represent by language, in which, having created it, individuals meet, and in meeting (they meet in meaning) carry on the creative collaboration that maintains and renews what we think of as a life — i.e. the language. But this "life" (inverted commas now—though it's a reality and a key one) couldn't exist but for the life that's "there" only in individuals (and human individuals couldn't live without that non-computable reality). (Leavis, 1976: 24)

Heidegger echoes this "enactive" capacity of language in *On the Way to Language* where he quotes the German poet Stefan Georg's poem "The Word", "Where word breaks off no thing may be." He interprets it as "No thing is where the word is lacking, that word which names the given thing" (Heidegger, 1971: 61). He then goes further as to propose the statement that "Something is only where the appropriate and therefore competent word names a thing as being, and so establishes the given being as a being" (63). This naming ability—in other words, "enactive" capacity—of language can never be magnified. Enactment has more to do with creating than depicting, and this returns to the function of language as beyond a means of expression. In Leavis's terminology, there is in language a "living continuity". That is to say, language can be spoken by an individual and yet is the possession of a historical community at the same time. Language is "the upshot or precipitate of immemorial human living" (Leavis, 1975: 44). It is a collaborative endeavor that links the earliest stages of human consciousness with current achievements of human perception; thus all generations could meet in shared experience. Leavis constantly reiterates the continuity of language and the resourcefulness it can attain when used by great creative writers. Every great writer in the language belongs to the one collaboratively creative continuity, which makes continued and advancing collaborative thought possible (49). But this collaboration entails, vitally and essentially, disagreements, and thus finality is unattainable, leaving language forever open for endless evolution. "There is, therefore, an impersonal dimension even in the personal act of speech" (Bell, 1988: 43). Just as Heidegger's Dasein exists in a public world that is accessible to others, Leavis's speaker is inevitably implicated in this speaking community.

Through the argumentation provided above, it could be seen that Leavis's "Life" and Heidegger's "Being" have plenty in common both in terms of their respective status in the system of thought and their meaning.

2. Sincerity and Authenticity

Apart from "Life", "Sincerity" is another term that frequently appears in *The Living Principle*. In a subchapter entitled "Reality and Sincerity", Leavis makes a critical comparison of three poems. As usual, he does not give out a clear definition of "sincerity" but instead explains what the term "insincerity" implies through the example of Alexander Smith's *Barbara*: cheapness of sentimentality, clichés of phrase and attitude, and vagueness and unrealities of situation (Leavis, 1975: 125). He then goes on to praise Emily Brontë's *Cold in the Earth*, which demonstrates "an emotional intensity" and "an active principle that informs the poem" (ibid.). Higher compliments are reserved for Thomas Hardy's *After a Journey*, which shows at once a difference in manner and tone, is of "convincing intimate naturalness" and therefore has "a great advantage in reality" (128). "And to invoke another term, more inescapably one to which a critic must try to give some useful force by appropriate and careful use, if he can contrive that: to say that Hardy's poem has an advantage in reality is to say that it represents a profounder and completer sincerity" (129). The rest of the contents are devoted to a full appreciation and interpretation of this "supreme Hardy achievement" guided by Leavis's principles of reality and sincerity. Thus, we might conclude, "sincerity" includes, but is not limited to, an unobtrusive naturalness, the absence of declamatory manner and tone, quiet presentment of specific fact and concrete circumstance, and "the supreme experience of life, the realest thing, the centre of value and meaning"; the achieving of complete sincerity is "the elimination of ego-interested distortion and all impure motives" (134, 141). Being a word of the greatest importance, "sincerity" faces any attempt at defining it with a difficult problem—"the human problem it portends eludes satisfactory statement" (211), and this is a mark of its basic importance.

Leavis's use of the term "sincerity" is "the deliberate modification of a term widely used in Victorian criticism and largely discredited by the modernist generation". Rather than abandoning the term, Leavis redefined it in a way that constituted a challenging critique of modernism from within the terms of the modernist movement itself (Bell, 1988: 63). A typical Victorian usage of "sincerity" would be one in which the values of literature are taken to be those of the author's personality. For example, George Henry Lewes's *The Principles of Success in Literature* (Lewes, 1869) is a book that enumerates three cardinal principles: "clarity", "sincerity", and "beauty", and "sincerity" is expected to arise from the personal sincerity of the author. By contrast, modern writers often regard the relation between the author and the work as dubious and misleading; the author's sincerity is not necessarily the basis for literary quality in his/her work. For example, T. S. Eliot's notion of the poet's "escape from emotion" (Eliot, 1932: 21) and Yeats's theory of the "masks" are all manifestations of a transcendence of personal feeling. Posed between two ends of the spectrum, Leavis's insistence on "sincerity" "is not in opposition to modernist conceptions of impersonality but is rather a sharpening of their overall diagnostic value" because "his understanding of language gave him a more profound grasp of what impersonality meant" (Bell, 1988: 64). In a lecture on Yeats, Leavis noted that "poetic success comes of complete sincerity — the sincerity that is of the whole being, not merely a matter of conscious intention", and that "a complete disinterestedness […] and therefore a complete sincerity" (Leavis qtd. in Bell, 1988: 68). Hence in Leavis's use of "sincerity", the "biographical" element of the Victorian era and the "textual" element of the modernist age are both included, reflecting his dual commitment to the English critical tradition and to the "new bearings" brought forth by the modern movement.

The profoundest and completest sincerity is what characterizes the work of the greatest writers (Leavis, 1975: 189). Great creative writers have genius, and their genius is "capacity for experience and for profound and complete sincerity"; the "rare real critic" too has genius, which is "a more than average capacity for experience, and a passion at once for sincerity" (Leavis, 1983: 192). Leavis's "sincerity" is "most essentially enabled by his meditation on the nature of language" (Bell, 1988: 69). Its meaning for Leavis arises from the more general concern with language, especially poetic language. Sincere language—language that is in line with the principle of sincerity—would be a kind of language that comes directly from actual life, sufficiently informed by experience, natural and inevitable, subtle and complete. In *The Living Principle*, Leavis provides what he regards as a counter example of sincere language—American English.

> The notion that the currently applauded American writers prove the vitality of the

civilization that produced them is absurd—and significant. What, characteristically, they demonstrate, is a depressing, and often repellent, poverty in the range of experience, satisfaction and human potentiality they seem to know of, and to think all. As for the famed and flattered American critics who write about the "British-English" classics, they seem, judged by what they say about them, unable to read them. The "language" of heuristic thought that major literature depends on is too alien; it bears no relation to the human world they know, or to the kinds of intellectual apparatus they are familiar with and too practised in applying. (Leavis, 1975: 52)

In Leavis's opinion, sincerity arises from rich experience of the human world, which American English severely lacks. Shakespeare is the supreme master of the English language in its most pregnant and sincere form, but "the creative conditions that produced the English language that made Shakespeare possible have vanished on that final triumph of industrialism—even more completely in America than here" (ibid.). The Ahnung, the faith, the memory, and the "living intuitive faculty" that must be appealed to in the initiation of the new kind of sustained creative effort can't be appealed to in what is called "American English" (50). Leavis habitually refers to American English as dangerous forces undermining the creative resources of the English tradition. "One senses that the major disabling contradiction has less to do with Eliot's allegedly life-denying religious beliefs, than with the fact that he was an American who could not participate in the great tradition of the English language." In this scheme of things, an English writer may draw on a continuous cultural heritage, whereas an American writer is condemned to mere random succession (Uphaus, 1976: 95). Leavis is contemptuous of the "cretinized and cretinizing" modern civilization, and he abhors the modern conceptions of language which march under the banner of "objectivity", because such conceptions ignore "the fundamentally personal basis of language, thought, and artistic creation" (ibid.) that he considers so vital to the necessary and indispensable sincerity within a living language, which is "a tested and continually adapted product of human experience that establishes a reality of, as well as in, which the individual being lives, and it makes possible constructive thought, including science, everyday discourse and the kind of heuristic creativity exemplified by *Four Quartets*" (Leavis, 1975: 229). Likewise, Heidegger also connects language to the wider social, civilizational and humanistic context and expresses his concerns: "The widely and rapidly spreading devastation of language not only undermines aesthetic and moral responsibility in every use of language; it arises from a threat to the essence of humanity. A merely cultivated use of language is still no proof that we have as yet escaped the danger to our essence" (Heidegger, 1993: 222). Obviously, a "cultivated" use of language is not equal to "sincere" language.

In contrast, a positive example of sincere language is poetic language. Leavis says that poetry provides us with "an incomparable study of what, in its most serious use, is meant by 'sincerity' — a word we cannot do without" (Leavis, 1975: 209). Heidegger, too, considers poetry to be a supreme form of art: "Wonders and dreams on the one hand, and on the other hand the names by which they are grasped, and the two fused— thus poetry came about" (Heidegger, 1971a: 68). Poetry is the most primordial, world-creating use of language; it is "language in its most pregnant, authentic and creative uses" (Heidegger, 1993: 40). In short, sincere language is poetic language. *The Living Principle*, which contains Leavis's most elaborate discussion of language, is comprised of three chapters, the longest of which is entitled "Four Quartets". It is an elaborate and exhaustive comment on Eliot's poem which is "the most extensive analytical comment Leavis ever wrote on a single work of poetry" (Singh, 1995: 148). Leavis argues that Eliot's genius was "that of a major poet who had disabling inner contradictions to struggle against" (Leavis, 1975: 197) and recognized *Four Quartets* as "the most important of Eliot's works, which carries the 'musical procedures' of *The Waste Land* to a further pitch of subtlety and stands beside *The Rainbow* and *Women in Love* as a supreme example of 'heuristic thought' in the twentieth century" (Gifford, 1977: 506). Following is a paragraph of how Leavis perceives "sincerity" as embodied in Eliot's *Four Quartets:*

> In fact the reflection that, with some gratitude, we find ourselves pondering at this point is how profound a lesson in the nature of sincerity a truly appreciative reading of *Four Quartets* represents, and how exacting are the criteria for using, in literary criticism, the word "sincere" responsibly — that is, with a full sense of its importance and the delicacy of the kind of judgment it implies. It is one thing to say, as I have just done, that Eliot's arrival at the long-deferred decisive affirmation, clear and unequivocal, doesn't prompt one with the idea that charges of insincerity might be in place. But actually the positive attribution of "sincerity" could, I think, propose itself only to be judged out of the question; it would imply something the poet, in relation to this after all basic issue, that one's commentary is bound to negate. (Leavis, 1975: 248)

"Sincerity" in *Four Quartets* represents a peculiarly difficult achievement; it challenges the readers' perception with subtleties, complexities, and delicate judgement. *Four Quartets* is as heuristic and inconclusive as "Ash Wednesday", with similar contradictions and equivocations, but the invocation of the Catholic tradition is accentuated with an even stronger force, and of course, in full sincerity. "Between *Four Quartets* and 'Ash Wednesday' years have passed, and Eliot has attained to telling himself that he can now as poet—and it is as poet that he achieves sincerity—affirm" (220).

Leavis's fascination with and reverence for poetry as the highest form of literary language is self-evident. It is remembered that "When Leavis read poetry during a lecture, it could seem as if for the moment the world stopped. That, in the glory days, was how it had felt to be a Leavisite" (Watson, 1997: 228). D. H. Lawrence, another favourite writer of Leavis's, is regarded by him as "a centre of radiant poetry—of life that irradiates people in whom the creativity is less powerful" (Leavis, 1976: 152). In Lawrence's poetic genius is found the elite that kept the language living. A true poet has mastery of sincere language. He/she is not merely imitating the world or expressing personal feelings, but is discovering "life" through a creative act which Leavis likes to call "heuristic", a matter of making discoveries concerning the potentialities of language; Leavis thinks that major creative writers deploy language in a heuristic way—to involve a process of discovery that is "creative" in the sense that it can alert the reader to possibilities, powers, and potentialities of "life", of human existence, that could be revealed in no other ways (Harrison, 2015: 127).

The "heuristic" feature of language is also to be found in Heidegger. In *On the Way to Language*, when the Japanese and the inquirer (Heidegger) are talking about the "saying" of language, one important clarification came up.

> I: For long now, I have been loth to use the word "language" when thinking on its nature.
>
> J: But can you find a more fitting word?
>
> I: I believe I have found it; but I would guard it against being used as a current tag, and corrupted to signify a concept.
>
> J: Which word do you use?
>
> I: The word "Saying". It means: saying and what is said in it and what is to be said.
>
> J: What does "say" mean?

> I: Probably the same as "show" in the sense of: let appear and let shine, but in the manner of hinting. (Heidegger, 1971a: 47)

One would marvel at the convergence between Leavis and Heidegger on this point. "In the manner of hinting" conveys almost exactly the same meaning as "heuristic": never revealing bluntly, but always inducing images and emotions that are intrinsically human. The ability to use a sincere language is cognate with the faculty of human mind, and human mind is always unique, individual, embodied mind (Leavis, 1975: 179). "The poet experiences an authority, a dignity of the word than which nothing vaster and loftier can be thought" (Heidegger, 1971a: 66). A good poem evokes all at once strong feelings, intellectual awareness and moral urgency and as such, it delivers emotional purity and moral value in the sincerest form.

"Authenticity" is akin to "Sincerity" semantically, as both terms are related to the meaning of being true and genuine. In Heidegger's existential philosophy, authenticity—*Eigentlichkeit*—refers to remaining true to one's personality and spirit despite external forces, the opposite of which is called "bad faith". "Dasein [Heidegger's conception of human existence—literally "being-there"] is authentically itself in its primordial individualization", where the "constancy of the Self gets clarified" (Heidegger, 1962: 322). Past, present and future make up the three defining features for Dasein. Authentic Dasein is not wholly engrossed by the present and by the immediate past and future; it looks ahead to its death and back to its birth, and beyond its birth to the historical past. It is authentic in so far as it makes up its own mind, is its own person, and is true to its own self. Like a switchboard, Dasein, fully informed of the past and aware of the future, makes decisions of the present. By contrast, inauthentic Dasein does things simply because it is "what one does"; it does not think for itself: "In so far as I conform to the 'they', I am not my own individual self, but the 'they-self': the self of everyday Dasein is the they-self, which we distinguish from the authentic self" (129).

In terms of language, "Authenticity" is also a central word. Heidegger scholar and translator Albert Hofstadter thus wrote in the introduction to *Poetry, Language, Thought*, "Authentic language, which has not lost its magic potency by being used up and abused, is poetry; there is no significant difference between them" (Heidegger, 1971b: XII). This strikes a chord with Leavis's opinion that poetry is poetic language, the most primordial and authentic use of language. For Heidegger, "Language is neither expression nor an activity of man. Language speaks" (194). It speaks "as the peal of stillness", and "every authentic hearing holds back the listening by which it remains appropriated to the peal of stillness" (205, 207). "Language is monologue: it is language alone which speaks authentically" (Heidegger, 1971a: 134). Whereas language speaks "lonesomely", man speaks in that he responds to language. This responding is a hearing, in which man authentically listens to the appeal of language. This responding "is that which speaks in the element of poetry" (214).

> The poetic is the basic capacity for human dwelling. But man is capable of poetry at any time only to the degree to which his being is appropriate to that which itself has a liking for man and therefore needs his presence. Poetry is authentic or inauthentic according to the degree of this appropriation. (Heidegger, 1971b: 226)

Authentic saying and authentic hearing are not to be parted. As stated above, authentic hearing is hearing to "the peal of stillness". And authentic saying is being silent of silence (Heidegger, 1971a: 52). This statement is made in "A Dialogue on Language between a Japanese and an Inquirer", the inquirer being Heidegger himself, in *On the Way to Language*. The Japanese says "to talk and write about silence is what produces the most obnoxious chatter", and the Inquirer inquires, "Who could simply be silent of silence?" "That would be authentic saying…" replied the Japanese (ibid.). "Silence, which is often regarded as the source of speaking, is itself already a corresponding" (131). To readers of Laozi, this aphorism is strongly reminiscent of the notion of "the great note has no voice" (大音希声) (Laozi, chap. 41). As such, the nature of language is "the appropriating showing which disregards precisely itself, in order to free that which is shown, to its authentic appearance" (Heidegger, 1971a 131). The authentic appearance of language takes the form of a monologue, speaking authentically and lonesomely (134).

> We recall at the end, as we did in the beginning, the words of Novalis: "The peculiar property of language, namely that language is concerned exclusively with itself—precisely that is known to no one". (133)

When and for how long does authentic poetry exist? Heidegger gives his answer in a few lines of Hölderlin:

> …As long as Kindness,

The Pure, still stays with his heart, man

Not unhappily measures himself

Against the Godhead…(Hölderlin, qtd. in Heidegger, 1971b: 226)

3. Nisus/Ahnung and Projection

"The 'ahnung' of both thinkers is remarkably consonant," remarked Sharratt in *Reading Relations* (Sharratt, 1972: 146). And in *F. R. Leavis*, Bell developed this idea, "Heidegger's 'projective' has its equivalent in Leavis's 'nisus' and 'ahnung' where, as usual, he has to explain the meaning by dwelling on the inadequacy of the terms" (Bell, 1988: 45). But he made this statement without further elaboration, leaving his readers pondering over this set of equivalent. To study the validation of this set of equivalent, we need to acquire a basic understanding of their respective meanings.

> I first found that I needed the word "nisus" in discussing *Ash-Wednesday*. The problem there is to define the sense in which the poet of "The Hollow Men" has become religious. He will not affirm because he cannot, not having left sufficiently behind him the complete nihilism of that waste-land poem: affirmation attempted merely because of the desperate intensity of his need would be empty. Will and ego (selfhood) cannot genuinely affirm. But what he discovers or verifies in his major poet's dealings with the English language is that deep in him there is a Christian nisus—that is how I put it in offering to analyse *Ash-Wednesday,* where the paradox so manifest in the second poem—acceptance in profoundly liturgical and biblical idiom and "music" of death as extinction—is representative of the whole sequence (Leavis, 1975: 63).

Ash Wednesday is a day of fasting occurring 46 days before Easter in Western Christianity, observed by many Western Christians. Ashes made from palm branches are placed on the heads of participants in commemoration of Jesus Christ's 40 days of fasting in the desert. And *Ash-Wednesday* (1930) is T. S. Eliot's first long poem after his 1927 conversion to Anglicanism. This poem deals with the move from spiritual barrenness to complete faith in God in hope for salvation. The "Christian nisus" that Leavis understood to be in Eliot's mind could be understood as a spiritual effort to attain the religious goal. In Leavis's own words, "Whatever term is to be paired with 'nisus', the 'anticipatory apprehension' it would stand for involves our belief in human creativity, and therefore our conception of time" (Leavis, 1975: 65). This notion of "anticipation" echoes

Heidegger's idea of authentic being-towards-death. "Dasein is its possibility" (Heidegger, 1962: 42). An authentic being-towards-death does not flee from death, but instead expects it. Heidegger's terminology for being towards this possibility is "anticipation." In anticipation of death, the possibility of impossibility of existence looms greater and greater. "Anticipation turns out to be the possibility of understanding one's ownmost and uttermost potentiality-for-Being — that is to say, the possibility of authentic existence" (307). To anticipate what is not yet, and strive for it, this is the essential gist of Leavis's "nisus".

> *Ahnung, the ot*her word, is intimately related—if, that is, one uses it. I myself, seeing that I had used it a number of times in writing parts of this book, cast about for an equivalent of the unnaturalizable word. I found no English substitute. Lawrence in the *Study of Thomas Hardy,* I noticed, uses "inkling"—uses it more than once. But, pondering the kind of argument for which I should want it, I decided that it hadn't enough weight—hadn't a grave enough charge of suggestivenss. "Inkling" can translate "Ahnung" as used in some German contexts, but it can hardly suggest anticipatory apprehension that carries the weight implicit in "foreboding", which is often the right rendering of "Ahnung". (Leavis, 1975: 63)

Apparently, the sense of "anticipatory apprehension" is the kernel of both "nisus" and "Ahnung" and therefore renders them synonyms in the Leavisian context. Nisus/Ahnung carries the meaning of foreboding—"the as yet realized, the achieved discovery of which demands creative effort" (Leavis, 1975: 44). In the Duden German-English dictionary, "Ahnung" is translated as "premonition" or "knowledge", so it also contains a certain meaning of "inward recognition" (Hobsbaum, 1981: 228). For Leavis, language can foster the ahnung in the reader of what is not yet (Leavis, 1975: 44), which means to apprehend circumstances that are beyond the current ones through perception or imagination, and this is exactly what makes a great literary work. The enduring attraction of literature exists in its inclusive capacity: it includes not only what is, what is not, but also what is not yet. And this inclusive capacity in turn springs from refined sensibility and sharp intelligence of great writers. In his critique of Eliot's *Four Quartets* Leavis noted, "Both Eliot and Lawrence must have had a strongly positive ahnung of what the upshot in 'significance' would be—the conveyed total sense of 'the living principle' in control in either case" (55). Leavis did an exhaustive critical analysis of this long poem in the third chapter of *The Living Principle.* Two examples of Leavis using "nisus" and "ahnung" to interpret "Burnt Norton" of the *Four Quartets* are offered as below.

> What might have been and what has been
> Point to one end, which is always present.
> Footfalls echo in memory
> Down the passage which we did not take
> Towards the door we never opened
> Into the rose-garden. My words echo
> Thus, in your mind. (Eliot, 1943: 6)

On these lines Leavis remarked, "The creative nisus manifests itself positively in 'memory'. The passage was not taken, and the rose-garden remains an ahnung, but the effect of the later part of the paragraph is to have made the 'possibility' something more than theoretical – something of which we may aspire to achieve a concrete apprehension" (Leavis, 1975: 158).

> At the still point of the turning world. Neither flesh not fleshless;
> Neither from nor towards; at the still point, there the dance is,
> But neither arrest not movement. And do not call it fixity,
> Where past and future are gathered. (Eliot, 1943: 8)

Leavis's comment on these lines is, "The implication is that the analogy of 'the still point' has a force that inheres equally in "Neither flesh nor fleshless". Since this phrase pretty obviously conveys an intention in keeping with the ahnung and the nisus that we register as giving us the informing preoccupation of Eliot's 'music', his creative commitment, we don't find ourselves objecting to the *procédé*" (Leavis, 1975: 166).

Then in his close reading of "The Dry Salvages" of *The Four Quartets*, Leavis explains that he uses the word *ahnung* by way of emphasizing that imagination, like intuition, is concerned with the real and that "the establishing of the given reality by the seeker on the frontiers of the known lies now in the not too remote future" (225). Leavis also compares the *ahnung* in Eliot with that in Blake: The creative-heuristic nisus those twentieth-century minds, on abundant evidence, assume to have been at work through the long succession of millennia ensuing on the emergence of life had in Blake a notable manifestation. When Blake testified to his consciousness that life in him was dependent on something other than himself—in acting on his *ahnung* of what that something required of him he assumed a responsibility that must rest on him—the apprehension and belief he spoke out of and acted on were religious, while whatever the *ahnung* dominant in the Eliotic enterprise, it is one, not of human responsibility, but of human abjectness (235, 236, 238).

Then, how does "projection" relate to this "anticipatory apprehension" in "nisus" and "Ahnung"? To understand "projection", we need to return to Dasein and its properties.

Thrownness, *Geworfenheit*, is an existential characteristic of Dasein. It describes the individual existence as "being thrown" into the world, the facticity of human beings' beings. On the other hand, Projection, *Entwruf*, is another existential character of human being, referring to its driving forward toward its own possibility of being. Since the German word for "understanding", *Verstehen*, is etymologically derived from the idea of "taking a stand", Heidegger calls the projection into the future by which we shape our identity "understanding": "Why does understanding … always press into possibilities? Because understanding has in itself the existential structure which we call *projection*" (Heidegger, 1962: 145). Therefore, "projection" and "understanding" are closely tied together. Projection deals with our relation to the future; we throw ourselves forwards a possibility of ourselves. Yet such projection (*Entwurf*) never runs out of the boundaries of the world it is thrown into; it is, as such, projection in and of and with the world. Existentiality is the anticipation of human being by itself, of its world: it is understanding (*Verstehen*) of the world. We are these possibilities, even though we are not yet them: "it is existentially that which, in its ability-to-be, it is *not yet*" (ibid.). Dasein is ahead of itself. It is its possibilities. We are, in this sense, who are becoming. Human being is both thrown and projected; it is thrown projection. Marjorie Grene, one of Leavis's most trusted thinkers, is, as previously mentioned, a disciple of Heidegger, and she wrote in her book *Martin Heidegger* that, "Human being exists as anticipation of its own possibilities: exists in advance of itself, grasps its situation as challenge to its own power of becoming what it may, rather than being what it must be" (Grene, 1957: 23). She grasped the notion of anticipation in human existence: "Human being is not a thing which has additionally the gift of being able to do something, but it is primarily possibility. … Human being is always reaching out beyond itself: its very being consists in aiming at what it is not yet" (ibid.). In its own self-projection and self-transcendence, human being understands its world and becomes itself.

With relation to language, projectivity is one of its most essential features. Language is prior to human speech, which includes listening, talking, and silence, because when one is thrown into the world, it pre-comprehends the world immediately without speech, and it is only after the "articulation of intelligibility" that one is admitted to *Being-in-the-world*. In "The Origin of the Work of Art", a representative of Heidegger's later writing, he came up with the idea that every work of art is ahead of itself: "The event of its being created does not simply reverberate through the work; rather, the work casts before itself the eventful fact that the work is as this work, and it has constantly this fact about itself" (Heidegger, 1971b: 63). The more the work opens itself, the more luminous becomes this fact. Particularly, he conceived poetry as projective utterance – "Projective saying is poetry: the saying of world and earth, the saying of the arena of their conflict and thus of the place of all nearness and remoteness of the gods [...] the saying of the unconcealedness of what is" (71). Different from actual language, which is the happening of the saying at any given moment, "projective saying is saying which, in preparing the sayable, simultaneously brings the unsayable as such into a world" (ibid.). That is to say, the individual act of saying is accomplished because of the hidden historical community within language, and in turn, this act expands and modifies the capacity of language.

> Language, by naming beings for the first time, first brings beings to word and to appearance. Only this naming nominates beings *to* their being *from out of* their being. Such saying is a projecting of the clearing, in which announcement is made of what it is that beings come into the *Open as*. Projecting is the release of a throw by which unconcealedness submits and infuses itself into what is as such. This projective announcement forthwith becomes a renunciation of all the dim confusion in which what is veils and withdraws itself. (71)

Poetry, as illuminating projection, unfolds unconcealedness and projects ahead. For Heidegger, "all art is essentially poetry, because it is the letting happen of the advent of the truth of what is" (70). In poetry, beings are brought into the open clearing of truth, in which "world and earth, mortals and gods are bidden to come to their appointed places of meeting" (72). Genuine poetic projection is "the opening up or disclosure of that into which human being as historical is already cast" (73). Thus poetry—projective language – is an innovative use of language to name things and thus open up a realm in which we can communicate. Similarly, Leavis considers poetry as "a manifestation of language, and one might very naturally use the word 'there', not implying spatial location, in discussing the kind of reality the living English language is" (Leavis, 1975: 179). Transcending the ontic to the ontological level, poetry is metaphysically "there", projecting a kaleidoscope of possibilities ahead.

Leavis "seeks to maintain a sense of language as the arena of total potentiality rather than offer a totalized 'view' of language as such" (Bell, 1988: 52). Both nisus/Ahnung and Projection suggest a sense of potentiality, and "it is the creative writer who maintains the life and potentiality of the language" (Leavis, 1975: 142). Lawrence, in Leavis's view, is such a writer. "English as he [Lawrence] found it was a product of an immemorial *sui generis* collaboration on the part of its speakers and writers. It is alive with promptings and potentialities, and the great creative writer shows his genius in the way he responds" (Leavis, 1976: 27). His novel *The Rainbow*, in Leavis's opinion, fully exhibits the process of potentiality being realized: "What this book is 'about' is created in the creative writer's thinking, and yet it is not arbitrary… It is creatively 'there', realized by the evocative genius 'at the maximum of his imagination', and to say 'realized' is to give a felicitous force to the verb. For Lawrence may be said to create realities; he at any rate makes thought possible, about 'English life' as thought about the real, in the only way that can be seriously suggested" (123). Leavis believes that a major creative work is not concerned with "things as they are" but it itself creates, "ushers into being", the reality with which it is concerned, and this reminds us of Heidegger on language: "We speak and speak about language. What we speak of, language, is always ahead of us. Our speaking merely follows language constantly" (Heidegger, 1971a: 75). Synthesize Leavis's "nisus/Ahnung" and Heidegger's "projection" and one realizes that in language, one is constantly thrown ahead into possibilities that open up worlds, each new and different. In the "third realm" where language, meaning and values belong, "there is nothing certain or provable, and no positivistic finality" (Leavis, 1975: 69, 215).

According to Leavis's examination of "nisus" and "ahnung" as embodied in poetry, it is justified to say that nisus is a power that maintains a creative continuity from human beginnings and goes back to the source. It impels, directs and controls. Particularly, the English language "participated decisively – for itself and those who spoke it and those who also wrote it—in the higher intellectual and spiritual continuities, so that it had the power to ingest the Renaissance cultural inflow" (197). This "creative continuity" is vital to language, but according to Leavis, modern society is threatened by a "breach of continuity" because of rapid historical changes. In the struggle to prevent the breakdown of continuity, language plays a crucial role, which is "increasingly the sole link between past and present": "as the other vehicles of tradition, the family and the community, for example, are dissolved, we are forced more and more to rely upon language". Thus, Leavis argued, "culture" is actually certain uses of language, "the living subtlety of the finest idiom without which the heritage dies". To judge a given use of language was *ipso facto* to assay the values of society: the literary critic was, inescapably, the arbiter of good (Mulhern, 1979: 36).

References

Bell, Michael. *F. R. Leavis*. London: Routledge, 1988.
——. "F. R. Leavis." *The Cambridge History of Literary Criticism*, Vol. 7. Cambridge: Cambridge University Press, 2000.
Day, Gary. "Leavis and Post-Structuralism." *F. R. Leavis: Essays and Documents*. Ed. Ian MacKillop and Richard Storer. London: Continuum, 2005.
——. *Re-Reading Leavis: Culture and Literary Criticism*. London: Palgrave Macmillan, 1996.
Eliot, T. S. *Four Quartets*. New York: Harcourt, 1943.
——. *Selected Essays*. London: Faber and Faber, 1932.
Gifford, Henry. Rev. of *The Living Principle: "English" as a Discipline of Thought*, by F. R. Leavis. *The Review of English Studies,* 28.112 (1977): 505-507.
Grene, Marjorie. *Martin Heidegger*. Cambridge: Bowes & Bowes, 1957.
Harrison, Bernard. *What Is Fiction For? Literary Humanism Restored*. Bloomington: Indiana University Press, 2015.
Heidegger, Martin. *Being and Time*. Trans. John Macquarrie & Edward Robinson. Oxford: Basil Blackwell, 1962.
——. "Letter on Humanism." *Martin Heidegger: Basic Writings*. Trans. and Edit. David Farrell Krell. San Francisco: Harper Collins, 1993.
——. *On the Way to Language*. Trans. Peter D. Hertz. New York: Harper & Row, 1971.
——. *Poetry, Language, Thought*. Trans. Albert Hofstadter. New York: Harper & Row, 1971.
——. *The Basic Problems of Phenomenology*. Trans. Albert Hofstadter. Bloomington: Indiana University Press, 1982.
Hobsbaum, Philip. "Revaluation: Late Leavis and Earlier". *Salmagundi*, 52 (1981): 222-233.
Leavis, F. R. *Education & the University: A Sketch for an "English School"*. Cambridge: Cambridge University Press, 1979.
——. *The Common Pursuit*. Harmondsworth: Penguin, 1962.
——. *The Critic as Anti-Philosopher: Essays & Papers*. Ed. G. Singh. Athens, Ga.: University of Georgia Press, 1983.
——. *The Living Principle: "English" as a Discipline of Thought*. New York: Oxford University Press, 1975.
——. *Thought, Words, and Creativity: Art and Thought in D. H. Lawrence*. London: Chatto & Windus, 1976.
——. *Two Cultures? The Significance of C. P. Snow*. Cambridge: Cambridge University Press, 2013.
——. *"Valuation in Criticism" and Other Essays*. Ed. G. Singh. Cambridge: Cambridge University Press, 1986.
Mulhern, Francis. *The Moment of "Scrutiny"*. London: NLB, 1979.
Sharratt, Bernard. *Reading Relations: Structures of Literary Production*. Brighton: Harvester, 1982.

Singh, G. *F. R. Leavis: A Literary Biography*. London: Duckworth, 1995.

——. "Remembering F. R. Leavis". *World Literature Today*, 54.2 (1980): 230-234.

Uphaus, Robert W. Rev. of *The Living Principle: "English" as a Discipline of Thought*, by F. R. Leavis. *The Journal of Aesthetics and Art Criticism*, 35.1 (1976): 94-95.

Watson, George. "The Messiah of Modernism: F. R. Leavis (1895-1978)". *The Hudson Review*, 50.2(1997): 227-241.

老子:《道德经》,上海,上海书店,1986。

叶秀山:《思·史·诗:现象学和存在哲学研究》,北京,人民出版社,2010。

F. R. Leavis and Cultural Studies: from Leavis to Hoggart, and to Williams

ZHANG Ruiqing

Abstract: The present essay aims to conduct an embryological study of Cultural Studies, esp. the inter-textual relationship between Leavis's cultural criticism and Cultural Studies. It begins with a general survey of Leavisian criticism on the level of culture. Meanwhile, by associating his criticism with the early developments of Cultural Studies represented by Richard Hoggart and Raymond Williams in the 1950s, the essay makes a tentative exploration of the complications, contradictions and struggles of the pioneers of Cultural Studies ever experienced in their inheritance of Leavisian criticism. Through a meticulous comparative analysis of the theoretical affinities between Leavisian criticism and the early cultural works, mainly *The Uses of Literacy* by Hoggart and *Culture and Society* by Williams, the essay proves that Cultural Studies has experienced a complicated process in its acceptance of Mass Culture, from the denial of Leavisism to the contradictory affirmation of Hoggart, and to the critical affirmation of Williams, thus presenting a more complete inter-textual diagram of the three cultural theorists.

Keywords: F.R. Leavis; Richard Hoggart; Raymond Williams; Cultural Studies; Mass Culture

对文化研究的发生学考量

——从利维斯到霍加特,再到威廉斯

张瑞卿

内容摘要:本文尝试从发生学的角度探究文化研究(Cultural Studies)的生成史。文化研究之源头可以追溯到利维斯的文化批评经验。文章将对利维斯式的批评做文化层面上的总体考察,同时将之下衔于20世纪50年代伊始的文化研究历程,对利维斯所代表的前文化研究与霍加特、威廉斯的文化研究之间在转承过程中经历的复杂性、矛盾性、斗争性方面作探索性考证。本文以利维斯的文化诗学以及霍加特和威廉斯的早期文化文本《识字的用途》《文化与社会》为研究对象,对三者文化观之学理联系做一分析,试图借之获得对三者文化观之内在关系的一个较为完整的互文图解。研究证明:文化研究自诞生之日起,对大众文化的接纳曾经历了从利维斯主义的否定到文化主义的矛盾肯定和批判肯定的复杂过程。

关键词:利维斯;霍加特;威廉斯;文化研究;大众文化

Turning the calendar back to the early 20th-century academia in England, we are attracted by two dominant "text-focused" schools: one, the poetry criticism represented by T.S. Eliot and the semantic analysis by I.A. Richards, whose critical thoughts acted as the theoretical and methodological basis for "New Criticism" rising in America in the 1930's and reaching its heyday after the WWII; the other, the "*Scrutiny* Group" represented by F.R. Leavis,[①] whose influence within England greatly surpassed its contemporary

---

① *Scrutiny* Group, originated from a quarterly journal *Scrutiny* (1932-1953) launched by the Leavises in Cambridge in 1932, was a group of writers and contributors to this journal — mostly students of the Leavises. This journal featured high quality, sensitivity and wisdom in criticism, well-known both in and beyond England in the first half of the 20th century. During its 21-year publication, it had attracted many celebrated writers like T.S. Eliot, George Santayana, R.H. Tawney, Aldous Huxley, René Wellek, who were not only enthusiastic readers, but active contributors to *Scrutiny* as well.

"New Criticism". The *Scrutiny* circle learned "closeness in reading" from Richards's practical criticism, inherited Matthew Arnold's social dimension in their literary criticism, attaching much emphasis on moral concern in their critical practice, which was and is still known as Leavisian Criticism. (Selden, 2004: 26) In the exploration of the historic source of Cultural Studies, Leavis has been recognized as "an unavoidable topic" (Mackillop & Storer, 1975: 1), whose criticism is also known as an important link in the genealogy of British Cultural Studies, and has been the focus of attention in the English academia, yet, much has to be done concerning the complications, contradictions and struggles of the pioneers of Cultural Studies: Richard Hoggart and Raymond Williams, in their inheritance of Leavisian Criticism.

I. Leavisian Criticism

Leavis started his critical career with his unpublished dissertation in 1924,[1] later in his half-century critical practice, he produced approximately thirty critical works. From his first pamphlet *Mass Civilization and Minority Culture* (Leavis, 1930) to *Thought, Words and Creativity: Art and Thought in Lawrence* (Leavis, 1976) in his later years, the core of his argumentation had always been on the matter of "culture and civilization". His criticism mainly had three dominant features: First, he committed himself to the diagnosis of the quality of human life reflected in the literary language, as he said in *Culture and Environment* (Leavis & Tompson, 1933):

> At the center of our culture is language… Largely conveyed in language, there is our spiritual, moral and emotional tradition, which preserves the "picked experience of ages" regarding the finer issues of life… For if language tends to be debased instead of invigorated by contemporary use, then it is to literature alone, where its subtlest and finest use is preserved, that we can look with any hope of keeping in touch with our spiritual tradition—with the "picked experience of ages". (81-82)

According to Leavis, the healthiness and vitality of such language were the product of a cultivated society and reading its literature was "to regain the vital touch with the

---

[1] F.R. Leavis's dissertation (1924) was entitled "The Relationship of Journalism to Literature: Studies in the Rise and Earlier Development of the Press in England", the Faculty of English, Cambridge University.

roots of one's own being" (Eagleton, 1983: 32). Thus, literary studies, for Leavis, was the distinctive exploration of human experience by the "living principle",① featuring authenticity, "concreteness",② "healthiness",③ "maturity" and "moral concern",④ and the literary canons listed in *The Great Tradition* (Leavis, 1948) presented the most creative and most convincing models of language use, thus becoming a criterion to evaluate what was "shallow", "inauthentic" language use in modern times. Second, Leavisian critical discourse narrated the historical logic of cultural pessimism. Leavis had three times composed books highly praising Lawrence's novels, for he himself, like Lawrence, also cherished a deep love for nature and deplored the disappearance of the old idyllic England. He wrote, "what we have lost is the organic community with the living culture it embodied". (Leavis & Thompson, 1933: 1) The nostalgic description

---

① "Living principle" was the central principle of literary criticism for Leavis, by which he meant that the critic of poetry is "the complete reader" or "the ideal critic" who has "a complex experience" that is given in the words. Words on poetry "demand, not merely a fuller-bodied response, but a completer responsiveness—a kind of responsiveness that is incompatible with the judicial, one-eye-on-the-standard approach". (See Leavis, F.R. *The Common Pursuit*. London: Chatto & Windus, 1952. 212-213) Leavis first explained his "living principle" in "Introduction" of *Towards the Standards of Criticism* in 1933, while evaluating *The Calendar of Modern Letters* (1925-1927). Later in his article "Literary Criticism and Philosophy" in 1937, he stressed it formally while exchanging ideas with René Wellek, and elaborated it more fully in *The Living Principle* in 1975. (See Leavis, F.R. *Towards the Standards of Criticism*. London: Wishart, 1933. 6-9; see also Leavis, F.R. "Literary Criticism and Philosophy". *Scrutiny*, Vol. V. 4.3 (1937); see also Leavis, F.R. *The Living Principle*. London: Chatto & Windus, 1975. 71-150, 212).

② "Concreteness" as a key term for Leavisian criticism was defined formally in *Towards the Standards of Criticism* (1933) and elaborated carefully in *Revaluation* (1936) while making a comparison between Shakespeare's language and Shelley's use of words in poetry. (See Leavis, F.R. *Towards the Standards of Criticism*. London: Wishart, 1933. 9; see also Leavis, F.R. *Revaluation: Tradition & Development in English Poetry*. London: Chatto & Wintus, 1936. 187-196).

③ "Healthiness", a key term for Leavisian criticism, was early mentioned in his pamphlet *Mass Civilization and Minority Culture* (1930), in which he quoted a remark from I.A. Richards's *The Principles of Literary Criticism* (1924), "The critic … is as much concerned with the health of the mind as any doctor with the health of the body", to stress the importance of this standard in literary criticism. (See Leavis, F.R. "Mass Civilization and Minority Culture", *Education & University*. London: Chatto & Wintus, 1943. 144; see also Richards, I.A. *The Principles of Literary Criticism*. London: Kegan Paul. Trench. Trubner, 1924. 61; see also Leavis, F.R. & Thompson, Denys. *Culture and Environment*. London: Chatto & Wintus, 1933. 94-95).

④ "Maturity" & "moral concern" as key terms for Leavisian criticism of the novel have been applied to the review of the classic novels by George Eliot, Joseph Conrad, Henry James in *The Great Tradition* (1948). (See Leavis, F.R. *The Great Tradition*. New York: NY University Press, 1960. 49-67, 93-109, 8-29; see also Leavis, F.R. *Determination*. London: Haskell House Publishers LTD, 1970. 2).

of the lost "organic community" mirrored Arnold's anxious elucidation of the cultural crisis threatening the modern life (Arnold 49; Leavis, 1943: 143). Leavis held that before the industrial revolution, England was an organic society, where the artists shared the common "sensibility" with the audience, and the great literary tradition that recorded "the picked experience of ages" was inherited and protected (Leavis, 1943: 87-95), whereas after the industrial revolution, the order of the "organic society" was destroyed by the modern industrial civilization characteristic of "Progress".① The prevalence of contemporary Mass Culture featuring standardization, leveling down and entertainment damaged the harmonious and individualized way of life of the organic community (48-49, 143-145). What the mass society brought about to the intellectuals was the "dissociation of sensibility" and the spiritual or moral crisis. ② Third, in view of this, Leavis strongly advocated the importance of moral concern in cultural criticism, believing that if we hoped to bridge the gap between "art" (culture) and "society", we must rely on the creative awareness and action of "the minority" to expand the influence of high culture through education to enlighten and redeem the masses (143-145).

In his works, "literary canons" or "literature" were the embodiment of culture and panacea to cure the maladies of modern civilization, which formed the Leavisian "antithetical terms" of "culture and civilization" (164). Yet his mass-to-be-redeemed view aroused much controversy, making himself the target of criticism. However, it is fair to say that though Mass Culture, for Leavis, was something to be redeemed and resisted, he was the first humane intellectual to address it with serious attention, bringing it into the horizon of *Scrutiny*. This attempt not only broadened the boundary of Literary Studies, but from an adverse direction enlightened the pioneers of Cultural Studies: Hoggart and Williams, whose cultural theories grew and flourished partly on the basis of Leavisian

---

① While relating changes brought about after the industrial revolution, Leavis, for several times, used "Progress" to refer to these changes, which for him meant just the opposite. (See Leavis, F.R. & Thompson, Denys. *Culture and Environment*. London: Chatto & Wintus, 1933. 59-63, 87-92).

② Leavis borrowed the concept "the disassociation of sensibility" from T.S. Eliot's article "The Metaphysical Poets", in which Eliot said, "In the seventeenth century a disassociation of sensibility set in, from which we have never recovered; and this disassociation, as is natural, was aggravated by the influence of the two most powerful poets of the century, Milton and Dryden." (See Eliot, T.S. "The Metaphysical Poets". *Selected Essays*. London: Faber & Faber Limited. first pub. 1932, repr. 1941. 288.) Leavis expounded it further in *For Continuity* (1933) and *"Anna Karenina"* (1967). (See Leavis, F.R. *For Continuity*. Cambridge: Minority Press, 1933. 50-56; see also Leavis, F.R. *"Anna Karenina" and Other Essays*. London: Chatto & Windus. 1967, 163).

Criticism (Inglis, 1993: 47). Here, the affinities between them are not to be overlooked. In the academia today, there still exist misunderstandings or blind-spots in understanding the embryological relationships between the pre-cultural studies represented by Leavis and the Contemporary Cultural Studies, esp. their complicated historic inter-textuality.

Then what happened to the "Culture and Civilization" tradition at the Cultural Turn in the mid-20th century England? What is the relationship between Leavis and the cultural theorists after him? Where is the zone of connection between them? The zone of fault? And the zone of breaking-through? In view of the present advancement of Cultural Studies in modern times, what's the significance of Leavisism? To answer these questions, we should conduct not only a general survey of the historical background of Cultural Studies, but also a careful study of several important cultural texts born in the mid-20th century, and especially their interconnections, for instance Hoggart's *The Uses of Literacy* (1957), Williams's *Culture and Society* (1958), with which as the starting points in analysis, we will move to their later works respectively, so as to observe clearly the growth of their cultural ideas gradually departing from Leavis. There are two assumptions in considering their earliest works as the starting points: one, whether in time or in thought, they are the closest to Leavis, through which their intrinsic connections with Leavis will be clearly detected; two, when we return to their early critical works themselves, we'll be able to see how far Hoggart and Williams were from the dominant critical practice of the period, though on some occasions, they announced and emphasized their distance from Leavisian aesthetic and pessimistic interpretations of contemporary Mass Culture.

II. *The Uses of Literacy* under the Shadow of Cultural Pessimism

Hoggart's *The Uses of Literacy* was published in 1957, a potent work on Mass Culture after *Fiction and the Reading Public* by Q.D. Leavis. It's known as one of the founding texts of Cultural Studies. The book makes a vivid description of the resilient culture of the working class that Hoggart experienced in the 1930s. Through a comparison between "the Old Order" and "the New Order", it displays the impact the post-war Mass Culture exerted on the working-class culture, and the challenges and reflections Mass Culture brought about. The book provides an answer to the changes and challenges at the Cultural Turn in the English society from the 1930s to the 1950s in the 20th century.

The Uses of Literacy embodies a loose historical logic, which reflects Leavisian critical discourse. Part I, "An 'Old' Order" reveals favorably the moral qualities in the working-class life in Leads in the 1930s—the result of "the acceptance of life as hard" and "working-class stoicism" (Hoggart, 1966: 78). This is a world with its own culture and entertainment, not one subject to the pressures of commercial media (27), and "the essence of the working-class life ... is the dense and concrete life, a life whose main stress is on the intimate, the sensory, the detailed and the personal" (88). Hoggart depicted this world with full fondness, and this life with utter tenderness. Part II, "Yielding Place to New". This part used to be the main body of the book, originally entitled *The Abuses of Literacy* (Hoggart, 1994: 144). To highlight the working-class life so familiar to him, Hoggart capped the book with Part I. After WWII, a new cultural force broke the original living state of the working class. The dynamic forms of the American Mass Culture like Hollywood movies, popular music, commercial advertisements, and youth culture started to invade the local English culture and the working-class culture was under gradual corrosion of the ever-expanding Mass market and Mass consumerism, thus putting the traditional "Old Order" under attack. Faced with such a forceful cultural trend, Hoggart, heavy-hearted, deplored the loss of knowledge and moral elements from it:

> Most mass-entertainments are in the end what D.H. Lawrence described as "anti-life". They are full of a corrupt brightness, of improper appeals, and moral evasions ... they tend towards a view of the world in which progress is conceived as a seeking of material possessions, equality as a moral leveling, and freedom as the ground for endless irresponsible pleasure. (Hoggart, 1966: 277)

Hoggart, in the tone of the Leavises, expressed his strong disapproval of the new cultural forms, strengthened by his further interpretation of the so-called features of "Progress", "equality" and "freedom" (142-144), which, to Hoggart, meant just the adverse. By means of contrast, Hoggart made clear that a good art (both fine and popular) could display its moral connotation and encourage the audience with "a wisdom derived from an inner, felt discrimination" (277) and "maturity", which were considered by Hoggart as the basic requirements of both good arts and popular publications, from which we can clearly see the internal relations between Hoggart and the humanist literary tradition. In his critical remarks, positive terms are applied to the old order, while the negative terms are attached to the new. A famous policy in the book is that the working-class people are not passive recipients of the messages and publications of Mass Media, they are not victims of "false consciousness" or "cultural dopes"(Hall, 1981), because "the urban working-class people can still react positively to both the challenge of the environment and the useful possibilities of cheap mass production" (Hoggart, 1966: 269). They have the capacity of discrimination and resistance.

But to the culture of the young working class in the 1950s, he didn't keep away from the pessimistic interpretation of the new cultural forms. Part II abounds with Leavis's moral critical vocabulary, which forms a contrast between hard working, self-control, self-reliance on one side, and indolence, indulgence on the other (145). It seems, to Hoggart, that hardship is an encouragement to the former, while prosperity is the slack to the latter, which provides a framework of understanding the social changes, namely, the old virtues give way to "materialism" (143) and "hedonistic-group-individualism" (144). Thus "moral criticism" has been a critical discourse for Hoggart to distinguish between the "good" and "bad" orders, and to differentiate between the working-class culture in the 1930s and the youth subculture in the 1950s. He worried about the quality of life and the negative impact of Mass society on high culture, and sighed "the newer forms (of publications) are less wholesome even than the older" (183). In the last chapter, he wrote, "the accompanying cultural changes are not always an improvement, but in some of the more important instances are a worsening" (260). Throughout the book, moral decline is repeatedly reinforced by his laments of cultural pessimism.

In *The Uses of Literacy*, we don't seem to infer any progressive significance of popular readings, though, like Leavis, Hoggart also referred to the new cultural changes as 'Progress', in the tone of irony, for they are of material, political progress, not of cultural, spiritual progress (142-145). Hoggart believed that popular publications provide what people desire in their sub-consciousness. This is a world without bitterness of life and moral sanctions, but with a favor of desire, fantasy away from the reality and "freedom of a vast Vanity Fair of shouting indulgences" (145). The "shallowness" and "cheapness" of mass publications accelerated their circulation and possessed more readers, which led to the mass-production of people lack of independent thinking and judgment but manipulated by "the debilitating forces" of Mass Culture (146). In the book, Hoggart compared popular readings to something most avante-garde, only to "seek after sensational effects". Here, let's make a comparison of the remarks of Hoggart and Leavisian group about Mass publications, so as to see more clearly how much common ground they share:

> This kind of literature… is the most advanced form so far produced of that more general group of writings which provide sensation without commitment. It is, in the last resort, a

hermaphrodite and masturbatory literature, which feeds on itself.①

On the whole their interest is not so much in the widely curious as in the narrowly startling and sexually-sensational. What is worse, this sex-interest is largely in the head and eye, a removed, vicarious thing ... A handful of such productions reach daily the great majority of the population: their effect is both widespread and uniform. (Hoggart, 1966: 183-278)

Can a hundred D.H. Lawrence preserve even the idea of emotional sincerity against the unremitting, pervasive, masturbatory manipulation of "scientific" Publicity, and, what is the same thing, commercially supplied popular art? (Leavis, 1933a: 105)

More generally uplift can be described as a device for giving in itself emotional satisfaction, e.g. in the novels of the late Gene Stratton Porter, and in excelsis in Hollywood films, so that forms of entertainment in which uplift now figures are largely masturbatory. (Q. D. Leavis, 1952: 164-165)

In the popular newspaper the tendency of the modern environment to discourage all but the most shallow and immediate interests, the most superficial, automatic and cheap mental and emotional responses, is exhibited at perhaps its most disastrous. (Leavis & Thompson, 1953: 102)

From the above quotations, their affinities can be easily observed. Hoggart's critical tone and discourse echoed that of Leavisian criticisms of Mass publications. Talking about their taste and quality, they comment on the public readings by employing metaphorical expressions close in meaning in derogative sense, like "an hermaphrodite and masturbatory manipulation", "most shallow and immediate interests", "the most superficial, automatic and cheap ... responses" and "sex-interest ... in the head and eye", to stick out the poor quality and vulgarity of Mass readings merely for the "emotional satisfaction" of the reading public. Their critical discourses, with obvious sexual implications, undoubtedly insinuate the poor taste and crude making of the popular newspapers and magazines, whose purpose is to

---

① This remark comes from the original manuscript of Hoggart's *Abuses of Literacy*. See Sue Owen, "*The Abuses of Literacy* and the Feeling Heart: the Trials of Richard Hoggart". *The Cambridge Quarterly* 2(2005): 174-175).

serve the low taste of the public by all means, to indulge them in cheap and shallow fantasy of hedonism. Mentioning their forceful trend, they describe them with adjectives powerful in meaning, like "the most advanced". "sexually-sensational", "widespread and uniform", "pervasive", "disastrous", to indicate the overwhelmingly irresistible force of Mass Culture on the one hand, and reflect the disappointment and helplessness of the conservative humanists when they are confronted with the new cultural forms on the other. Meanwhile, Hoggart figured out reasons for the accusations of commercialized cultural forms by adopting Leavisian critical discourse:

> They (the new-style-popular publications) can be accused, not of failing to be highbrow, but of not being truly concrete and personal. The quality of life, the kind of response, the rootedness in a wisdom and a maturity which a popular and non-highbrow art can possess may be as valuable in their own ways as those of a highbrow art. These publications do not contribute to a sounder popular art but discourage it. They make their audience less likely to arrive at a wisdom derived from an inner, felt discrimination in their sense of people and their attitude to experience. It is easier to kill the old roots than to replace them with anything comparable. (Hoggart, 1966: 277)

Here, Hoggart didn't break free from "Leavisian critical discourse", neither from the dualism of the high and the low, nor of the good and the bad on Mass Culture. It seems that the essential literary values like "concreteness", "maturity" and "discrimination" were forever tied to the "old roots". Following this orbit, what changes brought about could only be "a worsening" (260). It is obvious that he was caught in the shadow of cultural pessimism in pursuit of the aesthetic legitimacy of Mass Culture.

The Uses of Literacy is, undoubtedly, the continuation of the tradition of "Condition of England" that started in the 19th century, and stretched out into the 20th century. In the complicated relationships intertwined with Leavisian criticism, Hoggart's cultural criticism has achieved two major breakthroughs: first, Hoggart, with his own voice, was less political but more moral, less theoretical but more personal (17, 22-23, 265-266), subverted the opposing position of Mass Culture vs. High culture that has long occupied the dominant position in the circle of academia, beginning to draw the academic attention to the cultural experience and value of the majority by extending the concept of culture to the extensive social life. Second, his affirmation of the initiative elements in the working-class culture broke through the elitist notion of culture. His confidence in the "resilience" of the working-class culture became a strong conviction for him to confront the crisis of the cultural decline (268-270), which differed not only from the Frankfurt school that considered "masses" as "alienated and one-dimensional men", but from the Leavises who took "masses" as people to be redeemed.

The Uses of Literacy mainly presents the contradictions and complications of Hoggart's conception of culture, which are best revealed in the antithetical description of the "old order" in the 1930s against the "new order" in the 1950s. It seems that the original title of the book, *The Abuses of Literacy*, expressed his ideas about culture more accurately. In Part I of the book, Hoggart made a vivid and objective description of the working-class culture in the old days, affirming its positive, organic and resilient qualities. From this sense, Hoggart has surpassed the elitist cultural notion of Leavisian Group. But in Part II, in comparison of "the old culture" with "the new one", especially when taking into account of the negative impact of Mass Culture on the working-class culture, Hoggart returned to the position of elitism, considering Mass Culture lacking the necessary qualities of "concreteness", "maturity", "healthiness", assuming that it was nothing but a commercial fraud. In other words, Hoggart, on the one hand, emphasized the central position of popular culture and everyday life in Contemporary Cultural Studies, but on the other, he judged Mass Culture with the traditional moral judgments and aesthetic standards, placing his critical discourse of "the old culture" against "the new one". Thus he fell unconsciously into cultural pessimism and nostalgia, trapped in Leavisian historical logic. What Leavis yearned for was the "organic society" uncontaminated by the industrial civilization in the 17th century, while what Hoggart longed for was the working-class culture in the 1930s. That is to say, the "organic culture" that Hoggart cherished was just the culture of the industrialized society that Leavis aimed to attack, thus Hoggart's affirmation of the working-class culture was the criticism of Leavisism, but different from Leavis's complete denial of Mass Culture by confusing it with the working-class culture, Hoggart adopted an attitude of contradictory affirmation towards the new cultural forms. He distanced himself from the simple dualism of elite vs. masses, organic vs. inorganic, but fell into a dualistic cycle of new and old, good and bad, thus making himself a new cultural conservative. That's why Hoggart was called "a left Leavisite". Then how to step out Hoggart's contradictions and help the marginalized culture to be accepted by Cultural Studies, still need further theoretic creations.

III. Williams' Breakthrough: from "Common Culture" to "Structure of Feeling"

In the genealogy of British Cultural Studies, it is Raymond Williams who truly fulfilled the refutation of "Culture and Civilization" Tradition and the political interpretation of the Cultural Turn in the mid-20th century England. In dialogues with Leavisism, Williams experienced a process of gradual maturity in his serious consideration of culture. In an early essay "Culture is Ordinary" (1957), Williams claimed that his cultural thoughts were moulded under the influence of two theories: one, Marxism; two, Leavis's teachings (1957: 8). Both, through his creative development and improvement, enabled him to pass on his important intellectual legacies to later generations. First, he put forward his "Cultural Materialism" (Williams, 1977: 5) deduced from the basic proposition of Marxism. Second, he re-elucidated the humanist cultural tradition firmly stuck to by Leavis. Williams's earnest cultural exploration on both sides laid the theoretic foundation for the new paradigm of Cultural Studies. Then, how did he accomplish this founding mission?

According to Williams, Leavis's "cultural radicalism was the starting point of his cultural theories" (1981: 66), with which he aimed to reconstruct Leavisism, so as to turn the "Culture and Civilization"Tradition to that of "Culture and Society". In his classic cultural works *Culture and Society* (1958) and *The Long Revolution* (1961), Williams defined culture as "a whole way of life" from a new dimension, putting popular cultures including film, television, media, Mass publications, and especially, the working-class culture, on the map of Cultural Studies, opening "the route of Mass Culture" in the later period of Cultural Studies, thus subverting the antithesis of elite and masses. On the other hand, to search strong theoretic support for his new approach to culture, Williams creatively developed Marxist basic proposition of "a determining base and a determined superstructure" (Williams, 1977: 75), and raised his idea of Cultural Materialism. The pioneering significance of this research is that he laid his focus on the pole of "base" in this proposition, by enlarging the "base" to include the materiality of mental labor as a productive force (91-93). Williams discovered that culture also features materiality and productivity and plays a role in both "base and superstructure", which virtually embraces a wide range of human life. He pointed out that if "the material character of the production of a social and political order" could be grasped, then it was easy "to understand the material character of the production of a cultural order" (93). Williams's new interpretation of culture served as the base of his Cultural Materialism (75-100), thus justifying the legitimacy of Mass Culture: it also possesses social value and meaning, participates in the construction of "a common culture" and reflects "the structure of feeling" among a group of people in a period of time. (1958: 99-119) Thereafter, the refined culture of literature and art, moving away from the center, has been marginalized to become a text of Cultural Studies. In other words, the antithesis of "Culture and Civilization" in the period of pre-Cultural Studies in Leavisian time, has turned into "Culture and Society" on an equal basis in the Age of Williams, jointly constituting the two sides of a coin of culture.

Then, how to understand the two key concepts "Common Culture" and "the structure of feeling" in Williams's Cultural Materialism? What are their complicated relationships with Leavisism? To answer these questions, we have to turn to his early cultural works. In *Culture and Society*, with the five keywords "industry", "democracy", "class", "art" and "culture" as the thematic threads running through the book, Williams traced the English ideological history of nearly two hundred years. He selected forty important writers and thinkers active in England between 1780 and 1950, to accomplish this multi-dimensional presentation of the "Culture and Society" Tradition. Among them, Leavisian ideological system was the most influential one that he had to confront. Williams said, "I knew perfectly well who I was writing against: Eliot, Leavis and the whole of the cultural conservatives ... the people who had pre-emptied the culture and literature of this country" (Williams, 1981: 112). Leavisian critical tradition, undoubtedly, provided Williams with the basis of his epistemology and methodology, but he rejected its residual hierarchical conception of society (Lesley, 152). He could not share Leavis's scheme to build an ideal society on the nostalgia for a past "organic society", and to keep the "chaotic, disordered" present against the "ordered, happy" past (Lesley, 154). Instead, Williams put forward his assumption of "Common Culture".

Williams first raised the concept "Common Culture" in his book *Drama from Ibsen to Eliot* (1952), and in "Conclusion" of *Culture and Society* (1958), he brought up the concept again and bestowed new connotations upon it. He had strong faith in the ideal that a common culture would help to promote democracy and remove social differences and inequalities (Williams,1958: 318-323). His idea of "cultural equality" can be traced back to R.H. Tawney, an English social critic and moralist at the beginning of the 20th century. In his *Equality* (1931), Tawney criticized the phenomena of social inequality and strict hierarchical system still existing in England in his time and put forward his idea of constructing a common culture on the basis of equality. This notion touched off a strong identification with Williams and he claimed "we need a common culture, not for the sake of an abstraction, but because we shall not survive without it" (Williams, 1958: 304). Williams defined the common culture as follows:

> [We aim] to create a society whose values are at once commonly created and criticized, and where the discussions and exclusions of class may be replaced by the reality of common and equal membership. That, still, is the idea of a common culture. (Williams, 1968: 308)

Williams assumed that "an egalitarian society" was the basis of a common culture, but he was sensitive to the confusion surrounding the word "equality". He didn't expect "an equal culture", "at any level" (Williams, 1958: 304). What he hoped for was a common culture with "equality of being" (304-305), for the opposite of it —inequality of being— "denies the essential equality of being" and "in practice rejects, depersonalizes, degrades in grading, other human beings" (304). Williams further reiterated, "a common culture is not, at any level, an equal culture. Yet equality of being is always necessary to it, or common experience will not be valued" (304-305). Here, Williams's "common culture" was no longer Leavis's nostalgia for a past "organic society". The crucial difference between them lies in the fact that Williams's common culture was no longer the "classic culture" selected and filtered by "the minority", "the cultural elite", or "the alien", to be accepted and experienced passively by the masses, but a common culture participated, created and shared by all social members. Here, "all social members" include not only the intellectual elite, but the marginalized groups like the common people, the masses, and the working-class people.

Williams's hope for "a common culture" also derived from his working-class family background. This inborn class feeling made him inclined to turn his academic attention to the working-class culture under the impact of Mass Culture. He highly appreciated the idea of solidarity and the basic collective idea of social relationships that underlined the working-class culture, and firmly believed that the working class was an important force in promoting the democratic process and shape the common culture (313-314). But he strongly opposed the practice of confusing "masses = working and lower-middle class" with "masses = mob" (289-296), because in etymology and semantics, "masses" is close to "mob" that possesses a strong negative sense. Williams pointed out:

Masses was a new word for mob, and the traditional characteristics of the mob were retained in its significance: gullibility, fickleness, herd-prejudice, lowness of taste and habit. The masses, on this evidence, formed a perpetual threat to culture. Mass-thinking, mass-suggestion, mass-prejudice would threaten to swamp considered individual thinking and feeling. Even democracy, which had both a classical and a liberal reputation, would lose its savour in becoming mass-democracy. (Williams, 1958: 288)

Here the echo of Leavis's antithesis of culture and civilization could be heard (Leavis, 1943: 164). Williams held that the idea of masses was the invention of the elite, for "there are in fact no masses; there are only ways of seeing people as masses" (1958: 289). Because of the derogatory use of "masses", "Mass Culture" has been considered as low culture by the elite. Therefore, Williams, throughout his academic career, would rather use "popular culture" than "Mass Culture", to show his dissatisfaction at the elitist cultural discrimination. So, it is easy to detect the closeness between Williams and Hoggart (also a working-class son) in their interpretation of the working-class culture. Both opposed to the confusion of the working-class culture with Mass Culture and extended the former to a wide range of everyday life. Yet, in arguing for "the working-class culture", Williams was equally trapped in the dualism of good vs. bad, to discriminate against Mass Culture in favor of the working-class culture. While affirming the social value and meaning of "masses" and "Mass Culture" (318), he unconsciously excluded them from "the full democratic process" of building the common culture. Thus, without awareness, Williams behaved as a new cultural conservative. Like Hoggart, Williams also fell into a contradictive attitude towards Mass Culture. So, along the road to break free from the 'meta-cultural discourse' (Hall, 2008: 23) of Leavisism, a theoretical creation is necessary.

Another important concept in Williams's Cultural Materialism is "structure of feeling", which first appeared in his book *Preface to Film* (1954). Later in *Culture and Society* and *The Long Revolution*, Williams explained the concept further in detail. Structure of feeling refers to "the felt sense of the quality of a life at a particular place and time: a sense of the ways in which the particular activities combined into a way of thinking and living" (Williams, 1961: 47). He further described the structure of feeling "as firm and definite as 'structure' suggests, yet it operates in the most delicate and least tangible parts of our activity. In one sense, this structure of feeling is the culture of a period" (48). Then he distinguished the three levels of culture: first, the lived culture of a particular time and place; second, the recorded culture, the culture of a period, from art to the most everyday facts; third, the culture of the selective tradition (49). Williams's structure of feeling was characteristic of dynamic and flexible observation of culture, with the three levels of culture forever cycling in a dynamic circulation. Of the three levels, the most important is the lived culture, which is not only the direct source of the structure of feeling, but the basis of the selective tradition. The culture of the selective tradition obviously equates with "documentary culture" (49), which will help us to understand the strong democratic consciousness embodied in Williams's concept of culture. Paul Jones held that Williams didn't reject "high culture" for "low culture" or "a way of life", but, compared with "the lived culture", he recognized that all objectified cultures belong to documentary culture (Jones, 2004: 21-22). Therefore, the "agent" of cultural life would include not only "the minority" but also the so-called "masses", esp. the working class. Then the object of Cultural Studies would be "the lived culture" with contemporary significance, represented by "Mass Culture", the working class culture, the youth sub-culture or "a whole way of life". Williams's concept of the structure of feeling provides the theoretical basis for understanding the new cultural forms. As he pointed out:

> One generation may train its successor, with reasonable success, in the social character or the general cultural pattern, but the new generation will have its own structure of feeling, which will not appear to have come "from" anywhere. For here, most distinctly, the changing organization is enacted in the organism: the new generation responds in its own ways to the unique world it is inheriting, taking up many continuities, that can be traced, and reproducing many aspects of the organization, which can be separately described, yet feeling its whole life in certain ways differently, and shaping its creative response into a new structure of feeling. (Williams, 1961: 48-49)

Here, Williams didn't directly use "Mass Culture" or "youth sub-culture" to refer to the new "structure of feeling", but this analysis can be a good example to explain "the lived" new cultural forms by employing the mode of the feeling structure. By means of comparison, Williams highlighted the unique features of the structure of feeling: First, it won't be confined to ways of acquisition and has "a wide and deep possession in all actual communities" (48-49), for its influence can be myriad from family, school, social connections, recreations and media, mostly unconsciously and informally, while the social character, according to Williams, as "a valued system of behavior and attitudes" (47), may have less impact on the young people, because on the one hand the dominant values of the social character are mostly traditional, orthodox and dominant ideological notions mainly disseminated through family and school education (61-63), and on the other the severe, ideal and principal values emphasized in social character are liable to clash with the character of the young people who tend to favor freedom, curiosity, individuality instead of being fettered by old traditional ideas, so they are likely to conflict with "the prevailing values" stressed in social character (61). Second, it displays the contemporary progressiveness, novelty, uniqueness of new cultural forms. The young people respond to the world that they are going to inherit in their own ways, by integrating the new elements into the old to create "a new structure of feeling" that differs from that of their elder generation. Here Williams presented a new way of cultural analysis, quite different from Hoggart's accusation of the youth subculture, and Leavis's criticism of Mass Culture. Williams observed the new cultural forms from a new vision to express his ideas of democracy and equality embodied in his Cultural Materialism, which enabled him to break free from the dualism of moral criticism. Thus, Williams was able to step firmly out of the contradiction of Hoggart and surpass Leavisian cultural discourse.

So, in the early development of Cultural Studies, especially, on the matter of the acceptance of Mass Culture, it has experienced three stages: the denial of Leavis; the contradictory affirmation of Hoggart; the critical affirmation of Williams. This process has not only witnessed the gradual recognition of Mass Culture in the domain of Cultural Studies, but vividly recorded the perseverant endeavors of the three cultural theorists, one after another, to explore the meaning of culture when confronted with challenges of the new cultural forms at the Cultural Turn in the English society in the first half of the 20th century.

Conclusion

Today, Cultural Studies has become a dominant branch of learning in the academia of the world. Leavis, as a critic of the old generation has faded out of the sight of people, but he seems to be an unforgettable figure. His ideas of literature and culture have aroused much controversy before and after his death. As a matter of fact, being able to spark controversy can be understood as a valuable ideological contribution and an intellectual resource, which also proves the deep-rootedness of the humanist cultural tradition and its pervasive influence, as Terry Eagleton sighed:

> Whatever the"failure"or"success" of Scrutiny … the fact remains that English students in England today are "Leavisites" whether they know it or not, irremediably altered by that historic intervention. (Eagleton, 1983: 27)

Leavisian criticism is not only an important link in the genealogy of British Cultural Studies but "a seminal seed" to stimulate the growth and prosperity of cultural theories in modern times. Williams admitted candidly that Leavisism was the starting point of his theories. When recalling the magazine *Politics and Letters* between 1947 and 1948, Williams said:

> The immerse attraction of Leavis lay in his cultural radicalism, quite clearly. That may seem a problematic description today, but not at the time. It was the range of Leavis's attacks on academicism, on Bloomsbury, on metropolitan literary culture, on the commercial press, on advertising, that first took me. Secondly, within literary studies themselves there was the discovery of practical criticism. That was intoxicating, something I cannot describe too strongly. (Williams, 1981: 66)

Equally, Hoggart didn't deny his connection with Leavisism. In 1990, during an interview, he said that it was a fashion at present to discriminate against Leavis as "an elite", which just indicated the ignorance of the possibility of different wisdom. (Corner, 1998: 278) He pointed out that the definition of culture consists of two parts: one, its anthropological meaning given in the first part of *The Uses of Literacy*; the other, the definition given by Arnold, namely, "the best which has been thought and said" and here "I am an Arnoldist" (278). Thus, Williams and Hoggart are both successors of Leavisian thoughts. It was owing to the original creative work of Leavisian criticism that Contemporary Cultural Studies was able to grow and prosper, which proves Eagleton's assertion: "*Scrutiny* actually founded such 'cultural studies' in England" (Eagleton, 1983: 29).

References

Corner, John. "Studying Culture-Reflections and Assessments: An Interview with Richard Hoggart". *The Uses of Literacy*. New Brunswick: Transaction Publishers, 1998.

Eagleton, Terry. *Literary Theory: An Introduction* (first pub. by Blackwell Publishers, 1983). Beijing: Foreign Language Teaching & Research Press, 2004.

Eliot, T.S. "The Metaphysical Poets". *Selected Essays*. (first pub. 1932) London: Faber & Faber Limited, 1941.

Hall, Stuart. "De-constructing the Popular". ed. Raphael Samuel. *People's History and Socialist Theory*. History Work-shop Series. London: Routledge & Kegan Paul, 1981.

——. "Richard Hoggart, *The Uses of Literacy* and The Cultural Turn". *Hoggart and Cultural Studies*. Sue Owen, ed. London: Palgrave Macmillan, 2008.

Hoggart, Richard. *The Uses of Literacy* (first pub. 1957). Boston: Beacon Press, 1966.

——. "A Sort of Clowning:1940-1959". *A Measured Life: The Times & Places of an Orphaned Intellectual*. Transaction Publishers, 1994.

Inglis, Fred. *Cultural Studies*. Oxford & Cambridge: Blackwell, 1993.

Johnson, Lesley. *The Cultural Critics: From Matthew Arnold to Raymond Williams*. London: Boston & Henley: Routledge & Kegan Paul, 1979.

Jones, Paul. *Raymond Williams's Sociology of Culture, a Critical Reconstruction*. Palgrave Macmillan, 2004.

Leavis, F.R. *Mass Civilization and Minority Culture*. Cambridge: Minority Press, 1930.

——. & Thompson, Denys. *Culture and Environment: The Training of Critical Awareness*. London: Chatto & Windus, January, 1933.

——. *For Continuity*. Cambridge: Minority Press, 1933.

——. *Towards the Standards of Criticism*. London: Wishart, 1933.

——. *Revaluation: Tradition & Development in English Poetry*. London: Chatto & Wintus, 1936.

——. *Education & University*. London: Chatto & Wintus, 1943.

——. *The Great Tradition: George Eliot, Henry James, Joseph Conrad*. London: Chatto & Windus, 1948.

——. *The Common Pursuit*. London: Chatto & Windus, January, 1952.

——. *"Anna Karenina" and Other Essays*. London: Chatto & Windus. 1967.

——. *Determination*. London: Haskell House Publishers LTD, 1970.

——. *The Living Principle: "English" as a Discipline of Thought*. London: Chatto & Windus, 1975.

Leavis, Q.D. *Fiction and the Reading Public*. London: Chatto & Windus, 1932.

MacKillop, Ian. *F.R. Leavis: A Life of Criticism*. London: The Penguin Press, 1975.

Owen, Sue. "*The Abuses of Literacy* and the Feeling Heart: the Trials of Richard Hoggart". *The Cambridge Quarterly* 2(2005): 147-176.

Richards, I.A. *The Principles of Literary Criticism*. London: Kegan Paul. Trench. Trubner, 1924.

Selden, Raman. *A Reader's Guide to Contemporary Literary Theory*. Beijing: Foreign Languages Teaching & Research Press, 2004.

Williams, Raymond. "Culture is Ordinary" (first pub. 1957). *The Raymond Williams Reader*. John Higgins, ed. Blackwell Publishers, 2001.

——. *Culture and Society*. London: Chatto & Windus, 1958.

——. *The Long Revolution*. London: Chatto & Windus, 1961.

——. "Culture and Revolution: A Response". Eagleton, Terry & Brian Wicker. ed. *From Culture to Revolution*. London: Sheed & Ward, 1968.

——. *Marxism and Literature*. Oxford: Oxford University Press, 1977.

——. *Politics and Letters*. London: Verso, 1981.

The Individual and the Society:
Raymond Williams versus Karl Marx

ZHOU Mingying

Abstract: Previous Raymond Williams studies are confined to his connections with Marxist political, economic and historical theories, while little has been explored about Williams's contemplation on the theme of "the Individual and the Society" in conjunction with Karl Marx's concept of Man. This paper is to examine how Williams and Marx approach the topic from different perspectives and how Williams connects with Marx in his ideas. I wish to offer a special perspective to their connections and build a new linkage between Williams and Marx through a comparison of Williams's concept of "the Individual and the Society" and Marx's concept of Man.

Keywords: Raymond; Williams; Marx; Individual; Society

个体与社会

——雷蒙·威廉斯与卡尔·马克思

周铭英

内容摘要： 之前的威廉斯研究多局限于他本人对马克思政治经济学理论和历史唯物主义理论的批评与发展，而很少涉及威廉斯的文化研究与马克思的人论之间的关联。本文试图讨论威廉斯与马克思如何从不同的视角出发来讨论相似的主题以及威廉斯在形成其观点时与马克思的人论有何重要联系。本文希望能够提供一个特殊的视角来观察威廉斯与马克思之间的关系，并通过比较威廉斯的"个体与社会"观念与马克思的人论，在两位思想家之间建立新的联系。

关键词： 威廉斯；马克思；个体；社会

I. Introduction

Raymond Williams, renowned as a pioneering cultural critic, is to some extent a Marxist writer. Many of his writings on politics, history, culture, etc. reflect his Marxist outlook, as he admits in the "Introduction" of *Marxism and Literature* that he reads widely in Marxism and shares most of its political and economic positions, but he also points out that he retains his own cultural and literary inquiries. Williams's acceptance of and divergence from Marxism may derive from his parentage and life experiences. Williams was born in August of 1921 into a working class family in a small village in Wales, and for all his life-time he had never truly escaped this identity in which his idea of "culture is ordinary" is intrinsically rooted. Later on, he was educated in Trinity College of Cambridge, where he got access to Marxist thoughts and actively involved himself in political and social activities. During his study years at Cambridge, Williams joined British Communist Party, wrote Communist pamphlets and later joined the army and went to war. After he received his M.A. from Cambridge in 1946, he went to teach at Oxford for several years, and then came back to Cambridge in 1961, eventually becoming professor of Drama. In 1983, Williams retired from Cambridge and continued fictional writing. Williams is a prolific writer on various topics: he produced seven novels as a novelist, three plays as a dramatist, and twenty-seven academic books on culture, literature, media, technology, etc. as a culture critic. He is mostly remembered for his works on the topic of culture, especially for the two critical books which established his name: *Culture and Society* (1961) and *The Long Revolution* (1965). Williams defines culture as "the study of relations between elements in a whole way of life", and his discussions on various subjects are mainly from the cultural perspective.

In exploring those relationships between diverse elements in the society, he especially pays attention to the interactions between the individual and the given society at large. "The Individual and the Society" has always been one of the key concerns in his academic life. In both of his autobiographical novels *Border Country* (1960) and *Second Generation* (1964), he presents to the reader the individual's entanglement in a variety of social relationships and the strength of the individual to make a change both of himself and of the whole organization. Williams tags much importance on the individual's creativity as a whole way of life by actually living within the community. He asserts that each individual, i.e., every single person, regardless of his or her age, parentage, social status, education, etc., should enjoy freedom and equal opportunity to insert himself or herself into the network of social relationships and make a joint effort in the change and growth of the society. The recognition of each individual's contribution to a whole changing society reflects his idea of the ordinariness of culture and his proposition of a democratic society.

In *The Long Revolution*, Williams especially spends one whole chapter discussing the relationship between the individual and the society. In this five-part chapter, he, for the first two sections, as usual, explores the etymology and the development of the word *Individual*, and other thinkers' views on the relationship between the Individual and the Society; after that he dives into the deep analysis of this relationship, discerning five types of Individuals within a social process—member, subject and servant, exile, vagrant, and rebel, depending on whether they are related to the society or a particular community in conformity or in disconformity. However, he also points out that such descriptions and categorizations are not absolute. The society contains different connotations for some specific types of Individuals. In the fourth section, Williams talks about the antagonism between the Individual and the Society, and attempts to find approaches to resolve this opposition in the last section by pointing out the uniqueness of the Individual and their inevitable, inherent relationship to the social processes in their creativity and communication. The key idea of Williams here is that each individual in the society is capable of creating new meanings and values that are to be extended to the consciousness of the whole society by living and experiencing.

Williams's thinking on "the Individual and the Society" bears many links to Marx's concept of Man. Marx has been studied as a political economist and revolutionary, and apart from that a philosopher. And his adherents have followed and taken on his political and economic aspects of criticism since his death, yet, far less has been researched on his concept of Man within the sphere of cultural studies. It should not be overlooked that Marx's ultimate aim of his critique on Capitalism is the full realization of Man's individuality in harmonious relationship with the objective world—Nature, his fellow men, and the things he produces. Williams, under the illumination of Marx's theory on Man together with his political, economic stands, forms his own distinctive perspective on this topic as an insider or a participant, and succeeds in grasping the concreteness, the directness and the livingness of the Individual in complex and protracted social relationships, which is contrasted to Marx's perspective as an outsider or an observer. However, in seizing the concreteness and the livingness, Williams somewhat fails to command the whole human society as an anthropological and historical process and thus lacks Marx's far-sightedness and objectivity.

There have been quite a few researches and discussions on Williams's Marxist criticism, and it has been consistently agreed that Marxism and Leavisism are the primary foundation stones in his construction of his own edifice of cultural theories. Critics talk about the relationship between Williams and Marx mainly on the basis of Williams's own criticism of Marxism, which is in the nature of a reinterpretation of Williams's Marxist thinking. Furthermore, such discussions invariably focus on Williams's criticism on Marx's base and superstructure theory, Marx's idea of ideology, vulgar Marxism, Stalinism, etc. Hence, this paper sets its aim at offering a special perspective into their relations and building a new linkage between Williams and Marx in making a comparison of Williams's concept of "the Individual and the Society" and Marx's concept of Man. It not only tries to explore more deeply into Williams's culture theory in elucidating his concept of the Individual as "indivisible", but also makes an attempt to clarify Marx's concept of Man which has been either misinterpreted or overlooked by Marxists, and thus gives a clue of how Williams and Marx deal with the similar subject from distinct perspectives.

II. The Essence of the Individual:
Williams's Social-being vs. Marx's Species-being

Williams inherits Marx's ideas of the individual as a product of a particular social and historical situation, and of achieving individuality through becoming a member of the society. Under the illumination of Marx's notion which defines the essence of the individual as actively participating in social relations, Williams also recognizes that the "individual could not survive and grow except within a social process of some kind" (Williams, 1965: 86). A man is not complete, nor can he achieve a true personality, until he becomes wholly conscious of the validity of his ways of thinking and behaving in terms of a social process, that is to say, he becomes aware of his being as a creature of the society. This idea of human beings as essentially social creatures is fundamentally Marxist: the relations are inherently there. The relationships are inherent, and each organization is, precisely, an embodiment of relationships, the lived and living history of responses to and from other organizations.

Moreover, we may also find a vestige of Marx's thinking in Williams's idea of self-identification or achieving self-realization in another, in an object as opposed to the subject. For Williams, it is a reality that "in the being of another is the necessary human identity: the identity of the human beyond the creature; the identity of relationship out of which all life comes" (Williams, 1984: 68). If an individual is deprived of this identification, there would only remain image and resemblance. In analyzing Heathcliff in *Wuthering Heights* by Emily Bronte, Williams observes this deprivation in him which leads to Heathcliff's loss of himself after the death of Cathy and the end of his physical life whose existence has to be willed now. The identification in another person, the sense of the absolute presence and the absolute existence in another, is highly recognized by Williams as the essential human relationship which is simply there, ordinary yet unbreakable. Because it is a necessary relationship, a desire in another is strongly hoped and craved; in such a relationship, a self, a world, will be at once found and confirmed. This relationship is inherent, "given" and exists there before anything else, as Williams understands that

> A desire in another, a depth of relationship around which an idea of oneself and literally then of the universe forms is both stated and taken for granted... "A source of little visible delight, but necessary"... Everything, literally everything, has to be lived in its light. It is a reciprocated feeling, literally a relationship: that kind of relationship which is truly given rather than taken, which is there and absolute before anything else can be said. In its quality as given—here in a childhood, a shared childhood in a place—it is where social and personal, one's self and others, grow from a single root. (Willians, 1984: 67)

This intense relationship, a desire in another, like Cathy and Heathcliff's identification in one another, corresponds to Marx's relationship of man and woman dismissed as most natural and most necessary which is to be expounded in the next section. However, apart from finding this reality, the individual still needs to deal with a larger, complex world which is to be observed, analyzed and understood. In the process of the individual's actual growth, "the whole complex of feeling and behavior that constitute his individuality will stand in a certain relation to the complex of feeling and behavior that is his society" (Williams, 1965: 86). When Marx asserts that the individual, as long as he is being actively productive, is a species being in the process of achieving his self-realization; Williams, exploring more deeply into the individual's relations to the society, discerns five types of the individuals—member, subject and servant, exile, vagrant and rebel—in accordance with their attitudes towards his society or his community. To be a member of his society means that the individual positively identifies with the society, and accepts its mode of production, its way of living, its values, etc. And being the role of subject and servant, the individual will obey authorities on the surface yet he feels and thinks in a foreign way. The next three types of individuals all reject the way of life in their society and cherish their own way of living and thinking. They are distinguished for the following characteristics: the rebel fights against and attacks the society in the efforts of establishing a new and better one; the exile, sticking to his own principles of living and preserving his own individuality, goes away or detaches from the society, holding an indifferent attitude; whereas the vagrant, finding no personal or social meaning, sees the society as a "meaningless series of accidents and pressures", negates any relationship he embodies in and cares for nothing. Though quite different from each other, these forms of the individuals are not definite or fixed even in the same given community or organization. Rather, they are variable and transformable in one individual, depending on the individual's own history of progress.

We become human individuals in terms of a social process, but still individuals are unique, through a particular heredity expressed in a particular history, which in the meantime explains the interchangeability of Williams's different types of individuals. Williams asserts that the individual is "a man and a member of a society, but he only becomes these by becoming himself" (97). The process of this becoming is by no means a reproduction, but generation, as he says in the Chapter of "individuals and societies" that "the idea of 'the individual' was not only a reaction to the complex of social, economic and religious changes; it was also a creative interpretation of them, as a way of living" (93). The individual achieves self-growth, self-realization only in establishing relationships in the society, yet he never loses his individuality, his uniqueness. For that matter, each one of us has within an apparently separate individuality a system of observing, selecting, comparing, adjusting and acting as elaborate and complex as any social system yet described. Distinct from Marx's idea of Man which forms productive forces in the construction of history and society, Williams attaches more importance to the contribution to the whole society of each particular individual. For one thing, a unique life in a place and a time, speaking from its own uniqueness, may speak a common experience; in its growing and shaping, it becomes its own yet is still common, still connects with others. In Williams's words, an individual's moral question becomes a social question and then, decisively, a creative intervention. This creative intervention may lead to a discovery or a redefinition of the society. Marx's idea of society is epochal and in each specific epoch the quality of the society is relatively static, while that of Williams's is for ever changing because of each individual's actions and interventions in the society. Williams once talks about a crisis of experience of the individual, which is personally felt and endured; yet when the experience emerges in novels, it goes much more than "a reaction to existing and acknowledged public features". But rather, "it was a creative working, a discovery,… It brought in new feelings, people, relationships; rhythms newly known, discovered, articulated; defining society, rather than merely reflecting it." (Williams, 1984: 11)

To Marx, man is a recognizable and ascertainable entity, and thus can be defined biologically, physiologically, and also psychologically. And his concept of man is deeply rooted in thinkers, such as Hegel, Spinoza and Goethe, all of whom emphasize the productive character of individuals. The individual can achieve his aim of being a human being, or a species man, only by being actively productive towards the external world, making it part of his own, rather than being passively receptive. Erich Fromm discerningly observes Marx's thinking on this:

> For Marx, man is alive only in as much as he is productive, in as much as he grasps the world outside of himself in the act of expressing his own specific human powers, and of grasping the world with these powers. In as much as man is not productive, in as much as he is receptive and passive, he is nothing, he is dead. In this productive process, man realizes his own essence. (Fromm, 1961: 30)

Productivity should not simply be thought of as an instrumental activity to meet individual needs. Rather, it is always and necessarily a social activity. In working to create a material product, man is at the same time producing and reproducing his social relationships, just as Marx explains that "whenever we speak of production… what is meant is always… production by social individuals" (Marx, 1973: 85). Hence, human beings are essentially social creatures, because "the essence of man is no abstraction inherent in each separate individual" (Fromm, 1961: 25). The concept of active productivity, as against receptiveness, can be easily understood from Marx's following writing, in which he expounds on the concept by presenting the a example of love relationship:

> Let us assume man to be man, and his relation to the world to be a human one. Then love can only be exchanged for love, trust for trust, etc. If you wish to influence other people you must be a person who really has a stimulating and encouraging effect upon others. Every one of your relations to man and to nature must be a *specific expression* corresponding to the object of your

will, of your *real individual life*. If you love without evoking love in return, i.e., if you are not able, by the manifestation of yourself as a loving person, to make yourself a *beloved person*, then your love is impotent and a misfortune. (30)

Therefore, an individual has to be active, stimulating, initiative, forward, and even dominative in his relationship with other individuals, to the society, the nature, and the whole world. He is the subject, while nature, other individuals and things are objectified through his active labor.

Meanwhile, the five senses that man possesses need to be confirmed by the objects outside of them. The existence of any object can only be the confirmation of one of man's own faculties. "Human sensibility and the human character of the senses *can only come into being* through the existence of its object, through humanized nature. The objects, for Marx, confirm and realize his [man's] individuality" (32). Accordingly, man strives to relate himself to the objective world in order to achieve self-realization and his individuality. So subject and object can not be separated: the subject completes itself in the objects. That's why Marx sees human passion as "the essential power of man striving energetically for its object".

Each individual manages to be related to a thing, to a person, to the nature and to the objective world, which determines that he is becoming a species-character, a term Marx uses to express the idea of the essence of man as a full-being (it is universally human and is realized in the process of history by man through his productive activity). An individual has to be socially related, and "the immediate, natural and necessary relation of human being to human being is also the *relation* of *man to woman*… It follows from the character of this relationship how far man has become, and has understood himself as, a *species-being*, a *human being*. The relation of man to woman is the *most natural* relation of human being to human being… It shows how far man's *needs* have become *human* needs, and consequently how far the other person, as a person, has become one of his needs, and to what extent he is in his individual existence at the same time a social being" (31). So Marx's concept of individual is essentially social, rather than isolated or separated.

However, to confirm individuals as socially related does not mean that individuals should be dependent and have no individuality, but rather, as a living individual, a species being, he should be independent and own his unique individuality. Marx's aim of socialism is exactly the development of the individual personality. Yet how could man achieve this independence and individuality? As Marx puts it, man is independent only "if he affirms his individuality as a total man in each of his relations to the world, seeing, hearing, smelling, tasting, feeling, thinking, willing, loving—in short, if he affirms and expresses all organs of his individuality (38). Marx's concept of the self-realization of man is understood only in the connection with labor, free labor. Labor is the self-expression of man, an expression of his individual physical and mental powers. In this process of genuine activity man develops himself, becomes himself; labor is not only a means to an end—the products—but an end in itself, the meaningful expression of human energy. Marx assumes that a real man not only actively associates himself with the external world which in turn confirms his own existence, but also develops his own unique individuality through labor which is needed instead of forced.

Marx's concept of man is rooted in Hegel's idealist thinking, and when applied to the current capitalist society, it will without doubt fail. Marx severely criticizes the capitalist economy, the division of labor, which reduces the individual to a void of individuality, a screw in a machine, and ultimately alienation from the essence of man. Williams, under the influence of Marx, also observes the antagonism between the individual and the society, yet he is much more optimistic, putting more stress on the individuals' creative reaction or active responsiveness in the process of self-realization in societies.

III. The Essence of the Society: Williams's "Communication" vs. Marx's "Productivity"

It is a distinctive feature in Williams that creativity is rooted in every individual's personal learning, experiencing and communicating. It can be creative that new interpretations will be made with the evolution of human brain or by the particular culture; on this condition, individuals in their particular culture, their "learning of these rules [interpretations], through inheritance and culture" (Williams, 1965: 18) is also a kind of creation. For that matter, every individual, having absorbed these particular cultural rules as part of his own being, is capable of altering and extending these rules and bringing in new or modified rules. Actually, Williams is under the illumination of Marx in asserting that individuals have to take in the knowledge from historical heritage, and then bring out new ideas. Yet, for Marx, historical heritage is relatively definite during a certain stage of historical development until revolution breaks out to change the economic base, while Williams deems the heritage, or rather culture, as always changing and growing, due to each individual's creativity and intervention.

To claim a human activity as creative, one has to make sure that this creative activity is not only actively offered but also can be actively transmitted and received. For Williams, the process of creation is no more than finding new ways of description for the valued experience of each individual who deems it as important. Williams defines the nature of an artist's work as "his command of a learned skill in a particular kind of transmission of experience" (26). However, the crux of art lies in communication, including both transmission in a particular communicating system, and reception and absorption by its audience—i.e., individuals in a learning process. In the first place, the artist has an impulse to share with others his valued experience, which is in Williams's words "a matter of urgent personal importance to describe his experience" as a way to remake himself—"a creative change in his personal organization" (26). This impulse to communicate is a learned human response to any kind of disturbance, which results in not simply remaking of the artist himself, but changing the environment as well. For Marx, man, being actively productive, makes the objective world in contrast with his consciousness, while this objective world confirms man's existence; whereas Williams asserts that man's process of working and acting is meanwhile a process of experiencing and learning; it is not subject working on object or object remaking subject, but rather, it is "a dynamic interaction", "a whole and continuous process" (27). In the second place, to make a complete conception of art also needs reception and response which verify the effectiveness of communication. The experience of the artist is to be transmitted through a giver medium, then received and interpreted by its audience or spectators in their own terms so as to make it as a part of their own. This is again a process of learning, interpreting, which is also a kind of creation. Each individual's observing, learning, interpreting, experiencing, describing and sharing jointly make a contribution to the changing of the whole society.

Marx extols art as the highest form of artistic activity and the highest form of labor or work, because art transcends the physical needs; art is not produced to be consumed, but rather to be appreciated for the sake of beauty. By contrast, Williams sees art as merely one of the communication systems in the society. Williams manages to access the nature of art with a citation from J.Z. Young:

> The creative artist is an observer whose brain works in new ways, making it possible for him to convey information to others about matters that were not a subject for communication

before. It is by search for means of communication that we sharpen our powers of observation. (28)

Williams corrects that neither art depends on whether the artist is especially inspired, nor is it necessary whether the artist makes some new discovery about the physical or spiritual world. Rather, art is "a part of our ordinary perception and communication" (29). Art is a process of making meaning active, communicating the artist's valued personal experience to others and finally making it as common experience. Art, together with religion, politics, science, etc. composes a whole world of active and interacting relationships, which is our common associative life. Williams thinks of art as never confined to an area of special experience; rather, art ranges "from the most ordinary daily activities to exceptional crises and intensities, and using a range of means from the words of the street and common popular stories to strange systems and images which it has yet been able to make common property" (39).

Hence, as Eagleton comments, Williams lays a deep trust in each individual's capability of creating new meanings and values simply by living and communicating; however, for Marx, the individual's creativity lies in his productivity.

Marx presupposes that human beings, distinctive from animals, are creative and actively productive. Men can be distinguished from animals by consciousness. Animals have a purely immediate relation to nature, and they are driven by desires of basic needs in order to survive, while human beings are conscious, self-conscious beings, as Marx notes that

> The animal is immediately one with its life activity... Man makes his life activity itself an object of his will and consciousness. He has conscious life activity... Conscious life activity directly distinguishes man from animal life activity. Only because of that is he a species being. (Marx, 1961: 328)

When a man possesses self-consciousness, he is on his way to making the external world his own through objectifying it with labor. Labor, a very important notion in Marx's thinking, is the self-expression of man, an expression of his individual creative powers. Man realizes himself as a species being only in his changing and fashioning of the objective world. On the one hand, man distinguishes himself from animals by "raising a structure in imagination before he erects it in reality" (Fromm, 1961: 41); on the other hand, he actively and actually reproduces himself in objectification of his species life, that is to say, he establishes a self-conscious subject through shaping and forming the object, and he transforms himself by transforming the objective environment and his relationship to it. The development of all individual powers, capacities and potentialities is possible only by continuous action and production, never by sheer contemplation or receptivity.

To some extent, man creates himself, and fulfills himself as a species being through applying his creative power—both physically and mentally—to the transformation of nature and the society, and thus actively relating himself to the objective world. Man makes himself, and makes his own history. For Marx, the highest form of man's creative activities is art. Artistic activity is truly free activity, free creation. For one thing, it is not determined by natural desires, nor is it an instrumental activity to satisfy man's physical needs. For another, its products, works of art, are not made to be consumed. Art is man's free creative activity, the highest form of labor, as Marx asserts that "man produces even when he is free from physical need and truly produces only in freedom from such need… hence man also produces in accordance with the laws of beauty" (Marx, 1961: 329).

Labor is the key element in man's creative activity, it is "only by labor, by adaptation to ever new operations, by inheritance of the resulting special development of muscles, ligaments, and over longer periods of time, bones as well, and by the ever-renewed employment of these inherited improvements in new, more and more complicated operations, has the human had attained the high degree of perfection that has enabled it to conjure into being the pictures of Raphael, the statues of Thorwaldsen, the music of Paganini" (Marx and Engels, 1947: 16). Hence, we may also perceive this statement as that man's creativity is on the basis of the historical development; and for that matter, man's creative power is restricted by a definite development of the society in a particular stage. Men are producers of their concepts, ideas and arts, yet they are "conditioned by a definite development of their productive forces and of the intercourse corresponding to these, up to its furthest forms" (Fromm, 1961: 197). That is to say, individuals are being actively productive under definite material limits, presuppositions and conditions independent of their will. Though Marx recognizes man's creativity in changing the objective world and ultimately changing himself through labor, his conception of creativity can be equivalent to active productivity and is based on the material and historical development of the society.

In conclusion, Marx lays great stress on human creativity and self-creation as distinctive from animals or divinity; while Williams insists on people's especially ordinary people's creativity as deviation from the previous conception of artists as especially inspired or superior. Nevertheless, as Marx's creativity is constraint by the knowledge of historical heritage and the material basis of the current economy, Williams also points out that each individual's creativity is rooted in the inherited individuality which results from a selection of learning and interpreting the rules in a particular society that is in an ever-changing state due to each individual's activities.

IV. Constructing an Ideal Society: Williams's "Common Culture" vs. Marx's "Communism"

Williams first develops his argument for a common culture in the "Conclusion" to *Culture and Society* as a proposal for a new democratic social order. The crucial premise of Williams's common culture or a culture in common is that "culture is ordinary", which he defines as virtually every individual in the community is involved in "the creation of meanings and values either in a general sense or in specific art and belief" (Williams, 1989: 34). To make a common culture, three conditions should be guaranteed according to William.

In the first place, in its definition of a common culture as involving every single individual in the community, the participation of every individual and their contribution to a general complex culture is the real basis. For Williams, the forming of a society lies in the finding of common meanings and directions, whose development is "made and remade in every individual mind" (4). Each individual inherits and learns the known meanings and directions in the community according to his own particular interpretation and forms his own organization of meanings and values; for that matter, with the necessary learned skills, such as reading, meditating, writing, talking, etc., he may make new observations and meanings, and impart them to other individuals in the community, and those new observations and meanings are to be assimilated into the common culture in general and thus enrich and change it. Therefore, in view of this process of participation and contribution of each individual, the struggle for democracy is at once highlighted by Williams. He denies the existence of the so-called "masses", as "there are in fact no masses; there are only ways of seeing people as masses" (Williams, 1961: 300). Rather, he proposes to recognize the equality of being; equality means in the sense that each individual has equal opportunity and freedom to participate in the community, not in the sense that individuals are identical, because they are not. That leads to a conclusion that any culture in its changing process is a selection and a particular tending, and a common culture is "the selection [that] is freely and commonly made and remade" (337) by every individual person.

In the second place, an open, free communication system is essential to a common culture. Communication systems may include the language of the community, education system, institutions of art, religion, etc., through which individuals, when growing up, absorb meanings and values of the community, and when developing to a certain stage, begin to compare and select with an independent will, and finally when able, learn to observe and create new meanings or to describe known meanings in new ways. In a common culture, all individuals should be endowed with a full liberal education which will accelerate the effectiveness of communication. With every individual participating in creating new meanings and directions anytime, the common culture is ever changing, made and remade all the time, developing to a new phase that we cannot anticipate for the moment; whichever way it goes into the future, the only thing we must make sure is that "all the channels of expression and communication should be cleared and open, so that the whole actual life, that we cannot know in advance, that we can know only in part even while it is being lived, may be brought to consciousness and meaning" (Williams, 1989: 9).

Finally, "free, contributive and common process of participation in the creation of meanings and values" (38) is what Williams tries to define in his concept of a common culture, and each individual with his particular inherited individuality has the practical liberty to receive and create meanings and values, which determines that a common culture takes pride in its extraordinary diversity and complexity. Williams extols the individual's life of extraordinary multiplicity and great fertility of value, and asserts that "only in the acknowledgement of human individuality and variation can the reality of common government be comprised" (Williams, 1961: 337). In such a common culture where individuals as a whole participate in the articulation of meanings and values, and in the common decision of which meaning or value to be made common in the community, there exists a difficulty in "achieving diversity without creating separation" (334). Hence, Williams proposes to make room for "not only variation, but even dissidence, within the common loyalty" (334). He treats a common culture as both common and differentiated, shared and conflicted. Williams's common culture is aware of and open to diverse starting points and develops in natural growth allowing for real flexibility.

In conclusion, for Williams, a common culture is the elimination of special class or group and the actual democratization of the community with every individual involved in the tending of its natural growth through effective communication. Just as Alvaro Pina concludes in the article "Freedom, Community, and Raymond Williams's Project of a Common Culture" that "democracy—full democracy with equal participation of all human beings in all their individual difference—and communication—full communication with transmission, active reception, and intelligent response" (239) as key elements in Williams's argument for a common culture.

One trait of Williams's common culture is that the individual enjoys freedom, independence and individuality, which corresponds to Marx's notion of Communist Society in which the individual's emancipation from alienation, his resumption of individuality and independence, and his return to a full species being and full social relationships are the key points.

Marx attacks capitalism with eloquence, expounding the negative consequences brought by its characteristics, particularly private property and the division of labor which are the main causes of man's alienation. For Marx, man should be, above all, a species being, who can through labor form a social relationship with nature, with other individuals, and with himself; but in capitalism man is forced to sell his labor to satisfy his animal needs and is thus alienated from nature, from other individuals, and even from himself, which means man is not free, not independent, and owns no individuality, rather, he is transformed into one of a large number of screws in a large capitalist machine. Having seen through the self-destruction of capitalism, Marx expects the supersession of it by a communist society through the transition stage of socialism. Marx realizes his ideal man in an ideal society—communism.

First of all, in a communist society, the division of labor and private property has been abolished and man is emancipated from forced labor. Labor is not a means of earning man's living, but becomes "life's principal need" (Marx, 1964: 258). In such an ideal society, the individual is developed in all aspects, and thus is no longer restrained to some particular sphere of activity. Therefore, "with the all-round development of the individual, and all the springs of co-operative wealth flow more abundantly" (258), each individual can choose to work in different fields for any length of time according to his need, just as Marx vividly describes that

> In communist society, nobody has one exclusive sphere of activity but each can become accomplished in any branch he wishes, society regulates the general production and thus

makes it possible from me to do one thing to-day and another to-morrow, to hunt in the morning, fish in the afternoon, rear cattle in the evening, criticize after dinner, just as I have a mind, without ever becoming hunter, fisherman, shepherd or critic. (Fromm, 1961: 206)

Therefore, the central theme of Marx's communism is the transformation of alienated, meaningless labor into productive, free labor. Man is to be liberated from the enslavement of labor and becomes a full man developed from all-round respects.

Secondly, Marx insists on man's sociality as a species being, that is to say, man as a self-realized being, can exist in association with the society. It is not infrequently asserted that the individual is the social being, and that "the manifestation of his life…is therefore a manifestation and affirmation of social life. Individual human life and species-life are not different things" (130). With the positive abolition of alienation in a communist society, man regains himself, and returns to his social relationships which include relations both of man to man and of man to Nature. Nature is humanized and human naturalized with his spontaneous free growth, as Marx defines a communist society as "the accomplished union of man with Nature, the veritable resurrection of Nature, the realized naturalism of man and the realized humanism of Nature" (Marx, 1964: 246). For Marx, Communism is humanism of a complete naturalism and naturalism of a complete humanism, and it positively resolves the antagonism between man and Nature, and man and man. For that matter, the significance of community is highly recognized by Marx: only in community can individuals relate themselves to each other, and gain the means of production in common. Man's activity and mind are essentially social in their content, as well as in their origin; they are social activity and social mind. Marx calls for a genuine community in which individuals gain their independence and freedom in and through their association with others, with humanized Nature, and with objects. "The action of individuals…is not possible without a community." Marx stresses, "Only in association with others has each individual the means of cultivating his talents in all directions. Only in a community therefore is personal freedom possible" (247).

Last but not least important, man realizes himself fully as a speciesbeing firstly by returning to himself, by integrating himself as a fullman, a social being. The positive abolition of all alienations aims at man's return from religion, the family, the State, etc.—which are forms of man's self-alienation—to his human, social existence and consciousness. "Man is a species-being not only in the sense that he makes the community his object both practically and theoretically," Marx further points out, "but also in the sense that he treats himself at the present, living species, as a universal and consequently free being" (244). Man then regains his masterhood of himself, and may develop himself on the social conditions, forming his true individuality in such a community. Hence, man is individual but not separated, is unique but not alienated. Rather, man owns idiosyncrasy which defines him as an individual, and he also works with means of production in common which confirms him as a communal being.

All in all, Marx foresees Communism after Capitalism through Socialism, and yearns for such a community where the individual, as essentially social beings, regains his complete consciousness and exists as subjective beings of social existence. Communism is the next stage of historical development, and it is by no means the final goal of human development, as Marx explains that Communism is only "a real and necessary factor in the emancipation and rehabilitation of man" and "necessary form and the dynamic principle of the immediate future" (246).

V. Conclusion

Raymond Williams and Karl Marx are both known for their political criticism, with Williams's stress on cultural foundation and Marx's emphasis on economic basis. Though they seem to focus on the discussions and criticism about the general environment, the general political, social, economic, cultural, and ideological elements at large, a central issue attended to by both of them is the existence of the real individual man in interactive relationships with a given society or a given class. Nevertheless, they approach the topic of "the Individual and the Society" from different perspectives with their respective stresses in achieving an ideal individual and making an ideal society, class, or community.

Exploring deeply into the two thinkers' ideas of a real man or a real individual in a given society, we will find that three features of such an ideal man in an ideal society are inherited by Williams from Marx. The features marking a real full man should be independence, sociality and inherited individuality. Firstly, man should be free and independent, though Williams agrees with Marx that man, after being born, is to be impressed with the rules of a class or a community. The concept of freedom and independence is understood in the sense of assuring individuals' productivity and creativity. Besides, Williams deepens Marx's equality of man, and struggles to move towards a democratic society. Secondly, both assert that man's independence is guaranteed by social relationships: Marx reiterates the notion that "man is by nature a social being" and that man "only develops his real nature in society, and the power of his nature should be measured not by the power of private individuals but by the power of society" (Marx, 1964: 243); likewise, Williams stresses that man "become[s] human individuals in terms of a social process" (1965: 99). Lastly, the resumption of and the emphasis on man's individuality are shared by Williams and Marx. Marx talks about individuals by no means as 'pure' individuals, but rather, as a result of the assumption of independence by social relationships in the course of *historical development*, and what he aims at is the full realization of the individual in human wholeness; the abolition of alienation for Marx is a return of man himself as a social and human being, "a complete and conscious return which assimilates all the wealth of previous development" (Marx, 1964: 244). Williams takes from Marx's whole man as marked with previous development; furthermore, he recognizes the uniqueness in each individual with an inherited individuality, a particular selection from the great complex of meanings and values in human inheritance.

Although Williams shares a good part of Marx's ideas on man and society, we have to admit that Williams has probed much further into the topic, which results from their distinct accents with one on cultural development and the other on political transformation and inevitably leads Williams to make a rather sizeable divergence from Marx.

In the first place, though both of them stress the inherence of social relationships for the individual living in a particular society, the process of man's self-realization is quite different from one another. Marx insists on man's essence as actively productive, and the realization of a true species being for man is through his activeness in production and his productive activity, just as Fromm accurately interprets that "inasmuch as man is not productive, inasmuch as he is receptive and passive, he is nothing, he is dead" and "in this productive process, man realizes his own essence, he returns to his own essence" (Fromm, 1961: 30). Marx lays man's essence as a social being wholly on the act of expressing his productive forces, and dismisses the reception as passive and redundant. By contrast, Williams puts great emphasis on each individual's actual experience in complex social relationships. For one thing, each individual grows up in a particular environment, learning and interpreting the codes and the rules of the community, comparing and selecting in a vast multifarious store of meanings and values, and finally forming his own organization of experiences; for that matter, in those processes, the individual is actually recognizing and assimilating other individuals' experiences and making them as part of him. This is exactly the receptive process denied by Marx while affirmed by Williams. For another, similar to Marx, Williams also upholds each individual's new experiences, and encourages him to find an adequate description to make it from personal to social, which may be phrased in Marx's term as a process of production.

Another important discontinuity found between Williams and Marx is the estimation of a particular single person in the society. Marx, though bemoaning the loss of man's individuality in the capitalist society and struggling for man's emancipation and liberation and individual personality, as a matter of fact rarely goes down to the actual individual persons; rather, he is always talking about "man" in general or the working class, notwithstanding using "individual" which he invariably means "every individual", i.e., "all the individuals", "man". Although he recognizes the significance of some particular leader in historical development, the advent of this person as a leader is entirely accidental. That is, if not him, there would have been another of similar historical weight, the very idea of which he explicitly delivers to us with the example of Napoleon. Hence, for Marx, a particular individual is of not much magnitude, and thus can be neglected and replaced. However, in Williams, each individual is recognized as unique, bearing real relationships, learning and experiencing in life, and contributing to an ever-changing society. He somewhat extends Marx's equality of man which is virtually the elevation of the status of the working class and the ultimate elimination of classes and finally Capitalism: Marx essentially underscores the working class people in spite of his ultimate extension to human beings as a whole and thus creates disparity between the ruling class individuals and those of the working class; whereas Williams still believes in the equality of every individual, treating the society of various classes as a whole, for that matter, he finds in a commercial traveler, a lorry driver, a shop-girl and a signalman "as much natural fineness of feeling, as much quick discrimination, as much clear grasp of ideas within the range of experience as I have found anywhere" (1989: 12). So Williams truly considers every individual as a unique ingredient in making society of a particular flavor; with any individual missing or replaced, the flavor would have been different. We may conclude that Marx treats with kinds of individuals, while Williams with each single individual; and that Marx highlights the individual as a social existence, as the sum of human manifestation of life, while Williams comparatively underlines the uniqueness of each individual offering for common acceptance in the process of a growing society.

In the second place, consistent as the ideas of Williams and Marx are on the social relationships as the individual's foundation, Williams's social relationships are between the individual and the given society, while Marx's are between man and Nature (as humanized) and between man and man. Therefore, the means of substantiating and reinforcing man's existence within the society proposed by the two would inevitably be of great difference: Williams's essential instrument is "communication" while Marx's is "labor".

Williams regards "communication" as the crux of social relationships linking every individual and the ever changing society at large. Communication means for Williams "the institutions and forms in which ideas, information, and attitudes are transmitted and received" (Williams, 1968: 17). So, the process of transmission and reception is crucial, as Williams also states that "Communication is the process of making unique experience into common experience" (Williams, 1965: 38). Through communication, the society becomes an enormously intricate network of relationships interacting with every actively contributing individual. On the one hand, each individual receives information from various communication systems and makes it part of his own organization; on the other hand, each individual seeks to find an adequate description of his own unique experience and makes it common through communication systems. However, the communication systems are not definite. Rather, they are also growing with the process of community: "The sharing of common meanings, and thence common activities and purposes; the offering, reception and comparison of new meanings, leading to the tensions and achievements of growth and change" (38-39). Therefore, for Williams, man confirms his existence or life in the long process of interactive association. Quite distinctively, Marx describes labor as man's vital activity, his species activity, man's spiritual essence and his human essence. Through labor, man first separates himself from Nature, treating Nature as his working object and managing to humanize it. In not much dissimilar way, man creates products, ideas, conceptions, arts, etc. In the process of fashioning the objective world through labor, man is actually proving himself as a species being; and in the acts of seeing, hearing, tasting, smelling, feeling, thinking, loving, and willing, man affirms and expresses all organs of his individuality. Therefore, for Marx, man substantiates his own existence in being actively productive through laboring and acting, affirming himself as the subject in objectifying the environment in general.

Hence, a palpable distinction between Williams and Marx can be detected: Williams attaches great emphasis on the interactive nature of social relationships, and every new experience described and communicated, every new means of communication found, and every new way of delivering known meanings created would lead to the growth and change of the network; whereas in Marx's society, individuals stand as "the representation and the real mind of social existence, and as the sum of human manifestation of life" (Fromm, 1961:

131), bearing no much interaction in their social relationships, accordingly, Marx's society is definite during certain given epoch.

Eventually, Williams proposes to build a democratic society with a democratic system of communication and maximum participation by the individuals in the society, through the efforts of gradual amendment and amelioration, a natural growth; while Marx's route of reaching the stage of Communism is through economic growth and historical development, catalyzing the outcome of the revolution, which will be a subversion of the present Capitalism. Somehow, Williams fails to catch up with Marx in far-sight: Marx talks about the full-round development of the individual who only works when he needs, "with the springs of co-operative wealth flow more abundantly" (Marx, 1964: 258); however, as regards Williams, though he rejects the kind of training for specific jobs or for making useful citizens, and thus asks for a full liberal education for everyone in the society, he still supports a full specialist training to earn one's living in terms of what he wants to make of his life. In comparison, the individual gains much more freedom in Marx's society, because he works only when he needs or wants to, while in Williams he has to work, only that he has the liberty to choose the area or means of work. However, Williams surpasses Marx in the affirmation of individuals' power of transforming the whole society. For Williams, each individual, carrying a particular tradition and organization with a particular way of thought, is fully qualified to participate in the active process of a common culture. As to Marx, society and culture, belonging to the stratum of superstructure, change and progress based on the development of its economic basis.

To finish up, Williams, as a British Marxist, shares some basic concepts of man or individual with Marx, but due to their distinctive accents Williams unavoidably diverges from Marx in the deeper exploration of the concept. Williams dedicates himself to a large part to cultural studies, which decides his seeing the problem of "the Individual and the Society" from a cultural point of view. Hence, Williams always employs an intimate appellation "we" to indicate individuals in the society, which suggests that Williams's standpoint to present the problem is much closer to "us". However, Marx is mostly devoted to discussing politics, economics, and history, and he mainly expresses his concept of man in few of his works. He talks about "the Individual and the Society" from the perspective of anthropology. Accordingly he uses "man" in general to refer to people, individuals or persons in the society, as distinct from animals. Hence, when we are reading Marx's concept of man we are somewhat detached from our immediate, fresh and present personal life and are lifted up to an altitude where we can merely distinguish man biologically from other animals; or for better, when approaching man, we may further make a distinction of men in different groups or classes.

References

Fromm, Erich. *Marx's Concept of Man*. New York: Frederick Ungar, 1961.

Marx, Karl. *Capital I*. Trans. S. Moore and E. Aveling. New York: International Publisher, 1967.

——. "Economic and Philosophical Manuscripts". Trans. T.B. Bottomore. *Marx's Concept of Man*. New York: Frederick Ungar, 1961.

——. *Grundrisse*. Trans. M. Nicolaus. Harmondsworth: Penguin, 1973.

——. *Selected Writings in Sociology & Social Philosophy*. Trans. T.B. Bottomore. New York: McGraw-Hill Paperbacks, 1964.

—— and Frederick Engels. *Literature and Art: Selections from their writings*. New York: International Publishers, 1947.

Pina, Alvaro. "Freedom, Community, and Raymond Williams's Project of a Common Culture". *Culture Studies, Critical Methodologies,* 5 (2005): 230.

Williams, Raymond. *Communications*. Harmondsworth; Baltimore: Penguin, 1968, 1966.

——. *Culture and Society*. Harmondsworth, Middlesex, England; New York: Penguin, 1961.

——. *Resources of Hope*. Ed. Robin Gable. London and New York: Verso, 1989.

——. *The English novel from Dickens to Lawrence*. London: Hogarth, 1984.

——. *The Long Revolution*. Harmondsworth, Middlesex, England: Penguin Books in association with Chatto & Windus, 1965.

作者简介
Contributors

迈克尔·贝尔　英国国家学术院院士，华威大学英文与比较文学系荣休教授，哲学、文学与人文研究中心研究员。著有《原始主义》《现实的情感：欧洲小说中的情感真实》《F. R. 利维斯》《劳伦斯：语言与存在》《马尔克斯：孤独与团结》《文学、现代主义与神话：20 世纪的信仰和责任》《感伤主义、伦理与情感文化》《公开的秘密：文学、教育与权威：从卢梭到库切》，并主编《剑桥欧洲小说家指南》。

Michael Bell is a Fellow of the British Academy, Professor Emeritus in the Department of English and Comparative Literary Studies at the University of Warwick, and Associate Fellow of the Centre for Research in Philosophy, Literature and the Arts. He has written mainly on literary and philosophical themes from the European Enlightenment to modernity. His book-length publications include *Primitivism, The Sentiment of Reality: Truth of Feeling in The European Novel, F. R. Leavis, D. H. Lawrence: Language and Being, Gabriel García Márquez: Solitude and Solidarity, Literature, Modernism and Myth: Belief and Responsibility in the Twentieth Century, Sentimentalism, Ethics and the Culture of Feeling, Open Secrets: Literature, Education and Authority from J-J Rousseau to J. M. Coetzee, The Cambridge Companion to European Novelists* (ed.).

曹莉　剑桥大学博士，清华大学人文学院外文系长聘教授、博士生导师，欧美文学研究中心主任。历任清华大学新雅书院副院长兼教学委员会主任，国际英语语言文学大学教授协会（IAUPE）联席主席、联合国教科文现代语言文学国际联盟（FILLM）副主席、中国外国文学学会英国文学研究分会副会长、英语文学研究分会会长、第八届国务院学科评议组成员。主要著作和编著有：《史碧娃克》《永远的乌托邦》《大学理念与人文精神》《文明的冲突与梦想》《艺术人文》《文学艺术的瞬间与永恒》《新旅程》等。

CAO Li is Professor of English and Comparative Literature, Director of the Centre for the Studies of European and American Literatures at Tsinghua University. She received her PhD from Newnham College, University of Cambridge. She has served as Deputy Dean of Xinya College, Co-president of the International Association of University Professors of English (IAUPE), Vice President of the International Federation for Modern Languages and Literatures under the auspices of UNESCO (FILLM), and Vice Chair of the Chinese Association for English Literature. She is the author and editor of several books including *Gayatri Spivak, The Eternal Utopia, The Idea of the University and the Humanistic Spirit, The Conflicts and Dreams of Civilizations, Art Humanities, Literature and Art: the Moment and the Eternity, New Pilgrimages*, etc.

陈军 浙江师范大学外国语学院讲师。毕业于上海外国语大学英语语言文学专业，获文学博士学位。主要研究兴趣包括：英语抒情诗、符号学、修辞学，以及燕卜荪的文学研究方法。已发表《新教伦理景观图——济慈〈圣亚尼节前夜〉的修辞伦理批评》等英语诗歌与诗歌理论研究论文。

CHEN Jun received his PhD in English literature from Shanghai International Studies University. He is Assistant Professor at Zhejiang Normal University. His academic interest includes the English lyrical poetry, semiotics, rhetoric, as well as the Empsonian reading of poetry. He has published "The Landscape of Protestant Ethic: A Critique of Rhetorical Ethic in John Keats's 'The Eve of St. Agnes'" and other essays.

陈越 清华大学文学博士，中国艺术研究院马克思主义文艺理论研究所副研究员，主要研究中国现代文学。著有《诗的新批评在现代中国之建立》。

CHEN Yue received his PhD in Chinese literature from Tsinghua University and is an Associate Research Fellow at the Institute of Marxist Literary Theory of Chinese National Academy of Arts. His research area is modern Chinese literature. He is the author of *The Rise of New Criticism of Poetry in Modern China*.

斯图加特·克里斯蒂 香港浸会大学英文系教授、系主任，*Literature Compass* 综合学术在线期刊主编（2016—2019）。著有《福斯特的世界旅行：田园、主权和当代土著文学》和《美国现代诗歌与中国的相遇》（合编）等。

Stuart Christie is Head and Professor of the Department of English Language and Literature at Hong Kong Baptist University. He is the author of *Worlding Forster: The Passage from Pastoral, Plural Sovereignties and Contemporary Indigenous Literature,* and the co-editor of *Modern American Poetry and the Chinese Encounter.* During 2016-2019, he is serving as the Editor-in-Chief of *Literature Compass,* an on-line consortium of literary scholarship published under the Wiley (Oxford) imprint.

威廉·克里斯蒂 毕业于悉尼大学和牛津大学。澳大利亚国立大学人文研究中心主任，澳大利亚人文科学院英国文学部主任院士，澳大利亚浪漫主义文学协会前主席，著有《科勒律治的文学人生》（获得新南威尔士总督文学双年奖）、《浪漫英国文学文化中的爱丁堡评论》《迪伦·托马斯的文学人生》《两种浪漫主义及其他论文》。

William Christie is a graduate of the universities of Sydney and Oxford. He is Head of the Humanities Research Centre at the Australian National University, Fellow and Head of the English Section at the Australian Academy of the Humanities, and past president of the Romantic Studies Association of Australasia (RSAA). His publications include *Samuel Taylor Coleridge: A Literary*

Life (awarded the NSW Premier's Biennial Prize for Literary Scholarship in 2008), *The Edinburgh Review in the Literary Culture of Romantic Britain*, *Dylan Thomas: A Literary Life*, and *The Two Romanticisms, and Other Essays*.

葛桂录　毕业于南京大学，文学博士。福建师范大学教授，比较文学与世界文学专业、英语语言文学专业博士生导师；现任外国语学院院长、学术委员会主任；《外国语言文学》主编。主要研究领域为中英文学关系，著有《雾外的远音：英国作家与中国文化》《中外文学交流史 中国—英国卷》《20 世纪中国古代文学在英国的传播与影响》等。

GE Guilu received his PhD in literature from Nanjing University. He is Professor and doctoral supervisor of Comparative Literature and World Literature, English Language and Literature at Fujian Normal University. He is currently the president of the College of Foreign Languages, and director of Academic Committee. He is the editor-in-chief of *Foreign Language and Literature Studies*. His main research field is Sino-British literary relations, and his works include *The British Writers and Chinese Culture*, *The History of Sino-Foreign Literary Exchanges* (China-Britain Volume), and *The Spread and Influence of Ancient Chinese Literature in Britain in the 20th Century*, etc.

杰森·哈丁　英国杜伦大学英国文学教授，获剑桥大学博士学位。主要著作有《标准：两次世界大战期间的文化政治与期刊网络》《艾略特与传统的概念》（合编）《现代主义与无翻译》（合编），目前正在完成首部研究《Encounter》杂志的专著。

Jason Harding is Professor of English Studies at Durham University. He received his doctorate from King's College, Cambridge. He is the author of *The Criterion: Cultural Politics and Periodical Networks in Interwar Britain*, co-editor of *T. S. Eliot and the Concept of Tradition and Modernism and Non-Translation*. He is currently completing the first book-length study of CIA-funded *Encounter* magazine for Princeton University Press.

何卫华　华中师范大学外国语学院教授，博士生导师，《外国语文研究》副主编，主要从事西方文论、族裔文学和比较文学等领域的研究，目前已在中英文刊物上发表学术论文 60 余篇，学术专著《雷蒙·威廉斯：文化研究与"希望的资源"》于 2017 年在商务印书馆出版。

HE Weihua is Professor of English at the School of Foreign Languages, Central China Normal University, Wuhan, China. He is also the Deputy Editor-in-Chief of *Foreign Language and Literature Research*. His articles have appeared in many international and Chinese academic journals. His most recent publication is *Raymond Williams: Cultural Studies and "Resources of Hope"*.

黄卓越 北京语言大学教授，汉学研究所所长，兼任中国文化对外翻译与传播研究中心主任，BLCU 国际文化研究讲坛主持人。近期研究方向有文化研究、文学理论与比较文化、国际汉学研究、书写史与书写理论等，近期著有《文化研究及其他》，与戴维·莫利联合主持编辑《斯图亚特·霍尔文集》（两卷本）。

HUANG Zhuoyue is Professor and Director of the Institute for Sino-Studies in Beijing Language and Culture University. He is also Director of the Center for Chinese Culture Translation and Studies Worldwide, Chairman of the Academic Committee of CCTSS National Project. His interdisciplinary work spans cultural studies, literary theory, international Sinology and history of writing etc. He has organized Forum of International Cultural Studies (BLCU), which helps to set an important communication platform for cultural studies internationally. His latest book is *Cultural Studies and Others, Stuart Hall's Essays* (in two volumes, co-edited with David Morley).

季剑青 北京市社会科学院文化所研究员。北京大学中文系文学博士。主要从事中国现代文学、民国时期北京都市文化方面的研究。著作和编著有《北平的大学教育与文学生产：1928—1937》《重写旧京：民国北京书写中的历史与记忆》《传灯：当代学术师承录》（与张春田合编）、《北平味儿》。在《文学评论》《中国现代文学研究丛刊》《近代史研究》《中国文学学报》（香港）等刊物上发表论文若干。

JI Jianqing is a Research Fellow at the Institute of Culture Studies in Beijing Academy of Social Sciences. He received his PhD in modern Chinese literature from Peking University. His research focuses on modern Chinese literature and the urban culture of Republican Beijing. He has published two monographs: *University Education and Literary Production in Peiping, 1928-1937*, and *Rewriting Old Beijing: History and Memory in Writings on Beijing in Republican Period*. He is the editor of *Passing Lamplight: Essays on the Succession of Teachings among Contemporary Scholars* (co-edited with Zhang Chuntian) and *Flavor of Peiping*.

蒋洪新 湖南师范大学党委书记、教授，历任全国英国文学学会会长，中国外国文学学会副会长，主要从事英美文学、高等教育学、翻译理论与实践、中西文化比较研究。

JIANG Hongxin is the Party Secretary and Professor of Hunan Normal University. He has also served as the Chair of the Chinese Association for English Literature, and Vice Chair of the Chinese Association for Foreign Literature. His research interests cover the fields of Anglo-American literature, higher education, translation theories and practice, and the comparison of Chinese and Western culture.

姜慧玲 清华大学外文系博士，大连外国语大学讲师，主要研究方向为现当代英国文学、文学批评和文化批评。代表作有《城市化进程中的 20 世纪英国生态诗歌研究》《交往行为视角下斯诺小说〈新人〉中的"两种文化"》等。

JIANG Huiling received her PhD in English literature from Tsinghua University. She is Lecturer of English at Dalian University of Foreign Languages. Her fields of research include modern and contemporary English literature, literary criticism and cultural criticism. She is the author of *A Study of English Eco-poetry in the 20th Century in the Process of Urbanization*，and "'Two Cultures' in *The New Men* by C. P. Snow from the Perspective of Communicative Action".

克里斯·乔伊斯 毕业于剑桥大学彭布鲁克学院，利维斯学会创会主席，独立学者。主要从事两次世界大战期间的文学批评研究，尤其是1920—1960年的"剑桥英文"研究。主要论文有：《利维斯著作中的哲学与理论》《重温利维斯》，并撰写《文学百科全书在线》中关于F. R. 利维斯和Q. D. 利维斯的条目。目前正在撰写《利维斯评传》。

Chris Joyce is a member of Pembroke College, Cambridge. He has taught at the Universities of Reading and Surrey, and at Cambridge. He has a specialist interest in literary criticism between the two world wars and in particular in "Cambridge English" 1920-1960, the subject in part of his PhD thesis and many published chapters and papers. These include "Philosophy and Theory in the Work of F. R. Leavis","Re-thinking Leavis", and the entries on F.R. and Q.D. Leavis in *the on-line Literary Encyclopedia*. He is writing *a biographical-critical study of Leavis*.

刘佳慧 湖南大学中国语言文学学院助理教授。清华大学文艺学博士。主要研究领域为比较诗学、中外文化交流史。近期发表的论文有：《朱自清的诗歌批评对瑞恰慈语义学的接受和转化》《中国诗学如何对话世界——以叶嘉莹论"意象化之感情"为中心》。

LIU Jiahui is Assistant Professor at the College of Chinese Language and Literature, Hunan University. She received her PhD in literature from Tsinghua University. Her main research fields are comparative poetics and history of cultural exchange between China and foreign countries. Her recently published papers include "Zhu Ziqing's Acceptance and Transformation of I. A. Richards' Semantics in Poetry Criticism", "How do Chinese Poetics Talk to the World—Focus on Ye Jiaying's Research on Image of Emotion".

陆建德 曾任中国社会科学院外国文学研究所研究员和《外国文学动态》《外国文学评论》主编，2010年调至该院文学研究所任所长并兼《文学评论》和《中国文学年鉴》主编，2017年退休后在厦门大学外文学院任讲座教授。著作包括：《破碎思想体系的残编：英美文学和思想史论稿》《高悬的画布：不带理论的阅读》和《自我的风景》，主编《艾略特文集》（五卷）和《现代化进程中的外国文学》（两卷）。近年关注中国现代文学的产生及其外来资源。

LU Jiande is a Fellow and former Director-General of the Institute of Literature, Chinese Academy of Social Sciences. He arranged and supervised the translation and publication of *The Great Tradition* by F. R. Leavis in Beijing from 1999 to 2001. His publications include *Fragments of Broken Systems: Essays in Anglo-American Literature; Canvas over the Horizon: Essays Without Theoretical Claims; Vistas of Unselfing*. He was in charge of Foreign *Literature Review* (2010), *Journal of Literary Studies and Almanac of Chinese Literature* 2011-2017. Among his editorial works are *T.S.Eliot: A Selection* (in five volumes) and *Literature in Times of Transition* (in two volumes). Over the past few years he has been working on modern Chinese literature and its active interaction with literatures from outside. He also holds a part time professorship at School of Foreign Languages, Xiamen University.

欧荣 上海外国语大学文学博士，杭州师范大学外国语学院教授，主要研究领域：现当代英美文学、中西文学关系和跨艺术诗学。近期代表作有《"恶之花"：英美现代派诗歌中的城市书写》。现主持国家社科基金重点项目："跨艺术诗学研究"。

OU Rong received her PhD from Shanghai International Studies University. She is Professor of English at Hangzhou Normal University, China. Her research interests are in modern and contemporary Anglo-American literature, East-West literary relations and inter-art poetics. Her recent publication includes "*Les Fleurs dul Mal*": *Urban Writing in Anglo-American Modern Poetry*. She is now doing a research project on inter-art poetics funded by NSSFC.

秦丹 文学博士（湖南师范大学、英国剑桥大学联合培养），武汉大学外国语言文学学院副教授，英国牛津大学英文系访问学者。主要从事英美文学、文学批评和翻译研究。

QIN Dan received her PhD from Hunan Normal University. She is Associate Professor at Wuhan University, China, and once a visiting scholar at the English Faculty of the University of Oxford. Her research interest is English and American literature, literary criticism and translation studies.

尼尔·罗伯兹 剑桥大学毕业，师从利维斯和威廉斯。在谢菲尔德大学任教时，恰逢燕卜荪担任英文系系主任。《利维斯：论文与文件》一书收录了他关于利维斯的回忆文章。他的主要著述集中在19世纪和20世纪文学，特别是乔治·艾略特、乔治·梅瑞迪斯，D. H. 劳伦斯等，近著有《儿子与情人：一本小说的传记》。

Neil Roberts studied English at Cambridge where he was taught by F.R. Leavis and Raymond Williams, and subsequently taught at the University of Sheffield where his first Head of Department was William Empson. His memoir of Leavis is published in *F.R. Leavis: Essays and Documents*. He has written numerous books and articles on nineteenth and twentieth century literature, most particularly George Eliot, George Meredith, D.H. Lawrence, Ted Hughes and Peter Redgrove, etc. His most recent book is *Sons and Lovers: the Biography of a Novel*.

容新芳 上海海事大学教授，上海海事大学学术委员会委员，南京大学博士，主要研究英国文学和文艺理论。专著《I.A. 瑞恰慈与中国文化：中西方文化的对话及其影响》获上海市第十二届哲学社会科学优秀成果著作类二等奖、第七届高等院校科学研究优秀成果奖（人文社会科学）外国文学著作类二等奖。其独自编著的《英语同义词辨析大词典》于2018年由商务印书馆出版。

RONG Xinfang is Professor of Shanghai Maritime University and a member of the Academic Committee of the University. He has a PhD from Nanjing University. His book *I. A. Richards and Chinese Culture: Dialogue between Chinese and Western Cultures and its Influence* won Second Prize for Outstanding Achievements in Philosophy and Social Science of Shanghai and Second Prize for Works of Foreign Literature in the he Seventh Outstanding Achievement Award for Scientific Research in Colleges and Universities. *A Grand Dictionary of English Synonyms with Chinese Discrimination* was published by the Commercial Press in 2018.

陶家俊 北京外国语大学英语学院教授、博士生导师，主要研究领域包括：英语文学、现当代西方批评理论、跨文化研究、中西比较文学与文化研究。

TAO Jiajun is Professor and Ph. D supervisor at the School of English and International Studies, Beijing Foreign Studies University. His research areas include English literature, modern and contemporary western critical theory, transcultural studies, Sino-Western comparative literature and culture.

童庆生 香港大学英文学院名誉教授，曾任中山大学博雅学院和外国语学院双聘教授，"百人计划"（二期）"学科带头人"。1992年至2014年任职于香港大学英文系，任英文学院院长（2007—2010），并担任多个国际学术杂志和丛书的编委或名誉编委。最新著作为《汉语的意义：语文学、世界文学和西方汉语观》。

TONG Qingshen (QS Tong) is an independent scholar and critic. He is formally University Professor of English in the College of Liberal Arts and English Department, Sun Yat-sen University, China. Before he joined Sun Yat-sen University in 2015, he had worked and taught at the University of Hong Kong for over two decades. He has published extensively, in both English and Chinese, on issues of critical significance in literary and cultural studies, criticism and theory, with special attention to the historical interactions between China and the West. He has served as advisory editor for a number of international journals. His most recent publications include *The Significance of the Chinese Language: Philology, World Literature and the Western View of the Chinese Language*.

王逢振 中国社会科学院文学所退休学者，主要从事批评理论和文化研究，最近的著作包括《外国文明理论研究》（合著）、《古代和后现代》（合译）和《詹姆逊批评方法的构建》。

WANG Fengzhen is a retired scholar of the Institute of Literature, Chinese Academy of Social Sciences. His special interest is in critical theory and cultural studies, his most recent works include *A Theoretical Study of Foreign Civilizations* (co-author), *The Ancients and the Postmoderns* (co-translator), and "How Jameson Constructs His Critical Method".

熊净雅 中国科学院大学外语系副教授，主要从事现当代英美文学研究。近期发表的学术成果有：《利维斯"实践中的批评"之渊源与内涵》《文学经典与文化传承：论利维斯的"鲜活的传统"》《利维斯的诗歌语言观》等。

XIONG Jingya is Associate Professor of English in the University of Chinese Academy of Sciences. She specializes on modern and contemporary British and American literature. Her recent publications include "Origin and Connotations of Leavis's 'Criticism in Practice'", "Literary Canon and Cultural Continuity: Leavis's Construction of the 'Living Tradition'", "Leavis's View of Poetic Language".

熊文苑 毕业于清华大学外国语言文学系，获英语语言文学硕士学位。目前供职于新华通讯社，从事新闻稿件编译工作。

XIONG Wenyuan holds a master's degree in English from Tsinghua University. She came to read about Leavis and Existentialism and its authors while in Tsinghua and on exchange at Drury University in the U.S. She currently works in Beijing as a translator/editor for Xinhua News Agency.

杨风岸 北京语言大学文学博士，现任黑龙江大学文学院外国文学教研室讲师。主要致力于西方文学批评史与文化研究，兼及西方古典学与国际汉学。

YANG Feng'an received her PhD from Beijing Language and Culture University. She is a lecturer in the Department of Literature at Heilongjiang University. Her research interests include the history of Western literary criticism and Cultural Studies, as well as Classical Studies and international Sinology.

殷企平 杭州师范大学英文教授。主要研究方向：英国小说、英国文化和西方文论。相关领域代表著作有：《文化观念流变中的英国文学典籍研究》（6卷本，总主编）、《英国小说批评史》、《推敲"进步"话语——新型小说在19世纪的英国》、《"文化辩护书"——19世纪英国文化批评》，发表论文150多篇。

YIN Qiping is Professor of English at Hangzhou Normal University. His research interest includes English Literature, literary theories and cultural studies. A Aside from numerous papers and essays, his book-length publication includes. *British Literature midst Changes in the Idea of Culture* （6volumes，editor-in-chief）; *A History of Criticism of English Fiction; Querying the Discourse of "Progress":A New Type of Novels in the 19th Century Britain*, and *"An Apologia of Culture"：Cultural Criticism in the 19th Century Britain.*

张剑　北京外国语大学英语学院院长、二级教授、博士生导师，国务院特殊津贴获得者，英语文学研究分会副会长，英语诗歌研究专委会副会长，《英语文学研究》主编。主要研究领域为现代派诗歌、浪漫派诗歌和中外文学关系。主要著作包括《T. S. 艾略特：诗歌与戏剧的解读》《现代苏格兰诗歌》《外国文学纪事：英国卷》《燕卜荪传》《英语文学的社会历史分析》《英语诗歌赏析》等。

ZHANG Jian is Professor of English Literature at Beijing Foreign Studies University. He is editor of Journal of Literature in English, Vice President of The National Association for the Study of Literature in English; Vice President of The National Association for the Study of English Poetry. His research focuses on modernist poetry, contemporary British poetry, romantic poetry, China-West literary relations. His books include *T. S. Eliot and the English Romantic Tradition, T. S. Eliot: A Reading of his Poems and Plays, Contemporary Foreign Literature 1980-2000: British Literature (co-ed), A Social Historical analysis of English Literature.*

张平功　广东外语外贸大学英文学院英国文学与文化研究教授、博士生导师。获英国斯太福大学文化表现硕士和文学博士学位。主要研究领域：文化研究与文学批评、英国文学、全球化与身份。相关文章和译作散见于国内外知名专业学刊。近年来出版的著作包括：《文化景观与意识形态》《中西文化文学研究十论》《全球化与文化身份认同》（主编）等。

ZHANG Pinggong is Professor of English and Cultural Studies at the Faculty of English Language and Culture, Guangdong University of Foreign Studies in China. He received an MA in Cultural Representation and a PhD in Literary Studies from Staffordshire University in England. His major fields of research are theories of cultural studies and literary criticism, English literature, globalization and identity. He has published a series of articles in the above fields. His recent books include *Culture and Ideology at an Invented Place, Chinese and Western Cultural and Literary Studies*，and *Globalization and Cultural Identifications* (ed.),etc.

张瑞卿　北京语言大学文学博士，温州理工学院教授，主要从事文艺美学、英美文学和文化理论研究。曾于2004—2006年在剑桥大学英文系做访问学者。著有《利维斯文化诗学研究》，发表论文《F. R. 利维斯与文化研究》《利维斯〈细察〉集团回溯实录》

《F. R. 利维斯与英美新批评》。

ZHANG Ruiqing received her PhD from Beijing Language and Cultural University. She is Professor of English at Wenzhou University of Technology. Her research areas include Literary Aesthetics and Cultural Studies. She was a visiting scholar to the Faculty of English, Cambridge University from 2004 to 2006. Her major works include *A Study of Leavis Cultural Poetics*, "F.R. Leavis and Cultural Studies", "A Veritable Memoir of Leavisian *Scrutiny* Group", and "F.R. Leavis and New Criticism".

赵国新　北京外国语大学英语学院教授，主要从事西方文论及英国文学研究，近作有《文化唯物主义》（合著）、《自由及其背叛》（译著）、《〈艰难时世〉与英国功利主义》（论文）等。

ZHAO Guoxin is Professor of Critical Theory and English Literature at the School of English and International Studies, Beijing Foreign Studies University. His recent works include *Cultural Materialism* (co-author), *Freedom and Its Betrayal* (trans.), and "*Hard Time* and English Utilitarianism: A Revisit".

赵毅衡　四川大学文学与新闻学院教授，"符号学—传媒学研究所"所长。1981年获中国社科院硕士，1987年获伯克利加州大学博士，1988年起任教于英国伦敦大学，2005年起任教于四川大学。任国际符号学会学术委员，中国传播符号学会学术委员会主任，中国叙事学会学术顾问。研究领域：意义理论、符号学、叙事学。

ZHAO Yiheng is Professor of Semiotics and Narratology, Sichuan University, Director of the Institute of Semiotics & Media Studies (ISMS). He received his PhD at University of California, Berkeley. He started teaching at the University of London in 1988, and resettled in the Sichuan University in 2005. He is a member of the Collegium of the International Association of Semiotic Studies, Chair of the Academic Committee of the Chinese Association of Semiotics & Communication Studies, Adviser to the Chinese Association of Narratological Studies. His research fields are theories of meaning, semiotics, and narratology.

周铭英　深圳大学外国语学院副研究员，香港岭南大学英文博士。曾任浙江工业大学讲师。主要研究领域包括英国文学、雷蒙·威廉斯研究、性别研究和文化研究等。发表的论文有《文学文本与历史的商讨——从〈朵帕蒂〉看斯皮瓦克与新历史主义》《透过男性视角写就的女性主义作品——窥探〈伊坦·弗洛美〉和〈大地〉中的两性关系》《论威廉斯的"霸权"概念》等。

ZHOU Mingying is Associate Research Fellow at the School of Foreign Languages, Shenzhen University, China. She received her PhD from Lingnan University of Hong Kong. She had worked as lecturer in Zhejiang University of Technology. Her academic interests include British literature, Raymond Williams, gender studies, and cultural studies. Her published articles include "Negotiations between Literary Texts and History—Inquiry into Spivak's Relation to New Historicism through *Draupadi*", "Feminist Works through the Male Perspective—Inquiry into the Gender Relations in *Ethan Frome* and *The Good Earth*", "On Raymond Williams's Concept of 'Hegemony'", etc.